Sandra Paretti
Tara Calese

Sandra Paretti

Tara Calese

Roman

Sandra Paretti: Tara Calese
Lizenzausgabe für die
Naumann & Göbel Verlagsgesellschaft mbH
Emil-Hoffmann-Straße 1
D-50996 Köln

Gesamtherstellung: Naumann & Göbel Verlagsgesellschaft mbH, Köln

ISBN 978-3-625-21060-3
www.naumann-goebel.de

New York

Montag, 15. September 1986

Sie lag im Dunkeln, und das Dunkel war erfüllt von einem dumpfen Dröhnen. Ihr Herz hämmerte. Von einer Seite fiel ein schwacher Lichtschein in den Raum. Undeutlich erkannte sie die Lamellenstores eines Fensters. Eine Wolldecke war über sie gebreitet. Sie lag auf einer Couch.

War sie nicht mehr im Flugzeug?

Was hatte man mit ihr gemacht?

Warum war sie so müde?

An das Flugzeug konnte sie sich genau erinnern, ein kleiner Learjet mit sieben Sitzen. Noch vor dem Start hatte man ihr einen Becher Orangensaft in die Hand gedrückt. Durstig hatte sie den Becher ausgetrunken. Was war danach geschehen?

Hatte man ihr mit dem Saft ein Betäubungsmittel gegeben?

Warum?

Was hatte man vor mit ihr?

Wohin hatte man sie gebracht?

Man?

Wer war das? Wer steckte hinter dieser Entführung?

Zuerst hatte es ausgesehen wie eine Verhaftung, aber während der Autofahrt war ihr klargeworden, daß sie sich in der Gewalt von Kriminellen befand.

Die Stimmen. Waren es Männerstimmen? Oder lief nebenan ein Fernseher? Die Stimmen wurden lauter. Geräusche an der Tür, ein Schlüssel. Schritte kamen näher. Der Raum war plötzlich in weißes Licht getaucht. Sie schloß die Augen und stellte sich schlafend.

Was würden sie mit ihr tun?

Ihr Herz begann zu rasen. Sie hatte das Gefühl, etwas in ihr zerplatzt; etwas Heißes, Ätzendes breitete sich in ihrem Körper aus, stieg aus dem Leib aufwärts in die Brust und weiter in die Kehle. Sie konnte kaum noch atmen, sie glaubte zu ersticken.

»He, Baby, hast du gerufen?« Eine große Männerhand tätschelte ihre Wange. »Schlecht geträumt, Baby? Komm schon, mach die Augen auf. Geschlafen hast du lange genug.« Die Hand rüttelte sie an der Schulter. »He, was soll das, ich seh' doch, daß du nicht mehr schläfst.«

Der Mann ließ sie los. »Wie du willst. Ich rate dir nur eins, mach keine Dummheiten. Versuch nicht, aus dem Fenster zu springen. Erstens kriegst du's nicht auf, zweitens sind wir im neunten Stock, bißchen hoch zum Springen. Wäre schade um dich. Noch was, wenn du auf die Toilette mußt, die Tür in der Ecke, o. k.?« Der Mann wartete noch einen Moment, doch da sie sich weiter schlafend stellte, ließ er sie allein. Er löschte das Licht und sperrte die Tür ab.

Als er gegangen war, bereute sie, daß sie nicht mit ihm gesprochen hatte. Sie schämte sich ihrer Furcht. Warum hatte sie ihn nicht gefragt, wo sie war, und was man von ihr wollte.

Wer war dieser Mann überhaupt?

Nur eines stand fest, man hatte sie entführt.

Aber warum?

Warum sie?

Sie fand nur eine Antwort auf diese Frage – weil sie Tara Calese war, die Tochter von Massimo Calese.

Sie lag reglos. Dunkel erinnerte sie sich, daß man sie gefesselt hatte.

Im Traum?

In Wirklichkeit?

Sie versuchte, die Hände zu bewegen, erst die rechte, dann die linke. Keine Fesseln. Sie atmete auf.

Sie öffnete die Augen, hob den Kopf und blickte sich um. Aus der grauen Dämmerung lösten sich allmählich die Gegenstände, ein niedriger Tisch, zwei Polsterstühle. Sie glaubte drei Türen zu erkennen. Zwischen zweien stand ein leeres halbhohes Bücherregal. Sie setzte sich auf; sie fühlte sich benommen. Die Luft im Raum war verbraucht.

Seit wann war sie hier? Sie hob die rechte Hand an die Augen und schaute auf die Uhr. Halb acht. Aber was für eine Tageszeit? Halb acht Uhr abends? Halb acht Uhr morgens?

Als man sie zum Flugzeug gebracht hatte, war es Abend gewesen. Wieviel Zeit war seitdem vergangen? Ein Tag, oder mehr?

Auf einem der Polsterstühle erkannte sie ihre Tasche. Auf dem Boden standen ihre Turnschuhe.

Sie schob die Wolldecke zurück und blickte an sich herunter. Die Jeans, das weiße Hemd.

Sie lauschte auf ihren Körper. Schmerzen? Nein, keine Schmerzen, nur eine bleierne Schwere und das Gefühl, daß die Kleider ihr auf der Haut klebten.

Sie hatte den Wunsch, sich zu waschen. Zuerst heiß baden und dann kalt duschen. So lange kalt duschen, bis die dumpfe Benommenheit von ihr weichen würde. Sie stand auf, aber sie war so wackelig auf den Beinen, daß sie an der Wand Halt suchen mußte. Schritt für Schritt tastete sie sich zu der Tür in der Ecke.

Am Fenster hielt sie inne. Sie schob die Lamellenstores auseinander und blickte nach draußen. Eine Brandmauer, eine graue Schlucht zwischen zwei Häusern; von unten drang der diffuse Schein einer Straßenlaterne herauf. Aus der Tiefe, gedämpft durch das Fenster, klang der Lärm einer großen Stadt herauf. Ein Geräusch hob sich deutlich ab, ein Rattern und Schlagen, es schwoll an und verebbte schnell wieder.

Eine Hochbahn? Ein Fernzug, der in der Nähe vorbeifuhr?

Sie tastete sich weiter zur Toilette, öffnete die Tür und fand den Lichtschalter. An der Wand über dem Waschbecken flammte eine Neonröhre auf. Das helle Licht blendete sie. Der Raum war klein. Auf dem Waschbecken lag ein Stück Seife, an einer Stange hing ein Handtuch. Die grauweißen Kacheln und die dunklen Steinfliesen wirkten schmuddelig.

Sie trat zum Waschbecken. Das Gesicht, das ihr aus dem Spiegel entgegenblickte, war ihr Gesicht, und doch schien es ihr fremd. Es war blaß, wie versteinert. Der Tag, an dem ihre Mutter beerdigt wurde, stieg vor ihr auf: ein Sommertag mit einem warmen Südwind, der den Hudson River leicht kräuselte und über den blauen Himmel durchsichtige Tüllwolken trieb, die sich da und dort ausbreiteten wie weiße, wehende Brautschleier.

Die schwarzen Gestalten um das Grab, der Priester, der von den Geheimnissen der göttlichen Vorsehung sprach. Wußte er wirklich nicht, wie Diana Calese gestorben war? Oder hatte die Familie ihn bezahlt, damit er nichts wüßte, so wie sie die Polizei und den Arzt bezahlt hatten, damit die wahre Todesursache nicht bekannt würde.

Sie wusch sich die Hände. Als sie sich über das Waschbecken beugte, bemerkte sie, daß ihr eine Krawatte vom Hals baumelte, ein knalliges Ding in Pink und Gelb.

Woher kam diese blöde Krawatte?

Das weiße Hemd hatte ihr Norman gegeben – aber woher stammte die Krawatte?

Sie zog die Krawatte über den Kopf, suchte das eingenähte Fabrikationsschildchen. Herera Fabrics, Made in Mexico, stand da.

Der Flughafen von Mexiko. Sie hatte mit Bob Fisher auf den Abflug der Maschine nach New York gewartet. Um sich die Zeit zu vertreiben, waren sie durch die Souvenirshops geschlendert und schließlich bei einem Krawattenstand gelandet. »Wenn du schon ein Herrenhemd trägst, brauchst du auch eine Krawatte«, hatte Bob Fisher lachend gesagt, und sie aufgefordert, die knalligste herauszusuchen. Scherzend hatte Bob Fisher ihr die rosarote Krawatte mit dem Indianerhäuptling in Gelb um den Hals gebunden.

In dem Moment, als er sich abwandte und bezahlte, war über den Lautsprecher der Aufruf gekommen: *Fluggast Tara Fisher nach New York bitte zur Information!*

Der Aufruf hatte ihr gegolten. Ihr Ticket lautete auf diesen Namen; der Paß, den sie bei sich hatte, ebenfalls. Name und Paß waren falsch. Aus Tara Calese war Tara Fisher geworden, eine Verwandte von Bob Fisher. Sie hatte gedacht, es genügte, den Namen zu wechseln, und sie wäre gerettet. Die Ausreise aus Amerika vor drei Tagen war glattgegangen; und jetzt eben, an der Paßkontrolle, hatte der Beamte nur einen Blick auf den Einreisestempel geworfen und gemeint, das wäre aber kein langer Besuch gewesen.

Zuerst hatte man die Ansage auf spanisch durchgegeben, das zweitemal auf englisch. »Was hat das zu bedeuten?« hatte sie Bob Fisher erschrocken gefragt, doch der hatte nur gelacht. »Spiel nicht den ahnungslosen Engel, das ist hundertprozentig Luiz Martinez, den das unwiderstehliche Verlangen hergetrieben hat, dich noch mal zu sehen. Den hat es richtig erwischt. Mach dich darauf gefaßt, daß er demnächst in New York auftaucht.«

Eine innere Stimme hatte sie gewarnt, hatte ihr zugeflüstert, die Transithalle nicht zu verlassen.

Warum hatte sie nicht darauf gehört?

Jenseits der Sperre waren zwei Männer auf sie zugekommen, Männer in unauffälligen graublauen Anzügen, die sich in nichts vom Flughafenpersonal unterschieden. An der Brusttasche steckten ihre Identifikationskarten. Morris hieß der Ältere, Keller der Jüngere.

»Miss Fisher?« hatte Morris sie angeredet, und als sie nickte, hatte er gesagt: »Wir haben den Auftrag, Sie zur Flughafenpolizei zu bringen.« Er hatte amerikanisch gesprochen, auf eine schleppende Art; sein Gesicht hatte Gleichgültigkeit ausgedrückt, als handelte es sich um eine Routineprüfung.

Die beiden Männer hatten sie in die Mitte genommen und aus dem Flughafen geführt. Und dann, ehe sie begriff, was mit ihr geschah, hatte sie in einem Wagen gesessen.

Wann war das gewesen?

Tara wußte nur noch mit Sicherheit, daß sie am Samstagabend von Mexico City nach New York hatte fliegen wollen.

Wie viele Tage waren seitdem vergangen?

Zwei Tage, drei, oder mehr?

Zuerst die zwanzigstündige Autofahrt. Es war ein olivgrüner Chevrolet Station; auf der Ladefläche lagen eine Schaumgummimatratze und ein Schlafsack.

Sie waren auf Landstraßen gefahren. Immer wieder Pässe, immer wieder lange Strecken durch Steppengebiet, wo nichts wuchs als baumhohe Kakteen. Irgendwann, mitten in der Nacht, hatten sie sich in einem mexikanischen Bergdorf mit dem Fahren abgewechselt.

Sie hatte sich krampfhaft bemüht, wach zu bleiben, teils aus Furcht vor den Männern, teils in der Hoffnung, es könnte sich plötzlich eine Möglichkeit zur Flucht ergeben.

Irgendwann war sie dann doch eingeschlafen. Sie hatten ihr ein Schlafmittel in das lauwarme Wasser gemischt, das sie ihr in einem Pappbecher reichten.

Sie wußte nicht, wann und wo sie die Grenze passiert hatten. Als sie erwachte, waren sie bereits auf amerikanischem Gebiet, und das Programm im Autoradio kam von einem Sender in Houston.

Sie hatte sich wie gerädert gefühlt, als wären alle ihre Muskeln verspannt. Aber die Fahrt war immer noch nicht zu Ende gewesen. Es war weiter gegangen, immer weiter, den ganzen Tag durch. Erst bei Dunkelheit hatten sie Houston erreicht.

Mit tauben Füßen war sie aus dem Auto gestiegen. Allein die Tatsache, wieder auf den Beinen zu stehen, nicht mehr eingesperrt zu sein in dem verhaßten Auto, hatte die absurde Hoffnung in ihr geweckt, man würde sie freilassen ...

Gefangen von ihren Gedanken hatte Tara die Schritte des Bewachers nicht gehört. Plötzlich stand er hinter ihr.

»He, Baby, ausgeschlafen?« Er legte ihr die Hand auf die Schulter und musterte sie mit einem anzüglichen Grinsen. »Du bist einsame Klasse, das muß man dir lassen. Ich habe was zu essen gebracht, einen Cheeseburger und Kaffee.«

Er war mittelgroß und schwer gebaut, zwischen dreißig und vierzig Jahre alt. Er trug ein verwaschenes hellbraunes T-Shirt mit einem U-Boot bedruckt und der Schrift *We come unseen*. Das Lederhalfter der Waffe war speckig und saß sehr knapp. Zu der Zeit, als es ihm angemessen worden war, mußte er schlanker gewesen sein. Er roch penetrant nach Schweiß.

Er schob sie aus dem Bad und deutete auf den Couchtisch, wo auf einer Papierserviette ein riesiger Cheeseburger lag, aus dessen Rändern Salatblätter hervorquollen. Daneben stand eine Tasse mit dampfendem Kaffee. »Den Kaffee habe ich selber gemacht. Ich hoffe, er schmeckt dir, Baby.«

Tara erwiderte nichts. Ihr Blick ging zu der Tür, die in den Außenraum führte; die Tür war offen, und Tara konnte eine primitive Einbauküche erkennen, Gasherd, Spüle und Eisschrank. Neben dem Eisschrank wieder eine Tür. Es mußte die Wohnungstür sein, die Kette war nicht eingehängt, in dem Sicherheitsschloß steckte der Schlüssel. Bis zu der Tür waren es nur wenige Meter. Sie mußte es versuchen. Wenn in der Küche nicht ein zweiter Kerl hockte, hatte sie eine gute Chance zu entkommen.

»Keinen Hunger?« fragte der Mann.

»Nein.«

»Wenigstens ein Schluck Kaffee, das wird dir guttun. Der Appetit kommt dann von selber.« Er beugte sich über den Tisch, um ihr die Tasse zu geben.

Tara handelte blitzschnell. Sie packte ihre Tasche und rannte los. Sie kam nur bis zur Mitte der Küche. Dort schnellte ein langer Kerl aus einem Sessel und trat ihr in den Weg.

»Stop, Fahrverbot«, sagte er mit gleichgültigem Gesicht. Er trug einen grünen Jogginganzug, sein strähniges Haar fiel über ein Stirnband mit der Aufschrift *Olympiade Moskau.*

Tara wollte an ihm vorbei. Seine Hände schnappten zu wie eiserne Zangen.

Zitternd vor Wut, sah sie zu ihm auf. »Loslassen«, schrie sie, »sofort loslassen.«

Der erste Bewacher trat dazu. »Du enttäuschst mich, Baby. Ich dachte, wir verstehen uns. Schade ...« Der Lange ließ sie los. Tara holte aus und schlug mit der Tasche nach den Männern.

»Was hat sie?« fragte der Lange. »Was hast du mit ihr gemacht?«

»Nichts – ihr gefällt's einfach nicht bei uns. Halt sie fest«, befahl er dem Langen, dann trat er dicht vor Tara, so dicht, daß sein Leib sie berührte. »Ich wende nicht gern Gewalt an ... Noch eine verrückte Tour und wir stellen dich ruhig. Hast du verstanden? Und jetzt, marsch, zurück in das Zimmer.« Er wollte sie vor sich herschieben, aber sie leistete Widerstand.

Er packte ihr rechtes Handgelenk und streifte den Ärmel hoch. »Siehst du das da?«

In Taras Armbeuge klebte ein Pflaster. Der Mann riß es weg. »Das war die Spritze, mit der sie dich im Flugzeug ruhig gestellt haben. Also überleg's dir.«

Tara starrte auf die rote Einstichstelle, die umgeben war von einem bläulichen Bluterguß. Ihre Wut fiel in sich zusammen; sie wurde schlagartig nüchtern. »Gangster«, sagte sie eisig, »ihr seid Gangster. Für wen arbeitet ihr?«

Die Männer wechselten einen Blick, und dann hielt der Lange ihr eine FBI Erkennungsmarke hin. »Sagt dir das was? Federal Bureau of Investigation. Ich bin Sergeant Finch und er ist Sergeant Heffner.«

Tara sah ihn verwirrt an. Bisher hatte alles darauf hingedeutet, daß die Entführer Kriminelle waren, vielleicht sogar Leute der Mafia, die im Dienst der Fillipis standen. Sie musterte die Männer voller Mißtrauen. »Zeigen Sie mir den Haftbefehl. Ohne Haftbefehl dürfen Sie mich nicht festhalten, das ist widerrechtlich, das ist gegen das Gesetz.«

»Hast du das gehört, Paul ...« Sergeant Finch ließ sich in den Sessel fallen. »Eine Calese klärt uns darüber auf, was Gesetz und Recht ist. Ich lach' mich krank.«

Sein Zynismus prallte an ihr ab. »Ohne Haftbefehl haben Sie kein Recht, mich festzuhalten. Ich will einen Anwalt und zwar sofort.« Sie wollte zu dem Telefon, das an der Wand neben der Tür hing, doch Sergeant Heffner packte sie unsanft an der Schulter. »Hände weg vom Telefon, Baby. Du brauchst keinen Anwalt – du brauchst Schutz, kapiert. Deswegen bist du hier, damit wir dich beschützen können.«

»Wovor beschützen? Was wollen Sie damit sagen?«

»Dich daran erinnern, daß du eine Calese bist, falls du das vergessen hast. Vielleicht hast du auch vergessen, daß du dir einen Paß mit falschem Namen beschafft hast und untergetaucht bist. Es war dir zu heiß geworden als eine Calese herumzulaufen, oder? Du hast verdammtes Glück gehabt, daß wir vom FBI dich aus dem Verkehr gezogen haben und nicht die Männer von Ugo Fillipi.«

Tara holte Luft. »Ugo Fillipi ist in New York?«

Die beiden Männer beobachteten mit Genugtuung, wie Tara bei der Erwähnung von Ugo Fillipi zusammenzuckte. Sergeant Heffner grinste. »Verstehst du jetzt, warum du Schutz brauchst? Es wäre schade um dich, wenn du wie deine Mutter enden würdest.«

Tara senkte den Kopf. Die Vorstellung, sie wäre Ugo Fillipi in die Hände gefallen, lähmte sie. Sergeant Finch griff nach den schwarzen Hanteln, die am Boden lagen. Er hob sie langsam über den Kopf und stieß dabei hörbar die Luft aus. Tara hatte plötzlich keine Kraft mehr, stumm wandte sie sich ab und kehrte in ihr Zimmer zurück.

Bevor Sergeant Heffner die Tür schloß, warf er Taras Tasche ins Zimmer. Beim Aufprall auf den Boden fiel ein Teil des Inhalts heraus und kollerte über den Teppich. Tara achtete nicht darauf. Sie setzte sich auf die Couch und starrte wie blind vor sich hin.

Ugo Fillipi war in New York.

Das hätte sie nie voraussehen können.

Und sie saß hier in einer FBI Wohnung.

Hatte das FBI auch ihren Vater verhaftet?

Ihre Gedanken bewegten sich im Kreis und kehrten immer wieder zu der Frage zurück: Was wußte das FBI? Hatten sie herausgefunden, daß ihr Vater verantwortlich war für die Explosion der *Flamingo*? Hielt man sie für mitschuldig? Ihr Verhalten sprach gegen sie. Das Verschwinden nach der Katastrophe, das Untertauchen in New York, der falsche Paß, die Reise nach Mexiko.

Warum war sie nicht in Mexiko geblieben. Dort wäre sie sicher gewesen. Oder gab es keinen Ort, wo eine Calese sicher war?

Wenn Ugo Fillipi sich in den Kopf gesetzt hatte, sie zu finden, war auch dieser FBI Unterschlupf keine Garantie für ihre Sicherheit.

Sie kniete sich auf den Boden und sammelte die Sachen ein: Kleingeld, ein paar Dollarscheine, ein Päckchen Kleenex, ein Lippenstift, die Brieftasche. Sie suchte den Paß, doch der Paß war nicht mehr da, den hatte das FBI konfisziert.

Ihr Versuch, als Tara Fisher unterzutauchen, war gescheitert.

Sie war wieder Tara Calese – und sie war eine Gefangene des FBI.

In der Brieftasche steckten ein paar Schnappschüsse, die sie im Sommer gemacht hatte: Das erste Bild zeigte Norman zu Pferd. Vor dem blaßroten Himmel waren Mann und Roß nur ein dunkler Schattenriß. Das zweite Bild hatte sie auf dem großen Gartenfest gemacht, das jedes Jahr am Geburtstag ihrer Großmutter Mariannina Calese in Sunset Hill veranstaltet wurde. Obwohl über Achtzig, tanzte die alte Dame immer noch für ihr Leben gern. Vor allem Tango, wie das Foto zeigte. Auf dem letzten Bild waren Normans Hunde zu sehen, das Ibizenco Pärchen, das in diesem Jahr Junge bekommen hatte. Die Jungen balgten tapsig miteinander, während die Eltern Fire und Flame ausgestreckt im Gras lagen. Im Hintergrund erkannte man die Terrasse von Sunset Hill; im Schatten des Säulenvorbaus stand der weißgedeckte Tisch bereit zum Abendessen; die Weinkaraffen funkelten im Licht. Jedes Bild erzählte von einem Moment des Glücks, einem Moment, den sie nie vergessen würde.

Sunset Hill. Das Haus lag auf sanften Hügeln, die sich am Ostufer des Hudson Rivers hinzogen. Der Park, der das Haus umgab, war so groß wie ein Wald und die Auffahrtsallee zum Haus eine halbe Meile lang.

Zu dem Besitz gehörten ein Jagdhaus, eine Bootshütte am Hudson River, Pferdeställe, Hundezwinger, ein Tennisplatz, ein Swimmingpool, der wie ein natürlicher See angelegt war und schließlich der Helicopter-Platz.

Das war die Welt, in der Tara geboren und aufgewachsen war. Sie hatte nie etwas anderes gekannt, und so war der Reichtum, der sie umgab, immer etwas Selbstverständliches für sie gewesen, so selbstverständlich wie die Tatsache, daß der Besitz, der an Sunset Hill angrenzte, den Vanderbilts gehörte.

Daß die Vanderbilts bereits Multimillionäre waren, als die italienische Einwandererfamilie Calese noch Mühe hatte, ihre fünf Kinder satt zu kriegen – von denen Massimo der Jüngste war –, gehörte einer grauen Vorzeit an, über die sich das Vergessen gesenkt hatte. Wenn doch die Rede darauf kam, tat man in Sunset Hill so, als könnte man sich daran nicht mehr recht erinnern. In Massimo Caleses Augen erschien dann ein ratloser Ausdruck – was diesen Mann mit dem ehrlichen Gesicht noch ehrlicher aussehen ließ – und er murmelte: »Es ist so lange her. Die ersten zehn Jahre waren nicht einfach. Ich glaube, ich habe 21 Stunden am Tag gearbeitet. Ich hatte mir in den Kopf gesetzt, mit dreißig meine erste Million beisammen zu haben, und irgendwie hab' ich's geschafft. Danach ging alles von selber.« Die Story eines Mannes also, für den der vielgeträumte amerikanische Traum von Glück und Geld Wirklichkeit geworden war – nur leider behielt er die wahre Geschichte für sich und faßte sie mit einem ebenso vagen wie austauschbaren Satz zusammen: »Fleiß, Köpfchen und Glück, mehr braucht man nicht.«

Sonst war er alles andere als wortkarg. Eine Entenjagd konnte er so anschaulich schildern, daß man glaubte, das Knacken des Schilfs und das Hecheln der apportierenden Hunde zu hören. Und für Billardpartien reichte sein Gedächtnis viele Jahre zurück, und er hatte sogar den Punktestand gespeichert.

Massimo Calese war ein Unternehmer modernen Stils. Von seinem New Yorker Büro aus dirigierte er einen Konzern, zu dem Transportfirmen, Export-Importfirmen sowie eine Ladenkette mit mehr als tausend Niederlassungen gehörten. Bei der Führung des Unternehmens standen ihm zwei erwachsene Söhne aus erster Ehe zur Seite. Angelo Calese, der älteste, führte das Büro in Los Angeles; Ed Calese, der jüngere, der in Harvard Jura studiert hatte, war in New York die rechte Hand des Vaters.

Massimo Calese aber hatte noch andere Ambitionen. Da gab es das Calese Gestüt, das er in einer »Anwandlung von katastrophalem Leichtsinn«, wie er es nannte, für seinen jüngsten Sohn, Tony Calese, finanziert hatte. Das Gestüt lag eine halbe Stunde nördlich von Sunset Hill, und Tony betrieb dort die Aufzucht von Polo Ponys und von Vollblütern. Bisher hatte das Gestüt mit den hochgesteckten Zielen nur Geld verschlungen. Massimo trug das mit Fassung. Der Gewinn lag in diesem Fall woanders. Durch das Gestüt hatten sich ihm und seiner Familie gesellschaftliche Kreise geöffnet, die ihnen vorher verschlossen gewesen waren.

Ein anderes ambitiöses Unternehmen war die *Hudson River Stiftung*, die er mit einem Grundkapital von dreißig Millionen ins Leben gerufen hatte. Ziel dieser Stiftung war es, den Hudson River, der die Hauptschlagader Nordamerikas war, vor den Umweltschäden, die seiner Pflanzen- und Tierwelt drohten, zu retten.

Die Reaktion der Öffentlichkeit auf diese Stiftung war überwältigend gewesen, und Massimo Calese war über Nacht so etwas wie ein Medienstar geworden. Sogar die *Times* hatte Massimo Calese einen Leitartikel gewidmet und ihn *Retter des Hudson* getauft.

Und wieder einmal hatte das ungeschriebene Gesetz der amerikanischen Gesellschaft funktioniert. Der sogenannte Geldadel, für den Massimo Calese vorher nicht existiert hatte, nahm den Mann, der die *Hudson River Stiftung* geschaffen hatte, mit offenen Armen auf und behandelte ihn, als hätte er schon immer dazu gehört.

Auch Tara war in den Sog dieser Entwicklung geraten. Vorher war sie für die Lehrer in der High School von Terrytown nur ein reiches Mädchen gewesen, das für Pferde mehr Interesse zeigte, als für die Schule. Durch die Stiftung des Vaters sah man ihre Tierliebe plötzlich in einem anderen Licht, nämlich als angeborene Naturverbundenheit, und man war stolz, eine Calese als Schülerin zu haben. Die Mitschüler reagierten noch direkter. Tara Calese wurde das Mädchen, dessen Freundschaft alle suchten. Dieser Umschwung hatte Tara zunächst verwirrt, doch als auf ihrer Schulbank eines Tages ein Sticker klebte, *I love Calese*, hatte sie einen naiven Stolz empfunden, den Namen Calese zu tragen – eine Calese zu sein.

Wie sorglos hatte sie gelebt, wie unbeschwert. War es wirklich Tara gewesen, die alle Zeitungsberichte über den Vater ausgeschnitten und gesammelt hatte? War sie es wirklich, die in stillen Stunden am Schreibtisch gesessen und ihren Namenszug geübt hatte, um dem *Calese* mehr Schwung zu geben?

Sie wünschte, die Zeit wäre damals stehengeblieben, und sie hätte den Tag nie erlebt, an dem sie von einer Stunde zur anderen erkennen mußte, daß sie in einer Welt voller Illusionen gelebt hatte – daß ihr Vater nicht der Mann war, für den sie ihn gehalten hatte.

Das Gestüt von Tony Calese

Donnerstag, 17. April 1980

Zum Schluß, Ladies und Gentlemen, möchte ich Ihnen das Pferd zeigen, auf das ich persönlich die größten Hoffnungen setze, den Einjährigen *Sergeant Pepper.*« Tony Calese stand in der Mitte der Koppel. Etwas mehr als mittelgroß, schlank, muskulös, verkörperte er den Prototyp des Reiters. Als Züchter von Polo Ponies hatte er im Staate New York eine Monopolstellung, was Vollblüter betraf, war er ein Newcomer. Was ihm bisher fehlte, war ein Siegpferd. Würde es *Sergeant Pepper* sein?

Tara glaubte fest an die große Zukunft von *Sergeant Pepper.* Daß er etwas Besonderes war, hatte sich schon gezeigt, als er zur Welt gekommen war. Tara war dabei gewesen. Normalerweise hatten neugeborene Füllen Mühe, sich auf den Beinen zu halten. Man mußte sie der Stute zum Trockenlecken hinschieben, man mußte ihnen zeigen, wo es die Milch gab. Nicht so *Sergeant Pepper.* Von der ersten Sekunde an war er vollkommen selbständig. Er besaß Unternehmungslust, Intelligenz, Unerschrockenheit und war für ein Pferd mit diesen Eigenschaften erstaunlich gutmütig. Nur wenn ihm etwas nicht paßte, wurde er eigensinnig. Tara konnte nur hoffen, daß ihn die Ansammlung von Menschen rund um die Koppel nicht störte, und daß der Stallbursche, der ihn vorführte, keinen Fehler machte. Sie wünschte, Tony hätte ihr diese Aufgabe übertragen. Ihr hatte *Sergeant Pepper* noch nie Schwierigkeiten gemacht.

Tara war mit Pferden aufgewachsen; als Fünfjährige hatte sie das erste Pony bekommen, mit zehn hatte sie bereits auf einem großen Pferd gesessen und zum Schrecken ihrer Mutter verkündet: »Ich werde Jockey.«

Rund um die Abzäunung drängten sich die geladenen Gäste. Es waren Rennstallbesitzer, Trainer, Jockeys. Männer, die auf den Rennplätzen erbittert gegeneinander kämpften, Männer, die sich bei Auktionen ohne Rücksicht auf Verluste die interessanten Pferde wegschnappten. Im Moment allerdings ruhten die Feindseligkeiten. Während sie auf *Sergeant Pepper* warteten, diskutierten sie das bevorstehende Old Glory Sale. Das war die große Auktion von Vollblütern, die am Wochenende im Yonkers Raceway stattfinden würde.

Einige dieser Männer kannte Tara, die anderen – und das war die Mehrzahl – sah sie zum erstenmal bei einer Pferdeschau auf

Tonys Gestüt. Woher kam plötzlich dieses allgemeine Interesse? Die Antwort war einfach: Schon vor Wochen hatte Tony das Gerücht in Umlauf gesetzt, der sagenumwobene ägyptische Rennstallbesitzer Sheik Nessir – er besaß nicht weniger als 500 Rennpferde – interessiere sich für *Sergeant Pepper*. Gerüchte dieser Art waren im Rennsport an der Tagesordnung und meistens lösten sie sich in Luft auf. Nicht in diesem Fall. Tony hatte nicht gepokert. Gestern abend war Sheik Nessir in den Sportnachrichten des Fernsehens als Interviewgast aufgetreten, ein kompakt gebauter Mann in einem englischen Maßanzug mit fleischigem Gesicht und orientalischen Augen, der in Oxford studiert und dem die englische Königin für seine Verdienste um den englischen Rennsport den Titel *Sir* verliehen hatte. Ja, er würde beim Old Glory Sale mitbieten, Rennpferde wären nun einmal seine Leidenschaft. Ein Hobby neben den Pferden? Nein, das gäbe es nicht in seinem Leben. Ob er bereits Kontakte zu amerikanischen Züchtern hätte? Ja, er würde morgen das Gestüt von Tony Calese besuchen.

Das hatte eingeschlagen wie eine Bombe. Deswegen waren all die Leute hier; die Neugier hatte sie hergetrieben. Tara entging nicht, daß die Blicke der Anwesenden immer wieder in die Richtung wanderten, wo, umringt vom Calese Clan, Sheik Nessir stand. Er trug einen Kamelhaarmantel und einen weichen Hut und wirkte seltsam städtisch unter den anderen, die alle sportlich gekleidet waren.

Der Apriltag war wolkenlos, kalt und windig; jetzt, gegen Abend, frischte der Wind noch mehr auf und fegte in Böen über das flache Gelände.

Aus Gesprächsfetzen entnahm Tara, daß die anderen Rennstallbesitzer befürchteten, Nessir würde die Preise hochtreiben. Es fielen Worte wie Rennsport-Mafia, Schiebung und internationales Wettsyndikat. Galten die Vorwürfe Nessir? Galten sie ihrer Familie? Sie hatte keine Zeit, darüber zu grübeln, denn eine Hand legte sich auf ihre Schulter und eine vertraute Stimme sagte: »Tara, fast hätte ich dich nicht erkannt in deinem Jockeyblazer.«

»Dennis, was tust du hier?«

»Ich habe heute das neue Auto bekommen und wollte es dir zeigen.«

»Den Excalibur?«

»Die perfekte Kopie vom Mercedes Kabrio 1937. Die Mädchen werden Schlange stehen für eine Spazierfahrt – aber du sollst es als erste sehen. Komm ...« Er wollte sie mit sich ziehen, aber sie schüttelte den Kopf. »Jetzt geht's nicht.«

»Komm schon, Pferde hast du jeden Tag.«

»*Sergeant Pepper* ist jetzt an der Reihe.«

»Für mich ist ein Pferd wie das andere.«

»Siehst du da drüben den Mann im Kamelhaarmantel, das ist Sheik Nessir, der größte Rennstallbesitzer der Welt, er ist eigens wegen *Sergeant Pepper* nach Amerika geflogen. Ich muß sehen, wie er auf das Pferd reagiert. Es dauert nur ein paar Minuten.«

»Die paar Minuten kenne ich. Dann ist es dunkel. Du mußt den Wagen bei Tageslicht sehen. Rot wie die Feuerwehr.«

»Warum hast du nicht vorher angerufen?«

»Habe ich. Hat deine Mutter dir nichts ausgerichtet?«

»Nein.«

»Das ist jetzt schon das dritte Mal. Sie hat was gegen mich.«

»Sie hat es vergessen.«

»Nein, nein, sie tut es mit Absicht. Sie ist anders zu mir als früher.«

»Das bildest du dir ein.«

»Und du bist auch anders. Ich mach' den ganzen Weg von Harvard hierher, und du ...« Dennis verstummte. Es war zwecklos. Tara hörte ihm nicht mehr zu. Tony Calese hatte die Hand gehoben, und der Stallbursche setzte sich mit *Sergeant Pepper* in Bewegung. Dennis Lloyd blieb nur noch eine Geste stummen Protests. Er stellte sich mit dem Rücken zur Koppel und zündete sich eine Zigarette an. Aber auch damit beeindruckte er Tara nicht. Im Moment existierte er überhaupt nicht für sie. Gebannt blickte sie auf das Pferd.

Dennis Lloyd war der einzige Sohn des Multimillionärs Meredith Lloyd, dessen Haus am jenseitigen Ufer des Hudson, genau gegenüber von Sunset Hill, lag. Es war ein großer Besitz, jede Menge Personal. Was fehlte, war die Frau im Haus. Dennis' Mutter war eines Tages mit einem unentdeckten Genie – einem Lyriker – verschwunden, und vagabundierte seither mit diesem Mann durch die Welt.

Die Wärme, die Dennis zu Hause entbehrte, hatte er in Sunset Hill gefunden, im Kreise der Familie Calese. Aber das Wichtigste an Sunset Hill war für ihn Tara. Sie wurde die Schwester, die er sich von klein auf gewünscht hatte, ein Mädchen, das jünger und schwächer war als er, das er beschützen, dem er imponieren konnte. In Taras Nähe hatte er schon mit vierzehn das Gefühl gehabt, ein richtiger Mann zu sein. Inzwischen war er zwanzig und aus der brüderlichen Zuneigung war Liebe geworden. Als er das bemerkte, war er zuerst erschreckt gewesen, dann hatte er sich vehement dagegen gewehrt. Tara war sechs Jahre jünger als er, sie war noch ein Kind, außerdem katholisch und streng behütet.

Selbst wenn sie seine Liebe erwidern sollte, würden Taras Eltern eine Wartezeit erzwingen. Aus diesen Gründen und als eifriger Student von allen möglichen Sexualkunde-Büchern hatte er sich vorgenommen, diese aussichtslose Liebe durch ein intensives Sexleben auszutreiben. Die Voraussetzungen in Harvard schienen gut, Mädchen gab es in Hülle und Fülle, der Haken war nur: diese Zwanzigjährigen waren keine Mädchen mehr. Sie waren richtige Frauen und schüchterten den unerfahrenen Dennis so ein, daß alle seine Dates in einem Fiasko endeten. Nach einem Jahr vergeblicher Anläufe hatte er es aufgegeben. Zum Teufel mit Kinsey und den Sex-Aposteln, er wollte das Mädchen, das er liebte. Er wollte Tara. Und so kam er jeden Augenblick von Harvard herüber, um Tara zu sehen. Vor einem Monat hatte er sie ohne Erlaubnis der Eltern nach New York entführt, und sie hatten bis zwei Uhr morgens in einer Disco getanzt. Natürlich hatte es eine Szene gegeben, und natürlich hatte er sich entschuldigt. War es möglich, daß Taras Mutter ihm das noch immer nachtrug? Oder ahnte sie instinktiv, wie es um ihn stand, und sah in ihm eine Gefahr für Tara? Dennis sah sie jenseits der Koppel stehen, neben ihr Massimo. Sie trug einen grünen Lodenmantel und darüber ein rotes Cashmeretuch, das sie fröstelnd über der Brust zusammenhielt. Der Wind spielte mit ihrer blonden Mähne. Ein merkwürdiges Paar, dachte Dennis, die junge schöne Diana und der sechzigjährige Massimo. Und dann fragte er sich, ob das auch Taras Schicksal sein würde, die Frau eines alten Mannes zu werden. War es das, was die Eltern mit Tara vorhatten? Der Gedanke traf ihn wie eine Erleuchtung und gab seiner Liebe zu Tara eine neue Dimension: Er war vom Schicksal dazu ausersehen, ihr Retter zu sein, und bei Gott, nichts sollte ihn davon abhalten.

Er warf die kaum angerauchte Zigarette zu Boden und trat sie aus. Dann legte er den Arm um Taras Schultern und sagte leise und bittend: »Komm mit mir, Tara.«

Sie wandte nicht einmal den Kopf, sondern deutete zum Eingang der Koppel, wo der Stallbursche mit *Sergeant Pepper* stand. »Warum führt er ihn nicht herein«, murmelte sie, »worauf wartet er bloß?«

Dennis versuchte es noch einmal: »Bitte, Tara, laß uns verschwinden.« Es war, als spräche er gegen eine Wand. Tara starrte zu dem Pferd. »Da stimmt was nicht ...«

Tony machte ein ungeduldiges Zeichen, doch die Antwort des Stallburschen war ein ratloses Schulterzucken. Sergeant Pepper verwirrt durch die Zuschauer, weigerte sich, die Koppel zu betreten. Gewalt anzuwenden war riskant. Vorläufig leistete das Pferd nur friedlich Widerstand, im nächsten Moment konnte Panik daraus werden, es konnte sich losreißen und durchgehen.

Tony versuchte die Situation mit einem Scherz zu überbrükken: »*Sergeant Pepper* hat Lampenfieber ... Kein Wunder bei diesem Publikum ...«

Sergeant Pepper rührte sich nicht vom Fleck. Seitlich von der sinkenden Sonne angestrahlt, die Glanzlichter auf sein dunkles Fell setzte, glich er einer Statue aus Bronze.

Die Zuschauer warteten halb neugierig, halb schadenfroh. Die Mitglieder der Calese Familie wechselten alarmierte Blicke. Massimo grub die Hände in die Taschen seines Dufflecoats, Ed zündete sich eine Zigarette an, Rico biß auf seinem Kaugummi herum.

Tony wußte nicht, was er tun sollte. Mußte er eingreifen und das Pferd selber vorführen? Und wenn es bei der Verweigerung blieb? Tony stand unschlüssig in der Mitte der Koppel. Wie alle Calese Männer hatte er eine energische Kinnpartie und einen kräftigen Nacken; in Momenten der Bedrängnis nahmen sie unwillkürlich die Schultern leicht nach vorne, wodurch eine Haltung entstand, die an einen gereizten Stier erinnerte.

Die Sekunden dehnten sich. Tara wußte, wenn nicht sofort etwas geschähe, wäre es zu spät. Sie begegnete Tonys hilfesuchendem Blick. Das war alles, was sie gebraucht hatte. Sie eilte zu dem Stallburschen und nahm ihm entschlossen das Halfter aus der Hand. Dann trat sie dicht an *Sergeant Pepper* heran und redete leise auf ihn ein. Es dauerte nicht lange, und vor aller Augen ging eine Verwandlung mit dem Pferd vor sich; die Starre fiel von ihm ab, es lockerte sich, eine Bewegung mit dem Schweif, ein leichtes Schütteln der Mähne, ein gutgelauntes Einziehen der Nüstern.

Tara tätschelte zärtlich seinen Hals. »Was ist, wollen wir?« Und *Sergeant Pepper* spazierte lammfromm in die Koppel.

Tony atmete sichtbar auf. Bevor er die Koppel verließ, blickte er in die Runde: »Hier also *Sergeant Pepper*, der dank Tara« – eine galante Verbeugung zu seiner Halbschwester – »das Lampenfieber überwunden hat.«

Ein Murmeln der Anerkennung, vom Calese Clan sogar Applaus. Tara dankte mit einem Lächeln. Die vielen Augen, die an ihr hingen, verwirrten sie nicht, im Gegenteil, sie mochte das. Sie war daran gewöhnt zu gefallen. Zu Hause, auf der High School, wo immer sie hinkam, tauchte sie in ein Bad von Blicken, die ihr sagten: »Du bist schön, Mädchen.«

Sie war groß für ihr Alter, aber alles andere als ein aufgeschossenes, halbfertiges Ding. Schmal und hochbeinig bewegte sie sich mit der grazilen Eleganz einer Gazelle. Über ihrem ebenmäßigen

Gesicht lag noch der ganze Schmelz der Jugend und gleichzeitig der geheimnisvolle Zauber des Versprechens, daß sie in naher Zukunft noch schöner, noch vollkommener sein würde.

Sie trug alte Reitstiefel, verwaschene Jeans und den goldfarbenen Jockeyblazer, den sie William O'Donnel nach seinem letzten Trabrennsieg abgebettelt hatte. Die Kleidung bildete einen seltsamen Kontrast und ließ ahnen, daß in dem Mädchen mit dem Gazellenkörper das furchtlose Herz einer Amazone schlug.

Dennis verfolgte die Szene mit düsterer Miene. Tara war ihm nie schöner erschienen, nie begehrenswerter.

Tara hatte den Rundgang beendet und führte *Sergeant Pepper* in die Mitte der Koppel. Die sinkende Sonne hatte die Farbe von Champagner und hüllte das Pferd in eine Gloriole von Licht. Er war ein Brauner mit entschiedener schwarzer Färbung der Beine, des Schweifs, der Mähne, der Stirnhaare und der Nüstern. Er war eines jener seltenen Pferde ohne irgendein weißes Abzeichen. Die großen, klaren Augen hatten einen lebhaften Ausdruck. Der Kontrast von breiter Stirn und schmalem Gesicht war von dramatischer Schönheit.

Sie waren ein schönes Paar, das Mädchen und das Pferd. Tara trug das lange dunkle Haar offen, und der Wind vermischte es mit *Sergeant Peppers* dunkler Mähne.

Tara begegnete dem Blick von Dennis – und stutzte. Sie hatte wohl bemerkt, daß er in den letzten Monaten anders war als früher, aber sie hatte sich keine Gedanken darüber gemacht. Jetzt plötzlich begriff sie: Er ist verliebt in mich. Kein Zweifel. Dieser komische Blick, diese Hingerissenheit, diese Unterwürfigkeit. Dennis war ein hübscher Junge. Er hatte eine gewisse Ähnlichkeit mit James Dean, und er steckte voller überraschender Ideen. Er war der erste Drachenflieger am Hudson gewesen, jetzt liebäugelte er mit einem Segelflugzeug. Und sein neues Motorboot flog wie ein Pfeil quer über den Hudson. Sie mochte ihn, er war für sie wie ein Bruder, aber sie konnte sich beim besten Willen nicht vorstellen, daß daraus Liebe werden würde. Herzklopfen bekam sie, wenn sie an einen anderen dachte. Der Mann ihrer Träume war Norman.

Als wäre sie ganz allein mit dem Pferd, küßte sie *Sergeant Pepper* aufs Maul. »Komm, wir gehen.«

Dennis eilte ihr nach und holte sie auf halbem Weg zu den Ställen ein. »Gib das Pferd einem Stalljungen und komm mit mir.«

Tara blieb stehen. Sein Ton hatte etwas Zwingendes, sein Gesicht war angespannt vor Entschlossenheit. Sie strich ihm das dunkelblonde Haar aus der Stirn, und diese kleine gedankenlose Geste verwirrte ihn so, daß er wie gelähmt dastand.

Tara deutete seine Reaktion falsch. »Sauer?«

»Überhaupt nicht. Komm jetzt.«

Sie lächelte. »Wenn du sauer bist, siehst du wirklich aus wie James Dean.«

Dennis biß sich auf die Lippen. Mit sechzehn war er stolz gewesen auf die Ähnlichkeit mit dem Filmstar, jetzt mit zwanzig erinnerte ihn Taras Bemerkung nur an seine Körpergröße, die der von James Dean leider nur allzusehr glich, auch er war ein bißchen zu klein. Schnell faßte er Taras Arm. »Gleich werden deine Eltern auftauchen, laß uns vorher verschwinden.« Im selben Moment hörte er hinter sich Massimos Stimme; das nächste war ein Schlag auf die Schulter. »Dennis, na so was, seit wann interessierst du dich für Pferde? Das ist ja ganz was Neues. Oder hat dich die Sehnsucht nach echten Calese Spaghetti hergetrieben? Du kommst doch mit uns.« Auch Diana trat hinzu, und Dennis reichte ihr die Hand. Sie erwiderte den Gruß kühl. Unter ihrem Blick verließ ihn seine Entschlossenheit und er murmelte: »Tut mir leid, ich muß gehen, ich habe eine Verabredung in New York.«

»Dennis …«, rief Tara ihm nach, aber er ging weg, ohne sich noch einmal umzudrehen. Diese Runde habe ich verloren, sagte er sich voller Ingrimm. Das nächste Mal wird es anders sein.

»Eigentlich schade, den Wagen wegzugeben«, Massimo Calese fuhr streichelnd über das graue Elefantenleder des Rolls-Royce, »jetzt wo die Polster so richtig eingesessen sind.«

Sie waren auf der Heimfahrt nach Sunset Hill. Massimo und Diana saßen im Fond, Tara vorne beim Chauffeur; sie achtete nicht auf die halblaute Unterhaltung der Eltern, sie hing den eigenen Gedanken nach.

Tara wäre gerne länger geblieben unter all den interessanten Leuten, die sie ganz wie ihresgleichen behandelt hatten.

Mit halbgeschlossenen Augen lehnte sie im Ledersitz, eingehüllt in das angenehme Gefühl, auf Männer beunruhigend zu wirken, selbst auf einen Orientalen wie diesen Nessir, mit seinen melancholischen Augen und dem übersättigten Zug um den Mund. Sie fühlte sich als Beobachterin, aufmerksam, aber ziemlich gleichgültig. Sicher würde sich das irgendwann ändern, vielleicht schon bald. Eine leise Stimme in ihr murmelte einen Namen – Norman …

Das Gespräch der Eltern war versickert. Massimos Arm lag um Dianas Schultern; ihre Nähe, der Duft, der aus ihrem blonden

Haar aufstieg, genügte, um ihn mit einer tiefen Zufriedenheit zu erfüllen.

Mit siebzehn war Diana seine Frau geworden, mit achtzehn hatte sie Tara geboren. Für den verwitweten Massimo hatte durch Diana das Leben neu begonnen, und er war noch einmal jung geworden. Mit dem klaren Blick für die Realität, der ihn auszeichnete, wußte er, ein so großer Altersunterschied war riskant. Irgendwann würde ein jüngerer Mann versuchen, ihm Diana wegzunehmen. Wer weiß, vielleicht war er schon da.

Der Gedanke machte Massimo Calese keine Angst. In seinem Leben gab es schlummernde Gefahren, die bedrohlicher waren, die nicht nur sein privates Glück betrafen, die alles, was er aufgebaut hatte, mit einem Schlag vernichten könnten. Vorläufig schlummerten diese Gefahren, und wenn keiner sie weckte, würden sie auch weiterschlummern.

Diana hustete. Die trockene Luft im Wagen reizte ihre Kehle. Massimo tippte dem Chauffeur auf die Schulter. »Schalten Sie bitte die Ventilation aus.« Dann öffnete er die Bar, die zwischen den hinteren Sitzen eingebaut war und fragte Diana: »Einen Cognac, oder einen Gin Tonic?«

Diana lockerte das rote Cashmeretuch, das sie um den Hals gewickelt hatte. »Nur Wasser.«

Massimo füllte einen Silberbecher mit Mineralwasser und hielt ihn ihr hin. »Besser, du wärst zu Hause geblieben. Dieser eisige Wind war nichts für dich. Ich werde Dr. Bennion anrufen. Er soll vorbeischauen.«

Diana hatte im Seitenfach der offenen Bar eine grüne Aspirinschachtel erspäht und griff danach. »Ich schlucke jetzt zwei Aspirin und zu Hause nehme ich ein heißes Bad. Dr. Bennion brauche ich nicht.«

»Sei vernünftig. Dr. Bennion gibt dir eine Spritze, und die Sache hat sich. Wir haben die nächsten Tage viel vor. Eine Premiere in der Met, das Essen für die Mitarbeiter der *Hudson River Foundation* und die Party bei Anne Getty.« Er machte eine kleine Pause und fuhr mit plötzlich veränderter Stimme fort: »Norman Reed wäre untröstlich, wenn du auf der Party fehltest.«

Diana stellte den Silberbecher zurück und lachte leise. »Eifersüchtig?«

Massimo senkte die Stimme zu einem Flüstern. »Nur wachsam, mein Engel, nur wachsam. Schließlich hat Norman Reed sich neuerdings sogar auf Tonys Gestüt einquartiert.«

»Weil er in seinem nächsten Film einen Polo Champion spielt und Tony mit ihm trainiert.«

Norman Reed. Trotz der leisen Stimmen war der Name zu Tara gedrungen. Sie hatte plötzlich Ameisen in der Magengrube und ließ sich unwillkürlich tiefer in den Sitz gleiten. Seit einer Woche, seit er mit den Polopferden trainierte, lebte er praktisch auf Tonys Gestüt, und vor zwei Tagen nun, als Tara ihr Pferd zum Ausreiten sattelte, hatte er sie gefragt, ob er sie begleiten dürfte, er würde gerne die Gegend etwas besser kennenlernen.

Tara hatte den Eltern von diesem Ausritt nichts erzählt. Die zwei Stunden zu Pferd mit Norman Reed an ihrer Seite waren ein Geheimnis.

Der Wagen hatte die Hauptstraße verlassen und fuhr durch Laubwald. Das junge Grün der Buchen und Birken fluoreszierte im violetten Blau der Dämmerung. Bald würde die Einfahrt von Sunset Hill auftauchen.

»Was meinst du«, fragte Diana ihren Mann, »hätten wir Nessir zum Abendessen einladen sollen?«

»Ich dachte auch daran, aber Angelo hatte schon ein Programm gemacht. Er ißt mit Nessir in New York zu Abend, und dann stürzen sich die beiden ins Vergnügen. Wie ich Angelo kenne, wird es eine lange Nacht werden, und ich kann mir vorstellen ...« Er führte den Satz nicht zu Ende. Der Lebenswandel von Angelo war nicht gerade ein Thema, das ihm für Taras Ohren geeignet schien. Massimo richtete sich auf und tippte Tara leise auf die Schulter. »Kannst du mir verraten, warum Dennis so plötzlich weggerannt ist?«

»Schätze, er war sauer.«

»Habt ihr gestritten? Wie ich ihn kenne, wäre er doch sicher gerne zum Abendessen nach Sunset Hill gekommen.«

Diana unterdrückte einen Hustenreiz und stellte dann fest: »So wie ich die Sache sehe, ist er in Tara verliebt. Deswegen kommt er jeden Augenblick von Harvard herüber.«

»Er wollte mir das neue Auto zeigen, einen Excalibur.«

»Ein Vorwand ... Ich glaube Massimo, du solltest mal ein ernstes Wort mit ihm reden. Tara ist schließlich erst vierzehn.«

Tara schnellte im Sitz hoch. »Aber ich sehe wie sechzehn aus.« Und bevor die Mutter etwas erwidern konnte, stellte sie die überraschende Frage: »Ich wüßte zu gerne, ob Nessir einen Harem hat.«

Massimo wandte sich schmunzelnd an seine Frau. »Hast du das gehört, Diana, unsere Tochter will wissen, ob Nessir einen Harem hat.«

»Es interessiert mich einfach. Er ist doch Moslem, oder?«

Massimo zuckte die Achseln und versuchte sich herauszuwinden. »Ich würde sagen, der Harem von Nessir, das sind seine Pferde.«

Das Ablenkungsmanöver klappte nicht. »Aber er ist doch Orientale, und die haben nun mal Harems.«

»Schon ...«

Tara ließ nicht locker. »Wieso haben die Orientalen eigentlich so was?«

»Ganz einfach«, Massimo zögerte, um nichts Dummes zu sagen. »Der Orientale spielt gern den Pascha, und dazu braucht er einen Harem mit jungen hübschen Sklavinnen, die alles tun, was er will.«

Eine Stille folgte, dann kam Dianas Stimme: »Du siehst, Tara, es ist ganz ähnlich wie bei den Caleses.«

Massimo hob protestierend die Hände. »O nein, bei den Caleses ist es genau umgekehrt, die Frauen regieren und die Männer sind die Sklaven. Schaut nur euch beide an – mein Leben besteht daraus, euch zu dienen, jeden eurer Wünsche zu erfüllen.«

Diana und Tara lachten, während Massimo ernst fortfuhr: »Oder nehmt Großmutter Mariannina. Ist sie nicht die Königin der Familie und sind nicht alle Calese Männer ihr Untertan? Habt ihr je erlebt, daß ich ihr widersprochen habe? Was immer sie sagt, ist Gottes Wort, ich beuge das Knie und gehorche. Und es ist gut so, denn die Frauen sind das Licht der Welt.« Mit übermütigem Zwinkern in den Augen wandte er sich an seine Frau. »Diana, mein Engel, du darfst mich an meine Worte erinnern, falls du in meinem Verhalten einen Widerspruch entdekken solltest.«

Sie küßte ihn leicht auf die Wange. »Das werde ich, verlaß dich drauf.«

Rechts tauchten die Lichter der Einfahrt auf, dann das Pförtnerhaus, weiß mit grünen Läden. Langsam fuhr der Wagen darauf zu und der Chauffeur drückte den Knopf, der den elektronischen Mechanismus in Bewegung setzte und so das Tor öffnete; gleichzeitig wurde im Haus ein Signal ausgelöst, so daß Hillary, der schwarze Butler auf Sunset Hill, sich bereitmachen konnte zum Empfang.

Der Wagen glitt durch die Allee: Die Bäume waren zu Beginn des Jahrhunderts gepflanzt worden; im Laufe der Zeit hatten die Kronen sich zu einem Gewölbe verschlungen, so daß im Sommer, wenn die Bäume dicht belaubt waren, nicht einmal Regen durchdrang. Massimo blickte auf die Uhr. In ein paar Minuten begannen die Sportnachrichten. Ein Glas Cognac, ein spannendes Baseballspiel und später ein einfaches italienisches Essen – er hatte Lust auf Penne all' arrabbiata –, es würde ein gemütlicher Abend werden.

Am Ende der Allee wurde das erleuchtete Haus sichtbar. Auf dem Vorplatz standen mehrere Wagen; sie parkten kreuz und quer durcheinander. Ein grauer Kastenwagen verbarrikadierte die Haustür, so daß der Chauffeur entschuldigend meinte: »Tut mir leid, Sir, ich kann nicht näher ran, ich muß Sie hier rauslassen.«

Massimo blickte nach draußen. »Das sieht nach einer Party aus, Tara, hast du vielleicht deine Klasse eingeladen und vergessen, es uns zu sagen?« Es sollte scherzhaft klingen, doch während Massimo sprach, überfiel ihn eine böse Ahnung.

Früher, solange die heranwachsenden Söhne auf Sunset Hill lebten, waren improvisierte Partys keine Seltenheit gewesen; jetzt machte nur noch Tony solche Überfälle, wenn er mit einer Gruppe ausländischer Gäste oder mit Freunden zum Abendessen hereinplatzte. Aber Tony war auf seinem Gestüt ...

Massimo Calese gab sich einen Ruck, sprang aus dem Wagen und eilte zum Haus.

Wo war Hillary, zum Teufel. Mit unwilligem Kopfschütteln betrat Massimo Calese das Haus.

»Hillary ...« Auch im Entrée kein Hillary.

Aus dem Innern des Hauses kamen Geräusche, Schritte, Türenschlagen, Männerstimmen. Massimo stieß die Flügeltür zur Halle auf. »Hillary ...«

Das gedämpfte Licht, der schimmernde Marmorboden, die große Palme, die Schattenmuster auf die hellgraue Wand warf, alles war wie immer, nur die Geräusche stimmten nicht. Und noch etwas, der Geruch. War es kalter Zigarettenrauch? War es ausgelaufenes Bier?

»Hillary ...«

Da stand er ja, neben dem Zeitungstisch, schmal, groß, mit dem wohlgeformten Kopf und dem kurzgeschnittenen Kraushaar.

»Hillary ...«

Was war nur los mit ihm? War er taub? Warum reagierte er nicht? Warum kehrte er Massimo beharrlich den Rücken zu?

Massimo Calese durchquerte die Halle. »Was ist los mit Ihnen, Hillary?«

Der Mann drehte sich um. Es war nicht Hillary. Massimo Calese hatte den Mann nie zuvor gesehen. Er trug einen dunkelblauen Anzug und einen rosa Pullover. Er hatte eine Zigarette im Mundwinkel und hantierte mit einem Jagdgewehr.

Massimo starrte ihn an. Was geht hier vor, dachte er. Wie kommt dieser Mann hierher und wie kommt mein Jagdgewehr in seine Hände?

Ohne die Zigarette aus dem Mund zu nehmen, sagte der Mann: »Schöne Waffe. Was schießen Sie damit, Hasen, Enten ...«

Massimo war wie vor den Kopf geschlagen. »Wie kommen Sie dazu ...«, stieß er hervor. Wer immer dieser Fremde war, wie ein Einbrecher benahm er sich nicht. Die Ruhe, mit der er Massimo musterte, machte eher ihn selber zu einem Eindringling.

Massimo wollte dem Mann das Jagdgewehr wegnehmen, doch der trat einen Schritt zurück und wies mit dem Kopf zur Bibliothek, deren Tür offen stand. »Wenn Sie Fragen haben, versuchen Sie es dort.«

Irgendwo im oberen Stockwerk fiel etwas polternd zu Boden. Auch aus dem Keller drang Rumoren. Das ganze Haus ist voller fremder Menschen, dachte Massimo, und etwas wie eine Lähmung erfaßte sein Denken.

Als er die Bibliothek betrat, stockte ihm der Atem. Seine geliebte Bibliothek, dieser Ort der Ruhe und des Friedens, bot ein Bild der Zerstörung. Die Schränke waren ausgeräumt, die Bücher lagen am Boden verstreut, die Zeitschriften bildeten einen wilden Haufen.

Am Schreibtisch vor dem Fenster saß ein Mann in Hemd und Weste. In aller Gemütsruhe kramte er in den offenen Schubladen und warf immer wieder ein Schriftstück in den grauen Metallcontainer, der neben ihm auf dem Boden stand.

»Was geht hier vor«, hörte Massimo sich fragen und erschrak über seine eigene Stimme.

Der Mann am Schreibtisch hob den Kopf. »Ist das nicht klar? Wir schauen uns ein bißchen um bei Ihnen, Calese.« Er hatte eine randlose Brille mit dickgeschliffenen Gläsern auf der Nase.

Massimo rang nach Luft. »Raus hier«, schrie er heiser und machte eine Bewegung, als wollte er sich auf den Mann stürzen. Im gleichen Moment zog der einen Revolver. »FBI, wir tun nur unsere Arbeit.«

»FBI ...«, murmelte Massimo. Sekunden verstrichen, bis er begriff.

Auf dem Gesicht des Mannes erschien ein schiefes Lächeln. »Sie haben uns lange genug ausgetrickst, Calese, Sie sind so verdammt schlau gewesen, daß wir immer das Nachsehen hatten, aber wie das beim Pokern so ist, jetzt sind wir am Zug.«

Massimo schwieg; mit seiner Gestalt ging eine Veränderung vor. Er schien breiter zu werden, schwerfälliger, der Kopf verschwand zwischen den breiten Schultern, und als er sprach, klang seine Stimme dumpf und breiig. »Für das, was Sie hier tun, brauchen Sie einen Hausdurchsuchungsbefehl.«

»O. k.« Der Mann griff in die Jacke, die über der Stuhllehne hing und holte ein zusammengefaltetes Schriftstück heraus. »Bitte – und falls es Sie interessiert, ich bin Lieutenant Neimark vom Drogendezernat.«

Massimo Calese nahm das Papier und trat näher an die Schreibtischlampe. Der Hausdurchsuchungsbefehl war vom General Attorney des Staates New York ausgestellt. Unterschrieben hatte allerdings nur Untersuchungsrichter Merris; die Unterschrift von General Attorney Chris Shannendy fehlte. Massimo Calese holte Luft. Offensichtlich eine Blitzaktion, dachte er. Das war die neue Masche beim FBI. Es gab eine junge Generation von Beamten, die ein unglaubliches Tempo vorlegten, unbekümmert, ob ihre Methoden ganz legal waren oder nicht. Massimo brauchte das Papier als Beweisstück. Freiwillig würde Lieutenant Neimark es ihm nicht überlassen. Er zwang sich zur Ruhe. »Tut mir leid, Lieutenant«, begann er, »der Befehl, den Sie mir da zeigen, ist nicht rechtskräftig.«

Lieutenant Neimark stieß den Stuhl zurück und stand auf. »Geben Sie her.«

Massimo ließ das Papier auf den Schreibtisch flattern. »Die Unterschrift von General Attorney Chris Shannendy fehlt.« Er griff zum Telefon. »Ich muß mit meinem Anwalt sprechen.« Er begann zu wählen, doch Lieutenant Neimark war mit zwei Schritten neben ihm, legte schnell die Hand auf die Gabel. »Hier wird nicht telefoniert.«

Was dann geschah, war die Sache von Sekunden. Massimo Calese versetzte Lieutenant Neimark einen Stoß von solcher Wucht, daß dieser das Gleichgewicht verlor, auf dem gebohnerten Parkett ausglitt und stürzte. Der Augenblick genügte Massimo, um den Hausdurchsuchungsbefehl in der Innentasche der Jacke verschwinden zu lassen. Die Auseinandersetzung zwischen Lieutenant Neimark und Massimo hatte zwei FBI Männer alarmiert. Sie warfen sich auf Massimo Calese. Der eine schlug ihm den Telefonhörer aus der Hand, der andere drückte ihm einen Revolver in den Rücken.

»Loslassen«, schrie Massimo.

Lieutenant Neimark hatte sich aufgerappelt und rieb sich den verstauchten Unterarm. »Ab mit ihm«, befahl er seinen Männern. »Sperrt ihn zu den anderen.«

Massimo Calese protestierte. »Sie haben kein Recht«, schrie er, »lassen Sie mich los, oder ...« Er verstummte. Aus der Halle kam die Stimme von Diana. Sie rief seinen Namen. »Massimo ...« Es klang schrill. »Massimo ...«

Massimo versuchte, sich loszureißen. »Lassen Sie gefälligst meine Frau in Ruhe.«

»Ab mit ihm«, wiederholte Lieutenant Neimark, und die Beamten schoben Massimo Calese energisch aus der Bibliothek in die Halle.

»Massimo ...« Diana stand mit Tara in der Mitte der Halle, neben ihnen zwei Beamte und der Schwarze, der immer noch das Jagdgewehr in den Händen hielt. Diana rannte auf ihren Mann zu. »Was ist hier los?«

Massimo sah die Panik in ihren Augen. Irgendwie mußte es ihm gelingen, ihr das Gefühl zu geben, daß er nach wie vor Herr der Lage war. »Beruhige dich ...«, begann er.

»Ist das eine Hausdurchsuchung?« fiel sie ihm ins Wort.

»Ja – aber ohne rechtskräftigen Befehl. Alles wird sich aufklären, glaub mir.« Er blickte zu Tara. Sie stand neben dem Schwarzen, blaß bis in die Lippen, mit angstgeweiteten Augen.

»Los, vorwärts«, befahl Lieutenant Neimark. »Bringt sie zu den anderen.«

Tara begriff nichts von dem, was um sie herum geschah. »Vorwärts«, sagte eine Männerstimme, und eine Hand umfaßte hart ihren Oberarm. Sie setzte Fuß vor Fuß. Überall standen Türen offen, überall waren fremde Männer dabei, Schränke auszuräumen und den Inhalt auf den Boden zu werfen.

Eine Hausdurchsuchung. Das FBI. Aber was suchte das FBI im Speisezimmer, im Office, in der Küche?

Einen Meter vor ihr ging ihr Vater, eingekeilt zwischen zwei FBI Beamten. Er bewegte sich seltsam steif. Einer der Beamten hielt eine Waffe gegen den Rücken des Vaters gedrückt.

Sie saßen um den rechteckigen Tisch, an dem sonst die Angestellten von Sunset Hill die Mahlzeiten einnahmen. Entlang den Wänden, die in einem sanften Pastellgrün gestrichen waren, standen dicht zusammengerückt die Stühle und Beistelltische, die man nur bei großen Einladungen brauchte. Die grelle Beleuchtung von der Decke warf ein fahles Licht auf die Gesichter. An der Tür lehnte der FBI-Posten, ein kaffeebrauner Lateinamerikaner.

Niemand sprach. Die Hausangestellten hatten erwartet, daß mit Massimos Rückkehr der Spuk so plötzlich enden würde, wie er begonnen hatte, aber sie hatten sich getäuscht. Sie waren Zeugen geworden, wie man Massimo, Diana und Tara grob durch die Tür stieß und wie der Posten sie anherrschte.

Die Erklärung von Massimo, diese Hausdurchsuchung wäre rechtswidrig, hatte flau geklungen, und so begannen sie, sich eigene Gedanken zu machen. Es war noch keine Woche her, seit der Fall Fillipi Schlagzeilen gemacht hatte. Mauro Fillipi, der Inhaber der zweitgrößten Fast-Food-Kette Amerikas, war in Verdacht geraten, der Kopf eines internationalen Drogenrings zu sein. Um an Beweise zu kommen, hatte das FBI bei allen Mitgliedern der Familie Hausdurchsuchungen vorgenommen.

Hier, an diesem Tisch bei den Mahlzeiten, hatten sie den Fall Fillipi diskutiert. Butler Hillary, der am längsten auf Sunset Hill war, konnte von den Zeiten berichten, als Ugo Fillipi – Mauro Fillipis ältester Sohn – hier ein und aus ging, früher als Tony Calese mit ihm befreundet gewesen war. Massimo Calese hatte diese Freundschaft nicht gern gesehen und Tony den Umgang mit Ugo Fillipi schließlich verboten. Er hatte triftige Gründe dafür gehabt: Die Fillipis gehörten noch immer zur New Yorker Mafia.

Mafia. Unausgesprochen stand das Wort auch jetzt im Raum. Aktionen wie diese gab es nur im Zusammenhang mit politischen Skandalen oder beim Kampf gegen die Mafia. Sicher, Massimo Calese war das Muster des ehrbaren Mannes – aber hatte es nicht immer wieder gerissene Gangster gegeben, denen es gelungen war, vor der Welt, ja vor der eigenen Familie, den Mann mit der weißen Weste zu spielen?

Massimo kannte die Menschen, die scheuen Blicke, die ihn streiften und sich dann schuldbewußt abwandten, ließen ihn erraten, was in den Köpfen seiner Leute vorging. Es ließ ihn kalt. Sollten sie denken, was sie wollten. Nur drei Menschen durften nicht an ihm zweifeln, das war seine Mutter, die achtzigjährige Mariannina Calese, das war Diana, und das war Tara. Aber nicht einmal ihrer war Massimo Calese sicher. Vergeblich suchte er in ihren Mienen nach jenem Ausdruck unbedingten Vertrauens, auf das er ein Recht zu haben glaubte, und das er jetzt in dieser Stunde so nötig gebraucht hätte.

Mariannina Calese hatte gerade ihren Mittagsschlaf beendet gehabt, als ein FBI Beamter in ihr Schlafzimmer eingedrungen war. Sie trug einen gesteppten Hausmantel aus schwarzgrundiger Seide mit einem gelben Rosenmuster. Füllig und sehr aufrecht saß sie da und strich sich manchmal glättend über das weiße Haar, das vom Schlafen noch verwirrt war.

Das Küchenpersonal in weißer Arbeitskleidung bildete eine geschlossene Gruppe und verbreitete den Geruch von Zwiebeln und Thymian. Das FBI hatte sie bei den Vorbereitungen fürs Abendessen unterbrochen und ihnen nicht einmal Zeit gelassen, sich die Hände zu waschen.

Butler Hillary war in sich zusammengesunken. Der Schädel brummte ihm von dem Faustschlag, mit dem Lieutenant Neimark ihn außer Gefecht gesetzt hatte; und die geplatzte Unterlippe schwoll immer mehr an und hörte nicht auf zu bluten. Die Galle lief ihm über, wenn er daran dachte, wie feige die zwei Bodyguards Summer und Frayn sich benommen hatten. Beide waren ehemalige Polizisten und gehörten seit März zur Hausgemeinschaft von Sunset Hill. Es wäre ihre verdammte Pflicht gewesen, dachte Butler Hillary, die Aktion des FBI zu stoppen, bis Massimo Calese selbst wieder im Hause war. Doch Summer und Frayn hatten keinen Finger gerührt. Er allein hatte versucht, den FBI-Leuten den Zutritt zum Haus zu verwehren.

Auch jetzt verhielten sich Summer und Frayn gleichgültig, als ginge sie das alles nichts an. Sie hatten am Ende des Tisches ihre Sportzeitungen ausgebreitet und blätterten raschelnd darin. Butler Hillary dachte an Cuidado, der früher Massimos Leibwächter war. Weiß der Teufel, warum Massimo ihn durch zwei Typen wie Summer und Frayn ersetzt hatte. Mit Cuidado hätte das FBI nicht so leichtes Spiel gehabt. Cuidado hätte ihnen die Absätze von den Schuhen geschossen, so wie er es mit den Wilderern gemacht hatte, wenn er einen von ihnen im Park erwischte.

Was hatte Cuidado sich für Mühe gegeben, aus Hillary einen guten Schützen zu machen, aber es war vergeblich gewesen. Wie viele Stunden hatten sie unten im Schießraum verbracht, wieviel Munition hatte Hillary in die schallschluckende Schießwand gejagt, ohne auch nur einmal zu treffen. Wenn die damals zwölfjährige Tara die Waffe genommen und Treffer auf Treffer plaziert hatte, war er sich wie ein alter Mann vorgekommen. Man hätte ihr das nicht zugetraut. Auch nicht, daß sie so gut reiten konnte. Sportliche Mädchen sahen meist anders aus, nicht so fein, nicht so anmutig. Kein Wunder, daß Massimo Calese seine Tochter abgöttisch liebte. Aber wer liebte Tara nicht. Sie hatte etwas, das einem das Herz aufgehen ließ. Und mit zärtlicher Sorge dachte Hillary weiter: »Hoffentlich liebt das Schicksal sie auch ...«

Es war eine Stunde vergangen, seit man Massimo, Diana und Tara zu den anderen gesperrt hatte. In der brütenden Stille hörte man jedes Geräusch aus dem Haus. Die Aktion im ersten Stock schien beendet. Jetzt rumorten sie im Keller. Der Heizungsschacht in der Mauer übertrug die Geräusche so deutlich, daß Massimo ziemlich genau wußte, wo die FBI Männer sich gerade zu schaffen machten: zuerst die Waschküche, dann das Bügelzimmer, die Vorratsräume, Weinkeller, Sauna, Fitnessraum. Blieben noch der Schießraum und das Waffenlager. Ein Schießraum war nichts Unerlaubtes, der Vorrat an Waffen und Munition allerdings überstieg private Bedürfnisse.

Eine dumpfe Detonation ließ alle zusammenfahren. Eine zweite folgte, eine dritte. Die Köpfe hoben sich.

Massimo sah vor sich, was da unten geschah: Die FBI Beamten »vergnügten« sich im Schießraum, nur daß sie nicht auf die schallschluckende Zielwand schossen, sondern einfach wild herumballerten.

Er hielt es nicht länger aus, ruhig dazusitzen. »Diese Barbaren«, er stieß den Stuhl zurück und begann vor dem Fenster auf und ab zu marschieren. »Diese Barbaren«, murmelte er wieder. Die anderen blieben stumm.

Taras Blick wanderte von einem zum anderen. Die Mutter, die Großmutter, Butler Hillary, der Koch, das Zimmermädchen, die Bodyguards Summer und Frayn. Mit ihren gesenkten Blicken und den eingefrorenen Mienen, erschienen sie ihr leblos, Schaufensterpuppen. Der einzige lebendige Mensch war ihr Vater, der rastlos auf und ab ging.

Massimo war so in sich versunken, daß er Tara erst wahrnahm, als sie die Hand in seine schob. »Tara ... du ...« In Massimos Augen, die eben noch stumpf waren, kehrte etwas vom alten Feuer zurück. Er umschloß Taras Hand fest. »Bleib bei mir ...«

Draußen war es Nacht geworden. Durch das Fenster konnten sie auf den Vorplatz blicken, wo die FBI Wagen standen. Die Schießerei im Keller hatte aufgehört. Eine Weile herrschte Stille, und in dieser Stille hörte man von nebenan, aus dem Office, ein kurzes, leises Klingeln. Es klang wie ein Wecker, der rasch abgestellt wird, aber es war kein Wecker. Da, wieder das leise Klingeln, fast nur ein Zirpen. Kein Zweifel, es war das Telefon. Massimo packte eine ohnmächtige Wut. Auch das noch. Sie zapften das Telefon an. Und plötzlich begriff er. Das war der Hauptgrund. Das Telefon. Die Hausdurchsuchung diente nur als Vorwand, damit sie diese schmutzige Arbeit tun konnten.

Hatte auch Diana das verdächtige Klingeln gehört? Wußte auch sie, was geschah? Hoffentlich nicht.

Obwohl es mehr als warm war in dem Raum, trug Diana immer noch den Lodenmantel und darüber den roten Cashmereschal. Sie hatte Flecken im Gesicht, ihre Augen glänzten fiebrig.

Jetzt wurde es auf dem Vorplatz laut. Massimo schob den hellgrünen Vorhang zur Seite, um besser sehen zu können, was draußen passierte. Der Laderaum des Kastenwagens stand offen, und zwei Männer verstauten graue Metallcontainer darin. Massimo erkannte Akten, Schachteln aus dem Archiv, Waffen. Er mußte tatenlos zusehen, ein Gefangener im eigenen Haus. Und das

Schlimmste: Seine Mutter, seine Frau und seine Tochter wurden Zeugen seiner Erniedrigung.

Tara spürte den Kampf, der in ihrem Vater tobte. »Das dürfen sie doch gar nicht«, sagte sie leise, »deine Sachen mitnehmen.«

»Nein, das dürfen sie nicht«, murmelte er, »das Ganze ist ein Irrtum ...« Er verstummte. Was änderte es, daß diese Aktion rechtswidrig war. Das FBI war stärker als er, das FBI machte keine Fehler.

Ein paar Minuten später starteten draußen die ersten Wagen. Motoren sprangen an, Scheinwerfer flammten auf, Türen fielen zu. Der Posten, der die Gefangenen bewachte, blieb, bis Lieutenant Neimark erschien und ihn abholte. Neimark gab sich aufgeräumt: »Ende der Vorstellung«, verkündete er und salutierte in Richtung Massimo. »Es war mir ein Vergnügen, Calese ... arrivederci ...« Er wollte noch etwas sagen, doch er kam nicht dazu. Die alte Mariannina hatte sich erhoben und schnitt ihm das Wort ab. »Gehen Sie«, sagte sie scharf. »Gehen Sie endlich.«

Neimark verschwand mit einem Achselzucken. Mariannina verschränkte die Hände vor der Brust, eine Geste, die typisch für sie war, wenn sie den Angestellten ihre Weisungen gab. Sie wandte sich an Butler Hillary. »Ich nehme an, das Haus sieht aus wie nach einem Erdbeben. Es gibt eine Menge zu tun.« Ihr Blick ging zu Frayn, der mit seiner Sportzeitung raschelte. »Auch Sie sind gemeint, meine Herren. Ich muß Sie bitten, Ihre interessante Lektüre zu unterbrechen und Butler Hillary zu helfen.«

Mariannninas Haltung, der vertraute Klang ihrer Stimme, die selbstverständliche Art, wie sie sich um das Nächstliegende kümmerte, löste die allgemeine Spannung.

Der Rüffel, den sie Frayn und Summer erteilt hatte, tat Butler Hillary so gut, daß er den schmerzenden Kopf und die geplatzte Lippe fast vergaß.

Mariannina winkte dem Zimmermädchen. »Gehen Sie schon nach oben, und fangen Sie bei mir an. Und machen Sie die Fenster auf, damit frische Luft hereinkommt.«

Alle erhoben sich. Der Koch schaute auf die Uhr und fragte: »Wann soll serviert werden?«

Mariannina stand an der Tür und trieb die Leute hinaus wie ein Hirte seine Herde. »Sagen wir halb neun.«

Der Koch nickte. »Halb neun, das schaffen wir.«

Endlich war sie allein mit Massimo, Diana und Tara. Diana saß immer noch auf ihrem Platz. Sie rührte sich nicht, sah blicklos vor sich hin. War es das Fieber, oder war es der Schock? Wie würde sie reagieren, wenn sie das Chaos sah, das die FBI Männer im Haus zurückgelassen hatten? Konnte man ihr das überhaupt zumuten?

Massimos Überlegungen waren mit denen seiner Mutter identisch. »Diana geht es nicht gut«, begann er vorsichtig. »Man sollte Dr. Bennion bitten, so schnell wie möglich herzukommen.«

»Ich werde mit ihm telefonieren.« Mariannina beugte sich zu Diana und legte die Hand auf ihre Stirn. »Du hast Fieber meine Liebe, du gehörst ins Bett.«

»Ja ...« Diana stand auf und Massimo legte den Arm um sie. »Komm ...«

Mariannina und Tara gingen voraus. Mariannina drehte sich immer wieder nach Diana um. Die junge Frau schien ihre Umgebung nicht wahrzunehmen. Sie bewegte sich wie jemand, der mit offenen Augen schläft. Ohne eine Reaktion durchquerte sie die Halle, stieg die Treppe ins obere Stockwerk hinauf. Mariannina beneidete sie fast; sie wünschte, sie hätte die Augen verschließen können vor den Spuren der Zerstörung, die das FBI überall hinterlassen hatte: Brandflecken im Parkett von ausgetretenen Zigaretten, ausgelaufene Bierdosen, umgestoßene Blumentöpfe, herabgerissene Gardinen.

Mariannina öffnete die Tür und drückte nur den Lichtschalter für die zwei kleinen Lampen am Bett, aber auch so sah sie mit einem Blick die herausgerissenen Schubladen der Kommode, die Spitzenunterwäsche, die am Boden verstreut lag.

Massimo führte Diana hinein. Tara stand zögernd auf der Schwelle, unsicher, wie sie sich verhalten sollte.

»Es wäre gut, wenn du bei ihr bliebest, bis Dr. Bennion kommt«, flüsterte die Großmutter ihr zu. »Bring sie zu Bett und versuch, etwas Ordnung zu machen.« Mit sanfter Gewalt schob sie Tara in Dianas Schlafzimmer.

Es war ein Raum von verwirrendem Luxus. Alle Kostbarkeiten der Erde schienen hier zusammengetragen, Vasen aus glühendem Rubinglas, Wandbehänge, die mit Perlen und Gold bestickt waren, und tausend Dinge, die sich im Leben einer verwöhnten Frau im Lauf der Zeit ansammeln.

Bevor Massimo sie daran hindern konnte, hatte Diana alle Lampen eingeschaltet. Im hellen Licht wurde die ganze Verwüstung sichtbar. Eine kostbare Vase lag zertrümmert am Boden, der perlenbestickte Vorhang hinter dem Bett war heruntergerissen, der kleine Sekretär – eine Lackarbeit mit schillernden Perlmutteinlagen – aufgebrochen.

Der kleine Sekretär war es, an dem sich ihr Blick festsaugte. Sie bewahrte darin Dinge auf, die ihr besonders wertvoll waren, persönliche Briefe und ihr Tagebuch. Die Fächer waren leer, die Briefe und das Tagebuch verschwunden. Ohne ein Wort zu sagen, ging sie zu dem Möbel. Sie berührte es nicht, sie stand nur stumm dort.

»Du bekommst deine Sachen zurück«, versuchte Massimo, sie zu trösten. »Ich werde darauf bestehen. Sie haben kein Recht.« Er wartete vergeblich auf eine Reaktion und fuhr fort: »Alles kommt wieder in Ordnung, glaub mir ...« Ihr Schweigen, ihr versteinertes Gesicht, ließen ihn verstummen.

Tara, die immer noch in der Nähe der Tür stand, hatte ihre Mutter noch nie so erlebt. Ihre Ruhe machte ihr angst. Am liebsten wäre sie hinausgeschlichen.

Dianas Schweigen dauerte immer noch an. Dann endlich hob sie den Blick und begann zu sprechen. Ihre Stimme klang überraschend ruhig, als sie Massimo fragte: »Warum haben sie das getan? Kannst du mir das sagen?«

Massimo war mit zwei Schritten bei ihr. »Diana ...« Er nahm ihre Hände »Wenn ich das wüßte ... ein Mißverständnis ... ein Irrtum ... ich steh' vor einem Rätsel.«

Sie hielt seinen Blick fest. »Weißt du es wirklich nicht – oder willst du mich nur schonen?«

»Diana, ich schwöre dir ... Ich werde sofort Meller anrufen, er muß mir helfen herauszufinden, was das Ganze zu bedeuten hat.«

Dianas Worte kamen zögernd, so wie man einen Gedanken ausspricht, den man nur widerwillig preisgibt. »Ich traue Meller nicht. Ich habe ihm nie getraut.«

»Du tust ihm unrecht.«

»Er hätte dich warnen müssen.«

»Wie soll er wissen, was im Drogendezernat beschlossen wird, das ist nicht seine Abteilung.«

»Sonst weiß er immer über alles Bescheid. Warum diesmal nicht? Wenn Meller wirklich dein Freund wäre, hätte das nicht passieren dürfen.«

»Diana, es wird alles in Ordnung kommen – und Lou Meller wird mir dabei helfen. Ich rufe sofort bei ihm an.«

»Du kannst Meller nicht anrufen«, Dianas Stimme war fast ein Flüstern. »Das ist zu gefährlich. Sie haben das Telefon angezapft.«

Massimo schluckte. Sie hatte es also auch bemerkt. »Dann fahre ich eben nach New York.«

»Man wird dich beschatten. Das ist doch der Sinn dieser Aktion, sie warten jetzt darauf, daß du etwas unternimmst.«

»Ich habe nichts zu verbergen. Ich fahre heute noch nach New York.«

»Tu das nicht. Sie werden dich verhaften – unter irgendeinem Vorwand ... bleib hier.«

»Unsinn ...«

»Zuerst eine Hausdurchsuchung, so fängt es immer an, auch bei den Fillipis fing es so an, dann kommt die Verhaftung, dann der Prozeß –«

»Wovon redest du ... ich bin nicht Fillipi, ich ...«

Die nächsten Worte verstand Tara nicht mehr. Die Tür hatte sich geöffnet und die Großmutter kam herein. »In einer halben Stunde ist Dr. Bennion da.«

»Danke, Mutter ...« sagte Massimo abwesend. Diana murmelte etwas Unverständliches. Mariannina fühlte, daß die beiden allein sein wollten. »Komm«, sagte sie zu Tara und nahm sie mit.

Im Haus herrschte rege Geschäftigkeit. Hillary trieb seine Leute an. Bis zum Abendessen sollte das Haus wieder einigermaßen in Ordnung sein.

Auch in Taras Zimmer war das Unterste zuoberst gekehrt. Überall hatten die FBI Beamten herumgeschnüffelt, in den Schulsachen, in Fotoalben, in den Kleidern. Zwei Schachteln mit Dias und alten Filmen hatten sie mitgenommen.

Im Bad lief ein Wasserhahn. Das Schränkchen mit der Apotheke war ausgeräumt; auf dem Fensterbrett lag eine verkohlte Zigarette, die einen schwarzen Fleck in den weißen Lack gebrannt hatte.

Zuerst eine Hausdurchsuchung.

Die Worte der Mutter gingen ihr nicht aus dem Ohr.

Dann kommt die Verhaftung.

Dann der Prozeß.

Das Aufräumen hatte Zeit, zuerst duschen. Sie blieb lange unter dem warmen Wasserstrahl, stellte dann allmählich kälter und schließlich ganz kalt.

Zuerst eine Hausdurchsuchung.

Sie wickelte sich in das Badetuch und öffnete das Fenster. Der Wind hatte sich gelegt. Die Nachtluft duftete nach Erde, am Himmel standen Sterne.

Sie lauschte in die Stille.

Zuerst eine Hausdurchsuchung.

Dann kommt die Verhaftung.

Dann der Prozeß.

Sie schloß die Fenster wieder. Über dem Hocker lagen ihre Jeans und der goldfarbene Jockeyblazer.

Sie hatte das absurde Gefühl, als läge sie selber dort, schlaff und leblos. Die Tara, die in diesen Kleidern glücklich war, gab es nicht mehr.

Sunset Hill

Sonntag, 25. Mai 1980

Das eisgekühlte Getränk hatte eine rosa Farbe, schmeckte nach Pfirsich und moussierte leicht. Dennis steckte einen blaßgrünen Strohhalm ins Glas und reichte es Tara. Die beiden hockten auf der weißen Sonnenmatratze, die fast das ganze Heck des Speedboats bedeckte, und hatten einen offenen Picknickkorb zwischen sich. Das Boot lag in einer versteckten Bucht, wo das Ufer des Hudson eine Halbinsel bildete und das Wasser still war wie ein See. Nur wenn ein Ausflugsdampfer draußen vorbeizog, begann das Boot leise zu schaukeln.

Das Wetter war mild, aber es war nicht warm genug zum Schwimmen, wie Dennis gehofft hatte. Auch jetzt, gegen Mittag, hatten sich die feinen Dunstschleier vor der Sonne nicht aufgelöst.

Dennis trug eine gelbes Hemd und weiße Shorts; Tara hatte die Jeans und die Schuhe ausgezogen und nur noch den sandfarbenen Leinenpullover über dem Bikini an.

Taras Eltern wußten nichts von diesem Rendezvous. Sie hätten ihr nie die Erlaubnis dazu gegeben. Die Sonntage waren tabu bei den Caleses. Da fuhr die Familie geschlossen nach New York zum Zehn-Uhr-Gottesdienst in der St. Patrick's Cathedral. Nach der Kirche nahm man im Palm Court des Plaza den Lunch. Sie hatte die Eltern belogen, sie hatte starke Kopfschmerzen vorgeschützt, um zu Hause bleiben zu können, und sobald die Eltern abgefahren waren, hatte sie sich heimlich aus dem Haus geschlichen und war zum Bootshaus am Hudson gelaufen, wo Dennis bereits auf sie wartete.

Es gäbe etwas sehr Wichtiges, was er mit ihr besprechen müßte, hatte er immer wieder gesagt, um ihr dieses Rendezvous abzutrotzen. Es hatte geklungen, als wäre er in ernsten Schwierigkeiten, doch was immer es war, es schien vergessen. Gutgelaunt wie schon lange nicht mehr, unterhielt Dennis sie mit Harvardklatsch. Dabei ließ er immer wieder Bemerkungen fallen, wie die, daß er nicht alt würde in diesem Verein von Strebern. Eine Karriere als Rennfahrer würde ihn mehr reizen als ein *summa cum laude* von Harvard.

»Rennfahrer ist kein Beruf«, warf Tara ein.

»Beruf – Beruf ist langweilig. Ich vertrödle mein Leben nicht wie mein Vater in einem Büro. Was hat er schon von seinem vielen Geld. Sogar in den Ferien ist die Sekretärin dabei. Ich will was vom Leben haben, und überhaupt ...« Er verstummte, ärgerlich über sich selber. Er redete und redete, und die Zeit verging und bald würde Tara nach Hause müssen – und es wäre wieder nichts passiert. Wie machten das bloß die anderen. Wenn er seinen Freunden glauben durfte, lernten sie ein Mädchen in einer Disco kennen und eine Stunde später waren sie mit ihm im Bett. Zum Teufel mit seinen Hemmungen. Einmal mußte er sie doch überwinden. Los, Dennis, befahl er sich, du legst jetzt die Hand auf ihr nacktes, braunes Bein. Tu's. Du hast es dir so oft vorgestellt, tu's endlich. Doch dann traf ihn Taras Blick und er griff nach dem Feldstecher. Er nahm ihn aus der Lederhülle und löste die Schutzkappe vor den hochempfindlichen Gläsern. Verkehrt herum hielt er ihn an die Augen und visierte Tara an. »Das Boot nimmt kein Ende, und du bist weit weg und winzig klein.« Dennis hielt Tara den Feldstecher hin. »Willst du auch mal? Nein, anders herum, ja so ist's gut.«

Tara mußte lachen. »Du hast Latschen wie Donald Duck. Mit dieser Schuhnummer paßt du in kein Rennauto.«

»Moment mal«, Dennis rollte sich zur Seite und präsentierte sich Tara auf allen vieren, »gefalle ich dir so besser, als einjähriger Vollblüter?«

»Du siehst eher aus wie ein junger Stier.«

Dennis reckte den Kopf. »Nimm dich in acht. Stiere sind berühmt dafür, daß sie schöne Mädchen rauben.« Er kam auf allen vieren auf Tara zu. »Ich nehme dich auf meine Hörner, und dann geht die Post ab.« Auf allen vieren, den Kopf gesenkt, kam er auf Tara zu und nahm ihr den Feldstecher weg. Mit den Schultern drückte er sie sanft auf die Sonnenmatratze. Sie ging auf das Spiel ein und griff ihm ins Haar. »Wo sind deine Hörner, ich kann keine finden.«

Er war jetzt ganz über ihr; plötzlich ließ er sich zusammensakken und begrub sie unter sich. »Ich habe dich reingelegt, ich bin kein Stier, ich bin ein Drache.« Seine Stimme klang belegt, sein Atem ging schneller. Sein Gewicht wurde immer schwerer.

»Dennis ...« Sie wollte sich von ihm befreien, aber seine Umklammerung wurde nur noch fester. Tara zog die Beine an und setzte sich mit einem energischen Ruck auf. Bei seinem Versuch, sie wieder nach unten zu drücken, stieß Dennis an die Thermosflasche, und der Inhalt ergoß sich auf Taras Pullover. Die Flüssigkeit war eiskalt, und Tara mußte unwillkürlich kichern. »Du hast aber nicht viel Übung als stürmischer Liebhaber.« Sie zog den Pulli über den Kopf. »Ich bin völlig naß. Gib mir das Badetuch.«

Dennis hatte einen roten Kopf. Er packte das Badetuch und kniete sich vor Tara. »Laß mich das machen.«

Sie kicherte wieder. »Das kitzelt.« Dennis rubbelte fester. Unversehens streifte er dabei die Träger des Bikinis von Taras Schultern. Er ließ das Badetuch fallen und zog sie an sich. Nicht hastig wie vorher, sondern behutsam und zart.

Die Berührung ließ Tara von einem Moment zum anderen ganz still werden. Es war, als legte sich ein dunkler Schleier vor ihre Augen. Und dann waren da die Lippen von Dennis, zuerst an ihrem Hals, dann auf ihrem Mund. Der Geruch von Sonne und Wasser vermischte sich mit dem Pfirsicharoma des Drinks. Etwas wie ein Schwindel erfaßte sie, süße Wellen von Schwäche. War in dem Drink Alkohol gewesen? War es das? Oder war es Dennis?

Dennis fühlte, wie Tara sich entspannte. Sie erwiderte seine Küsse nicht, sie erwiderte auch seine Umarmung nicht, aber sie stieß ihn auch nicht weg. Geduld, sagte er sich, Geduld, nichts überstürzen. Laß ihr Zeit, bis sie es selber will. Langsam tasteten seine Hände über ihren Rücken. Da war der Slip des Bikini. Er schob die Finger unter den dünnen Stoff. Tara bog den Kopf zurück. Er sah ihren halbgeöffneten Mund, ihre geschlossenen Augen. Sie würde ihm gehören. Mit einer entschlossenen Bewegung wollte er den Bikini abstreifen, da öffnete Tara die Augen. Mit einer einzigen Bewegung entwand sie sich ihm und griff nach dem Badetuch. »Dieser Drink klebt scheußlich. Ich komme mir vor wie ein Lollipop.«

Dennis rührte sich nicht vom Fleck. »Wir schwimmen eine Runde, dann klebst du nicht mehr.«

»Nein, das Wasser ist mir zu kalt. Und überhaupt, ich muß nach Hause.«

Dennis starrte auf die umgefallene Thermosflasche und fragte sich wieder, was er falsch gemacht haben könnte.

»Kann ich deinen Pulli haben«, hörte er Tara fragen.

»Natürlich.« Dennis stand auf und gab ihr den Pulli. Gegen seinen Willen murmelte er eine Entschuldigung. »Ich weiß, ich habe mich blöd benommen. Tut mir leid ... Ich wollte das nicht.«

Tara zog den Pulli über den Kopf und rollte die Ärmel zurück. »So, du wolltest das nicht. Und warum hast du dann Rum in den Drink gemischt? Hast du gedacht, ich merke das nicht?«

Mehr als ihre Worte verletzte ihn Taras Ton. Eine Szene wäre ihm lieber gewesen als diese kühle Überlegenheit.

Er stopfte die Hände in die Taschen seiner Shorts, aus Angst, sie könnte sehen, daß er zitterte. »Nicht böse sein. Ich verspreche dir, es passiert nicht mehr.«

Sie stieg in ihre Jeans. »Schon gut. Bring mich jetzt nach Hause.«

»O. k.« Er kletterte auf den Bug und holte den Wurfanker ein. Während er vorne hantierte, überlegte er fieberhaft, ob er die Situation nicht doch noch retten könnte. Vielleicht hatte er den Ort falsch gewählt. Vielleicht hatte er Taras Schamgefühl unterschätzt. Sie war sehr jung. »Mußt du wirklich schon nach Hause«, fragte er, nachdem er den Motor angelassen hatte. »Wir könnten zu mir, ich habe tolle neue Videos.«

Tara spürte, wie aufgewühlt er war. Sie sah den traurigen Zug um seinen Mund. Er tat ihr leid. »Ein andermal«, sagte sie. »Ich riskiere sowieso einen Krach, wenn die Eltern schon zurückgekommen sind.«

Er starrte aufs Wasser und gab mehr Gas. Die Eltern, dachte er, deswegen ist es schiefgegangen. Sie hat Angst vor den Eltern. Nun, wenn es nur das war. Den Kampf mit den Eltern würde er schon ausfechten. Er wandte sich an Tara. »Willst du mal ans Steuer?«

»Gerne.«

Er blieb hinter ihr stehen, so daß der Fahrtwind ihm ihr Haar ins Gesicht wehte. »Hast du schon ein Kleid für das Fest im Tennisclub? Es wird diesmal besonders elegant.«

»Wann ist das?«

»Am 7. Juni, einem Samstag.«

»Da kann ich nicht.«

»Wieso kannst du nicht? Ist es wegen heute?«

»Unsinn.«

»Natürlich ist es wegen heute.« Er machte einen Schritt weg von ihr und kämpfte mit sich. »Also gut, ich entschuldige mich noch einmal. Bitte, vergiß den blöden Vorfall, und jetzt versprich mir, daß du zu dem Ball kommst.«

»Ich möchte ja gerne, aber wir verreisen am 2. Juni.«

»Ihr verreist? Heißt das, mit den Eltern?«

»Ja.«

»Für länger?«

»Für sehr lange. Zehn Wochen, eine richtige Weltreise.«

Dennis erschrak bei der Vorstellung, Tara so lange nicht sehen zu können. Trotzig murrte er: »Also wenn ich an die Reisen mit meinem Vater denke, kann ich dich nur warnen. Das ist kein Vergnügen. Bleib lieber hier, und komm mit zu dem Ball.« Und, dachte er weiter, wenn die Eltern erst mal weg sind, hätte ich sie ganz für mich ...

In der Ferne wurde das Bootshaus von Sunset Hill sichtbar, und Tara übergab Dennis das Steuer. Sobald sie schwiegen, waren sie einander fremd, war eine neue Peinlichkeit zwischen ihnen. Es wurde nicht besser, als Dennis leise vor sich hin zu pfeifen begann. Ich habe ihm den Tag verdorben, dachte Tara. Er hält mich wahrscheinlich für eine dumme Gans.

Auf dem Heck lagen die Reste des Picknicks. Der verschüttete Drink hatte rosa Flecken auf der weißen Sonnenmatratze hinterlassen. Tara war froh, als sie am Bootssteg anlegten. Sie nahm den schmutzigen Pullover und suchte nach Worten. Unvermittelt nahm Dennis sie in die Arme. »Du bist nicht böse«, stammelte er. Sie sah sein flehendes Gesicht und obwohl sie wußte, daß sie ihm etwas versprach, was sie wahrscheinlich nicht halten konnte, sagte sie: »Wegen des Balls, ich werd's schon irgendwie schaffen.«

Auf dem Weg zum Haus beherrschte sie nur ein Gedanke: Hoffentlich sind die Eltern noch nicht zurück. Der Swimmingpool lag verlassen, auf der Terrasse war niemand. Im Haus empfing sie sonntägliche Siesta-Stille. Nur noch die Treppe und sie war in ihrem Zimmer. Sie hielt inne und blickte auf den schmutzigen Pullover, den sie zusammengeknüllt in der Hand hielt. Am besten, sie brachte ihn dorthin, wo er hingehörte, in die Waschküche.

»Tara –« Oben auf der Treppe stand die Mutter. »Ich suche dich überall, wo warst du?«

»Beim Bootshaus.«

Die Mutter machte ihr ein Zeichen heraufzukommen und ging voraus in Taras Zimmer.

»Du weißt, Tara, ich kann Lügen nicht ausstehen«, begann die Mutter das Verhör.

Tara ließ sich nicht einschüchtern. »Ich habe nicht gelogen, ich war beim Bootshaus.«

»Und deine Kopfschmerzen, die so stark waren, daß du nicht mit in die Kirche fahren konntest?«

»Die Tabletten haben geholfen.«

Der Mund der Mutter wurde plötzlich hart. »Das Lügen liegt euch Caleses einfach im Blut. Du warst mit Dennis zusammen, ich habe sein Boot gehört. Wenn das so weitergeht, werde ich ihm das Haus verbieten. Was habt ihr gemacht?«

Die Blicke von Mutter und Tochter bohrten sich ineinander. Was hatte die Mutter da gesagt: »Das Lügen liegt euch Caleses einfach im Blut.« Sie war voller Haß, voller Verachtung.

»Gib mir Antwort«, befahl die Mutter, »was habt ihr gemacht.«

»Nichts. Wir sind ein bißchen mit dem Boot herumgefahren.«

Die Mutter trat näher an Tara heran. »Was hast du da für einen Pullover an?«

»Der ist von Dennis.«

»Was ist mit deinem passiert?« Sie nahm Tara den Pullover aus der Hand. »Wieso ist er naß?«

»Das ist Limonade.«

Diana merkte, daß sie so nicht weiter kam und änderte den Ton. »Tara, bitte, sei ehrlich. Dennis ist ein junger Mann. Hat er versucht ...« Sie stockte. »Du weißt schon, was ich meine.«

Tara blieb stumm.

»Was ist passiert?« fragte die Mutter weiter. »Du mußt mir die Wahrheit sagen.«

Tara dachte an die unbeholfenen Verführungsversuche von Dennis und sagte mit einem seltsamen Lächeln: »Beruhige dich, Mutter, Dennis ist mir zu jung.«

Die Mutter starrte sie verständnislos an. »Du bist zu jung für so was. Hast du gehört, *du* bist zu jung.«

»Also wirklich. Dennis ist harmlos. Er hat mich zu einem Ball eingeladen, das ist alles.«

»Zu was für einen Ball?«

»Vom Tennisclub, am 7. Juni.«

»Da sind wir in Europa. Dennis muß ein anderes Mädchen einladen.«

»Aber ich möchte zu gerne auf den Ball.«

»Kommt nicht in Frage. Du bildest dir doch nicht ein, daß wir wegen Dennis unsere Reise verschieben.«

Später, als Tara allein war, spielte sie eine *Simon and Garfunkel* Platte und legte sich aufs Bett. Komisch, sie fühlte sich wie zwei Personen. Die eine war ruhig, die andere ziemlich durcheinander. Die ruhige Tara fand Dennis komisch, der anderen tat er leid.

Sie schloß die Augen und lauschte auf die Musik. Es war jetzt nur die Gitarre und die Stimme von Simon zu hören: A-a-a-pril, come she will ... May-ay-ay, she will stay, resting in my arms again ... Ju-u-u-ne, she'll change her tune. Ju-u-u-ly, she will fly ...

Sie dachte an den Ball. Das letzte Wort war noch nicht gesprochen. Sie würde ihren Vater bitten. Er hatte ihr noch nie etwas abgeschlagen.

Und plötzlich fiel ihr wieder der Satz ein, dieser seltsame Satz, den die Mutter ihr voller Haß und Verachtung entgegengeschleudert hatte: Das Lügen liegt euch Caleses einfach im Blut.

Sunset Hill

Freitag, 6. Juni 1980

Die Goldreifen an Dianas nacktem Arm klapperten leise, als sie Butler Hillary das Champagnerglas zum Nachfüllen hinhielt. Es war schon das zweite Glas; sie trank schneller als sonst. Der Alkohol half ihr, die innere Unruhe zu dämpfen und die fröhliche Gastgeberin zu spielen.

Der Calese Clan – seit langem wieder einmal fast vollzählig auf Sunset Hill versammelt – stand in lockeren Gruppen auf der Terrasse und nahm den Aperitif. Alle hatten sich elegant gekleidet, das war ein Muß, auf dem die alte Mariannina bestand. Die Männer trugen weiße Dinnerjackets, die Frauen bunte Seidenimprimés, die alte Mariannina ein Modell von Adolfo, Eds Frau Irene wie immer etwas von Saint Laurent.

Man lachte, man knabberte Snacks, man erzählte sich New Yorker Gesellschaftsklatsch, aber vor allem wartete man auf Massimo. Sein Anruf aus New York, mit dem er mitteilte, er würde sich verspäten, hatte alle seltsam berührt. Das war nicht seine Art.

»Tut mir leid«, hatte er zu Diana am Telefon gesagt, »ich muß unbedingt noch Lou Meller sehen, er hat neue Informationen. Vielleicht bringe ich ihn mit nach Sunset Hill.« Ihren Fragen war er mit einem »Alles in bester Ordnung« zuvorgekommen. Dann hatte ein Knacken in der Leitung das Gespräch beendet. Er hatte also nicht vom Büro aus angerufen. Nach den Stimmen und der Musik im Hintergrund zu schließen, war er in einem Lokal mit einem Münzautomaten gewesen.

Seit der Hausdurchsuchung im April waren zwei Monate vergangen. Dianas Befürchtungen hatten sich nicht bewahrheitet. Keine Verhaftung, keine Anklage, kein Prozeß. Mit der flauen Entschuldigung, man wäre einem falschen Informanten aufgesessen, hatte das FBI die Sache niedergeschlagen. Massimo gab sich damit nicht zufrieden. Auf eigene Faust und mit Mellers Hilfe versuchte er nun den falschen Informanten ausfindig zu machen.

Was er Diana nicht sagte, war, daß er die Fillipis verdächtigte, hinter allem zu stecken. Wahrscheinlich hatten sie den falschen Informanten zum FBI geschickt. Der Zweck dieses Verwirrungsmanövers könnte sein, von sich selber abzulenken und die Caleses in Verdacht zu bringen.

Diana versicherte er immer wieder: »Alles ist in bester Ordnung.« Sie hätte ihm gerne geglaubt. Warum gelang es ihr nicht?

Warum wurde ihr jedesmal mulmig, wenn Massimo ihr versicherte »Alles in bester Ordnung«. Er sagte es zu oft.

Es gab noch andere Zeichen dafür, daß die Ereignisse vom April nicht folgenlos waren. Massimo hatte begonnen, sein Unternehmen neu zu organisieren. Bisher war Nassau eine Zweigniederlassung gewesen, jetzt sollte Nassau zum Hauptsitz werden. Waren es wirklich nur die Steuervorteile, die ihn zu diesem Schritt bewogen?

Diana hatte gewußt, wen sie heiratete, als sie Massimos Frau wurde; seine Vergangenheit hatte sie nicht gestört. Sie war der Faszination seiner starken Persönlichkeit erlegen. Doch jetzt ertappte sie sich immer wieder dabei, daß sie wünschte, Massimo wäre ein ganz durchschnittlicher Mann. Jedesmal, wenn er am Morgen ins Auto stieg, um nach New York zu fahren, hatte sie Angst, er würde abends nicht heimkommen.

Die Sonne war untergegangen, aber die Luft flirrte immer noch vor Hitze und gab dem Himmel eine gläserne Durchsichtigkeit. Tagsüber hatte diese intensive Juniwärme Diana schläfrig gemacht, jetzt nach Sonnenuntergang fühlte sie sich fiebrig und rastlos.

Wann endlich kam die Abendbrise und brachte Kühlung?

Wann endlich kam Massimo und erlöste sie von ihren Ängsten?

Kurz nach sechs Uhr hatte er angerufen. Jetzt war es gleich halb acht.

Sie wünschte, es wäre bereits Sonntag nacht und sie säße mit Massimo und Tara im Flugzeug nach London.

Noch zwei Tage.

Hatte sie ein Auto gehört?

Nein.

Klingelte das Telefon in der Halle?

Nein. Butler Hillary, der unter der offenen Tür stand, verharrte reglos. Im Hintergrund der Halle, nur schemenhaft erkennbar, saßen die Leibwächter Summer und Frayn.

Das Glas in Dianas Hand war schon wieder leer. Sie begegnete dem Blick der alten Mariannina und fühlte sich ertappt.

Mariannina saß in einem bequemen Korbstuhl und plauderte mit Eds Frau und mit Tante Rosalie, einer entfernten Verwandten, die ein regelmäßiger Sommergast auf Sunset Hill war. Mariannina Calese hatte sich sorgfältig gekleidet für den Abend. Das Kleid aus graugoldenem Seidenimprimé war neu; ein lose fallender reich geschnittener Hänger, der ihren fülligen Körper schmeichelnd umspielte und am Hals weit ausgeschnitten war. Sie trug ein dreireihiges Perlencollier, ein breites, mit Rubinen besetztes Armband und an der linken Hand einen Solitär von 32 Karat. Mariannina ließ sich weder von der Tatsache einschüchtern, daß sie achtzig war, noch von ihren alten Füßen. Mochten die Ballen murren, mochten die Sohlen brennen, sie trug Pumps mit einem sieben Zentimeter hohen Absatz. Schließlich mußte sie nicht viel stehen.

Die Männer, die allmählich hungrig wurden, machten sich mit sichtlichem Genuß über die gebackenen Kürbisblüten her, die eben frisch aus der Küche gekommen waren. Nur Angelo, der seit dem vierzigsten Geburtstag plötzlich Fett ansetzte, blieb abstinent.

Der runde Eichentisch, auf dem die Platten mit den Snacks standen, war mit einem üppigen Rosenstrauß dekoriert. Mariannina hatte ihn gesteckt, und es waren Rosen von Sunset Hill. Rosen in allen Farben und in allen Stadien des Erblühens. Knospen, zart wie die Fingerspitzen einer Tänzerin, Köpfchen, die sich eben entfalteten, und weit geöffnete Blüten von fast obszöner Schlaffheit. Angelo brach eine schöne weiße Rose, kaum erblüht, um sie an sein Revers zu stecken, doch dann hatte er eine bessere Idee.

Er ging damit zu Diana und schob sie wortlos unter den dünnen Träger ihres Kleides aus weißem Seidencrêpe.

»Ihr geht also auf Weltreise ...«, sagte er dabei. »Ich beneide euch.«

»Komm doch einfach mit.«

»Warum nicht ...« Auf seinem sonnengebräunten Gesicht erschien die Andeutung eines Lächelns und seine leicht kehlige Stimme wurde noch eine Schattierung dunkler und intimer: »Unter einer Bedingung, daß Massimo und Tara zu Hause bleiben, und wir zwei allein und ungestört sind ...«

Diana wußte nie recht, wie sie auf Angelos galante Anspielungen reagieren sollte. »Du bist unverbesserlich«, murmelte sie in tadelndem Ton.

Angelos Lächeln vertiefte sich. »Ich bin ein Mann.« Sein Glas berührte das ihre und es gab einen hellen Ton. Es gelang Angelo einfach nicht, die Stiefmutter in Diana zu sehen, dafür war sie zu jung und zu schön. Er konnte nicht dagegen an, er reagierte immer als Mann auf sie, und wenn es sich ergab, daß sie gewissermaßen unter vier Augen waren, wie eben jetzt, zögerte er nicht, ihr das unverhohlen zu zeigen. Zu dumm, daß Rico, sein 20jähriger Sohn, der in Harvard studierte, sich jetzt zu ihnen gesellte. Hin- und hergerissen zwischen väterlichem Stolz und männlicher Eifersucht, sah Angelo, daß Rico sich anschickte, es dem Vater als Frauenheld gleichzutun.

Rico beugte sich über die weiße Rose, die sein Vater Diana unter den Träger gesteckt hatte, und fragte mit einem Blick von unten: »Ist es die Rose, oder ist es dein Parfum, was hier so wunderbar duftet?« Dann, ohne Übergang, fuhr er fort: »Ihr habt auch noch Rußland in eure Weltreise eingebaut.«

»Ja, wir wollen nach Moskau und von Moskau aus mit diesem Sibirien-Express weiter. Wir haben einen Salonwagen für uns allein. Das Essen soll schlecht sein, dafür gibt es den besten Wodka und den besten Kaviar. Und die Salonwagen stammen noch aus der zaristischen Zeit.«

Rico war beeindruckt. »Sibirien-Express, das klingt abenteuerlich. Ich wußte gar nicht, daß so ein Zug existiert.«

»Die Transsibirische Eisenbahn gibt es seit hundert Jahren oder länger. Meine Urgroßmutter ist schon damit gefahren.«

»Seit wann hast du eine russische Urgroßmutter?« kam es von Angelo und Rico im Chor.

»Schon immer.«

Die Wendung des Gesprächs war nach Angelos Geschmack. »Jetzt wird's interessant. Also deine Urgroßmutter fuhr im Salonwagen und sorgte dafür, daß es dem Zaren auf langen Reisen nicht langweilig wurde.«

»Langweilig ...« Tara hatte nur das letzte Wort aufgeschnappt. »Uns wird es in Rußland nicht langweilig. Wir kommen in das Gebiet, wo man auf Wildpferden reiten kann.«

Angelo machte eine Geste, als träfe ihn der Strahl göttlicher Eingebung. »Jetzt wird mir alles klar. Deshalb geht ihr nach Rußland. Damit Tara auf russischen Wildpferden reiten kann. Ich bin überwältigt von soviel selbstloser Elternliebe, Tara, mein Kind, ahnst du überhaupt, was dein Vater für ein Opfer bringt? Länger als zwei Wochen hielt er es nie ohne sein Büro aus. Er wird Alpträume haben und glauben, daß Ed und ich in seiner Abwesenheit lauter Mist bauen«, und mit einem Blick zu Diana, »wie hast du das geschafft, ihn für so lange loszueisen?«

»Das Problem war nicht Massimo, das Problem war Tara. Eigentlich wollten wir schon vor einer Woche abreisen, aber da hätte Tara den Ball vom Tennisclub versäumt, und das ging natürlich nicht.«

Angelo grinste. »So ist das also, unser Küken wird flügge. Darf man fragen, wer der Prince charming ist, der Tara ausführt.«

Tara konnte es nicht ausstehen, wenn Angelo sie wie ein kleines Kind behandelte, und sagte kühl: »Dennis Lloyd.«

Angelo pfiff anerkennend durch die Zähne. »Donnerwetter, Lloyd junior, du steigst in der richtigen Etage ein. Hat der Junge neben Geld auch sonst noch was zu bieten. Ist er nett?«

Mit dem gelangweilten Ausdruck einer erfahrenen Frau erwiderte Tara: »Auch ein junger Mann, der reich ist, kann nett sein.«

»Ja, so ist das«, schaltete sich Diana ein. »Wir mußten dreimal nach New York, bis wir das richtige Ballkleid fanden. Tara ist wie ausgewechselt. Sie vernachlässigt sogar schon ihr Pferd.«

»Bist du verliebt, Tara?« rief Rico alarmiert. »Das darf nicht wahr sein, der kleine Dennis Lloyd und du? Mit Absätzen bist du größer als er.« Er faßte sie um die Taille wie zum Tanzen. »Schau, ich habe die richtige Größe. Der Mann muß die Frau um einen Kopf überragen.«

Tara machte sich lachend von Rico los. »Ich richte es Dennis aus.« Sie trug ein tomatenrotes Leinenkleid mit einem schwarzen Lackgürtel und sah fast erwachsen aus.

»Idiotisch, daß ein Supermädchen wie Tara meine Tante sein muß«, dachte Rico. »Die ebenmäßigen Züge und die feine Nase hat sie von Diana. Aber die Augen, woher hat sie die Augen, diese dunklen, leicht umschatteten Augen. Wenn sie lächelt, sind es die Augen eines Engels.«

Angelo betrachtete Mutter und Tochter mit den Augen des Frauenkenners. Diana ist eine schöne Blume, dachte er, und Blumen haben kein Schicksal, sie sind nur da, um schön zu sein. Tara war ein anderer Fall. An Schönheit würde sie die Mutter eines Tages übertreffen, aber sie würde niemals so schicksalslos schön sein wie eine Blume. Sie hatte Augen voller Geheimnisse. Wenn sie sich beobachtet fühlte, wie jetzt, wurden es die Augen eines jungen Tieres, das sich seiner Stärke bereits bewußt ist, schläfrig und zugleich wachsam. In Tara schlummerte etwas Gefährliches. Gefährlich für sie selber? Gefährlich für andere? Das würde darauf ankommen, was das Schicksal mit ihr vorhatte.

Butler Hillary näherte sich der Gruppe; auf dem Tablett in seiner Hand war eine Erfrischung für Tara, Coca Cola mit gestoßenem Eis und einer Scheibe Zitrone. In dem Moment kam aus dem abendlichen Himmel das Geräusch eines Helikopters. Tara reagierte als erste und lief auf die Wiese hinaus. Der Helikopter war noch nicht zu sehen, man hörte nur, daß er näher kam. Über dem Hudson konnte Tara ihn nicht entdecken, er mußte über den Wäldern anfliegen.

Die anderen waren Tara auf die Wiese gefolgt. Alle blickten zum Himmel und verdrehten die Hälse. Das Knattern wurde lauter und lauter. Durch die Baumkronen ging ein Aufrauschen und dann war der Helikopter plötzlich da.

»Es ist Vater«, rief Tara voller Freude, als sie die hellblaue Maschine erblickte. Sie sprang in die Höhe und winkte. Auch die andern winkten nach oben. Der Helikopter senkte sich, flog eine Begrüßungsrunde und schwenkte dann ab in Richtung Landeplatz.

»Wo willst du hin«, rief Diana, als sie sah, daß Tara weglief.

»Zum Landeplatz.«

»Bleib hier, hast du gehört.«

Tara reagierte nicht und lief nur noch schneller. Diana wandte sich an Mariannina. »Es ist schwierig mit Tara zur Zeit. Sie tut, was sie will.«

»Das ist normal in diesem Alter«, sagte Mariannina nachsichtig. »Sie muß uns beweisen, daß sie kein Kind mehr ist.«

Diana schwieg. Sie sah es anders. Es war nicht das Erwachsenwerden, das ihr Sorgen machte, es war der Calese Charakter, der mehr und mehr zutage trat, diese Entschlossenheit den eigenen Willen durchzusetzen, egal mit welchen Mitteln.

Mariannina hängte sich bei Diana ein. Sie hatte Lust, vor dem Abendessen noch ein paar Schritte zu gehen. »Es ist gut, daß ihr die Reise macht. Massimo kann eine Pause gebrauchen.« Mariannina meinte damit nicht das Geschäft, sie dachte an andere Dinge: an den Prozeß gegen Mauro Fillipi und daran, daß dieser Prozeß nicht stattfinden würde, weil Mauro Fillipi am Tag vor Prozeßbeginn auf mysteriöse Weise verschwunden war. Daß der Prozeß nicht stattfand, war gut für Massimo. Das Verschwinden von Mauro Fillipi war nicht gut. Früher einmal waren Massimo und Mauro Freunde gewesen, Freunde und Geschäftspartner. Und noch ein dritter hatte dazu gehört. Milton Shannendy. Zu dritt hatten sie während der Prohibition Geld gemacht; später hatten sich ihre Wege getrennt, und aus Mauro war ein Feind geworden. Alte Geschichten, Männerangelegenheiten, die in New York ausgetragen wurden, nicht hier auf Sunset Hill.

Massimo hatte ihr versichert, daß er mit dem Verschwinden Mauro Fillipis nichts zu tun hatte. Es war ein Gespräch unter vier Augen gewesen, und Mariannina war überzeugt, daß er ihr die Wahrheit gesagt hatte. Massimo war ihr Sohn, er hätte sie nicht belogen – aber vielleicht hatte er ihr etwas verschwiegen.

Auf jeden Fall fand sie es klug, daß er diese Weltreise machte. Es war gut, für eine Weile weg zu gehen, bis der Staub sich gelegt hatte.

Eine alte Erinnerung stieg in Mariannina auf, der Sommertag, an dem der zwanzigjährige Massimo sie zu einem Ausflug auf einen der Hudson Dampfer eingeladen hatte. Sie hatten an der Reling gestanden und die schöne Landschaft an sich vorüberziehen lassen, in die da und dort, eingebettet in Grün, herrliche Villen lagen. Und Massimo hatte plötzlich gesagt: »Eines Tages wohnen wir hier, eines Tages gehört uns eines dieser Häuser.« Sie hatte es für die Tagträumerei eines jungen, ehrgeizigen Mannes gehalten, und in Momenten wie diesem jetzt konnte sie es immer noch nicht recht fassen, daß aus dem Traum Wirklichkeit geworden war und sie schon seit zwanzig Jahren auf Sunset Hill lebten.

Massimo war unter einem guten Stern geboren. Er hatte immer alles bekommen, was er wollte. Und seit sie Sunset Hill hatten, schien das Goldene Zeitalter in Massimos Leben vollends angebrochen – wenn da nicht seine Vergangenheit gewesen wäre, und die geheime Drohung sie könnte ihn eines Tages wieder einholen. Die Vergangenheit, seine ewige Verfolgerin. Ob einmal der Abend käme, an dem diese Vergangenheit mit der Sonne, dort im Westen, unterginge, und nichts davon bliebe als ein Feuerstreifen am Horizont, der noch eine Weile weiterglühte, um schließlich im Dunkel zu erlöschen?

Die beiden Frauen machten sich auf den Rückweg zum Haus. Sunset Hill – das Haus der untergehenden Sonne. Es war kein Schloß wie die Residenz der Vanderbilts, eher ein Landsitz im italienischen Stil. Der Mittelbau wurde von sechs mächtigen Säulen getragen, und über die ganze Länge des Mittelbaus erstreckte sich eine breite Terrasse. Links und rechts schlossen sich, etwas zurückgesetzt, die Seitenflügel an, auch sie zwei Stockwerke hoch. Das Haus war in einem tiefen Gelb geputzt und hatte schwarzgrüne Läden. Die Dachsimse und die Säulen waren weiß.

Im transparenten Blau des Abends schien das Haus zu wachsen: Auf geheimnisvolle Weise dehnten die Mauern sich aus, weiteten die Fenster sich, lösten sich die Säulen und wuchsen hinauf in den Abendhimmel aus Glas, der so nah war, so bedrohlich nah, eine Spiegeldecke, die sich von den Halterungen gelöst hatte, und nun langsam, ganz langsam auf die Erde stürzen und alles unter sich begraben würde.

Während des Flugs hatte Massimo sich alt und müde gefühlt, aber fühlte er sich nicht seit Wochen schon alt und müde? Zuerst, im April, die Hausdurchsuchung, dann, im Mai, das mysteriöse Verschwinden von Mauro Fillipi. Was würde als nächstes passieren?

Das Gespräch mit Lou Meller hatte nicht dazu beigetragen, seine Stimmung zu heben. Massimo wurde das Gefühl nicht los, daß Meller ihm nicht alles gesagt hatte, was er wußte.

Lou Meller war vom FBI; er leitete das Information Office. Er war der Seismograph, der jede Bewegung der New Yorker Unterwelt registrierte. Er wußte fast alle Dinge, die nicht in den Akten standen, und doch, im Fall Mauro Fillipi schien sein Informationsnetz nicht zu funktionieren. Vor sechs Wochen, am 4. Mai, war Mauro Fillipi verschwunden, am Tag, bevor der Prozeß gegen ihn eröffnet werden sollte. Den Hearings hatte Mauro sich entzogen, indem er sich in ein Krankenhaus verkroch. Aus bisher ungeklärten Gründen transportierte man den »Patienten« am 3. Mai in ein anderes Krankenhaus, und während dieses Transports war Mauro Fillipi verschwunden.

In der Bar des Club 21 hatten sie den Fall Mauro Fillipi heute wieder diskutiert. Massimos Hoffnung, daß Lou Meller etwas herausgefunden hatte, war nicht erfüllt worden. Lou Meller nannte den Fall ein »Mysterium«. Möglich, daß Mauro noch lebte und nur untergetaucht war. Aber es konnte auch sein, daß jemand, der den Prozeß fürchten mußte, ihn umgelegt hatte.

Warum wurde Massimo das Gefühl nicht los, daß Lou Meller ihm etwas verheimlichte? Gegen diesen Verdacht standen Jahre der Freundschaft, einer Freundschaft, die für Massimo von unschätzbarem Wert war, so etwas wie eine Lebensversicherung bedeutete für ihn und seine Familie und gleichzeitig den endgültigen Schritt ins bürgerliche Lager. Er hatte diesen Schritt an dem Tag gemacht, als er zum FBI ging, um sich zwei Bodyguards für sein New Yorker Büro vermitteln zu lassen.

Lou Meller hatte damals diese Abteilung geleitet. Er war ein ehemaliger Navy Officer und hatte eine Frau mit einem chronischen Ohrenleiden. Es gab nur ein Klima, in dem sie von ihrem Leiden nicht belästigt wurde, und dieses Klima herrschte in Arizona. Zufällig besaß Massimo in der Nähe von Tucson eine hübsche kleine Farm, die genau das richtige war für Mellers Frau. Massimo überließ Meller die Farm zu einem Freundschaftspreis, seine Gegenleistung bestand darin, daß er Massimos Namen von den Listen tilgte, die das FBI über die New Yorker Unterwelt führte. Und er achtete darauf, daß Massimos Name in neuen Berichten gar nicht mehr auftauchte. Meller, der quasi als Junggeselle in New York herumhing, wurde nach und nach ein Familienmitglied der Caleses und verbrachte manches Wochenende auf Sunset Hill, wo er mit Massimo fischen ging und Billard spielte.

Beim Abschied, sie waren schon auf der Straße – hatte Lou Meller plötzlich gesagt: »Du solltest in New York in der nächsten Zeit vorsichtig sein ...«, und nach einem Zögern: »Einer meiner Informanten behauptet, Ugo Fillipi sei wieder im Land. Es kann nicht schaden, wenn du in deinem New Yorker Büro die Sicherheitsmaßnahmen verschärfst.«

Der Helikopter hatte am Boden aufgesetzt, und Massimo löste den Sicherheitsgurt. Auf seinem Schoß lag eine grüne Plastiktüte und darin war der Walkman, den Tara sich gewünscht hatte, um auf der Weltreise ihre Lieblingsmusik bei sich zu haben. Fast hätte er vergessen, ihn zu besorgen, erst in letzter Minute war es ihm wieder eingefallen.

»Tara –« Sein Gesicht hellte sich auf, als er sie auf sich zulaufen sah. Außer Atem kam sie bei ihm an. Er nahm sie in die Arme – die Berührung genügte, und alles, was ihn eben noch bedrückt hatte, fiel von ihm ab.

»Ich habe dir was mitgebracht. Da ...«

Sie öffnete die grüne Plastiktüte. »Der Walkman ...«

»Und noch etwas ... greif hinein.«

Sie fischte zwei Cassetten heraus. »Das Hawaiikonzert von Elvis. Wau ...« Sie küßte den Vater. »Heute ist ein Glückstag. Heute passieren lauter tolle Dinge. Nachmittags kamen Filmleute zu Tony aufs Gestüt. Sie suchen Vollblüter für einen historischen Film. Weißt du, was sie mir für Luna geboten haben? 10 000 Dollar, aber ich gebe sie natürlich nicht her. Tony hat genug andere Pferde.«

»Bringt Tony die Filmleute mit?«

»Ich weiß nicht, vielleicht.«

»Hoffentlich kommt er nicht so spät. Ich habe schrecklichen Hunger.«

Es war nicht mehr Tag und noch nicht Nacht. Im Haus brannten bereits die Lampen, draußen auf der breiten Terrasse im Schutz des Säulenvorbaus herrschte das vielfarbige Zwischenlicht eines Sommerabends.

Man aß draußen auf der Terrasse. Die Tafel war nach italienischer Sitte gedeckt, Weiß in Weiß. Tischtuch und Servietten weißer Damast, das Geschirr weißes Porzellan mit einem Goldrand. Eine richtige italienische Familientafel, mit allem, was dazugehörte: weißes Brot, Grissini, frisch geriebener Parmesan, zwei Silberhalter mit Essig und Öl, zwei Karaffen mit Rotwein.

Am oberen Ende der Tafel saß wie immer Mariannina, am anderen Ende hatte Massimo seinen angestammten Platz.

Rechts von Massimo saß Diana in ihrem weißen, tief ausgeschnittenen Kleid mit dem breiten gehämmerten Goldreif um den Hals. Die dunkelblonden Haare wurden von goldenen Spangen gehalten.

Massimos Hand suchte unter dem Tisch Dianas Schenkel. Langsam schob er das Kleid zurück; der Stoff war rauh, Dianas Haut war kühl und seidenweich. Die Berührung weckte ein jähes Verlangen in ihm. In der letzten Zeit war ich kein guter Liebhaber, dachte er. Ich habe sie vernachlässigt.

Gut, daß wir diese Reise machen, da wird alles anders. Er hatte sich lange gesträubt gegen die Reise und Diana mit allen möglichen Gründen zum Verschieben des Termins bewegen wollen – jetzt aber begann er sich darauf zu freuen. Er hörte das leise Klappern von Dianas goldenen Armreifen, er sah ihr strahlendes Lächeln. In der Fülle ihrer dunkelblonden Locken wippten die goldenen Spangen, die die Form von Schmetterlingen hatten. Die brillantbesetzten Flügel sprühten Funken.

Bis auf Tara und Tony waren alle schon am Tisch versammelt. Neben Diana war der freie Stuhl, der für Tony reserviert war, daneben saßen Rosalie und Rico.

Gegenüber, mit dem Rücken zum Haus, hatten Irene, Ed und Angelo Platz genommen. Es ging lebhaft zu am Tisch. Alle redeten durcheinander, mit Feuer, mit ausdrucksvollen Gesten. Das Thema, das die Gemüter erhitzte, war die bevorstehende Weltreise.

»Transsibirien-Express?« Tante Rosalie war entsetzt.

Tara saß zurückgelehnt in einem Sessel, den Walkman in der Tasche des Kleides und lauschte auf die Stimme von Elvis Presley, und die Lieder, die er beim Konzert in Hawaii gesungen hatte. Diana machte ihr ein Zeichen, zu ihr zu kommen, und Tara nickte zurück, aber sie blieb sitzen.

Aus dem Kopfhörer floß die Musik in Taras Ohren, in ihren Kopf, in ihren Körper. Melodien, Worte, der Rhythmus des Schlagzeugs, monoton und unerbittlich, die Gitarre, die sich zögernd von einer liebgewonnenen Melodie verabschiedete, um schließlich ganz zu verstummen. Ein Moment Stille, dann setzte der Applaus ein. Tara griff in die Tasche, um den Walkman leiser zu stellen, aber sie drehte den Knopf in der falschen Richtung, und der Applaus wurde lauter und lauter. Ein Sturm brach los in ihrem Kopf, sie lauschte betäubt und fasziniert, und dann drehte sie den Walkman noch mehr auf, um ganz unterzutauchen in diesen Orkan.

Tara konnte das Hupen von Tonys Range Rover nicht hören. Einmal, zweimal, dreimal, das hieß, er brachte Fremde mit. Eine Bewegung ging durch die Menschen, die um den Tisch versammelt waren. Alle freuten sich auf Tony, alle freuten sich auf das Essen. Butler Hillary verließ seinen Platz im Schatten der Terrassentür, um die Gäste zu begrüßen.

Massimo blickte ihm nach, und er erinnerte sich an Taras Bemerkung, daß heute nachmittag Filmleute bei Tony waren, die Vollblüter für einen historischen Film suchten. Es sah ganz so aus, als würde Tony seinen Weg als Pferdezüchter machen. Um so besser. Wenn Massimo ehrlich war, hatte er anfangs große Zweifel gehabt, vor allem, wenn ihm der Buchhalter am Jahresende die Bilanz präsentiert hatte. Alles in allem konnte er zufrieden sein mit seinen Söhnen ...

*

Auf dem Weg durch die Halle galt Hillarys erster Blick der großen Standuhr, und er stellte fest, daß es 20.36 Uhr war. Hillarys zweiter Blick ging zu Frayn, und wie Hillary vermutete, stand dort die unvermeidliche Bierdose. Unter Hillarys beredtem Blick ließ Frayn die Bierdose neben dem Korbstuhl verschwinden. Hillarys dritter Blick schließlich richtete sich auf Summer, der auf dem Sofa hinter dem Zeitungstisch saß.

Für gewöhnlich wechselten Frayn und Summer sich im Dienst ab, einer überwachte den Park, der andere das Haus. An diesem Abend waren beide in der Halle. Der beschauliche Frayn fand das Leben auf Sunset Hill wunderbar, Summer dagegen kam fast um vor Langeweile. Er war in der Bronx aufgewachsen, und er sehnte sich nach dem aufregenden Leben dort zurück. Er hatte Sunset Hill satt, er hatte das italienische Essen satt. Er würde kündigen und wieder zurückgehen in sein altes Polizeirevier in der Bronx. Was nützte ihm das viele Geld, das er bei Calese verdiente, wenn er vor Langeweile krepierte.

Während Butler Hillary seinen Weg durch die Halle fortsetzte, knöpfte Summer seine Jacke auf, holte die Pistole aus dem Halfter und kontrollierte, ob das Magazin gefüllt war, eine Routinegeste, bei der er sich weiter nichts dachte.

Als Hillary vors Haus trat, rollte Tonys Range Rover gerade aus dem Halbdunkel der Allee, holte auf dem Vorplatz zu einer weiten Rechtskurve aus und kam vor dem Haus zum Stehen.

Die Gäste, die Tony mitbrachte, waren Männer in hellen Sommeranzügen und weißen Hüten, was Hillary sofort für sie einnahm. Er trat zum Wagen und öffnete den vorderen Schlag. »Guten Abend, Hillary.« Der Mann im hellen Sommeranzug mit dem weißen Hut war kein Fremder.

»Mister Fillipi, schön, daß man Sie mal wieder sieht.« Ugo Fillipi hatte weißen Flieder in der Hand. Hillary wollte Fillipi den Strauß abnehmen, doch Ugo Fillipi wehrte mit einem Lächeln ab. »Ich möchte ihn der Signora selber geben.« Hillary nickte. »Signora Diana wird sich freuen. So schöne Blumen.«

Abgelenkt durch Ugo Fillipi hatte Hillary nicht auf die anderen Männer geachtet, die ausstiegen. Sie standen plötzlich da; es waren Fremde, die er nie zuvor gesehen hatte.

»Wo ist Tony«, dachte er noch, aber im selben Moment

bekam er von hinten einen Schlag auf den Kopf, der so wuchtig war, daß er ohne einen Laut zusammensackte. Einer der Männer fing Hillary mit geübtem Griff auf und legte ihn auf die Erde.

Die drei Männer wechselten einen Blick. Diamantino, der den Wagen gesteuert hatte, fragte: »Soll ich nicht doch mitkommen?« Fillipi wehrte ab. »ich brauche nur Michael, du bleibst hier beim Wagen.« Bevor sie weitergingen, sagte Ugo Fillipi halblaut zu Michael: »Schließ die Jacke. Die Waffe brauchst du erst, wenn wir an der Terrassentür sind.« Michael nickte stumm und sie betraten das Haus.

Zuerst das Vestibül. Die Wandlampen gaben mattes Licht, die Treppe ins obere Stockwerk lag im Halbdunkel. Im Vorbeigehen blickte Ugo Fillipi in einen Wandspiegel und korrigierte den Sitz des Hutes. Dann öffnete er die Doppeltür aus geschliffenem Glas zur Halle.

Ugo Fillipi und Michael gingen so dicht nebeneinander, daß ihre Schultern sich berührten. Ugo Fillipi benahm sich wie ein Freund des Hauses; er nickte Frayn und Summer zu, grüßte sie mit einem »Hallo«. Unter der Terrassentür trennte sich Ugo Fillipi von seinem Begleiter. Ugo wandte sich nach rechts zu dem Tisch, um den die Familie Calese versammelt war. »Guten Abend«, sagte er höflich. Dann ließ er den weißen Fliederstrauß fallen und hatte eine Waffe in der Hand. Schnell hintereinander gab er zwei Schüsse ab. Nach einer Pause von wenigen Sekunden folgte ein dritter Schuß.

Der erste Schuß traf Massimo Calese in die Lunge, der zweite in den Arm. Nach dem zweiten Schuß sprang Diana auf und warf sich vor Massimo. Ugo Fillipis dritter Schuß schlug in Dianas rechte Schläfe ein und zertrümmerte die Schädeldecke.

Gleichzeitig ging im Haus die Schießerei los. Summer machte den Anfang. Er verpaßte Michael einen Bauchschuß, doch bevor dieser stürzte, durchlöcherte er Summer mit einer Garbe. Frayn rannte auf die Terrasse. Er sah Ugo Fillipi im Schatten der Hausmauer in Richtung Park flüchten. Ohne sich um das zu kümmern, was auf der Terrasse passiert war, nahm Frayn die Verfolgung auf.

Massimo Calese wollte Frayn etwas zurufen, aber aus seinem Mund kamen keine Worte, sondern Blut.

War Massimo Calese erschrocken, als er Ugo Fillipi aus dem Haus treten sah? Nein, erschrocken war er nicht. Er war überrascht, angenehm überrascht. Sieh da, dachte er, Ugo Fillipi ist ein zivilisierter Mann. Er will mit mir reden. Er will weiter Frieden halten. Er bringt Diana Blumen mit. Typisch Ugo Fillipi.

Massimo wollte aufstehen, um Ugo zu begrüßen, da ließ Ugo die Blumen fallen und schoß auf ihn.

Und dann war plötzlich Diana zwischen ihm und Ugo Fillipi. Massimo versuchte, sie wegzustoßen, weg aus der Schußlinie, aber bevor er das konnte, schoß Ugo zum drittenmal, und vor Massimos Augen explodierte Dianas Kopf. Eine Wolke aus goldenem Haar. Ein Strahlenkranz. Und aus dem Strahlenkranz spritzte Blut auf ihn.

Dianas Kopf fiel auf seine Brust und glitt langsam abwärts. Die Beine knickten unter Diana zusammen, die Arme baumelten. Ihr Kopf sank in Massimos Schoß und blieb dort liegen. Massimo packte das Tischtuch, zerrte es zu sich heran und deckte Diana damit zu.

*

Tara saß auf ihrem Platz mit dem Rücken zum Haus, den Kopfhörer auf den Ohren. In ihrem Kopf dröhnte Applaus. Sie hatte die Augen geschlossen. Sie war nicht auf Sunset Hill, sie war auf Hawaii. Sie war in ...

Tara sah Ugo Fillipi nicht, der hinter ihr aus dem Haus trat und auf den Tisch zukam, mit einem Strauß weißen Flieders in der Hand. Sie sah nicht, daß er die Blumen fallen ließ und eine Pistole auf ihren Vater richtete. Sie registrierte nur den fremden Duft, und dachte, Tony hat eine Frau dabei. Tara öffnete die Augen und blickte zu ihrem Vater. Wenn Tony eine Frau mitbrachte, würde er aufstehen, um sie zu begrüßen. Und tatsächlich, er richtete sich auf. Der Ausdruck auf seinem Gesicht drückte Überraschung aus. Mitten in der Bewegung verharrte er; eine Erschütterung ging durch seinen Körper, und eine zweite, als hätte ihm eine unsichtbare Faust zwei Schläge versetzt.

Taras Mutter sprang auf, warf sich vor ihren Mann. Plötzlich erstarrten beide, und Tara sah, wie der Kopf ihrer Mutter explodierte. Langsam, sehr langsam sank die Gestalt der Mutter in sich zusammen, glitt auf den Schoß ihres Mannes.

In Taras Ohren dröhnte der Applaus, lauter, immer lauter. Wo war sie, in Hawaii oder auf Sunset Hill? Die Bilder, die sie sah, waren sie wirklich, war es ein Traum? Der weißgedeckte Tisch Halluzination? Die Großmutter ihr gegenüber war nicht wirklich? Wo war Rico? Wo war Tony? Wieder ging ihr Blick zum Vater. Er saß vornübergeneigt an seinem Platz. Mit der linken Hand hatte er das Tischtuch gepackt und zog es langsam zu sich heran. Die Karaffe kippte um, und der Wein ergoß sich über das weiße Tuch. Gläser fielen um, er achtete nicht darauf. Er zog weiter an dem Tuch und breitete es über seine Frau.

Der Applaus in Taras Ohren brach ab. Mit leisem Rauschen spielte sich das Band ab, dann trat Stille ein. Tara saß reglos auf ihrem Stuhl. Nichts sagen, nichts tun. Warten, warten. Das Dröhnen war verschwunden, irgendwann würden auch die Bilder verschwinden. Sie mußte nur stillhalten und warten.

Frayn war nicht schnell genug, um Ugo Fillipi einzuholen. Als er auf den Vorplatz kam, sprang der Verfolgte gerade in den Range Rover und der Wagen fuhr an. Frayn schoß hinterher, er schoß einfach drauf los, ohne zu zielen und ohne zu treffen. Zu spät. Frayn fluchte in sich hinein. Wo steckte Summer? Summer hätte weiß Gott genug Zeit gehabt, sich um den Fahrer zu kümmern. Frayn hörte in der Nähe ein Stöhnen. Hillary, der Butler, kniete auf der Erde und versuchte, auf die Füße zu kommen. Frayn packte ihn unter den Armen und zog ihn in die Höhe.

»Alles o. k.?«

Hillary rieb sich den Kopf. »Wo ist Tony?« Frayn gab darauf keine Antwort. Er nahm Hillary unterm Arm. »Tony ist nicht da. Kommen Sie jetzt, ich bringe Sie ins Haus.«

In der Halle war es still und dunkel. Hillary machte sich von Frayn los und ging zum Lichtschalter. Frayn rief nach Summer. Verdammt, wo steckte dieser Summer.

In der offenen Terrassentür fand er Michael, Ugo Fillipis Begleiter. Er lag mit dem Kopf nach unten, die Maschinenpistole unter sich begraben. Frayn blickte sich um. »Summer! Wo sind Sie?«

Hillary machte ihm ein Zeichen und deutete auf den Zeitungstisch. Summer lag dahinter. Sein Kopf lehnte an der Rattanumrahmung des Sofas. Seine offenen Augen täuschten Frayn. »Findest du es immer noch langweilig?« Summers Gesicht blieb ohne Reaktion, seine Augen starrten an Frayn vorbei. Es dauerte eine Weile, bis Frayn begriff. Er steckte die Waffe weg und ging hinaus auf die Terrasse. Hillary folgte ihm und stellte wieder dieselbe Frage: »Wo ist Tony?« Niemand gab ihm Antwort.

»Machen Sie Licht«, sagte Frayn. Hillary gehorchte, und dann vergaß er seine Frage. Der runde Eichentisch, der als Anrichte diente, war umgestürzt, und alles, was Hillary dort vor einer halben Stunde liebevoll aufgebaut hatte, lag auf der Erde. Die kobaltblaue Kristallvase in tausend Scherben, die Weißweinflasche zerbrochen, die Teller, die Früchte, das Konfekt, die Zigaretten, alles lag auf dem Boden, und alles schwamm in dem Wasser der zerbrochenen Blumenvase und des Eiskübels.

Hillary, in dessen Kopf immer noch ein schmerzhaftes Dröhnen an- und abschwoll, gehorchte dem automatischen Impuls aufzuräumen. Er machte einen Schritt nach vorn und trat auf etwas Weiches. Erschrocken zog er den Fuß zurück. Der weiße Fliederstrauß von Ugo Fillipi.

Hillary hob den Strauß auf und blickte sich suchend um. »Mister Fillipi ...« Er verstummte vor dem Bild, das der Eßtisch bot. Massimo lag mit dem Oberkörper über dem Tisch. Aus seinem Mund floß ein dünnes Rinnsal Blut. Mit der linken Hand suchte er Halt am Tischtuch, aber das Tischtuch gab nach. Mit allem, was darauf stand, begann es zu rutschen, die Rotweinkaraffe schwankte und stürzte um, der Wein ergoß sich auf das weiße Tuch, bildete eine Lache auf dem gestärkten Stoff und begann zu versickern.

Massimo schien bei Bewußtsein; seine Augen waren offen, seine Lippen bewegten sich. Was er sagte, konnte niemand hören, in der allgemeinen Panik achtete auch niemand auf ihn.

Bis auf Mariannina und Tara waren alle aufgesprungen und schrien durcheinander. Tante Rosalie versuchte Diana von Massimo wegzuziehen und schrie: »Hilfe! Hilfe! Einen Arzt! Sie stirbt! Hilfe!«

Rico, der Frayn nachgelaufen war, um die Verfolgung von Ugo Fillipi aufzunehmen, stürzte aus dem Haus und schrie: »Er ist weg, wir müssen ihm nach, Vater, hörst du, wir müssen ihm nach.«

Irene hatte den Tisch fluchtartig verlassen und war an die Hauswand zurückgewichen; sie preßte sich an die Mauer und starrte mit offenem Mund auf Massimo. Ohne einen Laut von sich zu geben, schien sie gellende Schreie auszustoßen. Ed lief ziellos hin und her und rief nach Summer und Frayn.

Tara hatte den Kopfhörer zurückgeschoben; der Stahlbügel lag kühl um ihren Hals. Sie sah und hörte, was um sie herum vor sich ging, aber es ergab keinen Sinn.

Plötzlich trat Stille ein, und die Figuren erstarrten mitten in der Bewegung. Dann hörte Tara eine Stimme, die sie im ersten Moment nicht erkannte. Die Blicke der anderen, die sich Mariannina zuwandten, sagten ihr, daß die Großmutter gesprochen hatte. »Angelo, hast du gehört!« Es hätte die Stimme eines Mannes sein können. »Du mußt etwas tun, Angelo. Diana und Massimo brauchen einen Arzt. Ruf Dr. Bennion an. Es eilt.«

Angelo stand hinter einem Stuhl und umklammerte die Lehne mit beiden Händen, als suchte er Halt. »Wieso Dr. Bennion? Wir brauchen einen Krankenwagen.«

»Ich habe gesagt, Dr. Bennion.« Ihr Ton wurde ungeduldig. »Dr. Bennion soll den Krankenwagen anfordern, so schnell wie möglich. Es muß ein Wagen mit Intensivstation sein und mit einem Arzt. Und noch etwas. Dr. Bennion soll sofort das Terrytown Hospital verständigen, damit sich ein Operationsteam bereitmacht.«

Angelo nickte.

»Worauf wartest du«, drängte Mariannina. »Wir dürfen keine Zeit verlieren.«

»Dr. Bennion wird wissen wollen, was passiert ist.«

Mariannina zögerte. Ihr Blick ging über die Tafel zu Massimo. »Sag Dr. Bennion, es handelt sich um einen Jagdunfall.«

Angelo holte hörbar tief Luft. »Ein Jagdunfall, das ...«

Mit einer eindeutigen Handbewegung brachte Mariannina ihn zum Schweigen. »Ich spreche selber mit Dr. Bennion ...«

Angelo wollte etwas einwenden, doch sie ließ ihn stehen. Sie legte die Hand auf Taras Schulter. »Tara, du kommst mit mir.«

Als sie in die Halle kamen, waren Hillary und der Gärtner dabei, eine Autodecke über Summers Leiche zu breiten; Frayn kniete neben einem anderen Toten, einem Mann, den Mariannina nicht kannte.

Hillary richtete sich auf; seine dunkle Haut schien grau geworden zu sein. »Wir müssen die Polizei benachrichtigen.«

Für einen Moment wußte Mariannina nicht weiter. Polizei, dachte sie, und ihre Kaltblütigkeit drohte sie zu verlassen. Draußen, auf der Terrasse, begann Irene unkontrolliert zu schluchzen. Mariannina straffte sich. »Die Polizei brauchen wir nicht.«

»Aber die Toten ...«

»Denen kann die Polizei auch nicht mehr helfen. Also keine Polizei, haben wir uns verstanden Hillary?«

»Ja, Mam.«

»Sorgen Sie dafür, daß man Summer ... und den anderen da ... aus dem Haus schafft. Man soll sie ins Nebengebäude bringen, in eine der leeren Garagen.«

»In Ordnung, Mam«, murmelte Hillary, »ich übernehme das am besten selber.« In Mariannas Blick war etwas, das Hillary zwang, sich vor ihr zu rechtfertigen. »Ich weiß nicht, wie ich es hätte verhindern können. Ich sah Tonys Range Rover. Mister Fillipi stieg aus, ich wunderte mich, aber ich dachte mir nichts Böses, und dann bekam ich einen Schlag auf den Kopf ... Es ging alles zu schnell ... Sie haben Mister Tony abgepaßt, sie haben ihm das Auto weggenommen, damit der Pförtner sie unbesehen durchläßt. Vermutlich haben sie Mister Tony k.o. geschlagen wie mich.«

»So ist das, sie sind mit Tonys Range Rover gekommen ...«

»Ja, wie sollte ich ahnen ...«

»Schon gut, Hillary. Sie trifft keine Schuld. Es ist nur wegen Tony. Der Chauffeur soll sich sofort ins Auto setzen und Tony suchen. Vielleicht braucht er Hilfe ...«

Mariannīnas Schlafzimmer lag im ersten Stock des rechten Seitenflügels. Dorthin brachte sie Tara. Der vordere Teil des großen Raums war als Salon eingerichtet, das Bett stand im Hintergrund. Es hatte einen Baldachin mit einer reichen Draperie aus blaßrotem Seidendamast. Im matten Schein der Nachttischlampen, die dahinter verborgen waren, erhob es sich wie ein orientalisches Zelt. Es roch nach welkenden Rosen und grünen Sommeräpfeln. Das Fenster zur Terrasse war offen, und die Vorhänge bewegten sich im Luftzug.

»Schließ die Läden, Tara«, sagte die Großmutter und setzte sich aufs Bett, um zu telefonieren. Sie mußte lange warten, bis Dr. Bennion abnahm. »Herr Doktor, hier ist Mariannina Calese ... es ist etwas Schreckliches passiert, ich brauche Ihre Hilfe ... nein, mit mir ist alles in Ordnung ... es geht um Massimo ... ein Jagdunfall ... es ist ernst ... die genaue Art der Verletzung ... das kann ich nicht sagen ... er hat viel Blut verloren ... Bitte organisieren Sie einen Krankenwagen und verständigen Sie das Terrytown Hospital, daß man eine Operation vorbereitet ... Ja, ein Jagdunfall ... ich erkläre Ihnen alles, wenn Sie hier sind. Kommen Sie schnell, es eilt.«

Tara verfolgte das Gespräch mit angehaltenem Atem. Ein Jagdunfall. Kein Wort von Diana.

Die Großmutter hatte den Hörer aufgelegt und starrte geistesabwesend vor sich hin. Dann begann sie, ohne aufzuschauen, ihren Schmuck abzunehmen, das Perlencollier, das Armband, den Ring. Das Armband glitt ihr aus der Hand und fiel zu Boden. Tara hob es auf. Während sie sich aufrichtete, hörte sie sich sagen: »Mutter ist tot, nicht wahr.«

Marianninas Hände umschlossen die Schmuckstücke. »Ja«, sagte sie tonlos. Sie erhob sich, um zum Safe zu gehen. Mit dem Rücken zu Tara sprach sie weiter: »Sie hat nichts gespürt, glaub mir. Sie hat nicht einmal begriffen, daß sie getroffen wurde. Sie wollte Massimo zu Hilfe kommen ... Wäre sie sitzen geblieben, wäre ihr nichts passiert, aber so ... Wahrscheinlich hat sie Massimo das Leben gerettet. Die Kugel sollte ihn treffen ...« Sie drehte sich um, blickte Tara in die Augen. »Frag mich nicht, warum solche Dinge geschehen, ich weiß es nicht. Ich weiß nur, alles ist vorbestimmt.«

Tara schwieg. In ihrem Kopf waren stumme Bilder von schrecklicher Langsamkeit, die immer wiederkehrten.

Mariannina war jetzt im Badezimmer, und Tara hörte Tabletten in ein Glas fallen und Wasser laufen. Als die Großmutter zurückkam, legte sie den Arm um Tara. »Es wird Zeit für mich, wieder nach unten zu gehen. Es gibt viel zu tun.«

»Wird Vater auch sterben?«

»Nein – er wird durchkommen. Und du, geh ins Bett und versuch zu schlafen.«

Tara forschte im Gesicht der Großmutter. »Warum willst du nicht, daß die Polizei kommt?«

Mariannina ließ Tara los. »Die kann auch nichts mehr ändern.«

»Und Ugo Fillipi? Sollen sie ihn nicht festnehmen?«

Die Frage, die eigentlich keine Frage war, brachte Mariannina aus dem Gleichgewicht. Tara wußte mehr, als gut für sie war. »Die Polizei würde alles nur schlimmer machen.«

Tara ließ nicht locker. »Ugo Fillipi muß einen Grund gehabt haben. Sonst hätte er das nicht getan. Er war doch Tonys Freund.«

Mariannina stand mit hängenden Armen da. »Früher ... ja ... früher waren die Caleses und die Fillipis befreundet, mehr als das ... Ich weiß nicht, was passiert ist ... eine Männersache ...«, sie stockte und verstummte ganz, denn es hatte an der Tür geklopft. Das Zimmermädchen steckte den Kopf herein. »Darf ich das Bett abdecken?«

Mariannina Calese nickte. »Und überziehen Sie ein zusätzliches Kissen. Tara schläft heute nacht bei mir.« Mariannina hatte ihre Sicherheit zurückgewonnen. »Du mußt Hunger haben«, sagte sie zu Tara, »ich laß' dir was heraufschicken.«

»Danke, ich möchte nichts.«

»Dann iß wenigstens einen Apfel.«

Die Tür hatte sich hinter der Großmutter geschlossen, und ihre Schritte entfernten sich. Das Zimmermädchen ging noch eine Weile hin und her, brachte das Kissen, legte das Nachthemd für Tara bereit, hängte frische Tücher ins Badezimmer. Dann verschwand auch sie, und Tara war allein. Sie ließ die Augen durch den halbdunklen Raum wandern. Jeder Gegenstand war ihr von Kindheit auf vertraut. Die Wand hinter dem Schreibtisch war vollgehängt mit goldgerahmten Familienfotos. Die Hochzeitsbilder bildeten eine Gruppe für sich. Alles weiße Bräute, Mariannina, Gloria, Massimos erste Frau, Diana, Taras Mutter. Vor die lächelnden Frauen schob sich ein anderes Bild. Tara versuchte, es zu verscheuchen, doch es blieb stehen und fächerte sich auf, wie die übereinanderkopierten Phasen eines Zeitlupenfilms.

Tara öffnete das Fenster. Es war Nacht geworden. Sie dachte an den Sonntag im April und die Bootsfahrt mit Dennis und an den Streit mit der Mutter. Es war um den Ball gegangen und um die Reise. Ursprünglich hatten sie am 2. Juni abreisen wollen. Die Mutter hätte die Reise nicht verschoben, niemals. Aber Tara hatte den Vater gebeten, und bei ihm hatte sie ihren Willen durchgesetzt. »Du sollst deinen Ball haben«, hatte er gesagt, »wir verschieben die Reise einfach um eine Woche.«

Die Gedanken bekamen Stimmen, und diese Stimmen klagten sie an: Du bist schuld, daß die Reise verschoben wurde. Du bist schuld an dem, was heute passiert ist. Du bist schuld, daß deine Mutter sterben mußte.

Sie wußte nicht, wie lange sie so am offenen Fenster stand, die Arme vor der Brust verschränkt, und in die Nacht hinausstarrte. Irgendwann hörte sie von der Terrasse Hillarys Stimme: »Tragt sie in den Fitnessraum.« Schritte, die sich entfernten und dann Stille.

Sie schloß das Fenster. Schlafen, hatte die Großmutter gesagt. Schlafen. Wie konnte sie jetzt schlafen. Träum was Schönes, das waren die Worte gewesen, die ihre Mutter ihr jeden Abend zugeflüstert hatte, beim Gutenachtkuß, bevor sie das Licht gelöscht hatte.

Sie mußte die Mutter sehen. Sie hatte Angst davor und doch mußte sie zu ihr.

Tara hatte sich nicht getäuscht, man hatte Dianas Leichnam in den Fitnessraum gebracht. Sie lag auf dem Massagetisch und war mit einem weißen Leintuch zugedeckt. Der Raum war wie immer, jeder der Gegenstände auf dem angestammten Platz, das Fahrrad, der Muskeltrainer, in der Nische die Liege mit der Höhensonne. Am Kleiderständer hingen die weißen Frotteemäntel mit den goldgestickten Namen Massimo, Tara, Diana auf der Brusttasche.

Zögernd trat Tara näher. Sie mußte sich zwingen, das Tuch zurückzuschlagen. Sie tat es vorsichtig und hielt inne, sobald der Kopf der Mutter sichtbar wurde. Das Kissen, auf dem sie lag, war blutgetränkt, das blonde Haar dunkel von getrocknetem Blut. Das Gesicht war unversehrt, nur unnatürlich blaß. Sie schien in einem leichten Schlaf zu liegen.

Tara konnte kaum atmen, so gewaltsam schlug ihr Herz. In der Stille war nur das leise Summen der Klimaanlage zu hören, und dann, plötzlich ein anderes Geräusch, genau dort, wo Tara stand, ein Tropfen, der auf dem Boden aufschlug. Der Boden war hell, der Tropfen dunkelrot. Er war von einer Haarsträhne gefallen, die über den Massagetisch hing. Jetzt bildete sich am Ende der Strähne allmählich wieder ein Tropfen.

»Ich wollte das nicht«, murmelte Tara, »verzeih mir.« Dann zog sie hastig das Leintuch über den Kopf der Mutter und lief nach oben in ihr Zimmer. Als sie das Licht anmachte, fiel ihr Blick auf das Ballkleid, das ausgebreitet über einem Sessel lag. Das fröhliche Blumenmuster schien sie höhnisch anzustarren: Willst du immer noch auf den Ball? Sie löschte die Lampe und floh zurück ins Zimmer der Großmutter. Aber auch dorthin folgten ihr die Gedanken und die Schuldgefühle und peinigten sie.

Alles ist vorbestimmt, hatte die Großmutter gesagt. Tara versuchte zu verstehen, was sie damit gemeint hatte. Trost fand sie darin nicht. Sicher, wenn alles vorbestimmt war, gab es keine Schuld. Aber dann hatte der Mensch auch keine Chance, dann war von der ersten Stunde an das Urteil über ihn gefällt. Eine schreckliche Vorstellung.

Sie warf sich auf das Bett und murmelte unter Schluchzen: »Nein, nein, nein ...«

Sie warteten im Billardzimmer auf die Rückkehr von Dr. Bennion. Nur der grüne Tisch war beleuchtet. Die Männer standen im Schatten, Mariannina saß in einem Ledersessel. Tony, den der Chauffeur mit einem zerrissenem Hemd und einer Beule am Kopf aufgelesen hatte, lag auf dem Ledersofa vor dem Kamin. Ugo Fillipi hatte ihn mit einem einfachen Trick überlistet. Er hatte eine Panne vorgetäuscht und gewartet, bis Tony mit seinem Range Rover vorbeigekommen war. Hilfsbereit und arglos hatte Tony angehalten und war ausgestiegen. Als er merkte, daß er in eine Falle gegangen war, hatten Ugo Fillipis Männer ihn bereits überwältigt. Seine Gegenwehr war vergeblich gewesen. In seinem Schädel bewegte sich ein Hammer. Aber ein Gutes hatte der Schmerz, er lähmte das Denken. Tony wollte nicht denken, er wußte, in dem Moment, in dem er zu denken anfinge, würde er verrückt werden.

Den anderen ging es ähnlich. Auch sie waren nicht fähig zu denken, geschweige denn zu handeln. Im Grunde hatten sie bisher nichts anderes getan, als sich gegenseitig das Geschehene in Worten zu wiederholen. Und schließlich waren sie verstummt. Seit Minuten hatte niemand mehr etwas gesagt. Auch Mariannina wußte nicht weiter.

Rauchschwaden hingen in der Luft. Ed zündete sich eine Zigarette nach der anderen an, Rico kaute an einem Sandwich herum, gedankenlos, ohne Hunger, nur um etwas gegen die Nervosität zu tun. Angelo trat zum Sideboard, das als Bar diente. Er ließ Eiswürfel in sein Glas fallen und schenkte sich Whisky ein.

Mariannina hob den Kopf und sagte in gereiztem Ton: »Das ist jetzt dein drittes Glas, Angelo. Es reicht. Mit Whisky lösen wir die Probleme nicht. Seit einer Stunde hocken wir hier, und ich habe noch kein vernünftiges Wort von dir gehört.« Sie machte eine Pause. »Du bist der nächste nach Massimo. Du trägst jetzt die Verantwortung für uns alle. Ich hoffe, dir ist es klar, Angelo. Also, wie geht es weiter?«

Angelos Reaktion war unerwartet heftig. Er stellte das Glas hart ab und schrie: »Ich weiß es nicht. Ich bin nicht schuld an dem, was passiert ist. Die Feindschaft mit den Fillipis ist Vaters Sache.«

»So siehst du das also. Vaters Sache. Und du, bist du kein Calese?« Ohne Angelo Zeit für eine Antwort zu geben, wandte sie sich an Ed. »Und du, Ed? Was ist mit dir? Denkst du auch wie Angelo?«

Ed drückte die Zigarette aus. Im Gegensatz zu Angelo wirkte er ruhig und gefaßt. »Ich versuche die ganze Zeit, eine Logik in die Sache zu bringen, aber es gelingt mir nicht.«

»Laß hören«, forderte Mariannina ihn auf.

»Also, angefangen hat es im März. Damals begannen die Ermittlungen des FBI Drogendezernats gegen die Fillipis. Im April bekommt das Drogendezernat Besuch von einem Informanten, der behauptet, zwischen dem internationalen Drogenring, den die Fillipis kontrollieren, und den Caleses bestünde eine Geschäftsverbindung. Ohne den Informanten und seine Behauptung zu prüfen, verschafft sich das FBI einen Hausdurchsuchungsbefehl und stellt hier in Sunset Hill und in unseren Büros alles auf den Kopf. Man findet nichts und nennt das Ganze einen Irrtum. Die Vorbereitungen für den Prozeß gegen Mauro Fillipi laufen auf Hochtouren. Aber es kommt nicht zum Prozeß, denn Mauro Fillipi verschwindet ein paar Tage vor Prozeßbeginn auf mysteriöse Weise.« Ed fuhr sich mit der Hand übers Gesicht, eine Bewegung, die typisch für ihn war, wenn er Mühe hatte, seine Gefühle unter Kontrolle zu halten. »Und heute kommt Ugo Fillipi hierher und schießt auf Vater. Diese Tat hätte nur dann einen Sinn, wenn Vater verantwortlich wäre für das Verschwinden von Mauro Fillipi, aber er hat nichts damit zu tun ... Wie ich schon sagte, das Ganze macht keinen Sinn ...«

»Vielleicht doch.« Rico trat an den Billardtisch, legte die Hände auf den grünen Filz und blickte zu Ed, der auf der anderen Seite im Schatten stand. »Vielleicht wußte Ugo Fillipi mehr als wir.«

»Was willst du damit sagen?«

»Du hast mich schon verstanden, Ed, aber bitte, einer muß es ja mal aussprechen. Es könnte durchaus möglich sein, daß Großvater Interesse daran hatte, den Prozeß gegen Mauro Fillipi zu verhindern. Schließlich waren die beiden früher einmal Partner, auch wenn das keiner von euch wahrhaben will.«

Ed hatte sich eine neue Zigarette angezündet. »Vater hat mit dem Verschwinden von Mauro Fillipi nichts zu tun. Darauf leiste ich jeden Eid. Und noch etwas: er war nie im Drogengeschäft, weder jetzt noch früher. Also lassen wir die Vergangenheit ruhen.«

Rico lachte kalt. »Die Vergangenheit paßt dir wohl nicht in den Kram, Ed. O.k., dann ist Ugo Fillipi ein Wahnsinniger. Schließlich steht er hier in Amerika auf allen Fahndungslisten. Trotzdem verläßt er sein sicheres Versteck bei Palermo und kommt hierher.«

»Er wird es bereuen. Ugo Fillipi verläßt die Staaten nicht lebend, dafür garantiere ich euch.« Das war Angelo. Alle Blicke richteten sich auf ihn, erstaunt, ungläubig, aber auch mit einer gewissen Erleichterung. »Wir müssen schnell handeln«, fuhr er fort. »Ugo darf uns nicht entwischen. Das ist unsere Pflicht, das sind wir Vater schuldig. Ed, was starrst du mich so an. Das ist die einzige Logik, die es in so einem Fall gibt. Ugo bekommt seine Strafe.« Während Angelo sprach, erfüllte ihn plötzlich blinder Mut, eine Art Rauschzustand, ließ ihn nur noch an Rache denken. »Was stehen wir hier eigentlich noch herum? Worauf warten wir?« Er blickte von einem zum andern.

Auf Tony sprang der Funke zuerst über. Die dumpfe Lähmung wich von ihm, er setzte sich auf, er wußte, was er zu tun hatte. »Ich bringe ihn um.« Das erste Mal erschrak er über das, was er da sagte. »Ich bringe ihn um.« Das zweite Mal sprach er die Worte laut aus, und es gab kein Zurück mehr.

»Ich bringe ihn um.« Das dritte Mal wurde es ein Kampfruf, und Tony fühlte sich als der Rächer der Familie. Er war jetzt auf den Füßen, stopfte das zerrissene Hemd in die Hose. »Kann ich auf euch zählen?«

Angelo hatte sein Whisky glas in großen Zügen geleert. »Ich bin dabei.«

»Ugo wird diese Nacht draußen in Long Island unterkriechen bei Carlo und Leonida. Ich kenne das Haus wie dieses hier.«

»Um ins Haus zu kommen, müssen wir an den Wachen vorbei«, stellte Rico mit jener unerschütterlichen Nüchternheit fest, die er mit Massimo gemeinsam hatte, und die den Vater so große Hoffnungen auf den Zwanzigjährigen setzen ließ.

»Die Wachen sind kein Problem«, versicherte Tony. »Wir sind zu viert, und wir sind im Vorteil, denn sie rechnen nicht mit uns. Trotzdem, zur Sicherheit nehmen wir Frayn und den Chauffeur mit.« Er gab den anderen einen Wink. »Kommt, wir holen uns Waffen.«

Tony öffnete die Tür, die aus dem Billardzimmer direkt in den Sicherheitsraum führte. Auf sechs Monitoren sah man die Stellen von Sunset Hill, die von Fernsehkameras überwacht wurden. Die Bilder hatten einen bläulichen Ton und die verzogene Optik des Weitwinkelobjektivs. Tony warf einen kurzen Blick auf den Monitor mit dem Tor und dem Pförtnerhaus. Dort ist Ugo Fillipi durchgefahren, dachte er, in meinem Range Rover, und ein paar Minuten später hat er auf Vater geschossen, dabei waren wir mal Freunde. Er öffnete den Waffenschrank. »Bedient euch.«

Als die Männer ins Billardzimmer zurückkamen, hatte jeder eine Maschinenpistole in der Hand.

Mariannina saß in dem Ledersessel, die Hände vor der Brust verschränkt. Sie wirkte erschöpft. Ihr Blick hatte etwas Stumpfes, und als sie jetzt sprach, war ihre Stimme ohne Kraft. »Wenn ich recht verstanden habe, wollt ihr hinaus nach Long Island, zu den Fillipis.« Ihr Ton verriet nicht, ob sie das Vorhaben gut oder schlecht fand.

Angelo ergriff für die andern das Wort. »Es muß sein. Nach dem, was Ugo Fillipi uns angetan hat ... Er muß sterben, das sind wir Vater schuldig.«

Nickte Mariannina? »Und weiter, Angelo? Hast du auch daran gedacht, wie es weitergeht? Ugo Fillipi stirbt – und dann?« Ihre Augen gingen langsam von einem zum andern. »Ihr wißt alle, was dann kommt. Dann kommt die nächste Runde, das heißt, dann seid ihr wieder an der Reihe. Keiner von euch ist dann mehr sicher, egal wo ihr seid. Hinter jeder Tür, die ihr öffnet, kann jemand auf euch warten, jedes Auto, in das ihr steigt, kann explodieren. Auch eure Familien sind in Gefahr, eure Frauen, eure Kinder. Was ihr heute hier erlebt habt, wird sich wiederholen ... Wollt ihr das? Wollt ihr einen Krieg?« Ohne lauter zu werden, hatte die Eindringlichkeit ihrer Stimme von Wort zu Wort zugenommen.

Die Männer wechselten Blicke. Tony löste sich von der Gruppe. »Die Fillipis haben begonnen.«

Mariannina erhob sich, und sobald sie stand, schienen Alter und Müdigkeit von ihr abzufallen. »Es interessiert mich nicht, wer begonnen hat«, sagte sie scharf. »Ich weiß nur eines, ihr werdet nicht nach Long Island fahren. Nicht heute, nicht morgen – nicht solange ich lebe. Tony, Angelo, legt eure Waffen weg – hierher auf den Tisch, ja, auf den Billardtisch, da liegen sie gut. Rico, du bist auch gemeint. Was ist mit dir, Ed ...«

Die Männer gehorchten zögernd, nur Angelo behielt die Maschinenpistole in den Händen. »Ich verstehe dich nicht. Wir sollen hier sitzen und nichts tun?«

»Das habe ich nicht gesagt, Angelo. Wir haben sogar sehr viel zu tun. Komm schon, tu, was ich gesagt habe, leg die Maschinenpistole auf den Billardtisch wie die anderen – und jetzt hört mir gut zu. Da ist zuerst das Problem mit der Polizei. Ich will nicht, daß es Ermittlungen gibt. Das heißt, wir werden uns die richtigen Leute kaufen müssen. Das ist sicherer, als darauf zu hoffen, daß nichts durchsickert. Haben wir uns verstanden? Das gleiche gilt fürs Krankenhaus. Wir müssen unbedingt verhindern, daß die Presse davon Wind bekommt. Dr. Bennion habe ich bereits in diesem Sinne instruiert, aber das genügt nicht. Fürs Krankenhaus gilt dasselbe wie für die Polizei, wir müssen uns die richtigen Leute kaufen.« Sie zog die helle Wollstola dichter um sich. »Nun zu den Toten ... Den Totenschein für Diana stellt Dr. Bennion aus, den für Summer ebenfalls. Aber da ist noch der Mann, der mit Ugo Fillipi gekommen ist. Wir haben bei ihm einen Führerschein auf den Namen Michael Penazza gefunden. Laut Führerschein lebt er in Chicago. Wahrscheinlich stimmt weder der Name noch der Wohnort. So oder so, von diesem Mann braucht Dr. Bennion nichts zu wissen. Deshalb muß er aus dem Haus, und zwar, bevor Dr. Bennion vom Krankenhaus zurückkommt. Ist das klar?« Ein überlegenes Lächeln spielte um Mariannina Mund. »Diesen Michael Penazza soll die Polizei haben. Ich stelle mir vor, daß ein Patrouillenboot ihn irgendwo in der Hudson Bay auffischt.«

In Mariannina war etwas, das keinen Widerspruch duldete, und die Männer fügten sich. Seit es die Familie Calese gab, hatten Männer die Verantwortung getragen – in dieser Stunde trat zum erstenmal eine Frau an die Spitze der Familie, die achtzigjährige Mariannina, die Witwe von Fausto Calese, die Mutter von Massimo Calese.

Dr. Bennion kannte Mariannina seit dem Tag, an dem die Familie Calese in Sunset Hill eingezogen war. Damals hatte sich ein Möbelträger bei einem dummen Sturz auf der Treppe den Arm gebrochen. Dr. Bennion war von Terrytown herübergekommen und hatte den Mann ins Krankenhaus gebracht. Erst viel später, als er bereits ein Freund des Hauses war, wurde ihm klar, daß in der Familie Calese gewisse Dinge anders waren als in normalen Familien. Er erfuhr es nicht über Dritte. Massimo selbst zog ihn ins Vertrauen. Es war an einem dunstigen Herbstmorgen nach einer Schnepfenjagd. Die erlegten Tiere hingen am Holzgeländer des Bootsstegs, und die beiden Männer waren in einer glücklichen Robinson-Crusoe-Stimmung. Kein Beruf mehr, nur noch als Jäger leben. Dr. Bennion fand, Massimo Calese könne sich das doch leisten, er solle New York vergessen und seinen Söhnen Angelo und Ed die Geschäfte überlassen. Da hatte Massimo den Kopf geschüttelt. »So einfach ist das nicht. Wie soll ich es erklären ... Das Startkapital, mit dem ich mein Unternehmen aufgebaut habe, war nicht ganz legal verdient. Sie verstehen? Einen Mann wie Milton Shannendy, der es ähnlich gemacht hat, nennt man bewundernd einen Selfmademan ... für einen Italiener wie mich hat man einen anderen Namen ... Mafiaboß.« Und dann, mit einem plötzlichen Anflug von Pathos: »Und ein Mafiaboß kann eben nicht aussteigen. Ein Mafiaboß ist an der Macht oder ein toter Mann. Dazwischen gibt es nichts.«

Würde Massimo durchkommen? Auf dem Transport hatte es einen kritischen Moment gegeben, als der Kreislauf zu versagen drohte. Das Bewußtsein hatte er nicht verloren, und das war ein gutes Zeichen. Bei der Einlieferung ins Terrytown Hospital hatte Massimo dem Chirurgen, der ihn operieren sollte, die Hand hingestreckt: »Ein Jagdunfall, aber fragen Sie mich nicht, wie es passiert ist. Es war im Schilf und bereits dämmrig.« Und der Chirurg, selbst ein passionierter Jäger, hatte nur gefragt: »Enten oder Schnepfen?«

Es war kurz nach halb elf Uhr, als Dr. Bennion wieder in Sunset Hill eintraf. Mariannina wartete in der Halle auf ihn. Sie hatte sich umgezogen und trug einen Hausmantel aus tiefrotem Samt, der wie eine Glocke am Boden aufstand. Der breite runde Kragen fiel über die Schultern und war mit einer goldenen Kordel eingefaßt. Dr. Bennion mußte an eine Kardinalsrobe denken.

Mariannina umfaßte seine Rechte mit beiden Händen. Ihre Stimme war leise, fast ein Flüstern. »Da sind Sie ja endlich. Wie sieht es aus? Wird er durchkommen?«

Dr. Bennion erwiderte den Händedruck der alten Frau mit Wärme. »Ich denke schon. Er ist zäh.«

»Ja, das ist er. Wie lange wird die Operation dauern?«

»Wenn es keine Komplikationen gibt, eine Stunde, alles in allem.«

Sie ließ ihn nicht aus den Augen. »Ist die Abschirmung garantiert?«

»Ich denke schon. Ich habe dafür gesorgt, daß er nach der Operation in den Trakt kommt, zu dem niemand Zutritt hat.«

»Gut.«

Mariannina hielt immer noch seine Hand fest. Dr. Bennion war ein rundlicher Mann mit einem Hamstergesicht, was der kurze rötlich-braune Backenbart noch betonte. »Möchten Sie eine Tasse Kaffee?« fragte Mariannina.

»Später. Zuerst ...« Er ließ den Satz unbeendet und Mariannina sagte: »Kommen Sie mit. Wir nehmen den Lift.«

Zusammen betraten sie den Fitnessraum. Mariannina schlug das Leintuch zurück. »Ich möchte Diana nachher in ihrem Schlafzimmer aufbahren, wie es sich gehört, aber Sie sehen ja, so geht das nicht.«

Doktor Bennion nickte stumm. Er hatte alles dabei, was er brauchte. Er legte die Jacke ab und band eine Gummischürze um.

Im Schein einer Halogenlampe und assistiert von Mariannina ging Dr. Bennion daran, den Kopf zu präparieren. Mit Mull und Klebeverband schloß er den offenen Schädel. Mariannina schaute ihm aufmerksam zu. »Was werden Sie in den Totenschein schreiben?« fragte sie.

Sie wechselten einen Blick.

»Der Totenschein«, murmelte Dr. Bennion, während er einen Wattebausch mit sterilisiertem Wasser tränkte, um Dianas Hals von Blutspuren zu reinigen. »Es war ein Unfall, ein unglücklicher Sturz. Sie ist auf den Stufen der Terrasse ausgeglitten und mit dem Kopf auf den scharfkantigen Sockel einer Säule aufgeschlagen.« Mariannina nickte und strich eine blonde Strähne aus Dianas Stirn. »Man könnte meinen, sie schläft.«

Dr. Bennion streifte die durchsichtigen Plastikhandschuhe ab. »Das wär's. Wir können sie jetzt oben aufbahren.« Er löste die Sicherung für die Rollen des Massagetischs und fuhr ihn zum Lift.

»Ich rufe Hillary«, sagte Mariannina.

»Nicht nötig. Das schaffen wir zwei allein.« Dr. Bennion machte eine Bewegung, um den steifen Rücken zu lockern. »Wie heißt der warme Rum-Drink, den Hillary so gut macht?«

»Meinen Sie die *Hot Maria*?«

»Genau. Davon könnte ich später ein großes Glas vertragen.«

Mariannina lächelte, sichtlich erleichtert, zu den einfachen Dingen des Lebens zurückzukehren. »Mit viel Rum, nicht wahr?«

»Mit viel Rum und viel Zucker.«

In Dianas Schlafzimmer war alles vorbereitet für die Totenwache. Was noch zu tun war, übernahmen Tante Rosalie und Irene.

Mariannina schloß sich mit Dr. Bennion in der Bibliothek ein. Sie brauchte noch die Totenscheine. Während Dr. Bennion den Totenschein für Diana ausstellte, suchte Mariannina in Massimos Schreibtisch die Papiere von Summer.

Für einen Arzt hatte Dr. Bennion eine auffallend leserliche Schrift. Er wollte den Füllhalter schon wieder zuschrauben, als Mariannina ihm Summers Papiere hinschob. »Noch ein letztes.«

Doktor Bennion stutzte. »Summer?«

»Er war einer der Bodyguards ... ein selbstverschuldeter Unfall beim Waffenputzen.«

Dr. Bennion preßte die Lippen aufeinander und stellte noch den Totenschein für Summer aus.

Die *Hot Maria* tranken sie in der Küche. Auf dem schmalen Tisch beim Fenster standen die verschiedenen Desserts, die es beim Abendessen hätte geben sollen. Mariannina stieg der Duft der Walderdbeeren in die Nase. Sie ließ die *Hot Maria* stehen und begann von den Beeren zu naschen, mit der Hand, ohne Zucker, wie ein Kind.

Dr. Bennion, der ihr zusah, wünschte, er hätte ein wenig von ihrem ruhigen Gewissen.

New York

Freitag, 6. Juni 1980

In der Galerie von Mary Gould herrschte an diesem Juniabend Partytrubel. Die Vernissage des Mexikaners Luiz Martinez glich der improvisierten Feier nach einer Broadway-Premiere. Die zwei langgestreckten Säle im obersten Stockwerk eines Geschäftshauses aus Stahl und Glas in der 57th Street waren im leeren Zustand von funktioneller Kühle, doch jetzt hatten sie den Glamour einer Hollywood-Szenerie. Alles was in New York zu den In-People gehörte, war da, die Schönen, die Reichen, die Mächtigen, die Gefeierten, die Geliebten, die Gehaßten, die Skandalumwitterten – alle hatten sich eingefunden.

Mary Gould schwirrte der Kopf. Sie wußte nicht mehr, wen sie zuerst begrüßen sollte, Henry und Nancy Kissinger oder den Chefredakteur von *New York Magazine* oder ihren alten Freund Bob Fisher, den Herausgeber des Männermagazins *Heat*, der die schöne Marilyn Mauvers bei sich hatte, die sich eigensinnig Filmschauspielerin nannte, obwohl sie über Probeaufnahmen nie hinausgekommen war. Und da waren auch noch Leonard Bernstein und der Wallstreetmann Ivan Boesky, die gerade aus dem Lift traten. Helft mir, signalisierte sie per Augentelefon ihren Freundinnen Jackie Onassis und Diana Vreeland, ich allein schaffe es nicht.

Ein Blick genügte, und die beiden kümmerten sich darum, daß keiner der neuen Gäste sich vernachlässigt fühlte.

»Ivan, mein Lieber«, Jackie Onassis hauchte dem Wallstreetmann einen Kuß auf die Wange, »ich fürchte, du kommst zu spät, alle Bilder sind bereits verkauft.«

Diana Vreeland hatte Leonard Bernstein erspäht, der verloren an der Tür stand. »Lenny«, rief sie laut über die Köpfe hinweg und winkte ihm mit ihrer kleinen Hand, deren überlange rote Fingernägel dem Kaiser von China Ehre gemacht hätten. Und Leonard Bernstein eilte auf die alte Dame in dem goldenen Abendmantel zu und umarmte sie so verzückt, als wäre sie ein neunzehnjähriger Lustknabe.

Johnny Travolta plauderte mit Liv Ullmann, Calvin Klein mit Gloria Vanderbilt, während sie gleichzeitig das Trio Anne Getty, Luiz Martinez und Jessye Norman im Auge behielten, die nun schon minutenlang die Köpfe zusammensteckten und amüsiert tuschelten.

Der Champagner floß – es war Roederer Cristal, darunter tat Mary Gould es nicht – und man zog vor dem eifrig filmenden CBS Fernsehteam die alte, wohl einstudierte Show ab, die deutlich machte, daß es nur einen Ort auf der weiten Welt gab, wo man zu feiern verstand – eben New York.

Das Neue, man kann sagen das Sensationelle an dieser Show war, daß sie in einer Galerie stattfand. New York hin oder her, in den Galerien, auch in den prominenten wie Castelli, Solomon, Knoedler oder Janis, ging es eher nüchtern bis langweilig zu. Zu einer Vernissage um 18 Uhr kamen die Leute eben in Straßenkleidern und verschwanden nach einem kurzen Rundgang wieder, denn schließlich hatten sie noch ein volles Abendprogramm vor sich. Das bedeutete, Künstler und Galerist standen sehr bald ziemlich überflüssig herum, es sei denn, ein Kunstkritiker verwikkelte sie noch in ein Gespräch.

Bei Mary Gould passierte so etwas nicht. Die Künstler, die Mary unter ihre Fittiche nahm, erlebten eine große Zeit in New York. Sie wurden von der Gesellschaft und von den Medien verhätschelt.

Natürlich zeigte sie in ihrer Galerie keine verkannten Genies. Mary Gould liebte den Erfolg, liebte die Sieger. Ein Maler mußte zwei Bedingungen erfüllen: Er mußte bereits einen Namen haben, und er mußte das sein, was sie einen Vollblutmaler nannte. Die Intellektuellen, die Maler grauer Weltanschauungen, düsterer sozialer Anklagen und verschlüsselter Psychogramme holte sie nicht in ihre Galerie. Sie hatte die jungen Wilden aus Deutschland nach New York gebracht und aus Italien Männer wie Palladini und Ferraro mit ihren gigantischen mythologischen Visionen und ihrer souveränen Beherrschung des Handwerks.

Der 36jährige Luiz Martinez aus Mexiko vereinte beides in sich, elementare Kraft und eine atemberaubende Könnerschaft. Viele seiner Kompositionen trugen den Titel *Sonnen* und tatsächlich hatten sie eine innere Strahlkraft, die überwältigend war. Alle Bilder, die gegenständlichen und die Kompositionen, die von den Kritikern als abstrakter Expressionismus bezeichnet wurden, schienen in den warmen Farben Mexikos zu glühen. Das weiche Purpur, der reine Zinnober, ein heftiges Rosa-Orange und ein dunkles Ochsenblutrot. Diese warmen Farben setzte er dramatisch gegen kaltes Tiefseeblau, lichtes Türkis und hin und wieder gegen beißendes Zitronengelb.

Die zwei Ausstellungssäle waren so überfüllt, daß an ein geruhsames Betrachten der Bilder nicht zu denken war. Aber waren das überhaupt Bilder zum geruhsamen Betrachten? Diese feurigen

Farbspiralen, aus denen weiß-glühende Sonnen explodierten, diese indigoblauen Himmelskrater, die Sonnenlava zur Erde schleuderten – jedes Bild war ein Naturereignis, jedes ein Stück Schöpfungsdrama.

Die Betrachter reagierten teils überwältigt, teils verwirrt. War dieser Luiz Martinez ein Gigant, oder war er ein Barbar? So oder so, neben jedem Gemälde klebte, klein und doch unübersehbar, ein roter Punkt, das bedeutete, daß alle Bilder bereits jetzt, bei der Eröffnung der Ausstellung, verkauft waren. Vor diesen suggestiven roten Punkten verflüchtigte sich jedes Wenn und Aber. Nicht einmal die Kunstkritiker konnten sich dem hypnotischen Signal entziehen. Luiz Martinez war der Maler der Stunde.

Mary Gould konnte zufrieden sein; ihre Mühe hatte sich gelohnt. Seit einem Jahr war sie hinter den Kulissen tätig gewesen, mit dem Ziel, einen Martinez-Boom auszulösen. Der sicherste Weg dazu war ein spektakulärer Ankauf durch ein großes Museum. Mary Gould war in der glücklichen Lage mit drei Museen auf gutem Fuß zu stehen, mit dem Guggenheim Museum, mit dem Museum of Modern Art und mit der Getty-Stiftung. Raffiniert wie sie war, hatte sie es so weit gebracht, daß schließlich alle drei Museen zu einem Ankauf bereit waren. Die ideale Situation für eine Auktion, wo der Höchstbietende der Sieger sein würde.

Der Ausgang dieser Auktion, die am Vormittag unter Ausschluß der Öffentlichkeit stattgefunden hatte, war selbst für Mary Gould überraschend gewesen. Das Triptychon und das Selbstbildnis waren zu einer sechsstelligen Summe an Getty gegangen. Das Fernsehen hatte den Ankauf in den Abendnachrichten als die Sensation auf dem Kunstmarkt bezeichnet.

Hinter dem Ankauf mußte ein Machtwort von Anne Getty gestanden haben. Sollte sie persönliche Motive haben? Verständlich wäre es. Luiz Martinez war ein Mann, bei dem auch eine treue Ehefrau wie Anne Getty den Kopf verlieren konnte. Luiz Martinez war kein schöner Mann – er war monumental. Groß, massiv, dunkelhäutig mit dunklem, krausem Haar. Er kokettierte mit seiner Blutmischung und behauptete, er hätte von jeder Rasse einen Tropfen in den Adern. Er glich einem der Mythologie entstiegenen Titanen, wie Michelangelo sie gemalt hatte; auch in völliger Ruhe strahlte er unerschöpfliche Kraft und Energie aus.

Mary Gould hatte seinen Auftritt nach den Regeln des Showbusiness vorbereitet und zwar mit einer PR-Kampagne, die drei Wochen vor der Ausstellung anlief. Bereits Ende Mai hatte sie Luiz Martinez im Plaza Hotel einquartiert und dafür gesorgt, daß sein Name und sein Foto nicht mehr aus den Klatschspalten verschwanden und auch in den anderen Medien, wie Radio und Fernsehen präsent waren.

Wie sich zeigte, war Luiz Martinez ein Mann, der den New Yorkern lag. In den Interviews redete er nicht von Kunst, er sprach von seiner Hazienda in Mexiko und von seinen Pferden. Die einstündige Talkshow bei Dick Cavett am Vorabend der Vernissage schloß er mit einem Satz, aus dem zwei Boulevardblätter am nächsten Morgen Schlagzeilen machten: »Die größte Leistung im Leben ist es, glücklich zu sein.«

Das Trio Anne Getty, Luiz Martinez und Jessye Norman klebte noch immer zusammen. Jetzt trat Bob Fisher dazu. Luiz Martinez und Bob Fisher waren alte Freunde. Nach der Vernissage würde man bei Bob Fisher weiterfeiern. Die beiden Männer hatten das über Mary Goulds Kopf hinweg beschlossen. Sie hätte Luiz Martinez lieber für sich allein gehabt. Auf den Partys im Haus von Bob Fisher gab es zuviel junge Konkurrenz. Aber am meisten störte sie diese Marilyn Mauvers, die Bob Fisher mitgebracht hatte. In Marys Augen war sie ein Callgirl der oberen Preisklasse, weiter nichts. Zugegeben, schön war sie, diese Mauvers. Das rote Haar und das makellose Dekolleté faszinierten jeden Mann. Das aprikosenfarbene Chiffonkleid war nahezu durchsichtig. Und jetzt, als das Fernsehteam auf sie zuschwenkte, drängte sie sich dicht an Martinez. Falls diese Mauvers die Absicht hat, bei Luiz Martinez zu landen, werde ich das verhindern, dachte Mary. Damit zog sie sich für einen Moment in ihr Büro zurück. Sie ging ins Bad, um sich nach der vielen Küsserei die Lippen nachzuschminken und die Nase zu pudern. Sie trug einen Smoking von Henry Bendel, mit Spitzenhemd und einer weißen Nelke im Knopfloch. Eigens zu dem Smoking hatte sie sich das Haar kurz schneiden lassen; das betonte ihren langen Hals, und ließ sie größer erscheinen. Gegen die Mode war sie blaß geschminkt, was ihr eigenwilliges Gesicht noch betonte. Mit zwanzig hatte sie sich für häßlich gehalten – jetzt, mit fast vierzig, flirtete sie mit ihrem eigenen Spiegelbild. Ihr Erfolg bei Männern stieg von Jahr zu Jahr. Die Zeiten, wo sie sich mit chronischer Regelmäßigkeit in die falschen Männer verliebte, waren vorüber. Heute überließ sie es den Männern, sich zu verlieben, und wählte unter den Kandidaten nach Lust und Laune. Sie stellte keine Besitzansprüche und sie duldete das auch nicht von seiten des Mannes. Im Moment hatte sie zwei Eisen im Feuer, ein Zustand, der ihr sehr behagte und ihr ein gewisses Machtgefühl gab. Der eine war Luiz Martinez, der andere Chris Shannendy.

Größere Gegensätze als diese beiden Männer gab es wohl kaum, der dunkle, wuchtige Luiz und der blonde, schlanke Chris;

der eine ein großer Maler, der andere der jüngste Staatsanwalt, den New York jemals hatte, und vielleicht in ein paar Jahren der jüngste Präsident, den Amerika jemals hatte.

Chris Shannendy war der einzige Sohn des Immobilien-Tycoons Milton Shannendy, von dem man sagte, es gehöre ihm jedes zweite Haus in Manhattan. Chris war dreißig, zehn Jahre jünger als Mary, und er war Junggeselle.

Nachdem sie sich geschminkt hatte, bürstete sie das Haar an den Schläfen straff zurück und parfümierte sich neu. Bevor sie sich wieder unter ihre Gäste mischte, blieb sie einen Moment hinter der Glaswand des Büros stehen und blickte in das Getriebe. Sie fühlte sich wie aufgedreht, überwach. War es der Champagner? War es der Erfolg? Waren es ihre Tagträume, die Lutz Martinez und Chris Shannendy umkreisten?

Chris Shannendy hatte versprochen, zur Vernissage zu kommen, aber bisher war er noch nicht aufgetaucht. Nun ja, schon am Telefon hatte er mit entwaffnender Ehrlichkeit gesagt, ein Kunstkenner wäre er nicht, er würde nur ihretwegen kommen. Und dann hatte er hinzugefügt: »Ich bewundere Sie«, und in seiner Stimme war plötzlich jene Wärme gewesen, die manchmal auch sein Lächeln ganz unvermittelt vergoldete und es so bezwingend machte.

Der Lift brachte Nachzügler. Marys Ex-Mann schob seine 120 Kilo – oder waren es bereits 130 – heraus, an der Hand ein blutjunges Ding in einem Jumpsuit aus roter Ballonseide. Rudernd steuerte er auf Mary zu und nahm sie in die Arme. »Gratuliere. Ich bin stolz auf dich. Du hast es geschafft, du hast den aufgeblasenen Castelli überrundet.«

»Psst«, warnte ihn Mary. »Er steht dort.«

»Das habe ich gesehen.« Er grinste schadenfroh, beugte sich zu ihr und fragte mit gedämpfter Stimme: »Was ist? Hast du Martinez schon getestet? Wie ist er als Liebhaber? Ebenso vulkanisch wie als Maler?«

Mary Gould kam nicht dazu, ihrem Ex-Mann die zynische Bemerkung heimzuzahlen, sie wurde abgelenkt durch den Auftritt eines Mannes, der alle Blicke auf sich zog.

Seit 25 Jahren war er der verhätschelte Wunderknabe der New Yorker Gesellschaft. Die Damen beteten seine exzentrischen Launen an und versuchten, sie zu kopieren. Sie buhlten um seine Gunst, sie machten ihn zum Cicisbeo ihrer Geheimnisse. Es war der Mann, der *Breakfeast at Tiffany's* und *In Cold Blood* geschrieben hatte, Truman Capote. Maskiert, mit Sonnenbrille und weißem Borsalino, um die Schultern ein schwarzes Abendcape, nahm er die Blicke, die Kußhände, die Rufe, die ihm galten, entgegen. Dann setzte er sich in Bewegung und bahnte sich mit der Behendigkeit eines Schlittschuhläufers den Weg zu Mary Gould. Er umarmte sie und küßte sie auf die Wangen. Seine Arme waren stark, seine Lippen trocken und warm. »Mary, ich bin mir nicht sicher, ob du was von Kunst verstehst, aber als Maler würde auch ich nur bei dir ausstellen. Du lädst die richtigen Leute ein, und du bietest wenigstens Champagner an, den man trinken kann.«

Das Fernsehteam war Truman Capote gefolgt. Der Reporter, ein junger, rothaariger Mann, bat Truman Capote um ein Statement über Luiz Martinez. Truman Capote nahm die Sonnenbrille ab, das Lächeln verschwand, und auf sein Gesicht trat der konzentrierte Ausdruck eines Barracudas, der im nächsten Moment zuschnappt. »Ich kenne Luiz Martinez nicht, ich habe ihn nur im Fernsehen gesehen, in der Dick Cavett Show. Sympathischer Bursche. Hat nur über seine Hazienda und seine Pferde geredet. Das gefiel mir. Und über die Frauen – das gefiel mir noch besser. Man kann sie nur lieben, solange man sie nicht versteht. Sobald man sie versteht, liebt man sie nicht mehr. Ich mußte älter werden als Martinez, bis ich das merkte.«

»Danke«, murmelte der Reporter. Er gab dem Kameramann das Stopzeichen und wandte sich an Mary. »Wir haben jetzt alles, es fehlt nur noch eine Sequenz mit Ihnen und Martinez.«

Mary Gould nickte. »O. k. Machen wir es vor dem Triptychon?«

»In Ordnung. Sie reden einfach miteinander und wir fahren langsam auf Sie zu.«

»Du entschuldigst mich«, sagte Mary Gould zu Capote, »aber lauf nicht weg, wir feiern nachher bei Bob Fisher weiter.«

Mit erhobenem Haupt ging Mary Gould auf Martinez zu. Sie legte die Hand auf seinen Arm. »Bist du bereit zu einem Familienbild fürs Fernsehen?«

»Ich habe Hunger«, erwiderte der Maler, »ich sterbe vor Hunger.«

Mary strahlte ihn an, als hätte er ihr eben einen eindeutigen Vorschlag gemacht.

Das Bürohaus in der Park Avenue, in dem Chris Shannendy seine Kanzlei hatte, lag dunkel und verlassen da. Hinter der Glasfront der Eingangshalle waren die Gitter heruntergelassen, und die Türen des Liftblocks standen offen. Die Fassade, von der Straßenbeleuchtung angestrahlt, hatte die strenge Eleganz der Zwanziger Jahre.

Es war ein Haus mit einer Geschichte. 1929, nach dem großen Börsenkrach, hatte sich der damalige Besitzer aus Verzweiflung vom obersten Stockwerk in die Tiefe gestürzt und so seinem

Leben ein Ende gemacht. Ein paar Monate später hatte Milton Shannendy das Haus, das niemand haben wollte – aus Furcht vor dem Fluch, der darauf lag – für ein Spottgeld erworben und begonnen, von hier aus sein Imperium aufzubauen.

Chris Shannendy liebte es, ganz allein in dem großen stillen Haus zu sein. Jeden Freitagabend saß er hier, manchmal bis tief in die Nacht, und las und schrieb und diktierte auf Band, bis er alles Wichtige erledigt hatte.

Sein Büro lag im 14. Stockwerk. Es war, dem Haus entsprechend im Stil der Zwanziger Jahre eingerichtet, mit einer eleganten Nußbaumverkleidung aus Wurzelmaser an den Wänden, mit einem hellen Parkettboden, mit kunstvoll geätzten Glastüren am eingebauten Bücherschrank und mit einem Kamin aus rotschwarzem Marmor. Das Rot und das Schwarz des Marmors kehrte in dem Jacquardstoff der Vorhänge und der Sitzgarnitur wieder und betonte die männliche Note des Raums. Der Schreibtisch war riesengroß. In der Mitte stand ein Schreibset aus Bronze und Lapislazuli; die Tinte in den zwei Fäßchen war längst vertrocknet, und der Federhalter aus Lapislazuli diente, wie alles übrige auch, nur der Dekoration.

Chris Shannendy hatte das weiße Dinnerjacket ausgezogen. Vor ihm lag das umfangreiche Protokoll der Giftmüllkatastrophe, die sich am 21. April im Hafen von Elizabeth ereignet hatte. Mitten in der Nacht hatte eine Reihe von Explosionen die Bewohner von Manhattan und Staten Island aus dem Schlaf gerissen. 52 000 Fässer mit hochexplosivem Giftmüll, die auf dem Gelände der Müllbeseitigungsfirma *Chemical Control Corporation* – kurz *CCC* – lagerten, waren in Flammen aufgegangen, und es war ein Großbrand ausgebrochen, wie ihn New York in diesem Jahrhundert noch nicht erlebt hatte. Ein Inferno mit Flammen, die bis zu hundert Meter hoch in den Himmel schlugen.

Der Krisenstab, den der New Yorker Bürgermeister Edward Koch einberief, erwog ernsthaft eine Evakuierung der Bewohner von Staten Island. Zehn Stunden lang waren 250 Feuerwehrleute im Einsatz, dann erst hatten sie das Feuer unter Kontrolle. Der Schaden des Brandes betrug 26 Millionen Dollar.

Die Ermittlungen, die seit zwei Monaten liefen, waren rasch ins Stocken geraten. Der Boß von CCC, ein gewisser John Albert, hüllte sich in Schweigen. Sicher, man hatte ihn verhaftet und verhört, aber am nächsten Tag hatten seine Anwälte eine Kaution ausgehandelt und Albert war wieder auf freiem Fuß.

Die Polizei kam nicht voran. Sie bewegte sich im Kreis. Vermutungen und Tatsachen ergaben ein undurchdringliches Bild.

Mit Sicherheit wußte man nur zwei Dinge: in den USA fielen pro Jahr 150 Millionen Tonnen Giftmüll an und von diesen 150 Millionen landeten nur 10 Prozent, also 15 Millionen, auf den dafür vorgesehenen Spezialkippen.

Wo blieben die restlichen 90 Prozent?

Um die Beseitigung dieses Mülls kümmerten sich Privatunternehmer, das heißt Tarnfirmen der Mafia. Gegen eine Gebühr von 50 Dollar besorgten sie sich eine Lizenz als Giftmüllspezialisten und gründeten eine Firma mit wohltönendem Namen, wie die CCC. Danach schloß diese Firma mit einer Fabrik, die Giftmüll abtransportieren wollte, einen Vertrag. Die Fabrik mußte pro Faß Giftmüll 150 Dollar bezahlen und war ihr Problem los.

Und dann machten die Giftmüllspezialisten kurzen Prozeß. Sie kippten den Giftmüll an Straßenränder, unter Highwaybrükken und auf ganz normale Müllhalden. Oder sie ließen den Inhalt der Giftfässer in Abwasserkanäle, in Flüsse und in Hafenbecken fließen.

Möglich waren diese Praktiken natürlich nur, weil die Mafia-Unternehmen den Schutz der zuständigen Behörde genossen. Es mußte Männer in den Behörden geben, die genau wußten, was geschah, aber sie stellten sich blind und kassierten dafür hohe Summen Schweigegeld.

Chris Shannendy war aufgestanden und ging auf und ab. Seit einem halben Jahrhundert bemühte sich die amerikanische Justiz, der Mafia das Handwerk zu legen, mit dem deprimierenden Ergebnis, daß die Mafia immer größer und mächtiger und gefährlicher wurde.

Einer mußte kommen, der damit aufräumte.

Radikal.

Für immer und ewig.

Er würde dieser Mann sein, er, Chris Shannendy.

Es war ein langer schmutziger Weg, der vor ihm lag.

Aber am Ende des Weges stand das Weiße Haus.

Chris Shannendy setzte sich wieder an den Schreibtisch. Denken war eine Sache, Handeln eine andere. Er war zwar General Attorney von New York – aber er hatte keine Handhabe dem Hauptverantwortlichen den Prozeß zu machen. Es war absurd. Er wußte, wer schuld war an der Brandkatastrophe im Hafen von Elizabeth. Aber das genügte nicht. Er brauchte handfeste Beweise, das heißt, er mußte die Verdächtigen auf frischer Tat ertappen. Bevor ihm das nicht gelang, konnten sie sich hinter ihrem Recht verschanzen, die Aussage zu verweigern. Jeder Bürger von Amerika hatte dieses Recht.

Als Amerikaner war Chris stolz drauf, daß es dieses Recht gab. Als Staatsanwalt wußte er, dieses Gesetz hatte dazu beigetragen, daß die Mafia so groß geworden war. Die Justiz hatte sich damit selbst die Hände gebunden.

In früheren Zeiten war es nicht so zimperlich zugegangen. Die weltlichen und die kirchlichen Gerichte hatten sich nicht gescheut, Geständnisse mit Hilfe der Folter zu erzwingen.

So zivilisiert er äußerlich wirkte, Chris Shannendy hatte selbst einen Hang zur Gewalttätigkeit. Er lebte ihn intellektuell aus. Wenn er vor Gericht die Anklage gegen einen Verbrecher führte und die Geschworenen dazu brachte, das strengste Urteil zu fällen, war es nicht sein Gerechtigkeitssinn, der ihn so überzeugend machte, es war seine unterschwellige Gewalttätigkeit, die seinen Argumenten die suggestive Intensität verlieh, der sich niemand verschließen konnte.

Auch im privaten Bereich machte sich dieser grausame Zug bemerkbar. So ging es zum Beispiel gegen seine Natur, um eine Frau zu werben. Bei den Damen seiner eigenen Gesellschaftsschicht war das Werben jedoch die Voraussetzung zu einem intimen Kontakt. Also verzichtete Chris Shannendy darauf und suchte seine sexuellen Freuden bei käuflichen Frauen. Sie mußten möglichst jung sein und möglichst unerfahren. Er liebte es, in der Willfährigkeit, mit der sie sich seinen Wünschen, richtiger gesagt Befehlen, unterwarfen, Angst zu spüren.

Chris Shannendy hoffte, in den Protokollen etwas zu entdecken einen Hinweis, ein Detail – das er bisher übersehen hatte. Mit pedantischer Genauigkeit arbeitete er Seite für Seite durch. Als er nach drei Stunden das Protokoll zuklappte, war er so klug wie zu Beginn. Mit einer Bewegung des Ingrimms schob er die Papiere zur Seite und griff nach der dünnen gelben Akte, die links vor ihm lag.

Streng vertraulich stand darauf. Die Akte kam vom FBI, von Lou Meller, dem Chef des Informationoffice. Chris Shannendy hatte sich nur routinemäßig an Lou Meller gewandt, ohne sich etwas davon zu versprechen. Und als er jetzt zu lesen begann, tat er es nur als Pflichtübung, damit er die Akte wieder vom Tisch hätte.

Als erstes fand er einen hellgrünen Laufzettel voller Tippfehler. Offenbar hatte Meller selbst getippt. Der Text war nüchtern und kurz: »Zu Ihrer Anfrage in der Giftmüllkatastrophe im Hafen von Elizabeth. Um an Beweismaterial gegen John Albert zu kommen, müßte man einen Mann in die Firma *Chemical Control Corporation* einschleusen. Bitte prüfen Sie die Akte Kaufmann. Der mehrmals Vorbestrafte ist mit dem Mafia-Milieu seit Jahren bestens vertraut. Zur Zeit verbüßt er eine Haftstrafe. Er wäre bereit, sich in die *Chemical Control Corporation* einschleusen zu lassen und die Informantenrolle zu übernehmen. Nach einigen Gesprächen halte ich ihn für geeignet.« Unterzeichnet mit Lou Meller.

Chris Shannendy hatte seine eigene Meinung über das Informantensystem des FBI; er hielt es für eine zweischneidige Sache. Dieser Kaufmann zum Beispiel gehörte selbst zur Mafia. Warum erbot er sich, gegen die Mafia zu arbeiten? Eine persönliche Revanche an John Albert? Oder wollte er einfach aus dem Knast? Kaufmann hatte noch zehn Jahre abzusitzen. Ein Mann versprach viel, um wieder in Freiheit zu sein. Seine Bereitschaft, für das FBI zu arbeiten, war keine Garantie für die Ehrlichkeit seiner Absichten – wenn man bei einem Informanten den Begriff Ehrlichkeit überhaupt anwenden durfte.

Das Ganze war ein schmutziges Geschäft, auch von seiten des FBI.

Und es würden Wochen vergehen, bis man Kaufmann in die *Chemical Control Corporation* eingeschleust hatte, und Monate, bis man Ergebnisse erwarten durfte.

Chris Shannendy war ein junger Mann, und er hatte es eilig. Einen schnellen und direkten Weg, John Albert vor Gericht zu bringen, hätte er entschieden vorgezogen, egal mit welchen Mitteln man vorgehen müßte. Schließlich ging es darum, einem Gangster übelster Sorte das Handwerk zu legen. Die Giftmüll-Mafia stellte eine schlimmere Bedrohung für die amerikanische Bevölkerung dar als der Drogenhandel. Die Warnungen der Umweltexperten wurden immer lauter: der Tag X, an dem ganz Amerika verseucht wäre, rücke näher.

Der Krisenstab, der dem New Yorker Bürgermeister Edward Koch während der Brandkatastrophe zur Seite stand, hatte umfassende Kontrollen in Sachen Giftmüll gefordert. Man hatte sich hingesetzt und ausgerechnet, wieviel Leute und wieviel Geld man für die Durchführung brauchte. Eine nutzlose Rechnung, der Bürgermeister von New York hatte das Geld nicht.

Wieder mußte Chris Shannendy an die Methoden früherer Zeiten denken. Wenn der König von Frankreich, der gefeierte Ludwig XIV., knapp bei Kasse war, ließ er kurzerhand die Vermögen der reichsten Adelsfamilien konfiszieren. Der Präsident von Amerika hatte so gut wie keine persönlichen Machtbefugnisse. Er war eine Schachfigur seiner Partei, er war eingeschnürt in ein Korsett von Pflichten; er war umringt von Aufpassern.

Wenn ich erst im Weißen Haus bin, werde ich das ändern, dachte er, und das hatte nichts mit Tagträumerei zu tun. Für

Chris Shannendy lag sein Weg klargezeichnet vor ihm. Der nächste Schritt war die Wahl zum Senator, in Verbindung mit dem Justizministerium – und dann folgte die Kandidatur für die Präsidentschaft. Aber er wollte nicht Präsident eines Amerika sein, in dem das Unrecht mehr Schutz genoß als das Recht. Der Satz gefiel ihm so gut, daß er ihn halblaut wiederholte und gleich einen Slogan für eine zukünftige Wahlrede daraus machte: »Ich will nicht Präsident eines Amerika sein, in dem das Unrecht mehr Schutz genießt als das Recht.«

Er nickte zufrieden und notierte den Satz.

Begonnen hatte das alles sehr früh. Als jüngster von drei Brüdern war es nicht immer leicht gewesen, sich zu behaupten. Der zwölfjährige Robert und der zehnjährige Walt behandelten ihn, den Siebenjährigen, als wäre er noch ein Baby, und schubsten ihn ab ins Kinderzimmer zu Pat, dem einzigen Mädchen unter den vier Shannendy Kindern. Chris wollte nicht mit der fünfjährigen Pat und ihren Puppen spielen; verbissen versuchte er, sich bei den Brüdern Respekt zu verschaffen, auch wenn er dabei Spott und Schläge erntete.

Dann war wieder einmal Weihnachten. Robert und Walt hatten einen Satz Baukästen bekommen, mit denen man ganz Manhattan aufbauen konnte. Chris wollte mithelfen, aber sie verscheuchten ihn und sperrten ihn aus dem Zimmer. Der kleine Chris blieb draußen vor der Tür, hämmerte mit den Fäusten dagegen und schrie voller Wut: »Wenn ich Präsident von Amerika bin, zahle ich euch alles heim.« Die Brüder lachten ihn aus, und er schrie immer lauter und immer wütender: »Wenn ich Präsident bin, wenn ich Präsident bin ...«

Seit diesem Tag ging in der Familie Shannendy der Satz um: »Chris wird Präsident.« Für die anderen war es ein Scherz. Für Chris wurde es zur Parole seines Lebens, zu dem Gedanken, der ihn ständig begleitete, zur Obsession. In der Schule, beim Sport, im College, auf der Universität, ständig fühlte er die Verpflichtung, sich selbst und den anderen zu beweisen, er, Chris Shannendy, sei besser, er, Chris Shannendy sei der Beste.

Den Konkurrenzkampf mit den älteren Brüdern hatte inzwischen das Schicksal entschieden. Robert war in Vietnam gefallen; Walt hatte sich mit Drogen ruiniert. Eine Überdosis Kokain hatte zum Koma geführt. Den Ärzten war es gelungen, ihn zu retten, aber das Gehirn hatte einen bleibenden Schaden davongetragen. Er würde den Rest seines Lebens in einer Klinik verbringen. Sein Zustand wechselte zwischen kurzen Phasen schizophrener Gewalttätigkeit und langen Zeiten totaler Apathie.

Einmal im Monat fuhr Sugar Shannendy zu der Klinik und besuchte Walt, einmal im Monat ließ sie für Robert eine Seelenmesse lesen. Milton Shannendy begleitete seine Frau nie bei den Klinikbesuchen, und er ging auch nicht mit ihr zu den Seelenmessen in die St. Paul's Cathedral.

Den Verlust von Robert hatte Milton Shannendy als Opfer empfunden, das er für Amerika hatte bringen müssen. Um nicht auch Walt zu verlieren, hatte er den zweiten Sohn mit allen Tricks vom Militärdienst befreien lassen und nach New York zurückgeholt. Er hatte ihn als Juniorchef an die Spitze seines Immobilien-Imperiums gestellt.

Zunächst sah es so aus, als würde Walt die Hoffnungen des Vaters erfüllen. Doch der Streß, es dem Vater recht zu machen, war für den jungen Mann zu groß gewesen. Er hatte Zuflucht beim Kokain gesucht. Eine Prise von dem weißen Zauberstaub und schon hatte er sich allen Problemen gewachsen gefühlt. Er brauchte mehr und mehr davon; er trug immer ein Tütchen mit dem weißen Pulver bei sich und griff immer häufiger danach, sein Verbrauch stieg von Monat zu Monat. Irgendwie gelang es ihm, sich so zu verhalten, daß niemand Verdacht schöpfte – so daß die Katastrophe für die Familie und die Mitarbeiter vollkommen überraschend kam.

Milton Shannendy empfand das Schicksal von Walt als persönliche Strafe – aber wofür? Er fand keine Antwort darauf. Er hatte immer an sein Glück geglaubt, jetzt beschlich ihn das Gefühl, sein Pakt mit dem Glück wäre ausgelaufen. Wie würde der nächste Schlag aussehen, der ihn traf? Er hatte noch Chris, und er hatte noch Pat, die hübsche lebenslustige Pat, sein Sundance-Girl, wie er sie gerne nannte, auch wenn das nicht mehr stimmte. Aus dem jungen Mädchen war eine hektische Frau geworden, die in knapp neun Jahren drei Ehen hinter sich gebracht hatte, die jeweils mit einem Selbstmordversuch und einer Scheidung geendet hatten. Im Moment war sie wieder mal davon überzeugt, sie hätte den richtigen Mann gefunden, den Filmstar Norman Reed.

Milton Shannendy sah für diese Verbindung schwarz. Norman Reed war ein Star, zugegeben, aber er kam aus einer anderen Welt als die verwöhnte Pat.

Blieb Chris. Auf ihn konzentrierten sich alle seine Hoffnungen. Er lebte immer noch im Elternhaus an der 70. East Street, einem klassizistischen Bau aus grauem Sandstein. Chris hatte sich im Dachgeschoß eine geräumige Junggesellenwohnung ausbauen lassen.

Die Tatsache, daß von drei Brüdern nur er übriggeblieben war, gab ihm ein Gefühl des Auserwähltseins. Für ihn gab es keinen Zweifel mehr, das Schicksal hatte ihn zu Höherem ausersehen.

Der Vater dachte anders. Milton Shannendy wollte Chris dazu bewegen, dem Gerichtssaal und der Politik Adieu zu sagen und ins väterliche Geschäft einzusteigen.

Milton Shannendy war 65; man sah ihm sein Alter nicht an. Er war gesund und seine Arbeitskraft ungebrochen. Das Immobilien-Imperium, das er für seine drei Söhne aufgebaut hatte, wuchs und wuchs. In seinen Augen hatte Chris die Pflicht, sich dem väterlichen Geschäft zu widmen. Die Argumente, mit denen der Vater Chris bearbeitete, waren nicht gerade dazu angetan, den Sohn zu überzeugen. Er führte Chris vor Augen, daß er als General Attorney dauernd mit den Schattenseiten des Lebens zu tun hatte. »Du kämpfst gegen Schmutz an, aber soviel Schmutz du auch wegschaffst, Schmutz wächst nach. Und in der Politik ist es genauso. Zuerst der Wahlkampf, ein Weg durch den Schmutz, und selbst wenn du es schaffst, als Präsident von Amerika wirst du wieder bis zu den Knien im Schmutz stehen. Willst du das wirklich?«

Chris Shannendys Blick ging zu den zwei Zeichnungen, die in schwarzen Lackrahmen an der Wand hingen. Sie stammten aus dem Jahr 1930, und signiert waren sie mit dem Namen E. H. Suydam, dem Künstler, der wie kein zweiter die Gabe besessen hatte, den neuen Wolkenkratzern, die sich damals in Manhattan zu erheben begannen, den phantastischen Charakter von Himmelsburgen zu geben. Unten auf der Erde standen noch ganz normale Häuser, auf den Straßen krabbelten winzig wie Ameisen Menschen und Autos dahin, aber über den Dächern des alten Manhattan wuchs das neue Manhattan unaufhaltsam und entschlossen, vom Himmel Besitz zu nehmen.

Milton Shannendy hatte die visionären Manhattan-Zeichnungen Suydams gesammelt. In jedem seiner Büros hingen zwei Blätter. »Unser Manhattan« pflegte er zu sagen, wenn er einen Besucher darauf aufmerksam machte, aber eigentlich meinte er »mein Manhattan«.

Chris war nicht der Sohn, dem es genügte zu erben. Er hatte für seine Zukunft eine größere Vision. Manhattan mochte für den Vater gut sein, Chris wollte mehr. Sein Ziel war es, der erste Mann Amerikas zu sein. Dabei war sein Ehrgeiz nicht eigentlich politischer Natur. Ihn trieb ein Sendungsbewußtsein. Er wollte Amerika ein neues Gesicht geben.

Der Vater verstand ihn nicht. Die Mutter dagegen hielt zu Chris. Mehr noch, sie sah in ihm den zukünftigen Retter Amerikas. »Wenn du Präsident bist, wirst du dafür sorgen, daß es nie mehr ein Vietnam gibt, nicht wahr. Und du wirst dem Drogenhandel ein Ende machen, damit nie mehr junge Menschen ihr Leben damit kaputtmachen, versprich mir das.«

Im Amerika von Chris Shannendy würde es keine Kriege mehr geben.

Im Amerika von Chris Shannendy würde es keinen Drogenhandel mehr geben.

Er würde dafür kämpfen.

Er würde es für Amerika tun, für alle Amerikaner, und er würde es für seine Mutter tun, damit sie ihre Söhne Robert und Walt nicht sinnlos verloren hatte.

Chris Shannendy wandte sich wieder der FBI Akte zu, die vor ihm lag. Er betrachtete die Unterschrift von Lou Meller. Eine gut lesbare, einfache Schrift. Sie paßte zu dem breitschultrigen Mann, der ursprünglich Offizier der Navy war und als U-Boot Kommandant in Vietnam hohe Auszeichnungen einheimst hatte.

Es gab zweierlei Typen von FBI Männern, die kühlen, die ihren Beruf mit der intellektuellen Neugier und Geduld eines Insektenforschers betrieben. Und es gab die warmblütigen, die einen Jagd- und Kampfinstinkt in sich hatten und immer in Gefahr waren, unüberlegte Handlungen zu begehen und übers Ziel hinauszuschießen. Lou Meller war weder das eine noch das andere. Er war ein Einzelgänger, man konnte fast sagen, ein Außenseiter. Man traf ihn selten in der FBI Zentrale. Die meiste Arbeit erledigte er in seinem eigenen Büro. Die Tatsache, daß Lou Meller ein eigenes Büro unterhielt, machte ihn interessant für Chris Shannendy. Er hielt schon seit einiger Zeit Ausschau nach einem Mann beim FBI, der außerhalb des bürokratischen Systems etwas für ihn tun konnte – vielleicht war Lou Meller der richtige.

Chris Shannendy nahm sich vor, einmal ausführlich mit Meller zu reden. Die Akte Kaufmann war ein guter Vorwand, Meller aufzusuchen. Chris Shannendy notierte sich Mellers Telefonnummer in das kleine Adreßbuch, das er immer bei sich hatte. Dabei fiel sein Blick auf die vorhergehende Eintragung:

M. Mauvers und eine Telefonnummer.

M hieß Marilyn.

Er hatte das Mädchen in einem neuen Heft von *Heat* entdeckt; man hatte das schwarz-weiß Pictorial mit ihr gemacht. Die Szenerie war der Besucherraum im Staatsgefängnis von St. Quentin. Auf der einen Seite der Barriere die Sträflinge, auf der anderen Seite der Barriere Marilyn Mauvers in einem durchsichtigen Trenchcoat. Der Fotograf hatte Licht und Schatten raffiniert eingesetzt und damit eine Atmosphäre geschaffen, die geheimnisvoll und gleichzeitig von brutaler Obszönität war.

Aber es war nicht allein die Technik, die Chris Shannendy an den Fotos gefiel, Marilyn Mauvers hatte etwas, das ihn neugierig machte. In ihren Augen war eine Kälte, die nicht gespielt war, und die Triebhaftigkeit, die ihr Mund ausdrückte, kam nicht von der Schminke, sie kam von innen.

In einem ersten Impuls hatte er sich ihre Telefonnummer beschafft, doch dann hatte er nicht angerufen. Seit dem Tag, an dem er General Attorney von New York geworden war, hatte er sich befohlen: mit Frauen dieser Sorte muß jetzt Schluß sein. Du riskierst zuviel. Es gibt schließlich genug andere. Mit den anderen meinte er Frauen der eigenen Kreise. Die Auswahl war groß und verlockend, nur die Spielregeln paßten Chris Shannendy nicht. Um mit denen ins Bett zu gehn, mußte man die alte Liebes-Operette durchspielen, das hieß vorher Blumen, Geschenke, Geständnisse, nachher Blumen, Geschenke, Beteuerungen. Wie mühsam, wie zeitraubend. Chris Shannendy hatte Wichtigeres zu tun. Das ganze Theater hätte sich nur gelohnt, wenn er ein festes Verhältnis gesucht hätte, aber das wollte er nicht.

Ich bin einfach zu normal für ein normales Sexleben, dachte er, und einen Moment sonnte er sich in diesem Wortspiel. Was seine Potenz anging, fühlte er sich allen Männern überlegen. Er mußte sich nicht verlieben, er brauchte keinen Striptease zum Anheizen, und er brauchte keine perversen Hilfsmittel. Jeden Tag packte ihn irgendwann das starke Verlangen nach einem anonymen Abenteuer, nach einer käuflichen Frau. In seinem Telefonbuch gab es ein gutes Dutzend Nummern von Callgirls. Tausende von jungen schönen Mädchen strömten Jahr für Jahr nach New York, um am Broadway ihr Glück zu machen. Die meisten davon landeten sehr bald auf der freien Wildbahn. Sie sahen aus wie zwanzig und waren noch nicht einmal sechzehn. Und das war der Haken. Einmal würde er an die Falsche geraten und eine Klage am Hals haben.

Er wählte die Nummer von Marilyn Mauvers und lehnte sich zurück. Doch statt der Stimme von Marilyn Mauvers bekam er auf Band eine Ansage zu hören, der Anschluß sei vorübergehend außer Betrieb. Er legte enttäuscht auf. Schade. Entweder hatte sie die Rechnung nicht bezahlen können, oder sie hatte nach dem Pictorial so viele obszöne Anrufe bekommen, daß sie das Telefon aus diesem Grund hatte sperren lassen.

Chris Shannendy stand auf und zog das Dinnerjacket an. In der Tasche steckte die Einladung zur Vernissage von Luiz Martinez in der Galerie von Mary Gould. Er schüttelte den Kopf. Total vergessen. Wenn schon. Mehr als die Vernissage hatte ihn sowieso die anschließende Party bei Bob Fisher interessiert. Die Bilder von Luiz Martinez würde er sich irgendwann in den nächsten Tagen über Mittag anschauen. Eine kleine Nachhilfestunde in moderner Kunst bei Mary Gould mit anschließendem Lunch. In Sachen Kunst war Mary Gould eine ideale Nachhilfe-Lehrerin. Wer weiß, vielleicht könnte sie ihm auf anderen Gebieten auch Nachhilfestunden geben.

»Mein Auto steht genau vor der Ausfahrt«, Chris gab Sweetwater den Autoschlüssel und eine Zehn-Dollarnote.

Sweetwater, der Diener Bob Fishers, der Chris ins Haus eingelassen hatte, nickte stumm. Er war ein Schwarzer und ein Koloß von einem Mann. Bis vor fünf Jahren hatte er sein Geld als Catcher verdient. Jetzt war er Bob Fishers Bodyguard und trug einen pikfeinen Cut, eine Sonderanfertigung, denn Sweetwaters Größen gab es nicht von der Stange.

Sweetwater steckte das Trinkgeld ein. »Ich werde es dem Chauffeur sagen«, meinte er souverän und trat zur Seite.

Bob Fishers Haus lag an der 67. East Street, zwischen Madison und Fifth Avenue. Äußerlich hatte der klassizistische Bau aus grauem Sandstein Ähnlichkeit mit dem Haus der Shannendys. Wie dort gab es einen Vorgarten, wie dort stand das Haus auf einem Sockel, und eine Treppe führte zur Haustür. Im Innern hörte die Ähnlichkeit auf. Dort hatte Bob Fisher, der eigentlich Architekt und Designer war, seine eigene Welt geschaffen. Das Haus diente ihm teils als Büro, teils als Privatwohnung, und so hatte die Empfangshalle einen offiziellen Charakter. Die Farben waren Blau und Weiß. Der blaue Marmorboden kam aus Brasilien; die weißen Sofas mit den weichen üppigen Kissen und das Empfangspult aus weißem Lack hatte Bob Fisher aus Italien importiert. Es waren Mister-Luna-Modelle, die aus Mailand stammten, ebenso wie die Statue der Venus Kallypigos. Der Gipsabguß – was sonst – stand auf einem Sockel aus Plexiglas und badete sich im weißen Licht eines Halogen-Spots. An diesem Abend hatte jemand der steinernen Frau mit dem verführerischen Po einen schwarzen mexikanischen Sombrero aufgesetzt und ihr große mexikanische Papierblumen zu Füßen gestreut.

Aus dem Souterrain drangen die Klänge der Mariacchi-Kapelle herauf, die Bob Fisher zu Ehren von Luiz Martinez für diesen Abend engagiert hatte. Auf der geschwungenen weißen Treppe, die nach unten führte, musterte sich Chris Shannendy in den schmalen beleuchteten Spiegeln, die in die Wand eingelassen waren. Ich werde auch noch mit fünfzig so aussehen wie heute, dachte er. Mit diesem Haar bleibe ich mein Leben lang der »junge Mann«. Sein blondes Haar war so voller Wirbel, daß kein Schnitt, kein Bürsten es zu bändigen vermochten, es blieb windzerzaust.

Die Mariacchi-Musik wurde lauter, und eine kraftvolle Männerstimme sang dazu. Chris hatte hier schon manche Nacht durchgefeiert; in der Erinnerung verschmolzen all diese Nächte zu einem einzigen langen Fest, so unwirklich und verrückt wie das Interieur, das Bob Fisher sich für sein »Partyland«, wie er das Souterrain seines Hauses nannte, ausgedacht hatte.

Chris mischte sich nicht sofort unter die Gäste, er blieb stehen und ließ die Eindrücke auf sich wirken, die, so vertraut sie ihm waren, doch immer wieder einen Zauber ausübten, wie beim erstenmal.

Bob Fishers Partyland erinnerte weder an einen Nachtclub noch an eine Disco. Wenn man durch die weißen Flügeltüren kam, glaubte man ins Freie zu treten, hinaus in eine funkelnde Tropennacht. Man stand auf einer Terrasse aus weißem Marmor; man konnte um ein smaragdgrün beleuchtetes Schwimmbassin spazieren; eine weiße Säulenbalustrade, die sich hell vom dunklen Horizont abhob, lud zum Sitzen und Träumen ein. Aus der Ferne glaubte man die leise Brandung des Meeres zu hören; und über dem Ganzen wölbte sich ein sternenübersäter Südseehimmel.

Wißbegierig wie Chris von Natur aus war, hatte er sich von Bob Fisher die technischen Tricks verraten lassen, die das »Bühnenbild« so perfekt machten. Die Sterne am Nachthimmel waren winzige 12-Volt-Lämpchen; die Illusion von Horizont und Meer entstand durch eine Projektion hinter einer dunklen Glaswand. Und die Palmen waren zwar echte Palmen, aber sorgfältig mumifiziert und mit Silberspray in ewiges Mondlicht getaucht.

Chris Shannendy ließ die Augen wandern; er hatte einen günstigen Moment erwischt. Die ganze Gesellschaft war auf der zweiten Terrasse versammelt und lauschte Luiz Martinez, der, begleitet von der Mariacchi-Kapelle, eine mexikanische Ballade vortrug. Die Augen der Frauen hingen an Luiz Martinez. Chris entdeckte Mary Gould, Jackie Onassis, Anne Getty. Er kannte sie fast alle, diese Damen der Gesellschaft. Was wohl in ihren Köpfen vorging in diesem Moment? Stellten sie sich vor, wie es wohl wäre, mit diesem Luiz Martinez eine wirkliche Liebesballade zu erleben?

Bob Fisher stand mit Truman Capote an der Bar, und Partygirls umringten die beiden. Es waren die Girls, die sozusagen zum Inventar gehörten; wie immer waren sie gleich gekleidet. Heute trugen sie hautenge, hochgeschlitzte Kleider aus hellem Seidenlurex, dessen intensiver Perlmuttschimmer den Körpern der Mädchen etwas Nixenhaftes verlieh.

Der Mann am Flügel war Solly Smuts. Die rothaarige Frau, hinter dem Flügel, wer war das? Sie war anders frisiert und geschminkt als auf den Photos, die Chris im *Heat* gesehen hatte, und doch, es gab keinen Zweifel, das mußte Marilyn Mauvers sein.

Chris wartete, bis Luiz Martinez die Ballade beendet hatte. Während alle applaudierten, ging er langsam hinüber zu dem Flügel. »Hallo Solly«, begrüßte er den Pianisten, »wie geht's?«

»Besser denn je.« Solly schien gereizt. Er wischte mit der Hand über die Tasten, daß es rauschte, und sein Blick ging zu Marilyn Mauvers. »Darf ich meine Verlobte vorstellen?« Es klang nicht gerade glücklich, und Chris Shannendy wußte nicht recht, wie er reagieren sollte.

»Was heißt verlobt?« Marilyn Mauvers streckte die linke Hand aus, an der sie einen kleinen Brillantring trug. »Ich brauche den Ring bloß abzunehmen und schon sind wir nicht mehr verlobt.« Sie beugte sich über den Flügel und blickte Chris Shannendy an. »Wie groß sind die Brillanten, die Sie einem Mädchen zur Verlobung schenken?«

»Das kommt auf das Mädchen an.«

»Sagen wir, Sie würden sich mit mir verloben?« Solly Smuts saß mit zusammengepreßten Lippen am Flügel. Er liebte Marilyn, er wollte sie heiraten und eine Piano-Bar mit ihr aufmachen. Aber seit einer Woche, seit das Pictorial im *Heat* erschienen war, hatten sie dauernd Krach. Sie hatte ihm vorher nichts davon gesagt. Sie hatte die Aufnahmen hinter seinem Rücken gemacht und ihn dann vor vollendete Tatsachen gestellt.

»Chris Shannendy findet mein Pictorial sicher toll«, sagte Marilyn kokett.

Solly Smuts lachte nervös und sagte zu Chris Shannendy: »Heben Sie die Nummer gut auf, das war das letzte Mal. Marilyn macht keine Nacktaufnahmen mehr.«

Marilyn nickte. »Nie mehr. Seit das Heft raus ist, steht das Telefon nicht mehr still ... Erst fand ich's lustig, ich dachte mir bei jedem, wieder einer, der das Heft gekauft hat – aber dann – na ja, Solly sieht es eben anders ... Manche Anrufer sind Schweine, richtige Schweine, darum hat Solly das Telefon sperren lassen. Er findet, ich bin in Gefahr ... In einer Nacht hat so ein Verrückter alle fünf Minuten angerufen, ich bekam richtig Angst – ich war nahe dran, ins State Bureau zu laufen ...« Sie blickte Chris direkt an. »Sie sind doch im State Bureau, oder?«

»Nein, das State Bureau ist das FBI. Aber ich weiß nicht, ob Sie dort sicher sind. Das sind auch nur Männer, und wenn da mitten in der Nacht so ein wunderschönes Kind hereinspaziert ...«

»Sie meinen, die haben das Heft auch gesehen?«

»Sicher.«

»Solly, hast du gehört?« rief sie mit kindlicher Freude, »ich bin jetzt auch im State Bureau.«

Chris Shannendy lächelte. »Sie sind überhaupt in allen Büros, wo Männer sind.«

Marilyn strahlte ihn an. »Auch bei Gericht, auch im Kongreß, auch im Senat, auch in den Ministerien?« Sie sprach mit der leisen, heiseren Stimme eines aufgeregten Kindes. Nach einer kleinen Pause fragte sie: »Und im Büro des General Attorney, bin ich da auch?«

Chris Shannendy legte kurz den Finger auf die Lippen. »Wenn du es nicht weitersagst, Baby, auch der General Attorney hat dein Pictorial gesehen.« Er senkte die Stimme. »Im Vertrauen gesagt, auch der General Attorney hat versucht, dich anzurufen ...«

Einen Moment starrte sie ihn ungläubig an, dann warf sie die Arme in die Höhe und rief allen zu: »Habt ihr gehört, auch der General Attorney von New York liest *Heat*, ist das nicht wunderbar?«

»Auch ich lese *Heat*«, sagte eine dunkle Männerstimme mit einem ausländischen Akzent. Es war Luiz Martinez. »Sie haben mir einen Tanz versprochen, Marilyn, wollen wir?«

Marilyn kam hinter dem Flügel hervor. Sie blieb kurz bei Solly Smuts stehn. »Spiel *Moon River* – und sei wieder gut«, murmelte sie. Dann machte sie einen halben Schritt auf Chris Shannendy zu und fragte ihn leise: »Wie ist das eigentlich, darf ein General Attorney mit so einer wie mir tanzen? Oder nur mit Damen?«

»Der General Attorney darf alles«, gab Chris ebenso leise zurück.

Marilyn hakte sich bei Luiz Martinez ein und verschwand in Richtung Tanzfläche.

Chris Shannendy machte die Runde bei seinen Freunden und forderte schließlich Mary Gould zum Tanzen auf. Er entschuldigte sich dafür, daß er nicht zur Vernissage gekommen war. »Ich bin bis eben im Büro gewesen.«

Mary Gould hatte seinen Flirt mit Marilyn aus der Ferne beobachtet und meinte spöttisch: »Hast du Akten studiert oder Aktaufnahmen?«

»Ich hatte wirklich zu tun.«

»Du hast was versäumt. Ein Fernsehteam von CBS hat die Vernissage gefilmt.«

»Ich habe in den Nachrichten von den sensationellen Ankäufen gehört.«

»Ja, damit ist Luiz Martinez jetzt ganz oben. Und er ist einer, der es verdient.«

»Ich komme mal während der Woche in die Galerie und schau' mir die Bilder an. Über Mittag, wenn wir ungestört sind, und ich dich für mich allein habe – was meinst du – und nachher lade ich dich zum Essen ein.«

Über die Schulter von Mary Gould behielt er Marilyn in den Augen. Sie war der Feuervogel unter den Frauen. Ein Strahlen ging von ihr aus, von der hellen Haut und von dem hellen rötlichen Haar, für dessen Farbe Chris nicht die richtige Bezeichnung fand. Das Chiffonkleid war einen Ton tiefer. Bei gewissen Bewegungen zeichnete sich unter dem Chiffon das Höschen ab. Es war kein Slip, es war ein lockeres Seidenhöschen, mit Spitzen besetzt. Strümpfe trug sie nicht. Ihre Beine waren so glatt und weiß wie ihre Arme. Ihre Art, sich zu bewegen, gefiel ihm, sie war sehr weich und geschmeidig im Rücken. Sie war keine große Frau, auch nicht in hohen Pumps, und in den Armen des wuchtigen Luiz Martinez wirkte sie geradezu mädchenhaft zart. Chris gefiel sie in Wirklichkeit noch besser als auf den Fotos in *Heat*. Ich will sie haben, dachte er, und zwar jetzt, und ich werde sie haben.

Nach dem Streit mit Solly tat es Marilyn gut, daß ein Mann wie Chris Shannendy sich so offen für sie interessierte. Der Name Shannendy verkörperte für sie die Welt, von der sie träumte, seit sie mit sechzehn Jahren aus Memphis nach New York gekommen war. Shannendy, das war Reichtum, Ansehen, Macht.

Sie wußte, Chris Shannendy war Junggeselle. Die Art, wie er sie ansah, ließ keinen Zweifel, er wollte etwas von ihr. Vielleicht ist das deine große Chance, dachte sie, die Chance, auf die du immer gewartet hast. Also mach keinen Fehler. Und vor allem, mach es ihm nicht zu leicht. Männer wie Chris Shannendy wollen nur das, was sie nicht haben können, denk daran.

Später, als die anderen zum Mitternachtsbuffet strömten, nahm Chris sie beiseite. »Wir stehen nicht Schlange, wir holen uns später was.« Er umfaßte ihren nackten Ellbogen und ging mit ihr zum Flügel, der im Moment verwaist dastand, denn auch Solly Smuts war hungrig und holte sich etwas am Buffet.

Chris schob Marilyn mit sanfter Gewalt in die Mulde des Flügels, während er sich links und rechts von ihr mit den Händen aufstützte. »Willst du wirklich diesen Solly Smuts heiraten? Der ist ein paar Nummern zu klein für dich, findest du nicht auch? Es wäre schade um dich.«

Sie schwieg; sie wußte, sie hätte sagen müssen, ich liebe Solly, aber die körperliche Nähe von Chris verwirrte sie, wie sie schon lange kein Mann mehr verwirrt hatte, Solly schon gar nicht. »Solly meint es ehrlich«, hörte sie sich sagen, und es klang wie eine halbherzige Entschuldigung.

Chris Shannendy kam etwas näher. »Ich habe dich beim Tanzen beobachtet. Du hast ein spitzenbesetztes Höschen an. Ich möchte, daß du es ausziehst.«

Seine Worte trafen sie wie eine intime Berührung. Ihr wurde heiß, und sie verschanzte sich hinter einem Kichern. »Warum?«

»Einfach so, weil ich es will.«

»Jetzt gleich?«

»Jetzt gleich.«

»O. k., aber dann mußt du mich für einen Moment entschuldigen.« Sie wollte an ihm vorbei in den Powderroom. Doch Chris hielt sie fest. »So war's nicht gemeint. Zieh das Höschen hier aus.«

Sie zögerte.

Chris wartete schweigend. In seinen Augen war Spott. Marilyn spürte, wenn sie ihn jetzt enttäuschte, würde sein Interesse an ihr erlöschen. Langsam, wie sie es bei einem Striptease gemacht hätte, tastete sie durch ihr Chiffonkleid nach dem Gummiband des Slip und schob es über die Hüften abwärts, weiter, weiter, über den Po, bis es ihr entglitt.

Chris Shannendy war einen Schritt zurückgetreten und sah ihr aufmerksam zu. Als das Höschen am Boden lag, sagte er: »Heb es auf.«

Sie gehorchte und wollte es ihm geben, aber er wehrte ab. »Ich bin kein Fetischist«, sagte er kühl, »leg es in den Flügel, da ist es gut aufgehoben.«

Marilyn Mauvers knüllte das Höschen zusammen und versteckte es unter dem Notenpult. Chris Shannendy umfaßte von hinten ihre Taille.

»Komm.«

Ohne sich darum zu kümmern, ob man sie beobachtete, verließ er mit Marilyn die Party und ging zu dem Lift, der nach oben, zu Bob Fishers Privatwohnung führte. Marilyn blickte sich in der roten Lackkabine des Lifts um, in der sie sich schemenhaft spiegelte. »Was tun wir jetzt?« fragte sie unsicher.

»Lift fahren.«

»Wohin?«

»In die schönste Junggesellenwohnung New Yorks, mit dem größten Junggesellenbett New Yorks.«

»Wir gehen zu dir?«

»Nein, so viel Zeit haben wir nicht.«

Der Lift öffnete sich, und Chris nahm ihre Hand, doch sie rührte sich nicht von der Stelle. Sie hatte begriffen. Mit dem größten Junggesellenbett hatte Chris Bob Fishers Bett gemeint. Das tu' ich nicht, dachte sie, nicht hier.

Chris wußte nicht, wie er ihr Benehmen deuten sollte.

»Sag bloß, du warst noch nie hier oben.«

»Du meinst Bob Fisher und ich – nein, das hätte ich Solly nie angetan.«

Chris trat näher und legte die Hände um ihr Gesicht. »Du bist vielleicht 'ne Nummer ...« Er küßte sie leicht. »Solly ist nicht der Richtige, glaub mir.«

Sie standen so dicht voreinander, daß Marilyns Augen ein wenig schielten. »Ich hab's schon lange aufgegeben, den Richtigen zu suchen.«

»Suchen ist nie gut. Finden ist besser.«

»Du meinst«, weiter kam sie nicht, denn er küßte sie wieder.

Als sie dann in Bob Fishers Schlafzimmer stand, regte sich noch einmal das Gewissen in ihr. »Du bist wahnsinnig«, murmelte sie.

Er lächelte sie an und erwiderte entwaffnend: »Daran bist du schuld. Ich muß dich haben.« Er setzte sich aufs Bett, zog das weiße Dinnerjacket aus und lockerte die Krawatte. »Ich muß dich ganz einfach haben«, wiederholte er und streckte die Hand nach ihr aus. »Komm her, ich weiß genau, es geht dir wie mir, du willst es auch.«

Das Schlafzimmer war eigentlich nur ein riesiges Bett. Es stand auf einem kreisrunden Sockel von drei Metern Durchmesser und eine Zebradecke war darübergebreitet. Lampen mit roten Lackschirmen gaben mattes Licht. Irgendwo aus der Wand kamen sehr leise und sehr fern die Geräusche der Party: die Mariacchi-Kapelle spielte weiter.

Erst als sie wieder denken konnte, bemerkte Marilyn, daß sie in ihrem Chiffonkleid auf dem Bett lag. Sie mußte lächeln. Chris Shannendy, New Yorks General Attorney und Marilyn Mauvers – wer hätte das gedacht.

Sie richtete sich halb auf und fuhr ihm durchs Haar. »Jetzt kann ich dir's ja sagen ... letzten Monat habe ich mir eine Gerichtsverhandlung angehört, nur um endlich mal den sagenhaften Chris Shannendy in voller Lebensgröße zu sehen.«

»Und?«

»Na ja, ich dachte mir, schade, den wirst du nie kennenlernen, und wenn, dann hat er eine dabei, die aufpaßt auf ihn.« Sie lachten beide, dann fragte ihn Marilyn: »Stimmt es, daß du mich anrufen wolltest? Oder hast du das nur gesagt, um Solly zu ärgern?«

»Ich habe deine Nummer seit einer Woche bei mir. Aber versucht habe ich es erst heut abend – und da hörte ich, daß dein Anschluß gesperrt ist.«

Marilyn sah ihn zärtlich an. »So betrachtet, kennen wir uns schon ziemlich lange ...«, nach einer Pause fuhr sie fort, »wahrscheinlich findest du, ich habe es dir zu leicht gemacht.«

»Oh, das würde ich nicht sagen«, er schob den dünnen Träger ihres Kleides nach oben. »Soviel ich sehe, hast du dich noch nicht mal ausgezogen ...«

Das Verschwinden von Marilyn war Solly Smuts nicht entgangen, nur wußte er nicht, von wem sie sich hatte abschleppen lassen, von Chris Shannendy oder von Luiz Martinez.

Solly Smuts kochte innerlich, äußerlich gab er sich cool. Er konnte nicht herumrennen und nach ihr suchen, damit machte er sich zum Gespött. Also hatte er sich zweimal durchs Buffet gefressen und zuletzt noch einen Teller Dessert in sich hineingemampft. Schließlich war er mit einem Glas Whisky, ohne Eis und ohne Wasser, an den Flügel zurückgekehrt. Als er neue Noten auf das Pult stellte, hatte er Marilyns Höschen entdeckt. Das hatte ihm den Rest gegeben. Der Zustand, in dem er sich befand, glich dem einer Zeitbombe, an der die Zündschnur bereits brennt. Es war nur eine Frage der Zeit, wann er explodieren würde.

Eine Stimme, die ihm bekannt vorkam, wiederholte in seinem Kopf immer denselben Satz: Ich reiße sie in Stücke.

War das dort Chris Shannendy? Richtig, das war er, und er ließ sich von Anne Getty mit Vanilleeis füttern. Dann war's also der Mexikaner. Falsch, der hing an der Bar und diskutierte mit Truman Capote. Im nächsten Moment sah er Marilyn. Sie kam durch die Flügeltüren beim Schwimmbassin. Solly schloß daraus, daß sie da außen gewesen war und mit irgendeinem Kerl im Auto herumgeknutscht hatte.

Langsam kam sie auf Solly Smuts zu. Die Frisur war perfekt, die Lippen frisch nachgezogen, das besagte nichts, Frisur und Make-up konnte man schnell restaurieren. Aber wie war es mit dem Kleid? Der feine Chiffon war total verknittert, und als Marilyn näher kam, erkannte Solly Smuts deutlich ein paar verräterische Flecken.

»Solly, was machst du für ein Gesicht?« fragte sie mit Unschuldsmiene. »Hast du was?«

Solly Smuts sprang auf. »Und ob ich was habe!« Er warf ihr das Höschen ins Gesicht und begann, sie zu ohrfeigen, links und rechts und links und rechts. Sie wich zurück, aber er folgte ihr und schlug weiter zu. »Du Hure, du verfluchte Hure.«

Luiz Martinez und Truman Capote an der Bar wurden aufmerksam. Luiz Martinez trat schnell zwischen Solly und Marilyn. »Moment mal«, knurrte er Solly an. »Hände weg von der Dame, Sie sind hier nicht in einer Hafenkneipe.«

»Verschwinden Sie«, fauchte Solly, »das ist eine Privatsache.« Er trat nach Martinez, aber der schubste ihn weg. Luiz Martinez wandte sich zu Marilyn und schob sie Truman Capote in die Arme. »Bring sie weg, es könnte sein, daß es hier etwas lebhaft wird.«

Dann wandte sich Luiz Martinez wieder Solly Smuts zu. Bedächtig visierte er ihn an, holte aus und landete einen wohlgezielten Haken. Solly taumelte, kriegte einen Stuhl zu fassen, riß den Stuhl in die Höhe und ging damit auf Luiz Martinez los. Mit der Geschicklichkeit eines Stierkämpfers wich Martinez zur Seite und packte Solly Smuts von hinten am Kragen. »Sie brauchen dringend eine Abkühlung, das wird Ihnen guttun.« Er stieß ihn vor sich her quer durch den Raum in Richtung Schwimmbassin und warf ihn in hohem Bogen ins Wasser.

Ein Mädchen kreischte begeistert: »1:0 für Martinez. Der Mexikaner geht in Führung.«

Die Mariacchi-Musik setzte aus und alle Köpfe wandten sich zum Schwimmbassin.

Eine Prügelei?

Ach was, jemand ist ins Wasser gesprungen.

Nein, Luiz Martinez und Solly Smuts haben sich geprügelt, und Luiz Martinez hat Solly ins Wasser geworfen.

Die Sensation machte schnell die Runde.

Truman Capote versuchte aus Marilyn herauszubringen, wie es zu dem Streit gekommen war. Marilyn hielt ihm das Höschen hin und stotterte: »Da ... wegen dem blöden Höschen ... Er hat es im Flügel gefunden ...«

Truman Capote stellte sich dumm. »Und wem gehört es?«

»Ich weiß nicht.«

»Es gehört nicht zufällig dir?«

»Doch, aber ich weiß nicht, was er hat ...«

»Und wie kam es in den Flügel?«

»Ich weiß nicht, wirklich ...«

Truman Capote gab ihr einen Schluck Cognac. »Beruhige dich erst mal.«

Ein paar Umstehende, die mitgehört hatten, verbreiteten die Geschichte von dem Höschen, das Solly im Flügel gefunden hatte.

Ein Höschen im Flügel?

Wessen Höschen?

Das Höschen von Marilyn Mauvers.

Wie aufregend.

Es ging wie ein Lauffeuer von Mund zu Mund. Alle redeten nur noch von Marilyns Höschen.

Solly Smuts ruderte im Wasser und wollte wieder aufs Trokkene, aber Martinez erwartete ihn am Rand des Beckens. Er fand, Solly vertrüge eine längere Abkühlung, und tauchte ihn kräftig unter. In seiner blinden Wut kriegte Solly Smuts den Fuß von Martinez zu fassen, und im nächsten Moment lag auch der Mexikaner im Wasser.

Unter den Zuschauern brach ein Riesenhallo aus. Die Partygirls hatten nur auf diesen Moment gewartet. Sie verständigten sich mit einem Blick und sprangen eine nach der anderen lautschreiend ins Wasser. »Viva Martinez! Viva Martinez!« Sie kraulten auf Martinez zu und formierten ein improvisiertes Wasserballett »Viva Martinez, viva Martinez!«

Mary Gould stand kopfschüttelnd am Rand des Bassins. Der große Künstler Martinez prügelte sich mit Solly Smuts. Und als reichte das noch nicht, alberte er jetzt mit diesen billigen Girls im Wasser herum. Mary Gould konnte dem Ganzen keine lustige Seite abgewinnen, und sie wollte es auch nicht. Ihr Urteil lautete: geschmacklos und vulgär. Sie kehrte dem Bassin den Rücken und hielt Ausschau nach Bob Fisher. Er hatte ihr fest versprochen, daß es heute nicht die übliche Mitternachts-Plantscherei geben würde. Warum schritt er nicht ein? Wo steckte er bloß? Du meine Güte, er hatte dieses Flittchen Marilyn Mauvers im Arm und tröstete sie wie ein kleines Kind.

Männer, dachte Mary Gould, Männer.

Chris Shannendy überlegte schon die ganze Zeit, wie er sich elegant aus der Affäre ziehen könnte. Als er jetzt Mary Gould mit entschlossenem Schritt dem Ausgang zustreben sah, schloß er sich ihr an. »Du gehst schon?« fragte er.

»Ich bleibe keine Minute länger. Das ist ja widerlich.«

»Darf ich dich heimbringen?« fragte er hilfsbereit.

Sie sah dankbar zu ihm auf. »Du bist ein Schatz.«

Marilyn Mauvers sah, wie die beiden durch die weiße Flügeltür verschwanden. Sie starrte in das Glas Cognac, das vor ihr stand, und dachte: »Na warte, das zahle ich dir heim.«

Das Telefon in Lou Mellers Wohnung schrillte schon eine ganze Weile. Es waren drei Apparate, die abwechselnd läuteten. Sie standen im Büro, in der winzigen Küche und in dem Raum, in dem Lou Meller wohnte und schlief und arbeitete. Jetzt schlief er, und er schlief wie ein Stein. Als er das Schrillen endlich hörte, hielt er es für den Wecker. Ohne die Augen zu öffnen, streckte er den rechten Arm aus und ließ ihn auf den Wecker fallen. Aber das Schrillen verstummte nicht.

Lou Meller setzte sich auf. In der Wohnung war es dunkel; er hatte keine Ahnung, wie spät es war. Er tappte zum Tisch und nahm das Telefon: »Lou Meller.«

Eine Frauenstimme meldete sich. »Spreche ich mit Lou Meller?« Sie hatte einen ausländischen Akzent.

»Am Apparat, und wer sind Sie?«

»Ich bin Mariannina Calese ... habe ich Sie geweckt?«

Beim Namen Calese wurde Lou Meller schlagartig hellwach.

»Was ist los?«

»Es ist etwas passiert ...« Sie stockte.

»Mit Massimo?«

Einen Moment hörte er nur den Atem der alten Frau. Dann sagte sie: »Es war Ugo Fillipi. Kommen Sie. Bitte, kommen Sie so schnell wie möglich nach Sunset Hill.«

Meller trug Tag und Nacht die große schwarze Navy Uhr mit den Leuchtziffern. Es war kurz nach acht Uhr. »Um zehn bin ich in Sunset Hill«, sagte er.

»Danke.«

Er legte den Hörer auf und stand einen Moment reglos. Dann ging er zum Fenster und ließ das Rollo in die Höhe.

Das Tageslicht fiel gnadenlos in die verwahrloste Junggesellenbude. Auf den Möbeln lag Staub, der Spannteppich war fleckig, die blaugraue Bettwäsche schmuddelig. Ordnung herrschte nur auf dem großen Tisch mit der professionellen Tonbandanlage, die ein FBI-Spezialist ihm eingebaut hatte. In der Ecke neben dem Tisch stand ein alter Kassenschrank, in dem Meller die bespielten Tonbänder aufbewahrte.

Das Rasieren ging schnell, das Anziehen ebenfalls. Sein grauer Wash-and-Wear-Anzug, das Hemd und die Krawatte – wie alle seine Krawatten von undefinierbarem Muster – lagen griffbereit. Er zog alles an, ohne in den Spiegel zu schauen. Lou Meller wußte, wie er aussah, der typische Wash-and-Wear-Mann nach seinen eigenen Worten. Der kurze Haarschnitt und die Haltung erinnerten an den Navy Officer.

Ohne Kaffee war Lou Meller kein Mensch, also ging er in die Küche und setzte Wasser auf. Er verabscheute Pulverkaffee; er machte sich jeden Morgen richtigen Kaffee. Er faltete die weiße

Tüte und steckte sie in den Filter. Dann schüttete er den Kaffee hinein. Aber es kam nichts aus der Dose, sie war leer. Mit einem unglücklichen Gesicht warf er die leere Dose in den Müllbehälter und öffnete den Kühlschrank. Ein paar Bierdosen, aber keine Milch.

Vielleicht machte ihn ein Alka Seltzer munter. Während er zusah, wie sich die Tablette sprudelnd auflöste, dachte er an seine Frau und den Frühstückstisch auf der kleinen Farm in Arizona. Eine rosa Tischdecke, geblümtes Geschirr, frische Muffins und die große Kaffeekanne mit der bestickten Haube darüber. Aber was nützte das schönste Frühstück, er war nun mal nicht fürs Landleben gemacht. Schon nach einem halben Tag ging ihm das Gegakker der Hühner so auf die Nerven, daß er sich wieder ins Auto setzte und nach New York zurückkehrte. Seine Frau verstand das nicht. Sie hatte sich nie mit New York befreunden können – und noch weniger mit seinem Job. Sie hatte den Navy Officer Meller geheiratet, einen Mann mit einem ehrlichen Beruf. Daß er jetzt beim FBI war, paßte ihr nicht. Sie empfand es als Abstieg. Die kriminelle Seite war für sie die schmutzige Seite des Lebens. Wer sich dort aufhielt, machte sich unweigerlich selber schmutzig.

Die Luft in Lou Mellers Büro roch penetrant nach alter Zigarettenasche. Das Büro war ordentlicher als die Wohnung, aber ebenso abgewohnt und ebenso düster. Der Rollschrank, der riesige Schreibtisch, der fast die Hälfte des Raums einnahm, die Stühle, alles hatte eine graugrüne Patina aus Staub, Zigarettenrauch und Alter. Der Blick aus dem Fenster ging auf eine Backsteinmauer. Das Haus lag an der Third Avenue und diente dem FBI, das heißt, dem jeweiligen Leiter des Information Office als gut getarnte Außenstelle. Hier konnte Lou Meller Leute empfangen, die niemals den Fuß ins FBI gesetzt hätten, nicht freiwillig. Nebenbei, um sein Gehalt aufzubessern, vermittelte Lou Meller von hier aus Leibwächter.

Lou Meller schaltete den Anrufbeantworter ein. Dabei ging sein Blick zu dem Stuhl für Besucher. Er dachte an den Tag, an dem dort ein älterer Herr im grauen Flanellanzug gesessen hatte. Er war schlank, mittelgroß, hatte die gesunde Farbe eines notorischen Golfspielers und die Augen eines hungrigen Raubvogels. Der Mann war Milton Shannendy gewesen, von dem es hieß, es gehöre ihm halb New York.

Wenn Leute wie Milton Shannendy zu Meller kamen, suchten sie meistens einen zuverlässigen Leibwächter. Shannendy hatte ein anderes Problem, ein Problem, das ihm, wie er gestand, einige schlaflose Nächte bereitet hatte. Nach dieser Vorrede wechselte er den Ton und kam ohne weitere Umwege zur Sache. Er schlug Meller ein Geschäft vor: 30 000 Dollar, wenn er es fertigbrachte, daß der Prozeß gegen Mauro Filippi, der am 4. Mai beginnen sollte, nicht stattfand.

»Das kann ich nicht«, hatte Lou Meller geantwortet. »Ich kann den Prozeß nicht verhindern.«

Über Milton Shannendys Gesicht war ein Lächeln gehuscht, das Lächeln eines alten Mannes, den man nicht täuschen konnte. »Sie haben mich schon verstanden. Zu einem Prozeß gehört der Angeklagte. Wo der Angeklagte fehlt, gibt es keinen Prozeß.«

Lou Meller besaß ein Tonband von dem Gespräch mit Milton Shannendy. Er zeichnete alle wichtigen Gespräche auf. Am Schreibtisch, für die Besucher unsichtbar, waren zwei hochempfindliche Mikrophone angebracht.

Das erste Gespräch mit Milton Shannendy hatte sich über Stunden hingezogen. Die Bänder, die damals entstanden, waren eine Kostbarkeit. Sie enthielten Milton Shannendys Lebensgeschichte von ihm selbst erzählt, mit Details, die niemand kannte. Begonnen hatte er als kleiner New Yorker Anwalt, der sich als Pflichtverteidiger von Taschendieben und Zuhältern durchschlug. Bis er eines Tages den Entschluß faßte, daß er reich und mächtig werden wollte. Der Zeitpunkt war günstig, die Prohibition blühte, das Geld lag auf der Straße.

Er tat sich mit zwei jungen ehrgeizigen Italienern zusammen. Sie hießen Massimo Calese und Mauro Fillipi. Sobald Milton Shannendy eine Million zusammen hatte, stieg er aus.

Der schwarze Freitag des Jahres 1929 wurde sein Glückstag. Die Börse und der Immobilienmarkt gingen aus den Fugen. Milton Shannendy erkannte seine Chance. Die Spekulanten hatten ihr Geld verloren, er verfügte über eine Million in bar. Mit dieser Million erwarb er Häuser und Grundstücke im Wert von vielen Millionen. Der Grundstein zu seinem Immobilien-Imperium war gelegt.

Das alles lag vierzig Jahre zurück. Heute war Milton Shannendy 65 und einer der reichsten und mächtigsten Männer Amerikas. Sein Name galt als Synonym für Unternehmungsgeist und Rechtschaffenheit. Er hatte alles erreicht – jetzt ging es um die Zukunft seines einzigen Sohnes, Chris Shannendy. Chris wollte in die Politik. Die Weichen waren gestellt. Chris würde sich um einen Sitz im Kongreß bewerben. Wenn nun durch den Prozeß gegen Mauro Fillipi der Name Shannendy in den Schmutz gezogen werden würde, wären die Folgen unabsehbar. Deshalb durfte der Prozeß nicht stattfinden. Deshalb bot Milton Shannendy

30 000 Dollar, wenn Lou Meller dafür sorgte, daß Mauro Fillipi bei Prozeßbeginn nicht mehr lebte.

Der Prozeß gegen Mauro Fillipi war inzwischen eingestellt worden. Wie Milton Shannendy gesagt hatte, »wo der Angeklagte fehlt, gibt es auch keinen Prozeß.«

Milton Shannendy war mit Lou Mellers Arbeit zufrieden gewesen. Er hatte die 30 000 Dollar persönlich gebracht und auf den Schreibtisch geblättert, auf die dunkelgrüne Gummiunterlage mit den Brandflecken von Lou Mellers Zigaretten. Als er das Geld dort liegen sah, hatte er an seine Frau denken müssen. Gut, daß sie nichts wußte von diesem Handel. Sie hatte sehr strikte Moralbegriffe, Moralbegriffe, die er sich in seinem Beruf nicht mehr leisten konnte.

Lou Meller nahm aus der obersten Schublade das silberne Zigarettenetui, in dem sich ein Minirecorder befand und steckte es zu sich. Am Kleiderständer im Flur hing das Lederhalfter mit der Waffe. Er lud die Waffe und schnallte das Halfter fest. Das Halfter gab ihm das Gefühl, im Dienst zu sein, einen Befehl auszuführen. Er fragte sich nicht, von wem er seine Befehle empfing.

Die Verfolgung von Ugo Fillipi aufzunehmen war sinnlos. Der war mit Sicherheit über alle Berge und saß in einem Flugzeug mit Kurs Europa.

Lou Meller hatte im Moment nur eine Pflicht, er mußte nach Sunset Hill. Massimo war sein Freund.

Der Moralist in ihm murrte. Was heißt Freund? Weißt du überhaupt, was das Wort bedeutet?

Lou Meller ließ sich nicht einschüchtern. Was willst du, gab er zurück, ich habe die Welt nicht gemacht.

Die graugrüne Wohnungstür hatte eine Kettensicherung und ein Schloß mit Drehknopf. Lou Meller öffnete beides und verließ die Wohnung. Wie immer, benützte er nicht den Lift, sondern ging zu Fuß. Lifts waren ihm ein Horror, und er vermied sie, wann immer er konnte.

In der Garage traf er den Hausmeister, der eine Leuchtstoffröhre auswechselte. Als Lou Meller ins Auto stieg, sah er auf dem Beifahrersitz die Dose Maxwellkaffee liegen, die er am Tag vorher gekauft hatte.

Mariannina war im Garten bei den Rosen, als Lou Meller nach Sunset Hill kam. Sie trug ein knöchellanges, getupftes Baumwollkleid und einen breitrandigen Strohhut. Ihre Hände steckten in Gartenhandschuhen. Sie hatte nur ein paar Stunden geschlafen.

Sehr sachlich, sehr konzentriert, gab sie Meller einen Bericht von dem, was am Abend vorher geschehen war.

Meller stand mit gesenktem Kopf da und hörte schweigend zu. Massimo schwer verletzt, Diana tot. Was hätte er sagen können? Daß er sich schuldig fühlte? Aber fühlte er sich schuldig? Er war ein Mann, der Befehle ausführte und der sich dafür gut bezahlen ließ. Wenn schon. Er brauchte das Geld.

»Die Operation ist gut verlaufen«, schloß Mariannina den Bericht. »Gott sei Dank. Ich habe vorhin mit Massimo telefoniert. Er möchte Sie sehen.«

»Ich habe ihn gewarnt.«

Mariannina runzelte die Stirn. »Sie wußten, daß Ugo Fillipi im Land ist?«

»Nicht mit Sicherheit – und ich hätte nie erwartet, daß er nach Sunset Hill kommen würde. Ich empfahl Massimo, in der nächsten Zeit New York zu meiden.« Er verscheuchte eine Wespe, die ihn umkreiste. »Wie ist es im Terrytown Hospital mit der Sicherheit?«

»Frayn ist dort.«

»Und Summer? Ein Mann genügt nicht.«

Von Summer hatte Mariannina noch nicht gesprochen; sie hatte absichtlich damit gewartet. »Summer hat es erwischt. Seine Leiche liegt in der leeren Garage im Nebenbau. Den Totenschein hat Dr. Bennion ausgestellt. Lange kann er hier nicht bleiben. Ich wäre Ihnen dankbar, wenn Sie den Rest übernehmen würden.«

»Kein Problem.«

Mariannina nahm den Henkelkorb mit den frisch geschnittenen Rosen auf. »Die sind für Massimo. Ich komme mit Ihnen ins Krankenhaus. Wir sollten ihn nicht warten lassen.«

New York

Freitag, 27. Juni 1986

Nein, unmöglich, das geht nicht.« Die 22jährige Tiziana Filipi stand in einem schulterfreien Abendkleid aus weißem Faille im Couture Atelier von Bergdorf & Goodman und musterte sich kritisch in der Spiegelwand.

Judy Van Dongen, die ältliche Direktrice, zupfte an dem schmalen Ärmel, der in einer Tulpenmanschette über das Handgelenk fiel. Sie hatte ein Geheimrezept im Umgang mit Kundinnen: niemals reagierte sie sofort. Egal, ob ein Kleid gefiel oder nicht, sie ließ das erste Urteil im Raum stehen, bis die Kundin sich fragend an sie wandte, so wie jetzt Tiziana: »Es ist ein wunderschönes Kleid, aber es ist Hollywood.«

Judy Van Dongens langer Hals wurde noch etwas länger und mit dem angespannten Lächeln einer Ballettmeisterin meinte sie: »Natürlich ist es Hollywood, meine Liebe, weil du Hollywood bist.« Judy Van Dongen neigte von Berufs wegen zu Übertreibungen, doch Tiziana war tatsächlich ein ungewöhnliches Geschöpf. Mit ihren 22 Jahren hatte sie die bestehenden Rekorde als Titelblattmädchen geschlagen und galt international als das Fotomodell Nummer eins. Was bei anderen Modellen Make-up und Styling war, besaß Tiziana von Natur aus: einen Körper mit perfekten Maßen und Proportionen, einen Teint wie Milch und Honig, eine goldflimmernde Mähne, einen Augenschnitt und Brauen, die einem genialen Visagisten zur Ehre gereicht hätten, und lange dichte Wimpern, die den graugrünen Augen einen Ausdruck unwiderstehlicher Naivität und Unschuld gaben. Tiziana Fillipi war die Verkörperung des amerikanischen Ideals: sie war das Westerngirl, so natürlich wie Gott sie geschaffen hat, und gleichzeitig so überirdisch schön wie eine Hollywoodprinzessin.

Judy Van Dongen dachte an die Modenschauen, die sie zusammen gemacht hatten. Jedes Kleid, das Tiziana vorführte, war verkauft worden, und dann der Applaus, wenn sie beim Schlußbild als Braut erschien. Jetzt würde sie selber heiraten. Judy Van Dongen fand das rührend und hirnverbrannt. Es gelang ihr nicht, Tiziana, die bisher die Verehrer so rasch gewechselt hatte wie Parfum, in der braven Rolle als Ehefrau und Mutter zu sehen. Das mußte ein Mann mit besonderen Gaben sein, dem es gelungen war, Tizianas Herz zu erobern. Rico Calese hieß er und war ein erfolgreicher Newcomer an der Wall Street. Ein Italiener wie Tiziana selbst. Das auffallend hübsche Mädchen, das Tiziana mitgebracht hatte, war eine Verwandte des Zukünftigen. Sie hatte sich als Tara Calese vorgestellt, und es hatte so stolz geklungen als wäre sie eine reinrassige Medici. Sie trug verwaschene Calvin Klein Jeans und eine groß geschnittene blaßgelbe Baumwollbluse; Judy Van Dongen hätte geschworen, daß sie zum erstenmal ein Couture Atelier von innen sah, trotzdem benahm sie sich wie zu Hause, saß mit baumelnden Beinen auf dem Arbeitstisch und tauschte hin und wieder ein komplizenhaftes Lächeln mit Tiziana. Die beiden Mädchen gingen sehr vertraut miteinander um; ein Wort, ein Blick genügten zur Verständigung oder zu einem gemeinsamen Lachen. Die gute Laune der beiden erfüllte Judy Van Dongen mit Neid. Es war ungerecht verteilt auf der Welt, diese beiden jungen Dinger hatten alles, ohne daß sie je etwas geleistet hatten oder leisten würden. Sie waren einfach Glückskinder. Sie hatten die richtigen Eltern, einen reichen Vater und eine schöne Mutter, und alles andere kam dann ganz von selbst. Mit den falschen Eltern, so wie Judy gestartet war, hatte man keine Chance, da lief man dem Glück ein Leben lang hinterher, aber der Zug war abgefahren. Man mußte froh sein, wenn man als Zaungast am Leben der Reichen und Glücklichen teilhaben durfte.

Judy Van Dongen umfaßte Tizianas Taille und drehte sie behutsam um neunzig Grad. »Schau mal diese Silhouette. Nur Saint Laurent kann das.«

»O. k., aber es ist ein Brautkleid. Für das Verlobungsfest möchte ich was einfacheres. Fröhlich, unkompliziert, ich werde die ganze Nacht tanzen.«

Judy Van Dongen trat an den fahrbaren Kleiderständer, an dem die Auswahl hing, die sie für Tiziana vorbereitet hatte. »Wie ist es mit diesem Ungaro, das schönste Rosenimprimé der Saison.«

Tiziana schüttelte den Kopf. »Nichts Buntes. Weiß muß es sein. Wir feiern unsere Verlobung mit einem Fest in Weiß. Das habe ich dir doch am Telefon gesagt.«

Judy hielt sich niemals strikt an die Wünsche einer Kundin, weder was die Farbe noch was den Designer betraf. Ihr Erfolgserlebnis war viel größer, wenn sie einer Frau, die ein rotes Chanel Kostüm suchte, ein schilfgrünes Chloe Ensemble oder ein graues Armani Kostüm einreden konnte.

»Weiß«, murmelte sie, als müßte sie sich auf eine neue Situation einstellen. »Ich glaube, mir fällt was ein. Die Sachen müssen noch bei der Vorführware sein ... Hoffentlich hat der Dekorateur sie nicht geschnappt. Ich will mal sehen. Probier inzwischen den

Ungaro. Am Bügel sieht es nach nichts aus. Du wirst staunen ... und es sind deine Farben.«

Kaum war Judy Van Dongen verschwunden, raffte Tiziana den Rock nach oben, bauschte den Stoff vor dem Leib zusammen, so daß sie wie eine hochschwangere Frau aussah, und flötete in dem süßen, gekünstelten Tonfall, der Judy Van Dongen zur zweiten Natur geworden war: »Schau mal diese Silhouette. Nur Saint Laurent macht Abendroben, die man bis zum neunten Monat tragen kann.«

Tara lachte hell auf und rutschte vom Tisch. »Sind alle Modetanten so wie sie?«

»Mehr oder weniger. Einen Knacks haben die meisten. Weißt du, wie sie Judy hier im Haus nennen, den sterbenden Schwan, weil in ihrem Büro ein riesiges Foto von der Pawlowa in dieser Rolle hängt. Die Pawlowa ist ihr Idol, deshalb das weißgepuderte Gesicht und die strenge Ballerinafrisur. Ich glaube, sie hat schon seit Jahren nicht mehr richtig gegessen. Sie ernährt sich von dem, was ihre drei Katzen übriglassen. Stell dir vor, eine kleine Wohnung und drei Katzen, dieser Geruch. Kein Wunder, daß ihr die Männer immer davongelaufen sind.«

Tara war an den Kleiderständer getreten und fischte etwas heraus: einen Hosenanzug im Matrosenstil aus weißem Satin. Sie hielt ihn vor sich hin und sah Tiziana fragend an: »Wäre das was für mich?«

»Sexy.«

»Sexy?«

»Wenn du drunter nichts trägst, der tiefe Ausschnitt, der dünne Stoff ... das ist Montana. Probier ihn mal.«

»Du meinst ...« Tara zögerte.

»Unbedingt ...« Es entstand eine Pause, und dann sagte Tiziana ohne Übergang: »Rico hat mir versprochen, daß er heute beichten will. Aber das hat er letzten Monat auch versprochen, bevor er zum Billardnachmittag nach Sunset Hill fuhr. Und den Monat davor war's dasselbe. Heimgekommen ist er immer mit einer Ausrede. Es ist eine blöde Situation. Die ganze Familie weiß inzwischen, daß wir uns verloben werden, nur Massimo nicht.«

Tara stand noch immer mit dem Montana Modell da. Sie ließ die Arme sinken. »Wolltest du mich deshalb heute sehen?«

»Ja. Vielleicht solltest du mit Massimo reden ...«

»Das sähe aus, als wäre Rico zu feige und würde mich vorschicken.«

»Du hast recht, so geht's nicht. Komisch, bei meinen Eltern ist Rico so diplomatisch vorgegangen, daß er ihnen einfach den

Wind aus den Segeln genommen hat, und bei Massimo stellt er sich an. Ich habe den Verdacht, er möchte Massimo vor vollendete Tatsachen stellen. Das müssen wir verhindern, und du bist die einzige, die das kann.«

»Rico holt mich nachher ab. Ich rede auf der Fahrt mit ihm.«

»Ich möchte nicht, daß es Krach gibt. Massimo ist nun mal das Oberhaupt der Familie.«

Sie waren wieder beim Thema: Würde Massimo der Verbindung seines Enkels Rico mit einem Mädchen aus dem Fillipi Clan zustimmen oder nicht.

Die Liebesgeschichte von Tiziana und Rico hatte im Januar begonnen, sehr unromantisch, auf dem Flughafen von Antigua. Beide wollten mit der 16-Uhr-Maschine nach New York, aber der Flug hatte Verspätung. In der Wartehalle herrschten tropische Temperaturen, am Himmel braute sich ein Gewitter zusammen. Um 18 Uhr kam die Durchsage, der New-York-Flug werde weitere zwei Stunden verschoben. Nach einer lauwarmen Cola, einem zähen Sandwich und einem ungenießbaren Kaffee entschloß Rico sich zu einem Nickerchen und streckte sich auf zwei Plastikstühlen aus. In dem Moment als er die Augen schließen wollte, sah er zwei Meter entfernt das schönste Mädchen, das ihm je über den Weg gelaufen war. Sie nahm keine Notiz von Rico. Sie war damit beschäftigt, sich auszuziehen. Zuerst die Jeans, dann die weißgrüngestreifte Bluse. Darunter trug sie einen einteiligen Badeanzug aus einer Schlangenhautimitation. Sie blickte sich um, als wäre sie an einem gottverlassenen Strand und hielte Ausschau nach dem geeigneten Platz zum Sonnen. In diesem Moment begegnete sie Ricos Blick. Sie wurde nicht verlegen, sie schien nur ein bißchen verwundert, und dann lächelte sie ihn an, und dieses Lächeln gab Rico das Gefühl, er hätte sein Leben lang nur auf dieses Mädchen und auf dieses Lächeln gewartet.

Sie begann, in ihrer Reisetasche zu wühlen, holte ein rosa T-Shirt heraus und zog es über den Kopf. Es war ein X-Large, das ihr bis zu den Knien reichte. In Gold gedruckt, stand ein Name quer über die Brust: *Tiziana*. Die Jeans, die Bluse und den Badeanzug, der plötzlich wie eine abgestreifte Schlangenhaut am Boden lag, stopfte sie in die Reisetasche.

Mit einem verrückt hohen Trinkgeld gelang es Rico, zwei Gläser mit halbwegs gekühltem Champagner zu organisieren, und er lud Tiziana dazu ein. Sie zierte sich nicht; nach dem ersten Schluck meinte sie strahlend, Champagner wäre besser als Coca Cola.

Es war zwei Uhr morgens, als sie in New York aus dem Flugzeug stiegen. Mit dem zweiten Trinkgeld hatte Rico es geschafft, den Sitz neben Tiziana zu bekommen. Auf dem Weg zum Taxistand wurde ihm klar: Gleich würde er sie verlieren. Er wußte weder ihren Familiennamen noch ihre Telefonnummer. Am Taxistand wartete eine Schlange, und sie schlossen sich hinten an. Und dann fragte Rico sie einfach, ob sie seine Frau werden wollte. Und Tiziana antwortete ebenso einfach mit ja.

Erst als er sich an ihrer Wohnungstür von ihr verabschiedete, sah er das Schild mit dem Namen: Fillipi. Er erschrak, und von diesem Moment an wußte er, die Vorsehung selbst hatte Tiziana als seine Frau ausersehen, damit durch diese Verbindung endlich Friede würde zwischen den beiden Familien.

Tara war die erste, die Rico ins Vertrauen zog. Bei einer Matinee in der Met stellte er ihr Tiziana vor. Danach gingen sie zu dritt essen. Von der ersten Stunde an herrschte zwischen den beiden Mädchen eine Intimität, als wären sie zusammen aufgewachsen. Die Verschwörung der Jugend war perfekt. Schritt für Schritt wurden die Verwandten eingeweiht. Die Widerstände waren groß, aber das junge Paar überwand sie. Nur noch ein Hindernis – drohend wie eine unübersteigbare Mauer – stand ihnen im Weg: Massimo. Wie würde er reagieren?

In Gedanken hatte Tara den Montana-Anzug an den Ständer zurückgehängt.

»Willst du nicht probieren?« fragte Tiziana.

Tara blickte auf die Uhr. »Rico muß jeden Augenblick hier sein.«

Tiziana hakte sich bei Tara ein. »Was macht eigentlich Norman Reed? Ist er viel draußen bei euch im Jagdhaus? Siehst du ihn oft?«

»Nur an den Wochenenden, sonst dreht er.«

»Du hättest ihn wohl am liebsten immer in der Nähe.« Und mit gedämpfter Stimme: »Hat er's noch nicht versucht bei dir?«

Tara lachte leise. »Neugierig bist du nicht.«

»Er hat also?«

»Nein.«

»Dann ist es ernst, dann hat er sich in dich verliebt.«

»Das verstehe ich nicht.«

»Nicht nötig. Versuch, ihn zu verführen. Wenn er den väterlichen Freund mimt, und dich öfter als zweimal ermahnt, es wäre Zeit heimzugehen, dann hat er Angst, und das bedeutet, er ist verliebt.«

Tara hörte mit gesenktem Blick zu. Tizianas Worte hatten eine hypnotische Wirkung. Norman Reed verführen ... Sie war nicht mehr vierzehn. Die Zeit der kindlichen Schwärmerei war vorbei. Sie war jetzt erwachsen, sie wollte mehr. Endlich aussteigen aus dem Zustand, ein Mädchen zu sein, wissen, wie das ist, eine Frau zu sein.

»Was ist«, hörte sie Tiziana weiterreden. »Du wirst ja rot. Hast du noch nie einen Mann verführt?« Mit einer zärtlichen, fast mütterlichen Geste fuhr sie Tara übers Haar. »Verrat ihm das bloß nicht, gib dich erfahren, sonst ...«

Sie ließ den Satz unbeendet, denn Judy kam herein. Sie hatte zwei Kleider über dem Arm. »Tut mir leid, es hat länger gedauert.« Sie hängte die Kleider auf. »Was sagst du dazu?«

Das eine war eine Kreation des neuen französischen Stardesigners Lacroix: eine schwarze Corsage mit großen weißen Seidenrosen rund um das Dekolleté. Der üppig gepuffte Rock war sehr kurz und mit dicken Quasten dramatisch dekoriert.

»Schlüpf hinein«, drängte Judy Van Dongen, »was Lustigeres treibst du in ganz New York nicht auf.«

»Ich weiß nicht, ob ich wie eine Zirkusreiterin aussehen möchte.«

»Also, wenn jemand das bringt ...«

»O. k., auf dem Laufsteg, aber für meine eigene Verlobung ist das nicht das Wahre. Ich probiere lieber das andere.« Sie befühlte den weißen Stoff mit den Fingern. »Das ist Seidenbatist, oder?«

»Ja. Ein Kamali Modell, ein Einzelstück, nur für die Modenschau. Sie nennt es Western Girl. Es ist das genaue Gegenteil von Lacroix.«

Tiziana stieg aus dem weißen Saint Laurent-Kleid und zog das andere an. Judy Van Dongen band den Gürtel. Es war nur ein Seidenband, dessen Enden fast bis zum Boden fielen. »Dreh dich mal.«

Tiziana breitete die Arme aus und lächelte sich im Spiegel zu. »Ich werde nur noch weiße lange Kleider tragen. Ich fühle mich leicht wie eine Wolke. Wie konnte ich nur jahrelang in Jeans herumlaufen.«

Judy Van Dongen stand mit ernstem Gesicht daneben. »Du darfst keinen Schmuck dazu tragen. Das würde die Wirkung verderben. Nicht einmal Perlen erlaube ich dir. Nur ein paar weiße Blüten im Haar. Nichts Großes, Anemonen wären ideal.«

Mit dem weißen Kleid hatte Tiziana eine übermütige Stimmung erfaßt. Sie vergaß ihre gute Erziehung, zwinkerte Tara zu und äffte Judy Van Dongen nach: »Schmuck ist für alte Frauen, merk dir das. Dir verbiete ich Schmuck. Was ich dir erlaube, sind ein paar Anemonen im Haar.«

Judy Van Dongen stand mit einem säuerlichen Lächeln daneben, und Tiziana hauchte ihr einen Kuß auf die Wange. »Nicht böse sein, Judy.«

Die kleine Szene hatte jetzt einen Beobachter. Rico, der auf der Suche nach dem Atelier durch das ganze Haus geirrt war, stand unter der Tür. Um sich bemerkbar zu machen, klatschte er jetzt in die Hände: »Die Dame in Weiß ist gekauft.«

Die Frauen wandten die Köpfe. »Rico«, rief Tara. Tiziana machte zwei Schritte auf Rico zu und versank in einem vollendeten Knicks. »Mein Herr und Gebieter. Erlaubt mir, euch mitzuteilen, daß ich eben das Gelübde abgelegt habe, meinen Luxuskörper nie mehr in häßlichen Jeans zu verbergen.«

Er küßte sie auf die Stirn. »Mein Engel, wo du wandelst, werden Anemonen sprießen.« Die Augen der beiden Liebenden strahlten. »Zu schade, wenn mein Herr und Gebieter einen weißen Rolls-Royce mit schwarzem Chauffeur hätte, würde ich ihn mit meiner Gegenwart beglücken und ihn nach Sunset Hill begleiten.«

Rico verstand die versteckte Anspielung. »Geduld, mein Engel, ich schwöre dir, das nächstemal ist es ein weißer Rolls-Royce mit schwarzem Chauffeur.«

Tiziana zog ihn an sich und flüsterte ihm ins Ohr: »Ich nehme dich beim Wort, Rico.« Dann ließ sie ihn los, und Rico wandte sich zu Tara. »Können wir?«

Tara hatte bereits die Tasche über der Schulter. »Von mir aus ja.« Sie gab Judy Van Dongen die Hand. »Reservieren Sie den Montana-Anzug für mich.«

»Gut. Wann kommen Sie?«

»Ich rufe vorher an.«

»Bestens.«

Dann war Judy Van Dongen allein mit Tiziana. Sie hob eine Stecknadel vom Boden auf. »Gut, daß es nicht das Hochzeitskleid ist. Das darf der Bräutigam vorher nicht sehen, das bringt Unglück.«

Tiziana lächelte sich selbstverliebt im Spiegel zu. »Ach Judy, vergiß deinen Aberglauben, Rico hat mich schon ganz anders gesehen.«

»In jedem Aberglauben steckt ein Körnchen Wahrheit.«

»Sei unbesorgt, mein Talisman ist die linke Hinterpfote einer Katze, die an einem Schlangenbiß gestorben ist – mir kann nichts passieren.«

Sunset Hill

Freitag, 27. Juni 1986

Sie hatten nicht viel gesprochen während der Fahrt. Das war nicht möglich bei Ricos Tempo und bei dem lauten Motorengeräusch des Porsche. Nachdem sie den Highway verlassen hatten und auf der Landstraße waren, wurde es etwas gemütlicher. Rico nahm aus dem Seitenfach die Einladungskarte zum Verlobungsfest und legte sie Tara auf den Schoß. »Wie findest du das?«

Die Einladung war elegant, Büttenpapier mit geprägter Schrift in Grau: *»Rico Calese und Tiziana Fillipi feiern ihre Verlobung am 4. September 1986 und laden zu einem Abend in Weiß in den Yankee Yacht Club.«*

»Sehr schön, darf ich die Einladung behalten?«

»Meinetwegen, aber du hast heute sowieso eine in der Post.«

»Du hast sie schon verschickt?«

»Gestern gingen alle 300 Einladungen raus.«

»Und Massimo weiß immer noch nichts.«

»Na ja, wie alle anderen hat auch er heute die Einladung bekommen.«

Tara warf ihm einen Blick zu. Es war ein Sport von Rico, sie zu provozieren, aber diesmal fiel sie nicht herein. »Das nehme ich dir nicht ab. Du hast noch keine einzige Einladung verschickt. Wahrscheinlich ist das nur das Muster.«

»Meine ebenso schöne wie kluge Tara, es ist so, wie ich sage, die Einladungen sind draußen.«

»Du bist wahnsinnig.«

»Ich würde eher sagen, ein guter Taktiker. In Sunset Hill kommt die Post so zwischen zehn und elf Uhr. Massimo hatte also fünf Stunden, um auf mich zu fluchen. Jetzt sollte seine Wut allmählich verraucht sein.«

Tara schüttelte den Kopf. »Das ist nicht der richtige Weg. Ich hatte dich für klüger gehalten – und für mutiger. Das konntest du Massimo nicht antun, wirklich ...«

Rico brauste auf. »Im Grunde brauche ich ihn überhaupt nicht zu fragen. Er ist nicht mein Vater, er ist nicht mein Vormund.«

Auch Tara wurde heftig. »Ob es dir paßt oder nicht, Rico, Massimo ist das Oberhaupt der Familie.«

»Ich lach' mich krank, jetzt kommst du auch noch damit. Und ich dachte immer, du bist auf meiner Seite.«

»Bin ich auch, aber nicht, wenn du Mist baust.«

»Ich mach' dir einen Vorschlag, Tara, du hältst dich da raus, das ist eine Männersache, o. k.?«

»O. k., aber eins sag' ich dir mit deinen Männersachen. Der 6. Juni 1980 war auch eine Männersache – und meine Mutter mußte dafür sterben.«

»Tara, wie soll zwischen den Caleses und den Fillipis je Frieden werden, wenn wir die alten Leichen immer wieder ausgraben.«

»Auf Massimos Kopf gehen keine Leichen.«

»Und Mauro Fillipi?«

»Das war nicht Massimo.«

»Das behauptet er, aber das beweist nichts.«

»Ich glaube ihm.«

»Tara – meinst du wirklich, Massimo hätte ein Unternehmen von der Größe aufbauen können, wenn er zimperlich gewesen wäre? Es ist nicht seine Bescheidenheit, wenn er nicht von den Anfängen redet. Eins ist sicher, mit Fleiß allein hätte er es niemals soweit gebracht. Es gibt Gangster und Gangster. Die einen landen im Kittchen, die anderen schaffen den Sprung ins bürgerliche Lager und wohnen in Häusern wie Sunset Hill. Ich bin der letzte, der wissen will, wie Massimo es geschafft hat, und selbst wenn ich es wüßte, würde ich ihn nicht richten. Im Gegenteil, Hut ab. Nur eines verlange ich von ihm, er soll sich verdammt noch mal jetzt an die bürgerlichen Spielregeln halten, das heißt, er muß die alte Feindschaft mit den Fillipis ein für allemal begraben. Darum geht es, verstehst du, um die Gegenwart, um unser Leben, deines, meines, das von Tiziana, das von unseren Kindern. Einen zweiten 6. Juni darf es nicht geben ...« Er machte eine Pause und sagte mit veränderter Stimme. »Ich habe viel nachgedacht, warum ich ausgerechnet Tiziana liebe. Es gibt ja weiß Gott genug andere Frauen. Lach mich nicht aus, aber irgendwie ist das eine höhere Fügung.« Er stockte, suchte nach Worten. »In dieser Liebe liegt ein Auftrag. Die Eltern von Tiziana haben das begriffen, mein Vater hat das begriffen, Mariannina, Ed, du, alle – und Massimo muß es auch begreifen – oder er ist nicht länger das Oberhaupt der Familie.«

Mariannina fing Tara und Rico in der Halle ab. Ihr Gesicht war ernst, und der Kuß, mit dem sie Rico begrüßte, kühl. Es war nicht ihre Art, wie eine Katze um den heißen Brei zu gehen. »Mußte das sein, Rico, diese Einladung per Post? Ich verstehe dich nicht. Dümmer hättest du's nicht anstellen können.«

Rico setzte sein arrogantes Lächeln auf. »Will er mich enterben?«

»Verdienst hättest du's.«

»Wo finde ich ihn?«

»Wo schon, im Billardzimmer.«

»Dann woll'n wir mal«, meinte Rico ungerührt. Mit großen Schritten durchquerte er die Halle, die Bibliothek und betrat das Billardzimmer. Ohne anzuklopfen und ohne Gruß verkündete er: »Da bin ich.«

Massimo, der mit einer Zigarre am Fenster stand und in den Park blickte, wandte den Kopf und sagte in ruhigem Ton: »Gut, dann fangen wir an.« Er ging zu dem Rechen, in dem die Stöcke standen, nahm einen heraus und hielt ihn Rico hin. »Soviel ich weiß, hast du immer den da.«

Rico, der einen ganz anderen Empfang erwartet hatte, nickte stumm und nahm den Stock.

Massimo ließ sich Zeit bei der Wahl seines eigenen Stocks. Von der Zigarre, die er in der linken Hand hielt, stieg ein dünner Rauchfaden auf. Schließlich trat er an den Billardtisch. Er trug eine weiße verknitterte Leinenhose und ein hellblaues Hemd mit offenem Kragen und aufgekrempelten Ärmeln. Sein Blick ging zu Rico. »Du beginnst.«

Ricos Verwirrung stieg von Sekunde zu Sekunde. »Darf ich die Jacke ablegen?« Er war auf Kampf eingestellt gewesen, er hatte es endlich hinter sich bringen wollen. Billard spielen? Jetzt? Was hatte Massimo vor? Rico zog die Jacke seines Khakianzugs aus und warf sie über den Ledersessel.

»Schöner Anzug«, sagte Massimo. »Hast du ihn neu?«

»Ja.«

»Ich sollte mir auch mal wieder einen anschaffen. Nicht so empfindlich wie Leinen.« Und er zog an seiner Zigarre und ließ den Rauch langsam zwischen den Lippen hervorfließen. »Worauf wartest du, Rico? Du beginnst.«

Mariannina und Tara hatte die Neugier in die Bibliothek getrieben, um von dort den Verlauf der Begegnung zwischen Massimo und Rico zu belauschen. Aber hinter der Tür herrschte Stille. Ein paar gemurmelte Worte, ein paar Schritte, weiter nichts, und jetzt das helle Anschlagen einer Kugel.

Auf Marianninas Gesicht breitete sich etwas wie Helligkeit aus. »Massimo läßt ihn schmoren. Komm«, sie zog Tara mit sich, »auf der Terrasse warten Kaffee und Kuchen auf uns.«

Der runde Tisch bei den Korbstühlen war gedeckt. Als sie saßen, fragte Mariannina. »Habt ihr ein schönes Kleid für Tiziana gefunden? Erzähl, wo seid ihr gewesen?«

»Bei Bergdorf & Goodman, oben im Couture Atelier, Judy Van Dongen war selber da. Sie hat die tollsten Modelle angeschleppt, Saint Laurent, Lacroix, Montana, Kamali.«

»Und was hat Tiziana genommen?«

»Was Wunderschönes. Weiß natürlich, Seidenbatist, eine wahre Wolke, und dabei doch ganz einfach, so einfach, daß Judy Van Dongen Tiziana verboten hat, Schmuck zu dem Kleid zu tragen. Nicht einmal Perlen, nur ein paar weiße Anemonen im Haar erlaubt sie ihr.«

Mariannina schmunzelte über Taras genauen Bericht. »Du brauchst auch was. Da komme ich dann mit.«

»Ich habe schon was reservieren lassen, so eine Art Matrosenanzug, nur viel eleganter, aus weißem Satin.« Sie nahm einen Schluck Kaffee und fragte unvermittelt: »Wenn Massimo nicht einwilligt, was dann?«

Mariannina schwieg und widmete sich konzentriert dem Stück Apfelkuchen auf ihrem Teller.

Im Haus schlug das Telefon an, und Tara sah, wie Hillary abnahm.

»Das ist sicher für dich«, sagte Mariannina. »Norman Reed hat Probleme mit den Hunden. Flame bekommt Junge. Er hat vor einer Stunde schon mal angerufen und gefragt, ob du rüberkommen kannst.«

Hillary trat unter die offene Terrassentür. »Miss Tara, für Sie.«

Es war Norman Reed. Während er sie bat, ins Jagdhaus zu kommen, mußte Tara daran denken, was Tiziana ihr gesagt hatte – verführ ihn …

»Ich komme mit der Harley Davidson und hole dich, ist das o. k.?«

»Ja, du findest mich auf der Terrasse.«

Sie legte den Hörer auf und ließ die Hand einen Moment auf dem Apparat liegen. Noch etwas hatte Tiziana gesagt – gib dich erfahren.

Norman Reed stammte aus einer Artistenfamilie, geboren im Zirkuswagen, aufgewachsen in der Manege. Mit sieben war er bereits der Schlußmann einer Nummer mit dem Schleuderbrett, die eine fünffache Menschenpyramide zeigte, Norman zuoberst. Mit neun hatte er die erste eigene Nummer: der Elefantenboy. Mit siebzehn spielte er in einer Fernsehserie das, was er war, einen jungen Akrobaten und Dompteur, der in einem kleinen Familienzirkus der rettende Engel ist, der in Trapeznummern einspringt, der Diebe überwältigt, der entkommene Tiger einfängt.

Als Paul McCartney aus dem alten Song *Help* ein Video machen wollte, engagierte er Norman Reed. Er überredete ihn, die schulterlangen Locken zu opfern, steckte ihn in eine verwaschene Fischerkluft und ließ ihn im Alleingang die Kadetten eines untergehenden Schulschiffes vor dem Ertrinken retten.

Mit dem Video wurde Norman über Nacht zum Liebling der Nation, zu einem jungen Mann, der so war, wie jeder junge Mann gerne gewesen wäre, und den jedes junge Mädchen gerne als Freund gehabt hätte.

Hollywood holte ihn, doch Norman Reed lehnte die Rollen, die man ihm anbot, ab. Er hatte früh begriffen, was dem Publikum gefiel, und er hatte eine genaue Vorstellung davon, was für Filme er machen wollte.

Sein Idol unter den Hollywood-Stars der alten Garde war Douglas Fairbanks jr., und wie Fairbanks interessierten ihn nur Drehbücher, in die man Stunts einbauen konnte. Riskante Reitertricks und halsbrecherische Autojagden, die im Wasser endeten, waren das Minimum. In seinem wahren Element fühlte Norman sich in Szenen, in denen er sich mit Gegnern von gigantischen Dimensionen messen mußte, wie etwa der Freiheitsstatue, der Kuppel des Petersdoms, der Chinesischen Mauer, den Katakomben von Paris – und wenn es dabei darum ging, einen Freund zu retten, ein Kind oder die Frau, die er liebte, war er besonders zufrieden.

Er drehte pro Jahr nur einen Film, und jeder wurde ein Kassenschlager von New York bis Tokyo. Mit 27 war er ein Weltstar mit einer Fanpost, die alle Rekorde schlug. Sein Glück schien vollkommen, als er mit dreißig Pat Shannendy heiratete. Sie war die Tochter von Milton Shannendy, einem der zehn reichsten Männer Amerikas, hatte ein Madonnengesicht, die grazile Figur einer Ballerina und eine Lebensgier, die durch nichts gesättigt werden konnte. Einen Monat nach ihrem rauschenden Auftritt auf dem New Yorker Ball der Debütantinnen war sie mit dem schwedischen Stahlbaron Söderström verheiratet gewesen. Die Ehe dauerte vier Monate. Nach der Scheidung machte Pat ihren ersten spektakulären Selbstmordversuch. Ehemann Nummer zwei war ein andalusischer Adliger gewesen. Auch diese Ehe endete mit Scheidung und Selbstmordversuch.

Als sie Norman Reed heiratete, erklärte sie in Interviews, die Irrtümer ihrer Jugend lägen nun hinter ihr. Sie hätte endlich den richtigen Mann gefunden und sie wollte jedes Jahr ein Kind haben. Pat meinte das auch so. In der Hochzeitsnacht hielt Norman nicht eine selige Braut in den Armen. Pat flüsterte ihm nicht zu, ich liebe dich, sie sagte: »Mach mir ein Kind, mach mir einen Sohn.« Zuerst fühlte Norman sich geschmeichelt, aber nach ein paar Wochen kam er sich vor wie ein Zuchthengst.

Die erste Schwangerschaft endete im dritten Monat. Die zweite Schwangerschaft ging ebenfalls schief. Pat hatte im sechsten Monat eine Totgeburt. Sie machte wieder einen Selbstmordversuch und verbrachte ein Vierteljahr in einer psychiatrischen Klinik. Die Ärzte gaben ihr den Rat, erst einmal ein, zwei Jahre zu pausieren, aber davon wollte Pat nichts hören. Sie war eine Shannendy. Sie hatte keine Geduld, sie wollte es erzwingen. Sie kommandierte Norman an die Riviera ab zu »Flitterwochen«. Sobald sie schwanger war, zog sie sich in eine Klinik am Genfer See zurück. Neun Monate später brachte sie einen Jungen zur Welt. Das Kind lebte zwar, aber es war mißgebildet. Die Beine endeten kurz unter dem Körper in einer Art Klumpfuß.

Pat schien es mit Fassung hinzunehmen. Obwohl die Ärzte in Genf wußten, daß Pat zwei Selbstmordversuche hinter sich hatte und monatelang in psychiatrischer Behandlung gewesen war, ließen sie sich täuschen und trafen keine Vorkehrungen. In einem unbewachten Moment erstickte Pat das Kind mit einem Kissen. Dann schluckte sie eine Überdosis Schlaftabletten, an der sie starb.

Die Shannendys vertuschten die Sache. In der offiziellen Version – auch die Klinik hatte Interesse daran, die Wahrheit zu verschweigen – waren Pat und das Kind bei der Geburt gestorben.

Der Trauergottesdienst in der St. Patrick's Cathedral und die Beisetzung im Familiengrab der Shannendys fanden in aller Stille statt. Nach der Beerdigung begab man sich in das große klassizistische Sandsteinhaus der Shannendys in der 17. East Street, um die Erbschaftsformalitäten zu erledigen. An Norman fiel ein Viertel von Pats Vermögen, ein Treuhandvermögen in Höhe von zehn Millionen Dollar.

Norman wollte die Erbschaft ablehnen, doch sein Schwiegervater Milton Shannendy bat ihn nachdrücklich, das nicht zu tun. »Für mich wirst du immer wie ein Sohn sein und zur Familie gehören. Vielleicht hast du die Filmerei eines Tages satt, dann denk daran, bei mir wartet ein Büro auf dich.«

Das Penthouse, das er mit Pat bewohnt hatte, gab er auf, er nahm sich ein Junggesellenapartment in der 78. East Street.

In den Wochen und Monaten nach Pats Tod begann Norman über sich nachzudenken, eine Beschäftigung, in der er wenig Übung hatte. Er war 34, er war berühmt. Er war mit einer Shannendy verheiratet gewesen, was einer Prüfung gleichkam, aber das Schicksal selbst hatte die Prüfung beendet. Wenn er sein Leben überblickte, mußte er sich sagen, er hatte alles bekommen, was er wollte, und noch eine Handvoll mehr. Und doch wußte er nichts mit sich anzufangen. Er wußte nicht, was er wollte, er konnte sich zu nichts aufraffen.

In den Journalen erschienen Berichte und Fotoreportagen über die Beisetzung von Pat. Die Bilder waren aufschlußreich. Die Shannendys standen dicht gedrängt am Grab. Schwarz in Schwarz, er hielt sich zwei Schritte abseits. *Norman Reed verloren in Trauer*, stand unter dem Bild. Es stimmte, er empfand Trauer um Pat, um ihren Tod, und mehr noch, um ihr verfehltes Leben.

Er hatte sich eingebildet, im *Waldorf* untertauchen zu können, aber am dritten Tag begann das Telefon zu klingeln, sein Agent, Drehbuchautoren, der Regisseur, mit dem er den nächsten Film machen wollte, verflossene Frauen, Journalisten aus aller Welt. Er mußte weg aus New York, aber wohin. Etwas wie Panik erfaßte ihn. Manchmal passierte das während der Dreharbeiten. Dann wünschte er sich weit weg von allem, in eine Blockhütte am Hudson River, und auf der Lichtung bei der Blockhütte weidete sein Pferd.

Eine Blockhütte und ein Pferd, sein alter Kindheitstraum. Der Traum eines Kindes, das nie ein Kind hatte sein dürfen. Kaum war er auf den Beinen gestanden, kaum hatte er die ersten Purzelbäume auf dem Trampolin gemacht, hatte das Training begonnen. Ein Leben in militärischer Disziplin, Training, Probe, Auftritt, Training, Probe, Auftritt.

Ein Kind sein. In den Tag hineinleben – konnte man das nachholen? Er würde es versuchen. Das Pferd war kein Problem. Die schönsten Pferde standen in den Ställen von Tony Calese. Norman setzte sich ins Auto und fuhr los. Es begann mit einer Enttäuschung. Das Pferd, das er haben wollte, war nicht zu verkaufen. Es war eine Araberstute und hieß Luna. Tony warf die Hände in die Höhe. »O nein, nicht Luna. Die wolltest du schon mal haben, vor zwei Jahren, für einen Film. Erinnerst du dich? Tut mir leid, da ist nichts zu machen, das Pferd gehört Tara.«

Norman erinnerte sich dunkel an die Geschichte mit dem Pferd. »Wer ist eigentlich diese Tara? Warum hast du ihr dein schönstes Pferd gegeben?«

»Tara ist meine Schwester, das heißt Stiefschwester aus der zweiten Ehe meines Vaters. Sie geht noch aufs College.«

»Ich werde sie fragen, vielleicht gibt sie mir das Pferd.«

Tony lachte. »Das kannst du dir sparen. Sie gibt es nicht her, für kein Geld. Nichts zu machen. Du mußt sie mal auf Luna sehen, dann verstehst du's.« Tony machte mit den Händen eine jener Gesten, mit denen Italiener ausdrücken, daß ihnen die Worte fehlen für etwas, das über die Maßen schön, ja anbetungswürdig ist.

»Wenn sie nicht deine Schwester wäre, würde ich sagen, du bist in das Mädchen verliebt.«

Tony ließ die Hände sinken. »Das ist mein Schicksal. Ich werde nie eine Frau finden wie Tara. Ich werde als verbitterter Hagestolz enden.« Er legte den Arm um Norman. »Komm, ich zeig' dir Phenix. Ein Zweijähriger, genau das Richtige für dich.«

Nachdem Norman den Scheck für Phenix ausgeschrieben hatte, inklusive der Kosten für Stall und Pflege für die Zeit eines Jahres – das Pferd würde auf Tonys Gestüt bleiben –, sagte er: »Jetzt brauch' ich noch eine Blockhütte.«

Tony sah Norman erstaunt an. »Blockhütte, was willst du mit einer Blockhütte?«

»Ich möchte nicht zurück nach New York. Ich möchte auch nicht in ein Hotel. Ich brauche einfach was, wo ich übernachten kann.«

»Kein Problem. Bei den Pferdeknechten ist eine Kammer frei. Nicht gerade das Ritz ...«

»Nett von dir, aber ich möchte allein sein. Eine Blockhütte auf einer Lichtung im Wald, das ist so ein Kindheitstraum von mir.«

Tony überlegte. »Darf die Blockhütte auch ein Jagdhaus sein und aussehen wie ein gotischer Hochzeitskuchen?«

»Darunter kann ich mir nichts vorstellen.«

»Am besten, ich zeig's dir.«

Das Jagdhaus, zu dem Tony ihn brachte, sah tatsächlich aus wie ein gotischer Hochzeitskuchen. Zitronengelb und weiß. Die Mauern waren weiß verputzt, die gotischen Holzschnitzereien an den Giebeln, an den Erkern und längs der Veranda waren weiß gestrichen und so zierlich und fein, daß sie an Zuckerwerk erinnerten.

Im Innern herrschte die wohltuend altmodische Atmosphäre eines englischen Landhauses aus dem 19. Jahrhundert.

Norman stand in dem gemütlichen Wohnraum und ließ die Augen wandern. Die dunkle Holztäfelung, die Bibliothek, der Kamin, die dunkelroten Ledersofas, die so anheimelnd verknautscht waren. Das war es, das war seine Blockhütte. Immer, wenn er genug von New York hatte, würde er in Zukunft hierherkommen.

»Gekauft«, sagte er zu Tony, »weißt du, was es kostet?«

Tony gab einen Laut gespielter Verzweiflung von sich. »Es kostet nichts. Du kannst es nicht kaufen.«

»Du bist komisch, warum zeigst du's mir dann?«

»Es gehört meinem Vater. Eine Art Gästehaus; aber es wird kaum noch benützt. Ich könnte mit meinem Vater reden, er soll es dir vermieten. Das wäre praktisch für dich. Du brauchst dich um nichts zu kümmern. Mein Vater hat sowieso zuviel Personal auf Sunset Hill, die können das gut nebenbei machen.«

»Und wenn er keinen Mieter will?«

»Wir werden sehen. Schließlich bist du mein Freund. Du weißt, wir sind Italiener, für einen Freund tun wir alles.« Tony hatte ein Fenster geöffnet. Die Sonne stand nicht mehr hoch und fiel schräg in den Raum. Eine Blaumeise ließ sich am Fensterbrett nieder und drehte neugierig den Kopf. An der schmalen Wand neben dem Erkerfenster hing eine gerahmte Fotografie: ein junges Mädchen, das neben einem großen schwarzen Wolfshund auf den Stufen einer Terrasse saß. Irgendwie wußte Norman sofort, das konnte nur Tara sein. Sie hatte etwas, das ihn zwang, wieder und wieder hinzusehen.

Tony trat neben ihn. »Das ist Tara. So war sie mit vierzehn.«

»Hast du das Bild gemacht?«

»Nein, das hat sie selbst gemacht.«

»Heißt das, mit Selbstauslöser?«

»Ja.«

»Wie kommt sie auf die Idee? Ich dachte, ihr seid eine große Familie, da ist doch immer einer da zum Fotografieren.«

Ein Schatten ging über Tonys Gesicht. »Früher mal waren wir eine große Familie, vor Taras Zeit – und dann, als ihre Mutter umkam, ja, damals fing sie zu fotografieren an.« Er sah auf die Uhr. »Ich sollte zum Gestüt zurück.« Er schloß das Fenster, und sie verließen das Jagdhaus. Auf der Fahrt sprachen sie nicht viel. Normans Frage nach dem Tod von Taras Mutter beantwortete Tony einsilbig. »Ein Unfall. Sie stürzte.« Etwas in Tonys Stimme sagte Norman, es wäre besser, keine weiteren Fragen zu stellen. In der Presse wurde der Name Calese nie mit der Mafia in Verbindung gebracht, aber unter den Filmleuten kursierten Gerüchte. Danach war Massimo Calese der einzige Mafia-Boss, dem es gelungen war, das bürgerliche Ufer rechtzeitig anzulaufen. Nun, die Tatsache, daß sein Haus am Hudson River stand, in der Nachbarschaft der Vanderbilts und Rockefellers, sprach dafür.

Als sie auf dem Gestüt aus dem Range Rover stiegen, kam gerade eine malerische Gestalt über den Hof geritten, orientalisch gekleidet, in Kaftan und Pluderhosen, und mit einem Turban auf dem Kopf. Der Kaftan war karmesinrot, die Pluderhose türkis, der Turban changierte zwischen apricot und gold und war mit einer dreifachen Silberkordel umschlungen, von der eine bunte Quaste baumelte.

Tony brauchte einen Moment, bis er Tara in der Verkleidung erkannte. Mit strahlendem Gesicht lief er über den Hof. »Tara, ich hab' dich kaum erkannt, du siehst aus wie eine Beduinenprinzessin.«

Tara sah an sich herunter. »Das sind die Kleider aus Marrakesch, die Tante Alina mir schon lange versprochen hat. Heute endlich kam das Paket. Es war zwei Monate unterwegs, davon drei Wochen auf dem Zoll. Die dachten wohl, da ist Haschisch drin. Schau dir die Stiefel an, richtige Schnabelschuhe.«

Norman war Tony gefolgt, und Tony stellte ihn Tara vor. »Norman Reed, der berühmte Norman Reed. Vor zwei Jahren wollte er schon mal deine Luna haben, und jetzt wieder.«

»Ich weiß, Laszlo hat es mir gesagt.« Sie blickte Norman an. »Phenix ist auch ein schönes Pferd. Es ist mit Luna verwandt. Sie haben den gleichen Vater.«

»Und noch was wollte Norman kaufen, das Jagdhaus. Was sagst du dazu?«

Taras Augen ließen Norman nicht los. »Sie wollen das Jagdhaus wirklich?«

Er sah zu ihr auf und nickte stumm. Er fühlte sich seltsam verwirrt. Im ersten Moment, als er sie durch den Hof reiten sah, hatte er sich zurückversetzt gefühlt in die Zirkuswelt; dort gehörte es dazu, daß orientalische Prinzessinnen in die Manege geritten kamen. Sie knallten mit der Peitsche, sie turnten auf dem Pferd herum und stießen gellende Schreie aus. Jetzt, in der Nähe, erinnerte ihn Tara nicht mehr an eine Zirkusreiterin. Sie war aus einem ganz anderen Stoff gemacht. Nichts an ihr war Pose, alles war Ruhe, engelsgleiche, überirdische Gelassenheit. Er hatte das Gefühl, eine Erscheinung vor sich zu haben, eine Fee. Würde sie seine Wünsche erfüllen?

»Haben Sie schon mit meinem Vater gesprochen?« fragte sie ihn.

»Nein.«

War es Zufall, war es Absicht, daß Taras kleine schwarze Reitpeitsche Normans Schulter streifte. »Soll ich meinen Vater bitten?« hörte er sie fragen.

»Würden Sie das tun?«

In ihre dunklen verschatteten Augen trat ein Lächeln. »Wissen Sie, mir kann er es nicht abschlagen.« Dann ritt sie davon, ruhig, gelassen, die Zügel locker in den Händen. Die beiden Männer sahen ihr nach. Als sie vom Hof verschwunden war, versetzte Tony Norman einen Stoß in die Rippen. »Eins sag' ich dir, laß Tara in Ruhe, oder ich reiße dich in Stücke.«

Es wurde ein ausgedehntes und fröhliches Abendessen auf Sunset Hill. Wie in alten Zeiten hatte Hillary den Tisch auf der Terrasse gedeckt, und wie in alten Zeiten improvisierte man das Menu.

Massimo verschwand immer wieder in der Küche und beriet mit dem Koch den nächsten Gang. Zum Abschied übergab Massimo Norman feierlich den Schlüssel zum Jagdhaus. »Und wenn Sie Lust haben, an unserem Tisch ist immer ein Platz für Sie reserviert.«

Norman bedankte sich, und Tony fuhr ihn zum Jagdhaus. Das Gärtnerehepaar von Sunset Hill hatte alles für Norman vorbereitet. Das Bett war bezogen, im Bad lagen frische Tücher bereit, der Eisschrank war aufgefüllt.

Bevor Norman zu Bett ging, öffnete er das Fenster. Die Nacht war klar und der Himmel mit Sternen übersät. Aus der Schlucht tönte leise das Rauschen des Wasserfalls. Er hatte seine Blockhütte gefunden. New York war so fern wie der Sirius, und das Haus der Shannendys weiter entfernt als der entfernteste der Sterne.

Das Wurflager von Flame war eine dunkelgrüne Pferdedecke. Tara hatte sie zwischen Kamin und Treppe ausgebreitet, an dem Platz, wo sonst der Hundekorb stand. Der Korb war zur Seite gerückt, und von dort aus beobachtete der Rüde Fire aufmerksam, was geschah.

Tara kniete neben Flame auf der Pferdedecke. Drei Welpen waren schon da. Sie schliefen, eingehüllt in einen alten Cashmere Pullover von Norman, auf Taras Schoß. Flame hatte sich neben Tara ausgestreckt und eine Ruhepause eingelegt. Tara massierte Flames Bauchdecke und redete leise auf sie ein. »Nicht einschlafen, eins ist noch drin, ein ganz kleines. Gib ihm einen Schubs, dann hast du's hinter dir. Laß es einfach rausfallen wie die anderen.«

Seit einer Stunde harrte Tara geduldig bei Flame aus, beschwichtigte das Tier, redete leise mit ihm, massierte ihm die Bauchdecke. Der erste Welpe war praktisch aus Flames Leib in Taras Schoß gefallen, und das Fruchtwasser war über die hellen Reithosen geflossen, und als sie dann die Welpen abtrocknete, hatte auch ihre weiße Bluse viele Flecken bekommen. Tara kümmerte sich nicht darum.

Norman Reed hatte sich in den Winkel zurückgezogen, der am weitesten von Flames Wurflager entfernt war, in den Ohrensessel beim Erkerfenster. Er las in einem Drehbuch und machte laufend Notizen an den Rand. Überall im Haus lagen Drehbücher herum. Jedesmal brachte er einen Stapel mit. Seit er einen Oscar für den Film *Onnenkow* bekommen hatte, konnte er sich vor Angeboten nicht mehr retten.

Vor dem Oscar hatten die Kritiker ihn als Stunt-Star und Kassenmagneten abgetan, jetzt plötzlich waren sie umgeschwenkt. Sie interpretierten seine Stunts als »Stilmittel«, sie entdeckten den

Schauspieler Norman Reed und das Doppelbödige in seiner Art, Menschen darzustellen, sie sahen in ihm den kompromißlosen Künstler, der in einer Zeit des schwachen pervertierten Mannes den Mut zum Helden hatte.

»Ist das Drehbuch gut?« fragte Tara. »Ist es das, von dem du gestern erzählt hast?«

»Ja, Barney Barnato, der König der Diamantenhändler. Die Geschichte ist spannender als alle Goldgräberstorys zusammen.«

»Ist eine Rolle für mich drin?«

»Zuerst das College, dann die Kunst.«

»Bis der Film gedreht wird, habe ich das College hinter mir. Dieser Barney Barnato hatte doch sicher eine Menge Frauen.«

»Ich überlege, ob man die Music-Hall-Szenen nicht ersetzen soll durch Zirkus, Music-Hall wirkt immer etwas verstaubt, etwas mühsam, das ist einfach passé. Zirkus ist viel besser, da kann man sensationelle Dinge machen.«

»Eine Tiger-Nummer und ich als deine Assistentin.«

»Dann stiehlst du mir die Schau.«

»Ich will eine Rolle in diesem Film.«

»Ich dachte, du gehst auf die Universität.«

»Ich hab mir's anders überlegt. Ich möchte berühmt werden. Studieren kann ich immer noch. Zuerst der Ruhm, dann die Wissenschaften.«

Sie lachten.

Tara liebte es, wenn er von neuen Projekten erzählte. Es faszinierte sie, wenn er sich beim Reden in die Figur, von der er sprach, verwandelte. Er konnte plötzlich als Mongolenfürst dastehen oder als Napoleon durch die Tür kommen.

Gestern beim Abendessen auf Sunset Hill hatten sie über seinen nächsten Film diskutiert. Es ging um den abenteuerlichen Aufstieg des Diamanten-Magnaten Barney Barnato. Die Schauplätze waren London und Kapstadt um die Jahrhundertwende. Während Norman die Figur Barnatos erklärte, begann er sich unversehens in diesen schillernden Mann zu verwandeln, der als Boxer nach Kapstadt gekommen war und dort der gerissenste und reichste Diamantenhändler seiner Zeit werden sollte. Norman brauchte kein Kostüm, keine Maske, um Barnato darzustellen, er machte alles mit dem Körper: die breiten Schultern senkten sich etwas, der Hals wurde länger, und als er sich vom Tisch erhob, schien er um Zentimeter kleiner.

Jetzt erhob sich Norman und nahm sein leeres Glas. Er ging zum Bartisch, warf Eiswürfel in sein Glas und schenkte sich Bacardi ein. »Für dich auch etwas?« fragte er Tara.

»Ja gerne.«

»Wieder Wasser oder was Richtiges? Vielleicht auch einen Bacardi?«

»Bacardi mit Ananasjuice.«

»O. k.« Er brachte ihr das Glas. »Ohne dich wäre ich total verloren. Ich hätte nicht gewußt, was ich mit Flame tun soll. Fire knurrt ja schon, wenn ich Flame nur nahe komme. Was hat er eigentlich gegen mich? Er wird von Mal zu Mal feindseliger. Was hab' ich ihm getan?«

»Das ist sehr einfach, du hast ihn in den Zwinger gesteckt.«

»Viele Hunde leben in einem Zwinger. Der Zwinger ist riesig.«

»Auch ein riesiger Zwinger ist ein Zwinger. Ein wilder Hund wie Fire wird böse in einem Zwinger, ich habe dir gesagt, daß es so kommen wird.«

Fire hatte sich aufgerichtet und knurrte leise in Richtung Norman. »Hör dir das an«, sagte Norman kopfschüttelnd. »Er haßt mich, nur dich liebt er.«

Norman ging zu seinem Platz beim Erker zurück. Es paßte ihm nicht, daß Flame die Jungen hier im Wohnraum zur Welt brachte. Seiner Ansicht nach war der Zwinger der richtige Ort für diese mühsame und unästhetische Prozedur. Seine Tierliebe ging nicht soweit, daß er eine werfende Hündin im Livingroom haben wollte.

Norman verfluchte den Tag, an dem er die Wildhunde aus Ibiza mitgebracht hatte. Eine Verrücktheit, noch dazu ein Pärchen, das bedeutete zwei Würfe pro Jahr. Was sollte bloß aus den Jungen werden. Die einzig vernünftige Lösung war das Tierheim. Morgen rufe ich das Tierheim in Westchester an und lasse sie abholen, alle miteinander, Fire, Flame und die Jungen.

Von Flame kam ein leises Stöhnen. Durch die Läufe und den Körper lief ein Zittern; sie preßte sich mit dem Rücken an Taras Beine.

Flames Atmen wurde schneller, klang hechelnd.

»Geht's wieder los?« fragte Norman.

Tara streichelte Flames Kopf. »Sie macht das mit Schwung.«

»Pats Mutter hatte ein ganzes Rudel Hunde. Wenn die warfen, dauerte es eine Ewigkeit zwischen den einzelnen Welpen.«

»Was war es für eine Rasse?«

»So was Kleines, Cavalier King Charles heißen sie, oder so ähnlich, eigentlich keine Hunde, wie soll ich sagen, Schoßtiere für Königinnen. Ich glaube, sie hatte die Hunde nur, weil die Königin von Spanien sie auch hat.«

Tara sah auf. »Du magst die Shannendys nicht.«

»Stimmt, und sie mögen mich auch nicht. Ich war für sie immer nur ein hergelaufener Zirkusakrobat. Chris hat mir wiederholt erklärt, Filmschauspieler, das ist kein Beruf. Ein Schauspieler ist eine männliche Hure.«

»Und wie war Pat?«

»Pat ... Sie hat immer sehr viel von Liebe geredet, aber ich glaube, sie hat mich nur geheiratet, weil es sie reizte, mich allen anderen Frauen wegzunehmen. Als sie mich dann hatte, wollte sie unbedingt einen Shannendy aus mir machen.«

Bei Flame setzten wieder Wehen ein. Sie kamen schnell hintereinander und mit großer Heftigkeit. Flame rappelte sich auf und nahm eine breitbeinige Stellung ein. Dann richtete sie die Rute steil nach oben und der vierte Welpe, noch eingehüllt in die Eihaut, glitt heraus. Die anderen Welpen hatten sich sofort bewegt und versucht, sich aus der Eihaut freizustrampeln, dieser blieb reglos.

Flame packte die Fruchtblase und schüttelte sie, so daß sie aufplatzte und der Welpe sichtbar wurde. Auch jetzt gab er kein Lebenszeichen von sich. Von der Nase her begann Flame ihr Junges abzuschlecken.

Tara wartete darauf, daß der Welpe den ersten Piepser von sich geben würde.

»Was ist es«, fragte Norman, »wieder ein Rüde?«

»Ja, aber er gefällt mir nicht, die andern haben gemaunzt beim Abschlecken, er ist mäuschenstill.«

Flame stieß mit der Schnauze gegen die Bauchdecke des Welpen, einmal, ein zweites Mal. Das Junge reagierte nicht. Schließlich begriff Flame, das Junge war tot. Der wölfische Urinstinkt, tote und kranke Junge aufzufressen, regte sich in ihr. Aber noch bremste sie etwas. Sie zögerte, sie kämpfte mit sich. Sie beugte sich mit weit geöffnetem Rachen über das Junge, nahm es mit sicherem Griff am Kopf auf und legte es auf Taras Schoß zu den drei lebenden Welpen. Dann trat Flame zurück und sah Tara mit einem Blick an, der wohl sagen sollte: Entscheide du, was wir tun sollen.

Tara schüttelte den Kopf. Sie nahm das Junge und legte es zurück auf das Wurflager; sie machte es mit der Geste, mit der sie einen Knochen hinlegen würde. »Es ist tot, Flame, tot.« Sie schob den toten Welpen Flame vor die Schnauze.

Norman war aufmerksam geworden. »Das Junge ist tot?«

»Ja, leider.«

»Bist du ganz sicher?«

»Absolut.«

»Und jetzt?«

»Flame wird das tun, was viele Tiere in so einem Fall tun, sie wird es auffressen.«

Norman klappte das Drehbuch zu und stand auf. »Das lasse ich nicht zu. Ich werde den toten Welpen wegschaffen.«

Norman war plötzlich wie ausgewechselt. Sein Ton hatte etwas Aggressives. Mit schnellen Schritten kam er durch den Raum zum Wurflager. Fire sprang auf und knurrte Norman mit gefletschten Zähnen an. Norman ignorierte den Hund. »Gib den verdammten toten Welpen her«, sagte er zu Tara.

Tara gab Fire einen Klaps. »Benimm dich.« Dann erst blickte sie Norman an. »Du bist schon die ganze Zeit nervös. Mach einen Spaziergang, wenn du zurückkommst, ist alles vorbei.«

»Ich hab' es satt«, murmelte Norman. »Morgen kommt die ganze Brut ins Tierheim. Ich mach' hier keine Hundezucht auf.« Damit verließ er den Raum.

Ohne den Kopf zu drehen, aus halbgesenkten Augen, blickte Tara ihm nach. Sie war nicht sicher, ob sie ihn liebte, aber sie wußte, daß er der erste Mann in ihrem Leben sein sollte.

Draußen, auf der offenen Holzveranda, entfernten sich Normans Schritte. Kein anderer Mann ging wie er, leicht und federnd und mit dieser Geschmeidigkeit im Rücken.

Wie er wohl war, wenn er eine Frau liebte?

Er stand in dem Ruf, mit jeder Partnerin ins Bett zu gehen. In Interviews erklärte er, man könne alles spielen, nur Liebe nicht, Liebe müsse echt sein. Im *Heat* hatte er verkündet, ein Tag ohne Frau sei ein verlorener Tag.

Sie kannte einen ganz anderen Norman Reed. Wenn er von seiner Ehe mit Pat Shannendy sprach, klang das resigniert; wenn er von seinen Filmpartnerinnen erzählte, konnte er sehr zynisch sein. Er war voller Widersprüche, aber gerade das machte ihn so faszinierend für Tara. War es wirklich nur die Einsamkeit und die Natur, die er suchte, wenn er ins Jagdhaus kam? Oder war es ihretwegen? Wenn andere dabei waren, gab er sich ihr gegenüber betont väterlich, doch sobald sie allein waren, herrschte eine geheime Spannung zwischen ihnen.

Sie hatte das Gefühl, daß die Kleider ihr am Leib klebten.

Sie blickte an sich herunter und bemerkte erst jetzt die Blutflekken auf der hellen Reithose und der Bluse. Von dem langen unbequemen Hocken am Boden waren ihr die Beine eingeschlafen. Sie stand auf, schüttelte die Beine aus und trat zum offenen Fenster. Um die Laternen auf der Veranda kreisten Mückenschwärme. Tara mußte lächeln. In ihrem Kopf ging es ähnlich zu. Ein Mückenschwarm von Gedanken kreiste dort, und das Zentrum des Gedankenschwarms war Norman. Seine Welt war so verschieden von der ihren. Freiheit, Abenteuer. Liebe – das alles hatte er im Überfluß. Sie dagegen lebte in einem Gefängnis. Es war zwar ein luxuriöses Gefängnis, wo man ihr jeden Wunsch erfüllte, aber ein Gefängnis war es doch. Jeder ihrer Schritte wurde kontrolliert. Sie konnte nichts allein unternehmen. Der Chauffeur brachte sie ins College und holte sie wieder ab; der Chauffeur brachte sie zu Tonys Gestüt und wartete, um sie wieder nach Hause zu bringen. Nicht einmal zu der Dachstube im Gartenhaus konnte sie unbeobachtet gehen. Via Fernsehkamera wußte man genau, wann sie ein und aus ging. Das letzte Mauerblümchen auf dem College hatte einen Boyfriend, sie, die schöne Tara Calese, von der alle dachten, sie hätte einen Schwarm Verehrer, führte das Leben einer Novizin. Jeden Freitag mußte sie mit der Großmutter zur Beichte gehn. Wie haßte sie das. Wie haßte sie die ölige Stimme von Pater Vincent hinter dem Gitter. »Mein Kind, auch Gedankensünden sind Sünden.«

Sie hatte Pater Vincent im Verdacht, daß er vollauf mit den eigenen Gedankensünden beschäftigt war, sobald sie nebenan im Beichtstuhl kniete. So oder so, sie ging nur der Großmutter zuliebe zur Beichte, nicht um ihr Gewissen zu erleichtern. Wenn sie angefangen hätte, ihre Gedankensünden zu beichten, wäre eine Lawine auf Pater Vincent niedergegangen.

Seit Norman Reed das Jagdhaus bewohnte, stellte sie sich vor, wie es wäre, wenn Norman sie zu seiner Geliebten machen würde. In Tagträumen hatte sie das alles durchgespielt; in jedem Raum des Jagdhauses hatte sie ihre Phantasien angesiedelt; vom Keller bis unters Dach hatte sie imaginäre Liebesnester eingerichtet. Sie hatte sich so in diesen Traum eingesponnen, wie nur ein sehr junges Mädchen das tun kann. Monatelang hatte sie verpuppt in ihrem Traum gelebt. Ohne daß ein Mann sie berührte, war sie in dieser Zeit zur Frau gereift. Aus verschwommenen Sehnsüchten des Mädchens war der konkrete Wunsch entstanden: Sie wollte Norman haben.

Sie wollte, daß er sich in Gedanken mit ihr beschäftigte. Sie wollte seine Phantasie entzünden.

Aber wie?

Zuerst dachte sie an Nacktfotos. Sie könnte Nacktfotos von sich machen – mit Selbstauslöser – und dafür sorgen, daß Norman sie »zufällig« zu sehen bekam. Tara machte die Fotos, aber als sie dann die Bilder hatte, fand sie die Idee nicht mehr gut. Frauen, die ihm nachliefen, gab es mehr als genug.

Sie würde es anders machen. Sie würde einen Liebhaber erfinden, einen Liebhaber, den es nicht gab, und sie würde Norman ins Vertrauen ziehen. In hübschen Portionen würde sie ihn einweihen und ihm beibringen, daß es einen Mann gab, der verrückt nach ihr war und den sie heimlich traf.

Bei einem gemeinsamen Ausritt mit Norman hatte sie den Köder ausgelegt. Sie hatte ihm gesagt, am nächsten Tag hätte sie leider keine Zeit, mit ihm zu reiten. Natürlich hatte Norman wissen wollen, warum nicht. Sie hatte herumgedruckst, hatte die Luft angehalten, bis ihr das Blut ins Gesicht stieg und dann stokkend zu sprechen begonnen. »Ich kann es dir nur sagen, wenn du mich nicht verrätst.« Erst nachdem er ihr versprochen hatte, das Geheimnis zu wahren, tischte sie ihm stockend ihre Geschichte auf. Und Norman biß an. »Wo triffst du ihn?«

»Das verrate ich nicht.«

Danach ritten sie eine Weile schweigend weiter, aber sie spürte, wie es in Norman arbeitete. Schließlich rückte er mit Fragen heraus. Er wollte mehr wissen über den »Romeo«, wie er ihn nannte. Es sollte scherzhaft klingen, aber Tara hörte den Unterton von Eifersucht heraus. Sie flüchtete sich in ausweichende Antworten. Norman insistierte. »Liebst du ihn?« Sie sah ihn voll an. »Ich weiß nicht, es ist einfach über mich gekommen, es ist stärker als ich.«

»Was ist, wenn dein Vater dahinterkommt?«

»Einmal muß er sowieso begreifen, daß ich kein Altarengel bin.«

»Er wird den Mann in Stücke reißen.«

»Hat er dir das angedroht?«

»Wörtlich.«

Sie lachten und ritten weiter. Beim Abschied hatte Norman sie nicht mehr »mein Kind« genannt, und seither benahm er sich ihr gegenüber anders. Er spielte nicht mehr den väterlichen Beschützer, er war einfach ein Mann und sie war eine Frau. Die Gespräche versickerten immer wieder, und Schweigen breitete sich aus zwischen ihnen, ein Schweigen, das vor geheimer Spannung knisterte.

Ein Falter schwebte aus dem Dunkel auf Tara zu, kam näher und ließ sich auf dem Fensterbrett nieder. Es war kein Nachtfalter, es war ein Schwalbenschwanz, ein besonders großes Exemplar. Die Flügel aus leuchtendem Blauviolett hatten eine breite Bordüre türkisblauer Streifen und weißer Flecken; die zwei Augen an der Innenseite der Flügelschwänze waren zinnoberrot.

Tara konnte nicht widerstehen. Behutsam, ohne ihn zu verletzen, umschloß sie den Falter mit beiden Händen. Dann schob sie eine Hand unter ihn, bis er schließlich in ihrem Handteller saß.

Bebend richtete er die Flügel auf, legte sie steil aneinander und hielt still. Tara beugte sich über ihn und blies mit einem hauchdünnen Luftstrahl die Flügel auseinander. Langsam senkte er sie und breitete sie dann ganz aus. Als die Ränder der Flügel ihre Haut streiften, durchlief sie ein elektrisierendes Gefühl von der Hand durch den Arm bis zum Nacken.

Ihre Mutter hatte Schmetterlinge geliebt. Sie war nicht müde geworden, Tara die Verwandlung aus der Raupe in den Schmetterling zu schildern. Und dann, ohne Übergang, hatte sie immer von den Menschen gesprochen. »Die meisten Menschen bleiben ihr ganzes Leben lang Raupen. Sie verwandeln sich nie in einen Schmetterling, nicht einmal für eine Nacht. Dabei ist eine Nacht als Schmetterling wertvoller als ein ganzes Leben als Raupe.«

Die Erinnerung an die Mutter war immer noch der Alptraum Taras. Die vier Jahre, die seit dem Tod der Mutter vergangen waren, hatten dem Geschehnis nichts von seiner quälenden Präsenz genommen.

Warum hatte sie sterben müssen?

Warum hat sie so sterben müssen?

Warum mußte ich dabei sein?

Warum mußte ich zusehen?

Warum kann ich es nicht vergessen?

Warum kehren die schrecklichen Bilder immer wieder?

Um mir zu sagen, daß in der Welt der Caleses und der Fillipis so etwas jede Stunde wieder passieren kann?

Der Falter erhob sich von Taras Hand und schwebte auf. Unter einer Laterne blieb er in der Luft stehen. Im hellen Lichtschein wurden seine blauen Flügel durchsichtig, und er glich einem großen, schwerelosen Edelstein. Er beschrieb einen weiten Bogen und verschwand dann im Dunkel.

Nur eine Nacht lang ein Schmetterling sein, dachte sie. Und dann: Wir werden uns lieben. Heute nacht werden wir uns lieben.

Sie spielten nicht mehr Billard; die Stöcke hingen wieder im Rechen, die Kugeln ruhten im Netz. Auf dem grünen Filz lag die Einladung zum Verlobungsfest von Rico und Tiziana.

Massimo hatte seinen Augen nicht getraut, als er den Brief am Morgen geöffnet hatte. Er hatte den Text immer wieder und wieder gelesen und sich immer wieder gesagt, das ist absurd, das gibt es nicht, das ist ein Irrtum. Er war mit der Einladung zu Mariannina gelaufen. Auch sie hatte eine bekommen, der Unterschied war nur, daß sie von der Sache gewußt hatte. Und, wie sie zögernd zugegeben hatte, wußte die ganze Familie seit Monaten davon. Er hatte sie an die Dinge erinnert, die vor sechs Jahren auf Sunset Hill geschehen waren, aber sie hatte erwidert: »Es ist an der Zeit, daß Friede wird zwischen den Caleses und den Fillipis.«

Friede zwischen den Caleses und den Fillipis?

Frieden ja.

Aber keine Hochzeit.

Niemals.

Der Billardraum war genau der richtige Ort für das Gespräch mit Rico. Der große Tisch, die vier tiefhängenden Messinglampen, die nur den grünen Filz beleuchteten, während der übrige Raum im Halbdunkel blieb. Massimo machte eine Bewegung, als wollte er die Einladung wegnehmen, doch dann legte er die Hand darauf. »Ich kann dir nicht verbieten, Tiziana zu lieben – aber ich kann dir verbieten, sie zu heiraten.« Massimos Stimme klang gedämpft, sie kam nicht wie bei anderen Menschen aus dem Hals, sie kam von tiefer unten, aus dem Inneren der Brust; sie war ein hypnotisches Instrument, sie schläferte jeden Widerstand ein, und mit ihr regierte Massimo als sanfter Tyrann. Rico allerdings reagierte nicht darauf. Alle in der Familie hatten Angst vor diesem alten Mann, alle fühlten sich abhängig. Rico nicht. Dies war nicht der erste Machtkampf, den er mit dem Alten austrug. Vor zwei Jahren, nach Abschluß der Universität, sollte Rico in den Familienbetrieb eintreten, aber er hatte sich geweigert. Er hatte eine eigene Firma gegründet, sie hieß ITI, *International Transfer Institute*. Er hatte ein kleines, elegantes Büro an der Wallstreet mit der modernsten Computeranlage. Dazu kam sein Geldinstinkt, der diesen Computer zu einer Wundermaschine machte. Einer seiner Kunden war sein Vater Angelo, er hatte für ihn in sechzehn Monaten aus drei Millionen fünf gemacht. Obwohl Rico zwei Jahre im Business war, galt er bereits als der Rastelli in der jungen Generation der Wallstreetmänner. Ricos Schweigen machte Massimo nervös. Er richtete sich auf. »Du sagst, du liebst Tiziana. Ich bitte dich, vergiß mal deine Gefühle und betrachte die Sache nüchtern.«

»Nüchtern«, Rico begann lautlos zu lachen. »Nüchtern, was heißt hier nüchtern. Ich liebe Tiziana und werde sie heiraten, mit oder ohne deine Genehmigung.«

Massimo nahm die Verlobungsanzeige vom Tisch und zerknüllte sie. »Ich mache ernst. Wenn du Tiziana Fillipi heiratest, siehst du keinen Cent von mir.«

»Ich brauche dein Geld nicht.«

»Du meinst, du bekommst es von deinem Vater. Ich werde dafür sorgen, daß er dir nichts gibt.«

»Ich hatte nicht vor, meinen Vater um Geld zu bitten.«

»Wie willst du das Fest bezahlen. Ein Fest im Yankee Yacht Club kostet ein Vermögen.«

»Ich bin Mitbesitzer im Yankee Yacht Club.«

»Und wer ist dein Kompagnon?«

Rico hielt dem Blick von Massimo stand. »Carlo Fillipi ist der andere Besitzer.«

Massimo wurde weiß. »Carlo Fillipi. Du wagst es, hier diesen Namen auszusprechen. Er hat dich mit Geld geködert, ist es so, mit seinem schmutzigen Drogengeld.« Massimo ging um den Billardtisch herum und trat dicht vor Rico. »Ist es das Geld, gib Antwort, wenn es das Geld ist, sage mir, wieviel du brauchst, eine Million? Ist das genug? Oder brauchst du mehr?«

Rico sah dem Großvater gerade ins Gesicht. »Behalte dein Geld.«

Massimo schluckte. Rico wollte ihn demütigen. Auch gut. »Verlang, was du willst, aber laß die Hände von Tiziana. Daraus kommt nichts Gutes.«

Rico ließ ihn nicht ausreden. »Spar dir deine Drohungen. Es ist sinnlos, ich gehe jetzt.«

Massimo packte Rico an den Schultern. »Du bleibst!« Sein Leben lang war er der Stärkere gewesen, er wollte es auch jetzt sein. »Tiziana ist eine Fillipi. Du kannst sie nicht heiraten. Hast du vergessen, was vor vier Jahren passiert ist? Ugo Fillipi wollte mich umlegen, Ugo Fillipi hat meine Frau getötet.«

»Du hast den Anfang gemacht. Du hast Mauro Fillipi ermordet.«

Massimo ließ Rico los. »Ich habe mit Mauro Fillipis Tod nichts zu tun.«

»Natürlich, du bist wie immer unschuldig. Du hattest Cuidado, der solche Dinge für dich erledigte.«

»Ich schwör' dir ... Mauro Fillipi ist ein Fall, mit dem ich nichts zu tun habe. Seine eigene Familie hat ihn liquidiert. Er war nicht mehr tragbar. Der Prozeß hätte die ganze Fillipi Familie vernichtet. Die Familie hat Mauro geopfert, um sich zu retten.«

»Wenn die eigene Familie es getan hat, warum dann der Racheakt von Ugo Fillipi gegen dich? Hast du dafür auch eine Erklärung?«

»Das liegt doch auf der Hand. Er wollte mich zum Täter stempeln. Er brauchte einen Täter, um selbst unschuldig dazustehen. Dieser Ugo Fillipi ist ein gefährlicher Mann. Glaubst du mir jetzt, daß ich mit Mauros Tod nichts zu tun habe. Ich hatte keinen Grund. Ich hatte nichts zu befürchten von seinen Aussagen vor Gericht, ich habe nie mit ihm Geschäfte gemacht, nie!«

»Das stimmt nicht. Du hast mit ihm Geschäfte gemacht. Es ist lange her, vierzig Jahre, aber bei einem Prozeß gegen Mauro Fillipi wäre auch dein Name in den Schmutz gezogen worden – und der Namen von Milton Shannendy. Du siehst, ich habe mich intensiv mit deiner Vergangenheit befaßt. Ihr seid ein Trio gewesen, früher einmal, Milton Shannendy, Massimo Calese, Mauro Fillipi.«

Massimo senkte den Kopf. Ein Gefühl der Schwäche kam über ihn, Mutlosigkeit. »Ich war es nicht«, wiederholte er.

»O. k., du warst es nicht, du bist unschuldig – warum hast du dann aus Sunset Hill eine Festung gemacht? Der ganze Sicherheitsapparat, die elektronische Überwachungsanlage, die Monitoren, die Wachen. Wozu das alles? Nur ein Mann, der Feinde hat, mauert sich so ein.«

Massimos Gesicht verschloß sich. »Ich habe keine Feinde.«

»Richtig, das hatte ich vergessen, du hast nur Freunde. Trotzdem, sei auf der Hut. Freundschaften haben die Tendenz, in Feindschaften umzuschlagen.«

»Was soll das heißen?«

»Ganz einfach, vergiß mal die Gefühle, und betrachte die Sache als Geschäftsmann. Wenn die Caleses und die Fillipis sich verbünden würden, entstünde eine großartige Konzentration von Geld und Macht. Das ist das Konzept unserer Zeit. Alle Konzerne bestehen aus ehemaligen Feinden, die sich verbündet haben, Feinden, die miteinander ins Bett gegangen sind.«

»Die Fillipis sind nicht Rivalen, die Fillipis sind Kriminelle.«

»Du begreifst nicht, worum es geht. Du lebst in der Vergangenheit. Du hältst dich für einen großen Mann, in Wirklichkeit bist du ein alter Narr. Du hast aus deinen Haus einen Bunker gemacht, du hast den Keller voller Waffen, du hast Wachhunde, du hast Leibwächter, und da hockst du nun und wartest auf die Stunde X. Nur – die Stunde X ist lange vorbei. Dir will keiner was, du zählst nicht mehr. Ugo Fillipi hätte dir einen Gefallen getan, wenn er besser getroffen hätte. Dann wärst du wie ein Mann gestorben. Jetzt bist du nur noch ein Gespenst.«

Massimo stand mit gesenktem Kopf da und dachte, Rico haßt mich. Ich bin ihm im Weg, deswegen haßt er mich. Die Erkenntnis hatte etwas Lähmendes. Ohne Rico anzusehen, sagte er: »Vorläufig bin ich noch da, ob dir das nun paßt oder nicht.« Massimo machte einen Schritt auf Rico zu. »Und nun zu deiner Verlobung. Ich gebe dir 24 Stunden Zeit, die Sache rückgängig zu machen, andernfalls existierst du nicht mehr für mich.«

Rico nickte leicht. »Große italienische Oper. Der alte Tyran verstößt den rebellischen Enkel. Du bist gut in der Rolle. Du hättest auch auf der Bühne Karriere gemacht.«

Massimo schnitt ihm mit einer Handbewegung das Wort ab. »Geh jetzt.«

Die beiden Männer starrten sich haßerfüllt an, dann drehte Rico sich um und verließ den Raum. Die Tür fiel hinter ihm zu. Kurz darauf hörte Massimo draußen Ricos Auto wegfahren.

Massimo versuchte seine Gedanken zu ordnen, es gelang ihm nicht.

Die Tür ging auf, und Butler Hillary wollte wissen, ob das Abendessen serviert werden sollte.

»Später«, war Massimos einsilbige Antwort. »Ich habe noch zu tun.«

*

In Massimos Schlafzimmer herrschte Halbdunkel; nur die Lampe auf dem Schreibtisch brannte. Die Bücherwand und der geräumige Alkoven mit dem Bett versanken im Halbdunkel. Die dunkelrote Wandbespannung schien fast schwarz.

Auf dem Schreibtisch stand das Silbertablett mit dem abendlichen Sortiment von Pillen und eine Flasche Mineralwasser. Pillen fürs Herz, für die Leber, für die Durchblutung des Gehirns, für die Verdauung. Er spülte alle auf einmal hinunter. Das Wasser war lauwarm und schmeckte leicht bitter. Widerwillig trank er das Glas leer. Er warf die Jacke über einen Stuhl und setzte sich an den Schreibtisch. Wen sollte er zuerst anrufen von seinen drei Söhnen, Angelo, Ed, Tony.

Ed führte die Geschäfte in New York. Ed war seine rechte Hand. Kein Genie, aber zuverlässig, der ideale Sohn für einen Tyrannen wie Massimo, unselbständig, eine gehorsame Marionette. Ein einziges Mal hatte Ed eine eigene Entscheidung getroffen, bei der Wahl seiner Frau. Massimo bereute noch immer, daß er damals zugestimmt hatte. Eine Frau, die keine Kinder wollte, war keine Frau in Massimos Augen, sie war ein Parasit.

Eds private Leitung war frei. Aber Ed nahm nicht ab. Massimo ließ es lange läuten, ohne Erfolg. Dann versuchte er es unter dem allgemeinen Anschluß. Das Kindermädchen meldete sich. Ed und Irene war nicht zu Hause. Sie verbrachten das Wochenende in Nassau auf Angelos Yacht.

Ed und Irene auf Angelos Yacht – das war ungewöhnlich. Irene wurde schon seekrank, wenn sie ein Boot nur sah. Massimo suchte die Nummer von Angelos Yacht heraus, der Anschluß war besetzt. Er probierte es ein dutzendmal, dann gab er auf. Zuletzt wählte er Tonys Nummer; die Haushälterin sagte ihm, sie hätten ausländische Gäste, alle säßen beim Abendessen, und sie könnte unmöglich stören. Als Massimo darauf bestand, mit Tony zu sprechen, kam Laszlo, Tonys Stallmeister, an den Apparat und entschuldigte Tony. Laszlo war Ungar und Experte für Vollblüter. Wie Tony Mitte Dreißig, wie Tony von Frauen umschwärmt, wie Tony Junggeselle.

Ob die beiden mehr verband als nur der gemeinsame Beruf? Massimo fragte sich das nicht zum ersten Mal. Manches deutete darauf hin, daß Tony und Laszlo ein homosexuelles Verhältnis miteinander hatten, vor allem die Tatsache, daß es Laszlo gelungen war, Tonys Cowboy-Haushalt total umzukrempeln. Früher briet Tony für die Gäste Steaks über dem offenen Grill, servierte sie auf Papptellern und drückte jedem eine Bierdose in die Hand; heute hatte er eine Haushälterin, die ausgezeichnet kochte, einen Weinkeller, der sich sehen lassen konnte, und serviert wurde auf Meißner Porzellan. Tara gegenüber benahm Laszlo sich als perfekter Kavalier. Man hätte sagen können, er machte ihr auf altmodische Weise den Hof, mit den Ritualen ritterlicher Verehrung. Der Handkuß bei der Begrüßung, die Art, wie er sich mit ihr unterhielt, immer bemüht, sie zum Lachen zu bringen. Und seine Geschenke. Der Sattel aus der Werkstatt der Wiener Hofreitschule, die zweirädrige Chaise, vor die sie das Pony spannen konnte, die zierliche Reitpeitsche mit Taras Monogramm im silbernen Griff. Keine Heimlichkeiten, alles geschah unter den Augen der Familie. Tara behandelte Laszlo unbefangen, mit einer Mischung aus Vertraulichkeit und amüsiertem Spott. Wenn Massimo sie fragte, ob Laszlo versuchte, intim zu werden, beruhigte sie ihn: »Er ist ein Ungar. Und Ungarn sind nun mal galant.«

Die Wärme im Raum wurde ihm unerträglich. Etwas wie Verwesung hing in der Luft. In der Tiefe des Alkovens befand sich eine Mauernische, und dort brannte in einem dunkelroten Glas das ewige Licht. Dahinter stand eine Madonna. Sie trag einen blau-goldenen Himmelsmantel, und ihr Sockel war rundum mit Rosen geschmückt. Als er vor vier Jahren aus dem Krankenhaus zurückgekommen war, hatte er den kleinen Altar in seinem Alkoven vorgefunden, ein Werk seiner Mutter. Für sie war er immer noch der kleine Junge, den man zum Beten anhalten mußte. Die welkenden Rosen und das Öl des ewigen Lichts vermischten sich zu einem schweren, modrigen Parfüm. Es riecht hier, als wäre ich schon tot und läge aufgebahrt im Bett, dachte er. Vielleicht ist es so. Vielleicht habe ich schon alles hinter mir, und das mit Rico ist nichts weiter als ein letzter böser Traum, bevor die sanften Todesengel mich befreien von den Fesseln des Lebens und mich heimführen in die sternflimmernde Ewigkeit. Vielleicht stehen meine Söhne mit gesenktem Kopf und gefalteten Händen um mein Bett, Angelo, Ed, Tony, und tun so, als würden sie beten, während sie im Kopf bereits dabei sind, das Erbe aufzuteilen.

Die Vorstellung belustigte ihn; das alte sizilianische Vergnügen an einer makabren Komödie erwachte in ihm und er sagte laut: »Es gibt keinen Grund zu trauern, ich bin nicht tot.« Einen Moment weidete er sich an dem stummen Entsetzen der imaginären Trauergesellschaft, dann fuhr er drohend fort: »Ob es euch paßt oder nicht, ich habe beschlossen, meinen Winterschlaf zu beenden. Ab sofort bin ich wieder auf dem Posten, und ab morgen jeden Tag in New York. Habt ihr gehört! Ab sofort nehme ich die Zügel wieder selbst in die Hand.«

Sein Blick fiel auf die Medikamente. Er verdankte es nicht den Ärzten, daß er noch lebte, weiß Gott nicht. Was sie mit ihm angestellt hatten, war schlimmer als die zwei Schüsse von Ugo Fillipi. Der erste grobe Fehler passierte bei der Narkose, der zweite in der Intensivstation. Sie hatten ihn praktisch umgebracht, auf medizinischem Weg – und doch lebte er. Mit einer einzigen Bewegung wischte er die Medikamente vom Tisch und in den Papierkorb. »Schluß damit.«

Er hatte das Bedürfnis, mit Tara zu sprechen, aber er konnte sie nirgends im Haus finden. Von Hillary erfuhr er, daß sie drüben im Jagdhaus bei Norman Reed war, weil Flame Junge bekam.

Wieder fragte Hillary, was mit dem Abendessen wäre, wieder antwortete Massimo: »Später.«

Er mußte mit jemandem sprechen. Wenn Tara nicht da war, blieb immer noch Mariannina. Er fand sie an ihrem Schreibtisch.

Sie war bereits im Schlafrock, aber das bedeutete nicht, daß sie schon zu Bett wollte. Bei aller Disziplin und Eitelkeit, sie fand, sie hätte jetzt, mit 84, ein Recht darauf, es sich am Abend in ihren eigenen vier Wänden bequem zu machen. Dazu gehörten flache, federleichte Pantoffeln und ein Schlafrock aus großgeblümter Seide, der auf der Erde schleifte und jeden ihrer Schritte mit leisem Rascheln begleitete. Als sie ihre zwei Räume einrichtete, hatte sie sich einen Jungmädchentraum erfüllt und die Wände mit Blumentapeten bekleben lassen, allerdings nicht mit weißrosa Apfelblüten. Sie hatte ein Rosenmuster von dunkler Farbenpracht gewählt, das sich in den Vorhängen und den Polstermöbeln wiederholte. Am Abend, im Licht der vielen gedämpften Lampen, entfalteten die Farben eine geheimnisvolle Tiefe und schufen eine Stimmung von Wärme und Intimität.

Die Stunden vor dem Schlafengehen verbrachte Mariannina meist damit, Briefe zu schreiben. Sie war jahrzehntelang die Präsidentin eines italienischen Damenclubs gewesen, alles Witwen, die gemeinsam Auslandsreisen machten. Die Damen führten eine rege Korrespondenz.

Sie legte ein Löschblatt über den angefangenen Brief und schraubte den Füllhalter zu. »Ist Rico gegangen?«

»Ja.«

»Und?« Sie deutete auf den Stuhl, der dem Schreibtisch gegenüberstand. »Setz dich.«

Ihr Verhalten irritierte Massimo. Mit dieser kühlen, defensiven Freundlichkeit ging sie sonst nur mit Fremden um.

Massimo setzte sich. »Rico muß den Verstand verloren haben. Die Fillipis sind unsere Feinde.«

Mariannina spielte mit dem Rosenkranz aus grauen Perlen, die sie um den Hals trug. »Ich erinnere mich an eine Zeit, da waren die Fillipis noch nicht unsere Feinde. Du erinnerst dich sicher auch, oder.«

»Nicht die alten Geschichten.«

»Ich weiß, daran wirst du nicht gerne erinnert, aber so ist es nun einmal, die Fillipis waren nicht immer unsere Feinde. Du bist schuld, daß diese Feindschaft entstanden ist, ob du es nun wahrhaben willst oder nicht. Vor 27 Jahren wollte dein Sohn Angelo Leonida Fillipi heiraten, du hast es verhindert. Und du hast es in einer Weise gemacht, daß es eine schwere Demütigung für die ganze Familie war. So hat die Feindschaft begonnen.«

»Die Fillipi sind im Drogengeschäft. Drogenhandel ist kriminell. Durch eine Heirat wären wir automatisch mit hineingezogen worden.«

Mariannina verfolgte stur ihren Gedanken. »Was hatte Leonida damit zu tun? Durch die Heirat wäre sie eine Calese geworden, und die Heirat wäre die Garantie gewesen, daß zwischen den Caleses und den Fillipis Friede herrscht.«

»Ich hatte andere Pläne mit Angelo. Er sollte ein Mädchen aus einer amerikanischen Familie heiraten, ein Mädchen mit einem guten Namen. Die meisten italienischen Einwanderer machen den Fehler, daß sie zusammenkleben. Sie wollen eine Frau, die Spaghetti kochen kann, auf diese Weise bleiben sie Generationen lang Einwanderer. Gott sei dank hat Angelo das begriffen – und Rico wird es auch begreifen. Ich werde ihn dazu zwingen.«

Eine Pause entstand. Dann fragte Mariannina: »Und wenn Rico sich nicht zwingen läßt? Was wirst du dann tun?«

Massimo fixierte seine Mutter. »Sag mal, bist du etwa für diese Heirat? Das kann nicht dein Ernst sein. Hast du vergessen, was vor vier Jahren in diesem Haus passiert ist? Ugo Fillipi wollte mich töten, Diana mußte sterben, und du erwartest von mir, ich soll zuschauen, wie Rico diese Tiziana Fillipi heiratet. Niemals.«

»Dann würde endlich Frieden einkehren.«

»Friede mit den Fillipis – ausgeschlossen.«

»Es soll also immer so weitergehen wie zwischen dir und Mauro Fillipi.«

»Mutter, ich bitte dich, misch dich nicht in Dinge, die dich nichts angehn. Du bist eine Frau, du urteilst mit dem Gefühl – du siehst nicht die wahren Zusammenhänge. Die Fillipis sind Ungeziefer. Solange ich lebe, werde ich es niemals zulassen, daß ein Calese eine Fillipi heiratet.«

»Du kannst es nicht mehr verhindern. Rico hat an dreihundert Leute die Einladung verschickt. Es gibt kein Zurück.«

»Meinetwegen hat er dreitausend verschickt – das kümmert mich nicht.«

Mariannina legte beide Hände auf den Schreibtisch und sah Massimo fest an. »Jetzt hör mir mal gut zu ...« Ihre Stimme klang verändert; vom mütterlichen d-Moll war sie einen Halbton höher geklettert ins helle aggressive Es-Dur. »Deine Familie mußte sich immer deinem Willen unterwerfen. Jetzt geht es einmal umgekehrt, du bist es, der sich unterwerfen muß. Es ist zum Besten der Familie.«

Es war mehr der Klang der Stimme, als die Worte, der Massimo schlagartig begreifen ließ. »Die Familie«, murmelte er, »heißt das, die Familie steht auf Ricos Seite?«

Mariannina nahm die Schultern zurück, hob das Kinn, und in ihren Augen war etwas wie Triumph. »So ist es.«

»Alle?«

»Alle.«

Massimo wehrte sich, es zu glauben. »Auch Ed?«

»Auch Ed.«

»Und Tara? Was ist mit Tara?«

»Auch Tara weiß es. Die ganze Familie steht hinter Rico und Tiziana.«

Zwischen Mutter und Sohn breitete sich ein Schweigen aus, das Sekunden dauerte. Massimos Blick irrte über den Teppich, blasse Rosen auf blauem Grund, er sah überall Augen, die ihn anstarrten. Kalter Schweiß bildete sich auf seiner Oberlippe. In seinem

Kopf sprachen verschiedene Stimmen durcheinander, er verstand nicht, was sie sagten. Er zwang sich, den Blick auf die Mutter zu richten. Aufrecht saß sie hinter dem kleinen, zierlichen Schreibtisch; ein weiblicher Mandarin mit der Maske undurchdringlicher Güte auf dem Gesicht. Nicht seine Mutter, eine Fremde, schlimmer, eine Feindin. Er wußte nicht, was sie dachte, er wußte nicht, was sie fühlte. Er wußte nur das eine: Sie war gegen ihn.

Schließlich fragte er: »Warum hast du mir nichts davon gesagt? Warum hast du geschwiegen?«

»Es war notwendig, sonst hättest du alles kaputt gemacht.«

Er senkte den Kopf. »Hat Rico dir Tiziana vorgestellt?«

»Ja.«

»In New York?«

»Ja, in New York.«

»Wo in New York? In der Kirche, oder habt ihr im Palm Court Kuchen gegessen?«

»Du hast es erraten, es war im Palm Court ... Tiziana ist ein schönes Mädchen. Sie lebt nicht bei der Familie. Sie hat eine eigene Wohnung; sie ist ein hochbezahltes Fotomodell. Du hast ihr Gesicht schon oft auf Titelblättern gesehen.«

Jedes ihrer Worte bohrte sich wie ein giftiger Pfeil in Massimos Herz. Aber er mußte alles wissen. »Wo haben die beiden sich kennengelernt?«

»Durch einen Zufall. Auf dem Flughafen von Antigua. Der Flug nach New York hatte eine Verspätung von sechs Stunden. Nachts um zwei landeten sie endlich in New York. Rico wußte von ihr nur den Vornamen. Bevor er sich von ihr verabschiedete, fragte er sie, ob sie seine Frau werden wollte. Verstehst du, Massimo, es ist Liebe.«

Wahnsinn, dachte Massimo, es ist nicht Liebe, es ist Wahnsinn.

»Wann haben sie sich kennengelernt?« fragte er weiter.

»Im Januar.«

»So ist das also.« Er stand auf.

Auch Mariannina erhob sich. Sie kam hinter dem Schreibtisch hervor, der geblümte Schlafrock schleifte raschelnd über den Teppich. Sie nahm Massimos Kopf in die Hände und küßte ihn auf die Stirn. »Vergiß deinen Haß und begrabe die Vergangenheit. Wenn du deine Familie wirklich liebst, kannst du es. Es geht um die Zukunft der jungen Generation, du hast kein Recht, von ihnen zu verlangen, daß sie deine Feindschaften fortführen. In meinen Augen ist es eine Fügung des Schicksals, daß Rico und Tiziana sich begegnet sind.«

Massimo entzog sich ihr und trat einen Schritt zurück. »Und ich sage dir, daraus wird nichts Gutes.«

»Vertrau deiner Mutter.«

Sie stand vor ihm, eine alte Frau mit einem rundlichen Rosengesicht. Er hatte in dem festen Glauben gelebt, daß sie der Mensch auf Erden wäre, der immer auf seiner Seite stehen würde. Nun hatte sie ihn verraten, nun stand sie gegen ihn. Wortlos wandte er sich ab und verließ den Raum. Mit Beinen wie aus Watte stieg er die Treppe hinunter. In der Halle blieb er unschlüssig stehen, dann ging er ins Freie. Die zwei Schaukelstühle auf der Terrasse standen verlassen, am Boden lag eine leere Bierdose. Massimo trat auf die Wiese hinaus und entfernte sich vom Haus. Ohne auf den Weg zu achten, stieg er hinunter zum Hudson River. In seinem Kopf war ein Durcheinander von Stimmen. Jede der Stimmen war seine eigene, ein Chor von betäubender Lautstärke: Sie haben dich belogen. Deine Mutter hat dich belogen. Angelo, Ed, Tony. Alles Lügner. Auch Tara. Auch Tara hat dich belogen.

Warum? Ein Leben lang hatte er alles getan, damit es ihnen gutging, und nun stellten sie sich gegen ihn.

Er kam zum Bootshaus. Unter dem Vordach hing eine gelbe Regenhaut. Er ging hinaus auf den Steg und setzte sich. Neben dem Steg, halb im Schilf, halb im Wasser, lag der alte Ruderkahn, der schon hier war, als er Sunset Hill kaufte. Es war ein großes Ding. Am Bug stand in Messingbuchstaben *Sunset Hill*. Am Heck der Typenname *America*.

America. Massimo starrte auf die Messingbuchstaben, und es schien ihm, das Wort *America* war die Antwort auf all seine Fragen. Er war in seinem Denken und Fühlen durch und durch Italiener, aber er hatte eine Familie, deren Mitglieder Amerikaner waren. Was für ihn das Höchste war, die Ehre der Familie, bedeutete ihnen nichts. Wie hatte Rico gesagt, große Oper. Für seine Familie war er so etwas wie ein Rigoletto, ein verrückter Alter. Oben auf der Anhöhe, hell erleuchtet, lag Sunset Hill. Er konnte jetzt nicht dorthin zurück. Im Dunkeln fühlte er sich besser, im Schutze der Nacht.

Er blieb lange sitzen. Am Himmel stand eine Mondsichel, der Strom glänzte und glitzerte, die Luft war still und mild. Im regelmäßigen Abstand von einer Viertelstunde schlug die Kirchturmuhr von Terrytown die Zeit.

Das Badezimmer dampfte. Es war ein großer Raum, eine richtige altmodische Badestube in den Farben Gold und Apricot. Tara stand in der geräumigen Duschkabine hinter der goldfarbenen

Glaswand. Von links und rechts oben ging ein warmer Sprühregen über sie hernieder. Zuerst hatte sie das Haar gewaschen, jetzt schäumte sie den Körper mit einem bläulichen Badegel ein.

Von draußen hörte sie Normans Stimme. Er rief nach ihr. »Tara – bist du da drin?« Sie antwortete nicht sofort. Sie wartete, bis er ein zweites Mal rief: »Tara –«. Sie straffte sich. »Ja – komm rein, die Tür ist offen.« Sie stellte das Wasser ab und rief ihm aus der Duschkabine zu: »Gut, daß du kommst. Ich hab' nichts anzuziehn. Meine Sachen sind hin.«

Norman sah ihre Silhouette hinter dem goldfarbenen Glas der Duschkabine und dachte, im Film müßte sie jetzt rauskommen aus der Duschkabine. Fehlte ihr der Mut? Oder unterschob er ihr seine eigenen Gedanken? Die Glastür öffnete sich nicht. Norman rief ihr zu: »Ich hol' dir was« und ging.

Auf dem Weg zur Schrankkammer, wo seine Kleider hingen, kam er durchs Schlafzimmer. Es war in dem Zustand, wie er es am Morgen verlassen hatte. Auf dem Teppich und auf dem Bett lagen Zeitungen, Magazine, Drehbücher. War sie hier, fragte er sich. Hat sie sich das Bett angeschaut, bevor sie ins Bad ging.

Meistens sah er Tara im Reitdress oder in Jeans. Diese Kleidung gab ihrer langbeinigen Gestalt etwas Knabenhaftes. Nur als er sie das erstemal sah, drüben auf Tonys Gestüt, war sie weiblich gekleidet gewesen, in diesem orientalischen Kostüm von leuchtender Farbenpracht und mit dem Turban auf dem Kopf. Er hatte das Bild nicht vergessen; es schien ihm eine Seite ihres Wesens zu offenbaren, die sie sonst nicht zeigte.

Als Norman mit einem Wollhemd und einem Gürtel ins Bad zurückkam, hatte Tara die Duschkabine verlassen und sich in ein Badetuch gewickelt. Mit beiden Händen strich sie das Wasser aus dem nassen Haar. »Hast du einen Fön?«

»Ja. Moment ...«

»Später, zuerst zeig her, was du gebracht hast.« Sie streckte die Hand nach dem Hemd aus, und das Badetuch löste sich. Sie versuchte nicht, es aufzufangen, sie ließ es achtlos zu Boden fallen und befühlte das Wollhemd. »Uh, das ist aber rauh, das kratzt.« Sie schüttelte den Kopf. »Bring mir was anderes, bitte, das kann ich nicht anziehen.« Norman beobachtete sie. Sie war viel schöner, als er erwartet hatte, viel weiblicher. Vom Hals bis zu den Fußgelenken war ihr Körper eine einzige Melodie sanfter Linien und Rundungen. Es gab kein Zuwenig und kein Zuviel. Sie war so vollkommen, daß sie nicht nackt wirkte. In Norman regte sich ein instinktiver Abwehrmechanismus. Er war an Frauen gewöhnt, die älter waren, und die viele Hilfsmittel einsetzen mußten, um mit ihrem Körper eine maximale Wirkung zu erzielen. Tara hatte davon keine Ahnung. Sie brauchte kein Makeup für die Brust, sie brauchte keine Scheinwerfer. Sie kannte nicht das Problem der schlechten Winkel. Sie dachte nicht einmal daran, sich in Pose zu setzen. Sie stand einfach da, und gerade das gab ihr eine erotische Ausstrahlung von unerhörter Intensität.

Norman spürte, daß ihr Anblick ihn erregte, und reagierte defensiv. »Dein Romeo dürfte dich nicht so sehen. Der würde sich wundern.«

»Mein Romeo ...« Sie lächelte, drehte sich um, nahm ein Handtuch und begann, ihr nasses Haar zu frottieren. Norman stand mit dem Wollhemd da. Sollte er gehen, sollte er bleiben. Was hat sie vor, fragte er sich, was erwartete sie von mir.

Tara beobachtete Norman im Spiegel. Seine Haltung drückte Unschlüssigkeit aus und so etwas wie Abwehr. Er wich zur Tür zurück. »Kannst du mir den Fön geben?« sagte sie schnell. Er nickte stumm und nahm den Fön aus dem Wandschrank. Tara setzte sich auf den Hocker und ließ die Arme sinken. »Steck den Fön noch nicht an, massier mir vorher den Kopf. Ich hab' das so gern.« Tara lächelte ihn aus halbgeschlossenen Augen an. »Bitte.«

Norman fügte sich widerstrebend; er trat hinter sie, legte ein trockenes Tuch über ihr nasses Haar und begann sie zu massieren. Tara lehnte sich etwas zurück, so daß ihr Kopf fest in seinen Händen lag. »Gut machst du das, sehr gut.« Sobald er aufhören wollte, sagte sie: »Mehr, das war ja noch gar nichts.« Die simple Beschäftigung mit ihrem Haar hatte eine beruhigende Wirkung auf Norman. Seine Spannung ließ nach und damit seine Vorsicht. Krampfhaft bemühte er sich, in der Defensive zu bleiben. »Muß dein Romeo dir auch den Kopf massieren?« Tara machte ein Geräusch, das an das Schnurren einer Katze erinnerte. »Du machst es besser ... viel besser ... aber leider bist du nicht immer zur Hand.« Sie drehte sich auf dem Hocker um und nahm ihm das Tuch aus den Händen. »Danke, es war wunderbar.«

Sie stand auf. »Wo ist das Badetuch geblieben? Siehst du es?« Sie stand ganz still, nur ihre Augen folgten ihm, während er das Badetuch holte. Er wollte es ihr von rückwärts umlegen, doch sie drehte sich um, stellte sich auf die Zehenspitzen und küßte ihn auf den Mund. Der erste Kuß war leicht und flüchtig; beim zweiten nahm sie sich mehr Zeit. Norman reagierte nicht. Er ließ es geschehen, verzaubert von der Süße ihrer Lippen. Das Badetuch fiel zu Boden, und er umfaßte ihre nackten Schultern. Ihr Gesicht war so nahe, daß ihr Atem ihn streifte. »Ich brauche etwas anzuziehen«, murmelte sie. »Ich hoffe, du hast auch ein Hemd, das nicht kratzt.« Sie stieg über das Badetuch, das am Boden lag, und verließ das Bad.

Norman folgte ihr. Als er ins Schlafzimmer kam, hatte sie sich bereits seinen Morgenrock gegriffen. Sie stand vor dem Spiegel und band den Gürtel fest. Sie schüttelte das Haar locker und setzte sich aufs Bettende. »Ich habe Hunger.«

»Hier ist nicht aufgeräumt«, entschuldigte er sich verwirrt. Er setzte sich neben sie. »Du hast Hunger?«

»Ich sterbe vor Hunger.«

»Soll ich eine Suppe warm machen?«

»Keine Suppe.« Sie ließ sich zurücksinken. »Ich möchte was richtiges.«

»Ein Salamibrot.«

»Schon besser.«

Sie griff sich eines der Journale, die auf dem Bett herumlagen. »Im *Playhouse* Interview hast du gesagt, du brauchst jede Nacht eine Frau – aber hier sehe ich nur Papier herumliegen.«

»Ich sehe auch eine Frau.«

»Du meinst mich? Täusch dich nicht, ich bin auch ein Buch. Wie käme ich sonst hierher. Frauen haben doch hier keinen Zutritt, oder?«

Norman nahm Tara das Journal aus der Hand und warf es auf den Boden. Dann beugte er sich über sie. »Du bist also ein Buch, das ändert natürlich alles.«

»Das Buch mit den Sieben Siegeln«, sagte sie leise.

Er küßte ihre Stirn. »Das Buch mit den Sieben Siegeln, das wollte ich schon immer lesen.«

Er schob Tara ein Kissen unter den Kopf. »Wenn ich lese, bin ich gründlich, ich überspringe kein Wort.«

Sie ging auf seinen Ton ein. »Bei dieser schummrigen Beleuchtung kannst du allenfalls die Kapitelzahlen entziffern.«

Wortlos knipste er die zweite Nachttischlampe an, aber davon wurde die goldene Dämmerung, die wie in Schleiern über dem Bett hing, nur dichter.

»Ich dachte an die Leselampe«, sagte Tara herausfordernd.

»Die brauch' ich nur für Kleingedrucktes. Das Buch mit den Sieben Siegeln ist in Großbuchstaben gesetzt – auch ein Blinder könnte es lesen.« Damit löste er den Gürtel von Taras Morgenmantel.

Er fragte sich nicht mehr, ob es richtig war, daß Tara auf seinem Bett lag, er überließ sich willig der hypnotischen Wirkung, die von ihrer Nähe ausging. Er streifte ihr den Morgenmantel von den Schultern, neigte sich über sie und begann, ihren Körper mit den Augen, den Händen, den Lippen zu erkunden. Am Hals, zwischen Ohr und Halsansatz schmeckte ihre Haut nach Sonne und Wind; in der kleinen Grube am Hals schien die Haut mit dem Öl von Aprikosenkernen getränkt; unterhalb des Schlüsselbeins entdeckte er eine bläuliche Ader, die spürbar pulsierte und den intensiven Duft von Hyazinthen verströmte.

Er legte die Hand auf ihre Brust. Die Spitze war klein, weich, kindlich. Er nahm sie behutsam zwischen die Lippen, benetzte sie mit der Zungenspitze und spielte so lange mit ihr, bis sie hart wurde und sich aufrichtete. Er wartete auf eine Reaktion von Tara, aber sie hielt still, eine süße Trägheit kam über sie, ein summendes Wohlgefühl breitete sich in ihr aus. Sie wünschte, er würde nie aufhören mit seinen Liebkosungen. Sie rollte sich auf den Bauch und murmelte: »Gute Nacht.«

Er gab ihr einen Klaps auf den Po. »Du willst schlafen?«

»Natürlich, was denn sonst. Es heißt doch, zwei schlafen miteinander.«

Er umfaßte ihre Taille und drehte sie wieder um. »Wenn du schlafen willst, bitte schön, da kann ich dir helfen. Augen schließen, entspannen und tief atmen.« Mit der Linken hielt er sie fest, während die rechte Hand abwärts glitt über ihren Leib, zu dem kleinen Hügel, der versteckt war unter einem Pelz dunkler Löckchen. »Gleich wirst du ganz müde werden, so müde, wie du noch nie im Leben warst. Ich wiege dich noch ein bißchen, und dann bist du schon weg.« Seine Hand lag fest auf dem kleinen Hügel, und mit leichtem Druck begann er ihren Körper von dieser Stelle aus zu wiegen.

Tara lag mit geschlossenen Augen da. Sie spürte, wie aus der Hand, die sie wiegte, Wärme in ihren Körper floß; allmählich wurde die Wärme intensiver, verwandelte sich in pulsierende Fieberwellen, und jede dieser Fieberwellen war begleitet von einem jähen Lustgefühl. Überall in ihrem Körper schienen kleine Feuer aufzulodern, überall in ihrem Körper schienen Nervenenden nur darauf gewartet zu haben, in Stichflammen aufzugehen. Von den Zehenspitzen bis in die Kehle bestand sie nur noch aus Feuer. Die Erfahrung raubte ihr den Atem. Die Mädchen auf dem College hatten alle zugegeben, das erste Mal wäre eine Enttäuschung gewesen; nur eine hatte behauptet, ihr Boyfriend hätte himmlische Dinge mit ihr angestellt, aber von ihr wußten alle, daß sie eine notorische Lügnerin war.

Brennen – das ganze bisherige Leben schien nur der Weg gewesen zu sein, um sie in diese Stunde zu führen, in die Stunde, in der sie in Flammen aufging.

Lust – was für eine wundersame Speise war die Lust, besser als Essen und Trinken, und dies war erst der Beginn.

Sie schlug die Augen auf, öffnete sie weit und sah über sich Normans Gesicht.

»Schlafen«, murmelte er, »schlafen.«

Wieder durchlief sie eine Welle heißer, züngelnder Lust. Ihre Stimme klang rauh, als sie ihm befahl: »Zieh dich aus.«

Normans Gesicht wurde einen Schatten ernster. Stumm erhob er sich und wollte weggehen, doch Tara hielt ihn am Arm fest. »Bleib hier. Zieh dich hier aus, ich möchte zusehen.«

Norman zögerte. Sie überraschte ihn schon wieder. Einen Moment lang kämpfte er mit so etwas wie Lampenfieber; er fühlte ihren Blick, und dieser Blick machte ihn unsicher. Es war dieselbe Unsicherheit, die ihm das große schwarze Spiegelauge einer Kamera einflößte. Als er das erstemal davorstand, hatte ihn Panik erfaßt. Auch jetzt noch passierte das regelmäßig am ersten Drehtag eines Films. Es dauerte bis zu dem Moment, in dem der Regisseur »Action« rief, dann schlug die Panik in eine Art hellwachen Trancezustand um, in dem er alles konnte, in dem ihm alles gelang, in dem er keine Furcht kannte, keine Hemmungen, keine Scham. Norman stand neben dem Bett und begann sich auszuziehen, ohne Hast, so als wäre er allein. Zuletzt hatte er nur noch die goldene Rolexuhr am linken Handgelenk.

Tara kniete auf dem Bett und betrachtete ihn. Seine Haut war gebräunt, seine Muskeln gleichmäßig durchmodelliert. Bis zur Hüfte stand er im Lichtkreis der Lampen. Die Fuß- und Kniegelenke waren auffallend fein und erinnerten Tara an die männlichen Figuren auf antiken Vasenbildern; der Leib war flach, das Haar um sein Glied nicht dunkelblond wie sein Kopfhaar, sondern von einem überraschenden Rostrot. Von den Hüften aufwärts verlor der Körper sich im Halbdunkel. Das wenige Licht, das ihn von unten traf, dramatisierte die Konturen und steigerte sie ins Gigantische.

Tara stand auf, legte die Hand leicht auf seine Schulter und drehte ihn einmal langsam um sich selbst. Sie schloß die Inspektion, indem sie sagte: »Mach die Uhr ab.«

Er legte die Uhr auf den Nachttisch. »Bei wem bist du in die Schule gegangen?«

»Bei Cathérine Deneuve. In dem Film *Ballade* macht sie es so mit dir.«

Er nickte ernst. »Du weißt wohl immer genau, was du willst.«

»Ja.«

»Und jetzt willst du mich.«

Sie ließ eine kleine Pause verstreichen, bevor sie sagte: »Jetzt will ich dich.«

»Du versprichst mir, dich nicht zu verlieben.«

»Ich verspreche dir gar nichts. Nicht einmal, daß ich mich morgen noch an dich erinnere.«

Das war der Dialog zwischen ihm und der Deneuve, aber in Taras Mund gewannen die Worte eine andere Bedeutung. Sie verletzten ihn. Sie bedeuteten eine Herausforderung. »Du wirst dich an mich erinnern«, hörte er sich sagen. »Du wirst mir aus der Hand fressen. Ich weiß, wie man Bestien zähmt.«

Seine Hände umspannten ihre Taille, und er hob sie aufs Bett. Sein Körper schwebte über ihr; sein Brustkorb hatte etwas vom breiten Bug einer Galeere. Langsam senkte er sich; in dem Moment, als seine Haut ihre Haut berührte, lief ein Schauer über sie. Endlich, dachte Tara, endlich. Sie war schon so lange bereit für ihn. Ein Ozean der Erwartung war in ihr, und dieser Ozean öffnete sich jetzt, um Norman aufzunehmen. Es gab keine Ufer mehr, keine Begrenzung, keine Ängste, es gab nur noch die Gegenwart, und das war der Rhythmus der langsam anlaufenden Wellen der Erregung, die einander unaufhaltsam folgten. Nicht mehr Norman war es, der die Wellen der Erregung in ihr auslöste, sie hatten ihren Ursprung in ihr selbst. Sie war der Ozean, unbezähmbar und unentrinnbar. Der Mann, den sie in den Armen hielt, war nur noch ihr Opfer. Vielleicht würde sie ihn nie mehr freigeben. Vielleicht würde sie ihn ans nächste Ufer spülen und vergessen. Und der Ozean sang in ihren Ohren das rauschende Lied: Er ist dein erster Mann, aber nicht dein letzter.

Irgendwann durchfuhr sie ein Schmerz. Das erschreckte sie nicht, es mußte so sein. Dann plötzlich, ließ Norman sie los. Er warf sich in seiner ganzen Länge neben sie auf das Bett und rief: »Bestie, du bist eine Bestie, du wolltest mich reinlegen, du Bestie.«

In der Euphorie der sinnlichen Erregung verstand Tara Normans Ausruf als Herausforderung. Mit der Geschmeidigkeit einer Katze wälzte sie sich auf ihn: »Hast du Bestie gesagt?« Sie biß sich spielerisch an seinem Hals fest. »So zeigen Tigerweibchen ihre Zuneigung.« Sie biß wieder zu, diesmal fester; sie faßte mit den Schneidezähnen ein Stückchen Haut.

Norman schob sie energisch weg und starrte sie erbittert an. »Was hast du dir eigentlich gedacht. Du spielst die erfahrene Frau, du erzählst mir von einem Lover, der dich heimlich besucht, du verführst mich nach allen Regeln der Kunst – dabei bist du noch Jungfrau.«

Tara brauchte eine Weile, bis sie begriff. Normans Reaktion schien ihr absurd. Sie war Katholikin, aber ihre Mutter hatte sie in heidnischer Respektlosigkeit vor dem ganzen Sünden-Hokuspokus der Kirche erzogen. »Das ist ein raffiniertes Terrorsystem«, hatte sie immer wieder gesagt, »von Männern ausgedacht, mit dem Ziel, uns Frauen kleinzuhalten. Und warum? Weil die Männer Angst haben vor uns Frauen. Vergiß das nie: die Männer haben Angst vor uns, denn sie haben Angst vor der Liebe.« Wie oft hatte sie diese Worte von ihrer Mutter gehört, mit leiser Stimme gesprochen, und nur wenn sie allein waren, das große Geheimnis, in das nur wenige Frauen eingeweiht waren. Aber Tara war zu jung gewesen, um es zu verstehen. Jetzt begann sie zu ahnen, was die Mutter ihr hatte sagen wollen.

Norman hatte sich eine Zigarette angezündet.

»Du hättest es mir sagen müssen.«

»Was?«

»Daß du Jungfrau bist.«

»Du hast mich nicht gefragt. Und wenn du es getan hättest, ich versichere dir, ich hätte dich angelogen. Auch die Geschichte von meinem Lover ist nicht wahr. Es gibt keinen. Ich hatte es satt, daß du mich wie ein Kind behandelst, und ...« Sie brach ab, sie mußte plötzlich mit den Tränen kämpfen. Sie zerrte den Morgenmantel unter Norman hervor und zog ihn an.

Norman hatte sich gefangen. Er nahm Taras Hand. »Bitte hör mir zu und versuch mich zu verstehen. Du bist nicht irgendeine. So wie du aufgewachsen bist, streng behütet, streng katholisch – der erste Mann ist entscheidend für dein ganzes Leben. Versteh doch, ich bin nicht der Richtige.«

Tara erwiderte nichts; sie schwieg und studierte in Ruhe sein Gesicht. Er hat Angst vor mir, dachte sie. Seine Worte kommen wie eingelernt, er will sich dahinter verstecken. Er muß sich viel mit mir beschäftigt haben, mehr als ich dachte.

Dieses Wissen genügte Tara, um ihre Sicherheit zurückzugewinnen.

Norman wiederholte seinen letzten Satz: »Ich bin nicht der Richtige.« Dann fügte er mit Wärme hinzu. »Du bist zu gut ...«

Tara blieb weiterhin stumm. Er sollte im Ungewissen tappen. Er war schon unsicher genug, und ihr Schweigen würde ihn noch unsicherer machen.

Ihr Blick fiel auf sein blaugrünkariertes Flanellhemd, das neben dem Bett am Boden lag; und schon wußte sie, wie sie die absurde Situation entschärfen und beenden konnte, ohne Normans Selbstbewußtsein zu verletzen. Diese Runde sollte an ihn gehen. Sie stand auf und bückte sich nach dem Hemd. »Ich glaube, ich habe was gefunden, um meinen jungfräulichen Luxuskörper zu bedecken.« Sie ließ den Morgenrock von den Schultern gleiten und fuhr in das Hemd. Sie krempelte die Ärmel auf und band es mit Normans Gürtel zusammen. »Wie seh' ich aus?«

»Wenn ich mal wieder einen Western drehe, bekommst du die Rolle des weiblichen Aushilfs-Sheriffs.«

»Aber vorher die der jugendlichen Kurtisane«, sie machte eine Pause und lächelte Norman entwaffnend an, »bei der Barney Barnato seine Unschuld verliert. Und jetzt muß ich was essen, sonst fall' ich um. Und du, mach bitte Feuer im Kamin. Das gehört sich so, wenn ein tugendsamer Ritter und eine tugendsame Jungfrau zusammen ein Mitternachtspicknick veranstalten.«

Er sah ihr nach und wußte nicht, sollte er stolz auf sich sein, oder hatte er sich wie ein Idiot benommen.

Norman knüllte die Papierserviette zusammen. »Es wird Zeit, ich bring' dich heim.«

Tara saß am anderen Ende der roten Ledercouch, behaglich in die Ecke gedrückt, die Beine angezogen. »Es ist sicher spät.«

»Es geht auf eins.«

Auf dem niedrigen Tisch vor ihnen standen die Reste des Mitternachtspicknicks, Brot und Wein, ein Stück Salami, ein Stück Käse, Butter, ein Glas Essiggurken. Norman hatte sich ohne Appetit hingesetzt, aber als Tara die Salami aufschnitt und Butterbrote strich, hatte auch er Hunger bekommen. Das Feuer im Kamin war zusammengesunken; der Gluthaufen, der mit leisem Knistern vor sich hin glomm, erfüllte den Raum mit wohliger Wärme.

Wie abwesend nahm Tara die Rotweinflasche und schenkte die Gläser wieder voll. Es war ein Burgunder und schwerer als die Tischweine, die sie auf Sunset Hill zum Essen tranken. Versonnen blickte sie in ihr Glas. Sie wollte nicht gehen, um keinen Preis.

Normans Blick ging zu Tara. Der Gedanke, daß sie noch kein anderer gehabt hatte, machte ihn verrückt nach ihr. War das nicht immer sein Traum gewesen, einmal bei einer Frau der erste und einzige zu sein, eine Frau ausschließlich zu besitzen, alleiniger Herr über ihr Herz und ihren Körper zu sein.

Sie saß dort, in seinem blaugrünen Flanellhemd. Das Hemd bedeckte ihre Knie, aber er wußte, darunter trug sie nichts. Vor das reale Bild schoben sich andere Bilder: Tara, die nackt im Bad stand; Tara, die nackt auf seinem Bett lag. Er hätte viel darum gegeben, zu wissen, was in ihr vorging. »Was denkst du?« fragte er sie.

Ohne den Kopf zu wenden, sagte sie: »Willst du das wirklich wissen?«

»Ja.«

Sie überlegte, wie sie ihn treffen konnte. »Wenn du nicht gut genug bist, wer ist es dann? Bleibt eigentlich nur einer übrig, Amerikas Mann der Zukunft Nummer eins.«

»Und wer ist das?«

»Du kennst ihn, du kennst ihn sogar sehr gut.«

»Sag schon.«

»Der einmalige und einzigartige Chris Shannendy.«

»Chris«, rief Norman ungläubig. »Wie kommst du auf den?«

»Nach deiner Predigt, daß mir als Katholikin im Leben nur *ein* Mann zusteht, will ich den besten, und da ist mir Chris Shannendy eingefallen. Tolle Familie, Riesenvermögen, erst 34 Jahre alt und schon Senator, hat Aussichten mit vierzig Präsident der Vereinigten Staaten zu sein, 185 Zentimeter groß, schlank wie eine Tanne, Rennbootbesitzer, sieht gut aus, bekommt nach jedem Fernsehauftritt Fanpost wie ein Filmstar.«

Die Wendung, die das Gespräch genommen hatte, paßte Norman nicht. Ihm war nicht nach einer witzigen Konversation zumute, schon gar nicht, wenn Chris Shannendy das Thema war. Tara kannte offensichtlich seine schwachen Stellen. Sie wollte sich rächen an ihm. Er stand auf. »Komm, wir fahren los.«

»Sofort, sag mir nur noch, wie du Chris Shannendy beurteilst. Du kennst ihn, du warst mit seiner Schwester verheiratet. Wie ist er so?«

»Chris ist ein typischer Shannendy, sieht aus wie ein Sonnenkind und hat ein Herz aus Eis. Ach was, Eis kann schmelzen, aber ein Shannendy-Herz schmilzt nicht. Ich weiß nicht, aus welchem Stoff die Shannendy-Herzen gemacht sind, es interessiert mich auch nicht.«

»Ihr versteht euch nicht?«

»Wir sind ein Herz und eine Seele. Als wir uns das letztemal sahen, hat er mir mal wieder erklärt, ein Schauspieler sei in seinen Augen eine männliche Hure. Und ich habe ihm den Rat gegeben, etwas vorsichtiger mit seinen Weibergeschichten zu sein, sonst könnte seine politische Karriere mal sehr plötzlich zu Ende sein.«

»Ist er pervers?«

»Er bevorzugt Minderjährige.«

Norman erwartete einen Ausruf des Abscheus, doch wie schon einige Male in den letzten Stunden reagierte Tara total anders, als er es erwartete.

Sie sah Norman voll an und sagte mit wohldosiertem Zynismus: »Das heißt, Chris Shannendy ist ein Mann, der nicht in Panik gerät, wenn er merkt, daß er eine Jungfrau im Bett hat ... Das hätte ich früher wissen müssen.«

Der Hieb saß. Norman wurde weiß im Gesicht. Gereizt wie er war, schlug er sofort zurück. »Greif nicht nach den Sternen. Du bist nur eine Calese, das heißt, für einen Chris Shannendy bist du nicht gut genug.«

Einen Moment war sie wie gelähmt, unfähig zu denken, zu reagieren. Seit Stunden befand sie sich in einem Spannungszustand; was Norman da sagte, war der Funke, der in ein Pulverfaß fällt. Sie explodierte. »Ich hasse dich, ich hasse dich.«

Norman bekam sie an den Armen zu fassen. »Schluß mit dem Unsinn, ich bring' dich jetzt heim.«

»Laß mich los.«

»Tara, sei nicht kindisch.«

»Laß mich sofort los, du brauchst mich nicht heimzubringen, ich finde den Weg selbst.« Tränen der Wut schossen ihr in die Augen. Mit einem Ruck riß sie sich los und rannte aus dem Raum. Die Tür fiel hinter ihr zu. Sie kam nur bis auf die Veranda, dort holte Norman sie ein. »Rühr mich nicht an«, schrie sie, dann verlor sie den Boden unter den Füßen. Norman hatte sie um die Mitte gepackt und warf sie sich über die Schulter, daß ihr die Luft wegblieb. Er trug sie ins Haus zurück und ließ sie unsanft auf die rote Ledercouch fallen. »Nein«, keuchte sie und versuchte mit den Füßen nach ihm zu treten, aber er war schneller und stärker. Sein Körper verwandelte sich in eine Lawine von Energie, in einen vielarmigen Kraken. Er umklammerte ihre Beine, ihre Arme. Es gab kein Entrinnen. »Ich hasse dich«, stieß sie immer wieder hervor. Norman erstickte die Schreie und Flüche mit seinem Mund. Es waren Küsse, die ihr das Gefühl gaben, einem Kannibalen in die Hände gefallen zu sein, der sie verschlingen wollte. Ihr wurde schwarz vor den Augen.

Als sie wieder denken konnte, lag sie still und kraftlos unter ihm begraben. Er küßte sie nicht mehr, er hielt sie nur fest und sah sie, ohne ein Wort zu sagen, unverwandt an, dreißig Sekunden, sechzig Sekunden, neunzig, mehr waren es nicht, aber in diesen neunzig Sekunden, in denen sie stumm aneinandergepreßt lagen wie zwei zusammengewachsene Stämme, erlebten sie etwas, das sie nie mehr vergessen sollten, neunzig Sekunden lang waren sie ein Stück Mensch, nicht Norman, nicht Tara, nicht Mann, nicht Frau, nur ein Stück Mensch, eine Energie, ein atemloses Stummsein.

Schließlich lockerte Norman die Umklammerung und nahm von ihr Besitz, und er tat es so, wie er sie geküßt hatte, ein Kannibale, der sie verschlingen wollte, rücksichtslos, unbeholfen, überstürzt. Er sagte kein Wort. Er behandelte sie wie eine Fremde, die ihm zufällig in die Hände gefallen war, eine Beute, ein Stück Fleisch, an dem er seinen Hunger stillte. Er tat ihr Gewalt an. Er wollte sie mit diesem Akt gewalttätiger körperlicher Besitznahme unterwerfen – dabei war er es, der sich unterwarf.

Tara lag mit offenen Augen unter ihm. Sie biß sich auf die Lippen, um nicht laut zu schreien. Ja, ja, endlich, endlich. Norman hatte die Augen geschlossen, sein Mund war der Mund eines Mannes im Todeskampf. Und ich bin es, dachte sie, für die er sein Leben läßt. Als es vorüber war, fielen beide in einen tiefen Schlaf. Irgendwann in der Nacht erwachten sie, immer noch eng umschlungen. Flüsternd begannen sie zu sprechen und beschlossen, in Normans Bett umzuziehen, wo es bequemer zum Schlafen sein würde. Der Umzug ins Schlafzimmer weckte ihre Lebensgeister wieder und sie verbrachten die Stunden bis zum Morgen damit, sich zu lieben. Sie durchstreiften den Dschungel der Lüste und verloren sich immer tiefer darin. Sie sättigten sich aneinander, und doch blieb ihr Hunger nacheinander unstillbar. Sie waren wie berauscht. Als es zwischen den Vorhängen licht wurde, und der Morgen die Scheiben rosa färbte, schlief Norman erschöpft ein. Tara hielt ihn noch eine Weile umschlungen und wachte über seinen Schlaf. Wie jung er aussah, wie friedlich. Sie neigte sich über ihn und küßte seine Stirn; dann löste sie sich von ihm und stand auf.

Bevor sie das Jagdhaus verließ, sah sie nach den Hunden. Sie stellte ihnen frisches Wasser hin und ging nach draußen. Es war ein Morgen von leuchtender Klarheit. In der Garage, wo die Harley Davidson stand, fand sie einen alten Overall und zog ihn über Normans blaugrünkariertes Flanellhemd. Sie rollte die Harley Davidson aus dem Hof und ließ den Motor an. Dann schwang sie sich auf und fuhr los. Jeder Knochen tat ihr weh, und doch, nie zuvor hatte sie sich so lebendig gefühlt. Endlich war sie eine Frau. Endlich gehörte Norman ihr. Ich wußte, er ist der Richtige, dachte sie und drehte das Gas auf. Ich werde immer wissen, wer der Richtige ist, ich werde immer die Männer bekommen, die ich will.

Long Island Sound, Marble Head

Sonntag, 27. Juli 1986

Wenn ich jemals eine Frau finde, an der ich so viel Freude habe wie an diesem Boot, heirate ich sie.« Der Mann, der das mit lachenden Augen sagte, war Chris Shannendy, der andere, der ihm schmunzelnd zuhörte, Lou Meller; beide Männer gleich groß und doch so verschieden wie eine junge Pappel und eine knorrige Eiche. Sie standen oben im Cockpit von Chris Shannendys neuer Motoryacht. Knight & Carver in San Diego hatte das 20-Meter-Boot gebaut. Auf dem weißen Rumpf mit einer doppelten roten Wasserlinie stand in verchromten Buchstabe der Name *Rising Star.*

Es war früh am Morgen; nach vier windigen, regnerischen Tagen hatte das Wetter über Nacht gewechselt. Kein Lüftchen regte sich; über dem spiegelblanken Meer stand am hellen Morgenhimmel eine flirrende Sonne.

Der Yachthafen lag verlassen, nirgends ein Mensch. Die Boote am Quai waren das Spielzeug reicher Leute, die um diese Zeit noch schliefen und erst gegen Mittag hier auftauchen würden.

Chris Shannendy legte den Arm freundschaftlich um Lou Meller. »Na, wie gefällt Ihnen meine neue Rakete? Ist sie nicht schön wie eine Jungfrau – fünf Minuten, bevor sie es nicht mehr ist?«

»Sie sind ein Zyniker.«

»Was heißt Zyniker, ich bin einfach gern der erste. Am liebsten wäre ich der erste Mensch gewesen. Mich hätte Gott nicht aus dem Paradies vertrieben, das garantiere ich Ihnen.«

»Sie hätten ihn davon überzeugt, daß er es ohne Sie nicht schafft.«

»Richtig.« Chris Shannendy sah Lou Meller an, in den Augen die einstudierte Offenheit, mit der er in die Fernsehkameras blickte, um den Mund das jungenhafte Lächeln, das vergessen ließ, wie hart und entschlossen dieser Mund sein konnte, wenn er, in seiner Funktion als General Attorney einen Angeklagten ins Kreuzverhör nahm und erbarmungslos in die Enge trieb.

»Kommen Sie«, sagte er zu Lou Meller. »Ich zeige Ihnen die Motoren und die Elektronik – und weil ich vor Ihnen keine Geheimnisse habe, sollen Sie auch meine Kabine sehen, achteckig, rote Lackwände und ein rundes Bett.«

Die Führung endete in der Bordküche; Chris Shannendy holte eine Flasche Champagner aus dem Kühlschrank. »Ich hoffe, sie ist kalt genug. Ich habe sie vorhin erst mitgebracht. Sonst ist noch nichts an Bord.«

Sie stießen an. »Auf alles, was noch vor uns liegt«, sagte Chris Shannendy, und Lou Meller sprach die Worte nach wie einen Treueid: »Auf alles, was noch vor uns liegt.« Mit den Gläsern in der Hand gingen sie in den Salon und setzten sich in die weißen Ledersofas. Die getönten Scheiben verwandelten das Sonnenlicht in eine permanente Abenddämmerung. Irgendwo aus der Wand kam leise Musik. Chris Shannendy streckte die Beine aus und verschränkte die Hände hinter dem Kopf. Man mußte Chris Shannendy so gut kennen wie Lou Meller, um sich von der entspannten Haltung nicht täuschen zu lassen. Gleich würde er ohne Einleitung zur Sache kommen. Und wenn Chris Shannendy zur Sache kam, hieß das, er wurde ungemütlich. Im Grund mochte Lou Meller den ungemütlichen Chris Shannendy lieber als den Sunnyboy. Lou Meller machte sich nichts vor, sie hatten sich gefunden, weil sie beide ungemütliche Typen waren, Einzelgänger, Menschenverächter. Sie brauchten beide den Nervenkitzel, Schicksal spielen zu können. Bei Chris Shannendy kam der Ehrgeiz dazu, in der Öffentlichkeit zu stehen, wenn möglich im Scheinwerferlicht vor surrenden Fernsehkameras, und zu wissen, ganz Amerika lauschte seinen Worten.

Die beiden Männer kannten sich seit Jahren. Mit Hilfe von Lou Meller war es Chris Shannendy damals schon gelungen, die Mafiabosse, die für die Giftmüllkatastrophe verantwortlich waren, hinter Gitter zu bringen. Dieser Erfolg hatte Chris Shannendy gewaltiges Prestige verschafft. Der Senatorensitz bei den nächsten Wahlen war ihm praktisch in den Schoß gefallen. Man hatte ihm das Amt des Justizministers angeboten – doch Chris Shannendy hatte es vorgezogen, General Attorney im Crime Committee des Justice Department zu bleiben. Er war von dem fanatischen Willen beseelt, das organisierte Verbrechen zu zertrümmern. Als Justizminister wäre er zu weit weg vom Schuß; er würde untergehen in bürokratischem Krimskrams. Chris Shannendy wußte genau, die Maschinerie der Justiz war zu schwerfällig, um die Mafia wirklich bekämpfen zu können. Die Ermittlungen und Prozesse zogen sich über viele Jahre hin und brachten im Endeffekt nichts. Der Drogenhandel blühte wie nie zuvor, die Mafiafamilien lebten herrlich und in Freuden, verschanzt hinter perfekten bürgerlichen Fassaden.

Chris Shannendy war zu dem Schluß gekommen, daß es nur einen Weg gab, um die Mafia zu bekämpfen, man mußte die Taktik anwenden, die sie bei ihren eigenen Auseinandersetzungen benützte.

Guerillakrieg.

Militärisch operieren.

Aus dem Hinterhalt angreifen.

Theoretisch hatte er die Sache im Griff. Jetzt kam es darauf an, zu handeln.

Chris Shannendy hatte sich in die Materie eingelebt wie keiner seiner Vorgänger, doch das nützte ihm nichts. Mit dem Instrumentarium, das ihm zur Verfügung stand, würde auch er scheitern, genau wie seine Vorgänger.

Von diesem Gedanken war es nur noch ein Schritt zu dem Entschluß, selbst einen Mafiakrieg auszulösen. Als Chris Shannendy sich das erstemal bei diesem Gedanken ertappte, schrak er zurück. Aber der Gedanke holte ihn immer wieder ein. Chris Shannendy gab ihm zwar noch den Stellenwert einer Utopie, aber immerhin nahm er die Utopie so ernst, daß er mit Lou Meller lange Gespräche darüber führte.

Die Gespräche fanden in Mellers Büro statt. Der Senator und General Attorney Chris Shannendy und der Chef des FBI Information Office diskutierten über die Theorie des perfekten Verbrechens. Vielleicht wäre alles ein Gedankenspiel geblieben, wenn Lou Meller nicht mit einer Neuigkeit gekommen wäre, die alles änderte: Zwischen den zwei großen Mafiafamilien Calese und Fillipi war etwas im Gange. Trotz der Feindschaft der Väter wollte der junge Rico Calese die Tochter von Carlo Fillipi, Tiziana Fillipi, heiraten. Eine Versöhnung der Familien Calese und Fillipi drohte wahr zu werden.

Chris Shannendy hatte das Gefühl, das Schicksal persönlich hätte das Arrangement getroffen. Der Moment war gekommen, das perfekte Verbrechen, das er in Gedanken so oft mit Meller diskutiert hatte, in die Tat umzusetzen.

Es gehörte zu den Spielregeln zwischen den beiden Männern, daß Chris Shannendy das erste Wort hatte – und selbstverständlich das letzte. Also wartete Lou Meller. Er holte das Zigarettenetui mit dem eingebauten Microtape aus der Tasche, ließ es aufschnappen und hielt es Chris Shannendy hin. Gedankenlos nahm Chris eine Zigarette. Auch Lou Meller zündete sich eine an. Dann schaltete er auf Empfang und legte das Zigarettenetui auf den Tisch.

»Beginnen wir mit dem Zeitplan«, eröffnete Chris das Gespräch, »alles hängt vom Zeitplan ab. Ist es beim ursprünglichen Datum geblieben, dem 4. September?« Lou Meller nickte. Er holte aus der Innentasche seiner Jacke die Einladung zum Verlobungsfest von Rico Calese und Tiziana Fillipi. »Am 4. September 1986 im Clubhaus des Yankee Yacht Clubs, Long Island. Die

Programmfolge sieht so aus: Beginn 17 Uhr mit Aperitif und Tanz auf der Terrasse. 20.30 Uhr Abendessen, nach dem Abendessen Tanz bis Mitternacht. Höhepunkt und Ende des Festes ist das Feuerwerk um Mitternacht.«

»Das Fest interessiert mich nicht, mich interessiert nur die Yacht der Familie Fillipi. Sind Sie sicher, daß die Fillipis mit der Yacht wieder heimfahren? Sie müssen auf dem Schiff sein, wenn die Bombe explodiert. Ein kaputtes Schiff allein genügt mir nicht.«

»Sie werden drauf sein. Ich habe ihre Gewohnheiten beobachten lassen. Sie sind Stammgast im Yankee Yacht Club. Sie kommen immer mit der Yacht und fahren immer mit der Yacht heim.«

»O. k. Was ist mit den Froschmännern?«

»Die Froschmänner habe ich, und wir haben bereits gemeinsam das Gelände im Yankee Yacht Club sondiert. Sie können erst nach Einbruch der Dunkelheit mit der Arbeit beginnen, das heißt, sie haben knapp zwei Stunden Zeit, aber das wird genügen.«

Eine Pause entstand. Chris Shannendy drückte die Zigarette halbgeraucht aus. »Der 4. September ist ein Donnerstag, das ist ausgezeichnet, dann haben es die Samstagszeitungen. Ich sehe schon die Schlagzeilen: *Mafia-Massaker, Mafiafamilie explodiert mit der eigenen Yacht.* Das wird die Öffentlichkeit aufrütteln. Wir brauchen gute Bilder. Haben Sie daran gedacht?«

»Bei dem Verlobungsfest sind auf jeden Fall Fotografen.«

»Schon, aber die Yacht darf nicht zu weit weg sein, wenn sie in die Luft fliegt, Sie verstehen. Ich war von Anfang an für Fernzündung. Nur mit Fernzündung kann man den Ort bestimmen, an dem es passiert.«

Meller starrte auf seine Hände und dachte, Mörder, wir sind Mörder. Im gleichen Atemzug hörte er sich sagen: »Wenn Sie meine Meinung interessiert, wir sollten das Ganze abblasen, das Risiko ist zu groß.«

»Abblasen – Sie sind verrückt. So eine Chance kommt nicht zweimal. Die Fillipis sind der harte Kern im Drogenhandel, und zwar weltweit. Sie werden sehen, es gibt eine Kettenreaktion, wenn Ugo Fillipi nicht mehr lebt.«

Meller schwieg. Nach seinen Informationen hatte Ugo Fillipi nicht die Absicht, Italien zu verlassen und zu der Verlobung zu kommen. Aber das behielt er für sich. Er wiederholte seine allgemeine Warnung. »Das Risiko ist zu groß, ich kann die Verantwortung nicht übernehmen.«

»Wenn es Sie beruhigt, die Verantwortung trage ich. Und das Risiko ebenfalls. Es geht um Amerika. Die Drogen machen unsere Jugend kaputt. Woche für Woche haben wir mehr Drogenopfer. Sie kennen die Zahlen, Sie wissen, wie viele es allein in New York sind. Und es wird immer schlimmer. Einer muß mal den Mut haben durchzugreifen. Was bisher geschah, war lächerlich. Ein paar Kilo Heroin hier, ein paar Kilo dort, eine Razzia hier, eine Razzia dort. Die Polizei führt einen Schattenkrieg mit den kleinen Dealern. Die wirklichen Bosse leben unbehelligt in ihren Luxusvillen und auf ihren Yachten. Auch wenn die Alten sich noch sträuben, die Verbindung von Rico Calese und Tiziana Fillipi führt zwangsläufig zu einer Fusionierung der Familien, wir haben es schließlich mit Italienern zu tun, und wenn die Familien sich erst einmal verbrüdert haben, kommen wir nie mehr an sie heran. Das ist der letzte Moment.«

Meller war aufgestanden und hatte mit gesenktem Kopf zugehört. Jetzt richtete er den Blick auf Chris. »Ich möchte nicht, daß Sie enden wie John F. und Bobby Kennedy. Amerika braucht Männer wie die Kennedys und wie Sie, Chris, aber lebendig. Die Kennedy-Morde waren Mafia-Morde. Die Kennedys haben die Mafia unterschätzt. Machen Sie nicht den gleichen Fehler. Die Aktion gegen die Fillipis ist Selbstmord. Danach ist kein Sicherheitssystem mehr dicht genug, um Sie zu beschützen.

»Ich werde nicht enden wie die Kennedys.«

»Ich bitte Sie, hören Sie auf mich.«

»Machen Sie nicht ein Gesicht wie ein Pfarrer.«

Lou Meller fuhr auf. »Machen Sie, was Sie wollen, aber ohne mich.«

Chris Shannendy stutzte. »Sie wollen aussteigen?«

»Ja.«

»Ich bezahle Sie nicht für Ihr Gewissen, ich bezahle Sie, damit Sie meine Befehle ausführen.«

Meller erwiderte nichts. Stumm starrte er vor sich hin. Eine Minute verstrich, eine zweite. Dann setzte er sich und sagte etwas, das ihn vor sich selbst erschrecken ließ: »Es geht um ein Verbrechen – Befehle dieser Art haben einen höheren Preis.«

Aus den Augen von Chris Shannendy war jede Wärme gewichen. »Sie wollen mehr Geld? Wieviel mehr?«

Meller ließ sich Zeit mit der Antwort. »80 000 Dollar, in bar.«

Chris Shannendy trat ans Fenster. Mit dem Rücken zu Meller sagte er: »Einverstanden, aber es ist Ihnen klar, ein Fehler darf Ihnen nicht unterlaufen. Wenn etwas schiefgeht, opfere ich Sie.«

Ein paar Minuten später ging Lou Meller von Bord der *Rising Star*. Chris Shannendy stand am Heck und nahm die Leinen in Empfang, die Lou Meller ihm zuwarf.

Lou Meller blieb am Quai, bis die Yacht ablegte. Mit brüllenden Motoren flog sie über das Wasser und zog in einer Linkskurve aus dem Hafen. Chris Shannendy winkte ihm vom Cockpit aus zu. Lou Meller hob beide Arme und hielt sie leicht schräg nach außen. Was er da zeigte, war das U des Flaggenalphabets, das Signal für Gefahr.

New York

Dienstag, 5. August 1986

Manhattan Sun leuchtete es in großen Neonbuchstaben von der weißen Wand gegenüber dem Eingang des Sonnenstudios. Die goldgelben Buchstaben bildeten den Abschluß eines breiten Fächers von rosa Sonnenstrahlen, die aus einer Sonnenscheibe in die Höhe schossen. Vor diesem ewigen Sonnenaufgang stand das Empfangsmöbel, halb Counter, halb Bar, und dort saß Marilyn Mauvers, die Inhaberin von *Manhattan Sun.*

Der Goldschmuck an ihrem rechten Handgelenk klapperte leise, als sie die grüne Perrierflasche aus dem Eiskübel nahm und der Kundin, die eben bezahlt hatte, ein Glas einschenkte. Das Glas Perrier, mit Eis und Zitrone serviert, gehörte zum Haus wie das weiße T-Shirt mit dem gestickten Sonnenaufgang, das Marilyn Mauvers ihren treuen Abonnenten schenkte.

Der Betrieb war klein, aber er war so exklusiv wie die Wohnviertel um die 65. East Street in unmittelbarer Nachbarschaft von New Yorks In-Restaurant *Le Cirque* und dem schicken *Mayfair Regent Hotel.*

Die Kundin nahm das Glas und setzte sich in einen der Rattan-Sessel bei der großen Palme, um auf ihre Freundin zu warten, die noch unter der Dusche war.

Es ging auf acht Uhr. Die zwei Frauen waren die letzten, dann konnte Marilyn für heute schließen. Beide waren zum erstenmal da, Touristinnen, die im *Mayfair Regent Hotel* wohnten. Sie hatten italienische Namen, waren um die dreißig und sehr teuer gekleidet.

Manhattan Sun war kein getarnter Call-Girl-Ring, aber natürlich hatte Marilyn Mauvers immer noch Kontakt zum Milieu. Schon allein durch Bob Fisher, der ihr die Mädchen schickte, die dem Fotografen zu weiß waren und denen Marilyn Mauvers zu einem Teint aus Bronze verhelfen sollte. Diese Mädchen hätten fast alles getan, um ein Pictorial in *Heat* zu bekommen; sie ließen sich die Nasen operieren, sie ließen ins eigene Haar für viel Geld und in einer mühsamen Prozedur wilde, lange Mähnen einweben, und sie ließen sich den Busen mit Kunststoff aufblasen.

Wenn Marilyn Mauvers sich mit diesen Mädchen unterhielt, fühlte sie sich in ihre eigene Jugend zurückversetzt, in die Zeit, in der sie noch in der Illusion lebte, beim Film Karriere machen zu können. Damals hatte sie sich auf den Typ pfirsichhäutige Rotblonde gestylt. Für ihren jetzigen Job als Inhaberin eines Sonnenstudios war dieser Typ nicht mehr passend, und so hatte sie ihn geändert. So wie sie hinter dem Empfangspult saß, war sie die personifizierte All-American-Golden-Beauty, wie sie sich selber nannte, wenn sie sich am Morgen vor dem Schminktisch für den Tag rüstete. Sie trug das Haar als Strandmädchenmähne mit viel ausgebleichten Strähnen, und ihre Haut hatte einen warmen Goldton. Für Lidschatten, Rouge und Lippenstift verwendete sie verschiedene Nuancen von Kupfer mit Glanzeffekt.

Ihre »Arbeitskleidung« war inspiriert von dem Film *Out of Africa*, ein Safari-Anzug aus sandfarbener Rohseide. Marilyn trug die weitgeschnittene Bluse offen, sozusagen als Jacke über einem weitausgeschnittenen Top aus feinstem Goldlamé.

Die goldenen Ketten um ihren Hals und die Armreifen an ihren Handgelenken waren kein Modeschmuck. Marilyn trug nur echten Schmuck und sie trug nur Gold. Und es mußte Bulgari-Gold sein oder Cartier-Gold, denn nur so wurde eine Unze Gold um ein Vielfaches teurer als bei der Bank von Amerika.

Das Risiko, einmal beraubt zu werden, nahm sie in Kauf. Ohne ihren Goldschmuck wäre sie sich nackt vorgekommen. Sie brauchte das Gewicht am Hals und an den Armen, und sie liebte das leise Klirren, wenn sie sich bewegte.

Die meisten Stücke hatte Chris Shannendy ihr geschenkt. Alles, was ihr gehörte, kam von ihm, der Bräunungssalon, ihre Wohnung, die gleich nebenan auf dem gleichen Stockwerk lag, das weiße Mercedes-Cabriolet in der Garage – und eben der Schmuck. Die Kleider kaufte sie sich selber, manchmal auch ein Schmuckstück, irgend etwas, das sie auf der Stelle haben wollte, wie zum Beispiel den goldenen Nagel für den kleinen Finger, den sie vor ein paar Wochen bestellt hatte. Eine Verrücktheit, was den Preis anbetraf, aber es war schließlich eine Spezialanfertigung und 24karätiges Gold. Heute hatte sie den Nagel abgeholt. Der Juwelier wollte ihn einpacken, doch sie hatte ihn sofort auf den kleinen Finger gesteckt.

Heute hatte sie etwas zu feiern. Der 5. August war ihr Geburtstag, nur – war der 30. Geburtstag wirklich etwas zum Feiern? Oder überging man ihn besser und auch alle folgenden Geburtstage und blieb einfach für die nächsten fünfzehn Jahre 29?

Irgendwie hatte sie gehofft, der goldene Nagel an ihrem kleinen Finger, herausfordernd lang und luxuriös, würde ihre Stimmung heben, aber die Beschwörung funktionierte nicht. Ihr Blick ging wieder auf ihre Hand. An jedem Finger ein goldener Ring, an manchen auch zwei oder drei. Da und dort ein kleiner Brillant, ein Smaragd – aber nirgends ein Ehering.

Ihre 52jährige Mutter, eine kleine Frau mit Doppelkinn und Bäuchlein, hatte im Frühjahr zum dritten Mal geheiratet, und nicht einmal schlecht, den Besitzes eines Drugstores in einem Vorort von Memphis. Auch Marilyns Schwestern, beide nicht so hübsch wie Marilyn, waren gut verheiratet, nur sie schaffte es nicht. Ihr Leben war ein ewiges Stand-by.

Niemand hatte an ihren Geburtstag gedacht, nur die Mutter, und Solly Smuts, die treue Seele. Die Mutter hatte wie immer einen Schokoladenkuchen geschickt, selbstgebacken, in Herzform und mit einem rosa Marzipanherz in der Mitte. Und Solly Smuts hatte sie mittags in *Le Cirque* zum Lunch eingeladen.

Solly ging mit ihr ins *Le Cirque* – Chris niemals. Chris mußte Rücksicht nehmen auf sein Image. Ein Senator und eine Frau, die mal nackt in *Heat* abgebildet war, das ging einfach nicht.

Anfangs war der Dienstag ihr fester Tag gewesen, doch seit Chris Senator war und jede Woche einmal nach Washington mußte, kam oft etwas dazwischen. Ob es wirklich immer nur Washington war und die Arbeit? Oder gab es eine andere Frau? Der Verdacht begleitete Marilyn seit einem Jahr, seit sie in *W* die Bildreportage von einem Gartenfest im Weißen Haus gesehen hatte. Auf allen Fotos mit Chris Shannendy war auch die blutjunge LeMenestrel zu sehen gewesen, die Tochter des französischen Botschafters.

Marylin wartete seit Stunden auf seinen Anruf. Er hatte mit der ersten Nachmittagsmaschine aus Washington zurückkommen wollen. Um vier Uhr hatte Marilyn die Warterei satt gehabt und in seinem New Yorker Büro angerufen. Die Sekretärin hatte ihr gesagt, Mr. Shannendy wäre nicht da. Um fünf Uhr hatte sie die gleiche Antwort bekommen.

Ließ er sich verleugnen? Inzwischen war es Abend geworden. Ein paarmal hatte das Telefon geläutet, aber es waren nur Anmeldungen für morgen gewesen.

Judy, ihre Assistentin, kam mit einem Arm voller Frotteetücher aus den Umkleidekabinen und trug sie in die Wäschekammer. Judy war eine langbeinige Blondine, von den Stiefelchen bis zum Stirnband im sommerlichen Jeanslook. Ursprünglich hatte sie nur stundenweise ausgeholfen, doch inzwischen war sie Marilyns rechte Hand, und wenn Marilyn Ferien machte, schaffte Judy den Laden ganz allein.

Die zwei Italienerinnen verschwanden plaudernd und lachend. Sie freuten sich offensichtlich auf den Abend, der vor ihnen lag. Auch Judy schien gut gelaunt. Während sie der Palme Wasser gab, summte sie Stevie Wonders Ohrwurm mit, der leise aus der Stereoanlage sickerte: »I just called to say I love you.«

Bevor Judy ging, trat sie an das Empfangspult. »Morgen früh bin ich nicht da. Grace springt für mich ein, ich muß zum Zahnarzt.«

»O. k.«

Judy hatte den goldenen Fingernagel bereits am Nachmittag bewundert, jetzt sagte sie noch mal: »Dieser goldene Nagel ist Spitze. Sie gehen sicher groß aus heute abend.«

Judys Augen waren so erwartungsvoll, daß Marilyn nicht anders konnte, als lügen. Und wenn sie schon log, dann mußte es das Lokal sein, in dem ein gewöhnlicher Sterblicher kaum eine Chance hatte, einen Tisch zu bekommen.

»Wir essen im El Marocco«, sagte sie.

»Toll – das El Marocco ... Sie wissen, ich sammle Speisekarten ... das El Marocco wäre der absolute Hit ...«

Marylin lächelte. »Versprochen – aber nicht böse sein, wenn ich's vergesse.«

Nachdem Judy gegangen war, schaltete Marilyn das Radio aus und sperrte die Kasse ab. Unter dem Empfangspult lagen die Telefonbücher von New York. Sie suchte die Nummer des *El Marocco* heraus, verlangte den Chef persönlich und bestellte einen Tisch für Senator Shannendy.

»Senator Shannendy, sehr gerne, für wieviel Personen und welche Zeit?«

»Zwei Personen, für halb elf Uhr.«

»In Ordnung.«

Marilyn Mauvers war zufrieden mit sich. Sie würde Chris zwingen, ihren Geburtstag so zu feiern, wie sie es sich wünschte.

Marilyn fand einen großen, in Cellophan verpackten Blumenstrauß vor der Wohnungstür.

Gelbe Teerosen.

Wieso gelb?

Sonst hatte ihr Chris immer rote Rosen geschickt.

Neben den Rosen stand ein Picknick-Koffer aus goldbeschichtetem Kunststoff. Bei den Rosen fand sie nur ein Kärtchen *Im Auftrag von C. Shannendy*. Er hatte sich nicht einmal die Zeit genommen, die Blumen selber auszuwählen und einen Gruß zu schreiben.

Marilyn ließ den Strauß ungeöffnet auf dem Küchentisch liegen und wandte sich dem Picknick-Koffer zu. Als sie den Deckel öffnete, fiel ihr eine Happy-Birthday-Karte entgegen mit einem Text von Chris. Er schrieb im Telegrammstil: »Ersticke in Arbeit, es kann spät werden, aber ich komme noch vorbei. Stell den Champagner und den Kaviar in den Kühlschrank.«

Der Picknick-Koffer war eine Luxus-Ausführung, vergoldete Becher, vergoldete Teller, vergoldetes Besteck, alles für zwei Personen, zwei Servietten mit dem Monogramm *MM* waren auch dabei. Marilyn nahm die Champagnerflasche heraus und las das Etikett, ohne zu wissen, was sie las.

Wie brachte sie Chris dazu, mit ihr ins *El Marocco* zu gehen, bitten wollte sie nicht, sie war schließlich nicht seine Ehefrau. Nur Ehefrauen mußten um alles bitten. Wie verhielt sich eine Geliebte in diesem Punkt? Plötzlich wußte sie es: Ich werde ihn einladen, ja, ich führe ihn aus.

Sie legte die Champagnerflasche zurück und ging zum Telefon. Chris Shannendy hatte im Büro auch einen Apparat mit Geheimnummer, die man direkt anwählen konnte.

»Hallo Chris ... ich bin's ...«

»Marilyn«, es klang nicht mal freundlich. »Was gibt's?« fragte er ungeduldig, »du weißt, du sollst hier nicht anrufen.«

Sein Ton verletzte sie und brachte sie aus dem Konzept. »Das war nicht immer so ...«

»Was hast du gesagt?«

»In unserer ersten Zeit hast du mich nachts in dein Büro bestellt und wir haben dort Liebe gemacht.«

»Marilyn, ich sitze hier und arbeite. Ich habe noch eine Stunde zu tun, vielleicht auch etwas länger. Sobald ich fertig bin, komme ich zu dir.«

Sie schluckte ihren Ärger hinunter und nahm einen zweiten Anlauf. »Chris, ich habe mir gedacht, heute an meinem Geburtstag, möchte ich mit dir ausgehen, richtig schick ... Ich möchte dich einladen ...«

»Marilyn, wieso ausgehen, ich kenne kein Lokal, wo sie uns ein Bett geben, das so schön und groß ist wie deines und sich so gut eignet für Picknicks der verschiedensten Art. Gefällt dir der Picknick-Koffer?«

»Ich bin nicht in der Stimmung für ein Picknick.«

»Verlaß dich auf mich, ich bring' dich schon in Stimmung.«

Marilyn blieb hartnäckig. »Ich will ausgehen. Ich habe einen Tisch im El Marocco bestellt.« Sie machte eine Pause, doch Chris reagierte nicht. »Um halb elf«, fuhr sie fort, »einen Tisch für zwei Personen, auf den Namen Chris Shannendy.« Er schwieg beharrlich. »Du kannst gleich vom Büro aus hinkommen, ich erwarte dich dort – so sparst du Zeit, du siehst, ich nehme Rücksicht auf deine Arbeit.«

Chris Shannendy lachte. »Da kannst du lange warten, ich gehe nicht ins El Marocco.«

»Und warum nicht?«

»Marilyn, ich habe dir das hundertmal erklärt. Bitte, sei vernünftig, in einer halben Stunde bin ich bei dir.«

»Die halbe Stunde kenne ich. Ich hocke den ganzen Abend hier herum, um 11 Uhr kommst du dann endlich, und zwei Stunden später gehst du wieder.«

»Marilyn, um zehn bin ich da.«

Sie holte Luft. »Wenn du mich sehen willst – ich bin ab halb elf im El Marocco –, sonst kannst du mir gestohlen bleiben.« Sie legte auf und spürte, daß sie feuchte Hände hatte.

Ich hab's ihm gezeigt, dachte sie, aber sie hatte kein gutes Gefühl dabei. Würde er sie zurückrufen? Oder sollte sie einlenken? Nein, murmelte sie, heute nicht. Sie hatte die ganzen Jahre nichts anderes getan, als sich gefügt, eingelenkt, auf die eigenen Wünsche verzichtet.

Heute nicht.

Ihr Blick ging durch den Wohnraum mit seinen hellen Farben, Honig und Schilfgrün, und blieb auf der Couch, die einem riesigen Blumenbeet glich, hängen.

Wie immer, wenn sie Krach hatte mit Chris, dachte sie an den Tag, an dem er Schluß machen würde mit ihr. Früher oder später würde der Tag kommen. Und was dann? Würde er sie aus der Wohnung werfen, und aus dem Studio? Das Haus gehörte den Shannendys, sie konnten über die Wohnungen verfügen, wie es ihnen beliebte.

Sie kannte Chris seit sechs Jahren, und doch, in solchen Momenten wurde ihr klar, daß sie ihn eigentlich nicht kannte.

Und den Liebhaber?

Kannte sie den?

Sie schloß die schilfgrünen Chintzvorhänge im Wohnraum, stellte den Fernseher an, ohne einen Blick auf den Bildschirm zu werfen, und ging ins Schlafzimmer. Sie machte Licht, schloß auch hier die Vorhänge und begann sich auszuziehen.

Es war ein Schlafzimmer im Hollywoodstil. Das Bett hatte ein gepolstertes halbmondförmiges Kopfteil, das mit goldfarbener Seide bezogen war. Über die Bettdecke aus königsblauem Jacquard zog sich ein Muster goldener Pfauenfedern, kunstvoll gesteppt, so daß es sich reliefartig abhob. Außer dem Bett gab es nur noch einen verspiegelten Paravent mit goldenem Rokokorahmen und zwei goldfarbene Puffs mit dicken Quasten.

Sie liebte Chris.

Sie liebte ihn auch in Momenten wie jetzt, wo sie ihn gerne gehaßt hätte.

Leider wußte er das.

Das erste Jahr mit Chris war das schönste gewesen. Verrückt wie der Abend in Bob Fishers Haus.

Die Nachmittage auf der Motoryacht von Chris draußen in Long Island würde sie nie vergessen – und dann eines Abends im November sein Anruf. Sie solle ins Büro in der Park Avenue kommen. Bevor er auflegte, hatte er hinzugefügt: »Zieh deine Strumpfhosen schon mal aus.« Es war ein kalter Tag gewesen, aber sie hatte getan, was er wollte.

Seit sie in dieser Wohnung lebte, war so etwas wie ehelicher Trott in ihre Beziehung gekommen. Es wird höchste Zeit, daß ich etwas dagegen unternehme, dachte sie. Das *El Marocco* war ein guter Anfang. Ich gehe hin, egal ob Chris kommt oder nicht. Vielleicht rüttelt ihn das auf.

Sie hatte noch genug Zeit, ein Bad zu nehmen. Während das Wasser einlief, schminkte sie sich ab und wusch das Gesicht, wie immer, bevor sie sich zum Ausgehen schminkte. Sie steckte das Haar auf und machte aus einem Badetuch einen Turban. Sie wollte gerade ins Bad steigen, als die Türglocke anschlug. Chris? Warum klingelte er? Er hatte einen Schlüssel für die Wohnung. Sie hörte seine Schritte, die Badezimmertür ging auf. »Da bist du ...«

»Ich bin noch nicht geschminkt«, entschuldigte sie sich und zog den Gürtel des Bademantels fest.

Chris trat näher. »Du gefällst mir ... Du bist sehr sexy im Naturzustand, weißt du das. Mir scheint, ich bin im richtigen Moment gekommen. Baden können wir nachher.« Er nahm sie bei der Hand und zog sie aus dem Bad ins Schlafzimmer. Mit einem kleinen Stoß warf er sie auf das Bett und ließ sich auf sie fallen.

Marilyn wehrte sich. »Laß das, Chris, bitte Chris, jetzt nicht.«

Christ hielt sie an den Schultern fest. »Du hast keine Lust? Das glaub' ich nicht. Soll ich dir beweisen, daß du Lust hast ...« Seine Hand glitt unter den Bademantel und vergrub sich in ihr. »Was heißt Lust, du bist der Golf von Biscaya bei steigender Flut.« Sein Gewicht wurde schwerer und seine Stimme huschte mit seinen Lippen über ihren Hals. »Mir scheint, du wärst ertrunken ohne mich in den Fluten der Biscaya ...«

Marilyn fühlte, wie ihr Widerstand schwächer wurde, aber es gelang ihr, hart zu bleiben. »Nein, ich will nicht.« Sie bäumte sich auf.

»Ruhig, ganz ruhig, wenn du nicht willst, ich zwinge dich nicht.«

»Laß mich sofort los.«

»Bist du sicher, daß du nicht willst? O. k., ich vergewaltige dich nicht …« Er ließ sie los und erhob sich. »Ich habe eine bessere Idee …« Er öffnete den Wandschrank und nahm ein schwarzes, weitausgeschnittenes Abendkleid heraus.

»Zieh das an.«

Marilyn streifte den Turban vom Kopf und erhob sich vom Bett. »Wir gehen ins El Marocco?«

»Tu, was ich dir sage, zieh das Kleid an. Strümpfe brauchst du nicht – aber Schmuck. Wo hast du das Collier mit den Smaragden?«

Marylin holte das Etui und gab es Chris. Er legte ihr den Schmuck um den Hals und schob sie sanft vor den Spiegel.

»Mach nicht zu lange mit dem Schminken, ich öffne inzwischen den Champagner.«

Benommen begann Marilyn mit dem Make-up, Augen, Mund, noch etwas Rouge. Zuletzt parfümierte sie sich. Sie konnte noch nicht glauben, daß sie gewonnen hatte, blieb mißtrauisch.

Chris saß auf der großen Blumencouch, als sie ins Wohnzimmer kam. Auf dem Glastisch standen zwei Champagnergläser. »Komm her zu mir«, er deutete auf den Platz neben sich.

Mit einer Geste, die etwas Feierliches hatte, reichte er ihr das Glas. »Weißt du, worauf wir jetzt trinken?« Er machte eine Pause und Marilyn hatte das Gefühl, gleich würde irgend etwas Wunderbares geschehen, er würde Worte aussprechen, auf die sie heimlich hoffte, seit sie ihn kannte.

Die Gläser gaben einen hellen Klang, und dann sagte Chris: »Ich habe beschlossen, daß wir heute Abschied nehmen.«

Marilyn starrte in sein Gesicht.

Was hatte er gesagt?

Abschied nehmen?

Sie wollte das Glas wegstellen. »Nicht doch«, mahnte er sanft, »wir hatten eine schöne Zeit zusammen, also haben wir allen Grund, fröhlichen Abschied zu nehmen, findest du nicht?«

Marilyn rückte etwas von ihm weg. In ihrem Kopf herrschte plötzlich totale Leere. Sie schaute an sich herunter. Sie hatte das schwarze Abendkleid an. Chris hatte es aus dem Schrank genommen und gesagt: »Zieh das an.« Sie befühlte das Collier, das um ihren Hals lag. Chris hatte ihr das Collier umgelegt. Und dabei hatte er die ganze Zeit über gedacht, wie sag' ich ihr bloß, daß ich Schluß machen will.

»Du bist ein Monster«, hörte sie sich sagen. »Du bist kein Mensch, du hast kein Herz.«

Die eigene Stimme kam ihr fremd vor. Dann fielen ihr die gelben Rosen ein, und sie dachte, er hat eine andere.

»Wer ist es?« fragte sie. »Du kannst es mir ruhig sagen, du hast eine andere, so ist es doch.«

Sein Gesicht blieb eine Maske der Freundlichkeit. »Es gibt keine andere Frau.«

»Du lügst.«

Er stellte das Glas hin und stand auf. »Bitte, keine Szene, du weißt, ich verabscheue Szenen.«

»Ich will den Grund wissen.«

»Der Grund bist du selber. Wie oft hast du heute in meinem Büro angerufen? Zweimal oder öfter? Wahrscheinlich hast du auch zu Hause bei meiner Mutter angerufen. Und demnächst telefonierst du bis nach Washington hinter mir her. Wir hatten von Anfang an die Abmachung, daß du meine politischen Kreise nicht störst, dazu gehört, daß du nicht im Büro anrufst. Früher hast du dich daran gehalten, aber seit einem Jahr ist der Teufel los.«

»Du weichst mir aus. Wer ist es? Diese LeMenestrel, die Tochter des französischen Botschafters?«

»Lächerlich.«

»Du bist dauernd mit ihr in den Klatschspalten. Du gehst mit ihr in die Oper; auf Partys, zu Wohltätigkeitsveranstaltungen – und ich hocke hier. Ich bin nur gut genug fürs Bett. Seit wir uns kennen, behandelst du mich wie eine Hure. Du kommst, gehst mit mir ins Bett und verschwindest wieder. In all den Jahren hast du nicht eine Nacht vom Abend bis zum Morgen bei mir verbracht. Ich muß verrückt gewesen sein. Ich habe dir alles geopfert, meine Karriere als Schauspielerin.«

Chris begann zu lachen. »Was für eine Karriere?« fragte er spöttisch. »Als ich dich kennenlernte, warst du ein Call-Girl, das seine Telefonrechnung nicht bezahlen konnte.«

Marilyn sprang auf und wurde laut. »Das ist nicht wahr, ich war kein Call-Girl.«

»Natürlich warst du das, und du bist es immer noch. Du hast verdammt Glück gehabt mit mir, ist dir das eigentlich klar. Schau dich um. Alles, was du hier siehst, hast du von mir.«

»Ich habe es nicht verlangt.« Sie kämpfte mit aufsteigenden Tränen und wandte sich ab.

Chris war mit einem Schritt bei ihr und umfaßte sie von hinten. »Marilyn, du bist eine wunderbare Frau, und wir hatten es schön. Aber jetzt ist es an der Zeit, daß wir auseinandergehen. Laß es uns mit Anstand tun. Wir bleiben Freunde – und du kannst alles behalten, die Wohnung, den Salon, den Schmuck ...« Zynisch fügte er hinzu: »Du bist eine gute Partie ...«

Sie fuhr herum. »Ich hasse dein Geld – und ich hasse dich. Du hast mir nie eine wirkliche Chance gegeben. Du hast mich gekauft und hier eingesperrt und benützt, wenn dir danach war. Das ist unsere Geschichte ... Ich könnte heute ein Star sein – du hast mein Leben kaputt gemacht.«

»Wenn du mich nicht getroffen hättest, wärst du Wirtin in einer Piano Bar, und Solly Smuts hätte dir alle zwei Jahre ein Kind gemacht.«

Sie griff nach dem Collier, riß es sich vom Hals und warf es ihm vor die Füße. »Da, du kannst alles wieder haben, vielleicht brauchst du es für deine nächste Hure. Denn das weiß ich, du wirst immer eine Hure brauchen. Heirate ruhig die kleine LeMenestrel. Sie tut mir heute schon leid, du wirst sie vom ersten Tag an betrügen mit so einer, wie ich es bin ...«

Chris Shannendy hatte sich den Abschied anders vorgestellt, aber Abschiednehmen war wohl die Phase in einer Beziehung, in dem selbst einem Mann wie ihm die Regie aus der Hand geriet. Etwas in Marilyns Stimme verriet ihm, gleich würde sie in Tränen ausbrechen. Er mußte vorher verschwinden, sonst packte ihn noch das Erbarmen und sie endeten im Bett.

Im Flur fiel ihm der Wohnungschlüssel ein, den er bei sich hatte. Er legte ihn auf das kleine Tischchen bei der Garderobe. Wenn Marilyn den Schlüssel fand, wußte sie, die Trennung war endgültig.

Später, als er im Auto saß, sagte er sich, ich hätte es schon lange machen sollen. Sie ist zu einer Gefahr geworden.

Long Island Sound, Yankee Yacht Club

Donnerstag, 4. September 1986

Der würdige Yankee Yacht Club war nicht wiederzuerkennen. Für das Verlobungsfest von Rico Calese und Tiziana Fillipi hatte Valerian Rybar, der Magier unter New Yorks Designern, den Club innerhalb von 24 Stunden total verwandelt und ein japanisches Frühlingsparadies entstehen lassen. Dort, wo sonst die alten goldgerahmten Bilder mit den historischen Schiffen und Seeschlachten hingen, schmückten große rosa Fächer die Wände, und von den Fächern fielen Kaskaden weißer Seidenbänder herab, so leicht, daß es genügte, daran vorbeizugehen, und sie flatterten auf.

Und überall an der Decke, um die Lampen, über den Türen, in den Fenstern schwebten Wolken von rosa Schmetterlingen. Was die Illusion eines japanischen Frühlingsfestes perfekt machte, waren die blühenden Kirschbäume. Valerian Rybar hatte sie aus Mexiko einfliegen lassen und verschwenderisch viele aufgestellt. Am Eingang, im Foyer, in der Bar, im Speisesaal, in den Gesellschaftsräumen, auf der Terrasse, überall standen blühende Kirschbäume.

Es war atemberaubend und entzückte auch jene Gäste, die skeptisch waren und sich von dem »Abend in Weiß« nicht viel mehr erwartet hatten als ein biederes Familienfest im italienischen Stil, mit dem zwei bürgerlich gewordene Mafiafamilien den Schlußstrich unter die Machtkämpfe der Vergangenheit ziehen und offiziell Frieden schließen wollten.

»Sensationell, blühende Kirschbäume im September«, Lauren Hutton, die gefeierte Revlon-Diva, hatte das Foyer betreten. Sie trug ein schulterfreies Kleid aus weißem Crêpe de Chine und hatte einen Fernsehproduzenten im Schlepptau, dem die Ehre zuteil wurde, ihr weißes Pelzcape zu halten. »Sensationell«, sie umarmte Tiziana und dämpfte die Stimme. »Die sehen aus wie echt ...«

Tiziana erwiderte Laurens Umarmung herzlich. »Die sind echt.«

Lauren küßte Tiziana auf die Wange. »Ihr habt sie eingeflogen?« Lauren Hutton war bereits ein Star, als die 18jährige Tiziana mit einem Titelfoto in der *Vogue* über Nacht zu Amerikas Fotomodell Nummer eins avancierte. So etwas wie Konkurrenz hatte es nie gegeben zwischen ihnen, nicht einmal, wenn es um Männer ging.

Tiziana nickte, und in ihre graugrünen Augen kam der naive Ausdruck, mit dem sie ihre kleinen und großen Lügen verpackte. »Sie kommen aus Japan, vom Biwa See.«

»Vom Biwa See – Kirschbäume vom Biwa See«, rief Lauren Hutton begeistert, und die Gesellschaftsjournalistin Lucy Hatters von *W*, die in diesem Moment dazukam, wiederholte wie ihr Echo: »Kirschbäume vom Biwa See.«

Rico belohnte Tiziana mit einem Blick, der sagte: »Bravo, du machst das wunderbar. Beschenk jede deiner Freundinnen mit einer kleinen kostbaren Lüge, und sie werden in New York Wunderdinge herumerzählen über unser Fest. Alle, die abgesagt haben, sollen sich grün und blau ärgern.«

Nicht daß sie viele Absagen erhalten hätten, doch ehrgeizig wie Rico war, kränkte ihn jede. Er kannte die New Yorker Gesellschaft zu gut, er wußte, dieses Fest würde darüber entscheiden, ob es ihm und Tiziana gelänge, sich als große Gastgeber zu etablieren oder nicht. Tiziana war unter Amerikas Fotomodellen so etwas wie eine Primadonna, als seine Frau sollte sie die Primadonna unter Amerikas Gastgeberinnen werden.

Die Voraussetzungen hätten nicht besser sein können. Tiziana war beliebt und sie hatte die richtigen Freunde im Showbusiness und bei der Presse. Und Rico war in den höchsten Finanzkreisen zu Hause und hieß Calese, ein Name, der seit Massimo die *Hudson-River-Stiftung* ins Leben gerufen hatte, einen noch besseren Klang hatte.

Das waren nun einmal die ungeschriebenen Gesetze der konservativen New Yorker Gesellschaft: Man fragte nicht, wie ein Mann seinen Reichtum erworben hatte, man beurteilte ihn nach den guten Werken, die er damit tat.

Rico befand sich in einem Dilemma. Er stand mit dem Großvater auf Kriegsfuß, wollte aber gleichzeitig von seinem Ansehen profitieren. Er brauchte ihn als Aushängeschild auf dem Verlobungsfest. Die Versuche, den Großvater versöhnlich zu stimmen, waren fehlgeschlagen; die vereinten Bemühungen von Mariannina und Tara hatten nichts gefruchtet. Massimo war dabei geblieben: er wollte mit den Fillipis nichts zu tun haben, er würde nicht zum Verlobungsfest kommen. Schließlich war Rico die Idee gekommen, einen alten Freund der Familie als Vermittler einzuschalten: Lou Meller. Man hatte eine Wochenende arrangiert, das Lou Meller auf Sunset Hill verbrachte. Wie in alten Zeiten hatten Massimo und Lou Meller zusammen Billard gespielt und waren gemeinsam fischen gegangen. Mit welchen Argumenten es Lou Meller gelungen war, Massimo zu überreden, auf dem Fest zu erscheinen, sollte Rico nie erfahren. Tatsache war, daß Massimo Calese am Montag nach dem gemeinsamen Wochenende mit Lou Meller nach New York gefahren war und sich bei seinem Schneider ein weißes Dinnerjacket bestellt hatte.

Tara war es gewesen, von der Rico diese gute Wendung der Dinge erfahren hatte; und Tara war es, an deren Arm Massimo an diesem Abend den Yankee Yacht Club betrat. Die Begrüßung war nicht gerade überschwenglich. Steif gab Massimo Tiziana die Hand und sagte dazu: »Viel Glück.« Etwas in seiner Stimme, etwas in seinem Blick machte die zwei Worte zu einer Drohung. Zumindest empfand Tiziana es so. Für einen Moment wünschte sie, Rico hätte nicht darauf bestanden, aus der Verlobung ein Familienfest zu machen, sie wünschte irgendwo weit weg zu sein und mit Rico allein zu feiern, ohne Freunde, ohne Familie.

Der Fotograf, den Lucy Hatters mitgebracht hatte, postierte die Verlobten vor den blühenden Kirschbäumen im Foyer. Rico und Tiziana waren ein hinreißendes Paar. Rico, großgewachsen, dunkel, mit dem wohlgeformten Kopf und den ebenmäßigen Zügen der Caleses, die immer auch eine verhaltene Aggressivität ausdrückten. Tiziana, so ganz anders als er, ein Geschöpf, das aus einem feineren, vollkommeneren Stoff als Fleisch und Blut erschaffen schien. Alles an ihr leuchtete, die Haut, die Augen, das goldene Haar, das so reich war und gleichzeitig so fein wie gesponnenes Licht, getränkt mit den Rosatönen der aufgehenden Sonne. Ein Geschöpf der Morgenröte.

Lucy Hatters stand zwei Schritte neben dem Fotografen. Sie würde einen großen Bericht über die Verlobung machen; vielleicht sogar die Titelstory. Sie durfte nicht vergessen, Tiziana zu fragen, von wem ihr Kleid war. Es war ein luftiges, ausgeschnittenes Kleid aus weißem Seidenbatist. Ein rosa Satinband betonte die feine Taille. Der Zauber des Kleides bestand aus der Harmonie von einfachem Schnitt und wolkenleichtem Material.

Wer hätte gedacht, daß Tiziana sich so früh binden würde, und noch dazu mit einer Verlobung wie zu Großmutters Zeiten. Ausgerechnet Tiziana, von der böse Mäuler behaupteten, sie hätte mit ihren 22 Jahren mehr Männerherzen gebrochen als Liz Taylor in ihrem ganzen bewegten Leben. Es kursierten abenteuerliche Gerüchte über sie, ein arabischer Prinz hätte sich ihretwegen in einem New Yorker Hotel die Pulsadern aufgeschnitten; in einem Nachtclub hätte es eine wüste Schießerei gegeben. Ein Jammer, daß sie in ihrem Bericht solche Pikanterien nicht einmal durchblicken lassen durfte. *W* war so ungefähr das letzte Reservat der Welt, in dem Ehefrauen nur mit dem eigenen Mann flirteten. Manchmal überfiel Lucy Hatters ein Heißhunger nach einer Sensations-Story. Nicht mehr die harmlosen Klatschkrümel vom Tisch der New

Yorker Gesellschaft auflesen, sondern einmal, nur ein einziges Mal dabeisein, wenn etwas Schreckliches geschah, ein Mord während einer Modenschau, eine Dame der Gesellschaft, die ihren treulosen Ehemann erschoß. Aber nein, diese Frauen bestraften ihre Männer mit einer Scheidung, die Millionen kostete.

Ob Tiziana auch diesen Weg gehen würde? Eine gute Heirat, eine noch bessere Scheidung, und so weiter. Lucy Hatters gelang der optische Sprung nicht, von der Tiziana dieser Stunde – der Braut mit dem lockeren Kranz weißer Anemonen im sonnendurchglühten Haar – zu einer zukünftigen Tiziana, die »nur noch Ehefrau und Mutter sein wollte«, wie sie gestern am Telefon erklärt hatte, als Lucy Hatters sie über ihre Zukunftspläne interviewte. Die Hochzeit sollte in einem halben Jahr stattfinden. In der 76. Street zwischen Fifth Avenue und Madison Avenue hatten sie ein kleines Stadthaus gefunden und Valerian Rybar mit dem Umbau beauftragt.

John Casablanca, der Mann, dem Tiziana ihre Karriere verdankte, hatte Lucy Hatters eine andere Auskunft gegeben. Tiziana würde nicht in der Versenkung verschwinden; er hätte für sie einen Fünf-Jahres-Exklusivvertrag mit einer großen amerikanischen Kosmetikfirma in der Tasche. Das Produkt war noch ein Geheimnis, nur soviel hatte John Casablanca durchblicken lassen, daß eine Werbekampagne geplant war, die alles Bisherige in den Schatten stellen sollte. Nun, John Casablanca war kein Mann, der bluffte; dazu kam, daß ihn mit Tiziana mehr verband als nur Business. Nach seinem Bruch mit Stefanie Seymour war Tiziana seine Trösterin gewesen.

»Brauchen wir auch Großaufnahmen?« fragte der Fotograf. Lucy Hatters nickte. »Unbedingt.« Der Fotograf wollte das Objektiv wechseln, aber Tiziana schaltete sich ein. »Moment mal, nicht so eilig. Vor den Großaufnahmen könnten wir die Bilder zusammen mit meinen Schwestern machen.« Sie wandte sich an Rico. »Sei so lieb und hole Rafaela und Angelica.«

»Du hast Schwestern?« fragte Lucy Hatters erstaunt, »jünger oder älter?«

»Jünger, und doppelt so schön.«

»Das ist unmöglich.«

»Wart's ab, bis du Rafaela und Angelica siehst.«

Rico kam mit den beiden Mädchen. Sie waren 16 und 18, aber bereits perfekte Schönheiten. Lucy Hatters begriff, was Tiziana gemeint hatte, mit »doppelt so schön«. Sie waren ein Doppelbild. Die beiden Mädchen waren eine aufreizende Verdoppelung von Jugend, von unerwachter Sinnlichkeit, von fast überirdischer Herrlichkeit.

Unfaßbar, daß eine Mutter drei solche Töchter hatte. Das ist ungerecht, dachte Lucy Hatters und erlebte einen jener Momente, in denen das emanzipierte Leben, das sie führte, ihr verfehlt vorkam. Mit einem jähen Schmerz spürte sie, daß sie als Frau ohne Mann, ohne Kinder, eine amputierte Existenz führte. Der Schmerz dauerte nur kurz und verschwand in dem Moment, als die Mutter der drei schönen Mädchen, Leonida Fillipi, auftauchte. Sie war die typische italienische Matrone, üppig, in ein Korsett gezwängt, trotz des teuren Couture-Kleids, trotz des Bulgari-Colliers hoffnungslos unelegant. Lucy Hatters fühlte sich wieder wohl in ihrer Single-Haut. Sie war eine attraktive Brünette, so schlank und wohlproportioniert, daß sie ihr wahres Alter von 43 Jahren leicht umdrehen und sich für 34 ausgeben konnte, was sie immer dann tat, wenn sie mit einem jüngeren Mann ins Bett wollte, und das kam bei ihr nicht selten vor.

Lucy Hatters überließ die vier Fillipi Frauen dem Fotografen und wandte sich dem Gästebuch zu. Es war ein großes Buch, in weißem Moiré gebunden, mit Goldschnitt, und es lag auf einem Pult. Sie überflog die Namen und fand all die Leute aus dem Showbusiness, aus der Modebranche, vom Fernsehen und von der Presse, die unter der Flagge *bright and beautiful* durch die Klatschspalten segelten. Auch die Reichen und Superreichen fehlten nicht. Hübsch garniert war das Ganze mit ein paar hochkarätigen Namen aus dem europäischen Adel: Silvia de Castellane, Baron Stefan Bentnick, Prinzessin Margaret – seit sie das Haus auf der karibischen Insel Mustique hatte, sah man sie häufig auf den Partys der New Yorker Gesellschaft –, Juan Sierra y Urquijo, Marquis of Urquijo, Prinz Charles d'Arenberg, Lupo Ratazzi, der Sohn des Conte Urbano, mit Szusanna Agnelli. Alles Junggesellen, dachte Lucy Hatters. Sieht aus, als wollte Tiziana ihre zwei jüngeren Schwestern Rafaela und Angelica an europäische Aristokraten verkuppeln. Sie mußte unbedingt eine Gästeliste haben. Wenn ihre Informationen stimmten, sollte auch Norman Reed kommen. Eingetragen hatte er sich noch nicht. Mal sehen, vielleicht ertappte sie ihn mit einem neuen Flirt.

Das Fest war in vollem Gange. In der Bar und in den Gesellschaftsräumen servierte man den Aperitif, Champagner oder Pfirsichbowle. Auf der Terrasse wurde bereits getanzt. Die Musik machte Solly Smuts, in dieser Saison der Liebling der reichen jungen New Yorker, die auf ihren Privatpartys andere Musik hören wollten als in den öffentlichen Discos. Solly Smuts war ein Tausendsassa, der in allen Registern brillierte; er ließ Tschaikowskys Klavierkonzert mit russischem Pathos rauschen, er spielte Dave

Brubecks *Take the A-Train* nahe am absoluten Gefrierpunkt, und sein Potpourri ungarischer Operettenmelodien glich einer Direktübertragung eines feurigen Puszta-Festes. Er hatte vor fünf Minuten die neunköpfige Memphis-Band abgelöst und spielte schwelgerisch Cole-Porter-Melodien.

Der Abend war wie gemacht für ein Fest in Weiß. Nach einem Tag von sommerlicher Hitze herrschte auch jetzt noch eine angenehme Wärme.

Lucy Hatters stand unter der offenen Terrassentür und hielt Ausschau nach Norman Reed. Im sanften Abendlicht wurden die weißen Kleider der Frauen zu Schaum. Die Männer trugen weiße Dinnerjackets. Aber schöner als die Dinnerjackets fand Lucy Hatters die weißen Uniformen der jungen Marineoffiziere. Einer von ihnen tanzte mit einer alten weißhaarigen Frau. Das mußte die sagenumwobene Mariannina Calese sein. Mutig, wie viel Dekolleté sie zeigte, aber sie konnte es sich leisten, ihr Hals und ihre Arme waren glatt und appetitlich wie ein Hefeteig. Norman Reed konnte sie nirgends entdecken.

»Wen suchen Sie, meine Liebe«, sagte eine Männerstimme hinter ihr, die sie sofort erkannte. Es war Bob Fisher, der Herausgeber des Herrenmagazins *Heat*. Sie kannten sich seit vielen Jahren. »Ist Norman Reed schon da?«

Bob Fisher schnitt ein Gesicht. »Das ist nicht mein Abend. Du siehst mich und fällst mir nicht um den Hals, sondern fragst herzlos nach Norman Reed. Und meine Miss September flirtet vor meinen Augen mit Dennis Lloyd, der einen halben Kopf kleiner ist als sie. Ich fürchte, ich werde alt.«

Er legte den Arm um sie. »Komm, Lucy, wir gehen in die Bar, dort gibt es die köstlichste Pfirsichbowle, rosa wie der Abendhimmel über dem Vesuv.«

Bob Fisher sah so aus, wie er redete, eindrucksvoll, intelligent, ein wenig genialisch. Ein Mann um die Fünfzig, mit grauem gekräuseltem Haar, gebräuntem Teint und einer sportlichen Figur, zu deren Erhaltung er täglich ein strenges Fitness-Programm am Hometrainer absolvierte.

Lucy Hatters strahlte ihn an. »Sabotier nicht meine Arbeitsmoral. Ein Glas Pfirsichbowle, und ich folge dem Beispiel deiner Miss September und schnappe mir einen jungen Marineoffizier.«

»Lucy, ich warne dich, trample nicht auf meiner Seele herum, sonst kommt meine sadistische Ader zum Durchbruch. Du weißt, in mir schlummert ein Frauenmörder. Komm mit in die Bar. Ich kann nicht länger hier am Rand der Tanzfläche stehen und zusehen, wie Miss September mir untreu wird.«

»Ist es die dort, die mit den Gazellenaugen?«

»Komm schon.«

»Sag mir nur schnell, wer die Gazelle ist. Du kennst sie sicher.«

»Welche meinst du eigentlich?«

»Die in dem Matrosenanzug aus weißem Seidensatin. Verboten jung und verboten sexy.«

»Die mit Valerian Rybar tanzt?«

»Ja.«

Bob Fisher hatte zweierlei Gesichter, das eines gelangweilten Lebemanns und das witternde eines Jägers, der ein Wild verfolgt. Jetzt wurde er zum Jäger. Das Mädchen, das mit Valerian Rybar tanzte, war ihm fremd, aber ein Blick genügte, und er wollte sie kennenlernen.

»Wer ist sie?« fragte Lucy Hatters.

»Die seh' ich auch zum erstenmal«, murmelte Bob Fisher, »aber ich werde sofort rausbringen, wer sie ist. Du entschuldigst mich.« Er ließ Lucy Hatters stehen und bahnte sich einen Weg zwischen den Tanzenden hindurch.

»Entschuldige den Überfall, mein Lieber.« Er legte die Hand auf Rybars Schulter. »Lucy Hatters schickt mich her, sie möchte dich interviewen, und zwar sofort.«

Sobald Rybar gegangen war, nahm Bob Fisher das junge Mädchen in die Arme und tanzte mit ihr weiter. »Sind Sie die Freundin von Valerian?« Das Mädchen sah ihn an. »Erst einmal möchte ich wissen, wer Sie sind.« Ihre Stimme war so geheimnisvoll wie ihr Blick. Bob Fisher stellte sich vor und hatte das Gefühl, daß er gekünstelt klang. »Jetzt sind Sie dran«, schloß er, »wie heißen Sie?«

»Tara.«

»Und weiter?«

»Calese.«

»Tara Calese – dann sind Sie Ricos Schwester.«

»Ich bin seine Tante.«

»Wie haben Sie das geschafft, sind Sie mit Ricos Großvater verheiratet?«

»Ich bin die Tochter von Massimo Calese.«

Bob Fisher sah sie schweigend an. Das Bild einer anderen Frau stieg in ihm auf. Diana, die schöne Diana, die vielleicht die richtige Frau für ihn gewesen wäre, wenn er sie früher kennengelernt hätte. Aber als er ihr das erste Mal gegenüberstand, war sie bereits die Frau von Massimo Calese gewesen. Tara mußte Dianas Tochter sein. Bob Fisher fehlte der Mut, Dianas Namen auszusprechen. Sie tanzten schweigend, und durch das Schweigen wurde die Präsenz ihres Körpers noch stärker. Er legte beide Arme um sie. Es geschah aus einem Beschützerimpuls. Wovor sollte er sie beschützen? Vor sich selber? Vor anderen? Er wartete darauf, daß sie den Blick heben würde, aber ihre dunklen verschatteten Augen blieben halb abgewandt. War es Gleichgültigkeit, war es Scheu, war es ein Spiel? Wie konnte er sie zum Lächeln bringen? Er wollte ihr Lächeln sehen. Leise sagte er: »Sie sind eine Gazelle.« Einen Moment begegneten sich ihre Augen. »Und Sie sind ein Jäger.«

»Ein Lächeln, und ich werde zum Troubadour.«

Tara lächelte nicht. Bob Fisher ließ sie nicht aus den Augen. Als Herausgeber von *Heat* hatte er täglich mit Mädchen zu tun. Tausende von Fotos prüfte er Jahr für Jahr. Er hatte alles gesehen, was es zu sehen gab an Frauen – und doch lebte in ihm immer noch der junge Mann, der er früher einmal war und der geglaubt hatte, daß es ein Mädchen gab, jung, beunruhigend schön, das einzig und allein für ihn bestimmt war. Als er jetzt mit Tara tanzte, regte sich dieser junge Mann plötzlich in ihm und mit ihm die alte nie erfüllte Hoffnung, diese eine zu finden. Der erfahrene Mann bremste: Denk dran, wie es bei Diana war. Tara ist sicher auch schon in festen Händen.

»Ist Ihr Freund in der Nähe?« fragte er.

»Noch nicht. Er kommt später.«

»Ich bringe ihn um.«

»Er ist ein Freund von Ihnen.«

»Manchmal muß ein Mann auch einen Freund umbringen.«

»Ich warne Sie, er hat Bärenkräfte.«

Bob Fisher runzelte die Stirn. In seinem Gedächtnis flammte etwas auf: Norman Reed hatte ihm von einem Mädchen vorgeschwärmt, ohne den Namen zu nennen, nur in vagen Andeutungen.

»Ist es Norman Reed?«

»Erraten.«

»Sie haben recht, er ist stärker als ich. Ich muß es machen wie die Borgias, ich werde ihn vergiften.«

Dennis Lloyd tanzte dicht an die beiden heran und sagte zu Tara: »Nimm dich in acht vor Bob, er ist ein Mädchenhändler.«

Tara lachte nur, und Bob Fisher fragte: »Ist Dennis Lloyd Ihr Aufpasser?«

»Schlimmer, er macht mir jedes Vierteljahr einen Heiratsantrag, und das, seit ich vierzehn bin.«

»Lachen Sie nicht, das ist Treue.«

»Ach was, das ist eine schlechte Gewohnheit.«

*

Das Abendessen dauerte nun schon lange. Noch einmal verteilten die Ober neues Besteck und servierten dann den nächsten Gang: Rehrücken mit gedünsteten Kastanien, Armagnacpflaumen, Preiselbeeren und Kartoffelgratin; das Fleisch war zartrosa und in der Form einer Rosette in der Mitte des Tellers angeordnet.

Rico hatte für den Abend die Equipe vom *Hotel Pierre* engagiert, dem New Yorker Hotel an der Fifth Avenue, das für seine französische Küche berühmt war. *Menu d'Amour* stand auf der Menukarte, die jeder Gast an seinem Platz vorfand. Die Karten waren aus Pergament, gerollt und mit einer feinen goldenen Schnur zusammengebunden. Bei der Zusammenstellung des Menus hatte Rico sich von Tizianas Vorlieben leiten lassen: Blinis mit Kaviar, Röllchen von Gänseleber auf Brunnenkresse, Babysteinbutt in Krebssauce, Pfirsichsorbet, garniert mit kandierten Veilchen, und dann der Rehrücken.

Valerian Rybar, der ein Perfektionist war, hatte auch die Tischdekoration übernommen. Jeder der dreißig runden Tische hatte eine bodenlange weiße Taftdecke und über den weißen Taft liefen sternförmig rosa Seidenbänder. In der Mitte der Tische lagen runde Platten aus Spiegelglas mit einem Dutzend rosa Kerzen in verschiedenen Größen, die alle brannten.

Die runden Tische mit je acht Plätzen hätten eine diplomatische Sitzordnung ermöglicht. Ohne daß es auffiel, hätte man die Mitglieder der Calese-Familie und der Fillipi-Familie getrennt plazieren können. Doch Rico hatte die feste Absicht, die neuen Verwandten zu zwingen, miteinander auszukommen und es gab keine bessere Gelegenheit als dieses Fest. Eingebettet und neutralisiert durch die anderen Gäste, die eine Mehrheit darstellten gegen eine Calese-Fillipi-Minderheit, konnten die neuen Wider-Willen-Verwandten sich in aller Ruhe beschnüffeln und, so hoffte Rico, mit dem Gedanken abfinden, von nun an eine Familie zu sein.

Am Tisch der Verlobten, einem größeren Tisch, saß Massimo Auge in Auge mit Leonida und Carlo Fillipi. Nach 25 Jahren Ehe waren sich die beiden, die ohnehin Cousin und Cousine dritten Grades waren, fast unheimlich ähnlich: beide groß, beide mehr als wohlgenährt, beide typische Norditaliener aus dem Veneto, hellhäutig und blond, mit glatten alterslosen Gesichtern und hellen gutmütigen Kinderaugen. Bei Carlo war das Äußere ein getreues Abbild seines Charakters, bei Leonida täuschte es. In der mütterlichen Gestalt verbarg sich eine furchtlose Frau von männlicher Willenskraft und skrupellosem Geschäftssinn. Nach dem Tod von Mauro Fillipi und seitdem Ugo Fillipi nach Italien zurückgekehrt war, hatte sie die Führung der amerikanischen Fillipi-Familie übernommen. Sie, Leonida, nicht ihr Mann. Offiziell war sie die Inhaberin der Fast-Food Kette *Lite Line*, der zweitgrößten der Staaten. In Wirklichkeit verwaltete sie die amerikanischen Geschäfte von Ugos internationalem Drogen-Syndikat.

Was Massimo ihr vor 28 Jahren angetan, als er seinem Sohn Angelo verbot, sie zu heiraten, war nicht vergessen. Sie hatte auf den Tag gewartet, an dem Massimo Calese ausgespielt haben würde, und der Tag war gekommen. Sie empfand die Verlobung von Rico Calese mit ihrer Tochter Tiziana als persönlichen Triumph. Alle Ave Maria, die sie gebetet hatte, damals als junges Mädchen mit gebrochenem Herzen, schienen spät, aber auf wunderbare Weise erhört worden zu sein. Rico besaß all die Eigenschaften, die seinem Vater Angelo fehlten, er war ehrgeizig, er war mutig, und er war unbeirrbar in seiner Liebe zu Tiziana. Er hätte eher mit seiner ganzen Familie gebrochen, als Tiziana aufzugeben. In Rico hatte das Schicksal ihr den idealen Schwiegersohn beschert, er würde auch der Geschäftspartner sein, den sie brauchte.

Leonidas zufriedene Miene war echt. Die tiefe Unmutsfalte, die sich hin und wieder zwischen ihren Augenbrauen bildete, galt den kleinen Portionen, die serviert wurden. Was für ein Unfug, diese Nouvelle Cuisine. Sie nahm sich vor, beim Hochzeitsessen ein Wort mitzureden.

Angelos Benehmen gegenüber Leonida war unbefangen. Nach vier geschiedenen Ehen hatte er eine gewisse Übung darin, mit Ex-Frauen umzugehen. Er konnte eine Frau in einer Weise anschauen, daß sie für den Moment alles Negative vergaß, was sie mit ihm erlebt hatte und sich nur diesen samtenen Augen überließ, die mit so wohltuender Zudringlichkeit auf ihr ruhten. Die Frau, die Angelo mitgebracht hatte, eine blasse Römerin mit Eleonora-Duse-Augen, war die Opernsängerin Samantha Dodi. Im Herbst würde sie an der Met ihr Debüt geben, als *Salome*.

Bei dem Stichwort *Salome* wurde Bob Fisher aufmerksam.

»Salome – darf man wissen, mit wem Sie den Schleiertanz einstudieren?«

Samanthas Augen unter den dichten Wimpern suchten Bob Fisher. »Den Tanz beherrschte ich lange bevor ich die Partie singen konnte.« Sie ließ eine kleine Pause eintreten. »Ich glaube, ich wurde nur Sängerin wegen der Salome.« Wieder eine kleine Pause. »Ich war schon mit vierzehn eine Sexomanin.« Bob Fisher lächelte und dachte: Maulhure. Je mehr eine Frau versprach, desto weniger hielt sie. Er zog Frauen vor, die nichts versprachen, Frauen wie Tara. Sie saß ihm gegenüber. Sie ging nicht auf seine Versuche eines Augenflirts ein. In ihren verschatteten Augen war eine göttliche Gleichgültigkeit, die ihn faszinierte. Sein Blick kehrte zurück zu Samantha Dodi. Das hochgeschlossene, mit Perlen bestickte Kleid, das Samantha Dodi trug, ließ keine exakten Schlüsse auf ihre Figur zu – außer daß sie schlank war. Die Idee, die *Salome* im *Heat* zu haben, schien ihm verlockend.

Valerian Rybar interessierte sich für die Kostüme, die Samantha Dodi bei ihrem Debüt als *Salome* an der Met tragen würde.

»Ich bringe meine eigenen Kostüme mit.«

»Selbst entworfen?«

Samantha Dodi hob die Hände, kleine weiße Vögelchen, überreich geschmückt mit Ringen. »Was für eine vulgäre Vorstellung, eine Sängerin, die selbst ihre Kostüme entwirft. Entweder ich bin die Salome oder eine Schneiderin. Nein, nein, nein, die Kostüme hat Jürgen Rose entworfen. Er hat die ganze Ausstattung der Münchener Salome gemacht. Eigentlich müßten Sie seinen Namen kennen. Er ist ein Genie.«

»Jürgen Rose.« Seit Jahren wollte Valerina Rybar nach München, nach Salzburg, nach Wien. Es war eine Schande, er kannte von Europa nur London und Paris.

Mariannina, die auf der anderen Seite von Valerian Rybar saß, mußte endlich ihre Frage nach dem Feuerwerker loswerden. »Stimmt es, daß Sie einen Chinesen damit beauftragt haben. Ich dachte immer, die guten Feuerwerker kommen alle aus Neapel.«

»Die Chinesen sind die Erfinder des Pulvers und der Feuerwerke. Die ersten Feuerwerker in Europa waren chinesische Mönche, die Marco Polo mitbrachte.«

»Ein Feuerwerk mit Figuren?«

»Es soll eine Überraschung werden, ich verrate nichts.«

Mariannina machte das Gesicht eines verwöhnten Kindes, das seinen Willen nicht bekommt. »Hoffentlich keine Drachen. Ich mag Drachen nicht.«

Auf der anderen Seite des Tisches war es Lou Meller, der die Unterhaltung beherrschte. Für das Fest hatte er sich in den hochdekorierten Navy Officer zurückverwandelt, der er früher einmal gewesen war. Auf Tizianas Frage, für welche Heldentaten er die Orden bekommen hatte, begann er in seinen Kriegserinnerungen zu kramen. Nach Anekdoten von angehenden Navy Soldaten, die nicht schwimmen konnten, kamen Storys aus dem Krieg und Storys der Freundschaft. »Die Freundschaft ist das größte unter den Menschen«, schloß Meller. »Ich freue mich, daß ich hier und heute dabei sein darf.«

Massimo hob das Glas: »Auf die Freundschaft!« Sein Blick ging über den Tisch, und er stockte. Alle warteten, daß er fortfahren würde, doch er schien Mühe zu haben, die richtigen Worte zu finden. Bevor die Situation peinlich wurde, sprang Rico ein. Er griff zum Glas: »Auf die Freundschaft zwischen unseren Familien. Angelo und Leonida wollten damit schon vor 28 Jahren beginnen. Den zweiten Anlauf machten Tony und Ugo. Nun, es heißt, aller guten Dinge sind drei. Tiziana und ich, wir glauben daran, daß es diesmal glückt.«

Die Gläser klangen aneinander und gaben einen hellen Klang; man lächelte sich zu, aber die Augen blieben ernst. Schweigen breitete sich aus. Die Fäden der Unterhaltung schienen wie abgeschnitten. Massimo saß mit steinerner Miene da und knüllte die Serviette zusammen. Als Rico den Namen von Ugo aussprach, hier am Tisch, in seiner Gegenwart, war eine Sicherung bei ihm durchgebrannt. Er war nahe daran aufzustehen und das Fest zu verlassen. Was ihn hielt, war nicht die Rücksicht auf die Familie, es war das Versprechen, das er Lou Meller gegeben hatte, das Fest wie ein unbeteiligter Gast hinter sich zu bringen.

Bob Fisher rettete die Situation. Er erzählte einen Astronautenwitz, und die Unterhaltung kam wieder in Schwung. Nur Massimo blieb schweigsam, und alle Versuche ihn einzubeziehen, prallten an ihm ab. Mariannina, die in Hochform war, ließ sich dadurch nicht beeindrucken. Sie verkündete strahlend: »Ich wünsche mir, daß auf die Verlobung bald die Hochzeit folgt. Ich bin eine alte Frau, ich habe nicht mehr viel Zeit, ich möchte es noch erleben bei der Taufe meiner Urenkel dabeizusein.«

Sie machte Vorschläge für die Trauung und das Hochzeitsfest und verstieg sich schließlich zu der Bemerkung: »Wenn ich Tiziana wäre, würde ich mir sagen, man heiratet nur einmal im Leben, ich will in Rom getraut werden, im Petersdom, vom Papst persönlich.«

»Von diesem Polen?« rief Leonida empört.

»Papst ist Papst.« Marianninas Augen funkelten. »Mir gefällt dieser Woytila – und dann – wenn ein Pole Papst werden konnte, denke ich mir, wird auch der Tag kommen, an dem ein Italiener Präsident von Amerika ist.«

Diese Theorie löste teils Heiterkeit, teils ernste Überlegungen aus. Es entwickelte sich eine halb scherzhafte, halb hitzige Debatte, die erst ein Ende fand, als Rico sich erhob und verkündete: »Im Foyer ist das Dessertbuffet aufgebaut.« Er klatschte in die Hände. »Ein Applaus für Patissier Vanini aus Palermo. Er hat für uns eine Supershow gezaubert.«

Applaus rauschte auf, Lachen, eine Welle von Fröhlichkeit ging durch den Saal. Mariannina zwinkerte Tara zu. »Ich möchte mir das Dessertbuffet vor der Verwüstung anschauen. Kommst du mit mir, Tara?« Die beiden eröffneten die Prozession zu dem Altar von Patissier Vanini. Bob Fisher gesellte sich zu ihnen, was Tara sehr gelegen kam. Sie überließ ihm die Großmutter und benützte den allgemeinen Trubel, um das Fest heimlich zu verlassen. Sie hatte mit Norman verabredet, ihn vom Flugplatz in New Port abzuholen. Sie wollte mit Ricos Porsche fahren, aber der war von allen Seiten eingeklemmt. So stieg sie in eine der Limousinen, die bereitstanden und ließ sich zum Flughafen bringen.

Massimo und Lou Meller waren allein am Tisch zurückgeblieben. Massimo winkte einem Ober und fragte ihn, ob er eine Zigarre haben könnte. Er schwankte zwischen einer Churchill und einer Davidoff und entschied sich schließlich für die Churchill. Bedächtig öffnete er die Aluminiumkapsel, befreite die Zigarre aus der Cellophanhülle, drehte sie zwischen den Fingern und beschnupperte sie mit Kennermiene. Dann folgte das Ritual des Anschneidens. Er hoffte, daß die Beschäftigung mit der Zigarre ihn beruhigte. Der Abend hatte ihn aufgewühlt. Die innere Erstarrung, in der er seit Jahren lebte, begann sich zu lösen. War das nicht der Traum, für den er ein Leben lang gearbeitet hatte. Alt zu werden und zuzusehen, wie eine junge Generation nach der anderen sich aufmachte zum großen Flug ins Leben.

Er legte die Hand auf Lou Mellers Arm. »Ich danke dir.«

»Wofür?« fragte Lou Meller abwesend.

»Ohne dich würde ich zu Hause hocken und mich und die ganze Welt hassen.«

Lou Meller nickte stumm, und Massimo fuhr fort, halblaut wie zu sich selbst. »Kein Mensch sucht sich die Verwandten aus, nicht mal die Eltern. Mein Gott, wenn ich zurückdenke, so zwischen zehn und zwölf hätte ich meine Seele dem Teufel verkauft für einen Vater, der einen englischen Namen hat und der richtig Englisch spricht. Ich weiß nicht, ob du das verstehst, du hattest einen amerikanischen Vater, bei dir zu Hause sprachen sie richtiges Englisch – überhaupt, du warst dein Leben lang auf der richtigen Seite. Du wußtest immer ganz genau, was du tust, ist richtig.«

Lou Meller erwiderte nichts. Er hatte die Beine ausgestreckt und blickte an seiner Uniform hinunter. Die polierten Schuhe, die Bügelfalte in der Hose, die glänzenden Knöpfe, die Auszeichnungen auf der Brust. Es war kein Zufall, daß er heute die Uniform angezogen hatte. Sie gab ihm das Gefühl: Ich führe einen Auftrag aus. Ich trage keine Verantwortung. Ich bin nur das Werkzeug.

Lou Meller brauchte diesen äußeren Halt. Deshalb war er Officer geworden; deshalb arbeitete er jetzt für das FBI und für Chris Shannendy. Er war dazu geboren, das zu tun, was ein Vorgesetzter ihm befahl. Chris Shannendy hatte ihm befohlen, die Yacht der Fillipis in dieser Nacht mitsamt der Familie in die Luft zu sprengen. Während des Abendessens hatten die beiden Froschmänner an der *Flamingo*, der Yacht der Fillipis, die Bombe – unter Wasser – montiert und im Maschinenraum die Zeituhr am Motor angeschlossen. Nach Lou Mellers Berechnung mußten sie jetzt mit der Arbeit fertig sein. Es wurde allmählich Zeit, einen kleinen Spaziergang im Hafen zu machen und die beiden auf dem kleinen unauffälligen Boot der Coastguard zu besuchen, – kein gestohlenes Boot, ein ehrliches Coastguard-Boot, so wie die beiden ehrliche Coastguard-Männer waren.

Was hatte Massimo ihm gesagt: ›Du warst dein Leben lang auf der richtigen Seite.‹ Stimmte. Chris Shannendy war zweifellos die richtige Seite. Geld, Macht, Gesetz, das alles war Chris Shannendy. Und eines Tages das Weiße Haus. Lou Meller hatte die richtige Seite gewählt.

Massimo zündete die Zigarre an und machte die ersten Züge. Durch die Rauchschwaden kam seine halblaute Stimme. »Wie geht es eigentlich deiner Frau? Ist sie glücklich als Bäuerin? Also, einmal möchte ich den Hof sehen.«

»Jederzeit.« Es klang nicht enthusiastisch.

Von der Terrasse her kam Tanzmusik herein. Die Gäste kamen mit dem Dessert zurück. Jetzt tauchten Tizianas Schwestern auf. Jede hatte einen vollbeladenen Teller in der Hand; sie gingen nicht an ihren Tisch, sie kamen zu Massimo und Lou Meller und stellten die Teller mit einem einladenden Lächeln vor die Männer hin. Im Weggehen schleckte Rafaela etwas Brombeersauce von den Fingern; Angelica nahm die Schwester mit einer anmutig tänzerischen Geste um die Mitte. Die beiden liefen hinaus, leichtfüßig, beschwingt und die weiten Röcke der weißen Batistkleider bauschten sich.

Lou Meller sah ihnen nach, bis sie verschwanden, aber auch dann blieb das Bild der beiden jungen Mädchen vor seinen Augen wie eingefroren stehen. Diese Stunde gehörte ihnen noch. Diese Stunde und etwas mehr. Tanzen, flirten, und schließlich das Feuerwerk. Nach dem Feuerwerk war das Fest vorbei. Die Fillipis würden sich verabschieden, auf ihre Yacht gehen, die unten im Hafen lag, und nach Hause fahren.

Aber sie würden nicht nach Hause kommen. Sobald der Motor der Yacht lief, würde sich automatisch die Zeituhr der Bombe einschalten. Dann blieben noch fünf Minuten, gerade genug Zeit, daß die *Flamingo* den inneren Hafen verließ, den Molenkopf umfuhr und an der Capitanerie vorbeizog. Sobald die

Flamingo auf der Höhe vom Clubhaus war, mitten im allgemeinen Abschiedswinken, würde es passieren. Carlo Fillipi würde oben auf der Flying Bridge am Steuer stehen, Leonida mit Rafaela und Angelica irgendwo an der Reling, drei weiße Gestalten.

Rafaela und Angelica.

Lou Meller wünschte, er hätte die beiden Mädchen niemals zu Gesicht bekommen. Sie drohten etwas in ihm zu wecken, das nicht aufwachen durfte. Er hätte nicht auf das Fest gehen dürfen, das war der Fehler. Krieg führen ist nur einfach, wenn man dem Gegner nicht ins Gesicht schauen muß. Unsinn, sagte er sich, ich bin auf der richtigen Seite, nur darauf kommt es an. Das Dessert stand verlockend vor ihm: ein Stück Tiramisu, ein halber überbackener Apfel, eine Scheibe karamelisierte Ananas, Schokoladenkuchen, ein Häufchen von der Erdbeer-Charlotte und Brombeeren in Gelee. Die Brombeeren schwammen groß und glänzend in dem tiefroten Gelee. Dort, wo das Gelee sich mit der Maraschinocreme berührt, entstanden Schlieren von der Farbe frischen Blutes. Lou Meller hatte gedankenlos den Löffel genommen, doch jetzt hielt er mitten in der Bewegung inne und legte den Löffel wieder auf den Platz zurück. »Entschuldige«, sagte er zu Massimo, »für mich wird es Zeit zu gehen. Du weißt, ich muß morgen früh nach Boston. Um sieben Uhr geht das Flugzeug, ohne ein paar Stunden Schlaf bin ich eine Krücke.«

»Schon gut«, Massimo drückte Mellers Hand mit Wärme. »Hauptsache, du warst da, ich werde dir das nie vergessen. Du bist ein treuer Freund.«

Während der Speisesaal sich allmählich wieder füllte und die Ober begannen, Mocca, Schnaps und Liköre zu servieren, verließ Lou Meller den Club. Er fühlte sich müde. Er war seiner selbst überdrüssig. Er wünschte, er hätte mit dem Ganzen nichts zu tun. Er konnte sich nicht einreden, daß die Welt besser würde, wenn die Fillipis in die Luft flogen. Dann würde eben eine andere Familie das Drogengeschäft an sich reißen. Er blieb stehen und blickte hinüber zur *Flamingo*. Die Bombe war angebracht, die Zeituhr montiert. Um den Kontakt zwischen Zeituhr und Motor zu lösen, genügte ein Handgriff. Es passierte immer wieder, daß eine Bombe nicht losging. Lou Meller schob den Gedanken von sich. Er würde nicht auf die *Flamingo* gehen und die Zeituhr entfernen. Er brauchte das Geld, das Chris Shannendy ihm für die Aktion bezahlte, und Chris Shannendy zahlte nur, wenn die *Flamingo* in die Luft flog.

Bevor Meller in den Wagen stieg, zog er die Uniformjacke aus und lockerte die Krawatte. Die beleuchtete Uhr im Armaturenbrett zeigte 23.14 Uhr. Er schnallte sich an und schaltete das Radio ein.

Auf dem ersten Sender, den er erwischte, hielt ein Prediger eine Sonntagsansprache. »Alles, was auf Erden geschieht, geschieht nach Gottes Ratschluß.« Meller atmete tief durch und fuhr los.

*

»Eine Polonaise«, rief Tiziana über die Tanzfläche, »jetzt tanzen wir eine Polonaise.«

Die Paare waren noch außer Atem von dem mörderisch schnellen Minutenwalzer, den Solly Smuts eben heruntergejagt hatte. »Eine Polonaise«, stimmten alle fröhlich ein.

Solly Smuts ließ sich nicht lange bitten. Er holte das weiße Perlmutt-Akkordeon unter dem Flügel hervor, hängte es sich über die Schultern und trat in die Mitte der Tanzfläche. Langsam zog er das Akkordeon auseinander und holte aus dem Instrument einen Tusch voll schillernder Dissonanzen, so daß auch die älteren Herrschaften in den Gesellschaftsräumen die Ohren spitzten. Dann, nach einem Moment Stille, intonierte er den *Colonel Booggie March*.

Angeführt von Tiziana und Rico setzte sich die Polonaise in Bewegung. Zuerst bildeten sie eine Schlange auf der Terrasse, dann eine Schneckenform, dann machten sie laut lachend einen Slalom zwischen den Tischen im Speisesaal; schließlich suchten sie die Bar heim, und die ganz Übermütigen balancierten über die Hocker. Da und dort scheuchte Tiziana ein Pärchen auf, das sich in eine schummrige Ecke verzogen hatte. »Alle mitmachen! Los, was ist, kommt mit.« Immer mehr schlossen sich an. Singend und lachend verließen sie das Clubhaus und zogen zum Kai, vorbei an den Schiffen, immer weiter, bis zum Ende der Mole, wo die *Flamingo* lag.

»Wir gehen aufs Schiff«, rief Tiziana Solly Smuts zu, was ein großes Hallo auslöste. Alle drängen sich über die Gangway und verteilten sich auf den Decks. Solly Smuts spielte unermüdlich weiter, und schon fanden sich Paare, die tanzten.

Mike, einer der Navy Officers übernahm das Kommando an Bord der Flamingo. »Gangway einholen und Leinen los!«

»Ay, Ay, Sir«, rief Dennis Lloyd und gab das Kommando weiter. »Gangway einholen und Leinen los.«

Rico stand am Ruder auf der Flying Bridge und startete die Motoren. Die *Flamingo* legte ab und drehte langsam eine Runde im Hafen; dann glitt sie am Hafenfeuer vorbei in den Außenhafen und beschrieb dort einen weiten Kreis.

Tara und Norman standen Arm in Arm auf der inneren Mole. Sie waren in dem Moment zurückgekommen, als die *Flamingo* ablegte, und Tara war im ersten Moment enttäuscht, weil sie nicht mehr mitfahren konnten. Die Decks waren in Licht getaucht, die weißen Kleider der Mädchen schimmerten durch die Nacht, und das Akkordeon spielte ohne Pause. Tara wiegte sich im Takt der Musik, die leise durch die Nacht klang. Sie stieß Norman sanft mit der Schulter an und sagte: »Unglaublich, die Caleses und die Fillipis feiern Verlobung.«

Norman zog sie an sich und bedeckte ihr duftendes Haar mit Küssen. Er hatte einen langen und harten Drehtag im Studio hinter sich. Im Flugzeug war er eingeschlafen. Doch jetzt fühlte er sich wunderbar frisch. Taras Nähe elektrisierte ihn.

Die *Flamingo* fuhr in den schimmernden Spiegel, den der Mond aufs Wasser warf. Auf dem Achterdeck glaubte Tara Tizianas blonde Mähne zu erkennen. Oder war sie das Weiße oben, auf der Flying Bridge?

Es geschah in dem Moment, als die *Flamingo* die Mondspiegelung durchfahren hatte, und es geschah schneller, als die Sinne reagieren konnten. Plötzlich war das Schiff nicht mehr da. Es gab keine *Flamingo* mehr, nur noch weiße blendende Helligkeit, und einen Atemzug später explodierte diese Helligkeit mit einem ohrenbetäubenden Knall in gelbrote Blitze.

Das Schiff wurde zerrissen. Die Decksaufbauten brachen auseinander, Trümmer flogen herum, Menschen wurden durch die Luft geschleudert. Der weiße Taftrock eines Mädchens öffnete sich wie ein Fallschirm, breitete sich auf der dunklen Wasserfläche aus und versank.

Tara umklammerte schutzsuchend Normans Arm. Sie glaubte nicht, was sie sah. Es war ein böser Traum. Es war zu schrecklich, um Realität sein zu können.

Die *Flamingo* begann zu brennen. Die Flammen brachen aus dem aufgerissenen Innern und breiteten sich schnell über das Deck aus. Dann erfolgte die zweite Explosion. Das Heck platzte auf und sackte im aufspritzenden Wasser ab. Der Bug der *Flamingo* stand in die Höhe.

Vom Schiff und aus dem Wasser kamen gellende Schreie und Hilferufe. Am Ufer liefen Menschen zusammen. Männer vom Hafenkommando sprangen in eine kleine Schaluppe, um den Opfern zu helfen. Bootsleute fuhren mit Gummibooten zur Unfallstelle. Ein Suchscheinwerfer huschte über das Hafenbecken. Für Sekunden tauchten Gestalten im Wasser auf und wurden wieder vom Dunkel verschluckt.

Tara erkannte Rico. Er ruderte nur mit einem Arm, im anderen hielt er Tiziana. Sie bewegte sich nicht. Sie war ein schweres

Bündel weißer, wassergetränkter Kleider. Der Kopf hing ins Wasser. »Sie ist tot«, murmelte Tara, »Tiziana ist tot«, und sie hatte das Gefühl, im nächsten Moment geschieht mit mir das gleiche wie mit dem Schiff, etwas in mir wird explodieren und mich zerreißen. Die Zeitbombe der Angst. Seit jenem Abend vor sechs Jahren, als ihr Vater und ihre Mutter vor ihren Augen von Kugeln getroffen zusammenbrachen, tickte in ihr die Zeitbombe der Angst: eines Tages würde wieder so etwas geschehen.

Der Rauch, der von dem brennenden Schiffswrack aufstieg, verdichtete sich zu Qualm und verdunkelte den Mond.

»Komm«,, sagte Norman, »wir müssen helfen.« Sie nickte, aber sie rührte sich nicht von der Stelle. Und dann hörte sie ihren Namen. »Ta-a-a-ra-a-a-«, Pause, und wieder, »Ta-a-a-ra-a-a«. Es war die Stimme ihres Vaters, und diese Stimme löste in ihr etwas aus, das stärker war als alles andere: einen panischen Fluchtinstinkt. Sie drehte sich um und begann zu laufen. Norman folgte ihr, er dachte, sie wollte nach vorne zu den Booten der Hafenwache, und er bewunderte sie. Er kannte keine andere Frau, die so furchtlos und entschlossen reagiert hätte.

Doch sie lief nicht nach vorne zum Hafen, sie wandte sich in Richtung zum Parkplatz. Mit großen Schritten holte Norman sie ein. »Was ist los, wo willst du hin?«

»Weg von hier, nur weg.« Sie wollte weiter, aber Norman trat ihr in den Weg. »Tara, was soll das, du kannst jetzt nicht weg.«

»Ich bleibe nicht hier, ich habe Angst.«

Aus ihrer Stimme klang Hysterie, und Norman dachte, ich habe sie überschätzt. Er legte den Arm um sie. »Komm, ich bringe dich in den Club. Ein Schluck Cognac, und es geht dir wieder besser.«

Taras Körper wurde steif, in ihre Augen kam ein Ausdruck, den er nie zuvor gesehen hatte. »Du verstehst nicht, es ist kein Unfall.« Sie wollte sich losmachen, aber Norman hielt sie fest. »Was hast du gesagt?«

»Es ist kein Unfall«, stieß sie hervor. »Du weißt nicht, wie meine Mutter ums Leben gekommen ist. Auch das war kein Unfall.« Ihre Stimme klang rauh, die Worte kamen abgerissen. »Vater hat mir versprochen, daß ein Ende ist mit dem Töten, aber es wird immer weitergehen.« Sie riß sich los und rannte zum Parkplatz.

Außerhalb der Einfahrt standen die dreißig großen Limousinen bereit, die Rico für das Fest gemietet hatte. Es waren Wagen mit sechs Plätzen im Fond, luxuriös ausgestattet mit Minibar und Television. Tara lief zu der Limousine, die an der Spitze der Kolonne stand. Der Chauffeur saß im Schein der Leselampe hinterm Steuer; er hatte ein Schreibbrett auf den Knien und löste Kreuzworträtsel. Von der Explosion hatte er nichts gehört. Das Clubhaus und die ausgedehnten Anlagen, die dazugehörten, schirmten den Hafen vollkommen ab. Versunken in sein Kreuzworträtsel sah er nicht einmal Tara kommen. Er reagierte erst, als sie den hinteren Schlag öffnete und ins Auto stieg. Bevor der Chauffeuer sich um seinen Fahrgast kümmern konnte, stand Norman da. Erstaunt fragte der Chauffeur: »Ist das Fest schon aus? Ich dachte, um zwölf gibt es ein Feuerwerk?«

»Der Dame ist nicht gut«, antwortete Norman. »Bringen Sie uns nach New York.« Er nannte seine Adresse und stieg zu Tara in den Fond. Es ging ihm gegen die Natur, was er da tat: weglaufen, wenn andere Hilfe brauchten.

Tara hatte sich gegen die Fahrtrichtung gesetzt, auf den Platz mit dem Rücken zum Chauffeur. Das Haar fiel ihr ins Gesicht. Sie war bleich, die Augen glänzten fiebrig. Als das Auto anfuhr, rutschte sie kraftlos vom Sitz und sank nach vorne. Norman fing sie auf. Sie zitterte am ganzen Körper und begann zu weinen.

*

Zwei Stunden nach der Katastrophe hing immer noch Qualm und Brandgeruch in der Luft. Der Hafen des Yankee Yacht Clubs glich einem Militärcamp. Die Explosion der *Flamingo* hatte einen Großalarm ausgelöst. Zuerst war die Bereitschaftspolizei von New Port eingetroffen, ihr folgten die Ambulanzwagen. Eine knappe Stunde später war auch die Kriminalpolizei zur Stelle.

Der Platz zwischen dem Clubhaus und dem Hafen stand voller Autos; die Abblendlichter schufen ein gespenstisches Halbdunkel. Aus den Autos tönten die Sprechfunkdurchsagen der Zentrale. Die Verletzten hatte man sofort ins Hospital von New Port gebracht. Die Toten lagen zugedeckt auf der Erde.

Kommissar Shefford hatte das gesamte Areal abgesperrt. Niemand durfte den Club verlassen. Im Eingang vom Clubhaus saßen zwei Beamte und nahmen die Personalien aller Anwesenden auf. Eine mühsame Arbeit, die aller Wahrscheinlichkeit nach nichts einbrachte.

Kommissar Shefford und Hafenkommandant Rector hatten sich auf die Terrasse zurückgezogen, um einen Moment ungestört zu sein.

»Ein Familienfest mit tragischem Ausgang.« Hafenkommandant Rector hatte eine tiefe Stimme und eine mundfaule Art zu sprechen.

Kommissar Shefford riß eine Blüte von einem der Kirschbäumchen und stellte überrascht fest, daß sie nicht aus Plastik war.

»Und wenn es ein Verbrechen ist?« fragte er. Rector atmete hörbar ein. »Ich habe in meinem Leben schon ein paar Schiffe explodieren sehen, und es war kein Verbrechen. Kurzschluß oder eine Gasexplosion ...«

»Oder eine Bombe.«

»Das glaube ich nicht.«

»Es ist mein Beruf, das Schlimmste anzunehmen.«

Rector schüttelte den Kopf. »Es waren nur junge Leute auf der *Flamingo*. Wo ist da der Sinn?«

»Vielleicht ging die Bombe zu früh los.« Shefford ließ die Kirschblüte fallen und sah Rector direkt an. »Haben Sie die Coastguard gerufen, oder kam sie von allein?«

»Das brennende Wrack trieb auf die Boote zu. Wenn die Coastguard das Wrack nicht hinausgeschleppt hätte, wären womöglich Yachten beschädigt worden.«

»Das heißt, Sie haben die Coastguard gerufen.«

»Ja, ich war froh, daß die in der Nähe waren.«

»Ich möchte mit den Männern reden. Sorgen Sie dafür, daß sie dableiben.«

Rector ging zurück in sein Hafenbüro, Kommissar Shefford machte einen Rundgang durch den Club. Überall bot sich ihm ein ähnliches Bild wie auf der Terrasse, wo die Instrumente und die Noten der Musiker herumlagen. Auf den runden Tischen im Speisesaal standen die blaugoldenen Mocca-Tassen herum, Schalen mit Konfekt, halbgeleerte Likörgläser, Aschenbecher. Da und dort, über eine Stuhllehne, hing eine Stola oder eine Abendtasche. Der Nachtwind, der von der Terrasse her durch die Räume strich, ließ die Seidenbänder der Wanddekoration auffliegen und brachte die Schmetterlinge in Bewegung.

So war das immer in seinem Beruf, wo er hinkam, hatte eine unsichtbare Hand das Leben angehalten. Musik und Lachen waren verstummt, er fand nur die stummen Gegenstände vor, die ihm keine Antwort gaben.

Im Foyer entdeckte Kommissar Shefford das Pult mit dem Gästebuch. Während er zurückblätterte, überflog er die Namen. Auf der ersten Seite war die Einladung eingeklebt. Tiziana Fillipi und Rico Calese. Ein Familienfest mit tragischem Ausgang? Wenn die zwei Familien nicht Calese und Fillipi geheißen hätten, wäre auch Shefford zu dieser Annahme geneigt gewesen.

Die Verbindung der beiden Familien bedeutete eine Machtkonzentration von gigantischen Dimensionen. Ohne Zweifel gab es Leute, denen das nicht paßte und die das zu verhindern suchten. Das wäre ein Grund für ein Verbrechen. Die Gedankenkette schien logisch. Die Ausführung des Anschlags entsprach nicht den Traditionen der Mafia, das sah mehr nach einem Terrorakt aus. Aber vielleicht ging die junge Generation der Mafia bei den Terroristen in die Schule. Möglich war alles. Shefford warf einen letzten Blick auf die Einladungskarte. Tiziana, die schöne Tiziana, mit deren Bildern seiner Tochter ihr Zimmer vollgepflastert hatte. Tiziana war lebensgefährlich verletzt, so hatte man ihm gesagt. Als er kam, war sie bereits in der Ambulanz unterwegs zum Hospital. Rico hatte sie begleitet. Ihre jüngste Schwester Angelica war tot. Die anderen Opfer waren Dennis Lloyd, drei junge Navy Officer und zwei Kadetten.

Kommissar Shefford schloß das Gästebuch und nahm es an sich. Das gehörte zu den Akten.

Gegen zwei Uhr nachts hatte man die Personalien von allen Gästen aufgenommen und erlaubt, daß sie nach Hause fuhren. Der Parkplatz leerte sich. Zurück blieben nur die Reste der Familien Calese und Fillipi und ein paar nahe Freunde.

Die Anzüge der Männer, die bei der Rettung geholfen hatten, waren naß und verschmutzt. Die Frauen begannen zu frösteln. Es wurde halblaut geredet. Mariannina und Leonida standen beieinander. Mariannina hatte eine Hermelinstola um die Schultern, Leonida das weiße Dinnerjacket ihres Mannes. Beide hatten verweinte Gesichter. Carlo ging schweigsam auf und ab.

Massimo hatte die Suche nach Tara immer noch nicht aufgegeben und fuhr mit der Coastguard nochmals den Hafen ab. Das Boot zog langsame Kreise, und Massimo, der am Bug stand, leuchtete mit einem Scheinwerfer das Wasser ab. Als er jetzt von Bord ging, erwartete ihn am Kai Kommissar Shefford. »Ich habe eine Frage an Sie«, begann er ohne Einleitung.

»Bitte.«

Die beiden Männer hatten schon vorher kurz miteinander gesprochen. »Wie kam es eigentlich zu der Fahrt der jungen Leute?« fragte Shefford. »Ich meine, warum gingen sie an Bord der *Flamingo*, gab es dafür einen bestimmten Grund, war das ein Programmpunkt?«

Massimo hatte ein Taschentuch herausgezogen und versuchte, sich die Hände zu reinigen. Er hob die Schultern. »Wie junge Leute sind, es war eine spontane Idee. Begonnen hat es mit einer Polonaise ...«

Shefford unterbrach Massimo. »Eine Polonaise, wie romantisch.« Er wurde sich des Zynismus nicht bewußt, den seine Bemerkung enthielt, und fuhr fort: »Wer hatte die Idee zu einer Polonaise?«

Massimo stand mit gesenktem Kopf da. »Ich weiß nicht. Ich habe mich auch gewundert. Ich wußte nicht, daß die jungen Leute das überhaupt noch kennen. Ich saß mit meiner Mutter im Speisesaal, und wir haben über die alte schöne Sitte der Polonaisen geredet. Meine Mutter hätte am liebsten mitgemacht …« Er hob den Blick und sah Shefford an. »Sie haben gefragt, ob es ein Programmpunkt war – nein, das war es sicher nicht. Vielleicht hatte ein Musiker die Idee …«

Kommissar Shefford musterte Massimo Calese. Ein imponierender Mann. Ein Mann, der Wärme ausstrahlte, und noch etwas: absolute Ehrlichkeit. »Danke«, sagte Shefford. Massimo knüllte das schmutzige Taschentuch zusammen. »Wenn Sie noch Fragen haben, ich bin hier. Ich bleibe, bis ich meine Tochter Tara gefunden habe. Ich muß sie finden.«

»Mit den Bergungsarbeiten wird erst am Morgen begonnen.«

Massimo starrte hinaus in die Nacht. »Ich bleibe.«

New York

Freitag, 5. September, bis Dienstag, 9. September 1986

Lou Meller war auf halbem Weg nach New York, als über Polizeifunk die Meldung kam: ein Notruf des Hafenkommandanten vom Yankee Yacht Club. Der Hafenkommandant forderte die Bereitschaftspolizei von New Port an; er forderte Krankenwagen an, er nahm mit der Coastguard Kontakt auf.

Lou Meller schaute auf die Uhr. 23.51.

Es konnte nicht sein. Es war unmöglich, daß die Fillipis vor Mitternacht das Fest verlassen hatten – vor dem Feuerwerk – und auf die *Flamingo* gegangen waren, um nach Hause zu fahren. Da mußte etwas schiefgegangen sein. Aber was?

Er fuhr rechts heraus und stellte sich auf den Pannenstreifen. Er hatte eine Sprechfunkanlage im Auto, aber er durfte jetzt nichts unternehmen. Jede Einmischung konnte ihn verdächtig machen; er mußte sich vorläufig still verhalten.

Bruchstückweise kamen die Informationen. Die Zahl der Verletzten wuchs von acht auf sechzehn, die Zahl der Toten war noch offen. Die Männer vom Hafenkommando hatten bisher vier geborgen.

Das Patrouillenboot der Coastguard war eingetroffen, aber es beteiligte sich nicht an der Bergung der Opfer. Auf die dringende Bitte des Hafenkommandanten, der befürchtete, das brennende Wrack könnte die ankernden Boote gefährden, unternahmen sie ein riskantes Manöver und schleppten das brennende Wrack ein Stück weit ins offene Meer, wo es dann versank. Über Funk hörte Meller die Stimme des Hafenkommandanten, der den zwei Männern der Coastguard seinen Dank aussprach. Lou Meller startete den Motor und fuhr ins Büro. Sein Mitarbeiter hatte mal wieder vergessen, das Funkgerät auszuschalten. Als er die Tür aufschloß, wurden gerade die Namen der Verletzten durchgegeben, die man ins Bezirksspital in New Port eingeliefert hatte: Ron Brewster, Rico Calese, Terrence Earnshaw, Tiziana Fillipi, Mike Hanson, Jeremy Howatch, Solly Smuts. Bei dem Namen Solly Smuts begann Lou Meller zu begreifen. Das Brautpaar war mit Freunden aufs Schiff gegangen. Eine spontane Laune. Sie hatten Solly Smuts mitgenommen, damit er ihnen mit dem Akkordeon zum Tanz aufspielte. Und dann hatten sie die Idee, eine Runde mit dem Schiff zu drehen …

Lou Meller schenkte sich einen Whiskey ein und holte die Dossiers der Caleses und der Fillipis aus dem Panzerschrank. Zuoberst lagen die Haft- und Hausdurchsuchungsbefehle gegen die Caleses und Fillipis, die Chris Shannendy in seiner Eigenschaft als General Attorney des State Department zur Verfolgung des Organisierten Verbrechens im voraus unterzeichnet hatte, damit Lou Meller im Ernstfall sofort handeln konnte.

Sie waren voreilig gewesen. So wie der Fall jetzt lag, konnte das Unglück nicht als Anschlag von Massimo Calese gegen die Fillipis ausgelegt werden. Der Krieg zwischen den beiden Familien, den sie hatten auslösen wollen, würde nicht stattfinden.

Lou Meller schlief nicht in dieser Nacht. Gegen Morgen ging er nach Hause, nahm ein Bad, rasierte sich und machte sich starken Kaffee.

Es war vereinbart, daß er um acht Uhr in der Anwaltskanzlei von Chris Shannendy sein sollte. Auf dem Weg dorthin fielen ihm die Worte von Chris Shannendy ein: »Wenn etwas schiefgeht, opfere ich Sie.« Chris Shannendy mochte Versager nicht. Er haßte Fehlschläge. Wenn ein Mitarbeiter ihn enttäuschte, zögerte er nie, ihn zu feuern.

Lou Meller war zu früh in der Park Avenue, und die Kanzlei war noch geschlossen. Die Sekretärinnen kamen erst um neun Uhr. Lou Meller wartete auf dem Gang beim Lift. Er konnte nur hoffen, daß Chris Shannendy noch keine Nachrichten gehört hatte. Es wäre von Vorteil, wenn er die schlechte Nachricht von ihm erhielte. Vor einem Wutausbruch war Meller nicht bange, solange er die Möglichkeit hatte, sich zu verteidigen.

Punkt acht Uhr öffnete sich der Lift, und Chris Shannendy trat heraus. Mit einem Lächeln begrüßte er Meller. »Sie sehen grau aus, mein Lieber. Was ist los? Schlecht geschlafen? Sie sollten mehr Sport treiben oder etwas unsolider leben. Unsolides Leben fördert den Schlaf und die Gesundheit.«

»Ich werd's mir merken.« Auch Meller lächelte. Chris Shannendy wußte noch nichts, gut so.

Sobald sie im Büro waren, kam Chris Shannendy zur Sache. »Schießen Sie los, Meller, sind die Fillipis gut nach Hause gekommen?«

Beide Männer standen noch. Chris Shannendy forderte Meller mit einer Geste auf, sich zu setzen und nahm dann hinter dem großen Schreibtisch Platz.

Meller fehlte plötzlich der Mut. Er wußte nicht, wie er beginnen sollte.

»Los, reden Sie schon«, drängte Chris Shannendy.

Meller starrte auf das monströse Schreibzeug aus Bronze und Lapislazuli auf dem Schreibtisch. »Es ist schiefgegangen.«

»Es ist schiefgegangen.« Die Stimme von Chris Shannendy klang verändert. »Wollen Sie damit sagen, die Flamingo ist nicht explodiert? Und die Fillipis sind in aller Ruhe nach Hause gegondelt?«

»Die Flamingo ist explodiert.«

»Sie reden in Rätseln.«

»Die Bombe ging früher als geplant los.«

»Heißt das, ein technischer Fehler war schuld, oder hat Ihr Experte versagt?«

»Weder noch ...« Stockend begann Lou Meller zu berichten. Chris Shannendy unterbrach ihn nicht. Als Meller zu Ende war, trat Stille ein. Chris Shannendy erhob sich und machte ein paar Schritte.

»Wieviel Opfer?«

»Bisher hat man sechzehn Tote geborgen. Vier der Verletzten schweben noch in Lebensgefahr.«

Chris Shannendy blieb vor Lou Meller stehen. »Sie allein trifft die Schuld, ist Ihnen das klar? Mit einer Fernzündung hätte das nicht passieren können. Aber da wäre es Ihre Aufgabe gewesen, auf den Knopf zu drücken – und dazu waren Sie nicht bereit. Ihr Gewissen, nicht wahr – zum Teufel mit Ihrem Gewissen.«

»Auch bei Fernzündungen gibt es eine Fehlerquote.«

»Ich bezahle Sie, damit Sie die Fehlerquote einkalkulieren und eliminieren.«

Chris Shannendy kehrte an den Schreibtisch zurück, Lou Meller ließ ihn nicht aus den Augen. Ein Mann, der aussah wie Chris Shannendy, war immer im Vorteil. Seine Größe, die sportliche Figur, der wohlgeformte Kopf mit dem blonden Haar, und dann die Augen, die so offen waren, so furchtlos, und von so klarem tiefem Blau wie die Wahrheit – all das machte ihn zu einem Mann, der irgendwie immer im Recht war. Was er auch machte, er war im Recht.

Lou Meller senkte den Blick und starrte auf seine Hände. Ihm war zumute wie einem Angeklagten, der auf das Urteil wartet.

»Diese Sache muß uns eine Lehre sein«, hörte er die Stimme von Chris Shannendy. Und dann: »Sie haben mich gewarnt. Ich habe das nicht vergessen. Ich wünschte, ich hätte auf Sie gehört.«

Meller lauschte mehr auf die Stimme als auf die Worte. Er ließ sich nicht täuschen. Während Chris Shannendy diese verbindlichen, fast pastoralen Worte sprach, formte sich in seinem Kopf ein neuer Plan.

Lou Meller holte das alte Zigarettenetui heraus. Fast hätte er es vergessen.

Chris Shannendy winkte mit dem Zeigefinger ab. »Das ist ein Nichtraucher-Büro.«

»O. k.« Lou Meller legte das Etui ungeöffnet vor sich auf den Tisch.

Chris Shannendys Augen gingen an Lou Meller vorbei auf ein Ziel in weiter Ferne. »Nehmen wir an, Massimo Calese wird irgendwann in der nächsten Woche auf dem Weg ins Büro niedergeschossen. Nehmen wir weiter an, unmittelbar darauf erfolgt die Verhaftung von Carlo und Ugo Fillipi. Dann wird die gesamte Presse die drei Ereignisse, Flamingo, Massimos Ermordung und die Verhaftung der Fillipis, logisch kombinieren: Hier ist ein Familienkrieg zwischen den Caleses und den Fillipis im Gange.«

Lou Meller blieb stumm und wartete ab.

»Wenn nichts dergleichen geschieht«, fuhr Chris Shannendy fort, »war die Katastrophe sinnlos.« Sein Blick hielt Lou Meller fest. »Sie haben sicher auch schon Überlegungen in dieser Richtung angestellt.«

Lou Meller wußte genau, worauf Chris Shannendy hinauswollte. Er wird mir befehlen, daß ich Massimo erschieße.

»Ja«, begann er zögernd, »auch ich habe ähnliche Überlegungen angestellt.«

»Und?«

»Der Mann, der Massimo Calese erschießt, könnte nur ich sein – und ich werde es nicht tun.«

»Sie weigern sich?«

»Ja.«

»Das können Sie nicht. Sie können nicht aussteigen. Dazu ist es zu spät.«

»Wenn Massimo fällt, garantiere ich nicht mehr für Ihr Leben. Dann enden Sie wie die Kennedys.«

Chris Shannendy lachte, gelöst, jungenhaft. »Machen Sie sich keine Sorgen um mich, auch wenn die Namen sich ähneln – mein Schicksal wird nicht das der Kennedys sein.« Dann, ohne Übergang, entließ er Lou Meller. »Am Dienstag möchte ich Sie um die gleiche Zeit wieder hier sehen.«

Meller steckte das Zigarettenetui ein, und Chris Shannendy brachte ihn zur Tür. Bevor er ihn entließ, legte er ihm die Hand auf die Schulter und kehrte zu dem freundschaftlichen Ton zurück, mit dem er dieses Treffen eröffnet hatte. »Fahren Sie übers Wochenende auf Ihre Farm, die Landluft wird Ihnen guttun. Und was Ihr Gewissen betrifft – ich verlange nicht, daß Sie sich darüber hinwegsetzen. Im Gegenteil, ich baue auf Ihr Gewissen. Wenn wir jetzt aufgeben, wären diese jungen Leute umsonst gestorben – und das wäre grauenhaft.«

Lou Meller befolgte den Rat von Chris Shannendy und fuhr übers Wochenende aufs Land, auf die Farm, die er nur hatte kaufen können, weil Massimo Calese ihm einen so günstigen Preis gemacht hatte.

Am Montag war er wieder zurück in New York. Als er abends den Fernseher einschaltete, um die Nachrichten zu hören, sah er einen Ausschnitt aus der Pressekonferenz, die Chris Shannendy am Morgen im Justice Department gegeben hatte.

Chris Shannendy vertrat den Standpunkt, daß die Katastrophe vom Yankee Yacht Club kein Unglücksfall war, sondern eine geplante Aktion im Rahmen eines Kriegs zwischen zwei Mafia-Familien. Wörtlich sagte er: »Die Katastrophe zeigt, daß die Familienfehden der Mafia Dimensionen annehmen können, in denen sie für uns alle eine akute Gefahr darstellen. Zwanzig junge blühende Menschen mußten sterben, darunter vier Officer und drei Kadetten der Navy.«

Die Kamera brachte Chris Shannendy in Nahaufnahme. Das dichte blonde Haar fiel ihm in die Stirn, die blauen Augen hatten eine zwingende Überzeugungskraft. »Das amerikanische Volk braucht Schutz. Ich werde meine ganze Kraft einsetzen, um dem Organisierten Verbrechen ein Ende zu machen. Die Katastrophe hat mich mehr erschüttert, als ich sagen kann ...«

Meller spürte seine Galle hochkommen. Zwanzig junge Leute waren getötet worden, und Chris Shannendy hielt eine Wahlrede. Was war dieser Chris bloß für ein Mensch. Was machte seine Wirkung aus? Waren es die Augen? War es die Stimme, diese goldene Stimme, die aus einer Lüge Gottes Worte werden lassen konnte?

Es gab nicht einen einzigen Moment, in dem die Kamera diesen Mann entlarvte und sein wahres Gesicht zeigte. Das Charisma von Chris Shannendy war stärker. Mit dem Feuer eines Messias sprach er weiter: »Ich verspreche dem amerikanischen Volk hier und heute, ich werde alles tun, um die Täter zu finden und zur Rechenschaft zu ziehen. Ich weiß, ich setze damit mein eigenes Leben aufs Spiel. Aber ich bin ohne Furcht. Ich bin es Amerika schuldig – und diesen jungen Leuten. Sie dürfen nicht umsonst gestorben sein. Ich werde sie rächen ... So wahr mir Gott helfe.«

Lou Meller schaltete den Fernseher ab und dachte, er ist ein Krimineller. Er ist der schlimmste Kriminelle, der mir je begegnet ist. Und er ist mein Boß.

*

An den Zeitungskiosken hingen die Plakate der *New York Times*, und von diesen Plakaten lächelten zwei schöne Mädchen. *Victims of Fate* stand in großen Lettern über dem Bild.

Die beiden Mädchen waren Tiziana Fillipi und Tara Calese. Das Foto stammte vom Fest im Yankee Yacht Club. Tiziana und Tara standen Arm in Arm, beide in Weiß. Die blühenden Kirschbäume im Hintergrund gaben dem Bild eine exotische Poesie.

Tara fühlte jedesmal einen Stich, wenn sie das Plakat sah. Wie leicht hätte sie tatsächlich tot sein können. Den Zeitungsberichten zufolge hatte sie sich zur Zeit der Explosion im Innern der Yacht aufgehalten; ihr Köper war zerrissen worden und was von ihr übrig war, war vom Feuer vernichtet worden. So erklärte man, daß von Tara Calese jede Spur fehlte.

Sie saß neben Norman Reed in dem Mercedes der Filmgesellschaft, der ihn zum Heliport im World Trade Center brachte. Am nächsten Tag sollten die Dreharbeiten am Amazonas beginnen. Sie würden drei Wochen dauern, wenn alles wie geplant klappte, sonst länger.

Tara hatte ihn bestürmt, sie mitzunehmen; immer wieder hatte sie davon gesprochen, unbeeindruckt von seinen Argumenten, mit denen er ihr erklärte, daß es unmöglich war; daß ihr die Schutzimpfungen fehlten und das Visum. Tara war der Meinung, wenn er nur wollte, könnte er all diese Hindernisse beseitigen. Er war ein Star, er konnte auf die Filmgesellschaft Druck ausüben.

Norman hatte sich ihren Wünschen nicht gefügt. Er war seinem Prinzip treu geblieben, Arbeit und Privatleben nicht zu mixen. Es reichte schon, daß er das andere Grundprinzip über den Haufen geworfen hatte, nämlich eine Frau nie länger als eine Nacht bei sich einzulogieren.

Auch er sah die Plakate der *New York Times*. Auch er hatte die Zeitungen gelesen und die Story, wie Tara Calese ums Leben gekommen sein mußte. Dabei lag sie in seinem Bett, dabei hatte Bob Fisher, den er ins Vertrauen gezogen hatte, bereits einen neuen Paß für sie in Auftrag gegeben. In Zukunft würde sie Tara Fisher heißen und eine entfernte Verwandte von Bob Fisher sein. Norman war es nicht wohl bei der Sache. Er verstand Tara nicht. Er hätte so etwas nicht gekonnt; einfach wegrennen und alles aufgeben, den eigenen Namen, die Familie, das Zuhause. Zu wissen, mein Vater, meine Verwandten, alle halten mich für tot, und ich lebe.

Er beobachtete Tara von der Seite. Sie hatte nicht die geringste Ähnlichkeit mit der Tara Calese auf dem Plakat. Sie trug einen alten Trenchcoat von ihm, einen alten Herrenhut, Stil Humphrey Bogart, unter dem das Haar versteckt war, und eine große Sonnenbrille. Sie wirkte älter, zugleich aber auch schutzbedürftiger, verletzlicher.

In den zwei Tagen, die sie bei ihm war, hatte es Momente von einer Intensität und Nähe gegeben, wie er sie nie zuvor erlebt hatte. Begonnen hatte es in jenen Stunden zwischen Nacht und Morgengrauen nach der Katastrophe. Mit leiser Stimme, die immer wieder zum Murmeln wurde, hatte Tara ihm die Geschichte ihrer Ängste erzählt. Irgendwann, aus einer trostsuchenden Bewegung, mit der sie den Kopf auf seine Schulter legte, war eine Umarmung geworden, und aus der Umarmung ein langsames Verschmelzen, bis sie eins waren, ein Puls, ein Atem, ein Körper, schwer von Glück und Frieden.

Es fiel ihm nicht leicht, sie zurückzulassen. Er würde sie vermissen. Er suchte ihre Hand und umschloß sie zärtlich. »Was wirst du machen, so allein in New York?«

Der Blick, mit dem sie ihn ansah, verriet, daß sie mit ihren Gedanken weit weg war. »Ich habe Fire«, kam ihre Stimme, »und ich habe deine Bibliothek. Wenn du zurückkommst, bin ich ein paar Dutzend Bücher gescheiter.«

»Vergiß nicht ganz das Essen. Ein Wort, und die Hausmeisterin füllt dir den Eisschrank. Das macht sie auch für mich. Die Olson ist eine nette Frau.«

»Ich kann mir nachts in einem Supermarkt was holen.«

»Wieso nachts? Da sind nur miese Läden offen.«

»Das ist mir egal. Am Tag hätte ich Angst, daß ich jemandem von der Familie begegne.«

»Unsinn. Mit dem Hut und der Sonnenbrille erkennt dich niemand. Wenn du wirklich selber einkaufen möchtest, mach das am Tag und in guten Geschäften.«

Sie schüttelte energisch den Kopf. »Am Tag geh' ich sicher nicht aus dem Haus.«

Ihre Idee, sich in New York zu verstecken, war absurd, aber es war ihm nicht gelungen, ihr das auszureden. Sie stand immer noch unter Schock. Sobald er von ihrem Vater sprach oder von Sunset Hill, stieß er an eine Mauer irrationaler Angst. Er versuchte es noch einmal. »Du kannst dich nicht wochenlang einsperren. Schon wegen Fire nicht, er braucht Auslauf.«

»Mit Fire geh ich nachts in den Central Park.«

»Tara, du bist in New York, nicht zu Hause in Sunset Hill. Du kannst nicht nachts allein im Central Park herumlaufen, das ist gefährlich.«

»Wenn ich Fire bei mir habe, tut mir keiner was. Fire ist der beste Bodyguard.«

Erst jetzt, auf dem Weg zum Heliport, wurde ihm bewußt, daß New York eine neue, fremde Welt für Tara war. Die Vorstellung, wie sie spät nachts allein mit Fire im Central Park spazierenging, zerriß ihm das Herz. Und was Fire betraf, der Hund war kein absoluter Schutz, wie sie glaubte. Frauen zu vergewaltigen war ein neuer Sport unter den New Yorker Gammlern. Sie machten es in Gruppen von drei, vier Männern. Sie kundschafteten in aller Ruhe Frauen und Mädchen aus, die allein wohnten, und wenn sie dann vor der Tür standen, waren sie bewaffnet.

Aber was nützte es, Tara Angst zu machen. »Du weißt, bei Bob Fisher steht ein Gästezimmer für dich bereit. Du bist jederzeit willkommen. Bei Bob Fisher ist immer was los, da langweilst du dich nicht.«

»Ich bin lieber allein«, sagte sie.

»Drei Wochen sind eine lange Zeit, du wirst die Wände hochgehen. Du weißt nicht, wie das ist, du hattest immer eine Familie um dich.« Er verstummte. Es war sinnlos, auf sie einzureden. Sie würde nicht auf ihn hören. Sie wußte nicht, was New York für eine Stadt war. Der Gedanke, daß ihr etwas zustoßen könnte in der Zeit seiner Abwesenheit, war ihm unerträglich. Es gab nur einen Weg, sie zu schützen, er mußte ihren Vater anrufen. Massimo Calese mußte wissen, daß Tara lebte und wo er sie finden konnte. Sobald er am Flughafen war, würde er mit Massimo telefonieren.

Er schaute auf die Uhr und sah, daß die Zeit noch für einen kleinen Umweg reichte. Er tippte dem Fahrer auf die Schulter. »Zum Russian Tearoom.«

»Willst du mich dort absetzen?« fragte Tara hellhörig.

»Nein. Ich hole nur ein paar Vorräte für den Eisschrank.«

Als er aus dem *Russian Tearoom* zurückkam, hatte er eine Tragtasche aus braunem Papier bei sich und stellte sie neben Tara. Obendrauf lag ein Strauß Rosen. »Vom Chef des Hauses mit einem Handkuß für die schöne Unbekannte«, kommentierte Norman. Unter den Rosen waren sechs Dosen Kaviar, Toastbrot, Butter und ein paar Piccolo-Flaschen Champagner.

Mit der Bewegung eines Zauberkünstlers holte Norman ein Glas und eine Flasche aus der Jacke. »Zeit für Champagnerfrühstück.« Er öffnete die Flasche und füllte das Glas. »Nimm die

Brille ab«, sagte er, bevor er ihr das Glas gab. Sie lächelte ihn an. »Nur, wenn ich im nächsten Film eine Rolle bekomme.«

»Versprochen – und jetzt nimm die Brille ab. Ich will deine Augen sehen, wenn ich dich küsse.«

Als der Wagen vor dem World Trade Center hielt, nahmen sie Abschied. Tara wäre gerne mit auf den Tower gefahren, aber Norman hatte ihr gesagt, daß Presse und Fernsehen da sein würden, und so blieb sie im Wagen.

Vor dem Eingang des World Trade Center stand der Kombiwagen von ABC Television. Daneben, in einem verbeulten hellblauen Dodge, saß Ben Lansky. Er war ein Fotograf, der die Yellow Press mit Bildern und Klatschgeschichten belieferte. Norman Reed war eines seiner bevorzugten Opfer. Da gab es dauernd Romanzen. Auch jetzt munkelte man von einer neuen Liebe. Zu Gesicht bekommen hatte sie allerdings noch keiner.

Lanskys Streifzüge durch die Lokale, die Norman Reed bevorzugte, waren vergeblich gewesen. Immerhin hatte er herausgefunden, daß Norman Reed sich vom *Le Cirque* am Freitag und Samstag ein Abendessen für zwei Personen hatte liefern lassen.

Wer war die Frau, die Norman Reed so sorgfältig vor der Öffentlichkeit versteckte?

Die Kamera lag schußbereit auf Lanskys Schoß. Der Mercedes hatte dunkle Scheiben, so daß Lansky nicht erkennen konnte, ob Norman allein im Fond saß oder in Begleitung war. Der Chauffeur öffnete den Schlag, Norman Reed stieg aus. Allein. »Scheiße«, murmelte Ben Lansky und hob lustlos die Kamera, um wenigstens von Norman Reed ein Bild zu machen. Da öffnete sich das Fenster des Mercedes, und der Kopf einer Frau wurde sichtbar. Sie trug einen Herrenhut. Sie war jung, sehr jung, und sie war bildschön. Jetzt tauchte ihre rechte Hand auf. Sie hatte ein Glas in der Hand. Und mit dem Glas winkte sie Norman nach.

Lansky stellte die Schärfe ein und kontrollierte die Belichtung. Diese Bilder mußten gut werden. Sie waren Gold wert. Champagnerfrühstück im Auto. Das ließ sich verkaufen. Und dazu das Mädchen. Endlich mal ein neues Gesicht unter den Yellow Birds, die durch die Yellow Press flatterten. Diese da war Sonderklasse. Hoffentlich warf der Hut nicht zuviel Schatten ins Gesicht. Ah, jetzt hob sie den Kopf etwas. »Du bist Klasse«, murmelte Lansky, »und jetzt noch ein Lächeln, komm schon.« Und da lächelte sie wirklich.

Ben Lansky verschoß einen ganzen Film. Er hatte die bessere Nase gehabt als die anderen Reporter, die oben am Tower auf Reed warteten. Die Story war ein Knüller – und er hatte sie exklusiv. Nur eines fehlte noch: der Name des Mädchens. Ohne den Namen war die Story nur halb soviel wert. Ben Lansky überlegte blitzschnell. Von Norman Reed würde er den Namen nicht bekommen. Wenn er nicht mal mit ihr ausging, bedeutete das, sie war ein Top Secret. Auch die Filmgesellschaft und Normans Agent würden dicht halten. Nun, es gab noch andere Wege; zum Beispiel Frau Olson, die Hausmeisterin, die sich um Normans Apartment kümmerte. Lansky stand auf gutem Fuß mit ihr.

Der Kopf des Mädchens verschwand wieder im Auto, das Fenster schloß sich, und der Wagen fuhr an. Ben Lansky zögerte keinen Moment. Er legte die Kamera auf den Beifahrersitz und startete den Motor. »Du entkommst mir nicht, Yellow Bird«, murmelte er, »ich hab' dich entdeckt, du gehörst mir.« Es wurde eine Fahrt mit Unterbrechungen; der Mercedes machte immer wieder Stops, und der Chauffeur stieg aus, um Besorgungen zu machen. Einmal waren es Zeitungen, dann war es Hundefutter, und schließlich ein Sechserpack Coca Cola. Die Kleine hatte also einen Hund, registrierte Ben Lansky zufrieden. Seine Story wurde immer authentischer.

Schließlich bog der Mercedes in die Fifth Avenue ein und fuhr in Richtung Central Park. An der 78. East Street stieg das Mädchen aus und verschwand in dem Haus, in dem Norman Reeds Apartment war. Wirklich ein Volltreffer. Daß Norman Reed ein Mädchen bei sich einquartierte, hatte es noch nie gegeben.

Ben Lansky parkte sein Auto und machte Frau Olson einen Besuch. Sie war eine robuste Holländerin um die Sechzig. Ihr Sonntagsvergnügen bestand darin, am Morgen eine Torte zu backen und nachmittags Freundinnen zum Kaffeekränzchen zu sich zu bitten. Schon an der Tür schlug Lansky der Duft von Vanille und kandierten Orangen entgegen. Die Portiersloge war tapeziert mit den Starfotos, die Ben Lansky ihr verschafft hatte, Fotos mit Autogramm versteht sich. Auf ein Bild war Frau Olson besonders stolz, es zeigte sie zusammen mit Norman Reed. Lansky hatte es gemacht und sorgfältig retuschiert, so daß Frau Olson zwanzig Jahre jünger aussah. Es hing vergrößert und in einem Goldrahmen über dem Sekretär. Sie führte Ben Lansky in den Wohnraum, wo bereits der Kaffeetisch gedeckt war – mit bunten Sammeltassen – und bot ihm ein Glas Sherry an. Ben Lansky wirkte seltsam in dieser sonntäglichen Stube. Die mexikanischen Stiefel, die Jeans, das schwarze offene Hemd, das Ledergilet, alles war abgetragen, fast ungepflegt. Auf dem Rücken des Ledergilets stand in Lettern, wie Sträflinge sie auf ihren Kitteln haben, seine Telefonnummer. Vorne, an der Brusttasche, steckte ein Sticker mit seinem Bild und seinem Namen. Er strahlte Brutalität aus; gleichzeitig hatte er eine Art, eine Frau anzusehen und ihr unverschämt ins Gesicht zu lächeln, von der ein hypnotischer Zwang ausging.

Ohne Einleitung kam er zur Sache. »Ich brauche den Namen von dem Vögelchen, das sich bei Norman Reed eingenistet hat.« Als er zum Auto zurückkehrte, hatte er den Namen des Mädchens – Tara Fisher. Seit zwei Tagen wohnte sie bei Norman Reed, hatte kein Gepäck bei sich, aber offenbar die Absicht zu bleiben. Er wußte noch mehr: Norman hatte seit kurzem einen Hund, und dieser Hund hörte auf den Namen Fire. »Ein Wildhund, ein unberechenbares Tier«, wie die Olson betonte.

Die Story war komplett.

*

Sobald er zu Hause war, ging er in die Dunkelkammer, legte den Film ein und stellte die Zeituhr. Unschlüssig stand er vor dem Tisch mit den Plastikschalen zum Wässern der Vergrößerungen. Sie waren leer; im schwachen Licht glich das Wasser in den Schalen einem dunklen Spiegel, in dem er sein eigenes Bild sah. Er gefiel sich nicht. Er war nicht mehr der junge Mann, den die Freunde Sunnyboy genannt hatten. Er hätte nie nach New York kommen sollen. New York war schuld an allem. In Kalifornien war das Leben schöner gewesen.

Wenn er zurückdachte, schien es ihm, als hätte er damals auf einem anderen Stern gelebt. Ewiger Frühling, süßes Nichtstun, Drogen, Mädchen, High-Life. Er hatte das Glück gehabt, ein Freund von Jay Sebring zu sein. Das hieß, Geld im Überfluß, ein Leben im Luxus. Die Tage in Jays Villa in Beverly Hills waren eine Happy Hour ohne Ende gewesen. Jay Sebring erwartete von seinem Freund Lansky dafür nur, daß er Mädchen heranschaffte. Im Geldmachen war Sebring ein Genie, wenn es um Frauen ging, war er krankhaft schüchtern.

Lanksy kannte dieses Problem nicht. Er war der geborene Rattenfänger. Er sorgte dafür, daß in der Villa und an ihrem Swimmingpool die weiblichen Dekorationsstücke nie fehlten.

Die schöne weiße Villa von Jay Sebring, der riesige Swimmingpool aus blaßgrünem Marmor, der Rasen, perfekt wie ein Teppich, der schwarze Butler, der ein Meister exotischer Drinks war.

Damals dachte Ben Lansky, sein Leben würde immer so weitergehen. Und jetzt hauste er im Loft eines unbewohnten, vergammelten Hauses an der Wooster Street. Alles war schäbig, der ausgetretene Holzboden, die roten Backsteinwände, von denen der

Putz abbröckelte, die schwarzen Deckenstützen aus Gußeisen, die Fenster, die blind waren vom Schmutz. Er haßte das Loft, aber es war der ideale Ort für seine Arbeit. Von den Fotoreportagen für die Yellow Press hätte er nicht leben können. Sein Geld verdiente er mit Bildgeschichten für Pornohefte wie *Screw* und *Hustler* und mit Pornofilmen. Er produzierte sie hier in seinem Loft an der Wooster Street. Der riesige Raum, der ehemals einer Papierfabrik als Lager gedient hatte, war zweihundert Quadratmeter groß. Einen Teil hatte er abgetrennt und sich dort ein Fotolabor und eine primitive Behausung eingerichtet: Couch, Arbeitstisch, Eisschrank und ein Gestell mit einem Kocher, das war alles.

Im großen Teil des Raumes hatte er die verschiedensten Dekors für seine Fotos und für seine Filme aufgebaut. In der Ecke mit dem Dschungeldekor – aufgeschüttete Erde mit Plastikgebüsch – entstanden Soldaten-Pornos. Die männlichen Modelle trugen Soldatenstiefel und zerfetzte Tarnanzüge, sie hatten blutverschmierte Hände und Gesichter. Die Mädchen, mit denen sie sich auf der Erde wälzten, hatten billige Reizwäsche an und waren übertrieben geschminkt.

Die Soldatenpornos waren ein Trend, der sich im Moment gut verkaufte. Lanskys eigentliche Spezialität aber waren sadistische Bildgeschichten.

Er hatte zwei Maschen: Schlachthof-Porno und Kirchen-Porno. Für die Schlachthofszenen war ein Teil des Lofts mit weißen PVC-Kacheln ausgelegt. An den Wänden standen Chromstahlgerüste mit Fleischerhaken, Knochensägen; Messer und Äxte komplettierten das Inventar für die blutigen Storys, die hier entstanden.

Für die Kirchen-Pornos hatte er aus Trödelkram einen Altar aufgebaut, mit vergoldeten Totenköpfen, schwarzem Samt und schwarzen Kerzen. Vor diesem Altar fotografierte er seine »weißen Mädchen«. Die Modelle waren jung, unter achtzehn. Er drapierte sie auf dem Altartisch oder fesselte sie an ein Kreuz. Er schmückte sie mit Brautschleier und Rosenkranz und legte ihren Kopf auf eine große aufgeschlagene Bibel. Dann schlug er sie mit rotgefärbten Peitschen. Die Peitschenschläge mußten deutlich sichtbar sein auf der weißen Haut, und das Blut mußte so fließen, daß es die Rundungen des Körpers obszön betonte.

Er widmete sich seiner Arbeit mit wahrer Passion. Er war ein Fanatiker des Details, ein Perfektionist. Seine Vorbilder waren die Japaner mit ihrer schonungslosen Direktheit. Aber er wollte noch besser sein, noch grausamer, noch realistischer. Seine Arbeit war verbunden mit einer rücksichtslosen Quälerei der Modelle. Nicht selten hing ein Mädchen zwei Stunden an einem Fleischerhaken.

Manchmal, wenn er sich bei der Arbeit beobachtete, sagte er sich, ohne dieses Ventil wäre ein Lustmörder aus dir geworden. Diese Erkenntnis bremste ihn nicht. Im Gegenteil. Wenn er einem Mädchen die Nylonfesseln anlegte, zog er sie so lange fest, bis sie tief ins Fleisch einschnitten; wenn der Ausdruck eines Mädchens ihm unbeteiligt schien, biß er sie in die Lippen, bis sie blutete und ihr die Tränen über das Gesicht liefen.

Und wenn die Aufnahmen dann gemacht waren, folgte der private Teil. Ein Mädchen, das Widerstand leistete, riskierte das Opfer eines grausamen Rituals zu werden: Lansky zwang die anwesenden männlichen Modelle, ihr Gewalt anzutun. Abschluß der Quälerei und Belohnung war ein »Schuß«. Lansky verfügte über ein reichhaltiges Sortiment: LSD, Mescalin, Kokain, Marihuana. Das war sein Trick. Er holte sich die Mädchen aus den Discos und Bars, in denen die Fixer herumhingen. Er hatte drei Kriterien für die Wahl der Mädchen. Sie mußten was in der Bluse haben; sie mußten bereits vom Stoff abhängig sein, und sie mußten aus der Provinz kommen, sie durften also keine Angehörigen in New York haben. Auf diese Weise riskierte er nichts. Selbst wenn ein Mädchen im Spital endete, oder – was auch schon einmal passiert war – die Wooster Street nicht mehr lebend verließ, würde niemand zur Polizei laufen.

Die männlichen Modelle brauchte er nicht lange zu suchen, die nahm er aus seinem Freundeskreis. Sie waren jünger als er, und er richtete sie systematisch für seine Zwecke ab, so wie früher mal Jay Sebring ihn abgerichtet hatte, drüben, im sonnigen Kalifornien. Jay Sebring, der übersättigte Playboy mit seinem Frauenhaß und seiner Impotenz. Leute, die ihn nur oberflächlich kannten, hielten ihn für einen Mann, der keiner Fliege etwas zuleide tun konnte. Ben Lansky hatte den wirklichen Jay Sebring gekannt, den Teufel, der junge schöne Mädchen in sein Haus lockte, sie mit Drogen in einen Halluzinationsrausch versetzte und sie dann von seinen Freunden foltern ließ. Er selbst hatte nie Hand angelegt; er hatte zugeschaut, angefeuert, Kommandos gegeben. Einmal war Ben Lansky zu weit gegangen, er hatte die Kette, die um den Hals eines Mädchens lag, zu scharf angerissen und dem Mädchen das Genick gebrochen.

Mit Geld hatte Jay Sebring die Sache vertuschen können. Ben Lansky schob er sicherheitshalber nach New York ab und verschaffte ihm einen Job bei Keystone. Am 1. August 1969 begann Lansky bei Keystone, eine Woche später, am 9. August, ereignete sich drüben in Kalifornien, im Haus von Sharon Tate und Roman Polanski am Cielo Drive das Massaker, bei dem Sharon Tate und vier ihrer Freunde grausam hingerichtet wurden. Einer der Freunde war Jay Sebring.

Zur Erinnerung daran hatte Ben Lansky an die Eisentür des Lofts ein großes Foto von Sharon Tates Leiche geklebt.

Das Klingeln der Zeituhr riß Lansky aus seinen Gedanken. Er ging zurück in die Dunkelkammer und hängte den Film zum Trocknen auf. Dann nahm er eine Bierdose aus dem Eisschrank und setzte sich an den Küchentisch. Die *New York Times* lag dort. Er blätterte darin. Die Seite drei brachte einen Bericht über die Schiffskatastrophe vom Yankee Yacht Club. Neun Tote, fünfzehn Verletzte. In einem Kasten standen die Namen, daneben waren die Fotos abgedruckt. Eines davon ließ Ben Lansky stutzen, ein Mädchen mit dunklen Augen und einem sinnenden Lächeln. Irgendwie kam ihm das Gesicht bekannt vor. »Nein«, sagte er laut, »nein, das gibt's nicht, das kann nicht sein.«

Er lief in die Dunkelkammer und nahm den getrockneten Film von der Leine. Die Leuchtplatte flammte auf; mit dem Vergrößerungsglas in der Hand beugte er sich über den Film.

Sie war es. Tara Fisher war Tara Calese.

Tara Calese war Tara Fisher.

Ben Lansky holte die Zeitung und verglich die Bilder. Er irrte sich nicht. Das war ein Gesicht, das es nicht zweimal gab. Er zündete sich eine Zigarette an und versuchte ruhig zu denken.

Tara Calese und Tara Fisher waren eine Person. Offiziell war Tara Calese tot. In Wirklichkeit lebte sie. Was stand da? Tara Calese, die jüngste Tochter von Massimo Calese, dem bürgerlichsten und reichsten Tycoon der Unterwelt. Lansky konnte es immer noch nicht fassen. Der Yellow Bird, den er da gefangen hatte, war eine goldene Gans. Da steckte Geld drin, viel Geld. Wenn er es richtig anstellte, konnte das die Goldmine sein, die er immer schon gesucht hatte.

*

Tara saß am Boden und hatte rund um sich die neuesten Zeitungen ausgebreitet. Es war wie ein Zwang, sie mußte jede Zeile lesen, die über das Unglück geschrieben wurde. Irgendwie hoffte sie, auf diese Weise die Wahrheit herauszufinden. Aber den meisten Journalisten ging es nicht um die Wahrheit, für sie war die Schiffsexplosion im Yankee Yacht Hafen eine Sensations-Story, noch dazu eine, die vollgepackt war mit Emotionen, und alle hatten nur einen Ehrgeiz, diese Story möglichst breit und rührselig auszuwalzen. Als Aufhänger dafür dienten vor allem zwei Opfer der Katastrophe, der 24jährige Navy Officer Mike Brenton und Tiziana Fillipi. Mike Brenton hatte vorgehabt, sich bei den nächsten Olympischen Spielen eine Goldmedaille im Zehnkampf zu holen, doch der Traum war ausgeträumt; die Explosion auf der *Flamingo* hatte ihm beide Beine weggerissen, und er würde den Rest seines Lebens im Rollstuhl verbringen müssen. Tiziana Fillipi, laut Diana Vreeland das schönste Mädchen Amerikas, hatte in ihrem letzten Interview am Fernsehen strahlend erklärt, daß sie sich sechs Buben wünschte – und nun war sie tot, und morgen würde man sie begraben.

Auch der Kommentar der New York Times beschäftigte sich mit dem Unglück.

Das Interesse des Verfassers galt vor allem der Yacht. Die *Flamingo* gehörte den Fillipis. Sie waren damit zum Fest gekommen und wollten damit wieder heimfahren. War es möglich, daß die falschen Leute an Bord waren, als das Schiff explodierte? Mit anderen Worten, war es kein Unglück, sondern ein fehlgeschlagenes Attentat? Hatte die Bombe, wenn es eine Bombe war, den Fillipis gegolten? Zwei Generationen Feindschaft und jetzt plötzlich eine Verlobung. Ein Hochzeitsakt mit tödlichem Ausgang? Zuletzt wurden Überlegungen darüber angestellt, was das FBI und das State Department of Justice unternehmen würden. Daß sie aktiv würden, stand für die Zeitung außer Zweifel.

Den letzten Absatz las Tara zweimal: »Ein Mann wie General Attorney Chris Shannendy wird sich nicht mit den oberflächlichen Fakten zufriedengeben. Sicher, im Moment kann er nichts unternehmen. Wie die Dinge liegen, gibt es keinen Verdächtigen; es reicht nicht einmal zur Verhaftung von Massimo Calese, denn bei dem Unglück starb seine 18jährige Tochter Tara, die er, wie man weiß, über alles liebte. Ihr Tod macht sie zur Kronzeugin seiner Unschuld. Es müßte Chris Shannendy gelingen, Beweismaterial zu finden, das stärker ist als diese Kronzeugin. Für Montag hat Chris Shannendy eine Pressekonferenz angesagt, in der er zu dem Fall Stellung nehmen wird. Man darf gespannt sein, was er zu sagen hat.«

Tara schob die Zeitungen zusammen und erhob sich. Sie fühlte sich zerschlagen und fiebrig. Sie öffnete die Tür der Dachterrasse und trat hinaus. Fire folgte ihr und drängte sich gegen ihre Beine. Mechanisch streichelte sie den Hund, während sich in ihrem Kopf das Gedankenkarussell ununterbrochen weiterdrehte: Wenn das FBI herausfindet, daß ich lebe, verhaften sie meinen Vater.

War er es?

Nein, zu so etwas ist er nicht fähig.

Oder doch?

Sein Haß gegen die Fillipis war groß genug für so einen Racheakt.

Werde ich je wissen, wer es getan hat?

Aber solange der Fall nicht geklärt ist, muß ich jedenfalls verschwunden bleiben.

Ich habe richtig gehandelt, als ich wegrannte. Ich wußte nicht, was ich tat, und doch habe ich das Richtige gemacht. Immer wieder kehrte sie zu diesem Punkt zurück. Ohne zu denken, hatte sie richtig gehandelt. Aber wie ging es nun weiter.

Von der Straße drang Autolärm herauf. Die Terrasse hatte eine breite Brüstung aus Marmor; auf breiten Sockeln standen Obelisken. Im Streiflicht der sinkenden Sonne warfen sie lange Schatten. Das Haus – 1910 erbaut – war ein architektonischer Mischmasch aus Klassizismus und Jugendstil und auf etwas steife, manierierte Weise elegant, wie viele der Stadthäuser rund um den Central Park. Tara ging wieder in die Wohnung und machte die Lichter an. Solange Norman da war, hatte sie die Wohnung nur als ein Ganzes wahrgenommen; sie hatte sich beschützt und geborgen gefühlt, weil Norman da war, jetzt, ohne ihn, waren es drei düstere Räume in Grau- und Grüntönen, angefüllt mit fremden Gegenständen, zu denen sie keine Beziehung hatte.

Der Wohnraum wurde beherrscht von einem mächtigen afrikanischen Totem-Pfahl, der fast bis zur Decke reichte; die drei übereinanderstehenden Kultfiguren waren weiß und schwarz bemalt. Norman hatte ihr erklärt, der ursprüngliche Sinn eines Totem-Pfahls sei es, böse Geister abzuwehren, deshalb stünden sie in Afrika am Eingang der Dörfer oder Gehöfte. Tara, die sich auf die Ledercouch gesetzt hatte, empfand die Gegenwart des Totem-Pfahls als bedrohlich. Eine ähnliche Wirkung übte das große Bild von Motherwell aus, das an der Wand gegenüber hing und in die ausgewogenen Grautöne des Raums eine rote Brutalität brachte.

Tara erhob sich und ging in Normans Studio. Die eingebauten Bücherwände waren unterteilt durch beleuchtete Vitrinen. In einer Vitrine hatte Norman das Modell einer alten Lokomotive aufgestellt, in den anderen Pferdeskulpturen, antike Stücke aus China und Persien. Auf dem Schreibtisch lag ein Stapel Zeitungen. Tara hatte sich vorgenommen, alle Berichte über das Unglück auszuschneiden und aufzuheben. Sie hatte damit begonnen, als sie nach Hause kam, aber bald wieder damit aufgehört.

Sie war noch keinen halben Tag allein in der Wohnung, und schon fühlte sie sich wie ein gefangenes Tier. Norman hatte ihr prophezeit, daß ihr die Decke auf den Kopf fallen würde. Im Haus von Bob Fisher stand ein Gästezimmer für sie bereit. Dort wäre sie nicht allein. Sollte sie ihn anrufen und ihm sagen, sie würde kommen? Sie nahm den Zettel mit Bob Fishers Nummer vom Schreibtisch und begann zu wählen. Plötzlich hielt sie inne und legte den Hörer wieder auf.

Außer Norman wußte nur Bob Fisher, daß sie lebte. Die beiden waren seit Jahren befreundet. Sie hatte sich dagegen gewehrt, daß Norman ihn einweihte. Aber er hatte ihr klargemacht, daß es notwendig war. Sie brauchte einen Namen, sie brauchte Papiere, Bob Fisher würde ihr das verschaffen.

Tara Fisher. Der Name gefiel ihr nicht. Auch die Vorstellung, mit gefälschten Papieren weiterzuleben, gefiel ihr nicht. Aber sie hatte keine Wahl mehr.

Fire saß neben ihr und schaute zu ihr auf. Ihr fiel ein, daß sie ihn noch nicht gefüttert hatte. Sie ging mit ihm in die Küche, füllte seine Wasserschale und öffnete eine Dose mit Hundefutter.

Auf einem großen Lacktablett stand das Frühstücksgeschirr. Tara hatte das weiche Ei aufgeschlagen, aber nicht gegessen, sie hatte sich ein Brot mit Butter und Honig bestrichen und liegen lassen. Nicht einmal den Tee hatte sie ausgetrunken. Seit Tagen hatte sie weder Hunger noch Durst. Ihr Magen und ihre Kehle waren wie zuzementiert.

Fire reckte den Kopf und sah ihr zu, wie sie sein Futter aus der Dose auf die Plastikschale stürzte und die Fleischbrocken verteilte. Nachdem sie ihm das Futter hingestellt hatte, ging sie ins Bad, um sich die Hände zu waschen. Der ganze Raum bestand aus dunkelgrünem Marmor, Boden, Wände, Wanne und Waschbecken. Beleuchtet wurde er von Wandlampen in Lilienform, die rundum in Augenhöhe angebracht waren. Über dem Waschtisch hing ein großer Spiegel mit einem reichverzierten goldenen Jugendstil-Rahmen.

Tara hatte das Haar immer noch straff aufgesteckt wie am Morgen, als sie sich mit Trenchcoat, Herrenhut und Sonnenbrille verkleidet hatte, um Norman zu begleiten. Sie betrachtete sich mit einer gewissen Scheu. Tiziana lag in einem Sarg, kalt und steif und tot. Und sie stand hier vor dem Spiegel, sie atmete, ihr Herz schlug, sie lebte. Warum hatte Tiziana sterben müssen, warum durfte sie, Tara, leben. Sie glaubte, die Stimme der Großmutter zu hören: Weil es so im Buch des Schicksals steht, weil es nach Gottes Ratschluß so sein muß. Die Großmutter erklärte alles auf diese Weise. Ein Gott, der die Menschen nur als Marionetten für seine geheimnisvollen Spiele benützte? Ein grauenvoller Gedanke. Nein, so durfte es nicht sein. Gott durfte nicht ein zynischer Puppenspieler sein, der nach Willkür den Helden und den Bösewicht bestimmte. Dann lieber einen Gott, der nur alle Millionen Jahre mal einen Blick auf die Erde warf, um nachzuschauen, wie weit die Menschen es gebracht hatten.

Sie putzte sich die Zähne, um den bitteren Geschmack loszuwerden, den sie im Mund hatte. Während sie gurgelte, hörte sie von weither das Telefon summen; bis sie ins Studio kam, war es zu spät, der Anrufer, wer immer es war, hatte aufgegeben.

Fire war ihr gefolgt. Sie tätschelte ihn und redete halblaut mit ihm. »Du Treuer du, läßt sogar das Futter stehen meinetwegen. Gut, daß ich dich habe.« Sie ging mit ihm zurück in die Küche, ermunterte ihn weiterzufressen, aber Fire schien so wenig Appetit zu haben wie sie. Er lief zur Wohnungstür und gab ihr zu verstehen, daß er ins Freie wollte. »Schon gut, wir gehen um den Block.« Sie nahm Normans Trenchcoat von der Garderobe, setzte Hut und Sonnenbrille auf. In dem Moment, als sie die Tür aufsperrte, begann das Telefon wieder zu summen. Sie hoffte, es würde Bob Fisher sein. Sie nahm ab. »Hallo –« Niemand meldete sich. Statt einer Antwort kam laute Musik, klassische Musik. Ein Orchester und ein Tenor. »Wer ist da?« Die Musik spielte weiter, die Stimme des Tenors erhob sich über das Orchester A-a-ve-e-Ma-ri-i-a-a.

Tara fragte ein letztes Mal, wer am Apparat sei, dann legte sie auf. Nachdenklich blieb sie neben dem Telefon stehen. Wahrscheinlich ein Anruf für Norman. Die Melodie mußte eine bestimmte Bedeutung haben; Norman hätte sofort gewußt, wer da anrief. Eine Frau, eine Frau, die Norman gut kannte? Nicht unbedingt. Es konnte auch eine Verehrerin sein. Norman bekam täglich Briefe von Verehrerinnen. Sie wollten Autogrammfotos, sie baten um ein Rendezvous, sie schickten ihm gepreßte Blumen oder Nacktfotos. Sie schrieben ihm Gedichte oder ihre Telefonnummer oder ihre Körpermaße.

Fire wurde unruhig, und Tara machte sich mit ihm auf den Weg. Sie liefen eine Stunde lang durch den Central Park. Es wurde schon dunkel. Auf den Straßen und auch im Central Park herrschte Sonntagsfrieden. Sie begegneten nur ein paar unermüdlichen Joggern und ein paar Gammlern, die eine Bank für die Nacht suchten. Nach dem Spaziergang machte sie sich eine Tasse Tee und ließ sich ein Bad ein. Als sie in der Wanne saß, überfiel sie wieder das Gefühl der Fremdheit. Wie kam sie eigentlich hierher, in dieses grüne Marmorbad? Das Wasser roch stark nach Chlor. Durch die Leitungsrohre klangen ungewohnte Geräusche aus der Tiefe des Hauses. Über dem Hocker lagen ihre Kleider: die karierte Flanellbluse und die Jeans, die Norman gleich am Freitag für sie besorgt hatte.

Klingelte das Telefon?

Sie stieg aus dem Bad, nahm das Badetuch um sich und lief ins Studio.

»Hallo –«

Keine Antwort.

»Hallo, wer ist dort?« Da setzte wieder die Musik ein, laut und feierlich, ein Orchester und ein Tenor. A-ave-e-Ma-a-ri-i-ia-a.

»Hallo«, rief sie ins Telefon.

Die Musik schwoll an. A-a-a-ve-e-e-e-Ma-a-a-ri-i-i-i-a-a. Sie warf den Hörer auf die Gabel und starrte auf den Apparat. Das war kein Anruf für Norman. Das war keine Verehrerin.

Dieser Anruf ist für mich bestimmt.

Jemand weiß, daß ich hier bin.

Jemand weiß, daß ich lebe.

Jemand hat mich beobachtet.

Jemand will mir angst machen.

Irgendwann wird der nächste Anruf kommen.

Oder es wird an der Tür klingeln.

Bei diesem Gedanken erfaßte sie Panik.

Ich muß weg hier.

Sofort.

Unten in der Garage steht Normans Auto.

Ich kann zu Bob Fisher fahren.

Sie lief ins Bad und begann, sich anzuziehen.

Nicht durchdrehen, befahl sie sich.

Der Anruf hat eine bestimmte Absicht.

Terror hatte immer ein Ziel.

Kidnapping?

Kidnapping, was sonst? Das heißt, ich habe es nicht nur mit einem zu tun. Es sind mehrere.

Der Anruf soll mich aufschrecken und dazu bringen, die Wohnung zu verlassen. Dann hätten sie leichtes Spiel.

Vielleicht warten sie schon unten in der Garage oder in der Nähe der Ausfahrt.

Ich werde nicht in die Falle gehen.

Sie zog Normans Bademantel an und ging wieder zum Telefon. Sie mußte mit Bob Fisher reden. Aber er war nicht zu Hause. Sie hinterließ eine Botschaft. Er solle sie sofort anrufen, egal, wie spät in der Nacht er käme. Warum hatte sie nicht auf Norman gehört. Er hatte sie heute vor dem Abflug zu Bob Fisher bringen wollen. Sie verschloß die Wohnungstür und legte die Sicherheitskette vor. Die Fenster hatten Jalousien und sie ließ sie alle herunter. Auch die Vorhänge zog sie zu.

Wann wird das Telefon wieder klingeln?

Und wenn es doch nur eine Verehrerin ist, irgend so eine Verrückte?

Sie ging ins Schlafzimmer. Im matten Schein der Lampen wirkten die dunkelgrünen Wände fast schwarz. An der Wand neben dem Bett hing ein alter Kimono aus roter Seide. Die reiche goldene Stickerei zeigte einen Drachen. Seine Augen waren grüne Steine, die hell funkelten. Am Tag war der Kimono nichts weiter als ein Stück alten Stoffs, jetzt bei Nacht verwandelte er sich in eine Gestalt, deren Kopf unsichtbar war. Tara hatte das unheimliche Gefühl, von diesem Unsichtbaren beobachtet zu werden.

Sie schaltete den Fernseher ein. Nachdenken brachte nichts. Sie mußte versuchen, die nächsten Stunden hinter sich zu bringen, bis sich Bob Fisher meldete.

Auf Kanal 1 lief eine Schönheitskonkurrenz, die in Miami Beach stattfand. Kanal 2 brachte einen Western, Kanal 3 die Aufzeichnung einer Aufführung von Parsifal aus dem Bayreuther Festspielhaus. Mit einem Berg Kissen im Rücken saß sie auf Normans Bett und mischte die verschiedenen Programme wild durcheinander. Das Telefon klingelte nicht mehr. Kein Ave Maria mehr, aber auch kein Bob Fisher. Irgendwann gegen Mitternacht wurde Fire unruhig, und sie ließ ihn kurz auf die Terrasse. Der Fernseher lief immer weiter. Erst als ihr die Augen weh taten, machte sie Schluß. Schon nach wenigen Minuten wurde ihr die Stille unerträglich, und sie schaltete das Radio ein. Fire, der eigentlich seinen Platz im Flur hatte, schlief neben dem Bett. Seine Gegenwart hatte etwas Beruhigendes. Irgendwann gegen Morgen schlief sie ein.

*

Es war nicht das Klingeln an der Tür, das Tara weckte, es war die kühle feuchte Schnauze von Fire. Er stand mit den Vorderpfoten auf dem Bett und stieß sie leise an, immer wieder, bis sie endlich die Augen aufschlug.

Ihr Schlaf war angefüllt gewesen mit einem qualvollen Angsttraum, der sich mehrmals wiederholt hatte. Jemand hatte sie in einen engen dunklen Raum eingesperrt und an Händen und Füßen gefesselt. Verzweifelt hatte sie sich bemüht zu entfliehen. Sie hatte nach Hilfe schreien wollen, aber aus ihrem Mund war kein Ton gekommen.

»Was ist ...«, murmelte sie und streckte die Hand nach Fire aus, unsicher, ob sie nicht immer noch träumte. Fire lief zur Tür und knurrte in Richtung Flur. Die Türglocke schlug wieder an. Ein Schreck durchfuhr Tara. Sie hatte keine Ahnung, wie spät es war. In der Wohnung herrschte Halbdunkel; durch die dichten Vorhänge und die Jalousien drang kein Tageslicht. Sie schaute auf die Radiouhr und sah, daß es nach elf Uhr war.

Elf Uhr morgens! Sie setzte sich auf und blickte an sich herunter. Sie hatte nichts an; Normans Morgenrock lag am Boden. Sie hob ihn auf, schlüpfte hinein und band den Gürtel zu. Sie fühlte sich benommen. Barfuß lief sie in den Flur und blickte durch den Spion nach draußen. Vor der Tür stand Frau Olson, die wie jeden Morgen die Zeitung brachte und frische Brötchen.

Tara öffnete und Frau Olson meinte, halb vorwurfsvoll, halb humorvoll: »Ihren Schlaf möchte ich haben.«

Tara strich sich das Haar aus dem Gesicht. »Haben Sie schon öfter geklingelt?«

»Seit neun Uhr habe ich es jede halbe Stunde versucht. Ich machte mir schon Sorgen. Ich wollte aufschließen und nachsehen, aber es ging nicht, Sie hatten die Sicherheitskette vorgelegt.«

»Tut mir leid.« Tara nahm die Sachen entgegen.

»Wenn Sie noch was brauchen, schreiben Sie's einfach auf. Mister Reed macht das auch so.«

»Danke.«

Fire war aus der Wohnung gelaufen und stand bei der Treppe. Frau Olson wechselte einen Blick mit Tara. »Mir scheints, Fire hat's eilig. Ich geh' mit ihm ein Stück.«

»Danke«, murmelte Tara wieder.

Sie brachte die Milch und die Zeitung in die Küche und ging ins Bad und duschte. Als sie angezogen war, klingelte es wieder an der Tür. Das war ein kurzer Spaziergang, dachte sie. Sollte sie Frau Olson sagen, daß Fire mehr Auslauf brauchte? Ach was, besser, sie ging mit Fire noch mal weg. Sie konnte nicht dauernd in der Wohnung herumhocken. Mit diesem Gedanken öffnete sie die Tür und wich zurück: Draußen stand ihr Vater.

»Du ... wie weißt du ...«

Massimo Calese machte einen halben Schritt auf sie zu. »Darf ich hereinkommen?«

Sie trat zur Seite, ließ ihn eintreten und schloß die Tür hinter ihm. Sie blickten sich stumm an, überwältigt von Gefühlen. Es verstrichen Sekunden, dann nahm Massimo Calese seine Tochter in die Arme. »Daß du lebst«, murmelte er, »daß du lebst.«

Seine Gegenwart hatte etwas Erlösendes. Das Gefühl der Verlassenheit und der Fremdheit fiel von ihr ab. Erst jetzt, in den Armen des Vaters, wußte sie, sie lebte wirklich.

»Vater«, murmelte sie, »Vater«, und dabei liefen ihr die Tränen übers Gesicht.

»Alles wird gut«, kam seine Stimme. Er nahm ein weißes Taschentuch heraus und tupfte ihr die Tränen weg, wie er es gemacht hatte, als sie noch ein Kind war. Und wie damals durfte das Taschentuch nach Old Spice.

Sie führte den Vater in den Wohnraum. Während sie die Vorhänge und die Jalousien öffnete, wartete Massimo unter der Tür.

»Möchtest du einen Kaffee?« fragte Tara ihn.

Er schüttelte den Kopf. »Zieh dich an, wir fahren nach Sunset Hill.«

Tara vermied es, den Vater anzusehen. Etwas in ihr sehnte sich zurück nach Sunset Hill, aber sie sagte: »Wie weißt du überhaupt, daß ich hier bin? Wie hast du mich gefunden?«

»Norman hat mich angerufen. Vom Flughafen aus, vor seiner Abreise.«

Tara starrte auf die Zeitungen, die am Boden lagen. Sie senkte den Blick, und als sie sprach, klang ihre Stimme verändert. »Norman hätte dir nicht sagen dürfen, daß ich hier bin. Ich komme nicht mit nach Sunset Hill.« Sie setzte sich auf die Couch; am Boden lagen die Zeitungen. »Die Explosion der Flamingo war kein Unglück, nicht wahr?«

Massimo wurde es zu heiß in seinem Mantel, und er knöpfte ihn auf. »Ich weiß nicht.«

Sie wartete, daß er fortfuhr, aber er blieb stumm.

»Es war kein Unglück«, wiederholte Tara. »Wenn in unseren Familien so was passiert, ist es kein Unglück. Deshalb bin ich weggelaufen, deshalb habe ich mich hier bei Norman versteckt. Ich komme nicht zurück nach Sunset Hill. Ich will nicht mehr in Angst leben.«

Massimo zwang sich, ruhig zu bleiben. Norman hatte ihm gesagt, Tara stünde noch immer unter einem Schock. Er durfte nicht wörtlich nehmen, was sie sagte. Massimo setzte sich zu ihr und legte den Arm um sie. »Beruhige dich, Tara. Ich werde herausfinden, wer es getan hat.«

»Du gibst also zu, daß es kein Unglück war.«

»Nein, ein Unglück war es nicht, so gerne ich mir das einreden würde.«

Tara entzog sich seiner Umarmung. »Versuch nicht, mich zu belügen. Du hast mich immer belogen. Du hast immer gesagt, du hast mit der Mafia nichts zu tun.«

Massimos Züge versteinerten. »Ich wußte, warum ich das tat.«

»Ja, ja, deine Lügen sind eben keine Lügen. Und wenn du ein Schiff explodieren läßt, weißt du von nichts.«

Taras Worte trafen ihn wie Schläge. Er stand auf und hob wie in Abwehr die Hände. »Ich bin kein Mörder. Sicher, es gibt Dinge in meinem Leben, die würde ich gerne ungeschehen machen – aber die Toten der Flamingo gehen nicht auf mein Konto. Du denkst doch nicht im Ernst, ich wäre zu einem derartigen Verbrechen fähig ...«

Vater und Tochter blickten sich an, versuchten, im Gesicht des anderen zu lesen.

»Die Fillipis sind deine Feinde«, sagte Tara. »Du warst gegen die Verbindung von Rico und Tiziana, aber Rico fügte sich deinem Willen nicht ...«

»Die Fillipis sind Kriminelle. Sie ...«

Tara ließ ihn nicht ausreden. »Es geht um was anderes. Zwischen dir und Ugo Fillipi gab es eine alte Rechnung ...«

»Ugo Fillipi ...« Massimo verstummte und machte ein paar Schritte. Die Rechnung zwischen ihm und Ugo Fillipi war immer noch offen.

Warum hatte er all die Jahre verstreichen lassen, ohne Rache zu üben an Ugo Fillipi?

Während Massimo dastand und zu Boden starrte, führte er ein stummes Selbstgespräch:

Warum habe ich Cuidado nicht nach Italien geschickt, zu Ugo Fillipi?

Ugo Fillipi hat mein Leben zerstört. Er hat Sunset Hill zerstört. Ich habe an jenem 6. Juni die Frau verloren – und ich habe alles verloren. Mein Leben hätte keinen Sinn mehr seit damals – wenn Tara nicht wäre. Sie ist die einzige Freude, die mir geblieben ist.

Tara. Sie ist der Grund, warum ich auf die Rache an Ugo Fillipi verzichtet habe.

Ihretwegen wollte ich nicht, daß der Krieg zwischen den Caleses und den Filippis weitergeht.

Ihretwegen wollte ich den Frieden zwischen den Familien um jeden Preis erhalten.

Und jetzt soll alles vergebens gewesen sein?

Alle halten mich für den Schuldigen. Die Fillipis, meine eigene Familie, allen voran Rico.

Können sie denn anders? Spricht nicht zuviel gegen mich?

Daß ihn auch Tara für schuldig hielt, erfüllte ihn mit einem Gefühl, das an Verzweiflung grenzte. Wenn ein Mensch wissen mußte, daß er kein Mörder war, dann Tara. Er würde es nicht ertragen, wenn er sie durch diesen Verdacht verlieren sollte.

Sein Blick ging zu ihr. Er fühlte, er mußte mit ihr reden, wie er mit sich selbst redete – und doch blieb er stumm. Es war ihm nicht gegeben, sich mitzuteilen. Schon gar nicht in dieser fremden Umgebung. Zu Hause in Sunset Hill würde er sich öffnen und sie von seiner Unschuld überzeugen können.

»Tara«, sagte er in die Stille hinein, »ich bitte dich, glaub mir, ich bin ohne Schuld. Du mußt es glauben, es ist die Wahrheit.«

Wieder trafen sich die Blicke von Vater und Tochter. Tara wünschte, ihm glauben zu können. Sie wünschte es mehr als alles andere – nur, es gelang ihr nicht. »Die Wahrheit ...« Sie suchte nach Worten, »die Wahrheit, das sind die Toten, das ist meine Mutter, das ist Tiziana, das ist Angelica, und das sind all die anderen. Es war nur ein Zufall, daß nicht auch ich auf der Flamingo war. Auch ich könnte tot sein oder schwer verletzt wie Rico. Würdest du dich dann auch unschuldig fühlen? Gib mir eine Antwort darauf, wenn du eine hast, aber ich weiß, du kannst darauf nicht antworten ...« Sie brach ab.

Massimo konnte ihr seine Unschuld nicht beweisen, nicht in dieser Stunde und vielleicht niemals. Vielleicht würde er damit für den Rest seines Lebens leben müssen ...

»Ich verstehe dich«, begann er zögernd, »aber du mußt versuchen zu vergessen.«

Über Taras Gesicht flog eine plötzliche Röte. »Ja, ich will vergessen, und deshalb werde ich nicht mit dir nach Sunset Hill kommen. Nicht heute, nicht morgen, nie mehr. Ich will nicht mehr Tara Calese sein. Ich will ein ganz normales Leben führen. Ich will einen Mann, und ich will Kinder – und meine Kinder sollen nie zusehen müssen, wie vor ihren Augen Vater und Mutter von Kugeln getroffen blutüberströmt zusammenbrechen ... ich ...«

Draußen schlug die Türglocke an. Tara verschwand und kam mit Fire zurück. Nachdem der Hund Massimo begrüßt hatte, ließ sie ihn auf die Terrasse.

Massimo machte einen letzten Versuch, sie umzustimmen. »Tara, bitte, glaub mir, ich verstehe dich ... Trotzdem bitte ich dich, komm mit mir nach Hause, nach Sunset Hill. Hier kannst du nicht bleiben. Du kannst dich nicht ewig verstecken. Das ist kein Leben ...«

Tara trat ans Fenster. Sie dachte an die seltsamen Anrufe vom Abend vorher, und Angst stieg in ihr auf. Wo war der Ort, an dem sie alle ihre Ängste vergessen könnte?

Sie drehte sich um. »Laß uns verreisen, weit weg, nach Europa, an einen Ort, wo uns niemand kennt, nach Südfrankreich, oder weiter, nach Nordafrika ...«

Massimo zog sie sanft an sich und streichelte ihr Haar. »Das ist eine gute Idee. Wir werden verreisen, zuerst nach Spanien, dann nach Frankreich, und immer weiter nach Osten, Türkei, Istanbul ... Wir reisen, solange es uns Freude macht.« Während er sprach, kehrte seine alte Sicherheit zurück.

»Wir fliegen heute noch? Sag, daß wir heute noch fliegen.« Tara sprach mit leiser, drängender Stimme. »Ich will keinen Tag länger hierbleiben. Bitte mach es möglich, daß wir heute noch abreisen.«

»Heute ...« Massimo schüttelte den Kopf. »Tara, mein Kind, du weißt, das geht nicht.«

»Bitte.«

»Wir verreisen, das versprech' ich dir, schon bald, aber nicht heute und nicht morgen. Das geht nicht. Schau, wenn ich jetzt ins Ausland verschwinde, mache ich mich verdächtig.« Er dachte an das Telefongespräch, das er am Morgen mit Lou Meller geführt hatte. Im Zuge der Ermittlungen würde das State Bureau auch Hearings abhalten. Man würde auch Massimo vorladen, und zwar, wie es in solchen Fällen üblich war, unter Strafandrohung – Sub Poena – bei Nichterscheinen. Doch das behielt er vorläufig für sich. Er sagte nur: »Die nächsten Wochen kann ich beim besten Willen nicht weg, du mußt das verstehen.«

Tara reagierte schroff. »Dann verreise ich allein. Ich halte es hier nicht aus. Ich will weg.«

»Tara, ich bitte dich, sei vernünftig. Ich weiß nicht, was als nächstes geschieht. Die Katastrophe der Flamingo wird Folgen haben.«

»Heißt das, es geht weiter?«

»Natürlich geht es weiter. FBI und State Bureau werden der Sache nachgehen. Das kann mir nur recht sein. Die haben den nötigen Apparat, den man braucht für Nachforschungen dieser Größenordnung. Das andere sind die Fillipis. Auch die werden nicht untätig sein. So wie ich Leonida kenne, hat sie Ugo bereits alarmiert. So wie ich ihn kenne, wird er für einige Aufregungen sorgen ...« Er verstummte. Er war hergekommen, um Tara zu beruhigen – nicht um ihre Ängste zu vermehren.

»Und wenn herauskommt, daß ich lebe, was geschieht dann? Werden sie dich verhaften?«

Massimo wich ihrem Blick aus. Sie hatte da etwas ausgesprochen, an das er bisher nicht gedacht hatte. »Unsinn, niemand wird mich verhaften.«

»Hast du den Kommentar der New York Times nicht gelesen? Ich bin die Kronzeugin deiner Unschuld, aber nur, weil ich tot bin. Und ich werde tot bleiben. Tara Calese gibt es nicht mehr.«

»Vergiß die Zeitungen. Die Flamingo ist ein gefundenes Fressen für die Presse. Sie werden noch die verschiedensten Theorien über die Katastrophe entwickeln. Zum Glück habe ich mächtige Freunde. Chris Shannendy, der Senator und General Attorney im New Yorker State Bureau, ist der Sohn meines alten Freundes Milton Shannendy. Chris Shannendy ist ein Kämpfer; er haßt die Mafia so sehr, wie ich sie hasse. Bei der Giftmüllkatastrophe im Hafen von Elizabeth hat er bewiesen, daß er ein Mann ist, der mit der Unterwelt fertig wird. Er hat den nötigen Mut und die nötige Härte, und was noch wichtiger ist, er scheut nicht davor zurück, illegale Methoden anzuwenden, wenn es sein muß. Wenn Chris Shannendy den Fall Flamingo in die Hand nimmt, dann garantiere ich dir, er findet die Schuldigen.«

Bevor Massimo ging, umarmte er Tara noch einmal. »Alles wird gut werden, mein Kind, alles wird gut werden. Ich gehe jetzt ins Büro und komme später wieder.«

Kaum hatte sich die Tür hinter ihrem Vater geschlossen, wäre sie ihm am liebsten nachgelaufen und hätte ihn gebeten, sie mitzunehmen.

Sie dachte an seine Worte: »Ich weiß nicht, was als nächstes geschieht. Die Katastrophe der Flamingo wird Folgen haben.«

Was hatte er damit gemeint?

Er hatte von einem Hearing gesprochen, und er hatte von Ugo Fillipi gesprochen.

Ugo Fillipi – das bedeutete, ihr Vater war in Lebensgefahr. Zwanghaft drängte sich ihr die Vorstellung auf, jemand von der Fillipi-Familie würde ihren Vater, jetzt, auf dem Weg ins Büro, heimtückisch erschießen. Sie ging rastlos auf und ab.

Bob Fisher fiel ihr ein. Warum hatte er nicht zurückgerufen?

Ihr Mund war ausgetrocknet, und sie ging in die Küche und nahm sich ein Glas Mineralwasser. Auf dem Küchentisch lag die Tüte mit den frischen Brötchen. Hunger hatte sie immer noch nicht.

Aus dem Studio kam das Summen des Telefons. Bob Fisher, dachte sie und lief hin. »Hallo ...« Einen Moment war es still, dann setzte die Musik ein, Orchester und Tenor:A-a-a-ve-e-Ma-a-a-ri-i-i-a-a. Die Musik hatte eine lähmende Wirkung auf Tara. Nach ein paar Takten wurde sie leiser, und eine Männerstimme sagte: »Hallo Tara, das singt er schön, der Mario Lanza, nicht wahr?«

Tara straffte sich. »Wer sind Sie, und was wollen Sie?«

»Ich will Tara Calese sprechen.«

»Tut mir leid, Sie sind falsch verbunden.«

Der Mann lachte. »O. k., ich weiß, du heißt Tara Fisher, aber dein richtiger Name ist Tara Calese. In den Zeitungen steht, du bist tot, aber das stimmt nicht, du lebst. Wenn du es nicht glaubst, ich habe gestern Fotos von dir gemacht. Es war am World Trade Center. Ich dachte mir, das interessiert dich.«

Tara hatte das Gefühl, keine Luft mehr zu bekommen. »Wer sind Sie eigentlich?«

Wieder lachte der Mann. »Komische Frage, ein Freund, was sonst. Wenn ich kein Freund wäre, hätte ich die Fotos von dir schon an die Presse verkauft. Tolle Story: Tara Calese, eines der Todesopfer der Flamingo-Katastrophe, wohnt im Apartment von Filmstar Norman Reed. Das schlägt ein wie 'ne Bombe.«

Tara hatte begriffen. Er wollte Geld. Ein Erpresser. Zu ihrer eigenen Überraschung fühlte sie, daß sie ruhig wurde. Kalt sagte sie: »Sie sind an der falschen Adresse, Ihre Fotos interessieren mich nicht.«

»So würde ich es nicht nennen. Ich tu' dir einen Gefallen.« Wieder lachte der Mann, und dieses Lachen machte Tara verrückt.

»Lassen Sie mich in Ruhe«, rief sie ins Telefon. »Ihre Fotos interessieren mich nicht.«

»Moment, jetzt hör mir mal gut zu. Ich biete dir die Bilder an. Du kannst sie haben. Über den Preis werden wir uns sicher einigen. Das Problem ist nur, es muß heute noch passieren, und zwar vor drei Uhr nachmittags. Um drei Uhr ist Redaktionsschluß, du verstehst, wenn du die Bilder nicht willst, verkaufe ich sie. Geschäft ist Geschäft. Meine Adresse ist Wooster Street 31, 3. Stock. Die Haustür steht offen. Also, setz dich in ein Taxi und komm her.«

Es knackte, und die Leitung war still.

Tara legte auf; sie hatte feuchte Hände. In ihrem Kopf herrschte Chaos. Sie mußte mit jemandem sprechen, oder sie wurde wahnsinnig. Sie rief Bob Fisher an. Er war nicht zu Hause, aber der Sekretär hatte eine Nachricht für sie: Bob Fisher flog morgen für drei Tage nach Mexiko, um ein Pictorial aufzunehmen; er schlug Tara vor, ihn zu begleiten. In Mexiko war es noch Sommer, sie brauchte also wenig Gepäck. So oder so, ob sie nun mitkommen würde oder nicht, er hätte verschiedenes mit ihr zu besprechen und erwarte sie heute gegen Abend.

Der Sekretär informierte sie weiter, daß er auf alle Fälle das Flugticket nach Mexiko für sie gebucht hätte. Auf ihre Frage, wann Bob Fisher nach Hause käme, meinte er, so gegen fünf Uhr.

Fünf Uhr. Das war zu spät. Bis fünf Uhr wartete der Mann nicht.

Sie ging hinaus auf die Terrasse zu Fire. Der Hund kam freudig auf sie zu, wedelte mit dem Schwanz und schleckte ihr die Hände. Sie kniete sich neben ihn und drückte ihn an sich. Dabei fiel ihr auf, daß sein Fell stumpf und verfilzt war. Sie holte die Metallbürste aus der Küche und begann, ihn zu striegeln.

Mexiko, warum nicht. Im Moment war jeder Ort besser als New York. In Mexiko war es noch Sommer, so hatte Bob Fishers Sekretär gesagt. Über New York war der Himmel dunstig und die Sonne hinter einem weißen Schleier verborgen. Die Bäume im Central Park begannen sich herbstlich zu färben.

Ihre Gedanken kehrten zu dem Erpresser zurück. Wer war dieser Mann? Wie hieß er? Er hatte die Fotos. Er hatte ihren Namen, und er hatte ihre Adresse. Sie war in seiner Hand. Wooster Street 31. Sie hatte keine Ahnung, wo das war.

Auf den Marmorfliesen der Terrasse lag das ausgekämmte Haar von Fire, fein rotgolden. Sie sammelte es auf und brachte es in die Küche. Ich nehme Fire mit, dachte sie. Wer immer dieser Mann ist, wenn er Fire sieht, bekommt er Respekt. Damit war ihr Entschluß gefaßt. Sie würde sich die Fotos holen.

Norman hatte ihr 2000 Dollar dagelassen. Das Geld lag im Sekretär. Sie steckte es in die Manteltasche des Trenchcoats. 2000 Dollar waren nicht viel. Die Fotos kosteten sicher mehr. In dem Schub lag auch ein Scheckheft von Norman. Sie steckte auch das ein. Unter dem Scheckheft wurde ein Revolver sichtbar. Sie hatte nicht gewußt, daß Norman eine Waffe in der Wohnung hatte. Die Entdeckung berührte sie seltsam. Irgendwie hatte sich in ihr die fixe Vorstellung festgesetzt, daß nur in Sunset Hill Waffen parat lagen. Sie griff nach der Waffe. Es war eine Smith & Wesson, Kaliber 38.

Sie schwankte, ob sie die Waffe mitnehmen sollte zu dem Erpresser und entschied sich schließlich dagegen. Ach was, dachte sie, ich habe Fire.

Seit sie Normans Trenchcoat angezogen hatte, wußte Fire, daß sie ausgehen würden, und lief in freudiger Ungeduld immer wieder zur Wohnungstür. Tara stand vor dem großen Spiegel im Flur. Sie war blaß, sie hatte sich nicht einmal die Lippen geschminkt. Das Haar stopfte sie unter den Herrenhut und setzte dann die große Sonnenbrille auf. Wenn sie morgen nach Mexiko flog, brauchte sie noch ein paar Sachen, eine Handtasche, ein Nachthemd, einen Badeanzug, Make-up. »Komm her«, sagte sie zu Fire und hakte die Leine an seinem Halsband fest. »Du bist mein Bodyguard, hast du verstanden, ich verlaß' mich auf dich. Du wirst mich beschützen.«

*

Eine halbe Stunde später setzte ein Taxi sie in der Wooster Street ab. Es war das erste Mal, daß sie in dieses Viertel beim West Broadway von New York kam, das sich Tribeca nannte. Die Wooster Street war eng und finster; auf beiden Seiten standen hohe Häuser mit verkommenen Fassaden und blinden Fenstern. Die schäbigen Boutiquen und die Kneipen, aus denen der Geruch von Pommes Frites und Currywurst drang, machten die Straße nicht freundlicher.

Nummer 31 war ein rotes Backsteinhaus, zehn Stockwerke hoch, in einem trostlosen Zustand und offenbar unbewohnt.

Wie der Erpresser ihr gesagt hatte, stand die Haustür offen. Sie fand einen Warenlift, der über und über mit pornographischen Graffiti bekritzelt war. Als sie den Lift im 3. Stock verließ, stand sie vor einer Metalltür, dreimal so breit wie eine normale Wohnungstür. Eine Türglocke gab es nicht, nur ein kleines schwarzes Namensschild: Ben Lansky.

Auf ihr Klopfen reagierte niemand. Sie trat ein. Vor ihr dehnte sich ein riesiger Raum, getragen von sechs schwarzen Säulen aus Gußeisen. Obwohl es Tag war, herrschte hier Dämmerung. Zögernd machte sie ein paar Schritte und überlegte, wie sie sich bemerkbar machen sollte.

An einem Kleidergestell hingen militärische Tarnanzüge, bunte Reizwäsche und schwarze Latextricots. Sie ging weiter und stand verwundert vor einem Erdhaufen, über dem sich aus Plastikgebüsch eine Dschungellandschaft erhob. Schnüffelnd umkreiste Fire den Erdhaufen.

Plötzlich hörte sie Schritte. Links öffnete sich eine Tür, und ein Mann kam heraus. Nach der Stimme hatte sie einen anderen Mann erwartet, klein, grau, rattenartig. Der Mann, der dort stand, war schlank, groß, blond. Er drückte einen Schalter, und eine einzelne Spotlampe flammte auf. Für einen Moment stand er im grellen Lichtkegel. Tara registrierte jedes Teil seiner Kleidung: das schwarze Hemd, das abgewetzte Ledergilet mit den beiden Brusttaschen; in der linken war eine angerissene Zigarettenpakkung, an der rechten war ein Sticker mit seinem Bild und Namen befestigt. Die Jeans steckten in alten schwarzen Mexikanerstiefeln, die am Schaft mit Silbernägeln verziert waren. Sie schätzte ihn auf Mitte 30. Er mußte mal ein hübscher Junge gewesen sein, der typische blonde kalifornische Beachboy. Jetzt wirkte er verlebt; die Augen blickten kalt, um den Mund lag ein brutaler Zug.

Er kam unbefangen auf sie zu. »Hallo, da sind Sie ja.« Fire legte die Ohren zurück und begann leise zu knurren. Lansky fixierte den Hund. »Ist er scharf?«

»Ja.«

Lansky ließ sich nicht beeindrucken. »Dann werden wir ihn entschärfen.« Lansky handelte so schnell, daß Tara nicht reagieren konnte. Von hinten packte er Fire am Halsband und riß den Hund mit einem heftigen Ruck zur nächsten Säule, wo er ihn festband. Sein Griff war so brutal, daß er den Hund fast strangulierte und damit außer Gefecht setzte.

»Was tun Sie da«, fuhr Tara ihn an.

»Das sehen Sie doch. Ich mag keine scharfen Hunde.« Mit geübter Hand schlang er die Leine zu einem Knoten. Fire blieb kein Meter Spielraum. Tara wollte dazwischentreten und Fires Leine lockern, doch Lansky hinderte sie daran. »Finger weg.« Er musterte sie mit einer Mischung aus Spott und unverhohlener Gier. »Keine schlechte Rasse, die Mafiaweiber. Du bist seit langem das beste Stück in Norman Reeds Sammlung. Er macht es richtig, er wechselt die Frauen wie die Hemden. Warum auch nicht, sie wollen es so, sie rennen ihm die Tür ein. Weißt du, wie ich sie nenne, Yellow Birds, weil ich sie alle an die Yellow Press verkaufe. Norman Reed ist mein bester Lieferant von Yellow Birds.«

Tara wandte sich ab. »Wo sind die Fotos?«

Lansky zündete sich eine Zigarette an. »Ich hab's mir anders überlegt. Die Story ist so gut, die geht um die Welt, damit werde ich reich. Das ist die Story, auf die ich immer gewartet habe.«

Plötzlich faßte er Tara am Arm und schob sie vor sich her zur Eingangstür. Auf dem rechten Flügel der Tür hing ein riesiges überbelichtetes Foto: Neben einer weißen Couch auf einem weißen Teppich lagen die Leichen einer nackten Frau und eines nackten Mannes. Die beiden waren mit einem Strick aneinandergefesselt. Der Mann trug über dem Kopf eine Ku-Klux-Klan Mütze. »Kennst du die beiden?« fragte Lansky. »Natürlich kennst du sie, die Frau ist Sharon Tate und der Mann ist Frykowski. So hat man sie gefunden am 9. August 1969, im Haus von Roman Polanski und Sharon Tate in Hollywood am Cielo Drive. Das Bild ging um die Welt und der Fotograf wurde reich damit.« Er lachte. »Vielleicht werde ich mit deinen Fotos reich. Die lebendige Tote, die sich im Apartment von Superstar Norman Reed versteckt hält. Man beerdigt sie, aber in Wirklichkeit liegt sie in Norman Reeds Bett. Dieses Bild brauche ich noch, dieses Bild werden wir heute noch machen. Ich seh's genau vor mir, du auf Normans Bett, nackt, zwischen deinen Beinen der Hund ... Du wirst alles tun, was ich von dir verlange, alles. Wenn du ein kluges Kind bist, tust du es freiwillig. Es würde mir leid tun, wenn ich Gewalt anwenden müßte. Ich hab' nun mal ein weiches Herz, du weißt ja, Ave Maria und so ...«

Tara fühlte, wie sich Panik in ihr ausbreitete. Sie hatte diesen Mann unterschätzt. Sie hatte ihn für einen Erpresser gehalten, aber er war ein Verrückter. Und sie war in die Falle gegangen. Den Hund hatte er bereits ausgeschaltet. Fire konnte ihr nicht mehr helfen.

Ganz ruhig, sagte sie sich, ganz ruhig. Er darf nicht merken, daß du Angst hast. Wenn er das merkt, bist du verloren.

Lansky beobachtete Tara. Er konnte keine Anzeichen von Angst feststellen. Ihr Gesicht drückte höfliche Gleichgültigkeit aus, ihre Haltung war entspannt. Gespielt oder echt, sie war ein harter Brocken. »Mir scheint, du bist tatsächlich ein kluges Kind.«

Zu seiner Verblüffung lächelte sie. »Das bin ich, und jetzt will ich die Bilder sehen.«

»O. k. Komm.«

Durch den primitiven Wohnraum kamen sie in die Dunkelkammer. In einem Regal waren Filmpakete und Chemikalien gestapelt. Lansky deutete auf die Vergrößerungen, die an der Leine zum Trocknen hingen. »Das ist sie, die tote Tara Calese, ziemlich lebendig für eine Tote.« Er legte den Arm vertraulich um ihre Schulter. »Gestern mittag, am World Trade Center, hatte ich keine Ahnung, wer du bist. Ich hielt dich für den neuen Flirt von Norman Reed, und ein neuer Flirt von Norman Reed ist immer eine Story, vorausgesetzt, man hat den Namen. Also fuhr ich hinter dir her und machte Frau Olson einen kleinen Besuch. Sie sagte mir, daß du Tara Fisher heißt und bei Norman Reed wohnst. Die Story wurde immer besser. Während ich den Film entwickelte, blätterte ich in der New York Times – und da fiel mir was auf. Eines von den Mädchen, die bei der Schiffskatastrophe den Tod fanden, kam mir bekannt vor. Sie hieß Tara Calese, und ich war sicher, ich hatte sie schon mal irgendwo gesehen. Aber wo. Dann plötzlich fiel der Groschen, diese tote Tara Calese war das Mädchen, das ich eben fotografiert hatte. Ich machte schnell von einigen Schüssen Vergrößerungen – und es stimmte, meine Tara Fisher war Tara Calese und laut Polizei tot.«

Tara ließ ihn reden. Ihre Augen gingen über die Fotos, die zum Trocknen an der Leine hingen. Ein schwarzer Mercedes, und im offenen Fenster des Fonds ein Mädchen mit einem Herrenhut auf dem Kopf und einem Champagnerglas in der Hand. Die Bilder waren kein Beweis, daß Tara Calese noch lebte. Die Bilder konnten von früher sein. Lansky hatte geblufft, und sie war darauf hereingefallen.

»Na, wie gefallen dir die Bilder?« hörte sie Lanskys Stimme neben sich. »Bin ich ein guter Fotograf?«

»Es geht, nur, die Bilder beweisen nichts.« Kaum hatte sie die Worte ausgesprochen, wußte sie, nun hatte sie einen Fehler gemacht.

»Du hast recht«, gab er trocken zurück, »aber das läßt sich korrigieren. Ich hab' dir ja schon gesagt, was ich vorhabe mit dir. Aber ich glaube, ich habe noch eine bessere Idee. Und du selber hast mich darauf gebracht.« Er führte sie in den großen Raum zurück, zu dem Tisch, der dort stand. Er drehte Tara so, daß sie den Spot voll im Gesicht hatte. Er lehnte sich gegen sie und drückte sie mit dem Rücken gegen den Tisch. »Was mich interessieren würde, warum warst du nicht auf der Flamingo, als sie in die Luft flog? Hast du gewußt, daß es passieren wird? Oder bist du einfach ein Glückskind?«

Sein Gewicht wurde schwerer, langsam zog er ihre Arme auf den Rücken, sein Atem streifte ihr Gesicht. »Lassen Sie mich los«, sagte sie kalt.

»Dich loslassen ...« Er lachte. »Wir fangen gerade erst an, uns kennenzulernen.«

»Sie tun mir weh.«

»Wart's ab, es kommt noch besser. Ich hab' so das Gefühl, für dich fallen mir ganz besondere Sachen ein. Du inspirierst mich, du Mafiahure.« Sein Gesicht kam näher. »Warum schminkst du deine Lippen nicht! Lippen müssen rot sein, dunkelrot. Aber Blut ist auch eine Farbe.«

Tara drehte den Kopf weg und dann, blitzschnell, riß sie sich los und stürzte zu Fire. Es mußte ihr gelingen, Fire loszumachen. Doch Lansky war schneller. Er versetzte ihr einen Schlag, daß sie taumelte und gegen die Wand prallte. Fires Bellen wurde immer wütender. Er war außer sich. Mit gesträubtem Fell und gefletschten Zähnen versuchte er, sich von der Säule loszureißen.

Lansky entsicherte die Waffe und zielte auf Fire.

»Nein«, schrie Tara, »nicht ...«

Lansky schoß zweimal. Die erste Kugel schleuderte den Hund zur Seite, die zweite Kugel traf ihn tödlich, und er brach zusammen.

Lansky wandte den Kopf und sah Tara an. »Siehst du, so mach' ich das. Jetzt ist Ruhe.« Er legte den Revolver auf den Tisch. Er war weiß im Gesicht. Sein Blick kehrte zu dem Hund zurück. Er ging hin und trat mit dem Stiefel nach ihm. »Du bellst nicht mehr.«

Um Fire breitete sich rasch eine Blutlache aus. Das Fell schimmerte golden. Noch einmal trat Lansky mit dem Stiefel nach dem Hund. Tara sah, wie die Spitze des schwarzen Mexikanerstiefels in dem goldenen Fell verschwand. Was dann geschah, ging schneller, als sie denken konnte. Sie wußte nicht, was sie tat, sie handelte einfach. Sie nahm die Pistole, die Lansky auf den Tisch gelegt hatte. Es war eine Smith & Wesson, Kaliber 38, die gleiche Waffe, wie sie in Normans Schreibtisch lag.

Sie umklammerte die Pistole mit beiden Händen und streckte die Arme aus. Lansky stand immer noch bei Fire. Er wandte ihr den Rücken zu. Quer über das Ledergilet war in großen weißen Lettern seine Telefonnummer gedruckt, genau unter dem rechten Schulterblatt war eine Acht. Tara zielte auf den oberen Kreis der Acht und drückte ab.

Eine Erschütterung lief durch Lanskys Körper, er warf den Kopf nach hinten und sein Mund verzog sich zu einem schiefen Lachen. »Mafiahure!«

Tara drückte ein zweites Mal ab. Lansky stand noch immer aufrecht, er drehte sich um sich selbst. »Du Mafiahure.«

Tara schoß weiter. Lanskys Beine knickten ein, er brach in die Knie. Der Oberkörper sackte nach vorne, aus der Brusttasche des Ledergilets fielen ein paar Zigaretten – dann erst stürzte der Mann. Mit dem Kopf nach unten schlug er auf dem Boden auf und blieb reglos liegen.

Tara ließ die Waffe sinken. Sie wich zurück, suchte Halt am Tisch. Sie hatte keine Kraft mehr in den Beinen. Sie setzte sich auf einen Stuhl und schloß die Augen.

Im Raum herrschte Stille, aber in ihrem Kopf dröhnten immer noch die Schüsse. Durch die Augenlider spürte sie das Licht des Deckenscheinwerfers; sie öffnete die Augen und starrte in die weiße Helligkeit.

Das Haus ist unbewohnt, sagte sie sich. Das ist gut. Niemand hat die Schüsse gehört. Es können Tage vergehen, bis man Lansky findet. Es kann aber auch im nächsten Moment die Tür aufgehen und jemand hereinkommen.

Sie legte die Waffe auf den Tisch und erhob sich. Sie holte aus der Dunkelkammer die Vergrößerungen und den Film und stopfte alles in eine Plastiktüte, die sie im Papierkorb fand. Dann stand sie wieder in dem großen Raum. Um Lansky hatte sich eine Blutlache gebildet. Auf dem abgetretenen Holzboden stand das Blut als dunkler, glänzender Lack. Im Ledergilet waren zwei Einschüsse sichtbar, einer im oberen Kreis der Acht. Die hellen Ränder begannen, sich rot zu färben.

Mit einem Taschentuch entfernte sie sorgfältig ihre Fingerabdrücke von der Waffe.

Bevor sie das Loft verließ, löschte sie das Licht. Sie fuhr nicht mit dem Lift nach unten, sie benützte die Treppe. Der Hauseingang lag verlassen. Auf der Straße fehlte ihr jede Orientierung. Sie ging einfach los, ohne Ziel. Canal Street, Chinatown, Bowery. Die Straßen wurden immer schmutziger. Inmitten von Abfalltonnen, die überquollen, hockten Penner. Weiße, schwarze, junge, alte, überall Penner. Sie lehnten in den Hauseingängen, sie lungerten an den Straßenecken, sie hockten auf den Stufen winziger Leihhäuser, sie standen unter den offenen Türen von Bars.

Wie Bilder glitten sie an Tara vorüber. War es Wirklichkeit? War es ein Alptraum? Weiter, nicht stehenbleiben, nicht denken, einen Fuß vor den anderen setzen, weitergehen.

Schließlich kam sie in die South Street. Der Anblick des Wassers überraschte sie. Jenseits des Wassers ragte die Skyline von Brooklyn ins dunstige Weiß des Himmels. In der Nähe hatte die Fähre nach Brooklyn festgemacht. Passagiere gingen an Bord. Nach einiger Zeit legte die Fähre ab und fuhr tuckernd davon. Mit lautem Kreischen folgten ein paar Möwen.

Tara ging am Pier entlang. In gleichmäßigem Rhythmus klatschten die Wellen gegen die Steine. Sie lehnte sich an einen Poller und hielt ihr Gesicht der Brise entgegen, die vom Wasser kam. Vom Himmel klang das Motorengeräusch eines Flugzeugs. Es war ein Jumbo, mit Kurs nach Süden.

Mexiko, dachte sie.

Die Maschine stieg, wurde kleiner, schien zu verblassen und mit dem Weiß des Himmels zu verschmelzen.

Morgen bin ich in Mexiko.

In Mexiko ist noch Sommer.

Mexiko

Mittwoch, 10. September, bis Samstag, 13. September 1986

Los, Kinder, macht vorwärts«, rief Bob Fisher dem Aufnahmeteam zu. Er stand am Heck einer mexikanischen Blumenbarke und verfolgte die Vorbereitungen zur letzten Aufnahme. »Endlich haben wir das Licht, auf das wir seit Stunden warten. Also beeilt euch, in zwanzig Minuten ist die Sonne weg. Josette, mach endlich Schluß mit der Schminkerei.«

Die Blumenbarke lag in einem der verträumten Binnenhäfen von *Xochimilco*, dem Blumensee, einem Paradies aus schwimmenden Gärten und verzauberten Kanälen.

Ein Ausflug nach *Xochimilco* ist so etwas wie eine fröhliche Wallfahrt, und sie gilt heute wie früher zur Zeit der Azteken dem Blumenprinzen *Xochipilli*, den die Azteken als Gott der Liebe verehrten und an dessen Wunderkräfte auch die Mexikaner von heute noch glauben.

Bob Fisher hatte lange mit den mexikanischen Behörden verhandeln müssen, um in *Xochimilco* fotografieren zu dürfen. Die zuständigen Beamten waren voller moralischer Bedenken gewesen. Nacktaufnahmen in *Xochimilco*! Unmöglich! In *Xochimilco* war es nicht einmal erlaubt zu baden. *Xochimilco* war so etwas wie ein mexikanisches Nationalheiligtum, wo nur gesittete Vergnügen gestattet waren. Unter Anrufung aller Heiligen und der Jungfrau Maria malten sie ihm aus, was geschehen würde, wenn er und sein Team öffentliches Ärgernis erregten.

Bob Fisher hatte Erfahrung in solchen Verhandlungen; es gehörte zum Konzept von *Heat*, das Mädchen des Monats an einem Ort aufzunehmen, wo nie zuvor Sexfotos gemacht worden waren, ein Konzept, das ihm Erfolg gebracht hatte. Die *Heat* Pictorials in der Medici-Kapelle, im Escorial, in der Pariser Metro, im englischen Unterhaus, in den Gärten des Vatikans wurden auch von der Branche als sensationell bezeichnet.

Dank Bob Fishers großzügigen Schmiergeldern hatten die mexikanischen Behörden schließlich eine Lösung gefunden. Der kleine Binnenhafen, wo Bob Fisher fotografieren wollte, wurde einen Tag lang für Besucher gesperrt. Der Preis für dieses »Entgegenkommen«, wie der mexikanische Beamte es nannte, war hoch. Zur Hafenmiete kam die Bezahlung einer Mariachi-Kapelle, einer Orchideen-Verkäuferin und aller Hilfskräfte für die Absperrung zu Wasser und zu Land.

Natürlich gab es trotz der Absperrung viele Zaungäste. Was sie zu sehen bekamen, war eine große Blumenbarke, die man in ein Fotoatelier umfunktioniert hatte. Die Aluminiumkoffer und die Stative standen herum; an der Reling lehnten die mit Silberfolie bezogenen Aufheller, am Heck lag ein Berg von Requisiten, Kleidern, Schuhen, allerlei Accessoires und der große Beautycase der Visagistin.

Längsseits der Barke war ein schmales Kanu festgemacht und dort, auf einem verschwenderischen Blumenlager aus Rosen, Gladiolen, Wasserlilien, Chrysanthemen und Amaryllis, ruhte aufreizend nackt, aufreizend weißhäutig und aufreizend blond, Audrey Sanders.

Bob Fisher klatschte in die Hände. »Was ist, Josette, hast du nicht gehört, wir müssen anfangen.«

Josette war die Visagistin; sie kniete im Kanu neben Audrey Sanders und klopfte die große Puderquaste am Handrücken ab. »Audreys Stirn glänzt schon wieder. Ich muß noch mal drüber gehn.«

Auch Vivian, die Stylistin, machte sich an Audrey Sanders zu schaffen. Mit Hilfe von zwei Zierkämmen, die reich mit Perlmutt eingelegt waren, versuchte sie aus Audreys blonder Mähne so etwas wie eine Frisur zu machen.

Audrey paßte das nicht. Laut genug, damit Bob Fisher es hören konnte, protestierte sie. »Vivian, laß das, mein Haar ist o. k.« Bob Fisher kam ihr zu Hilfe. »Vivian, Hände weg von Audreys Haar. Was sollen diese Großmutterkämme. Wir machen keinen Kostümfilm, verdammt noch mal. Je wilder Audreys Haar, um so schöner.« Seine Stimme wurde ungeduldig. »Vorwärts, und bitte konzentriert euch.«

Audrey zog die Kämme aus dem Haar und schüttelte triumphierend ihre Mähne. Sie war Bob Fishers jüngste Entdeckung. In *Heat* das Mädchen des Monats zu sein, mit einem Riesenfolder in der Mitte, das konnte eine Rolle in einer Fernsehserie bedeuten. Auch Marilyn Monroe hatte mal klein angefangen. Marilyn Monroe war Audreys großes Vorbild, und wie einst Marilyn Monroe war sie bereit, jeden Preis zu bezahlen, um ein Star zu werden.

Lester, der Fotograf, verschwand hinter der Kamera. »Vivian, runter vom Kanu und du auch, Josette.« Er winkte dem Assistenten. »Bruce, die Belichtungszeit.« Dann gab er Tara, die mit dem Aufheller bereitstand, ein Zeichen. »Näher, noch näher, gut so.«

Bob Fisher hatte Tara dem Team als entfernte Verwandte vorgestellt, die hineinschnuppern wollte in die Arbeit des Fotografierens. Das hieß nicht nur zuschauen, das hieß auch mithelfen, und das lenkte sie ab von den eigenen Gedanken. Gestern waren sie vor Sonnenaufgang nach Teotihuacan gefahren und hatten Audrey auf den Stufen der Sonnenpyramide aufgenommen. Morgen würden sie auf der Hazienda des berühmten mexikanischen Malers Luiz Martinez drehen. Martinez und Bob waren alte Freunde. Aus diesem Grund wohnten Bob Fisher und Tara nicht mit dem Team im Hilton in Mexico City, sondern auf der Hazienda von Martinez. Die drei Tage Mexico waren schnell vergangen. Morgen mittag ging es zurück nach New York – der Gedanke stand drohend vor Tara.

Bob Fisher schob Lester von der Kamera weg. »Laß mich mal durchschauen.« Er beugte sich über den Sucher. Das Licht konnte nicht besser sein. Die tiefstehende Sonne tauchte die ganze Szene in feuriges Flirren; Audreys Haar wurde zu einer Flammenmähne, und aus dem üppigen Blumenlager hoben sich die einzelnen Blüten mit kostbarer Transparenz heraus. So hatte er es sich vorgestellt, die drei Tage Mexico hatten sich gelohnt. Dieses *Xochimilco* mit den Lagunen und den schwimmenden Gärten war ein verzaubertes Stückchen Erde. Das smaragdgrüne Wasser; der idyllische Hafen, über den die sinkende Sonne goldene Schleier warf. Audrey auf ihrem Blumenlager, schön wie Aphrodite. Ihre Brustwarzen, raffiniert geschminkt, glichen Rosenknospen, ihre weiße Haut hatte den Schimmer kostbarer Perlen.

Bob Fisher nickte Lester zu. »Maximal. Aber denk daran, nicht zuviel Landschaft, die Bilder sind nicht für *National Geographic*, die Bilder erscheinen in *Heat*. Geh so nah wie möglich an Audrey heran. Ich möchte den Folder diesmal als Querformat machen.«

»Gut, daß du mich erinnerst«, Lester schnitt eine Grimasse, »wir machen mal wieder ganz was Neues, das Flower Power Girl ... Aber du weißt ja, das ist der letzte Folder, den ich für dich schieße. Unwiderruflich.«

Bob Fisher grinste. »Den letzten Folder hast du vor zwei Jahren in Venedig geschossen. Seitdem gibst du nur noch Gastspiele.«

»Das ganze Leben ist ein Gastspiel.«

»Stop. Nicht philosophieren. Konzentrier dich auf Audrey.«

»Flower Power«, murmelte Lester und gab Audrey ein Zeichen. »Bist du bereit?« Sie lächelte, und Lester begann zu fotografieren. Während Lester arbeitete, mischte Bob Fisher sich nicht mehr ein. In der kurzen Pause, während der Assistent einen neuen Film einlegte, probierte er mit Audrey eine andere Stellung. »Leg dich mal auf den Bauch, laß einen Arm ins Wasser hängen, sehr schön, den Blick über die Schulter, wunderbar. Das Kreuz etwas mehr durchdrücken und den Po kneifen, daß er ganz knackig ist. Und jetzt noch das Becken ein bißchen drehen, so als würdest du dich im nächsten Moment herumwälzen, sehr gut, bleib so.«

Lester hob die Hand. »Es geht weiter. Tara, etwas näher mit dem Aufheller, sonst säuft der Po total ab.«

Vivian und Josette saßen am Bug der Schaluppe. Beide wußten nicht so recht, was sie von diesem schönen, schweigsamen Mädchen halten sollten; beide waren von ihrer Gegenwart irritiert. Komische Idee von Bob Fisher, fand Vivian, eine Verwandte mitzubringen. Trotz der Turnschuhe und der Jeans und des einfachen weißen Herrenhemds – offensichtlich von Bob Fisher ausgeliehen – sah man Tara an, daß sie im Luxus aufgewachsen war und keine Ahnung hatte, wie hart das Leben für eine Frau sein konnte. Sie würde nie einen Beruf ausüben. Sie würde heiraten. Sie würde einen reichen Mann haben und Kinder, und allen Luxus, den sie sich nur wünschen konnte. Sie würde immer alles geschenkt bekommen, sie würde nie um etwas bitten müssen.

Josette studierte Tara mit den Augen der Visagistin. Dieses Mädchen hatte eines jener Gesichter, die auch ohne Schminke vollkommen schön und von geheimnisvoller Dramatik erfüllt waren. Alles stimmte. Josette kam sich alt vor dagegen, wie ein nervöses Wrack. Trotz Yoga, trotz Psychiater, war sie immer nahe am Rande eines Nervenzusammenbruchs.

Audrey machte sich nicht die Mühe, über Tara nachzudenken, aber sie hätte viel darum gegeben, wenn Tara nicht dabeigewesen wäre. Audrey hatte sich den Ausflug nach Mexico anders vorgestellt, auf keinen Fall so wie es jetzt lief, daß sie mit dem Team im Hilton wohnte und Bob Fisher mit Tara auf der Hazienda von Luiz Martinez.

Die Sonne sank rasch. Man konnte zusehen, wie die Schatten der hohen Pappeln am Ufer wuchsen. Audrey hatte es satt. Alles tat ihr weh und außerdem begann sie zu frösteln. Endlich rief Bob Fisher das erlösende: »Schluß für heute.« Audrey richtete sich mit einem Seufzer aus ihrem Blumenlager auf und streckte Bob die Hand hin. »Zieh mich hoch, ich bin total lahm.« Sie kletterte aus dem Kanu in die Schaluppe. »Zufrieden?« fragte sie ihn.

»Sehr.« Er gab ihr einen Kuß auf die Wange. »Und jetzt zieh dich an, sonst kommt die mexikanische Sittenpolizei.«

Mit einem Kichern preßte sie sich an ihn. »Das wäre aufregend, mit dir zusammen in einer mexikanischen Gefängniszelle.«

Unwillkürlich wich Bob Fisher zurück. Optisch waren Audreys Brüste eine wahre Pracht, das Gefühl, das sie bei der Berührung wie jetzt vermittelten, war jedoch das von zwei harten Tennisbällen.

»Nicht heute nacht«, murmelte er, »morgen fangen wir bei Sonnenaufgang mit den Reitaufnahmen an. Das wird anstrengend.«

Sie sah ihn an. »Schade ...« Dann wandte sie sich ab, schlüpfte in ihren rosa Jogginganzug und machte ein paar Stretchingübungen, um ihre eingeschlafenen Glieder zu beleben.

Bob Fisher wandte sich an alle. »Der Chauffeur holt euch morgen früh um fünf Uhr ab. Nehmt euer Gepäck mit, ihr kommt nicht mehr ins Hotel zurück. Wir fahren von der Hazienda direkt zum Flughafen.«

»Alles klar«, antwortete Lester für alle.

Am Ufer wartete bereits der Wagen, der Bob Fisher und Tara zur Hazienda von Luiz Martinez bringen würde. Bob Fisher nahm den Blazer über den Arm und sein Aktenköfferchen, Tara holte aus der Kühlbox zwei Dosen Cola. Dann gingen sie an Land.

Das Team winkte; Audrey unterbrach einen Moment ihre Stretchingübungen und blies Bob Fisher eine Kußhand nach.

Bob Fisher hatte die Angewohnheit, nach einem Aufnahmetag sofort die Dinge zu notieren, die er später im Text zu dem Pictorial unterbringen wollte. Auf diese Weise hielt er die Eindrücke unreflektiert, in ihrer ersten Frische fest und brachte ein authentisches, fast reportagehaftes Element ins Heft. Er hatte die Schreibunterlage mit dem festgeklemmten Block auf den Knien, doch es fiel ihm schwer, sich zu konzentrieren. Der Tag hatte ihn müde gemacht. Wäre er allein gewesen, hätte er sich auf den Rücksitz gelegt und während der Fahrt zur Hazienda von Luiz Martinez geschlafen. Aber neben ihm saß Tara, und seine männliche Eitelkeit verbot es ihm, sich gehenzulassen. »Gleich bin ich fertig.«

Sie hielt ihm ihre Coca Cola Dose hin. »Probier mal, es schmeckt anders als in Amerika.«

Bob Fisher trank zu selten Coca Cola, um ein Experte sein zu können. »Ich weiß nicht, es scheint sehr süß.«

»Genau.«

»Es liegt am Wasser, die Grundmelasse ist immer gleich, aber jedes Land hat ein eigenes Mischungsverhältnis.«

Sie hatten Xochimilco verlassen. Noch einmal, in einer Kurve, sahen sie am Horizont die Silhouette der aufragenden Pappeln; fast schwarz standen sie vor dem abendlichen Himmel, der immer noch im Widerschein der untergegangenen Sonne leuchtete. Sie kamen am Olympischen Dorf vorbei, am Azteken-Stadion; bald darauf, als sie sich Mexico City näherten, fragte der Fahrer, ob er den Tunnel nehmen sollte, oder ob sie durchs Zentrum wollten.

Tara wechselte mit Bob Fisher einen Blick. »Ich möchte durchs Zentrum«, bat sie. Bisher hatten sie von Mexico City praktisch nichts gesehen. Den gestrigen Tag hatten sie in Teotihuacan verbracht, heute hatten die Aufnahmen in *Xochimilco* auf dem Programm gestanden. Morgen würde sie bis zum Abflug auf der Hazienda von Luiz Martinez bleiben. »Ich möchte nur diese berühmte Straße sehen.« Sie suchte nach dem Namen.

»Du meinst, die Avenida de los Insurgentes.«

»Ja.«

Bob Fisher warf einen Blick auf die Uhr. Luiz Martinez hatte ihn gebeten, pünktlich zum Abendessen da zu sein, und er hatte seine Gründe dafür. Die New Yorker Galeristin Mary Gould war heute bei ihm, um die Bilder für die Ausstellung im nächsten Frühjahr auszuwählen.

»Du kennst mich«, hatte Luiz zu Bob gesagt, »du weißt, ich hasse Gespräche über Kunst, und Mary Gould wird den ganzen Nachmittag über Kunst reden. Wenn ich allein mit ihr zu Abend esse, wird sie weiter über Kunst reden, und wenn sie dann von ihrem Liebling Beuys anfängt und mir die tiefe Menschheitsbedeutung seiner Autobahnkaninchen erklärt, geschieht unweigerlich ein Unglück. Ich schneide ihr mit dem Brotmesser den Hals durch. Ich flehe dich an, verhindere das, es wäre schade um mein unschuldiges Brotmesser.« Typisch Luiz Martinez. Es müßte mehr Menschen geben wie ihn, vor allem mehr Künstler. Er war ein Kind und ein Gigant in einer Person, er war ein Romantiker, und er malte Bilder, auf denen die Sonne explodierte. Bob Fisher tippte dem Fahrer auf die Schulter und fragte ihn, wie lange die Fahrt durchs Zentrum dauern würde.

»Eine Stunde.«

»Also gut, nehmen wir die Avenida de los Insurgentes.« Er verstaute das Schreibzeug und rutschte neben Tara. »Tut mir leid, du hast nicht viel zu sehen bekommen von Mexico, so ist das nun mal bei Aufnahmen. Ich hoffe, du hast dich nicht zu sehr gelangweilt.«

»Überhaupt nicht.«

Sie befanden sich bereits auf der Einfahrt in die Stadt. Links und rechts standen hohe Reklametafeln, *Gordon's Gin, Marlboro, Mercedes, Pan Am.* Vom *Pan Am*-Plakat leuchtete in hellgrünen Digitalziffern die tägliche Abflugszeit von Mexico und die Ankunftszeit in New York.

Tara hatte plötzlich Mühe zu atmen. Die grünen Digitalziffern sprangen sie an, bedrohten sie.

Bob Fisher war dabei, ihr den Namen der Straße zu übersetzen, auf der sie fuhren. »Los Insugentes heißt die Aufständischen.

In Mexico verehrt man die Revolutionäre als Volkshelden. Und irgendeine Revolution ist immer im Gange, das gehört zu Mexico. Die Revolution nimmt kein Ende, so wie diese Straße kein Ende nimmt. Sie ist 24 Kilometer lang. Die Mexikaner sind sehr stolz darauf, daß sie die längste Straße der Welt haben. Hier ist überhaupt alles größer als anderswo, das hast du ja schon gemerkt. Die Mexikaner lieben Superlative. Paß auf, gleich kommt das Teatro Insurgentes. Die Malerei auf der Fassade stammt von Diego Rivera. Du bist nicht verpflichtet, in Begeisterungsschreie auszubrechen. Es gibt in Mexico fünftausend Quadratmeter Fläche, die Rivera mit seinen Murals bemalt hat. Er war auch so ein mexikanischer Superlativ.«

Sie passierten die Stierkampfarena. »50 000 Plätze; und jeden Sonntagnachmittag werden dort sechs Stiere getötet.« Dann kam das entsprechende Denkmal auf der Plaza Mexico, dann das größte Hotel der Stadt, City of Mexico. Die Straße verbreiterte sich und wurde zu einem dreispurigen Boulevard, links und rechts von Banken und Geschäftshäusern gesäumt, deren Prachtentfaltung Bob Fisher als mexikanischen Größenwahn bezeichnete. Weiter nach Norden verlor die Straße nach und nach das pompöse Gehabe; die Prachtbauten machten eleganten Häusern im spanischen Kolonialstil Platz.

»Das war's«, sagte Bob Fisher, als sie die Stadt hinter sich hatten. »Ich bin froh, wenn ich morgen wieder in unserem gemütlichen New York bin. Und weißt du, was wir übermorgen machen, wir kaufen Kleider für dich. Du kannst nicht ewig in Jeans herumlaufen.«

Tara blickte an sich herunter und hörte sich etwas sagen, das sie selber überraschte: »Ich möchte nicht nach New York zurück. Ich möchte hierblieben.«

»Ist es wegen Lansky?« fragte Bob Fisher.

Tara nickte. »Und überhaupt ...«

»Was willst du hier machen?«

»Ich weiß nicht – vielleicht könnte ich mich um die Pferde von Martinez kümmern. Er hat nur den alten Mexikaner, das ist zu wenig für einen Stall voller Pferde.«

»Du als Pferdeknecht – das erlaube ich nicht.« Bob Fishers Protest klang gutmütig, väterlich, aber das entsprach nicht dem, was er wirklich fühlte. Ihr Plan erschreckte ihn. War er eifersüchtig? Eifersüchtig auf Martinez? Unsinn, sagte er sich. Du siehst Gespenster. Er legte den Arm um Tara. »Ich gebe dich nicht her. Ich finde es wunderbar, eine Tochter zu haben.«

»Eine Nichte«, korrigierte sie ihn.

»Ich könnte dich adoptieren.«

Sie lächelte und lehnte sich an ihn, ganz selbstverständlich, mit der Zutraulichkeit eines Kindes, das Nähe und Schutz sucht. Eine Weile herrschte Schweigen. Bob Fisher war bereit, sie zu beschützen. Sie hatte niemanden sonst. Niemand wußte, was er wußte. Zu ihm war sie gekommen, nachdem sie Lansky erschossen hatte. Ihm hatte sie alles berichtet. Die Erinnerung an jenen Abend und die Nacht, die folgte – war es wirklich erst vor vier Tagen gewesen –, stand wieder vor ihm auf: Er würde nie den Ausdruck in ihren Augen vergessen, nie die unheimliche Ruhe und dazwischen Momente, in denen sie total aufgelöst war. Er hatte versucht, sie zu beruhigen, doch seine Worte hatten wohl nicht genügt. Nachts war die Tür seines Schlafzimmers aufgegangen, Tara war hereingekommen und war an sein Bett getreten. Er hatte geglaubt, sie wollte reden, doch sie hatte sich einfach zu ihm gelegt und mit leiser Stimme gesagt: »Nicht aufwachen, weiterschlafen – schick mich nicht weg, bitte, ich kann nicht allein sein.«

Er hatte sie in die Arme genommen, und bald hatte er an ihren ruhigen Atemzügen gemerkt, daß sie schlief. Er hatte nicht schlafen können. Was für eine seltsame Nacht, verwirrend, beglückend, aufwühlend. Das schönste junge Mädchen lag neben ihm, aber sie wollte nur seinen Schutz, nur seine Nähe. Und doch war sie ihm näher als alle anderen Frauen, die nichts anderes als Liebe gewollt hatten, Liebe, Erregung, Befriedigung. Während der langen Nachtstunden – wie lang sind Nachtstunden, wie endlos lange, wenn man auf den Atem eines Schlafenden lauscht, mit dem man spricht, ohne daß er es hört – hatte er zu Tara gesprochen, von den Frauen, die er geliebt hatte oder zu lieben glaubte. Während er so lag und ihren Schlaf beschützte, war das Gefühl einer nie zuvor erlebten Nähe in ihm gewachsen, Friede war über ihn gekommen. Friede und etwas wie eine süße Trauer. Es war, als hätte er in dieser Nacht Abschied von einem Teil seines Lebens genommen und die Schwelle zu einem neuen Abschnitt überschritten. War es das Alter?

Irgendwann gegen Morgen war auch er eingeschlafen, und als er erwachte, lag Tara nicht mehr bei ihm. Hatte er das Ganze nur geträumt? Doch dann fand er unter dem Kissen einen von Taras Schildpattkämmen. Sie hatten nie über diese Nacht gesprochen. Seine Hoffnung, daß sie auch hier in Mexico wieder zu ihm kommen würde, war nicht in Erfüllung gegangen. Er beobachtete sie von der Seite. Wollte sie wirklich in Mexico bleiben? Hatte es mit Martinez zu tun? Seine Erfahrung mit Frauen riet ihm, nicht in sie zu dringen, und vor allem, sie nicht vor Martinez zu warnen; das würde nur ihren Widerspruchsgeist wecken und ihre Neugier.

Tara brütete vor sich hin. Das Gespenst Lansky war wieder da. Das Loft in der Wooster Street, Bilderfolgen, die sich zwanghaft wiederholten, und um die Qual vollkommen zu machen, die Musik: Ein Orchester, das einsetzte, eine Tenorstimme, A-a-ve-e-e-M-a-a-ri-a-a.

»Alles ist besser als New York«, sie sprach mehr zu sich selbst. »Ich kann nicht zurück.« Sie wandte sich an Bob Fisher. »Was geschieht, wenn die Polizei ihn findet?«

Bob Fishers Hand ging zu der Trennscheibe zwischen Fond und Fahrer, aber er hatte sie schon früher zugeschoben. »Nichts wird geschehen«, sagte er mit gedämpfter Stimme. »Sie werden seine Wohnung durchsuchen, und dabei werden sie hundertprozentig Drogen entdecken. Damit haben sie die Erklärung für seinen Tod. In der Drogenszene werden täglich Menschen umgebracht.«

»Er hat mit Drogen gehandelt?« Das war neu für Tara.

»Nein, nicht direkt gehandelt, aber er verkehrte in dem Milieu. Er nahm selber Drogen und er holte sich die Mädchen für seine Sexfotos und Porno-Videos aus der Drogenszene. Er lockte sie mit Drogen an. Wenn sie dann abhängig waren, hatte er sie in der Hand und konnte mit ihnen machen, was er wollte. Ich weiß von zwei Mädchen, die er auf dem Gewissen hat, aber es waren mehr. Ben Lansky war ein Krimineller, er war gefährlich ... Er hat es verdient zu sterben ... Du hast der Menschheit einen Dienst erwiesen.«

Tara starrte aus dem Wagen. Warum hatten Bob Fishers Worte nicht die Kraft, die Bilder in ihrem Kopf zum Verschwinden zu bringen: das Loft, der große halbdunkle Raum mit den schwarzen Eisensäulen und den makabren Requisiten; eine Tür, die sich öffnet, eine einzelne Spotlampe, die aufflammt, und in deren Lichtkegel Ben Lansky steht ... Tara wandte den Kopf und blickte Bob Fisher voll an. »Hast du schon einmal auf einen Menschen geschossen?«

Er versuchte, ihrem Blick standzuhalten. »Ich hätte es auch getan.«

Eine Weile herrschte Schweigen, dann sagte Tara: »Ich möchte das alles vergessen. Sag mir, was muß ich tun, um zu vergessen.«

Bob Fisher war ratlos. Er fühlte, sie sprach nicht nur von Lansky, sie sprach auch von den Toten der *Flamingo*, und sie sprach von den Schüssen, die damals in Sunset Hill die friedliche Stille eines Sommerabends zerrissen hatten. Sie würde damit leben müssen, jetzt und für alle Zeit, wo immer sie war, ob hier in Mexico, in New York oder am Ende der Welt. Sie war eine Calese, und sie würde immer eine Calese bleiben. Dieser Name war ihr

Schicksal. Wie immer dieses Schicksal aussehen würde, ein Entkommen gab es nicht.

Zögernd begann er zu sprechen. »Es geht nicht ums Vergessen. Die Erde ist ein Ort, da geht es darum, wer der Stärkere ist. Die Schwachen haben keine Chance, die Schwachen gehen unter.« Er umschloß ihre Hand. »Du wirst nie untergehen, du wirst immer die Stärkere sein. Und deshalb kommst du morgen mit nach New York.« Tara schwieg. Die Welt von der er sprach, machte ihr angst. Sie fühlte sich dieser Welt nicht gewachsen. Was in der Wooster Street geschehen war, gab ihr nicht das Gefühl, die Stärkere zu sein. Sie sah es anders. Sie wußte jetzt, daß sie in Panik zu allem fähig war, sogar dazu, einen Menschen zu töten – und das machte ihr angst vor sich selbst. Irgendwo auf der Welt mußte es einen Ort geben, wo Frieden herrschte. Ein Leben ohne Angst, das war es, wonach sie sich sehnte. Einfach leben, nichts weiter, schicksalslos und glücklich wie ein Vogel im Himmel.

Die Hazienda von Luiz Martinez lag in den sanften Hügeln von Las Lomas, umgeben von Weiden und Laubwäldern. Das Herrschaftshaus, früher einmal Mittelpunkt eines ausgedehnten Landguts, bestand aus drei Häusern, die einen großen, quadratischen Innenhof umschlossen. In der Mitte des Hofes stand eine alte Zeder. Sie überragte die Dächer, und im Schatten ihrer dichten, breitgefächerten Krone plätscherte ein Brunnen.

Die Hazienda trug den Namen *Los Mochis*, was soviel bedeutet wie *Der Platz der Landtauben. Los Mochis* stammte aus dem 18. Jahrhundert und war in dem halb ländlichen, halb pathetischen Stil des mexikanischen Barock erbaut. Eine weiße Mauer umgab das Gehöft auf allen vier Seiten. Das mächtige Tor – ein ausladender Doppelbogen aus rotem Korallensandstein mit goldenen Zierkugeln, die weithin funkelten – schuf von der Ferne die Illusion einer Kirchenfassade.

Das Atelier lag im Mittelbau; es war eine zweistöckige, etwa fünf Meter hohe Halle mit weißgetünchten Wänden und hatte früher als Speise- und Festsaal gedient. Drei Türen führten zum Innenhof. Die Fenster, schmal und hoch wie Kirchenfenster, waren mit weißem, durchsichtigem Stoff verhangen. Der gewaltige offene Kamin an der Schmalseite des Raumes hatte einen gemauerten Rauchfang, der auf zwei wuchtigen Steinkonsolen ruhte. Die dunklen Balken der Decke und die rötlichen Tonplatten am Boden waren so alt wie das Haus.

An den Wänden standen großformatige Bilder, angefangene, fertige, dazwischen Stapel leerer Leinwände und einzelne Rahmen. Auch am Boden lagen Bilder. Martinez malte meist an verschiedenen Bildern gleichzeitig, und er malte oft am Boden. Ein langer Holztisch diente als Ablage für Malutensilien, Farben, Gläser, Büchsen, Pinsel, Malmappen, Kartons mit Kohlestiften und Kreiden.

Luiz Martinez brauchte dieses wilde Durcheinander, nur so fühlte er sich wohl. Ein leeres aufgeräumtes Atelier hätte ihn verrückt gemacht. Die Bilder in den verschiedensten Arbeitsstadien stimulierten ihn und gaben ihm das Gefühl, aus dem Vollen zu schöpfen.

An diesem Tag war das Chaos noch größer als sonst. Mary Gould plante wieder eine Ausstellung und war aus New York gekommen. Nach der Siesta hatte sie begonnen, die Bilder durchzusehen. Während Mary Gould zwischen den Bildern herumspazierte und eine erste Auswahl traf, schleppte Luiz Martinez aus dem Lagerraum Leinwand nach Leinwand herbei. Spinnweben und Staub wischte er einfach mit dem Ärmel seines verbeulten und verknitterten Leinenanzugs weg.

Manchmal brummte er, es wären jetzt genug, doch Mary ließ nicht locker, sie wollte mehr sehen.

Die nächste Ausstellung im Herbst 1987 sollte umfangreicher werden als die erste im Jahr 1980. Und dann gab es in Marys Hinterkopf noch eine Idee, die sie Luiz Martinez vorläufig nicht verraten hatte. Nachdem sie die Ausstellung drei Monate in New York gezeigt hätte, wollte sie auf eine Drei-Städte-Tournee damit gehen: Chicago, San Francisco, Los Angeles. Sie wußte im voraus. Luiz würde vehement protestieren gegen diesen Plan – aber sie wußte auch, zu guter Letzt würde er sich fügen.

Als sie vor zehn Jahren das erstemal nach *Los Mochis* kam und bei ihm angeklopft hatte wegen einer Ausstellung in New York, hatte er auch abgelehnt. Drei Jahre Überredungskunst hatte es gedauert, bis er zugestimmt hatte.

Wenn es nach ihr gegangen wäre, hätte sie bereits 1985 eine zweite Ausstellung mit ihm gemacht – doch da hatte er gestreikt. Von allen Künstlern, die sie betreute, war Luiz der erfolgreichste. Sammler aus der ganzen Welt kamen zu ihr und wollten einen Martinez. Sie hatte eine lange Liste von Interessenten. Manche mußten sich schon seit Jahren gedulden.

Martinez sträubte sich hartnäckig, pro Jahr mehr als sechs Bilder bei Mary Gould abzuliefern. Wenn sie drängte, bekam sie immer die gleiche Antwort: »Ich bin keine Fabrik.«

Einerseits imponierte ihr seine Haltung, andererseits hätte sie zu gern den Trend, den sie so geschickt aufgebaut hatte, voll ausgenützt. Es war ihr Werk, daß Luiz Martinez heute zu der Handvoll Künstler gehörte, deren Preise sich in fünfstelligen Dimensionen bewegten.

»Luiz«, bat sie ihn, »ich weiß, in deinem Lager stehen viele Bilder, hol sie heraus, oder ich mach' es selber.«

»Bitte sehr, wenn du leere Leinwände interessant findest.«

Sie lächelte schlau. »Schreib deinen Namen drauf, und ich werde auch deine leeren Leinwände verkaufen.«

»Du hast eine infame Art, Komplimente zu machen. Was du da eben gesagt hast, heißt nichts anderes, als daß ich mir die Farbe sparen könnte.«

»Dreh mir nicht das Wort im Mund um. Ohne Übertreibung, ich habe einen Sammler, der hat mir erklärt, beschaffen Sie mir einen Martinez, egal was er kostet. Bis zu einer halben Million Dollar gehe ich unbesehen mit.«

»Sag mal, glaubst du im Ernst, ich male für solche Leute ...«

»Luiz, versteh mich doch richtig, es ist gut, daß du dich rar machst. Ein Maler ist wie ein guter Wein, er muß rar sein – aber auch nicht zu rar ...«

Luiz Martinez stand mit hängenden Armen da. Im letzten halben Jahr hatte er einen Zyklus gemalt, sieben Nachtbilder, die er für das Beste hielt, was er jemals gemacht hatte. Er wußte, wenn er Mary die Bilder zeigte, wollte sie nur die – aber er war fest entschlossen, sie nicht herzugeben. Aber, dachte er, ich kann ja mit meinen Bildern machen, was ich will. Eines zeig' ich ihr. Mal sehen, wie sie reagiert.

»Also gut«, lenkte er ein, »ein Bild zeige ich dir noch, dann ist Schluß, und daß du's gleich weißt, das Bild ist unverkäuflich.« Er ging ins Lager und kam mit einer Leinwand zurück, die so groß war, daß er dahinter ganz verschwand. Ohne Kommentar stellte er das Bild vor dem Kamin auf und trat zurück. Mit einem stummen Zeichen gab er Mary zu verstehen, wo der beste Standort war, um das Bild zu betrachten.

»Luiz ... das ist ja ... Luiz ... und so was zeigst du mir nicht ...« Sie stotterte, suchte nach Worten. Ohne sich dessen bewußt zu sein, fiel sie ins Französische, die Sprache ihrer Kindheit und ihrer Studentenzeit in Paris. »C'est un chef d'œuvre«, murmelte sie überwältigt, »un chef d'œuvre ...«

Luiz Martinez genoß ihre Verwirrung; das gemurmelte *chef d'œuvre* war Balsam für seine Ohren, und doch verlangte sein Stolz es, daß er ihr Lob zurückwies. »Immer wenn Leute mit einem Bild nichts anfangen können, nennen sie es ein Meisterwerk.«

Sein Widerspruch löste ihr die Zunge. »Halt dich da raus, Luiz. Daß du das Bild gemalt hast, gibt dir kein Recht, es zu beurteilen. Du hast offensichtlich keine Ahnung, wie stark dieses Bild ist. Unglaublich, daß von einem dunklen Bild so ein Leuchten ausgehen kann ...« Sie sprach nicht mehr zu ihm, sondern zu sich selbst. »Ja, es leuchtet, es verströmt Euphorie – erotische Euphorie –, man hat das Gefühl, diese schlummernden Hügel, die man eigentlich nur ahnt, symbolisieren die Liebesbereitschaft einer träumenden Frau ...«

Luiz Martinez hörte Marys Geplapper mit düsterer Miene zu. Er bereute, daß er das Bild herausgeholt hatte. Warum konnte Mary nicht den Mund halten. Wie oft hatte er ihr schon gesagt, daß er nichts mehr haßte, als so einen enthusiastischen Erguß vor einem Bild – aber sie fiel immer wieder in diese Unsitte. Na ja, dachte er, in New York, in ihrer Galerie, redet sie wahrscheinlich dauernd solchen Stuß. Das ist ihr Metier. Mit diesem pseudo-genialischen Gegacker macht sie ihre Geschäfte. Dort kann ich es ihr nicht verbieten, aber hier in meinem Atelier kann ich es. Er wartete, bis sie eine Pause einlegte, dann sagte er: »Mary, bitte, verschon mich, erklär mir nicht meine eigenen Bilder – oder es geschieht ein Unglück.« Mit großen Schritten eilte er zu dem Bild und wollte es wegtragen.

»Was hast du«, rief Mary, »laß das Bild da, es ist gekauft.« Sie hätte nichts Dümmeres sagen können. Jetzt schlug sein Ärger in Zorn um. »Mary, du kriegst das Bild nicht – es bleibt hier, hast du verstanden, so was malt man nicht zweimal im Leben.«

»Dann mußt du mir was Ähnliches malen.«

Er schlug sich mit der flachen Hand an die Stirn. »O mein Gott. Bin ich ein Bäckermeister? Wofür hältst du mich eigentlich, verdammt noch mal.«

»Für ein Genie. Und ein Genie muß man zwingen. Papst Julius hat Michelangelo zum Arbeiten gezwungen, ich zwinge dich.«

Luiz Martinez begann zu lachen. »Her mit der Sixtinischen Kapelle! Wo ist sie? Ich bin bereit.«

Mary ging zu ihm, legte die Hand auf seinen Arm und bat: »Stell das Bild wieder hin. Laß es mich wenigstens in Ruhe anschauen.«

»Dann nimmst du's mir weg. Es ist immer dasselbe, wenn du kommst. Am Schluß nimmst du alle die Bilder mit, die ich nicht hergeben wollte.«

»Bitte ...«

Halb widerstrebend, halb besänftigt, fügte er sich und stellte das Bild vor dem Kamin auf. Eine Weile herrschte Schweigen. In die Stille hinein kam Marys Stimme: »Egal ob du das Wort magst oder nicht, das Bild ist ein Meisterwerk, auch ...« Weiter kam sie nicht. Luiz Martinez legte ihr die Hand auf den Mund. »Mary, bitte ...« Sie standen voreinander, beide erhitzt, und plötzlich überfiel Mary das heftige Verlangen, ihn zu lieben, jetzt sofort, hier im Atelier, auf dem Boden, zwischen den Bildern. Es passierte ihr nicht zum erstenmal; jedesmal, wenn sie mit Luiz zusammen war, kam irgendwann dieser Moment, doch bisher hatte ihr immer der Mut gefehlt.

Sie hob die Hände und öffnete den ersten Knopf des Leinenkleides, dann den zweiten.

»Es ist warm hier drin«, hörte sie ihn sagen.

Sie legte den Kopf in den Nacken, schüttelte das Haar locker und wartete auf seine Reaktion.

»Ich hole uns eine Erfrischung. Was willst du? Einen Gin Tonic?«

Mary Gould zögerte. »Ich möchte Tequila mit dir trinken. Seit wir uns kennen, erzählst du mir, daß du deinen eigenen Tequila braust. Und seit wir uns kennen, willst du mir zeigen, wie ihr eingeborenen Mexikaner den Tequila trinkt ... und ...« Sie verstummte, sie sah ihm an, daß er mit den Gedanken weit weg war.

Luiz Martinez atmete auf, als er im Freien war. Mary Gould hatte ihn ganz schön genervt, aber wer von seinen Besuchern nervte ihn nicht. Das Atelier war der Ort auf der Welt, wo er Menschen nicht ertrug – das ging so weit, daß er sich selber an gewissen Tagen als störenden Eindringling empfand. Das waren die Tage, an denen er sich schwor, nie mehr einen Pinsel in die Hand zu nehmen und in Zukunft ein ganz normales Leben zu führen, als Bauer, als Pferdezüchter und Ehemann und Vater. Kinder zu haben, war das nicht viel besser, als Leinwände mit Farbe zuzudecken?

Er schritt über den Hof zu dem Brunnen unter der großen Zeder und hielt den Mund an den feinen Strahl, so wie er es als Junge gemacht hatte, wenn er durstig war. Er wischte sich den Mund ab und blickte hinauf in die Krone der Zeder, in der die sinkende Sonne tausend kleine Flammen entzündete.

Als Junge hatte ihm die alte Zeder als Burg und Hochsitz gedient; von ihrem Wipfel aus hatte er das Land überblickt und von den fremden Ländern geträumt, die jenseits des Horizonts auf ihn warteten. Wenn er da oben in der Krone saß, fühlte er sich selber so groß und stark wie ein Baum, und in seinem Herzen wuchsen kühne Wünsche: er wollte ein großer Maler werden. Er wollte Ruhm – und er wollte Liebe, und von beidem wollte er viel.

Er trank ein zweites Mal; er neigte sich etwas tiefer und betrachtete sein Spiegelbild. Es war das zweitemal an diesem Tag, daß er sich dabei ertappte. Und dann stellte er sich eine Frage, die er sich noch nie zuvor gestellt hatte, wenn er an eine Frau dachte: Bin ich ihr zu alt?

Er war 42. Das Mädchen, an das er dachte, war 19.

Er richtete sich auf. Die Zeder warf ein Muster blauer Schatten über die rötliche Erde. Eine weiße Taube trippelte am Boden.

Vor zwei Tagen, um die Mittagszeit, als die Sonne im Zenit stand und den Hof in weißes Licht tauchte, war ein Mädchen durch diesen Hof gekommen, und ihr Bild ließ ihn seitdem nicht mehr los. Auch jetzt sah er sie wieder vor sich: groß und feingliedrig, in Jeans und dem weißen Herrenhemd, das lose darüberfiel und mit einem schwarzen Gürtel zusammengehalten war. Sie hatte einen türkisblauen Segelsack in der Hand; links von ihr ging, vertraulich bei ihr eingehakt, Bob Fisher. Bob Fisher hatte immer irgendein Mädchen bei sich. Sie sahen alle gleich aus, und Bob Fisher nannte sie alle Baby.

Lachend und plaudernd kamen sie über den Hof, ins weiße Mittagslicht gehüllt. Sie tauchten ein in den Schatten der Zeder und traten wieder heraus in die blendende Helligkeit. In diesem Moment passierte es: jener sanfte, aber deutliche Schreck, den er schon lange nicht mehr erlebt hatte und der so unerwartet kam, daß er sich überrumpeln ließ und das Bild dieses Mädchens in sich eintreten ließ.

»Das ist Tara«, hatte Bob Fisher sie vorgestellt, »eine Nichte von mir.«

Sie stand da, ruhig abwartend. Das dunkle Haar zurückgekämmt, die Haut nicht von der Sonne gebräunt, auch nicht blaß oder rosig. Sie hatte den tiefen, samtigen Teint, wie die Natur ihn nur wenigen Frauen mitgibt, korallenrote Lippen und dunkle Augen, deren Braun mit etwas Siena gemischt war.

Gestern war sie mit Bob Fisher und dem Aufnahmeteam den ganzen Tag in Teotihuacan gewesen, und heute waren sie in Yochimilco. Morgen würde sie wieder nach New York zurückfliegen.

Am Vormittag hatte er ein paar Zeichnungen von ihr gemacht. Sie lagen irgendwo im Atelier.

Die Vorstellung, Mary Gould könnte die Blätter finden, paßte ihm nicht. Es wurde sowieso Zeit, ins Atelier zurückzukehren. Vorher schaute er in die Küche und bat Jaina, seine Haushälterin, den Tequila ins Atelier zu bringen.

Jaina war eine rundliche Frau; auf Wunsch von Luiz Martinez trug sie die farbenprächtige Kleidung einer mexikanischen Bäuerin. Ihr Mann, Hernandero, Gärtner und Koch in einer Person, hatte zu Ehren der amerikanischen Gäste frisches Brot gebacken; die runden, knusprigen Laibe waren eben aus dem Backofen gekommen und lagen jetzt zum Auskühlen auf einem Backbrett vor der Küchentür. Das Brot war berühmt unter den Freunden von Luiz Martinez, und berühmt war auch der Tequila, den Hernandero braute. Die Agaven, die man dazu brauchte, die blaugrünen Maguey Tequilero, zog er selbst, und im Weinkeller lagen immer ein paar kleine Fässer, in denen Tequila reifte, bis er die hellgelbe Farbe und das edle Aroma hatte, das Luiz Martinez liebte.

»Snacks zum Tequila?« fragte Jaina.

»Nein«, entschied Luiz Martinez. »Tequila, sonst nichts, wir wollen uns nicht den Appetit fürs Abendessen verderben.«

Als er ins Atelier zurückkam, blieb er wie angewurzelt stehen. Mary hatte seine Abwesenheit benutzt, um die anderen sechs Bilder des Nacht-Zyklus aus dem Lagerraum ins Atelier zu schaffen. Das ging zu weit. Dazu hatte sie kein Recht. Aber die Tatsache, daß eine kleine zierliche Frau diese großen Leinwände geschleppt hatte, machte es ihm unmöglich, sie so hart anzufahren, wie er es eigentlich wollte. »Bist du wahnsinnig geworden, du weißt, unbefugtes Betreten des Lagers wird mit dem Tod bestraft.«

»Diese Bilder wären es wert«, erwidere Mary Gould.

Ein Blick ging zwischen den beiden hin und her, und Mary wußte, sie hatte gewonnen. Luiz Martinez wußte es auch, trotzdem sagte er: »Aber bilde dir nicht ein, daß du die Bilder bekommst.«

Mary Gould unterdrückte eine Erwiderung. Sie mußte ihm Zeit lassen. Luiz Martinez stand vor den Bildern, und allmählich breitete sich ein bubenhaftes Lächeln auf der düsteren Landschaft seines Gesichts aus. »Wie hast du das gemacht?«

»Was?«

»Der Zyklus hat eine bestimmte Abfolge, und du hast sie getroffen, die Bilder stehen richtig so.« Er wandte sich zu ihr. »Nein, ich will nicht wissen, wie du das geschafft hast. Ich will auch nicht wissen, ob sie dir gefallen. Sie sind das Beste, was ich je gemalt habe. Alles Frühere war nur Vorbereitung. Weißt du, ich hatte immer das Ziel, eines Tages Bilder zu malen, bei denen man vergißt, daß man Leinwand vor sich hat, die auf einen Holzrahmen gespannt und mit Farben zugedeckt ist. Bilder, die sich auftun, die Türen sind in andere Welten ...«

Luiz Martinez verstummte, und Mary Gould fühlte, das war der Moment; wenn sie jetzt von der Tournee sprach, hatte sie die Chance, damit durchzukommen. »Luiz«, begann sie vorsichtig, »du hast recht, diese Bilder darf man nicht einzeln verkaufen.«

Die nächsten Worte sprach sie sehr langsam, Silbe für Silbe. »Der Zyklus gehört zusammen und muß zusammen bleiben ... Mir kommt da eine Idee, man könnte mit diesen Bildern eine Tournee machen, zuerst New York, dann Chicago, San Francisco, Los Angeles ...«

Luiz Martinez wurde mißtrauisch. »Du willst Bilder zeigen, die du nicht verkaufen darfst?«

»Na ja, vielleicht überlegst du es dir noch anders. Ich persönlich fände es sehr schade, wenn diese Bilder in deinem Lager verstauben.«

Sie verstummte. Sie durfte ihn nicht drängen, sonst verdarb sie es mit ihm. Er ließ sie lange warten. So lange, daß sie schon mit einem Nein rechnete. Doch dann sagte er: »Meinetwegen, mach die Tournee.«

»Wirklich?«

»Ja – ich meine es ernst –, ich werde einen Preis für den Zyklus verlangen, den niemand bezahlt.«

»Und wenn sich doch jemand findet?«

Luiz Martinez wollte etwas erwidern, da kam Jaina mit dem Tequila. Sie stellte das Tablett auf einen runden Messingtisch und verschwand wieder. Luiz Martinez löschte die Halogenlampen. »Schluß der Vorstellung.« Er legte den Arm um Marys Schulter. »Jetzt werde ich dich in das alte Ritual der Azteken, den Schlaf zu besiegen, einweihen.« Er führte sie zu dem runden Messingtisch. Auf dem Tablett standen Gläser, ein Behälter mit gestoßenem Eis, ein Körbchen mit Zitronenvierteln und eine Schale grobkörniges Salz.

»Der erste Tequila nach Sonnenuntergang ist ein uraltes Ritual. Die Azteken sahen in der Nacht ihren Feind. Sie wollten die Nacht und den Schlaf besiegen, und der Tequila half ihnen dabei. Ich zeige dir jetzt, wie die Aztekenkönige den Tequila tranken.« Er machte die linke Hand zur Faust und streute in das Grübchen zwischen Zeigefinger und Daumen etwas Salz. Dann zerbiß er das Viertel einer Zitrone, leckte das Salz von der Hand und schüttete den Tequila hinterher.

Er zog die Luft hörbar ein und schien noch größer zu werden. Seine Augen glänzten. »Der höchste Gott der Azteken war die Sonne. Wenn sie Tequila tranken, tranken sie die Sonne, pure Sonne. Der Tequila gab ihnen die Kraft, den Schlaf zu besiegen und ihren Urfeind, die Nacht.«

Er stellte das leere Glas zurück. »Jetzt bist du dran.« Er umschloß Marys linke Hand und formte sie zur Faust; er streute das Salz behutsam in das Grübchen und steckte ihr ein Zitronenviertel in den Mund. »Nur Mut, richtig zubeißen. Du mußt es bis in die Haarspitzen schmecken ... und jetzt das Salz ...«

Mary Gould schloß die Augen, als sie den Tequila hinunterschluckte. Als er ihr Gesicht sah, schloß er sie mit spontaner Herzlichkeit in die Arme. »Mary, mit dem Tequila ist es wie mit der Liebe, einmal ist keinmal, wir wiederholen das Ganze sofort.«

Einmal ist keinmal, summte es in Marys Ohren. Sie fühlte sich federleicht, sie hatte Lust zu tanzen. Warum ließ er sie wieder los? Sie drehte sich um sich selbst; einmal ist keinmal. Sie breitete die Arme aus – einmal ist keinmal ... Sie achtete nicht auf ihre Umgebung und stieß an die kleine Staffelei. Ein paar Zeichenblätter flatterten zu Boden, Mary Gould genau vor die Füße.

Sie hielt inne. Es waren Blätter mit einem Mädchenkopf, schnell hingeworfene Kohlezeichnungen. Bevor Luiz Martinez sie daran hindern konnte, bückte sie sich und hob die Blätter auf. »Ich wußte gar nicht, daß du auch portraitierst.«

»Hin und wieder, reine Übungsblätter.«

»Du untertreibst wieder mal schamlos. Diese Blätter haben eine unheimliche Ausstrahlung. Ist das eine Mexikanerin? Wunderschöne Augen hat dieses Mädchen. Das junge Gesicht und dann diese Augen ... aus diesen Blättern könnte man eine Edition machen. Das wäre ein Riesenerfolg. Der Trend zum Portrait ist ganz deutlich. So eine Edition könnten auch die Leute kaufen, die keinen Platz haben für deine großen Bilder.«

»O Mary, Mary, nicht einmal mit Tequila vergißt du das Geschäft.«

»Ein Tequila ist eben kein Tequila.«

»O. k., du bekommst ja einen zweiten.« Luiz Martinez nahm Mary Gould die Blätter aus der Hand und stellte sie auf die Staffelei zurück.

»Du hast mir noch nicht gesagt, wer sie ist«, hörte er Mary fragen.

»Bob Fisher hat sie mitgebracht, sie ist seine Nichte, ich habe dir doch gesagt, sie wohnen bei mir, während sie die Aufnahmen machen.«

Mary Gould schüttelte den Kopf. »Bob Fisher und eine Nichte? Meinst du es wörtlich, oder ist es eines von seinen Girls?«

»Sie ist seine Nichte, sie heißt Tara und ist keines von seinen Girls.«

Mary war noch immer nicht überzeugt. »Eins muß man ihr lassen, sie ist schön, sehr schön.«

Draußen, unter den Arkaden, wurden Stimmen laut, und dann standen Bob Fisher und Tara in der offenen Tür des Ateliers. Nach der Begrüßung strebte Bob Fisher zu dem Tisch, wo der Tequila stand. »So was könnte ich jetzt brauchen. Ich bin total groggy.«

Luiz Martinez schenkte Bob Fisher einen Tequila ein. Mary Gould musterte Tara neugierig. »Sie sind das Modell, nicht wahr ...«

Tara trat zur Staffelei und stand überrascht vor ihrem Portrait. Sie wandte sich an Luiz Martinez. »Wann haben Sie das gemacht?«

»Gestern«, erwiderte er einsilbig.

Bob Fisher mischte sich ein. »Ah, Tara, sehr schön, sehr geheimnisvoll.« Er schlug Luiz Martinez freundschaftlich auf die Schulter. »Hast du Mary Gould die Portraits von der Mexikanerin gezeigt? Ich meine, die mit dem Äffchen?«

Luiz Martinez machte ein Gesicht. »Bob, fang du nicht auch noch an. Für heute habe ich genug von Kunst und von meinen Bildern.« Er wandte sich an alle, warf die Arme hoch und rief, halb gutmütig, halb drohend: »Raus mit euch allen! Das Museum schließt für heute. Zieht euch um. In einer halben Stunde gibt es Abendessen.«

Das Abendessen an dem großen Holztisch unter den Arkaden zog sich lange hin. Jaina servierte ein Menu mit Spezialitäten der mexikanischen und der portugiesischen Küche – die Familie Martinez stammte ursprünglich aus Portugal –, und wie es in diesen Ländern üblich ist, herrschte von allem Überfluß. Die Vorspeisen, der gesottene Fisch, das gebratene Fleisch, alles kam auf großen Platten, und die Mengen, die sich darauf häuften, hätten reichlich zehn Leute satt gemacht.

Tara fühlte sich an Sunset Hill erinnert und an die königliche Verschwendungssucht, in die ihre Großmutter verfiel, sobald es ums Bewirten von Gästen ging. Tara hatte das Gefühl, es läge eine Ewigkeit zwischen damals und heute. Was war mit ihr geschehen?

Und der nächste Gedanke: Morgen abend um diese Zeit sitze ich im Flugzeug, das mich nach New York zurückbringt ...

Jaina hatte die letzte Speise abgetragen und einen Korb mit Früchten auf den Tisch gestellt. Jetzt verteilte sie die Teller, Wasserschalen aus Silber und kleine, silberne Messer.

Luiz Martinez ermunterte seine Gäste zuzugreifen. In der Art eines Händlers, der auf dem Markt seine Ware anpreist, hielt er mit der Rechten eine dunkle Traube und mit der Linken eine Birne in die Höhe. »Zuckersüße Trauben, saftige Birnen, was darf es sein?«

Mary Gould wehrte ab. »Ich kann nicht mehr. Ich habe mehr gegessen als sonst in einer ganzen Woche.«

»Zuckersüße Trauben, saftige Birnen«, wiederholte Luiz Martinez und legte Mary die Traube und die Birne auf den Teller.

»Also wirklich«, protestierte sie, »mein Arzt hat mir strikt verboten, am Abend Obst zu essen.«

»Das ist ja ganz was Neues«, mischte sich Bob Fisher ein, »früher hast du mir mal erklärt, daß du abends nur Obst ißt.«

»Das war eben falsch. Da wußte ich noch nichts von der Kushi-Diät.«

»Kushi – was ist denn das nun wieder?«

»Professor Kushi ist ein Arzt und Ernährungswissenschaftler. Er hat festgestellt, daß Gemüse und Obst in Verbindung mit Alkohol im Körper zu einer Art von Vergiftung führen.«

Luiz Martinez schmunzelte. »Alle zehn Jahre kommt ein neuer Ernährungsapostel und verkündet eine neue Irrlehre. Einmal wird das Fleisch verteufelt, dann das Brot, dann die Butter.« Sein Blick ging zu Tara. Er hatte während des Abends immer darauf geachtet, sie in die Unterhaltung einzubeziehen. »Wie ist das bei der Jugend?« fragte er sie jetzt. »Makro-Ernährung, oder auf was schwört ihr jungen Leute?«

Tara lächelte. »Ich bin Italienerin, und wir Italiener glauben fest an Reis, Spaghetti und Tomaten.«

»Sie sind Italienerin?« fragte Mary Gould erstaunt. »Ich dachte, Sie heißen Fisher?«

Tara wäre verlegen gewesen um eine Antwort, doch Bob Fisher kam ihr schnell zu Hilfe. »Sollen wir unser Geheimnis verraten?« Er zwinkerte Tara zu. »Was meinst du?«

»Was für ein Geheimnis?« Marys Neugier stieg.

»Nun ja, daß unser gemeinsamer Urahn Pescatore hieß und aus dem Veneto stammt.«

»Aus dem Veneto ...«

Um weiteren Fragen von Mary Gould vorzubeugen, erfand Bob Fisher eine kleine Biographie für den Urahn. »Er war Seemann und fuhr als Steward auf Luxusdampfern, und weil er ein cleverer Junge war, legte er den italienischen Namen ab und nannte sich Fisher.«

»Aus dem Veneto«, Mary nickte und betrachtete Tara, als wäre sie ein Bild. »Ja, ein amerikanisches Gesicht haben Sie nicht ...« Und dann nachdenklich. »Schon eigenartig, daß jedes Volk einen eigenen Schönheitstypus entwickelt. Haben die Gen-Forscher eigentlich eine Antwort darauf, ob es eine Gesetzmäßigkeit für die Vererbung von Schönheit gibt?«

Bob Fisher lachte. »Bei uns Italienern funktioniert das ganz einfach. Der italienische Mann ist schön, und schöne Männer haben schöne Töchter.«

Mary Gould schnitt ihm ein Gesicht. »Du tust ja, als wärst du ihr Vater.«

»Sagen wir, ich versuche, ihr New Yorker Vater zu sein. Ich fand, es wird Zeit, daß sie etwas von der Welt sieht, und habe sie nach New York geholt. Bisher kannte sie nur die Klosterschule und Pferdeställe ...«

»Wie geht das zusammen, Klosterschule und Pferdeställe?« Mary dachte nicht mehr an das Verbot des Arztes und steckte eine Traube nach der anderen in den Mund. »Kommen Sie aus einer Pferdezüchter-Familie?«

»Na ja, mein Stiefbruder hat ein Gestüt – und ich bin auch eine Pferdenärrin. Mit acht bekam ich mein erstes Pony und mit zwölf mein erstes richtiges Pferd ...«

Bob Fisher witterte eine Gelegenheit, Mary Gould auf den Arm zu nehmen und sagte: »Es gibt viele reitende Mädchen, aber Tara ist ein Profi – sie ist ein weiblicher Jockey.«

Mary fiel prompt herein. »Ein weiblicher Jockey?« Ihre Stimme wurde eine Oktave höher. »Davon habe ich nie gehört.«

»Du bist eben nicht auf dem laufenden«, belehrte sie Bob Fisher. »Weibliche Jockeys sind die jüngste Sensation auf dem internationalen Turf. In Europa hat es begonnen, eine Deutsche, und eine Französin. In Amerika trainieren auch schon einige. Tara ist nicht die einzige. Weibliche Jockeys werden bald ganz *in* sein. Aber vielleicht interessieren dich andere heiße *In*-Tips mehr ...«

»Schieß los.«

»Wenn du im kommenden Winter nicht total *out* sein willst, mußt du dir einen bodenlangen Zobelmantel anschaffen. Alles, was russisch ist, wird wieder *in*. Und dann natürlich Heiraten. Heiraten wird wieder ganz *in* ...«

Mary Gould kicherte. »Bob, bring mir den Richtigen, und ich heirate ihn, aber er muß Russe sein und in England ein Schloß haben und in Südfrankreich eine Yacht ...«

»O.k. Ich werd' mir Mühe geben. Und noch was, wenn du total *in* sein willst, darfst du die Salzburger Festspiele nicht versäumen, denk dran.«

»Salzburg – Luiz hast du gehört, vielleicht solltest du doch die Einladung zu den Sommerkursen annehmen. Sie haben Luiz eingeladen, die Sommerakademie zu leiten, das, was früher Oskar Kokoschka machte – aber er will nicht.«

Luiz Martinez saß satt und entspannt da und spielte mit einem Pfirsich. »Ich dachte, ich bin schon *in*.«

»Natürlich bist du *in*, eben deshalb wollen sie dich in Salzburg haben.«

»Ich mag Salzburg – aber ich bin nicht Kokoschka – der war ein halber Literat, und er hatte Freude, sich selber zu hören. Ich wüßte nicht, was ich den Schülern erzählen sollte – ich könnte ihnen nur beibringen, wie man Tequila trinkt.« In seiner dunklen Stimme schwang etwas wie Lachen mit. Er fühlte sich wohl. Die Unterhaltung der anderen plätscherte an ihm vorbei, während er seinen eigenen Gedanken nachhing. Gewissermaßen unabsichtlich streifte sein Blick immer wieder Tara. Er kreiste hoch über ihr mit weit ausgebreiteten Schwingen und überließ sich den Halluzinationen eines wachsenden Begehrens.

Im Hintergrund ging leise eine Tür auf, und Jaina erschien. Sie hatte zwei bunte Wollschals über dem Arm, die sie, wie sie sagte, den ausländischen Damen bringen wollte. »Es wird allmählich kühl.«

Luiz Martinez erhob sich und nahm ihr die Schals ab. »Danke, Jaina, Sie denken an alles ...« Zuerst legte er Mary Gould den Schal um, dann Tara. Als Tara den Schal um die Schultern hatte, rief Mary Gould begeistert: »Luiz, so mußt du Tara malen. Mit diesem Schal. Ein Dutzend Farbskizzen. Keine großen Formate. Man könnte eine numerierte Edition machen ...«

Luiz Martinez hatte sich wieder an seinen Platz gesetzt. »Findest du?« fragte er mit undurchdringlicher Miene. Er lehnte sich zurück und visierte Tara mit Maleraugen an. »Wie soll ich sie zeichnen, wenn sie morgen schon wieder abreist. Ich bin nicht Andy Warhol. Der braucht bloß eine Polaroid-Kamera.«

»Du hast morgen den ganzen Tag Zeit«, beharrte Mary Gould.

»Ich schon, aber ich weiß nicht, ob Tara überhaupt will ...« Er sah sie an. »Was meinen Sie, sollen wir Marys Wunsch erfüllen?«

»Ich weiß nicht, ob ich das kann, stundenlang stillsitzen. Ich habe das nie gemacht.«

»Wenn Sie so ruhig sitzen wie hier am Tisch, das genügt.«

Ein Schweigen trat ein, und alle Blicke richteten sich auf Tara. Normalerweise wäre ein Mädchen ihres Alters unsicher geworden, aber sie blieb entspannt. »Wenn Sie es versuchen wollen, mit mir ...«, sagte sie schließlich. Etwas in ihrem Tonfall, etwas in der Art, wie ihre Lippen sich bewegten, wenn sie sprach, etwas in ihren Augen, weckte in Martinez ein Begehren von jäher Vehemenz, das ihm den Atem stocken ließ.

Er nahm den Pfirsich von seinem Teller und streckte ihn Tara hin. »Bitte schälen Sie den Pfirsich für mich.« Ihre Hände berührten sich, ihre Augen versanken ineinander ...

»Gerne«, murmelte sie und nahm das Messer. Mit sicherer Hand machte sie einen feinen Schnitt durch die Schale und zog die Haut in zwei Hälften ab. Der Schein der Kerze hüllte sie in warmes Licht. Der Fruchtsaft, der über ihre Finger lief, glänzte rötlich. Luiz Martinez vergaß die Anwesenheit von Bob Fisher und Mary Gould. Es fiel kein Wort, nur in Gedanken redete er zu ihr. »Ich werde dich nicht malen. Was sind Bilder, ich habe genug Bilder gemalt in meinem Leben. Dich will ich lieben. Ich will dich in den Armen halten, ich will dich atmen, dich riechen, dich schmecken. Aber das wird mir nicht genügen, von dir will ich mehr. Ich will dich in allen Formen lieben, die es gibt zwischen Mann und Frau.« Er wußte, er würde keine Ruhe finden, bis dieses Wesen ihm gehörte, bis sich dieses Gesicht, das sie ihm jetzt zeigte, verwandeln würde in das Gesicht der Liebe.

Er konnte die Augen nicht von ihr wenden. Er hatte das Gefühl, auf dieses Wesen hatte er ein Leben lang gewartet.

Er beugte sich über den Tisch und nahm ihr den halben geschälten Pfirsich aus der Hand. Tropfen fielen auf den Tisch und blieben glänzend liegen.

Mary Gould hatte während des ganzen Abends gespürt, daß Martinez an Tara ein Interesse hatte, das über das eines guten Gastgebers hinausging. Die kleine stumme Szene mit dem Pfirsich bestätigte ihren Verdacht. Luiz hatte sich in das schöne junge Mädchen vergafft. Es war wie damals auf der ersten Vernissage – da hatte Martinez sich wegen einer Rothaarigen geprügelt. Ich bin mal wieder die zweite Wahl, dachte sie zynisch. Der Abend war ihr verdorben. Sie hatte den Wunsch, allein zu sein. Sie stand auf. »Ich bin müde, ich gehe zu Bett.«

Bob Fisher, der schon seit einer Weile mit dem Schlaf kämpfte, schob den Stuhl zurück und schloß sich Mary Gould an. »Für mich wird es auch Zeit. Mein Team steht morgen früh um sechs hier.« Er reichte Mary Gould den Arm. »Tara, ins Bett mit dir«, mahnte er, bevor er mit Mary Gould im Haus verschwand.

Martinez wusch sich die Fingerspitzen in der silbernen Wasserschale und trocknete sie an der Serviette ab. Dann stand er auf. »Ich reite noch aus. Das ist keine Nacht zum Schlafen.« Bevor Tara reagieren konnte, wandte er sich ab und ging davon, über den Hof zu den Ställen.

Tara fühlte sich nicht müde. War es der Tequila? War es der Mond, der groß und hell vom Nachthimmel schien? Auch sie hatte Lust auf einen nächtlichen Ritt. Schade, daß Luiz Martinez sie nicht aufgeforderte hatte mitzukommen.

Durch die Stille des Hofs klangen seine Schritte und das leise Plätschern des Brunnens. Jetzt trat er aus dem Schatten der Zeder und blieb stehen. Seine Haltung wirkte lauschend, wartend. Das Mondlicht warf einen silbernen Schimmer über seinen weißen Leinenanzug. Wie groß dieser Mann ist, wie breit sein Rücken. Und dann wurde ihr bewußt, daß sie während der letzten Stunden nicht ein einziges Mal an New York gedacht hatte. Es lag an ihm, an diesem Mann. Alles an ihm war Gegenwart. In seiner Nähe gab es keine Vergangenheit.

Er hatte die Stalltür geöffnet, und sie hörte ihn dort rumoren. Etwa fünf Minuten später führte er zwei gesattelte Pferde heraus. Er hatte sich einen hellen Poncho um die Schultern gelegt. Er schwang sich auf das größere Pferd und kam über den Hof geritten, das zweite Pferd neben sich. Als er bei Tara war, hielt er sein Pferd an. »Ich habe Raramuri für Sie gesattelt. Sie kommen doch mit.«

Tara stand auf und trat neben das Pferd. Es war fein gebaut, das Fell glänzte wie Kupfer. »Raramuri, was bedeutet das?«

»Ein indianischer Stammesname, er bedeutet Fußrenner. Den Stamm gibt es noch. Sie leben wie in grauer Vorzeit in den Höhlen der Grandes Barrancas.«

Er reichte ihr einen hellen Poncho. »Ziehen Sie das an, das hält warm.«

Tara streifte den Poncho über und stieg aufs Pferd. Der alte mexikanische Stallknecht öffnete das Tor für sie, und sie ritten hinaus. Zuerst ging es der weißen Mauer entlang und dann durch eine Allee von hohen Pappeln, deren Laub im Nachtwind lispelte. Am Ende der Allee öffnete sich vor ihnen sanft gewelltes Weideland. Sie kamen an einer Pferdekoppel vorüber und etwas später an einer großen Herde weißer Rinder. Der würzige Duft der taunassen Wiesen schlug ihnen entgegen. Sobald sie auf dem freien Feld waren, ließen sie die Pferde am langen Zügel gehen, und die Tiere, die sich hier auskannten, suchten sich selber den Weg.

Sie sprachen nicht. Schweigend ritten sie nebeneinander her. Der Weg stieg an, rechts tauchte ein lichter Laubwald auf. Sie kamen höher und höher, und vor ihnen tat sich ein weites Tal auf.

»Der rote Schein im Süden, das ist Mexico City«, sagte Luiz Martinez und dann, im Weiterreiten, im gleichen Ton, fragte er sie: »Wollen Sie meine Frau werden?«

Tara lachte. »Sie kennen mich doch gar nicht.«

»Würde ich sonst fragen?«

»Ist das der Tequila?«

»Der Tequila macht klar.« Er nahm die Zügel auf und deutete über das mondbeschienene Feld, das vor ihnen lag. »Das ist eine schöne Galoppstrecke, kommen Sie.«

Während Tara auf dem Rücken von Raramuri dahinflog, vor sich Luiz Martinez, hatte sie das Gefühl, der Vergangenheit zu entfliehen.

Reiten, Reiten, über dieses weite Land, diesem Mann nach.

Dabei ist er ein Fremder.

Wollen Sie meine Frau werden – er hatte wie ein Mann gefragt, der weiß, die Antwort wird ein Ja sein.

Als sie aus dem Hof geritten waren, hatte Tara daran gedacht, ihn zu fragen, ob sie eine Weile auf *Los Mochis* bleiben könnte. Sie hatte ihm anbieten wollen, sich um die Pferde zu kümmern. Jetzt war das unmöglich geworden. Er hätte darin ein Ja gesehen.

Sie waren eine gute Stunde unterwegs. In einem weiten Bogen kehrten sie nach *Los Mochis* zurück. Der alte Mexikaner hatte auf sie gewartet. Er nahm ihnen die Pferde ab und brachte sie in den Stall.

Auf dem Weg über den Hof legte Luiz Martinez den Arm um sie. Es war nicht die Geste, die sie überraschte, es war der Gleichklang seines Schrittes mit dem ihren. Er mußte sich ihr nicht erst anpassen, er schien mit ihr ganz vertraut.

Aus dem Schatten der Zeder klang leise das Plätschern des Brunnens. Tara blieb stehen. »Ich bin durstig, ich möchte einen Schluck Brunnenwasser trinken.«

Sie beugte sich über den Brunnen und fing den Strahl mit dem Mund auf. Luiz Martinez lehnte am Stamm der Zeder, fast unsichtbar im Dunkel. Als er zu sprechen begann, schien seine Stimme ein Teil des Dunkels. »Meine Großmutter hat behauptet, das Wasser dieser Quelle schmeckte nach Silber. Sie war eine Frau, die spürte, was unter der Erde war. Sie war überzeugt, ganz *Los Mochis* stünde auf einer alten indianischen Silbermine. Wir haben das nie nachgeprüft. Es gibt ein indianisches Sprichwort, daß man Dinge, über denen sich die Erde wieder geschlossen hat, nicht ein zweites Mal wecken soll ...«

Tara hatte sich auf den Brunnenrand gesetzt. Der Hof lag ins Mondlicht getaucht, unter der Zeder war es dunkel. Manchmal raschelte es im Laub. Oder war es eine Bewegung des Mannes?

Seine Nähe tut mir gut, dachte sie. Seine Nähe ist wie das Wasser, das ich eben getrunken habe, stark und rein. »Ich wünschte, wir wären uns früher begegnet.« Sie lauschte auf ihre eigene Stimme, als hätte jemand anderes für sie gesprochen.

Luiz Martinez widerstand dem Impuls, sich zu ihr auf den Brunnen zu setzen. Er blieb an den Stamm der Zeder gelehnt. »Wenn Sie früher nach Los *Mochis* gekommen wären, dann wären Sie noch ein Kind gewesen.«

»Viel früher – in einem anderen Leben.«

Luiz Martinez wußte von Tara nur das Wenige, was Bob Fisher ihm über sie gesagt hatte. »Erzählen Sie mir von sich, irgend etwas, was Ihnen gerade einfällt.«

Tara zögerte. »Es gibt nicht viel zu erzählen. Ich möchte nur, daß Sie eines wissen, ich heiße nicht Fisher, und ich bin nicht mit Bob Fisher verwandt. Ich bin die Tochter von Massimo Calese ...«

Luiz Martinez wartete schweigend, daß Tara weitersprach, aber sie blieb stumm. Schließlich sagte er: »Helfen Sie mir, ich weiß nicht, wer Massimo Calese ist, ich kann nur raten – hat es mit der Mafia zu tun?«

»Mein Vater würde jeden Eid schwören, daß er mit der Mafia nichts zu tun hat – aber es sind Dinge geschehen, die dagegen sprechen. Deshalb bin ich nicht zu Hause und habe einen anderen Namen angenommen ...«

Luiz Martinez gingen viele Fragen durch den Sinn, aber er sprach sie nicht aus. Er sagte nur: »Egal, wer Ihr Vater ist und was er getan hat, egal, ob Sie als Tara Fisher oder als Tara Calese herkommen, mein Haus steht ihnen immer offen.«

Unter den Arkaden vor dem Haus sagten sie sich gute Nacht. Luiz Martinez zog Tara sanft an sich und küßte sie auf die Stirn. »Ich will jetzt keine Antwort. Und ich werde meine Frage auch nicht wiederholen. Wenn Sie die Antwort darauf wissen, sagen Sie es mir ... Ich habe Zeit.«

Die Transithalle wimmelte von Menschen wie immer zwischen 17 und 18 Uhr abends, wenn die Maschinen der *AeroMexico* nach Nordamerika abgefertigt wurden. Im Moment waren die Flüge nach Los Angeles und Chicago an der Reihe. Das Gate der AM 404, die um 18 Uhr nach New York, Kennedy Airport, starten würde, war noch geschlossen.

Die meisten Reisenden hatten in Mexico Ferien gemacht und waren beladen mit Souvenirs. Eine Reisegruppe von *Sun Tours* umlagerte den Abfertigungscounter. Die Frauen hatten bunte Ponchos um, die Männer wagenradgroße Sombreros auf dem Rücken hängen.

Mary Gould war zusammen mit Bob Fishers Team im Duty-Free-Shop verschwunden, um Zigaretten, Alkohol und Parfum einzukaufen. Bob Fisher hatte sich lieber mit Tara beschäftigt. Bis zuletzt war er darauf gefaßt gewesen, daß sie in Mexiko bleiben würde. Offensichtlich hatte die Vernunft gesiegt. Trotzdem schien es ihm geraten, sie abzulenken, damit sie nicht wieder die Panik vor New York überfiel.

Sie kauften Lesestoff für den Flug, Zeitungen, Magazine und die Autobiographie des Malers Diego Rivera und flanierten jetzt an den Souvenirgeschäften vorbei. Tara entdeckte eine Auslage mit Zinnfiguren. Es waren Figuren aus der mexikanischen Geschichte. Die dreisprachige Beschriftung gab Auskunft, um was und wen es sich jeweils handelte: Die Unabhängigkeitserklärung von Mexiko, 1821; die Krönung von Kaiser Itúrbide, 1822; der Krieg mit den Vereinigten Staaten, 1846–48; die Ermordung Kaiser Maximilians von Mexiko, 1867.

Bob Fisher deutete auf eine Männerfigur mit einer flatternden Fahne in den Händen, an seiner Seite eine zarte Frau in mexikanischer Tracht. Auf dem Schildchen stand: Diego Rivera, Maler und Revolutionär, mit seiner Frau Frida. Bob Fisher konnte sich nicht verkneifen zu sagen: »Ich garantiere dir, eines Tages gibt es auch Luiz Martinez als Zinnfigur. Wahrscheinlich zu Pferd und beschriftet: Maler und Pferdezüchter.«

Bob Fisher kam sich reichlich komisch vor in der Rolle des Beschützers eines jungen Mädchens. Außerdem, wovor, in aller Welt, sollte er Tara eigentlich beschützen? Vor der Mafia? Vor Typen wie Lansky? Oder sollte er sie vor sich selber beschützen? Am besten wäre sie sicher in Sunset Hill aufgehoben, dachte er. Vielleicht sieht sie das selber ein; sie hat schließlich auch eingesehen, daß es eine Verrücktheit wäre, in Mexiko zu bleiben.

»Ihr seid gestern nacht noch ausgeritten, du und Luiz«, sagte er, während sie zum nächsten Souvenir-Shop weiterspazierten.

Sie schien nicht überrascht, daß er das wußte. »Ja, es war eine wunderschöne Nacht.«

»Mir scheint, Luiz hat sich in dich verliebt. Aber das besagt nichts bei Luiz, er verliebt sich leicht und heftig, ein Künstler eben, er hat schon vielen Frauen sein Herz zu Füßen gelegt, er hat einen unerschöpflichen Vorrat von Herzen und überhaupt ...« Bob Fisher sprach den Satz nicht zu Ende. Er ärgerte sich über seine dumme Bemerkung. Tara mußte ihn für eifersüchtig oder vertrottelt halten. Er spürte, daß sie die Hand auf seinen Arm legte und blieb stehen. »Was ist?«

Sie sah ihn an. Das Lächeln war aus ihrem Gesicht gewichen. »Ich habe Luiz Martinez gesagt, wer ich wirklich bin, ich meine, daß ich nicht Fisher heiße ...«

Diese Eröffnung kam überraschend für Bob Fisher. »Und warum das?«

»Ich wollte, daß er weiß, wer ich bin, daß ich die Tochter von Massimo Calese bin.«

Bob Fisher zuckte mit den Schultern und erwiderte gereizt: »Ich sehe keinen Grund dafür, aber das ist schließlich deine Sache.« Er wollte weitergehen, doch Tara hielt ihn fest.

»Luiz Martinez hat mich gefragt, ob ich seine Frau werden will.« Sie sah Bob Fisher direkt ins Gesicht. Es war ein Blick, der ihm eine spöttische Bemerkung unmöglich machte. Was er empfand, war auch gar nicht Spott, sondern Entrüstung. Er kannte Luiz Martinez als Draufgänger und eingefleischten Junggesellen. Daß er plötzlich ans Heiraten dachte, empfand Bob Fisher wie einen Verrat. »Und was ist mit Norman?« fragte er im Ton eines Sittenrichters.

In Taras dunkle Augen trat ein amüsiertes Funkeln. »Du machst ein Gesicht wie unser Religionslehrer in der High School von Terrytown, wenn er uns mit den Sieben Todsünden Angst einjagen wollte.«

Sie lachten beide, und Bob Fisher sagte: »Der Religionsunterricht hat offenbar nicht viel genützt bei dir.«

»Findest du?«

»Ja, das finde ich. Du bist ein richtiges Früchtchen. Hast du gehört, ein richtiges Früchtchen.«

Tara hakte sich bei ihm ein. »Das ist das erste Kompliment, das du mir machst.«

Sie flanierten weiter und machten schließlich an einem Krawattenstand halt. Bob Fisher zog eine weißrosa gestreifte heraus und hielt sie Tara unters Kinn. »Wenn du schon ein Herrenhemd trägst, brauchst du auch eine Krawatte. Wir fliegen Business Class, da geht's vornehm zu ...« Er schüttelte den Kopf. »Nein, die ist zu brav. Such dir selber eine, die knalligste, die du finden kannst.« Tara griff nach einer rosaroten. »Wie ist es mit der? Ist die knallig genug?« Auf rosa Grund war in Gelb ein Indianerhäuptling gedruckt.

Bob Fisher nickte zufrieden und band sie Tara um den Hals. »Sehr gut, was für eine Symbolkraft! Der zur Krawatte deklassierte Stammeshäuptling ...« Er wandte sich zur Kasse, um zu zahlen, da kam über die Lautsprecher eine Durchsage: *Fluggast Tara Fisher nach New York bitte zur Information.*

Die Ansage wurde zweimal durchgegeben, zuerst auf englisch, dann auf spanisch.

Tara brauchte einen Moment um zu begreifen: Ich bin gemeint. Ihre erste Reaktion war defensiv. Geh nicht, warnte sie der Instinkt.

»Was soll ich tun« fragte sie Bob Fisher.

»Gar nichts. Hierbleiben.«

»Du meinst, es hat mit meinem Paß zu tun?«

»Unsinn, das ist hundertprozentig Luiz Martinez, den hat's offensichtlich ganz schön erwischt.«

Bob Fishers Worte lösten eine Trotzreaktion in ihr aus. »Vielleicht habe ich etwas liegenlassen in Los Mochis ...«

Bob Fisher schaute auf die Uhr. »Unser Flugzeug geht in einer Viertelstunde.«

»Ich bin gleich wieder zurück.«

»Das will ich hoffen.« Als sie wegging, rief er ihr nach: »Einen schönen Gruß an deinen mexikanischen Troubadour.«

Die Reisenden, die in der Nähe standen, wurden aufmerksam und drehten sich nach Tara um; einige lächelten ihr zu, und ein junger Mann sagte: »Ich wäre auch gerne dein Troubadour, Baby.«

Vor der Sperre zögerte sie. Die innere Stimme war wieder da und warnte: Geh nicht.

Umkehren? Tara wäre sich lächerlich vorgekommen. Sie legte die Schultern zurück, hob den Kopf und zeigte dem Beamten an der Sperre ihr Ticket. »Ich muß noch mal raus«, sagte sie. »Jemand erwartet mich bei der Information. Wo ist das?«

»Durch die Halle und dann links.«

In der Nähe standen zwei Männer. Sie unterschieden sich in nichts von den übrigen Flughafenangestellten. Sie trugen leichte, graublaue Sommeranzüge; an der Brusttasche steckten ihre Identifikationskarten. Der Ältere, ein hagerer Mann mit graumeliertem Bürstenschnitt, hieß Morris; der Jüngere, breitschultrig, pockennarbig und mit fettigem dunkelblondem Haar, hieß Keller.

Als Tara aus der Sperre trat, wechselten die beiden einen Blick und gingen auf sie zu.

»Miss Fisher«, redete Morris sie an.

»Ja ...« Tara musterte die beiden, sah die Schildchen auf den Brusttaschen mit den Namen und den Fotos.

»Wir haben den Auftrag, Sie zur Flughafenpolizei zu bringen.« Morris hatte eine schleppende Art zu sprechen. Sein Gesicht drückte Gleichgültigkeit aus.

Das Wort Polizei gab Tara einen Stich. »Mein Flugzeug geht in einer Viertelstunde.«

»Kein Problem«, beruhigte sie Keller. Seine kleinen Augen hatten etwas Zudringliches. »Nur eine Formalität.« Sein Mund verzog sich zu einem schiefen Lächeln.

Die beiden Männer nahmen Tara in die Mitte. Sie durchquerten mit ihr die Halle und gingen durch die großen Türen ins Freie.

Flughafenpolizei, dachte Tara. Was will die Flughafenpolizei von mir? Mein Paß. Das kann nur mit dem Paß zu tun haben.

Links von ihr war Morris, rechts Keller. Sie gingen auf einen olivfarbenen Chevrolet zu. Im Laderaum stand ein Karton mit Bierdosen. Am Steuer saß ein Mexikaner.

Tara wurde mißtrauisch. »Wir fahren?«

Morris umfaßte ihren Oberarm. »Zu Fuß ist es etwas weit, mit dem Auto geht es schneller.« Damit öffnete er den hinteren Schlag, schob sie auf den Rücksitz und setzte sich dicht neben sie, während er sie weiter festhielt.

Keller war vorne eingestiegen. Die Türen fielen zu, und der Wagen fuhr an.

Es ging am Flughafengebäude entlang. Tara las die Schilder der Fluggesellschaften. Dann kam das Zollamt, dann die Polizei. Das Auto hielt nicht an, es bog nach links ab.

»Was soll das«, rief Tara. »Halten Sie an, die Polizei ist dort, halten Sie sofort an.«

Morris stellte sich taub, sein Griff wurde härter.

Tara warf sich zur Seite, um ihre Tür zu öffnen; die Tür gab nicht nach, das Schloß war gesichert.

Tara war plötzlich in Panik. »Ich will aussteigen. Haben Sie gehört, Sie sollen anhalten.« Ein stechender Schmerz in ihrer Schulter ließ sie aufschreien. Morris hatte ihr den Arm auf den Rücken gerissen.

In blinder Wut versuchte sie, sich zu befreien. Sie trat nach ihm. »Loslassen! Sie sollen mich loslassen!«

Das Hemd rutschte ihr von der Schulter, ein Knopf öffnete sich, ein zweiter. Keller hatte sich auf seinem Sitz umgedreht und beobachtete die Szene mit einem hämischen Grinsen. »Das hätte ich jetzt nicht gedacht von dir, Baby, daß du uns gratis einen Striptease spendierst. Nur zu, zeig was du hast, los, weiter, ich finde das ’ne prima Art, sich kennenzulernen.«

Tara erstarrte. Sie blickte an sich herunter und raffte mit der freien Hand das offene Hemd über der Brust zusammen. Dabei merkte sie, daß sie die Umhängetasche nicht mehr über der Schulter hatte. »Wo ist meine Tasche? Geben Sie mir sofort meine Tasche. Sie haben kein Recht, mich so zu behandeln.«

Keller lachte. »Die Kleine ist Klasse. Ich habe so das Gefühl, wir haben eine unterhaltsame Reise vor uns.«

Morris nahm Taras Tasche, die rechts neben ihm lag, und gab sie Keller.

Tara wandte sich an Morris. »Zeigen Sie mir Ihren Ausweis.«

Die Miene von Morris blieb gleichgültig. »Jetzt hör mir mal gut zu, benimm dich vernünftig, sonst muß ich dich fesseln, und das ist gar nicht bequem. Also überleg's dir.« Damit ließ er sie los.

Keller kramte in Taras Tasche. »Brauchst du den Lippenstift?« Er warf ihn Tara in den Schoß. Dann fand er die Geldbörse und öffnete sie. Er schüttelte den Kopf. »Das reicht ja grade für ein paar Hamburger. Hast du auch noch großes Geld dabei?«

»Sind Sie Kidnapper?« fragte Tara.

Keller lachte, und auch der schweigsame Morris stimmte ein. »Sind wir Kidnapper? Na ja, so kann man's auch nennen.«

Keller vertiefte sich wieder in den Inhalt von Taras Tasche. »Was haben wir denn da, den Paß der Lady.« Er hielt Taras Paß wie eine Jagdtrophäe hoch. »Leider ist es der falsche Paß. Du siehst, wir wissen über dich Bescheid. Und du siehst auch, ein falscher Paß ist eben doch nur ein falscher Paß. Nach unseren Informationen bist du Tara Calese, die Tochter von Massimo Calese.«

Tara reagierte nicht.

Keller blätterte in dem Paß. »Hübsches Foto ...«

In Taras Kopf überschlugen sich die Gedanken.

Sie wissen, wer ich bin.

Aber Polizisten sind es nicht. Kidnapper?

Oder haben die Fillipis herausgebracht, daß ich lebe? Oder hängt das Ganze mit Lansky zusammen?

Keller betrachtete den mexikanischen Stempel in Taras Paß. »Das war ein kurzer Urlaub.« Er klappte den Paß zu. »Den nächsten Stempel kannst du dir im State Bureau holen – und das wird ein längerer Aufenthalt, das garantiere ich dir.«

Morris brachte Keller mit einer Handbewegung zum Schweigen. »Es reicht.«

Bei dem Wort State Bureau war bei Tara eine Sicherung durchgebrannt.

»Ich werde gesucht?« entfuhr es ihr.

Beide Männer lachten, und dieses Lachen brachte Tara zur Raserei. »Bluff, alles Bluff, Sie sind keine Polizisten – Sie sind Kriminelle.«

Das Lachen verstummte, und Morris sagte im Ton freundlicher Drohung: »Mein liebes Kind, wir wissen, was wir sind – du mußt es selber herausfinden.«

Keller steckte Taras Paß zu sich und bat Morris, ihm eine von den Bierdosen zu geben.

»Moment.« Morris zog die Jacke aus und warf sie auf die Ladefläche, wo eine Schaumgummimatratze, zwei Schlafsäcke und zwei Reisetaschen lagen. Aus einem braunen Karton nahm er eine Bierdose und reichte sie nach vorne zu Keller.

Morris trug über dem weißen Hemd einen Ledergurt mit einer Waffe. Er lockerte die dunkelblaue Krawatte und holte Zigaretten heraus.

»Magst du auch eine?« fragte er Tara. Als sie ablehnte, meinte er: »So eine Zigarette entspannt. Es wäre besser, du stellst dich darauf ein, daß wir eine Weile zusammen sind.«

Das Feuerzeug in seiner Hand flammte auf, er drückte sich in seine Ecke und streckte die Beine aus.

Von vorne kam das Zischen vom Öffnen der Bierdose.

Die Straße, auf der sie fuhren, war der Zubringer einer Autobahn. Nach einer Schleife kam das Schild *Queretaro*.

Sie sind Kriminelle, dachte Tara, und ich bin ihre Gefangene. Sie fühlte, wie ihr der Schweiß ausbrach.

Der Warteraum der AM 404 leerte sich allmählich, nur Bob Fisher blieb zurück. Er stand in der Nähe des Counters und blickte voller Ungeduld nach draußen. Wo zum Teufel bleibt sie, fragte er sich. Das Flugzeug geht um 18 Uhr, und sie weiß das, verdammt noch mal.

Die Groundhosteß, die ihm seine Nervosität ansah, fragte: »Sie erwarten noch jemanden?«

»Allerdings. Meine Nichte. Sie ist noch mal rausgegangen.«

»Wie ist der Name – dann lasse ich sie aufrufen.«

»Tara Fisher ...«

Die Groundhosteß war ein dünnes, ältliches Wesen. Mit routiniertem Tonfall sprach sie den Aufruf ins Mikrofon: »Final Call für AM 404 nach New York. Miss Tara Fisher wird gebeten, sich unverzüglich am Gate 36 einzufinden. Ich wiederhole, Miss Tara Fisher ...«

Bob Fisher richtete den Blick wieder nach draußen. Dauernd kamen Menschen durch die Sperre. Tara war nicht dabei. Seine Ungeduld wuchs und vermischte sich mit Ärger. Es wäre auch zu schön gewesen, wenn diese Reise glatt über die Bühne gegangen wäre.

Er zündete sich eine Zigarette an und drückte sie nach zwei Zügen wieder aus. Die Minuten verstrichen. Am Counter summte das Telefon. Die Groundhosteß nickte und winkte dann Bob Fisher zu sich. »Der Pilot will die Türen schließen. Er will wissen, was los ist.«

Bob Fisher überlegte, dann bat er die Groundhosteß, ihn mit der Information zu verbinden. Die Stimme, die sich meldete, war so dunkel, daß Bob Fisher unsicher wurde, ob er es mit einer Frau oder einem Mann zu tun hatte. »Was kann ich für Sie tun?«

»Sie haben vor einer Viertelstunde Tara Fisher ausgerufen. Ist sie noch bei Ihnen?«

»Vor einer Viertelstunde, sagen Sie?«

»Ja.«

»Dann war das meine Kollegin, aber die ist jetzt nicht mehr hier. Tut mir leid. Versuchen Sie es doch mal am Meeting Point.«

»Danke.« Er legte den Hörer auf und wechselte einen Blick mit der Groundhosteß. »Nichts ...«

Eine zweite Groundhosteß schaltete sich ein. »Der Pilot will nicht länger warten ...« Sie wandte sich an Bob Fisher: »Wenn Sie mitwollen, müssen Sie an Bord gehen.«

»Der Herr wartet auf seine Nichte«, erklärte die erste Groundhosteß.

»Wir können das Flugzeug nicht länger aufhalten.«

»O. k.« Bob Fisher wandte sich zum Gehen. Auf einem der Stühle im Warteraum lag Taras Segelsack. Er nahm ihn und folgte der Hosteß. Er war sauer auf Tara. Und er war sauer auf Luiz Martinez. Für ihn gab es keinen Zweifel, daß die beiden jetzt zusammensteckten und darüber alles andere vergessen hatten.

Eine richtige Romanze.

Bob Fishers nächster Gedanke war Norman Reed.

Was zum Teufel sollte er Norman sagen?

Norman Reed hatte ihm Tara wie ein schutzbedürftiges Waisenkind ans Herz gelegt. Nun, was immer dieses Mädchen war – schutzbedürftig war sie nicht. Er brauchte sich ihretwegen keine Sorgen zu machen, schließlich war sie sogar mit Lansky fertig geworden. Und so betrachtet, sagte er sich, ist es am Ende gar nicht so schlecht, daß ich sie nicht länger am Hals habe. Wer weiß, vielleicht würde es doch Ermittlungen geben ...«

»Wo ist Tara?« fragte Mary Gould, als Fisher ins Flugzeug kam.

»Sie kommt nicht mit«, antwortete er einsilbig.

»Aber sie hatte doch schon eingecheckt.«

Bob Fisher zuckte mit den Achseln und meinte lakonisch: »Die jungen Leute ...«

Mary Gould setzte sich auf den Platz, der eigentlich für Tara reserviert war.

»Hat Luiz Martinez damit zu tun?« fragte sie, nachdem sie sich angeschnallt hatte.

»Sieht so aus. Er hat sie ausrufen lassen ...«

Mary Gould biß sich auf die Lippen. Als sie am Morgen, so gegen zehn, ins Atelier von Luiz Martinez gekommen war, hatte sich ihr ein Bild geboten, das sie jetzt wieder deutlich vor sich sah: Auf dem Boden lagen flüchtige Kohlezeichnungen von Tara verstreut. Auf der Staffelei stand eine Pastellskizze von einer Zartheit, die Mary Gould Luiz Martinez nie zugetraut hätte. Es war kein Porträt, es zeigte Taras ganze Gestalt. In einem weißen Kleid lagerte sie auf einem altmodischen Liegestuhl aus feinem Strohgeflecht. Eine Hand hatte sie unter dem Kopf, in der anderen hielt sie einen Strohhut, von dem ein Band zu Boden hing. Luiz Martinez hatte die Arbeit wohl gerade unterbrochen. Er saß am Boden neben Taras Liegestuhl. Sie waren so aufeinander konzentriert, daß sie Marys Eintreten nicht bemerkten. Luiz Martinez sprach Tara etwas auf spanisch vor, und Tara sprach ihm die Worte nach.

Die Szene hatte Mary alles gesagt: Da war ein Paar, das sich finden würde – oder hatten sie sich schon gefunden?

Während das Flugzeug der Startbahn entgegenrollte, sagte Mary Gould: »Ein eigenartiges Mädchen, diese Tara. Still wie ein schönes geheimnisvolles Bild, aber unter der Oberfläche spürt man das wilde Tier.« Sie sah Bob Fisher von der Seite an. »Wir kennen uns schon so lange, warum hast du nie etwas von dieser Nichte gesagt. Das muß einen Grund haben ...«

»Mein Gott, keiner von uns sucht sich seine Verwandtschaft aus, oder?«

Mit dieser ausweichenden Antwort gab Mary sich nicht zufrieden. »Tara hat von einem Gestüt gesprochen, bei dem sie aufwuchs. Ist sie etwa von zu Hause weggelaufen?«

»Mehr oder weniger ... O Mary, die Geschichte ist zu kompliziert, ich fange lieber nicht davon an.«

Sie waren seit fünf Stunden unterwegs. Fünf Stunden, in denen Tara Ängste durchlebt hatte, die ganz neu für sie waren.

Panik beherrschte sie, kalte, lähmende Panik.

Sie fuhren nicht mehr auf der Autobahn, die hatten sie nach Queretaro verlassen. Den Schildern am Straßenrand entnahm Tara, daß sie nach San Luiz Potosi unterwegs waren.

Tara fröstelte. Morris hatte ihr eine Decke gegeben, aber die Kälte saß innen. Es war, als hätte ihr Herz aufgehört zu schlagen und ihr Blut begänne allmählich einzufrieren.

Morris und Keller waren bewaffnet. Nüchtern betrachtet, hatte sie keine Chance zu entkommen, dennoch klammerte sie sich an diesen Gedanken.

Irgendwann müssen sie Benzin nachfüllen.

An einer Tankstelle sind Menschen, die mir helfen werden.

Es muß mir nur gelingen, aus dem Auto zu kommen.

Das sollte nicht schwer sein. Ich werde sagen, ich muß auf die Toilette.

Sie werden mich nicht allein gehen lassen. Morris wird mitkommen. Trotzdem – ich muß es versuchen. Mit etwas Glück kann es klappen.

Und dann rufe ich Luiz Martinez an.

Er wird mir helfen.

Wenn ich erst einmal auf *Los Mochis* bin, kann mir nichts mehr passieren.

»Wir werden uns bald wiedersehen«, hatte Luiz Martinez beim Abschied gesagt. Jetzt, in ihrer Bedrängnis, klammerte sie sich an diese Worte und gab ihnen eine schicksalhafte Bedeutung.

Wir werden uns bald wiedersehen.

In dem kalten dunklen Korridor ihrer Ängste wurde dieser Satz zu einem Lichtstrahl.

Sie sah an sich herunter und dachte an das weiße Kleid, das sie am Morgen getragen hatte, als Luiz Martinez sie zeichnete. Sie hatte sich gewundert, als er ihr die Truhe voller weißer Kleider gezeigt hatte und sie aufforderte, sich eines davon zu nehmen. Während sie in der Truhe wühlte, um etwas Passendes zu finden, hatte er ihr vom Fest der Weißen Tauben erzählt, das sie jedes Jahr Ende Juni auf Los *Mochis* feierten. Dazu brauchten sie diese Kleider, denn alle Frauen gingen dann in Weiß, so war es der Brauch. Die Kleider, Röcke mit breiten Volants, sie waren ausgefranst und beschädigt. Das käme vom Tanzen, hatte Luiz Martinez ihr erklärt. Das Fest der Weißen Tauben wäre ein Fest, auf dem man vom Morgen bis in die Nacht tanzte.

Würde sie Los *Mochis* je wiedersehen?

Würde sie je wieder tanzen?

Glücklich sein?

Lachen?

Jeder dieser Gedanken löste eine Welle von Todesangst in ihr aus.

Über die Schulter des Chauffeurs konnte sie das erleuchtete Armaturenbrett sehen. Sie fuhren bereits auf Reserve. Bei der nächsten Tankstelle müssen sie halten, dachte Tara.

Keller, der Spanisch konnte, sprach halblaut mit dem Chauffeur. Der Chauffeur hatte ein glattes Indianergesicht. Der schwache Widerschein der Armaturenbeleuchtung modellierte es zu einer undurchdringlichen Maske. Kellers Gesicht dagegen wechselte dauernd den Ausdruck, von schläfrig zu grausam, von grausam zu kindisch, von kindisch zu gewalttätig. Die tiefen Pockennarben machten aus jedem Ausdruck eine bedrohliche Fratze.

Wieder sprach er halblaut auf den Chauffeur ein. Der Mexikaner nickte stumm, und bald darauf, bei der nächsten Ausfahrt, bogen sie von der Straße ab. Sie kamen durch eine Unterführung, an deren Mauern Plakate hingen. Nach der Unterführung stieg der Weg an, wurde schmal und holprig. Der Chauffeur fuhr mit Fernlicht. Sie kamen an einer Müllhalde vorbei, von der Rauch aufstieg, an Autowracks, die im Straßengraben lagen.

Jetzt griff Keller dem Chauffeur ins Steuer und zog den Wagen mit Schwung nach rechts, mitten hinein auf eine dürre Wiese und befahl: »Stopp.«

Sobald der Wagen stand, öffnete Keller den Schlag und beförderte die zwei Bierdosen, die zu seinen Füßen lagen, mit einem Tritt ins Freie.

Bevor er ausstieg, wandte er sich an Tara: »Baby, was ist, hast du Lust auf einen Spaziergang im Mondschein?«

Tara erwiderte nichts. Während der ganzen Fahrt hatte sie auf den Moment gewartet, in dem sie diesen Wagen verlassen konnte, doch jetzt zögerte sie. Irgendwie fühlte sie sich im Wagen sicherer als draußen auf dem kahlen, mondbeschienenen Feld.

Keller starrte sie unverwandt mit seinen kleinen zudringlichen Augen an und pfiff eine leise Melodie.

»Kümmere dich um das Benzin«, sagte Morris in sachlichem Ton zu Keller.

»O. k.«, Keller stieg aus, und Morris zog seine Jacke an.

»Wenn du willst, kannst du ein paar Schritte machen«, sagte Morris zu Tara. »Versuch nicht wegzurennen, du kommst nicht weit.«

Tara wollte ihre Tür öffnen, aber Morris hielt sie am Arm fest. »Ausgestiegen wird auf meiner Seite ...«

Keller und der Mexikaner hatten den Laderaum des Autos geöffnet und zwei Reservekanister herausgeholt, mit denen sie das Auto auftankten.

Die Nachtluft war kühl und trocken. Über das Feld strich ein leiser Wind. Morris blieb in ihrer Nähe.

»Wohin bringen Sie mich?« fragte sie ihn.

Morris war damit beschäftigt, einen Schokoladeriegel auszuwickeln. Er hielt ihr die Schokolade hin. »Magst du?«

»Nein danke«, sagte sie, obwohl sie Hunger hatte. »Ich will wissen, wohin Sie mich bringen.«

Morris biß in die Schokolade und sprach dann mit vollem Mund, was seine Worte noch breiter und schleppender machte. »Ich hab' dir schon mal gesagt, wir werden eine Weile zusammen sein. Nach meiner Berechnung sind es noch gute zwanzig Stunden bis Houston. Also, du versäumst nichts, wenn du die Nacht durchschläfst. Du hast ja gesehen, wir haben Schlafsäcke dabei. Du kannst einen haben. Wenn du dich auf die Schaumstoffmatratze legst, ist es gar nicht so unbequem.«

Tara versuchte, in seinem Gesicht zu lesen. Wieder, wie schon so oft auf dieser Reise, sagte sie sich, wie ein Verbrecher sieht er nicht aus, eher wie ein Polizist. Auch sein Benehmen hatte etwas von einem Beamten, stur, aber korrekt.

Sollte das Ganze doch eine Aktion der Polizei sein? Wenn es so war, dann konnte es nur mit Lansky zusammenhängen. Hatten sie in der Wooster Street etwas von ihr gefunden? Hatte sie dort etwas verloren? Hatte sie nicht alle Bilder mitgenommen?

Das Halsband von Fire.

Ihr wurde heiß bei dem Gedanken. Sie hatte vergessen, Fire das Halsband abzunehmen ...

Halt. Sie war nicht die Besitzerin von Fire. Der Hund hatte Norman Reed gehört. Wenn sie das Halsband gefunden hatten, dann waren sie zu Norman Reed gegangen. Aber Reed war in Brasilien. Sie hatten die Hausmeisterin ausgefragt, und die hatte ihnen von einer Tara Fisher erzählt, die in Norman Reeds Apartment gewohnt hatte.

Die Gedankenkette war logisch – nur der Schluß stimmte nicht. Die Polizei von New York schickte nicht zwei Männer nach Mexico wegen einer Verhaftung, die man ebensogut auf dem Kennedy Airport vornehmen konnte ...

Tara verschränkte die Arme fröstelnd vor der Brust. »Ich will wissen, warum Sie mich entführt haben«, fragte sie Morris. »In wessen Auftrag geschieht das?«

Morris zog ein Taschentuch heraus und wischte sich die Hände ab. »Tut mir leid, mein Auftrag lautet, dich nach Houston zu bringen, nicht, deine Fragen zu beantworten.«

Als sie wieder einstiegen, fragte Morris: »Was ist, willst du nach hinten kriechen und schlafen?«

Sie schüttelte den Kopf. Sie war nicht müde. Und wenn die Müdigkeit kam, würde sie dagegen ankämpfen.

Sie kehrten nicht auf die Autostraße zurück, wie Tara gehofft hatte, sie fuhren weiter auf schmalen, schlechten Landstraßen, durch ödes Steppengebiet. Hin und wieder passierten sie ein Dorf oder ein Gehöft. Einmal tauchte aus dem Dunkel ein streunender Hund auf und folgte ihnen eine Weile.

Die Landschaft wurde immer karger. Keine Bäume mehr, keine Sträucher, nur mannshohe Kakteen. Das Fernlicht der

Scheinwerfer machte sie zu Monstern, die plötzlich drohend aus dem Dunkel hervortraten.

Aus dem Radio kam leise spanische Musik.

Taras Sinne reagierten überreizt auf alle Wahrnehmungen. Sie mußte ihre ganze Selbstbeherrschung aufbieten, um äußerlich Ruhe zu bewahren; sie fühlte sich wie in dem Alptraum, der sie seit dem Tod der Mutter von Zeit zu Zeit quälte: In dem Traum öffnet sie die Tür ihres Zimmers und tritt ins Leere. Ein Sturz in endlose schwarze Tiefen. Sie will schreien, aber ihr Mund ist zugewachsen. Sie will sich irgendwo anklammern, aber ihre Hände sind auf dem Rücken gefesselt.

Entführungen aus den letzten Jahren gingen ihr durch den Kopf, politische und erpresserische, bei denen die Verbrecher hohe Lösegeldsummen gefordert hatten. Nur wenige der Opfer hatten überlebt. Der Enkel von Paul Getty fiel ihr ein, dem die Entführer ein Ohr abgeschnitten hatten. Der Fall Patty Hearst. Mit Hilfe von Drogen hatten die Entführer sie einer Gehirnwäsche unterzogen, so daß sie nach ihrer Freilassung die Partei der Entführer ergriff und öffentlich als Anklägerin gegen ihren Vater auftrat ...

Nicht denken, nicht denken.

Das Denken macht dich kaputt.

Warte einfach auf deine Chance. Irgendwann kommt eine Gelegenheit, und du kannst ihnen entfliehen.

Sie schaute auf die Uhr. Es war nach Mitternacht. Houston hatte Morris gesagt. Noch zwanzig Stunden in diesem Wagen.

Nicht denken.

In der Ferne wurden ein paar Lichter sichtbar. Keller fragte den Chauffeur etwas und der Mexikaner nickte und begann, lebhaft zu reden.

Die Lichter rückten näher. Es handelte sich um ein primitives Haus. Im rechten Winkel zum Haus war eine Pergola angebaut worden. Unmittelbar an der Straße stand eine Zapfsäule und eine offene Wellblechremise. Rund um die Wellblechremise parkten Motorräder. Auf der Pergola saßen Männer, die Karten spielten.

Keller wandte sich auf dem Sitz um und grinste Tara an. »Baby, jetzt gibt's was zu essen. Was willst du haben, eine gepfefferte Tortilla und eine eiskalte Cola? Was hältst du davon?«

»Das klingt gut.« Es gelang ihr, ihn anzulächeln.

Das Lächeln verfehlte seine Wirkung nicht. »Hey, Morris, hast du das gesehen, die Prinzessin hat mir ein Lächeln geschenkt. Mann, ich fühle mich gleich doppelt so gut. Also, was darf's sein, Prinzessin. Unser Chauffeur behauptet, man ißt hier die zweitbesten Tortillas von ganz Mexiko.«

Morris legte die Hand auf Kellers Schulter. »Als erstes möchte ich wissen, ob das mit dem neuen Chauffeur klargeht, und dann müssen wir unsere Reservetanks auffüllen.«

»O. k., Boß.«

Tara wartete, bis Keller und der Chauffeur ausgestiegen waren. Dann sagte sie zu Morris: »Gibt es hier eine Toilette?«

»Das nehme ich doch an. Komm schon.«

»Darf ich meine Tasche haben?«

Die Tasche lag vorne im Auto; nachdem Keller sie gründlich durchwühlt hatte, war sie im Handschuhfach verschwunden.

»Die Tasche bleibt hier«, bestimmte Morris, »du findest sowieso keinen Spiegel auf der Toilette.«

Morris ging voran, und Tara folgte ihm. Sie betraten das Haus durch einen Kettenvorhang aus runden Holzperlen und standen in einem Gang, der vollgestellt war mit Kühlschrank, Coca-Cola-Automat und gestapelten Kartons. Es roch nach überreifen Früchten und Gebratenem. Links ging es in eine kleine, verräucherte Küche. Die ältere Frau, die am Herd hantierte, trug eine weiße Kleiderschürze und ein weißes Tuch um den Kopf.

Rechts vom Gang war die Gaststube mit Fernseher und Flipperkasten. Die Halbwüchsigen, die beim Flipperkasten standen, blickten Morris verständnislos an, als er nach der Toilette fragte.

Von draußen war ihnen ein Kellner gefolgt und fragte auf englisch: »Wollen Sie was essen?«

»Ja«, antwortete Morris, »und wir möchten wissen, wo die Toilette ist.«

Der Kellner deutete den Korridor entlang. »Dort hinaus. Das kleine Häuschen im Hof.« Während Tara das Haus verließ, setzte Morris die Unterhaltung mit dem Kellner fort.

Der Hof lag im Halbdunkel. Die Toilette war eine weißgestrichene Bretterbude über einer Fallgrube. An einem Fleischerhaken hing kleingeschnittenes Zeitungspapier. Die Tür der Bretterbude hatte kein Schloß, nur einen Holzriegel. Nachdem sie fertig war, ging Tara nicht sofort ins Haus zurück. Sie schaute sich im Hof um. In einer offenen Wellblechremise entdeckte sie ein aufgebocktes Motorrad.

Sie trat näher. Es war eine schwere, schnelle Maschine. Sollte sie versuchen, auf dem Motorrad zu entkommen? Sie ging um das Motorrad herum – und sah, daß der vordere Reifen fehlte.

Schade.

In der Nähe lehnten zwei Fahrräder.

Nein, ein Fahrrad war zu langsam.

Der Kellner muß mir helfen.

Sie kehrte zum Haus zurück und öffnete leise die Tür. Morris war nicht mehr auf dem Gang.

Ein Blick in die Gaststube – kein Morris.

Ein Blick in die Küche – Morris stand neben dem Herd und knabberte an einem Hühnerbein.

Tara huschte aus dem Haus.

Wo war der Kellner?

Er ging auf der Pergola hin und her. Er hatte ein Tablett in der Hand und stellte den Kartenspielern neue Bierdosen hin.

Sie hatte nicht viel Zeit. Sie mußte handeln.

Tara lief zum Kellner und überfiel ihn mit einem Wortschwall.

»Helfen Sie mir bitte! Bitte! Sie müssen mir helfen! Diese Männer haben mich entführt. Diese Männer sind Kidnapper. Verstehen Sie, ich brauche Ihre Hilfe, bitte ...«

Die Kartenspieler hoben die Köpfe und einer rief: »Hey Pele, was hat die Kleine? Hast du ihr ein Kind gemacht?« Die anderen lachten.

Tara zog den Kellner in die Tiefe der Pergola und bestürmte ihn weiter. »Tun Sie doch was! Bitte! Helfen Sie mir! Die wollen mich umbringen ...«

Plötzlich packte sie jemand von hinten am Genick. Der Griff war so hart, daß es ihr den Atem nahm.

»Was faselst du da, Baby?« Es war Keller.

Er riß sie brutal herum und rief dem verdutzten Kellner zu: »Sie ist eine Verrückte, hören Sie nicht auf sie ...«

Tara wollte sich wehren, aber sie stolperte und verlor das Gleichgewicht. Keller ließ sie los. Im Stürzen fing sich Tara an einer Stuhllehne. Während sie sich aufrichtete, sah sie am Boden einen Knotenstock liegen. Blitzschnell hob sie ihn auf und hielt ihn mit beiden Händen abwehrend vor sich.

Kellers Gesicht wurde weiß. Er zog die Waffe und richtete sie auf Tara. »Komm schon, Baby, oder das war deine letzte Mondnacht.«

Die Männer auf der Pergola hatten aufgehört mit dem Kartenspiel und beobachteten interessiert die Szene. Der Kellner drückte sich furchtsam in eine Ecke. Keiner dachte daran, ihr zu helfen. Feiglinge, dachte Tara, und ihre Entschlossenheit zu entkommen, steigerte sich zu einer blinden Raserei. Es war ihr alles egal. Sie wußte nur eines, sie würde nicht mehr in das Auto steigen.

Den Stock quer vor sich wie einen Schild, machte sie einen Schritt zur Seite und wollte an Keller vorbei ins Haus. Er war schneller. Er riß ihr den Stock aus den Händen und packte sie am Arm. »Wie du willst«, murmelte er, »ich kann auch anders.«

Tara sah, wie er ausholte, und dann traf sie seine Faust mit voller Wucht gegen das Brustbein. Sie taumelte, die Beine knickten unter ihr weg – dann wurde ihr schwarz vor den Augen.

Morris war in dem Moment aus dem Haus getreten – immer noch das Hühnerbein in der Hand –, als Tara zusammensackte und bewußtlos zu Boden fiel.

»Steck die Waffe ein, du Idiot«, fuhr er Keller an.

»Sie hat verrückt gespielt«, verteidigte sich Keller.

Morris schnitt ihm mit einer Handbewegung das Wort ab. »Du bist es, der verrückt spielt. Tu endlich die verdammte Waffe weg. Ich hab's ja geahnt, daß dir für diesen Job die Nerven fehlen.« Er warf das Hühnerbein achtlos weg und winkte dem Kellner. »Bringen Sie ein Glas Wasser, aber ein bißchen plötzlich.«

Mit einem zornigen: »Verschwinde, ich brauch' dich nicht!« schickte er Keller weg. Dann kniete er sich neben Tara, die bereits wieder zu sich kam. »Alles o. k.?« Er half ihr aufzustehen. »Hast du dir weh getan?«

Tara schüttelte stumm den Kopf. Sie fühlte sich benommen und kraftlos in den Beinen.

»Leg den Arm um meinen Hals«, sagte Morris, »ich bring' dich zum Wagen zurück.«

Die Mexikaner hielten das Ganze für ein Eifersuchtsdrama und waren enttäuscht, daß es nicht weiterging.

Der Chevrolet stand mit brennendem Standlicht bei der Zapfsäule. Keller und der Tankwart waren damit beschäftigt, die zwei Reservekanister zu füllen. Als Tara der Benzingeruch entgegenschlug, drehte sich ihr der Magen um. Aber ihr Magen war leer, und so würgte sie nur trocken. Morris tätschelte ihr beruhigend den Rücken und führte sie auf die andere Seite des Wagens. Er öffnete die Tür. »Leg dich auf den Rücksitz und atme tief durch.« Sie gehorchte, und die Übelkeit ebbte ab. Auf dem Brustbein, dort, wo Kellers Faustschlag sie getroffen hatte, saß immer noch ein dumpfer Schmerz. Bei jedem Atemzug wurde ein Stechen daraus.

Keller lud die Reservetanks ein, und der Tankwart stellte Morris den neuen Chauffeur vor, Señor Nogales. Die Männer besprachen die Reiseroute. Tara hörte die Namen der Städte Monterrey, Laredo, San Antonio. Bei Laredo schlug eine Glocke in ihr an. Laredo war der Grenzübergang nach Amerika. Soviel sie wußte, kontrollierten die amerikanischen Zöllner sehr genau. Das ist meine Chance, dachte sie. Bis Laredo muß ich stillhalten – aber in Laredo werde ich ihnen entkommen.

Der Schatten von Morris tauchte vor der offenen Wagentür auf. Er hatte einen Plastikbecher in der Hand. »Da, trink, ein

Schluck Wasser wird dir guttun.« Sie setzte sich auf und nahm den Becher. Das Wasser war lauwarm und schmeckte bitter, aber das wurde ihr erst bewußt, als sie den Becher leergetrunken hatte.

Morris nahm ihr den Becher aus der Hand. »Ich finde, du solltest schlafen. Hinten ist es bequemer als auf dem Sitz.« Sie fühlte sich elend, jede Bewegung kostete sie große Anstrengung. Sie kroch nach hinten und schlüpfte in einen der Schlafsäcke. Morris hatte die Innenbeleuchtung eingeschaltet, damit Tara sich besser zurechtfände.

Auf der Schaumgummimatratze lag ein verkrumpeltes weißes T-Shirt. Die Aufschrift in einem rosa Plastikdruck, der sich reliefartig abhob, lautete *Lite Line*. Tara starrte das T-Shirt an. *Lite Line* war die Fast-Food-Kette, die den Fillipis gehörte. Die Kette hatte in den letzten Jahren auch nach Mittel- und Südamerika expandiert. Die Schnellimbiß-Restaurants waren eine geschickte Tarnung für den Rauschgifthandel. Die Kette garantierte ein lückenloses Vertriebssystem, machte aber die eigentliche Organisation so unüberblickbar, daß die Fillipis mit der Polizei Katz und Maus spielen konnten.

Jetzt wußte sie, wer hinter der Entführung steckte.

Ugo Fillipi.

Das war sein erster Schachzug gegen ihren Vater.

Und dann?

Vor sechs Jahren ist meine Mutter zum Opfer geworden in dem Kampf zwischen Ugo Fillipi und Massimo Calese.

Jetzt bin ich an der Reihe.

Was hat Ugo Fillipi mit mir vor?

Ihr letztes Gespräch mit dem Vater fiel ihr ein. Er hatte sie angefleht, mit ihm nach Sunset Hill zu kommen.

Warum hat er mir nicht gesagt, daß Ugo Fillipi wieder im Lande ist?

Warum behält er die wichtigsten Dinge immer für sich?

Deshalb hat meine Mutter sterben müssen, dachte sie. Jetzt bin ich an der Reihe. Ich will nicht sterben.

Sie hörte, wie die Männer einstiegen. Die Türen fielen zu, und die Innenbeleuchtung erlosch.

Die Schmerzen in ihrer Brust wurden schwächer, die Stimmen der Männer verschwammen. Das Anlassen des Motors hörte sie nur noch schwach. Das Anfahren des Wagens empfand sie wie das leise Schaukeln einer Hängematte.

Keller hatte während des kurzen Aufenthalts keine Zeit gehabt, etwas zu essen. Sobald sie wieder auf der Autostraße waren, öffnete er die Tüte mit dem Essen. Bevor er selber Zugriff, hielt er

Morris den Pappteller unter die Nase. »Ofenwarme Tortillas. Tortillas mit Käse, Tortillas mit Lammragout, Tortillas mit Chili ...«

»Danke«, lehnte Morris ab, »gib mir eine Dose Bier.«

»Und die Kleine? Hat die keinen Hunger?«

»Die schläft.«

»Das ging aber schnell.« Keller grinste wissend. »Wie hast du das gemacht? Verrat mir das Geheimnis, wie man aus einer Wildkatze ein Lämmchen macht. Du hast nachgeholfen, stimmt's?«

»Die nächsten zwölf Stunden macht sie keinen Muckser, und auch danach wird sie nicht sehr gesprächig sein.«

Als Tara erwachte, war es heller Tag. Aus dem Autoradio kam das Zeitzeichen für zwölf Uhr mittags. Die Station war Radio San Antonio. Der Ansager, der die Nachrichten verlas, hatte einen deutlich texanischen Akzent.

Wir sind bereits auf amerikanischem Boden, dachte sie verwundert. Es schien ihr, als wäre sie erst vor kurzem eingeschlafen.

Sie rollte sich auf den Bauch und blickte nach vorne. Morris saß am Steuer, Keller schlief auf dem Rücksitz. Der mexikanische Chauffeur war nicht mehr da.

Tara rechnete aus, wie lange sie schon unterwegs waren. Sie kam auf achtzehn Stunden. An die Nachrichten von Radio San Antonio schloß sich eine Polizeidurchsage an: Am Grenzübergang Laredo war es zwischen Zöllnern und Drogenschmugglern zu einer Schießerei gekommen.

Laredo. Plötzlich begriff sie. Sie hatte Laredo verpaßt. Laredo war ihre Chance gewesen – und sie hatte geschlafen.

Ihr Mund war ausgetrocknet; sie hatte einen bitteren Geschmack auf der Zunge. In dem Wasser, das Morris ihr zu trinken gegeben hatte, mußte etwas gewesen sein, ein Betäubungsmittel. Deshalb fühlte sie sich so matt und zerschlagen. Deshalb hatte sie den Grenzübergang verschlafen.

Die Entführer hatten wirklich an alles gedacht. Es konnte gar nicht anders sein, Ugo Fillipi hatte das Ganze inszeniert. Auf Sunset Hill durfte sein Name nicht genannt werden, jedenfalls nicht, wenn ihr Vater anwesend war. Für Massimo Calese war Ugo Fillipi das personifizierte Böse.

Das war nicht immer so gewesen. Tara erinnerte sich noch gut an die Zeit, als Tony und Ugo befreundet waren. Wenn Tony damals seinen Freund zum Abendessen nach Sunset Hill brachte, dann hatte Ugo der Signora Calese immer Blumen überreicht. Blumen in Cellophan verpackt, mit Bändern und Schleifen garniert. »Übertrieben«, hatte Taras Vater gefunden – aber ihre

Mutter war bezaubert gewesen von den Blumen und von dem jungen eleganten Mann mit dem blonden Haar – ein blonder Sizilianer! – und den goldgesprenkelten Augen eines Panthers. Auch an dem Abend, als er das Blutbad auf Sunset Hill anrichtete, hatte Ugo Blumen für die Signora bei sich gehabt …

Tara döste wieder ein. Aus dem halbwachen Zustand sackte sie immer wieder in die Strudel seltsamer Angstträume, und durch diese Angstträume geisterte Ugo Fillipi. Einmal stand er am Rand der Autobahn. Als sie bei ihm anhielten, richtete er eine Maschinenpistole auf sie und begann zu feuern. In einem anderen Traum befand Tara sich in einer fremden Stadt auf der Flucht vor Verfolgern. Endlich fand sie ein Taxi und sprang hinein. Der Chauffeur drehte sich um und fragte, wo sie hinwollte – es war Ugo Fillipi.

Es dämmerte bereits, als sie den Flughafen von Houston erreichten. Sie fuhren zu den Hangars. An einer Barriere hielt man sie auf. Morris zeigte dem wachhabenden Beamten einen Ausweis und ließ sich den Weg zum Standplatz der Privatflugzeuge erklären.

Keller rappelte sich auf und gab Tara einen Schubs: »Hey, aufgewacht, die Abschiedsstunde schlägt.«

Sie fuhren etwa einen Kilometer, bis sie zu dem Flugfeld kamen, das sie suchten. »Du bleibst im Wagen«, sagte Morris zu Keller. Dann stieg er aus und öffnete den Laderaum. Er hatte eine Sonnenbrille auf und das Gesicht voller dunkler Bartstoppeln. »Los, worauf wartest du, wir sind da.«

Tara hatte Mühe, sich aus dem Schlafsack zu schälen, und Morris trieb sie ungeduldig zur Eile an. »Was ist, mach schon.« Sein Ton war wie zu Beginn der Entführung am Flughafen von Mexico kalt und sachlich. Als sie vor ihm stand, befahl er: »Streck die Hände vor« und legte ihr Handschellen an. »Es sind nur hundert Meter bis zum Flugzeug, aber ich möchte sicher sein, daß du mir nicht im letzten Moment entwischst.«

Die Fesseln machten sie hellwach – und damit war die Angst wieder da. »Meine Tasche«, sagte sie. Auch die Stimme verriet ihre Angst.

»Die Tasche der Lady«, rief Morris in den Wagen, und Keller warf sie mit Schwung nach hinten. Morris hängte sich die Tasche über die Schulter und packte Tara unsanft am Oberarm. »Vorwärts.«

Im Wagen war es kühl gewesen, im Freien herrschte sommerliche Wärme. Tara hatte schwammige Beine und Mühe, mit Morris Schritt zu halten. Auf halbem Weg zum Flugzeug bekam sie plötzlich Schüttelfrost. »Sie haben mir nachts ein Betäubungsmittel gegeben, nicht wahr?«

Morris nickte. »Anders hättest du keine Ruhe gegeben.«

Der Schüttelfrost wurde so stark, daß auch Morris ihn wahrnahm. »Du zitterst ja, was ist?«

Sie waren nur noch wenige Schritte vom Flugzeug, einem kleinen Learjet, entfernt. Tara raffte allen Mut zusammen: »Sagen Sie mir, gehört das Flugzeug Ugo Fillipi?«

»Wie war der Name?«

»Ugo Fillipi.«

»Frag den Piloten, vielleicht kann der dir Auskunft geben.«

Am Einstieg erschien ein langer, schlaksiger Mann in einem verknitterten Khaki-Anzug. Sein Gesicht war grob, fast häßlich, aber es strahlte Wärme und Offenheit aus.

»Hallo Morris« – »Hallo Doktor«, begrüßten sich die Männer. Der Blick des Doktors ging zu Tara: »Hallo«. Dann trat er zur Seite, und Morris brachte Tara ins Flugzeug. Die Ausstattung erinnerte Tara an das Flugzeug von Angelo. Auch hier war die Kabine ein kleiner Salon mit ledergepolsterten Sesseln.

Morris nahm Tara die Fesseln ab. »Miss Calese hat Schüttelfrost«, sagte er zum Doktor. »Die Reise war etwas anstrengend. Sorgen Sie dafür, daß sie nicht krank wird.«

Tara konnte die Gesichter der Männer nicht sehen, sie fühlte, die Worte von Morris hatten eine bestimmte Bedeutung, die sie nicht entschlüsseln konnte.

»O. k.«, antwortete der Doktor, »das kriegen wir schon hin.«

Morris verabschiedete sich dann und gab Tara ihre Tasche. Der Doktor kam zu Tara. Bevor er sich setzte, stellte er sich vor. »James Nevin.« Er lächelte. »Darf ich dich Tara nennen?«

»Ja ...«

»Morris sagt, du hast Schüttelfrost, darf ich mal den Puls fühlen ...«

Tara wußte nicht, ob sie dem Vertrauen, das sie spontan zu diesem Mann empfand, nachgeben sollte. Nachdem er den Puls gefühlt hatte, legte er ihr die Hand auf die Stirn. »Du hast Fieber.« Er wollte aufstehen, aber Tara hielt ihn an der Hand fest. »Ich habe eine Frage ...«

»Und?«

»Gehört dieses Flugzeug Ugo Fillipi? Bitte geben Sie mir Antwort, ich muß es wissen.«

Er blickte sie so offen an wie vorher. »Wir reden später darüber, einverstanden? Zuerst kümmern wir uns um das Fieber, es darf nicht weitersteigen. Ich hole mal meinen Arztkoffer. Mach dir's einstweilen bequem.«

»Ich möchte mir die Hände waschen.«

»Komm.« Er zeigte ihr den Waschraum. Die Tür zur Pilotenkanzel war offen. Der Pilot sprach gerade mit dem Tower von Houston. Tara bekam soviel mit, daß sie nach New York fliegen würden, zum La Guardia Airport.

Sie wusch sich die Hände und das Gesicht. Dann bürstete sie das Haar. Das Gesicht, das ihr der Spiegel zeigte, kam ihr vor wie eine Fotografie von früher. Das war die Tara *vor* der *Flamingo*, *vor* Lansky, *vor* der Entführung. Eine Tara, die keine Angst kannte. Irgendwie beruhigte sie das, und leise rief sie sich zu: »Tara, bleib so! Erlaube keinem, dir dieses Gesicht zu nehmen. Dieses furchtlose Gesicht wird dich schützen, was auch immer geschieht.«

Es klopfte an die Tür und der Doktor fragte: »Alles o. k.?« Tara öffnete die Tür. »Ja, danke.« Das Stehen und die paar Schritte hatten sie angestrengt. Der Schüttelfrost setzte wieder ein. »Am besten, du legst dich hin«, meinte der Doktor. Tara glaubte, aus seiner Stimme ehrliche Sorge zu hören. Seltsam. Zuerst die rüde Behandlung auf der Fahrt von Mexico hierher, und jetzt, plötzlich der Umschwung. Sie wußte nicht, was sie davon halten sollte. Sie traute dem Frieden nicht, und gleichzeitig war sie dankbar dafür, endlich wieder wie ein Mensch behandelt zu werden.

Mit einem Handgriff hatte der Doktor aus einem der Sitze eine Liege gemacht. Nun holte er aus dem Gepäckfach ein Kissen und eine leichte Wolldecke. »Mach dir's bequem«, sagte er zu ihr.

Auf einem Tisch im Hintergrund stand ein offener Arztkoffer aus Aluminium. Obenauf lag eine Anzahl von Spritzen in steriler Plastikverpackung. Der Doktor stand mit dem Rücken zu ihr und feilte eine Ampulle auf. Dann füllte er den Inhalt in eine Spritze.

Er setzte sich zu ihr an den Rand des Lagers und streifte den Ärmel ihres Hemdes zurück. »Ich gebe dir eine Spritze gegen das Fieber«, sagte er, während er ihre Armbeuge mit Alkohol desinfizierte.

»Wann hast du zuletzt etwas gegessen?« fragte er, während er die Spritze vorbereitete.

»Gestern mittag.«

»Gestern ...« Er rechnete. »Das sind ja bald zwanzig Stunden. Kein Wunder, daß du dich schwach fühlst.«

Für einen Moment tauchte der Kopf des Copiloten am Eingang auf. Er zog den Vorhang zu. Dann sprach er mit den Männern des Bodenpersonals, die das Flugzeug abfertigten. Kurz darauf hörte Tara, daß die Treppe eingeholt und die Tür des Flugzeugs geschlossen wurde.

Was für ein Aufwand, mußte sie denken. Ein Learjet ganz allein für mich ...

Der Doktor umschloß ihre Hand. »Mach eine Faust, den Daumen nach innen, so fest du kannst.«

Zuerst war es nur ein Pikser, dann hatte sie das Gefühl, es war flüssiges Eis, das durch ihren Arm lief, aufwärts in die Schultern, in den Hals, in den Nacken ...

Die Betäubung wirkte in Sekundenschnelle, doch bevor sie das Bewußtsein verlor, begriff sie noch: Doktor James Nevin mit seinem offenen Gesicht und seinen warmen Augen war nicht besser als Morris und Keller. Auch er war ein Krimineller. Auch er war ihr Feind. »Sie Teufel«, wollte Tara sagen – aber es wurde nur ein Lallen daraus. Das Bild vor ihren Augen verschwamm. Über das Gesicht des Doktors legte sich ein anderes Bild, Ugo Fillipi, sonnenverbrannt, blond, mit goldgesprenkelten Katzenaugen ...

Terrytown Hospital

Montag, 15. September 1986

Im Krankenzimmer von Rico Calese brannte nur die kleine Lampe am Kopfende des Bettes. Der verstellbare Arm war nach oben gegen die Decke gekippt, was eine seltsam fahle Helligkeit schuf.

Trotz der späten Stunde hatte Rico noch Besuch. Vier Männer standen in dem kahlen Krankenzimmer. Drei davon trugen den Namen Calese, Angelo Calese, Ricos Vater, und die beiden Onkel von Rico, Ed Calese und Tony Calese. Der vierte Mann gehörte nicht zur Familie. Er stand am offenen Fenster, mit dem Rücken zu den anderen, und blickte in den nächtlichen Park. Die Haltung des Mannes konnte zweierlei ausdrücken, entweder, daß er die Unterredung der anderen nicht stören wollte oder daß sie ihn nicht interessierte.

Wie auch immer, seine Gegenwart genügte, um Angelo, Ed und Tony das Gefühl zu geben, sich auf einem Minenfeld zu bewegen. Ein falscher Schritt, die kleinste falsche Bewegung konnte eine Katastrophe auslösen.

Der blonde Mann im weißen Sommeranzug, der so unbeteiligt am Fenster stand, war Ugo Fillipi.

Als die anderen diese abendliche Unterredung mit Rico vereinbarten, hatte er ihnen nicht gesagt, daß es hier im Terrytown Hospital zu einer Konfrontation mit Ugo Fillipi kommen würde. Ja, sie hatten nicht einmal gewußt, daß Ugo Fillipi wieder in New York war.

Die ersten Minuten der Begegnung waren einsilbig verlaufen. Ugo Fillipis Versicherung, diese »Überraschung« wäre Ricos Idee gewesen, hatte nicht gerade dazu beigetragen, das Klima gegenseitigen Mißtrauens zu entspannen. Dazu kam, daß er italienisch sprach; nicht das rudimentäre Italienisch der New Yorker Mafia, Ugo Fillipi sprach das Italienisch eines Mannes, der Dante und d'Annunzio liebte, verfeinert, elegant, reich an überraschenden Metaphern.

In dieser Sprache, der sich die drei Calese Brüder nicht gewachsen fühlten, hatte er ihnen zu verstehen gegeben, Rico hätte ihn bereits eingeweiht in das Thema dieser Familienkonferenz: »Das State Department of Justice gibt sich also die Ehre, den Fall Flamingo zu seiner großen Sache zu machen, und hat für Massimo Calese ein Hearing anberaumt …« Ugo Fillipi hatte die Vorladung sehen wollen, und Angelo hatte ihm die Kopie des Dokumentes wohl oder übel zeigen müssen. Ugo Fillipi hatte es aufmerksam studiert, dann und wann eine Passage zitiert und schließlich den Namen des unterzeichneten General Attorney laut verlesen. »Chris Shannendy.« Damit hatte er das Schriftstück an Rico weitergegeben. »Ein bemerkenswerter Mann, dieser Chris F. Shannendy. Ich habe seine Prozesse in der Giftmüllaffäre verfolgt ... Wenn er im Fall Flamingo genauso radikal vorgeht, habt ihr bald die Chance eine neue Lebensform kennenzulernen. Die Stille, Enthaltsamkeit, unbegrenzte Zeit für Meditation.«

Nach diesen Worten hatte er sich abgewandt und war ans offene Fenster getreten, wo er seitdem verharrte.

Das Terrytown Hospital stand inmitten eines alten Parks. Vor Ricos Zimmer, das im Flügel der Privatstation lag, wuchsen die Bäume bis dicht ans Haus. Am Tag schufen sie ein angenehm gedämpftes Licht im Raum, jetzt, nachts, war immer wieder das leise Rascheln des Laubes im Nachtwind zu hören.

Rico griff nach der Lederschlaufe, die über ihm hing, und versuchte, seine Stellung zu verändern. Das linke Bein begann wieder zu schmerzen. Die Platzwunde am Kopf war nicht gefährlich gewesen, man hatte sie nur nähen müssen. Das Problem war das Bein. Bei der Explosion waren messerscharfe Metallsplitter in das linke Fußgelenk eingedrungen. Bei der ersten Operation war es nicht möglich gewesen, alle zu entfernen. Es bestand die Gefahr, daß der Knöchel steif blieb und er für den Rest seines Lebens nicht mehr normal gehen konnte.

Als die *Flamingo* explodierte, befand er sich mit Tiziana gerade auf dem Weg von der Flying Bridge nach unten. Tiziana lief voraus. Das weiße Kleid flog um sie. Der Tüllüberwurf nahm die ganze Treppe ein. Die Hände hatte sie über den Kopf erhoben und den Takt der Musik mitgeklatscht. Das weiße Kleid, Tizianas goldene Haarmähne, ihre klatschenden Hände. Alles hatte für ihn Glück bedeutet, Glück, das ihm gehörte, jetzt und immer. Und dann, im Bruchteil von Sekunden, war davon nichts mehr übrig gewesen. Rico hatte einen Schlag von betäubender Wucht bekommen, dann war aus dem Innern des Schiffs ein Flammenmeer hervorgebrochen.

Der Luftdruck der Explosion im Innern des Schiffes war so groß gewesen, daß es Rico über die Reling geschleudert hatte. Erst im Wasser war er wieder zu sich gekommen. Sein erster Gedanke war Tiziana gewesen. Er hatte ihren Namen geschrien. Das weiße Kleid hatte sich wie ein Ballon auf die Wasserfläche niedergelassen und drohte zu versinken. Irgendwie war es ihm gelungen, sie zu packen und mit ihr ans Ufer zu schwimmen. Er brauchte dazu eine

Ewigkeit, wie ihm schien. Er hatte große Schmerzen im linken Bein, und als er ans Land steigen wollte, knickte der Fuß unter ihm weg.

Erst als Tiziana auf der Erde lag, sah er, daß ihr Körper von der Hüfte bis zur Schulter aufgerissen war. Er hatte das nasse Kleid, das zerfetzt an ihr herunterhing, über die grauenhafte Wunde gebreitet. Aus Tizianas vollem Haar war das Wasser geflossen. Ihr schönes Gesicht war unversehrt. Sie schien zu schlafen. Als er sich über sie beugte, waren Blutstropfen auf ihre Wange gefallen – da erst hatte Rico bemerkt, daß er am Kopf eine Platzwunde hatte.

Es klopfte, und die Nachtschwester erschien unter der Tür. Als sie sah, daß Rico noch immer Besuch hatte, wollte sie sich wieder zurückziehen, aber Rico rief: »Moment, Schwester, wenn Sie schon da sind, bringen Sie uns bitte Mineralwasser und Eis.«

Nachdem sich die Tür hinter der Schwester geschlossen hatte, nahm Rico die Vorladung zur Hand. Das Hearing von Massimo Calese war auf Montag, den 22. September, festgesetzt.

»Meiner Meinung nach«, begann Rico, »dürfen wir es nicht zu diesem Hearing kommen lassen.«

Angelo machte eine hilflose Gebärde. »Der Meinung bin ich auch – aber der Alte ist entschlossen hinzugehen.«

»Das darf nicht geschehen. Es ist euch klar, er wird uns alle mit hineinreißen. Sein Hearing wird nur der Anfang sein. Die nächste Vorladung wird Angelo Calese bekommen, und dann Ed Calese, und dann Tony Calese. Sagt mir nicht, sie könnten uns nichts anhaben. In so einem Hearing bist du nicht mehr Herr deiner selbst. Sie drehen dir das Wort im Mund um, und dann kommen die Hausdurchsuchungen, und dann rücken dir die Steuerfahnder auf den Pelz. Sie werden in unseren Büros das Unterste zuoberst kehren. Wir werden nicht mehr zur Ruhe kommen. Ihr wißt, wie sie es mit anderen Familien gemacht haben. Und immer hat es mit so einer Vorladung begonnen ...«

Ed trat ans Fußende von Ricos Bett. »Aber was sollen wir tun. Jetzt ist es zu spät.«

»Nein, noch ist es nicht zu spät.«

»Denkst du, Milton Shannendy könnte seinen Sohn zurückpfeifen, um seinen alten Freund Massimo zu retten?«

»Milton Shannendy wird keinen Finger rühren. Es gibt nur einen Weg ...« Er machte eine Pause und strich das Schriftstück, das vor ihm auf der Bettdecke lag, glatt. »Am Tag, an dem das Hearing stattfindet, darf der Alte nicht mehr am Leben sein.«

Die Worte blieben in der Luft stehen; erst in der Stille, die folgte, wurde ihnen ihre ganze Ungeheuerlichkeit bewußt. Tony starrte auf seine Schuhe, Angelo fuhr sich durchs Haar, Ed umklammerte die Metallkante des Bettgestells und preßte die Zähne so fest aufeinander, daß sich die Kieferknochen unter der Haut abzeichneten.

Ugo Fillipi, der sich bisher an der Unterhaltung nicht beteiligt hatte, schloß das Fenster und wandte sich um. »Und weiter?« Er sprach jetzt englisch. Seine Stimme klang kühl. »Wie geht's weiter, Rico? Nehmen wir an, dein Großvater ist verhindert, beim Hearing zu erscheinen. Was ist damit erreicht? Nichts. Chris F. Shannendy wird sich an einen anderen Calese halten, zum Beispiel an deinen Vater Angelo oder an deinen Onkel Ed ...« Er lachte. »Ich fürchte, Rico, du wirst deine ganze Familie ausrotten müssen, um das Hearing zu verhindern. Willst du das?« Ugo Fillipi schob einen Stuhl zur Seite und trat zum Bett. »Ich kann deine Gefühle gut verstehen. Du bist voller Haß, und solange der Haß frisch und heiß ist, lähmt er den Verstand. Also, laß mich für dich denken. Deswegen hast du mich doch gerufen, nicht wahr? Dein Vertrauen ist ehrenvoll und schmeichelhaft, nur stehst du damit ganz allein in deiner Familie. Sobald ich diesen Raum verlassen habe, das heißt, in wenigen Minuten schon, werden sie über dich herfallen. Und ich kann sie verstehen. Ihr Mißtrauen ist berechtigt.« Er öffnete die weiße Leinenjacke und breitete die Arme aus. »Wie ihr seht, bin ich bewaffnet. Die zwei Wachen vor der Türe haben mich einfach so durchgelassen, weil ich ihnen sagte, daß ich zur Familie gehöre. Ich bin nicht als Feind hier – aber das heißt nicht, daß ich als Freund hier bin.« Er zog die Waffe und hielt sie den anderen auf der flachen Hand hin. »Erkennt ihr sie wieder? Es ging damals alles etwas schnell bei meinem letzten Besuch auf Sunset Hill – und es lief leider nicht wie geplant.« Er steckte die Waffe ein. »Aber lassen wir das. Die Sache zwischen Massimo und mir geht nur uns beide etwas an.« Sein Blick heftete sich auf Rico. »Wenn du gedacht hast, ich werde deinen Großvater für dich umlegen, muß ich dich enttäuschen.«

Rico wollte etwas erwidern, doch Ugo schnitt ihm mit einer Handbewegung das Wort ab. »Ich lasse euch jetzt allein. Zwei Dinge noch: Vergeßt, daß ich hier war – und sagt dem Alten nichts von diesem ›zufälligen Treffen‹. Wie ich ihn einschätze, weiß er es sowieso. Ich habe so das Gefühl, ich kenne ihn besser als ihr. Eine Feindschaft, wie wir sie haben, ist eine sehr intime Sache. Es gibt immer wieder Stunden, da tauscht man in Gedanken die Rollen und dann ...« Er brach ab, und ein seltsames Lächeln huschte über sein Gesicht. »Euch spielt er den braven Bürger vor, aber in Wirklichkeit ist er immer noch der gefährlichste von uns allen. Also, wenn er vorhat, zu dem Hearing zu gehen, laßt ihn. Könnte gut sein, daß dieses Hearing durch ›Höhere Gewalt‹ ausfällt, sagen wir, General Attorney Chris F. Shannendy würde sich am 22. September unpäßlich fühlen ...«

Rico hob den Kopf. »Wie meinst du das?«

»Nun ...« Ugo verstummte. Die Schwester hatte die Tür geöffnet und schob einen Servierboy herein, mit Mineralwasser, einer Eisbox und fünf Gläsern.

Als die Männer wieder allein waren, sagte Ed: »Bevor du gehst, Ugo, noch eine Frage. Was hast du damit gemeint, das Hearing am 22. September könnte ausfallen ...«

Ugo lächelte. »Bei den Mafiaprozessen in Italien fällt jeder zweite aus wegen akuter Unpäßlichkeit des General Attorney ... Eine sehr wirkungsvolle Methode, die in Amerika viel zu selten praktiziert wird ... Das setzt allerdings voraus, daß man den betreffenden General Attorney gut kennt. Ich wurde durch die Giftmüllprozesse aufmerksam auf diesen Chris F. Shannendy. In knapp vier Jahren ist es ihm gelungen, fünf New Yorker Mafia-Familien zu zerschlagen. Diesen Mann muß man im Auge behalten, dachte ich mir, und habe eine Telefonistin bei ihm eingeschleust. Das war vor zwei Jahren. Heute verfüge ich über eine Menge Daten. Zum Beispiel kenne ich seine Zeiteinteilung. Chris F. Shannendy ist ein Mann, nach dem man die Uhr stellen könnte. Da gibt es zum Beispiel den Freitag. Nach Büroschluß um fünf Uhr macht er eine Pause und geht ins Bräunungsstudio zu Marilyn Mauvers, einem ehemaligen Callgirl. Ein gutes Stück, diese Mauvers, und sie hat es gut getroffen mit Shannendy, nur heiraten wird er sie nie. Um acht Uhr ist er wieder im Büro und arbeitet bis spät in die Nacht. Er ist dann ganz allein dort. Das Haus ist leer, die Büros sind verlassen, und das Haus ist verschlossen.« Ugo machte eine Pause und fuhr dann fort: »Ihr seht, auch wenn ich auf der anderen Seite der Erdkugel lebe, ich bin auf dem laufenden.«

Eine Weile herrschte Schweigen. Das Gespräch hatte eine Wendung genommen, mit der keiner der Caleses gerechnet hatte. Was stand hinter Ugos Worten? Schlug er ihnen eine gemeinsame Verschwörung gegen Chris F. Shannendy vor? Oder wollte er ihnen damit nur zu verstehen geben, daß er auch bei ihnen Spione eingeschleust hatte? Telefonistin, Chauffeure, die Daten sammelten und an Ugo Fillipi weitergaben?

Ugo war an Ricos Bett getreten. Mit einer herzlichen Geste, die bei diesem Mann überraschte, umfaßte er Ricos Schultern und küßte ihn. »Du hörst von mir.«

An der Tür blieb er nochmals stehen. »Wenn ihr mich erreichen wollt, ihr findet mich draußen in Long Island.«

New York

Dienstag, 16. September 1986

Massimo Calese hatte die *Financial Times* vor sich liegen. Seit vielen Jahren begann er den Tag mit der Lektüre dieser rosa Seiten, die bedeckt waren mit nüchternen Zahlenkolonnen und die doch auf Massimo so inspirierend wirkten wie auf eine fromme Seele das Hohelied Salomos.

An diesem Morgen allerdings war er mit dem Gedanken woanders; auch mit Disziplin gelang es ihm nicht, sich zu konzentrieren. Seine Augen wanderten über die Seiten ohne daß er wußte, was er eigentlich las. Schließlich nahm er die Brille ab und legte die Hand über die Augen.

Er wartete auf das Summen des Telefons. Warten – ein ungewohnter Zustand für ihn, der es gewohnt war zu handeln.

Es ging um Tara. Seit dem Besuch in Norman Reeds Apartment vor einer Woche hatte er sie nicht mehr gesehen. Als er an jenem Montagabend wieder hinkam, um sie abzuholen, war sie nicht mehr dagewesen. Von der Hausmeisterin, Frau Olson, hatte er erfahren, daß Tara kurz nach ein Uhr mittags mit dem Hund das Haus verlassen hatte. Seine Hoffnung, Tara wäre nach Sunset Hill gefahren, hatte sich nicht erfüllt. Sie war nicht in Sunset Hill, als er heimkam. An jenem Abend hatte er immer wieder in Normans Apartment angerufen, doch Tara hatte nicht abgenommen. Am nächsten Tag versuchte er es bei Bob Fisher und erfuhr vom Butler, Tara wäre mit Bob Fisher nach Mexiko geflogen, und sie würden bis Samstag dortbleiben.

Bob Fisher war zurückgekommen.

Aber ohne Tara.

Wo war Tara?

Bob Fisher hatte ihm berichtet, was sich auf dem Flughafen von Mexico City zugetragen hatte; außer diesen dürftigen Angaben konnte er ihm nichts sagen. Bob Fisher wußte keine Antwort auf Massimos Fragen.

Niemand konnte ihm Antwort geben.

Nicht die Flughafenpolizei von Mexico City.

Nicht Luiz Martinez, mit dem er lange telefoniert hatte.

Was war mit Tara geschehen?

Die Fakten deuteten auf ein geplantes Verbrechen hin.

Aber noch gab es eine Hoffnung, und an die klammerte sich Massimo. Vielleicht hatte Tara ein Flugzeug nach Brasilien genommen und war bei Norman Reed und dem Filmteam. Sie war jung, sie war eigenwillig, sie war verliebt. Alles war möglich.

Bob Fisher hatte es übernommen, mit Norman Reed Kontakt aufzunehmen, ein Geduldsspiel, denn der Drehort lag im brasilianischen Busch, und das nächste Telefon war weit vom Drehort entfernt. Es dauerte viele Stunden, bis man eine Verbindung bekam.

Das war der Stand der Dinge: Bob Fisher erwartete Norman Reeds Rückruf, und dann würde er sofort Massimo Bescheid geben.

Massimo hatte die Nacht in der Stadt verbracht und in der kleinen Wohnung, die zum Büro gehörte, geschlafen. Das heißt, geschlafen hatte er nicht. Er hatte gelesen, er hatte in den Fernseher gestarrt, bis ihm die Augen brannten, und dann, als er im Dunkeln lag und die Stille nicht ertrug, hatte er das Radio angeschaltet.

Die langen Stunden zwischen Nacht und Morgen hatte er sich den Kopf mit Grübeln zermartert. Der Verstand sagte ihm, wenn deine Tochter verschwindet, kann es sich nur um ein geplantes Verbrechen handeln. Das Herz klammerte sich an die Hoffnung, daß Tara bei Norman Reed in Brasilien war.

Wenn es ein Verbrechen war, stellte sich die Frage: Hing es mit der *Flamingo* zusammen? Also, war es ein Vergeltungsakt der Fillipis?

Oder handelte es sich um Kidnapper, die Geld erpressen wollten?

Aber Kidnapper hätten ihre Forderung längst gestellt. Kidnapper hüllten sich nicht tagelang in Schweigen.

Also doch die Fillipis?

Das Summen des Telefons riß Massimo aus seinen Gedanken. Die Sekretärin war am Apparat, und kündigte ihm einen Besucher an. »Mister Gomez ist da.«

Massimo schaute auf die Uhr. Es war kurz nach neun Uhr. Eine frühe Stunde für einen Privatdetektiv, aber bei Gomez war alles anders als bei den Privatdetektiven, mit denen Massimo bis dahin zu tun gehabt hatte. Mit diesen Männern undefinierbaren Aussehens und Alters, die Winter und Sommer in einem speckigen Trenchcoat herumliefen, hatte Gomez nicht die geringste Ähnlichkeit.

Gomez – halb Portugiese halb Chinese – war ein 30jähriger auffallend gutaussehender Mann, der Anzüge von Armani trug, am Handgelenk eine Cartier Uhr hatte und einen Porsche fuhr.

Wie die meisten Privatdetektive der jungen Generation arbeitete er nicht als Einzelkämpfer, sondern im Team mit einem Partner namens Lock. Diesen Lock, der eine blonde Ausgabe von Sylvester Stallone war, hatte Massimo bisher nur einmal gesehen, als er die beiden in ihrem Büro in der Madison Avenue aufgesucht hatte, um mit ihnen das Problem zu besprechen, das sie für ihn lösen sollten.

Seit der Nacht, in der die *Flamingo* explodiert war, konnte jeder Tag eine neue Katastrophe bringen. Gomez und Lock sollten ihm helfen, böse Vorzeichen rechtzeitig zu registrieren. Die Versicherung von Lou Meller, das FBI würde ein wachsames Auge auf ihn haben, genügte ihm nicht, ja, durch die Vorladung zu dem Hearing am 22. September hatten Lou Mellers Worte eine andere Bedeutung bekommen: der »Schutz« des FBI war nichts anderes als eine Form der Überwachung.

Gomez reichte Massimo die Hand. »Ich bin ein Frühaufsteher wie Sie.«

Massimo wußte nicht, was ihn mehr störte, die gute Laune von Gomez, das Parfüm, das er benützte, oder der Kaugummi, den er im Mund hatte.

»Nehmen Sie Platz«, sagte er einsilbig. »Lassen Sie hören. Gibt's was Neues?«

Gomez machte es sich bequem. »Auf der Schnellstraße nach Long Island ist heute nacht ein Motorradfahrer tödlich verunglückt. Der Mann hieß Lennox und war bei der Coastguard. Vielleicht erinnern Sie sich an den Namen. In der Nacht, als die Flamingo explodierte, hatten Lennox und McGill Dienst. Die beiden haben das brennende Wrack der Flamingo aus dem Yachthafen geschleppt. Schönes Stück Arbeit. Im Krieg gibt es für so etwas einen Orden ... Übrigens, Lennox und McGill waren beide in Vietnam. Sie dienten bei der Marine. Sie waren auf dem U-Boot, das Lou Meller kommandierte ... Der Lou Meller, der jetzt beim FBI ist. Bei unserem ersten Gespräch erwähnten Sie, daß Sie Lou Meller kennen, stimmt das?«

»Ja, ich kenne Lou Meller ... ich kenne ihn schon lange ...« Etwas hinderte Massimo zu sagen: »Lou Meller ist mein Freund.« Seit der *Flamingo*-Katastrophe bohrten Zweifel in ihm. Er hatte keinen realen Anhaltspunkt, es war nur ein Gefühl, und dieses Gefühl nahm zu.

»Was ist mit Lou Meller?« fragte er.

»Er tut alles, um uns die Arbeit schwerzumachen. Man könnte auf den Gedanken kommen, er will jemanden decken.«

Massimo nahm einen Stift und begann am Rand der rosa *Financial Times* Schlangenlinien zu ziehen. »Das FBI hat es Privatdetektiven immer schwer gemacht ...«

Gomez schob den Kaugummi auf die andere Seite. »Im Fall Lennox waren wir schneller als das FBI. Das Motorrad, mit dem Lennox verunglückte, war ganz neu. Eine teure Maschine, und nun wird's interessant, er hat den ganzen Betrag in bar bezahlt, einfach zehntausend Dollar aus der Jacke gezogen und hingeblättert.«

Massimos Schlangenlinien drangen vom Rand der Financial Times ins Gedruckte vor. »Jetzt müßte man wissen, ob McGill auch zufällig zehntausend Dollar in der Jackentasche hat.«

Gomez grinste anerkennend. Zwischen seinen weißen Zähnen wurde der Kaugummi sichtbar. Massimo legte den Stift weg und sagte gereizt: »Wie wär's, wenn Sie auf den Kaugummi verzichten, solange Sie mit mir reden. Ist das zuviel verlangt?«

Gomez steckte die Rüge souverän ein. »Meine Freundin haßt es auch, vor allem wenn ich beim Autofahren Blasen mache. Ich bin Spezialist, wollen Sie mal sehen?«

»Nein danke.«

Gomez stand auf. »O. k., ich werd' mich bessern. Und wenn ich in der Jackentasche von McGill zufällig zehntausend Dollar finden sollte, sind Sie der erste, der es erfährt.«

Massimo brachte Gomez zur Tür. Als sie sich die Hand gaben, sagte Gomez: »Noch eine Frage, Ihr Enkel Rico Calese liegt im Terrytown Spital, ist das richtig?«

»Ja, warum?«

»Er war auf der Flamingo, als es passierte, nicht wahr?«

»Ja ... was ist mit Rico?«

»Er hatte gestern Besuch ...«

»Wer war dort, so reden Sie schon.«

»Die Familie, das heißt, sein Vater Angelo, dann Ed und Tony, und noch ein vierter Mann – Ugo Fillipi.«

Massimo hatte plötzlich einen faulen Geschmack im Mund.

»Von wem haben Sie die Information?«

»Mein Partner war zufällig dort, das heißt, nicht ganz so zufällig. Ugo Fillipi blieb nicht lange. Lock ist ihm gefolgt. Er hatte so den Verdacht, Ugo Fillipi könnte vielleicht auf die Idee kommen, bei Ihnen vorbeizuschauen ... Aber er fuhr auf direktem Weg nach Long Island zurück.«

Gomez wollte die Tür öffnen, doch Massimo legte die Hand auf seinen Arm. »Moment, bleiben Sie. Hat Ihr Partner sonst noch was herausgebracht über Ugo Fillipi?«

»Nicht daß ich wüßte ...«

Massimo ging zum Schreibtisch und setzte sich.

Ugo Fillipi bei Rico. Das mußte so kommen, dachte er. Rico haßt mich. Rico glaubt, ich habe die Flamingo in die Luft gejagt.

Aber Angelo, Ed und Tony.

Die wissen doch, daß ich unschuldig bin.

Was haben meine Söhne im Sinn?

Einen Pakt hinter meinem Rücken mit Ugo Fillipi?

Das kann nur eines bedeuten, sie wollen mich opfern, um die eigene Haut zu retten.

Der Boden unter Massimo schien nachzugeben. Er hatte sich eingebildet, alles unter Kontrolle zu haben, jetzt mußte er sich eingestehen, daß er nicht einmal wußte, was seine eigenen Söhne planten.

Das ist das Ende, dachte er. Und er hatte dabei das Gefühl, als ginge es um einen Fremden, an dem ihm nichts lag. So war das Leben.

Dann fiel sein Blick auf die Fotografie von Tara, die auf dem Schreibtisch stand. Sie sah ihn direkt an, mit den dunklen, leicht verschatteten Augen, in denen eine geheime lächelnde Zärtlichkeit war und eine heiße Ungeduld auf das Leben ...

Und plötzlich glaubte er zu wissen: Ugo Fillipi hat sie entführt. Ugo Fillipi hält sie gefangen, draußen auf Long Island.

Massimo zog die Schubladen auf und nahm einen Revolver heraus. Er legte die Waffe auf die *Financial Times* und daneben die Patronen. Während er die Waffe lud, beobachtete er mit grimmiger Genugtuung, daß seine Hände ruhig waren.

Gomez sah ihm schweigend zu. Vor zehn Minuten, als er das Büro betreten hatte, hatte dort am Schreibtisch ein alter Mann gesessen, grau im Gesicht, müde, nervös. Jetzt ging eine Verwandlung mit diesem Mann vor. Er bekam Farbe, seine Haltung straffte sich, das Gesicht wurde jünger, der melancholische Zug um den Mund verschwand. Und als er sich erhob, schien er einen Kopf größer als vorher und breitschultriger, ein gereizter Stier, der bereit war zu kämpfen. Er steckte die Waffe zu sich und sagte: »Gomez, ich habe eine Bitte. Bringen Sie mich nach Long Island. Ich habe etwas mit Ugo Fillipi zu besprechen.«

»Mit der Waffe?«

»Worte allein versteht Ugo Fillipi nicht.«

»Vielleicht sollten Sie erst mit Rico sprechen ...«

»Es geht nicht um Rico. Vor zwei Tagen ist meine Tochter verschwunden. Ich glaube, daß wir sie bei Ugo Fillipi finden, draußen auf Long Island. Also kommen Sie.«

18 Uhr. Die goldenen Zeiger teilten das schwarze Zifferblatt – ein Zifferblatt ohne Ziffern – in zwei Hälften. *Swatch Quartz* stand in dünner goldener Schrift auf dem schwarzen Grund in der oberen Hälfte. Jeder Schritt des Sekundenzeigers machte ein Geräusch. Tara folgte dem Sekundenzeiger mit den Augen. Wie lange eine Minute dauerte in diesem Raum, in dem man sie gefangen hielt.

Sie saß am Boden. Um siebzehn Uhr hatte sie begonnen zu turnen. Sie hatte die Jeans und das Hemd ausgezogen und trug nur noch Unterhemdchen und Slip. Sie hatte die gleichen Übungen gemacht wie zu Hause vor dem großen Spiegel. Der Schluß war immer der Spagat. Was anderen schwerfiel, hatte sie schon als kleines Mädchen mühelos machen können. Sie wippte leise und neigte sich mit dem Oberkörper langsam tiefer, bis sie mit der Stirn das Knie berührte.

Sie saß beim Fenster mit dem Rücken zur Tür. Aus den zwei Sesseln hatte sie eine Art Absperrung gebildet. Falls einer ihrer Bewacher plötzlich hereinkommen sollte, konnte er nur ihren Kopf sehen. Die Bewacher klopften nie, sie standen einfach da.

Es war ihr vierter Tag in Gefangenschaft. Die endlose Autofahrt von Mexico City nach Houston war eine Tortur gewesen, aber eingeschlossen zu sein in diesem Raum, mit einem Fenster, das sich nicht öffnen ließ, war zum Wahnsinnigwerden.

Sie wiederholte die Spagatübung, dann legte sie sich flach auf den Boden und lockerte die Beine. Als sie hörte, daß die Tür geöffnet wurde, setzte sie sich rasch auf. Ohne den Kopf zu wenden, rief sie: »Ich habe Ihnen gesagt, Sie sollen klopfen.« Sie wartete auf eine Reaktion, aber es blieb still, nur die Türe wurde von innen zugezogen und jemand sagte: »Stehen Sie auf.«

Tara blickte über die Schulter. Der Mann, der zu ihr gesprochen hatte, war nicht einer der Bewacher. Er knipste das Deckenlicht an und wiederholte: »Stehen Sie auf.«

Er war groß und blond und trug einen hellgrauen Flanellanzug. Irgendwie kam ihr sein Gesicht bekannt vor.

Tara zog die Beine an und drehte sich, am Boden hockend, um. »Wer sind Sie?« fragte sie den Mann.

»Sie sollen aufstehen.« Seine Stimme verriet Ungeduld, aber Tara ließ sich nicht einschüchtern. Sie spürte den ganzen Zorn, der sich in den vier Tagen Gefangenschaft in ihr angesammelt hatte. »Ich bin nicht angezogen«, sagte sie. »Wenn Sie mit mir reden wollen, geben Sie mir erst Zeit, mich anzuziehen.«

Er sah ihr Hemd und ihre Jeans liegen und warf sie ihr hin. Die Kleidungsstücke fielen vor Tara auf den Boden. Sie ließ sie dort liegen. Instinktiv erfaßte sie, daß sie so bleiben mußte, wie sie war, daß ihr das eine Überlegenheit gab. »Haben Sie meine Entführung organisiert?«

»Das ist keine Entführung, das ist eine Verhaftung.«

»Eine Verhaftung? Wollen Sie damit sagen, das hier ist ein Untersuchungsgefängnis?«

»Etwas Ähnliches.«

»Und wie lautet mein Verbrechen?«

»Tara Calese.« Er sprach den Namen langsam. »Sie sind mitschuldig an der Flamingo Katastrophe. Sie sind die Mitwisserin Ihres Vaters, möglicherweise die Mittäterin.« Die Worte kamen wie ein gelernter Text aus seinem Mund. Tara merkte das, und der Mann merkte es auch.

Einen Moment lang wußte er nicht weiter. Er hatte geglaubt, gut vorbereitet auf dieses Gespräch zu sein, doch jetzt, in der Gegenwart dieses Mädchens, fühlte er sich unsicher. Sie war nicht das Mädchen von den Fotos und aus dem Dossier, das Lou Meller ihm zusammengestellt hatte. Die Fotos gaben nur einen schwachen Abglanz ihrer Schönheit wieder; was sie überhaupt nicht vermittelten, das war die animalische Ruhe, die von diesem Mädchen ausging.

Irgendwie hatte er sich vorgestellt, ein eingeschüchtertes Wesen vorzufinden, ängstlich, zermürbt von der Entführung und von den Tagen der Gefangenschaft. Doch seit er diesen Raum betreten hatte, war sie die Überlegene. Ihr Verhalten imponierte ihm. Gleichzeitig reizte es ihn, ihren Widerstand zu brechen.

Tara musterte den Mann feindselig. »Wer sind Sie? Sie halten mich gefangen. Sie haben dazu kein Recht. Ich verlange, daß Sie mich freilassen.«

Der Mann stieß mit dem Fuß einen der Sessel zur Seite. In der Bewegung war eine plötzliche Brutalität. »Ich dachte, Sie kennen mich. Mein Name ist Chris Shannendy, wenn Ihnen das was sagt, General Attorney von New York. Diese Gefangenschaft dient Ihrer Sicherheit. Als die Tochter von Massimo Calese sollten Sie eigentlich wissen, was mit unliebsamen Zeugen geschehen kann.«

Sie hielt seinem Blick stand. Sie glaubte ihm nicht. Der General Attorney von New York? Niemals.

»Geben Sie zu, daß Sie die Mitwisserin Ihres Vaters sind.«

Tara blieb stumm. Ich werde schweigen, dachte sie. Schweigen ist die beste Waffe. Dieser Mann, wer immer er ist, wird nichts aus mir herausbringen.

Der Mann stieß auch den anderen Sessel zur Seite. Er stand jetzt unmittelbar vor ihr. »Sie bleiben so lange hier, bis Sie ein Geständnis abgelegt haben. Schweigen ist in Ihrem Fall ebenso falsch wie Leugnen. Damit verschlechtern Sie Ihre Lage nur.« Er drehte sich abrupt um und ging zur Tür.

Einen Moment spürte Tara so etwas wie ein Triumphgefühl, doch dann, als er bei der Tür war, wurde ihr klar, er geht wirklich, und dann bin ich wieder allein. Sie sprang auf und lief ihm nach. Sie umklammerte seinen Arm und flehte ihn an: »Bringen

Sie mich heraus hier, bitte, ich tue alles, was Sie wollen, nur bringen Sie mich weg hier.«

Er blickte sie an und schüttelte den Kopf. »Wenn ich Sie freilasse, sind Sie in Lebensgefahr.«

»Was muß ich tun, daß ich rauskomme. Sagen Sie es mir, ich halte das nicht aus, bitte.«

»Sie sollten froh sein, daß Sie hier sind. Hier sind Sie sicher. Es ist zu Ihrem Besten. Ich will Ihnen helfen – aber Sie müssen mir auch helfen.«

»Wie –«

»Sie müssen die Wahrheit sagen.«

Tara ließ ihn los. »Haben Sie meinen Vater verhaftet?«

»Ich stelle hier die Fragen. Also, wie war das mit der Flamingo?«

Tara hatte den Kopf gesenkt, und das dunkle Haar fiel ihr ins Gesicht. Gleich wird sie reden, dachte er. Er liebte es, den Widerstand eines Menschen zu brechen.

Tara hob den Kopf, strich das Haar aus der Stirn. »Sie sind also Chris F. Shannendy.« Ihre Stimme war leise und voller Verachtung. Sekundenlang blickte sie ihn schweigend an, dann wandte sie sich ab und ließ ihn stehen.

Chris folgte ihr mit den Augen. Unter dem dünnen Hemdchen und dem Slip zeichnete sich ihr Körper deutlich ab. Sie war langbeinig und feingliedrig; sie bewegte sich mit dem weichen, leicht verzögerten Rhythmus einer großen Katze. Jetzt blieb sie stehen, ließ sich auf den Boden nieder und saß wieder genau dort, wo er sie angetroffen hatte, als er den Raum betrat. Sie schien vergessen zu haben, daß es ihn gab.

Er stand unschlüssig an der Tür. Sollte er ihr nochmals drohen? Oder sollte er einfach gehen? Sein Verstand ließ ihn im Stich. »Brauchen Sie etwas«, hörte er sich fragen. Im Moment, als er die Worte aussprach, wünschte er, er könne sie zurücknehmen, statt dessen, wie unter einem Zwang, wiederholte er sie: »Brauchen Sie etwas?« Tara saß reglos. Hatte sie ihn überhaupt gehört? Dann kam ihre Stimme: »Strümpfe.«

New York

Mittwoch, 17. September 1987

Es war einer der seltenen Abende, den die Shannendys ohne Gäste verbrachten; sie hatten nur eine Kleinigkeit gegessen, kalten Braten und als Nachspeise einen warmen Apfelauflauf, und sich dann in die Bibliothek zurückgezogen. Im Kamin brannte ein Feuer, und die drei hatten es sich gemütlich gemacht.

Ein Abend ohne Gäste, ohne Politiker, ohne Geschäftsfreunde, das bedeutete für Milton Shannendy, daß er die graubraune Strickjacke tragen konnte, die alt und ausgebeult war und auf den Ellbogen Lederflecken hatte. Seine Frau Sugar konnte die Jacke nicht ausstehen und behauptete, er sähe darin aus wie ein Daddy aus einem Altersheim. An diesem Abend hatte sie so lange gestichelt, bis er ärgerlich wurde und drohte: »Ich habe zwar vor, noch lange zu leben, aber wenn es eines Tages doch ans Sterben geht, möchte ich in dieser Jacke begraben werden. Und nicht, daß du denkst, meine Liebe, du könntest mir einen Streich spielen, ich werde diesen Punkt testamentarisch festlegen.«

Sugar brach in Lachen aus. »Wenn das so ist, sehe ich schwarz. Stell dir den Tag der Auferstehung vor, du mit dieser alten Strickjacke vor Gottes Thron – das kann nicht dein Ernst sein. Wenn du allerdings darauf beharrst, müßte ich Konsequenzen ziehen ...« Sie blickte Chris an. »Würdest du juristisch eine Möglichkeit sehen, daß ich mich nach Vaters Tod von ihm scheiden lassen kann?«

»Man müßte auf das alte römische Recht zurückgehen und einen Präzedenzfall finden. Eine Scheidungsklage gegen einen Toten ... das wird Staub aufwirbeln. Ich weiß nicht, ob das mit der Familienehre der Shannendys vereinbar ist ...«

Sugar unterbrach ihren Sohn mit einem Lachen. »Typisch, im Ernstfall haltet ihr Männer immer zusammen.«

Sugar Shannendy saß auf ihrem Stammplatz, dem breiten dunkelroten Sofa. Sie hatte die Beine ausgestreckt und ein paar Kissen im Rücken. Seit Jahren gehörte sie zu den zehn bestangezogenen Frauen New Yorks; auch im engsten häuslichen Kreis hielt sie diesen Standard, angefangen bei der Frisur, über das wollweiße Chanelkostüm, nonchalant mit einer roten Wollstola getragen, bis hin zu den getupften Fogal-Strümpfen und den Ferragamo-Slippers mit den Goldspangen, die eingraviert Sugar Shannendys Monogramm trugen und selbstverständlich aus 24karätigem Gold waren.

Auf dem Schoß hatte sie die zwei Hündchen Cricket und Crocket; die beiden schliefen und ließen sich nicht stören, während Sugar das neue Heft von *Members* durchblätterte.

Endlich hatte sie das Foto gefunden, das sie gesucht hatte: Ihr Sohn Chris mit der Tochter des französischen Botschafters LeMenestrel. Sie nickte zufrieden. »Cathérine und du, ihr seid ein schönes Paar, wirklich wie füreinander gemacht ... Ich weiß, wie gerne du Junggeselle bist, aber auf die Dauer ist das kein Zustand. Du bist jetzt 36, es wird Zeit, daß du heiratest.«

Chris hörte diese Mahnung seit Jahren. »Cathérine ist ein feines Mädchen ...«, meinte er etwas lahm.

»Aber?« fragte sein Vater.

»Kein aber.«

Milton Shannendy stand auf und legte ein Buchenscheit auf die Glut. Er blieb vor dem Kamin stehen. »Wenn du Präsident werden willst, brauchst du eine Frau. Die Amerikaner mögen keinen Junggesellen im Weißen Haus. Bei Cathérine stimmt alles, sie kommt aus guten Verhältnissen, und sie ist mit der Politik aufgewachsen. Du mußt ihr nicht erst beibringen, wie man mit der Presse umgeht, wie man sich in der Öffentlichkeit benimmt, wie man ein Haus führt, wie man Einladungen gibt – das hat sie alles intus. Und das ist mehr wert als eine große Mitgift.«

Sugar kraulte ihre zwei Hündchen. »Cathérine liebt dich.«

Chris verschränkte die Hände hinter dem Kopf. »Vielleicht stört mich gerade das. Ich bin wie Vater. Er hat sich in dich verliebt, weil du abweisend warst.«

»Mein Gott, zu meiner Zeit gehörte das zu den Spielregeln, daß ein Mädchen nein sagte. Außerdem war ich in festen Händen ...«

Sie schob Chris das Blatt über den Tisch zu. »Du solltest beim Fotografen eine Vergrößerung bestellen. Cathérine würde sich sehr freuen.«

Chris nickte. »Gute Idee.« Während sein Blick auf dem Foto ruhte, das Cathérine LeMenestrel und ihn auf dem großen Wohltätigkeitsball zeigte – das Fest hatte am gleichen Abend stattgefunden, an dem die *Flamingo* explodiert war –, schob sich ein anderes Bild dazwischen: das Gesicht eines jungen Mädchens, ernst, mit dunklen, leicht verschatteten Augen. Tara Calese. Das Bild verfolgte ihn. Heute morgen im Büro hatte er sich noch mal das Dossier von Tara vorgenommen, das Lou Meller zusammengestellt hatte. Nüchterne Fakten, die sich in seinem Kopf zu suggestiven Bildern formten, zu Bildern, die zu einem Film wurden. Tara, immer war es Tara. Tara mit dem Pferd Luna, Tara mit Hunden, Tara auf einem Motorrad.

Vergeblich hatte er in dem Dossier nach einem Hinweis gesucht, ob es in Taras Leben einen Mann gab, einen festen Freund, einen Verlobten. Seit dem Tod der Mutter vor sechs Jahren hatte sie mehrere Auslandsreisen gemacht aber immer nur mit dem Vater.

Sie war sehr jung und auf den Fotos wirkte sie unberührt. Die Tara in der FBI Wohnung war anders als die Tara auf den Fotos. Sie hatte etwas Elementares, etwas Wildes.

Palmer, der Butler, hatte die Bibliothek betreten. »Mister Shannendy, ein Anruf für Sie. Soll ich das Gespräch hereinstellen?«

Chris erhob sich. »Ich nehme es in der Halle.« Die Tatsache, daß Palmer nicht gesagt hatte, wer der Anrufer war, ließ Chris vermuten, daß es sich um einen Überfall von Marilyn Mauvers handelte. Es verging kein Tag ohne einen Anruf von ihr. Natürlich hatte sie immer einen Vorwand, Probleme im Geschäft, einen Artikel, den sie über ihn gelesen hatte, oder heute nachmittag der aufgeregte Bericht darüber, daß man ihr Auto gestohlen hatte. Sie wollte einfach nicht begreifen, daß es aus war.

»Hallo«, meldete er sich.

»Chris, bist du's, hier ist Norman Reed, kannst du mich verstehen – es ist ziemlich laut hier.«

»Norman, du? Wo in aller Welt steckst du?«

»Gut, daß ich dich erreiche.«

»Was ist los? Ich denke, du bist im brasilianischen Busch ...«

»Ich wünschte, ich wäre dort. Sie haben mich auf dem Flughafen verhaftet.«

»Auf welchem Flughafen?«

»Auf dem Kennedy Airport. Ich habe keine Ahnung, warum und wieso. Sie haben mir den Paß weggenommen und mich in ein Polizeiauto gesteckt.«

»Hattest du Stoff im Gepäck?«

»Nichts –«

»Dann begreife ich nicht ...«

»Komm so schnell wie möglich und hol mich da raus.«

»Hat man dich schon verhört?«

»Nein – aber ich habe einen zusammengeschlagen, und wenn ich nicht schnell hier rauskomme, garantiere ich für nichts.«

»Wo haben sie dich hingebracht?«

»In die Centre Street, ins Präsidium.«

»Ich fahre sofort los – und bis ich komme, spiel nicht den wilden Mann, hast du gehört. Und noch eins, halt die Klappe, verstanden.«

»O. k.«

Chris legte auf und wandte sich an Palmer. »Bitte fahren Sie meinen Wagen vor, ich muß noch mal weg.«

Als Chris mit dem Trenchcoat überm Arm in die Bibliothek zurückkehrte, hob Sugar erstaunt den Kopf. »Du gehst aus, so plötzlich?«

»Norman Reed hat angerufen ...«

»Norman ...«, kam es gleichzeitig von Sugar und Milton.

»Ja, sie haben ihn am Flughafen verhaftet und ins Präsidium gebracht. Ich darf keine Zeit verlieren. Ich muß ihn da rausholen, bevor die Presse Wind bekommt.«

Nachdem Chris gegangen war, herrschte Stille zwischen den Eltern. Der Name Norman Reed hatte die Erinnerung an Pat beschworen. Milton starrte ins Feuer. Die Hitze, die aufstieg, genügte nicht, die klamme Kälte in ihm zu vertreiben. Sugar Shannendy vergrub die Hände zwischen den schlafenden Hündchen auf ihrem Schoß und suchte dort Wärme. Wie immer in Momenten der Mutlosigkeit richtete sie den Blick energisch in die Zukunft, und das hieß bei ihr, die Zukunft von Chris. Eines Tages würde er Präsident von Amerika sein. Seine Karriere würde sie für alles entschädigen ...

Milton Shannendy ließ sich wieder in seinem Sessel nieder. »Hast du eine Ahnung, meine Liebe, ob Chris das Verhältnis mit dieser Mauvers endlich gelöst hat?«

»Er hat so eine Andeutung gemacht.«

»Auf dich hört er noch eher als auf mich. Versuch ihm klarzumachen, daß diese Mauvers aus seinem Leben verschwinden muß. Sie ist ein Klotz am Bein ...«

»Das weiß er selbst ... aber irgendwie schafft er den Absprung nicht ... Er ist zu anständig.«

Vor dem Präsidium in der Centre Street stand ein grauer Razziabus und man lud ein Rudel verwahrloster Puertoricaner aus, die man in Crack-Häusern zusammengefangen hatte. Die meisten verhielten sich apathisch, nur zwei Halbwüchsige schrien und wehrten sich wie verrückt.

Einer der Beamten erkannte Chris Shannendy und fragte ihn: »Was führt Sie zu uns?«

»Wissen Sie zufällig, wer die Verhaftung von Norman Reed vornehmen ließ?«

»Das ist Captain Tushing. Ich bring' Sie zu ihm.«

In dem Großraumbüro herrschte der übliche nächtliche Hochbetrieb. Telefone schrillten, Schreibmaschinen klapperten, aus den Funkgeräten quakten die Durchsagen der Streifenwagen.

Der Beamte öffnete den Glasverschlag, der Captain Tushing als Büro diente. »Senator Shannendy«, kündigte der Beamte den

Besucher an. Tushing, der gerade telefonierte, zeigte sich weder vom Namen noch vom Titel beeindruckt. Mit dem Bleistift, den er in der Hand hatte, deutete er auf den Besucherstuhl.

Tushing war ein großer Mann mit der kompakten Statur eines Catchers. Das grüne Hemd stand am Kragen offen, die Hosenträger waren ausgeleiert. Das Telefongespräch, das er führte, war einseitig. Tushings Kommentare bestanden hin und wieder aus einem gebrummten Hm oder Aha. Schließlich legte er auf und wandte sich an Chris Shannendy. Er fixierte ihn mit arroganter Gleichgültigkeit. »Darf ich wissen, in welcher Funktion Sie hier sind? Als Ex-Schwager von Norman Reed? Oder als General Attorney?«

Nach dieser Einleitung wußte Chris Shannendy, Tushing paßte es nicht, daß er sich einmischte. Es würde eine Kraftprobe werden. »Was liegt gegen Norman Reed vor?« fragte er kalt.

Tushing griff ostentativ langsam nach einem dünnen Ordner. Mundfaul referierte er: »Wooster Street 33, man findet am 11. September die Leiche von Ben Lansky. Der Mann wurde mit zwei Schüssen ermordet. Nach dem Befund der Gerichtsmediziner geschah der Mord am 9. September. Der Hauptverdächtige ist Norman Reed.« Tushing stockte. Er schien auf einen Protest von Chris Shannendy zu warten, aber der sagte nur: »Fahren Sie fort.«

»Laut Aussage der Filmgesellschaft war Norman Reed am 9. September bereits in Brasilien bei Dreharbeiten. Nur, wir haben in dem Loft von Lansky etwas gefunden, das dieser Aussage widerspricht.« Tushing hielt Chris eine durchsichtige Plastiktüte mit einem Hundehalsband hin. »Man fand nicht nur den toten Lansky, man fand auch einen toten Hund. Der Hund war ein Ibizenco, 20 Monate alt, männlich, eingeführt im Mai 1985. Und er gehörte Norman Reed.«

Chris Shannendy beugte sich interessiert vor. Das Hundehalsband bestand aus hellem Leder; etwa ein Drittel war dunkel und steif von getrocknetem Blut. »Erzählen Sie mir etwas mehr über diesen Lansky?«

»Ein undurchsichtiger Mann. Offiziell war er Fotograf, Pornos und so. Auch mal was für die Regenbogenpresse. Norman Reed kannte ihn hundertprozentig. Lansky stammte aus Los Angeles, gehörte zum Umkreis der Manson Familie.«

Chris Shannendy nickte anerkennend. »Gute Arbeit – nur eins fehlt, Lanskys Kontakte zur Mafia.«

Der Bluff funktionierte. »Wundert mich nicht«, murmelte Tushing.

Chris Shannendy war jetzt am Zug. »Captain Tushing, Sie haben mich zu Beginn gefragt, in welcher Eigenschaft ich hier bin, und ich habe Ihnen darauf keine Antwort gegeben. Ich bin kein Winkeladvokat, der versucht, mit faulen Tricks einen Verwandten herauszuboxen. Wie ich schon sagte, es besteht der dringende Verdacht, daß Lansky Kontakte zur Mafia hatte. Das heißt, die Staatsanwaltschaft hat Kenntnis von dem Fall Lansky. Daß wir vorläufig nichts unternommen haben, geschah aus guten Gründen, Sie verstehen?«

Captain Thushing schluckte auch das anstandslos, und Chris Shannendy fuhr fort. »Sie haben mich verstanden, Captain Tushing, Sie müssen den Fall abgeben.«

Fünf Minuten später verließ er mit Norman Reed das Präsidium. Er hatte die Akte von Lansky und das Hundehalsband bei sich. Bevor er den Motor startete, drückte er Norman Reed den Paß in die Hand. Auf der Fahrt zu Normans Apartment berichtet Chris Shannendy von dem Gespräch mit Captain Tushing. Auf die Anschuldigung, er wäre Lanskys Mörder, reagierte Norman mit einem Zornesausbruch. Dann, als Chris ihm sagte, man hätte bei dem toten Lansky einen toten Hund gefunden, und zwar Normans Hund, wurde er still. Er starrte abwesend aus dem Auto auf die nächtliche Straße und hörte nur noch mit halbem Ohr zu.

»Hey, ich habe dich was gefragt«, insistierte Chris.

»Entschuldige, ich habe nicht aufgepaßt.«

»Also zum drittenmal. Wem hast deinen Hund in Pflege gegeben, bevor du nach Brasilien abgereist bist?«

»Ursprünglich sollte Frau Olson, die Hausmeisterin, ihn nehmen, aber dann war ja Tara da ...«

Chris Shannendy war nicht sicher, ob er richtig gehört hatte. »Wer war da?«

»Tara Calese ...«

Chris Shannendy bremste hart. Sie waren vor Normans Haus angekommen und stiegen aus.

Tara Calese, dachte Chris Shannendy während er Norman ins Haus folgte. Die Tara, von der Norman spricht, ist die gleiche, die ich gefangen halte.

Laut Normans Aussage hatte sie in seinem Apartment gewohnt und sich um seinen Hund gekümmert.

Nach kriminalistischer Logik lautete die nächste Frage, hatte Tara Calese etwas mit Lanskys Tod zu tun?

In der Wohnung holte Norman zwei Gläser und schenkte für Chris und sich Whisky ein. Er stieß mit ihm an. »Wenn du mich da nicht rausgeholt hättest, wäre ein Unglück passiert. Ich hätte Kleinholz gemacht aus denen. Das ist ja der Stumpfsinn im Quadrat, ich bin in Brasilien, und die wollen mir einen Mord anhängen ...«

Chris Shannendy schüttete etwas mehr Sodawasser in sein Glas. »Warum bist du eigentlich nach New York zurückgekommen? Die Dreharbeiten können doch noch nicht zu Ende sein, oder?«

»Ich habe unterbrochen ...« Er löschte die Deckenbeleuchtung, so daß der Raum in das warm getönte Dämmerlicht versank, das die Lampen bei den Sofas gaben.

Chris Shannendy ließ ihm Zeit. Er spürte, er mußte warten, bis Norman von sich aus zu reden begann.

Norman ging auf und ab. Er hatte Mühe, seine Gedanken zu ordnen. Er war nach New York gekommen, weil Bob Fishers Anruf von Taras Verschwinden ihm keine Ruhe gelassen hatte. Und jetzt, hier angekommen, sah er sich in einen mysteriösen Mordfall verwickelt. Bestand ein Zusammenhang zwischen Taras Verschwinden und dem Fall Lansky?

Eines war sicher, Tara mußte bei Lansky gewesen sein, und sie mußte Fire bei sich gehabt haben. Was war dann passiert?

»Du hast mich gefragt, warum ich nach New York gekommen bin«, begann er schließlich. »Es ist wegen Tara. Sie ist verschwunden.«

Chris Shannendy stellte sich dumm. »Du sprichst von der Tara Calese, die laut FBI-Ermittlungen seit der Explosion der Flamingo vermißt wird?«

»Ja, aber mit der Flamingo hat ihr Verschwinden nichts zu tun. Sie war nicht auf der Yacht bei der Explosion. Sie stand mit mir am Ufer, wir haben zugesehen. Der Schock war so groß für sie, daß sie einfach wegrannte. Sie bat mich, sie hier, in meinem Apartment zu verstecken; sie bat mich, ihr einen falschen Paß zu besorgen, verstehst du, sie wollte keine Calese mehr sein. Mit vierzehn hat sie zusehen müssen, wie ihre Mutter erschossen wurde ... Und jetzt das ... Es war zuviel für sie.«

»Weißt du, warum sie nicht auf dem Schiff war?«

»Sie hat mich abgeholt. Es ging um Minuten, beinahe wären wir auch auf der Flamingo gewesen.«

»Und dann hast du sie mit nach New York genommen?«

»Ja, was sollte ich tun? Sie hatte nur mich.«

»Liebst du sie?«

Norman nickte. »Sie ist ein Wesen, wie du es nur einmal triffst in deinem Leben. Als ich sie das erstemal sah, war sie vierzehn. Sie saß zu Pferd und hatte ein orientalisches Kostüm an. Mein erster Gedanke war: die nicht. Die rührst du nicht an, die ist zu gut ...«

»Wann wurde sie deine Geliebte?«

»Erst in diesem Sommer.«

»Wolltest du sie heiraten?«

»Ich weiß nicht. Sie bat mich, sie mit nach Brasilien zu nehmen.«

»Und warum hast du's nicht getan?«

»Ich fand, sie gehört nach Sunset Hill zu ihrem Vater. Er liebt Tara abgöttisch ... aber sie hatte die fixe Idee, daß er schuld war an der Katastrophe. Ich konnte es ihr nicht ausreden. Bevor ich nach Brasilien abflog, telefonierte ich mit Massimo Calese und sagte ihm, daß Tara bei mir ist. Ich hielt es für meine Pflicht ...«

»Und dann ...«

»Danach weiß ich nichts mehr. Bis vorgestern, als Bob Fisher anrief ...« Norman schenkte sich ein zweites Glas ein. »Mich hat das umgeworfen ... Tara ist so jung, so unerfahren. Sie hat immer behütet gelebt. Irgendwie fühle ich mich schuldig, verstehst du, ich mache mir Vorwürfe, weil ich sie hier allein gelassen habe, New York ist ein gefährliches Pflaster. Wir müssen sie finden ... Wenn ich nur wüßte, was sich hier eigentlich abgespielt hat ... Mein Gefühl sagt mir nur, Taras Verschwinden hängt irgendwie mit Lanskys Ermordung zusammen ... Wie siehst du es, Chris?«

»Wäre möglich.«

»Also für mich deutet alles auf ein Verbrechen hin. Wenn Tara überhaupt noch am Leben ist, müssen wir schnell handeln.«

Chris machte eine Geste der Ratlosigkeit und fragte vorsichtig: »Wo war sie denn zuletzt?«

»Zuletzt war sie in Mexiko. Zusammen mit Bob Fisher. Dort hat er sie verloren. Sie verschwand auf dem Flughafen. Es war so ...«

Mit gesenktem Kopf hörte sich Chris die Geschichte der Entführung an, die er zusammen mit Lou Meller organisiert hatte. Normans naive Sorge kam ihm dümmlich vor.

»Ich sage dir, sie ist das Opfer eines Verbrechens geworden«, fuhr Norman fort. »Dieser Lansky verkehrte in üblen Kreisen. Wenn Tara in Freiheit wäre, hätten wir ein Lebenszeichen ...« Er ging auf und ab. Plötzlich blieb er stehen. »Ich hab's, ich mache einen Aufruf am Fernsehen. Das ist schneller als jede polizeiliche Suchaktion. Bis der Apparat anläuft, vergeht mindestens noch ein Tag, aber ein Fernsehaufruf, das wirkt sofort. Und mich kennt man. Es muß Leute geben, die Tara gesehen haben. Sie ist ein auffallend schönes Mädchen. Ich habe gute Fotos von ihr. Hoffentlich ist Baker noch im Studio. Der Aufruf muß morgen früh mit den ersten Nachrichten raus. Und dann immer wiederholt werden, rund um die Uhr.«

Norman Reed wollte zum Telefon, doch Chris Shannendy trat ihm energisch in den Weg.

»Du tust gar nichts, du hältst dich da raus. Du hast wohl schon vergessen, daß du gerade noch unter Mordanklage gestanden hast – und, mein Lieber, du stehst immer noch unter Anklage. In meinem Auto liegt die Akte Lansky ...«

»Ich bin unschuldig.«

»Du bist ein Idiot. Wenn die Presse Wind bekommt, bist du erledigt. Ich kann dich nur schützen, wenn du verschwindest, und zwar auf dem schnellsten Weg. Du fliegst morgen mit der ersten Maschine nach Rio zurück. Ich selber bringe dich zum Flugzeug.«

Norman Reed schwieg. Er stand mit hängenden Armen da, sein sonnenverbranntes Gesicht mit den kühlen entschlossenen Zügen wirkte fahl und müde. »Es geht um Taras Leben. Ich kann sie nicht im Stich lassen. Der Gedanke, daß ihr etwas zugestoßen ist, macht mich wahnsinnig.«

Ein Schweigen trat ein. Chris blickte an Norman vorbei zu dem afrikanischen Totem-Pfahl in der Ecke. Nichts weiter als ein Stück Holz, sagte er sich, um das seltsame Gefühl zu verscheuchen, daß er vor diesen schwarzen Augen nicht verbergen konnte, was er vor Norman verbarg, seine wahren Gedanken. Er machte einen Schritt auf Norman zu. »Hör auf mich. Tu' was ich dir sage. Und wegen Tara verspreche ich dir, daß alles geschehen soll, was in meiner Macht steht, um sie zu finden. Du kannst dich auf mich verlassen, das weißt du.«

Norman Reed kämpfte mit sich. Die letzten Stunden zogen vor seinem inneren Auge vorbei: die Verhaftung am Flughafen, die rüde Behandlung auf dem Präsidium, sein Wutausbruch, der zu einer Rauferei mit einem Cop geführt hatte. Dann die Stunde in der Zelle, bis Chris ihn endlich herausgeholt hatte.

Normans Wunsch, Tara zu helfen, war ehrlich, aber die Furcht, öffentlich in den Mordfall Lansky verwickelt zu werden, gab den Ausschlag.

Er stellte das Glas weg und sagte zu Chris: »Wahrscheinlich hast du recht, besser, ich verschwinde.«

Chris gab ihm einen brüderlichen Klaps auf den Rücken. »Mach dir um Tara keine Sorgen, die jungen Mädchen von heute kommen nicht so leicht unter die Räder.«

Norman nahm Chris bei den Schultern. »Ich bitte dich, finde sie. Ich werde dir das nie vergessen.«

Später, als Chris Shannendy seinen Wagen aufsperren wollte, nahm er mit dem Autoschlüssel das Hundehalsband aus der Manteltasche. Tushing hatte gesagt, der Hund wäre ein Ibizenco gewesen, ein Wildhund. Chris Shannendy konnte sich darunter nichts Genaues vorstellen.

Er dachte an Tara. Morgen würde er ihr dieses Halsband zeigen.

New York

Donnerstag, 18. September 1986

Chris Shannendy hatte einen Tag mit einem Non-Stop Programm hinter sich. Früh um sieben Uhr hatte er mit dem Wagen vor Norman Reeds Haustür gestanden, um ihn zum Flughafen zu bringen. Punkt neun hatte er den Konferenzsaal betreten, in dem die Aufsichtsratssitzung der Shannendy-Holding stattfand, deren Vizepräsident er war. Den Nachmittag hatte er mit Parteifunktionären und einem PR-Team verbracht, um die Wahlkampagne vorzubereiten.

Um fünf Uhr – er wollte eben seine Kanzlei verlassen und in die 22. Straße zu der FBI Wohnung fahren, in der Tara gefangengehalten wurde, rief Marilyn Mauvers an. Chris Shannendy versuchte, das Gespräch im Keim zu ersticken. »Marilyn, ich bin in Eile.«

Sie lachte. »Du bist immer in Eile. Seit ich dich kenne, bist du in Eile.« Ein Lachen. »So was von Tempo wie du, wirklich, ich kenne keinen, der dein Tempo hat. Du bist der Schnellste, egal ob im Stehen oder Liegen ...« Sie lachte wieder.

Sie redete und lachte auf eine Art, die er gut kannte. Sie hatte getrunken, oder sie hatte ein Aufputschmittel genommen, oder beides. Bevor er ihr ins Wort fallen konnte, fuhr sie fort. »Du bist der Champion unter den Schnellen, du bist Weltmeister im Quickfuck, dein Rekord ist unangefochten, aber auch ein Champion muß im Training bleiben, drum dachte ich, wie wäre es mit einem neuen Rekordversuch ...« Lachen ... »So wie früher in deinem Büro ...« Lachen.

Chris empfand Widerwillen, und gleichzeitig löste dieses vulgäre Geplapper, diese leicht belegte Stimme, dieses Lachen einen plötzlichen sexuellen Hunger aus.

»Heute geht es nicht«, sagte er. »Aber vielleicht morgen ...«

Einen Moment herrschte Stille in der Leitung, dann sagte sie: »Weißt du, daß morgen Freitag ist? Früher war Freitag unser Tag, Freitag abends um acht Uhr in deinem Büro ... Manchmal hattest du es so eilig, daß ich nicht mal dazu kam, mich auszuziehen.«

»Marilyn, ich muß jetzt weg.«

»Morgen um acht bin ich bei dir, abgemacht?«

»O. k.«

Nachdem Chris den Hörer aufgelegt hatte, nickte er zufrieden. Es war wirklich voreilig gewesen, mit ihr zu brechen. Soviel auch gegen Marilyn sprechen mochte, es würde verteufelt schwer sein, einen Ersatz für sie zu finden, vor allem in seinen eigenen Kreisen. Natürlich konnte er Cathérine LeMenestrel dazu bringen, schon vor der Ehe mit ihm ins Bett zu gehen – aber wollte er Cathérine überhaupt heiraten?

Während er mit dem Lift in die Tiefgarage fuhr, wurde sein Bedürfnis nach Sex so intensiv, daß er sich fragte, ob er nicht jetzt schnell bei Marilyn Mauvers vorbeischauen sollte. Sex wäre ein Labsal nach diesem anstrengenden Tag gewesen.

Im Wagen fiel sein Blick auf die Seitentasche, in der die Akte Lansky und die durchsichtige Plastiktasche mit dem Hundehalsband und die Tatwaffe steckte, die er gestern nacht aus dem Präsidium mitgenommen hatte. Er schaltete die Innenbeleuchtung ein und suchte in der Akte Lansky nach dem Befund des Gerichtsmediziners. Man hatte zwei Einschüsse gefunden, einen im Rücken, den anderen in der Brust. Die Kugel, die den Hund getötet hatte, stammte aus der gleichen Waffe. Ein seltsamer Fall. Er war neugierig, wie Tara Calese reagieren würde, wenn er ihr die Tatwaffe und das Hundehalsband zeigte. Ob sie sich auch dann noch hinter Schweigen verschanzen würde? Wie auch immer, den Fall Lansky hatte ihm eine gute Fee beschert. Damit war Tara in seiner Hand. Die Vorstellung, Tara ins Verhör zu nehmen, übte eine merkwürdige Faszination auf ihn aus und ließ seine Lust auf Marilyn Mauvers in den Hintergrund treten. Zuerst einmal würde er wie ursprünglich geplant in die 22. Straße fahren und seiner Gefangenen einen Besuch machen.

Das Tor der Tiefgarage war hochgekippt, und zwei Monteure in blauen Overalls – ein älterer Meister und ein junger Gehilfe – führten eine Routinerevision der Automatik durch. Der Hauswart, der bei ihnen stand, legte den Finger an die Mütze, als Chris Shannendy aus der Garage fuhr.

»Wenn mich nicht alles täuscht, war das Senator Shannendy«, meinte der Meister mit einem fragenden Blick zum Hauswart. »Allerdings war er das.« Die drei Männer blickten dem Mercedes Cabriolet nach, das langsam die Ausfahrt hinaufrollte. »Komisch«, sagte der Meister, »ich dachte, ein Senator ist einer, der mit Chauffeur und Bodyguard fährt.« Der Hauswart schob die Mütze aus der Stirn. »Das würde nicht zu Chris Shannendy passen. Der wird noch als Präsident sein Auto selber fahren, was wetten wir.«

Die beiden Monteure wechselten einen Blick und begannen den Werkzeugkasten einzuräumen.

Auf dem Weg durch die Stadt überlegte Chris Shannendy, wie er das Gespräch mit Tara führen sollte, und er kam zu dem Schluß, daß er den Trumpf Lansky nicht übereilt ausspielen durfte. Ich beginne das Gespräch mit Norman Reed, nahm er sich vor. Das lockt sie aus der Reserve.

Der Gedanke an Norman Reed belustigte ihn. Dieser Naivling fleht mich an, Tara zu finden. Wenn er wüßte, daß ich sie in Gewahrsam habe ... Und dann seine kindliche Idee, einen Aufruf übers Fernsehen zu machen, um auf diese Weise Tara zu finden.

Zum Glück ist er ein Feigling und hat sich brav nach Brasilien abschieben lassen. Mit ein bißchen mehr Mumm in den Knochen hätte er mich ganz schön in Schwierigkeiten bringen können. Die Tatsache, daß Norman und Tara ein Paar waren, brachte in die ohnehin riskante Aktion noch ein zusätzliches Gefahrenmoment.

Chris Shannendy war sich bewußt, daß er eine Portion Glück brauchte, um die Sache zu dem Ende zu bringen, das er sich ausgerechnet hatte. Einen Fehlschlag wie bei der *Flamingo* durfte es nicht geben.

Die Fahrt in die 22. Straße durch den träge dahinkriechenden Verkehr in der Rush-hour dauerte fast eine halbe Stunde. Es ging auf sechs Uhr, als Chris Shannendy die FBI-Wohnung betrat. Die Akte Lansky hatte er im Wagen gelassen; die Plastiktüte mit der Tatwaffe und dem Hundehalsband steckte in der Manteltasche seines Trenchcoats.

Die Wachstube war verqualmt; aus dem Fernseher dröhnte das ohrenbetäubende Motorengeräusch eines Autorennens.

Die Männer begrüßten sich ohne Förmlichkeiten. Chris Shannendy führte seine Leute so straff und forderte ihnen so viel ab, daß er es nicht nötig hatte, im persönlichen Umgang noch den Chef herauszukehren. Im Gegenteil, er gab sich locker, fast unbekümmert.

Sergeant Finch drückte den Ton weg, und Hefner erklärte: »Ein Film über Stirling Moss. Seine berühmtesten Rennen und seine ebenso berühmten Unfälle.«

Chris Shannendy gehörte zu der Generation, für die Sterling Moss, der englische Rennstar der 50er Jahre, nur ein Name war. »Dreh wieder auf, das Geräusch ist das Beste an einem Rennen.« Einen Moment lang sah er zu, dann, als ein Schnitt ins Heim von Sterling Moss kam, wandte er sich ab und fragte Finch und Hefner: »Wie geht es der Prinzessin? Alles o. k?«

»Sie rührt das Essen nicht mehr an. Seit gestern kommt der Teller so zurück, wie wir ihn hineinbringen.«

»Hungerstreik? Oder ist sie krank?«

»Sie streikt.«

»Das kann nur einen Grund haben, die Prinzessin hat Sehnsucht nach mir. Und sonst? Aggressiv oder friedlich?«

»Sie liegt die meiste Zeit auf der Couch und tut so, als schlafe sie.«

»Mal sehen, ob es mir gelingt, sie munter zu machen.« Chris Shannendy warf noch schnell einen Blick auf den Bildschirm und wandte sich dann ab. Als er die Doppeltür zu Taras Zimmer öffnete, begann im Fernsehen wieder das durchdringende Motorengeräusch.

Tara lag nicht auf dem Sofa; sie saß in einem der Sessel und hatte ein Magazin auf dem Schoß. Sie trug einen weißen Frotteemantel; offensichtlich hatte sie sich erst vor kurzem das Haar gewaschen, denn sie hatte sich aus einem Handtuch einen Turban gemacht.

Sie schien ihm blasser als beim letzten Mal und schmaler. Vielleicht kam das von den dunklen Augenschatten, die sie sich geschminkt hatte, und von den leuchtendroten Lippen.

Auch bei geschlossener Tür hörte man von draußen den an- und abschwellenden Brummton der Rennautos.

Chris Shannendy blieb in der Mitte des dämmrigen Raums stehen. »Guten Abend. Wie ich höre, sind Sie in Hungerstreik getreten. Haben Sie einen bestimmten Grund dafür?«

Tara hatte gehofft, daß er käme. Sie hatte auf ihn gewartet, sie hatte sich genau zurechtgelegt, was sie ihm sagen wollte, ohne Zorn, ganz ruhig, doch seine nonchalante Begrüßung, mit der er so tat, als handelte es sich um eine Arztvisite bei einer hysterischen Patientin, ließ sie die guten Vorsätze wieder vergessen. Sie empfand ohnmächtigen Haß gegen ihn, gegen sein gutes Aussehen, gegen seine Unbekümmertheit. »Solange Sie mich in diesem Raum gefangenhalten, rühre ich kein Speise mehr an.« Ihre Stimme klang heiser; die wenigen Worte machten sie atemlos.

In ihrer Stimme war etwas, das Chris Shannendy an den Anruf von Marilyn Mauvers erinnerte, eine verborgene Heftigkeit und zugleich eine eigenartige Hilflosigkeit. Er lächelte sie an. »Ich habe Neuigkeiten. Ich nehme an, es interessiert Sie ... Es geht um einen Freund von Ihnen ...« Sein Lächeln wurde wärmer. »Freund ist vielleicht ein zu allgemeiner Ausdruck, ich meine Norman Reed. Man hat ihn verhaftet.«

»Norman –« Es war ein Laut des Erschreckens, mit dem sie ihre Gefühle für Norman verriet.

Chris Shannendy musterte sie mit der Aufmerksamkeit eines Jägers, der seine Beute nicht aus den Augen läßt.

In Taras Kopf ging alles durcheinander. Sie hatte sich darauf vorbereitet, daß Chris Shannendy sie über die *Flamingo* befragen würde. Wollte er jetzt auch Norman mit hineinziehen? Sie verschränkte die Arme vor der Brust, als könnte sie sich so vor Chris Shannendys Fragen besser schützen. »Sie bluffen. Norman Reed ist in Brasilien zu Dreharbeiten.«

Chris Shannendy ließ sich Zeit. Er zog den zweiten Sessel heran und setzte sich Tara gegenüber. »Norman Reed ist gestern abend von Rio zurückgekommen und auf dem Kennedy Airport verhaftet worden. Er steht unter dem dringenden Verdacht, einen Mann erschossen zu haben. Es handelt sich um den Fotografen Ben Lansky. Norman Reeds Alibi ist wacklig. In der Wohnung des Ermordeten fand man dummerweise den Hund von Norman Reed. Glauben Sie immer noch, daß ich bluffe?«

Tara erwiderte nichts. Sie hatte die Augen gesenkt und starrte an sich herunter. In ihrem Kopf lief ein Film ab. Es waren Szenen, die sich in der Wooster Street abgespielt hatten:

Lansky, der ihr in der Dunkelkammer die Fotos zeigt, die er von ihr geschossen hat.

Lansky, der sie packt und mit dem Rücken gegen den Tisch preßt.

Fire, der laut bellt und an der Leine reißt, mit der Lansky ihn an der Eisensäule festgebunden hat.

Lansky, der plötzlich einen Revolver auf Fire richtet und abdrückt.

Lansky, der den Revolver auf den Tisch legt, an dem sie steht.

Lansky, der dem toten Fire einen Fußtritt gibt.

»Ich habe Sie etwas gefragt«, hörte sie die Stimme von Chris Shannendy.

Sie holte tief Luft und richtete die Augen auf Chris Shannendy. »Norman Reed hat nichts damit zu tun.«

»Sie haben in seinem Apartment gewohnt, nicht wahr?«

»Ja.«

»Und der Hund war bei Ihnen?«

»Ja.«

Chris Shannendy stellte die Fragen im Plauderton, als ginge es um Gesellschaftsklatsch. »Kannten Sie Ben Lansky schon länger?« fuhr er fort.

Tara ging nicht in die Falle. »Ist das ein Verhör?«

»Sie kannten also Ben Lansky. Haben Sie ihn durch Norman kennengelernt?«

Tara machte eine Bewegung; das Magazin glitt von ihrem Schoß und fiel zu Boden. Gleichzeitig öffnete sich der weiße Frotteemantel über ihren nackten Beinen. Sie bückte sich nicht nach dem Heft und sie zog den Frotteemantel nicht über den Knien zusammen.

War das Absicht, fragte sich Chris Shannendy. Wollte sie ihn aus dem Konzept bringen? Der kahle Raum und das diffuse Licht steigerten ihre körperliche Präsenz. Aber mehr noch war es ihr Schweigen. Dieses stumme Dasitzen, dieses an ihm Vorbeistarren gab ihr etwas Animalisches.

Sie erinnerte ihn an eine junge Hure in Amsterdam. Es lag Jahre zurück. Als Student auf seiner ersten großen Europareise war er auch nach Amsterdam gekommen. Beim Stadtbummel war er am hellichten Tag durch Zufall in den Redlight District geraten, eine schmale Straße mit kleinen Häusern. Die Mädchen standen nicht auf der Straße, sie saßen am Fenster, grell geschminkt, aufgeputzt, Mädchen aller Hautfarben. Ein Zuhälter hatte ihn angesprochen, auf eines der Fenster gedeutet und einen Preis genannt. Das Mädchen hinter dem Fenster war eine Eurasierin gewesen, sehr jung, sehr schön, mit dem edlen Gesicht einer Skulptur. Sie hatte einen weißen Seidenkimono getragen, der nur lose über ihren Schultern hing und vorne offen war. Der Zuhälter hatte Chris in das Haus geführt und dem Mädchen einen Befehl gegeben. Als das Mädchen nicht sofort reagierte, hatte er sie an ihrem langen dunklen Haar in die Höhe gerissen, sie ins Gesicht geschlagen und tiefer in den halbdunklen Raum gestoßen, in dessen Hintergrund ein Messingbett stand. »Sie braucht das«, hatte der Zuhälter zu Chris gesagt. Und als Chris nicht zu begreifen schien: »Sie gehört zu denen, die vergewaltigt werden wollen, kapiert? Deshalb kostet es auch so viel bei ihr.« Der Zuhälter hatte die Hand hingestreckt, und Chris hatte wie in Trance gezahlt. Mit einem Schlag auf die Schulter und einem gezischten »Schone sie nicht« hatte der Zuhälter Chris in den halbdunklen Raum geschoben, wo das Mädchen wartete.

Zusammengerafft in den Bruchteil einer Sekunde stand die Erinnerung an jenes weit zurückliegende Erlebnis in Chris auf. Tara und das Mädchen von damals verschmolzen zu einem Wesen. Ein sexueller Impuls von brutaler Heftigkeit stieg in Chris Shannendy auf und drohte ihn mitzureißen.

Sein Ton war verändert, als er wieder zu sprechen begann. »Was hat sich am 9. September in der Wooster Street abgespielt? Heraus mit der Sprache. Wenn Sie glauben, Sie schützen Norman Reed mit Ihrem Schweigen, irren Sie sich. Ihr Schweigen belastet ihn nur noch mehr. Also, in seinem und in Ihrem Interesse, beantworten Sie meine Fragen.«

Tara fühlte sich in die Enge getrieben. Das weckte ihren Kampfgeist, aber die einzige Waffe, die sie hatte, war ihr Schweigen.

»Warum sind Sie zu Lansky in die Wooster Street gegangen?« fragte Chris Shannendy weiter. »Geschah es im Auftrag von

Norman Reed? Sollten Sie Fotos abholen? Oder gab es einen anderen Grund? Zum Beispiel Kokain? Lansky war nicht nur Fotograf, er war auch Dealer. Bezog Norman Reed bei Lansky Kokain? War es so?«

Chris Shannendy war mit jeder Frage lauter und heftiger geworden. Er griff in die Manteltasche und holte die durchsichtige Plastiktüte mit dem Revolver und dem Hundehalsband heraus. Er hielt ihr die Tüte dicht vor die Augen.

»Reden Sie endlich! Mit Ihrem Schweigen reiten Sie sich nur noch mehr hinein.«

Mit Augen, so ruhig und undurchdringlich wie die eines Tieres, blickte Tara an Chris Shannendy vorbei ins Leere und erhob sich.

»Ich bringe dich zum Reden«, fuhr er sie an. »Wenn es sein muß, mit Gewalt.« Er sprang auf, die Plastiktüte mit dem Revolver und dem Hundehalsband fiel zu Boden. Chris Shannendy nahm Taras Kopf in die Hände und drehte ihn so, daß sie ihn ansehen mußte. »Hast du Lansky umgebracht, ja oder nein?«

Ihre dunklen Augen blieben ausdruckslos. »Sie bringen mich nicht zum Reden.«

Ihr Atem streifte ihn; ihr Körper strömte Wärme aus und einen feinen Duft. Er ließ ihren Kopf los. »Du wirst reden.« Er holte zum Schlag aus, aber sie bog den Kopf zur Seite, so daß er nur den Turban traf. Das Handtuch löste sich, und das dunkle Haar wurde sichtbar. Es lag feucht und glatt um ihren Kopf. Der Haaransatz, ebenmäßig wie von Künstlerhand gezogen, modellierte Stirn und Schläfen. Sie wirkte sehr jung, sehr schutzbedürftig. Ihre Schönheit verdoppelte seinen Zorn. »Rede schon«, schrie er sie an.

Tara wich nicht zurück. »Sie können mich schlagen, aber Sie können mich nicht zwingen zu sprechen. Sie ...«

Er holte ein zweites Mal aus und traf sie so hart, daß sie taumelte. Er hätte sie auffangen können, aber er unternahm nichts. Er wollte sie stürzen sehen. Es geschah langsam, wie in Zeitlupe. Mit katzenhaftiger Geschmeidigkeit, fast lautlos, kam sie am Boden auf. Der Frotteemantel rutschte ihr von den Schultern, aber sie achtete nicht darauf.

Sie kauerte auf dem Boden und blickte zu ihm auf. »Nicht einmal, wenn Sie mich vergewaltigen, werde ich reden.«

Chris Shannendy erwiderte nichts; er hatte keine Worte mehr. Sein Verstand hatte aufgehört zu arbeiten.

Sie gehört zu denen, die vergewaltigt werden wollen.

War es die Stimme des Zuhälters?

Sie braucht das.

Schone sie nicht.

Tara sah den jähen Wechsel, der mit ihm vorging. Sein Gesicht bekam einen brutalen Ausdruck. Ohne Eile zog er Trenchcoat und Jacke aus. Dann fiel er über sie her. »Du hast es gewollt«, murmelte er, »und du sollst es haben.«

Sein Gewicht drückte sie zu Boden. Er tat ihr weh; er ging mit ihr um, als wollte er ihr alle Glieder brechen. Dann öffnete er ihre Schenkel und drang mit einem Stoß in sie ein.

In diesem Moment passierte etwas Merkwürdiges mit Tara. Es war, als träte eine andere an ihre Stelle, eine Frau, die nur darauf gelauert hatte, mit diesem Mann den Kampf aufzunehmen. Eine Frau, die wie er war, blind vor Wut, blind vor Verlangen.

Sie vollzogen den Akt in haßerfülltem Schweigen, und als sie sich trennten, geschah es mit der Eile und den abgewandten Blicken von Tieren.

Chris Shannendy erhob sich und brachte seine Kleider in Ordnung. Die Ernüchterung war so radikal wie vorher der Rausch. Ich muß von allen guten Geistern verlassen sein, dachte er. Am 22. findet das Hearing gegen ihren Vater statt. In diesem Hearing soll sie als meine Hauptzeugin auftreten. Deswegen habe ich die Entführung in Mexiko inszeniert, deswegen halte ich sie in dieser Wohnung gefangen – und ich Idiot lasse mich hinreißen und vergewaltige sie.

Tara lag noch am Boden. Sie hatte sich mit dem Frotteemantel zugedeckt und wartete darauf, daß er gehen würde.

Chris hob den Plastikbeutel mit der Tatwaffe und dem Hundehalsband auf und steckte ihn in den Trenchcoat. Er war unschlüssig. Sollte er sich einfach aus dem Staub machen, und später so tun, als wäre nichts geschehen?

Nein, er durfte jetzt nicht davonlaufen, er durfte Tara nicht ihren eigenen Gedanken überlassen. Er hockte sich neben sie auf den Boden. »Tut mir leid, was passiert ist. Versuchen Sie, es zu vergessen.«

Ohne den Kopf zu bewegen, sah sie ihn an. Das Schweigen dehnte sich. Ihr Haar war verwirrt, ihre Augen hatten einen fiebrigen Glanz. Schließlich begann sie mit leiser Stimme zu sprechen. »Sie können mich gefangenhalten. Sie können mich vergewaltigen – aber eines können Sie nicht, mir befehlen, was ich aus meinem Gedächtnis streichen soll und was nicht.«

Chris, mit seinem schlechten Gewissen, hörte aus ihren Worten eine geheime Drohung. Sie führte etwas im Schilde gegen ihn. Er rückte näher und versuchte, in ihrem Gesicht zu lesen, doch sie hatte den Blick von ihm abgewandt und starrte gleichgültig zur Decke.

Er berührte sanft ihre Schulter. »Tara, Sie sind ein außergewöhnliches Mädchen, lassen Sie uns reden ...«

»Reden ...« Ihre Stimme klang, als würde sie gleich in ein spöttisches Lachen ausbrechen. »Ich dachte, deswegen sind Sie gekommen, um mit mir zu reden.«

Einen Moment wußte er nicht weiter. Aus der Gefangenen war eine kalte Gegnerin geworden. Und er selber trug die Schuld.

Er richtete sich auf. »Ich lasse Sie ein paar Minuten allein. Ziehen Sie sich an – wir gehen essen.«

»Im Bademantel? Was anderes habe ich nicht, meine Kleider sind zu schmutzig zum Ausgehen.«

Chris Shannendy wandte sich ab und holte aus seinem Trenchcoat ein kleines Päckchen. Mit gönnerhafter Miene überreichte er es Tara. »Für Sie. Ich hasse es, wenn Frauen Herrenhemden tragen. So ein teures T-Shirt hat Ihnen noch keiner geschenkt.«

Das *La Colonna* in der West 19. Street war voll, und sie mußten an der Bar warten, bis ein kleiner Tisch frei wurde. Sie tranken Campari Soda, knabberten Grissini, und Chris Shannendy machte unbekümmert Konversation, das heißt, er erteilte Tara in wichtiger Manier eine Lektion darüber, wer und was im Moment *in* war in New York.

Das *La Colonna* war *in*; die Leute, die sich hier trafen, waren ebenfalls *in*. Es war der Ort, wo die erfolgreichen Newcomer aus Mode, Werbung und der Welt der Medien ihre Spaghetti aßen. Tara sah aus, als gehörte sie dazu. Die Kombination der vergammelten Jeans mit dem schulterfreien, körpernah drapierten T-Shirt aus lachsfarbenem Seidenjersey wirkte so raffiniert, daß sie alle Blicke auf sich zog.

Chris legte mit Besitzergeste den Arm um ihre Taille. »Ich hoffe, es gefällt Ihnen hier. Eigentlich müßten Sie sich heimisch fühlen in dieser mediterranen Umgebung.«

Tara trank aus ihrem Glas und nickte stumm. Sie konnte nicht so einfach streichen, was passiert war. Und sie dachte auch nicht daran, Komödie zu spielen. Ihr Blick wanderte durch das Lokal. Der Raum war sehr hoch und in einem hellen Sepia gehalten. Die Dekoration bestand aus wuchtigen Säulenstümpfen und großen, fragmentarischen Wandbildern in pompejanischer Manier. Ausladende Paradiespalmen bewegten sich leise im Fallwind der Klimaanlage. Es fehlte nur das Meeresrauschen vom Endlosband, aber soweit trieb man die Illusion nicht im *La*

Colonna. Man spielte Soft Rock, im Moment war es Paul Simon mit seinem neuen Hit »These are the days of miracles and wonders.«

Auf Tara wirkte alles unwirklich. Das Lokal, die Menschen an den kleinen weißgedeckten Tischen, die Musik und selbst der Mann neben ihr, der so tat, als wären sie ein ganz normales Paar.

Was ist los mit mir, dachte sie. Seit Tagen warte ich auf eine Chance zu fliehen – jetzt ist sie da, und ich unternehme nichts. Es wäre ganz einfach. Ich gehe auf die Toilette und verlasse das Lokal durch den Hintereingang.

Das Gefühl der Unwirklichkeit steigerte sich noch, als sie am Tisch saßen und die Speisekarte studierten. Tara hatte Hunger, und doch schien es ihr monströs, als Chris sie mit freundlichem Lächeln fragte, worauf sie Lust hätte. »Oder überlassen Sie die Auswahl mir?« fragte er weiter.

Tara wußte nur eines: Sie mußte dieser Farce ein Ende machen. »Mein Menü haben Sie doch längst zusammengestellt. Die Vorspeise war die Entführung, der Hauptgang ist die Gefangenschaft. Ich wüßte gerne, wie es weitergeht. Sie haben doch sicher einen Plan – oder ist der Plan aus den Fugen geraten? Wahrscheinlich hatten Sie dieses Abendessen nicht vorgesehen, das ...« Sie verstummte. Der Ober war an den Tisch getreten, um die Bestellung aufzunehmen.

»Wie wäre es mit Melone und etwas Parmaschinken?« fragte Chris.

Tara stimmte abwesend zu. »O. k.«

»Und als Hauptgang Tagliatelle Colonna, einverstanden?«

Der Ober notierte. »Rotwein oder Weißwein?«

»Eine Flasche Barolo und ein San Pellegrino.«

Als sie wieder allein waren, beugte sich Chris über den Tisch und nahm Taras Hände. »Ich habe eine Bitte – eine außergewöhnliche Bitte zugegeben, aber Sie sind ein außergewöhnliches Mädchen und verstehen mich vielleicht ...« Er machte eine Pause. »Lassen Sie uns, solange wir hier sind und essen, so tun, als wären wir ein ganz normales Paar, das zum erstenmal ausgeht.«

»Das tun Sie doch schon die ganze Zeit.«

»Ich bitte Sie, daß Sie mitmachen ...«

Tara entzog ihm die Hände. »Was sind Sie eigentlich für ein Mann. Sie lassen mich entführen, Sie halten mich gefangen, Sie vergewaltigen mich, und dann setzen Sie sich mit mir an einen Tisch und machen Small talk. Was wollen Sie erreichen? Ist das eine gezielte Hirnwäsche? Wollen Sie mich verrückt machen – oder sind Sie selber verrückt?«

Sie hatte leise gesprochen, und im allgemeinen Lärm hatte an den Nebentischen sicher niemand mitgehört, trotzdem saß Chris Shannendy wie auf Nadeln. Er war nicht mehr so sicher, daß es eine gute Idee gewesen war, mit Tara hierherzukommen. Irgendwie mußte es ihm gelingen, sie zu beruhigen. »Mir scheint, Sie überbewerten, was passiert ist.«

Tara lachte bitter. »Sie machen es sich wirklich leicht. Eine praktische Methode: Was Ihnen nicht in den Kram paßt, streichen Sie einfach.«

Seine Antwort war entwaffnend. »Ja, das tu' ich. Um ehrlich zu sein, ich habe es systematisch trainiert, und ich empfehle Ihnen, folgen Sie meinem Beispiel, am besten, Sie fangen gleich damit an.«

Tara lächelte plötzlich. »Gut, ich bin bereit. Ich stehe jetzt auf und gehe dort zur Tür hinaus, und ich vergesse, daß ich Sie jemals gesehen habe.«

»Nicht so radikal.«

»Sagen Sie bloß, Sie würden den Trennungsschmerz nicht überleben.«

»Wer weiß ... das ist ja das Komische bei uns Männern, erst wenn wir eine Frau verlieren, merken wir, daß wir sie lieben.«

Taras Spott war eiskalt. »Ich seh's kommen, dieser Abend wird damit enden, daß ich Sie trösten muß.«

Tara strich sich das Haar aus der Stirn. Die langsame Bewegung, bei der sie kurz die Augen schloß, beschwor in Chris ein anderes Bild: Die Tara, die nackt am Boden lag.

Ihr junger Körper, den er so überraschend bereit gefunden hatte, so offen, so feucht ... und der ihm Momente einer Lust geschenkt hatte, so brennend, so intensiv, so triumphierend, wie selten.

Die Art, wie er sie ansah, irritierte Tara. »Was ist los?«

»Ich habe mich gerade gefragt, was es eigentlich ist, das einen Mann dazu treibt, über Sie herzufallen. Ich glaube nicht, daß ich der erste war, und wenn, garantiere ich Ihnen, das wird Ihnen noch öfter passieren ... Mit Lansky war es doch auch so, oder ... Er wollte Sie vergewaltigen, nicht wahr ... So muß es gewesen sein ...«

Sein Blick schien auf eine imaginäre Leinwand geheftet, wo der Film ablief: »Sie hatten den Hund dabei, als Sie zu Lansky in die Wooster Street gingen. Sie hatten so eine Vorahnung, daß Sie Schutz brauchten. Aber Lansky ließ sich nicht einschüchtern von dem Hund, er knallte ihn einfach ab. Dann war er einen Moment leichtsinnig und hat die Waffe weggelegt, und Sie haben die Waffe genommen und auf Lansky geschossen ...«

Chris Shannendys Blick kehrte zu Tara zurück. »Sind Sie ehrlich, hätten Sie auch auf mich geschossen, heute, wenn Sie zufällig eine Waffe zur Hand gehabt hätten?«

Sie starrten sich an wie Feinde, und gleichzeitig fühlten sie sich einander sehr nahe.

Der Ober servierte die Vorspeise – Melone mit Parmaschinken – und füllte die Gläser.

Chris Shannendy prostete ihr zu. »Komisch, wenn ich ehrlich sein soll, muß ich sagen, ich fühle mich sehr wohl mit Ihnen. Ich frage mich, ob das auch so wäre, wenn wir uns ganz normal kennengelernt hätten. Was meinen Sie?«

Tara zögerte. »Also, wenn schon, dann hätte ich Sie lieber normal kennengelernt, ohne Kidnapping.« Sie stockte. Die Angst und Verzweiflung der letzten Tage erfaßten sie wieder, aber sie behielt ihre Gefühle für sich. Diesem Mann gegenüber wollte sie keine Schwäche zeigen. »Warum haben Sie das gemacht? Ich verstehe das nicht? Sie hätten mich ganz normal verhaften können. Warum dieser Terror? Sie haben mal ein Statement abgegeben, das überall diskutiert wurde. Sie forderten, für Terroristen und Menschenraub müßte man das Standrecht wieder einführen. Wie geht das zusammen? Oder gelten für Sie andere Gesetze, weil Sie Chris Shannendy sind?«

»Ich gebe zu, der Schein spricht gegen mich. Aber nachträglich werden Sie verstehen, warum ich so handeln mußte.«

Tara schwieg. Diesen Satz hörte sie nicht zum erstenmal, mit dem hatte ihr Vater sie immer dann abgespeist, wenn er ihr etwas nicht erklären konnte. »Ich will jetzt wissen, warum Sie so gehandelt haben«, beharrte sie, »nicht irgendwann, nachträglich.«

»Später, in meinem Büro ...«

»Nein, jetzt. Ich bitte Sie. Es ist wichtig für mich.«

»O. k. Es geht um die Flamingo. Ich bin davon überzeugt, daß Ihr Vater es war. Meine Überzeugung genügt jedoch nicht für eine Anklage, dazu brauche ich Beweise. Die Ermittlungen haben nichts gebracht. Der Fall sah aussichtslos aus – da bekam ich die Information, daß Tara Calese, die offiziell zu den Toten gezählt wurde, am Leben ist. Weiter, daß sie sich einen falschen Paß verschafft hatte und nach Mexiko abgereist war. Meine erste Schlußfolgerung war: Tara Calese ist mitschuldig und hat sich deshalb abgesetzt. Eine offizielle Verhaftung wäre unklug gewesen. Ich fand es taktisch besser, die Nichtexistenz, die Sie freiwillig gewählt hatten, offiziell bestehen zu lassen ...«

Das Gespräch wurde vom Ober unterbrochen, der die Vorspeisenteller wegnahm und die Tagliatelle servierte.

»Ich verstehe das nicht«, nahm Tara den Faden wieder auf, sobald der Ober verschwunden war.

»Am 22. September ist ein Hearing gegen Ihren Vater angesetzt. Bei diesem Hearing werden Sie als Zeugin auftreten.«

Tara brauchte Sekunden, bis sie begriff. »Heißt das, ich soll gegen meinen Vater aussagen?«

»Ich denke, Sie sind unschuldig. Sie haben nichts zu befürchten.«

»Niemals ...« Sie legte das Besteck neben den Teller. »Ich werde niemals gegen meinen Vater aussagen.«

»Aber Norman Reed hat mir versichert, daß Sie Ihren Vater für schuldig halten. Daß Sie deswegen mit ihm gebrochen haben.«

»Das ist meine Privatangelegenheit.«

»Sie machen sich mitschuldig, wenn Sie ihn decken.«

»Ich kann das nicht, ich kann meinen Vater nicht öffentlich anklagen. Kennen Sie das Wort Omerta? Das ist sizilianisch und bedeutet soviel wie das absolute Dunkel, das absolute Schweigen. Was immer mein Vater getan hat, ich bin seine Tochter, und ich werde schweigen. Sie können mich erschlagen, ich werde nicht aussagen in dem Hearing.«

Chris trank einen Schluck Wein. »Sie sind ein Kind. Vor ein paar Minuten haben Sie an diesem Tisch zugegeben, daß Sie Ben Lansky erschossen haben ...«

»Das müssen Sie geträumt haben. Es war anders. Sie haben eine Theorie entwickelt, und ich habe Ihnen zugehört. So war's. Aber Ihre Theorie ist kein Beweis. Auch das Hundehalsband ist kein Beweis. Ich falle nicht herein auf Ihre Suggestivfragen.«

Chris griff zu der Schale mit dem Parmesan und streute etwas über seine Nudeln. »Tut mir leid, Sie zwingen mich, Ihnen etwas zu sagen, das ich Ihnen gerne erspart hätte ...« Er machte eine Pause und mischte den Käse unter die Nudeln. »Norman Reed hat eine Aussage gemacht, die Sie sehr belastet. Er hat im Präsidium zu Protokoll gegeben, er hätte von Ihrem Kontakt mit Ben Lansky gewußt, und er hätte Sie vor diesem Mann gewarnt, weil ...«

»Das ist eine Lüge«, fiel Tara ihm heftig ins Wort.

»Sie streiten also ab, daß Sie Lansky kannten?«

Tara antwortete nicht sofort.

Er spielt Katz und Maus mit mir.

Er will mich zermürben.

Er will mich soweit bringen, daß ich nicht mehr weiß, was ich sage.

»Ich möchte, daß Sie mich Norman Reed gegenüberstellen. Norman Reed soll diese Behauptung in meiner Gegenwart wiederholen.«

»Das geht leider nicht.«

»Warum nicht? Habe ich kein Recht, das zu verlangen?«

»Norman Reed ist nicht mehr in New York. Er hat heute früh die erste Maschine nach Rio genommen.«

»Das heißt, er ist nicht mehr in Haft?«

»Nein, sie haben ihn laufenlassen. Man hat ihn verhört, und er hat gesagt, sie sollten sich an Tara Calese halten. Verstehen Sie, er hat Sie geopfert, um die eigene Haut zu retten. Er hätte jeden geopfert, um frei zu kommen. Ein Mordprozeß würde das Ende seiner Karriere bedeuten.«

Chris Shannendy war zufrieden mit der Wirkung seiner Story. Er sah, wie Tara blaß wurde, wie es um ihren Mund zuckte. Na endlich, dachte er, endlich habe ich sie dort, wo ich sie haben will.

»Das glaube ich nicht«, murmelte Tara. »Norman würde so etwas nie tun.«

Chris lachte leise. »Mein Gott, Tara, Sie sind wirklich ein Kind. Sie denken, Norman ist im Leben der gleiche Mann wie in seinen Filmen. Sie glauben, weil er auf der Leinwand den Helden spielt, ist er auch in Wirklichkeit ein Held. Begreifen Sie doch endlich, Norman ist ein Star, und ein Star liebt nur ein einziges Wesen auf dieser Erde – sich selber. Ich weiß, wovon ich rede, schließlich war meine arme Schwester Pat mit ihm verheiratet. Pat liebte ihn bis zur Raserei. Gegen alle Warnungen mußte sie ihn haben. Zwei Tage nach der Hochzeit hockte sie bereits allein da. So ging es weiter. Er war nie da für sie. Auch nicht, als sie im Krankenhaus lag. Sie hatte Depressionen, sie war ein nervliches Wrack, sie hätte ihn gebraucht, aber Norman filmte irgendwo in Afrika. So ist er ...«

Tara hörte ihm zu und wunderte sich, wie wenig es sie anging. Chris hatte Norman unter Druck gesetzt, so wie er es bei ihr machte. Chris war ein furchtbarer Feind. Er hatte sich vorgenommen, sie zu vernichten. Auch dieses Abendessen war nur ein Schachzug gegen sie, das war ihr klar.

Um sich vor seinem Blick zu schützen, um einen Moment mit sich allein zu sein, legte sie das Gesicht in die Hände.

Warum bin ich nicht bei Luiz Martinez geblieben?

Warum habe ich gegen mein Gefühl gehandelt?

Er wollte, daß ich bleibe – für immer –, und ich wollte es auch.

Warum habe ich nicht ja gesagt.

Er ist der einzige, der mir helfen könnte – und er ist nicht da.

Und vielleicht werde ich ihn nie mehr sehen.

Mechanisch legte sie das Besteck aus der Hand und faltete die Serviette.

»Schmeckt es Ihnen nicht?« fragte Chris besorgt.

»Ich möchte gehn.«

»Aber wieso?«

»Sie hätten mich nicht hierherbringen sollen. Das ist nicht der Ort ...« Sie fand die Worte nicht, die sie suchte. Sie schob den Stuhl zurück und stand auf.

Auch Chris erhob sich. »Ich wollte Ihnen eine Freude machen ...«

Tara hätte ihn umbringen können für diese Bemerkung und für das Lächeln, mit dem er sie ansah.

Der Kellner wurde aufmerksam. »Irgend etwas nicht in Ordnung mit dem Essen?«

»Die Dame fühlt sich nicht wohl«, erklärte Chris Shannendy. »Machen Sie uns die Rechnung.«

Bis zum Auto waren es etwa hundert Meter. Die Straße lag im Dunkeln; das matte Licht der Laternen versickerte in den Backsteinmauern der alten Häuser.

Chris hatte Taras Arm genommen. »Schade, Sie haben uns um die Nachspeise gebracht. Der Koch im La Colonna macht eine großartige Saint Honoré Torte. Na ja, vielleicht holen wir das ein andermal nach ...«

Tara fröstelte. Aber das kam nicht von der kühlen Nachtluft, es kam von Chris Shannendy. Dieser Mann strömte eine Eiseskälte aus. Sie wußte nicht, was sie ihm getan hatte, sie wußte nur, er war ihr Feind, und er würde immer ihr Feind sein. Sein Ziel war es, sie zu vernichten, und er würde es mit einem Lächeln tun, mit einem unbekümmerten: »Tut mir leid, es muß sein.«

Beim Wagen ließ er Tara los und blickte zum Himmel. »Für morgen ist Regen angesagt.« In seiner Hand klirrten die Autoschlüssel. Als er aufschließen wollte, fielen sie ihm auf die Straße. Er mußte sich bücken. Als er sich wieder aufrichtete, blickte er zu Tara, aber sie war verschwunden.

Er fuhr herum: »Tara ...«

Sie stand zwei Schritte hinter ihm, beide Arme vorgestreckt und zielte auf ihn. »Keine Bewegung.«

Chris Shannendy wich zurück. »Tara ...«

»Werfen Sie den Autoschlüssel auf die Erde.«

Chris Shannendy gehorchte.

Tara machte einen Schritt auf ihn zu und setzte den Fuß auf den Schlüssel.

»Tara, was soll das ...«

»Ich brauche einen Wagen.«

»Machen Sie keine Dummheiten. Der Wagen nützt Ihnen nichts. Sie kommen nicht weit.«

Tara kam noch etwas näher. Sie hatte Chris Shannendy immer nur selbstsicher erlebt, unbekümmert, als strahlenden jungen Mann in der schimmernden Rüstung seines Lächelns – jetzt stand sie einem anderen gegenüber, einem Mann, der Todesangst hatte. Die Zeit verstrich. Sie wünschte, jede Sekunde wäre für ihn eine Ewigkeit.

Langsam ließ sie die Arme sinken, trat ganz nahe zu ihm und hielt ihm die leeren Hände hin. »Es ist ziemlich leicht, Ihnen Angst einzujagen, Chris Shannendy. Gut, daß ich das weiß.«

»Tara ...«

Sie drehte sich wortlos um, ging auf die andere Seite des Wagens und stieg ein, als wäre nichts geschehen.

Mit einem nervösen Lachen setzte er sich neben sie und startete den Motor. »Sie machen merkwürdige Scherze.«

»Das war kein Scherz. Sie hatten Glück, ich hatte keine Waffe.«

Danach herrschte Schweigen. Angespannt saßen sie nebeneinander und belauerten sich mit Blicken aus den Augenwinkeln.

Chris Shannendy wußte nicht mehr, was los war mit ihm. Zuerst die Vergewaltigung und dann diese sentimentale Anwandlung. Er war auf dem besten Weg, aus dem Fall *Flamingo* eine Cary Grant Komödie zu machen. Zeit, wieder auf harten Kurs zu gehen.

Tara brütete vor sich hin. Sie wußte, sie hatte einen Fehler gemacht. Sie hatte sich von ihren Gefühlen mitreißen lassen, anstatt kühl zu bleiben und die gute Stimmung von Chris Shannendy auszunützen. Was hätte es sie gekostet, zu allem Ja zu sagen. Wie sie dann in Wirklichkeit gehandelt hätte, wäre eine andere Sache gewesen.

Ihr graute vor dem Moment, in dem sie wieder allein sein würde, eine Gefangene.

»Wir sind da«, sagte Chris neben ihr. »Bevor Sie aussteigen, gebe ich Ihnen den Rat, machen Sie keinen Fluchtversuch. Alles, was Sie sich damit einhandeln, ist eine Gefängniszelle, und dort ist es noch viel ungemütlicher.«

Der Eingang des Hauses lag im Halbdunkel; nur die kleine Lampe über dem Lift brannte. Schweigend fuhren sie in den siebten Stock.

Auf dem Korridor roch es nach angebrannter Milch. In einer Ecke stand ein Kinderwagen.

Chris ging voraus und klopfte an die Wohnungstür – das verabredete Zeichen –, dann erst bemerkte er, daß die Tür nur angelehnt war. Er drückte sie auf. »Sagt mal, macht Ihr hier den Tag der Offenen Tür oder ...« Er stockte. Quer über den schmalen Korridor lag der Garderobenständer; der Spiegel an der Wand war zerschossen. Zögernd betrat er die Wachstube. Auch dort herrschte Verwüstung. Die Couch war umgestürzt, der Fernseher zertrümmert. Nur die zwei Sessel standen noch und in ihnen hockten, gefesselt und geknebelt, Sergeant Hefner und Sergeant Finch. Man hatte nicht einfach ihre Füße und Hände zusammengebunden, man hatte ihnen die Arme rückwärts über die Lehne gebogen, die Füße hinter die Stuhlbeine gedrückt und sie in dieser Stellung mit Nylonkabeln brutal gefesselt.

Sergeant Hefner hatte eine Platzwunde an der Stirn, Sergeant Finch blutete aus dem Mund und schien nicht bei Bewußtsein.

Bevor Chris Shannendy etwas unternahm, schloß er die Wohnungstür. Seit er General Attorney von New York war, hatte er schon manche demolierte FBI-Wohnung gesehen. Das Spitzelsystem der Mafia arbeitete zuverlässig; länger als einen Monat dauerte es nie, dann hoben sie das Nest aus. Während der Giftmüll-Prozesse waren ihm auf diese Weise drei wichtige Zeugen verloren gegangen, die er in FBI-Wohnungen in Schutzhaft gehalten hatte.

Diese Wohnung war zum ersten Mal im Einsatz; Lou Meller hatte sie eigens für diesen Zweck installiert, und er hatte sie als absolut sicher bezeichnet. Das war am Montag gewesen. Heute war Donnerstag.

Keine vier Tage – das konnte nur eines bedeuten: eine undichte Stelle unter den engsten Mitarbeitern.

Aber wer?

Lou Meller selbst?

Schon bei der *Flamingo* hatte Chris Shannendy sich eines Verdachts nicht erwehren können.

Und jetzt das.

Nicht auszudenken, wenn der Mafia-Trupp hier früher aufgetaucht wäre.

Das war knapp gewesen, sehr knapp.

Seinen Schock reagierte Chris Shannendy an Finch und Hefner ab.

»Wozu habt ihr Waffen, wenn ihr sie nicht gebraucht«, schrie er sie an. »Laßt euch fesseln wie Kälber.«

Er trat zu Hefner und zog mit einem Ruck den Klebestreifen von seinem Mund. »Das war Ihr letzter Einsatz. Männer wie Sie kann ich nicht brauchen ...«

»Sie waren zu viert«, verteidigte sich Hefner.

»Sagen Sie mir lieber, wo ein Messer ist.«

»Auf dem Küchenbord müßte eins liegen.«

Während Chris Shannendy Hefner und Finch von den Fesseln befreite, fluchte er weiter. »Euren FBI-Ausweis seid ihr los. Ihr könnt euch bei McDonalds einen Job als Fensterputzer suchen.«

Finch kam zu sich; er stöhnte und murmelte Unverständliches.

Plötzlich wandte Chris Shannendy sich an Tara, die unter der Tür stehengeblieben war. »Ihr Vater hat da ein paar rabiate Burschen geschickt – nur das Timing stimmte nicht ganz.«

Tara erwiderte nichts. Aber sie mußte nichts sagen; was sie dachte und fühlte, konnte Chris Shannendy ihr ansehen.

Das Bild der Verwüstung hatte ein wildes Glücksgefühl in ihr ausgelöst. Der zertrümmerte Fernseher, aus dem verkohlte Kabel hingen, die Glasscherben am Boden, das verschüttete Kaffeepulver, die zerbrochene Ketchup-Flasche, die auf dem grauen Spannteppich ausgelaufen war – jedes Detail der demolierten Einrichtung sagte ihr: Dein Vater sucht nach dir. Dein Vater liebt dich. Dein Vater wird nicht aufgeben, bis er dich befreit hat.

Sergeant Hefner hatte begonnen, den Hergang des Überfalls zu schildern. »Es ist keine zehn Minuten her, wir hatten uns gerade ein Sandwich gemacht, da klopft es. Wir dachten, Sie sind es, und ich machte auf. Sie waren zu viert, und sie waren wie Polizisten angezogen. Sie kamen ganz munter herein – und dann ...«

»Sie trugen Uniformen?« unterbrach Chris Shannendy. »Interessant ...« Und mit einem halben Blick zu Tara: »Massimo Calese ist kein Anfänger ... und ihr Blödmänner sei darauf reingefallen.«

»Ich kenne nicht alle Streifenpolizisten ...«, wehrte sich Hefner. »Ich dachte, Lou Meller schickt sie vorbei mit einer neuen Weisung. Ja, und dann ging alles sehr schnell ... Zwei schlugen uns zusammen, und die anderen zwei wollten das Mädchen herausholen. Als sie das Mädchen nicht fanden, demolierten sie die Wohnung ...«

»Sie wollten doch sicher wissen, wo das Mädchen jetzt ist?«

»Klar, Finch hat sich mit ihnen angelegt ... Sie sehen ja, wie sie ihn zugerichtet haben.«

Chris Shannendy gab Tara mit dem Kopf einen Wink. »Holen Sie Ihre Sachen, hier können Sie nicht bleiben.«

Auch in Taras Zimmer hatten sie gehaust. Die Couch war aufgeschlitzt, die Lamellenstores vom Fenster gerissen, die Fensterscheiben zertrümmert.

Tara ging zu dem Fenster. In den vergangenen Tagen hatte sie oft hier gestanden, mutlos, verzweifelt, mit dem Gefühl, ersticken zu müssen. Wer immer dieses Fenster zertrümmert hatte, sie liebte ihn dafür.

Chris, der ihr gefolgt war, drängte zur Eile. »Was ist, haben Sie Ihre Sachen?«

»Ich habe nichts mitzunehmen.«

Chris hob den Frotteemantel vom Boden auf. »Und das da?«

»Der gehört nicht mir.«

Chris hielt den Mantel unschlüssig in der Hand. Zuerst hatte er rauhen Frotteestoff gefühlt und dann Haut, glatte, seidenweiche Haut, kühl am Hals und an den Hüften, heiß und wie von feuchtem Tau benetzt am Leib und auf der Innenseite der Schenkel. Hatte er je zuvor so bewußt Haut erlebt?

Er ließ den Frotteemantel zu Boden fallen und sagte schroff: »Kommen Sie.«

Sergeant Finch stand mit einer Wodkaflasche vor der Einbauküche. Sergeant Hefner hatte begonnen aufzuräumen. Als er die Couch aufstellte, fand er den Telefonhörer. Er hielt ihn Chris Shannendy hin. »Das Telefon haben sie auch herausgerissen.«

»Und eure Waffen? Haben sie die kassiert?»

»Nein.«

»O. k. Ihr bleibt hier, bis man euch abholt, verstanden.«

Sergeant Finch stellte die Wodkaflasche weg und fuhr sich über den Mund. »Man sollte einen Funkspruch an die anderen FBI-Wohnungen geben. Könnte ja sein, daß sie dort auch aufkreuzen.«

Chris Shannendy nickte. »Ich kümmere mich darum.«

Sergeant Hefner erbot sich, Shannendy und Tara zum Auto zu begleiten. »Ich gebe Ihnen Deckung, falls nötig. Vielleicht haben sie einen Posten dagelassen.«

Chris Shannendy wehrte ab. »Unsinn. Wenn unten ein Posten stünde, hätte er uns doch eben geschnappt.«

Das furchtlose Gehabe war Show. In Wirklichkeit fand Chris Shannendy die Situation gelinde ausgedrückt ungemütlich.

Taras Versteck war aufgeflogen.

Wohin mit ihr?

Wo war sie sicher bis zum Hearing am kommenden Montag?

Ich stecke in einer Sackgasse, dachte er.

Das System hat versagt. Das heißt, Lou Meller hat versagt. Zuerst die *Flamingo* und jetzt das mit Tara.

Diese Fehlerquote ist zu hoch.

Und wenn es keine Fehlerquote ist? Wenn Lou Meller ein doppeltes Spiel treibt?

Wenn er für beide Seiten arbeitet?

Für mich und für Massimo Calese?

Und von beiden Seiten kassiert.

Ich hätte ihn nach der *Flamingo* feuern sollen.

Aber so einfach ist das eben nicht. Lou Meller ist kein kleiner Sergeant, dem man einen Fußtritt gibt.

Lou Meller weiß zuviel.

Lou Meller ist zu gefährlich.

Alles der Reihe nach. Erst muß das Hearing am 22. über die Bühne gehen. Danach sieht man weiter. Es wird sich schon ein Weg finden für Lou Meller.

So oder so, ich muß ihn sofort anrufen. Mal sehen, wie er reagiert, wenn er von dem Überfall auf die FBI-Wohnung erfährt.

Tara gegenüber benahm Chris sich zynisch. Als sie aus dem Haus auf die Straße traten, nahm er ihren Arm und zog sie dicht an sich. »Komm schön nahe, du bist mein Kugelfang.«

Später im Wagen, auf der Fahrt zu seiner Kanzlei, sagte er: »Ich bin sicher, Sie verfluchen unser Abendessen. Hätte ich Sie nicht ausgeführt, wären Sie jetzt frei und wieder im Schoß der Familie. Was mich betrifft, so sehe ich das anders. Ich sage mir, die Vorsehung hat es so eingerichtet. Sie sollten mir nicht verlorengehen. Sie sehen, das Schicksal steht auf meiner Seite.«

»Das Schicksal wird immer auf Ihrer Seite stehen«, Taras Stimme klang kühl. »Sie sind auf der richtigen Seite zur Welt gekommen.« Die Euphorie der Beinahe-Befreiung hatte rasch einer Ernüchterung Platz gemacht. Ihr war klar, die Situation hatte sich nicht verbessert für sie, sondern verschlechtert.

Chris Shannendy lachte. »Genau, das ist der Trick, man muß auf der richtigen Seite geboren sein. Und wenn man das verpaßt hat, muß man alles tun, um auf die richtige Seite zu kommen.« Abrupt wurde sein Ton sachlich. »Also, wie ist es am 22. beim Hearing? Auf welcher Seite werden Sie stehen? Auf der falschen oder auf der richtigen?«

Ihr Blick folgte den Scheinwerfern, die sich im Dunkel verloren. »Als Tara Calese kann ich machen, was ich will, ich werde immer auf der falschen Seite stehen.«

»Warum so pessimistisch? Sie haben mich, ich bin Ihr Freund.«

»Das sind Sie nicht. Sie würden sofort mein Todesurteil unterschreiben, wenn es sein müßte. Nur – tot bin ich ohne Wert. Sie brauchen mich lebend.«

»Stimmt. Und das ist Ihre Chance. Ich bin ein fairer Partner.«

»Das sagen Sie jetzt. Nach dem Hearing sieht es dann anders aus. Ich traue Ihnen nicht. Sie würden mir alles versprechen, damit ich gegen meinen Vater aussage.«

»Sie tun es nicht für mich, das wäre ein fataler Irrtum, Sie tun es für sich. Andernfalls kommen Sie für den Mord an Lansky ins Zuchthaus.«

»Im Moment möchte ich nur wissen, wo Sie mich hinbringen.«

Chris Shannendy überging ihre Frage. »Sie kennen Ihren Vater besser als ich. Was wird sein nächster Schritt sein?«

Tara nahm seinen zynischen Ton auf. »Rufen Sie ihn doch an und fragen Sie ihn.«

Wieder lachte Chris. »Es ist unglaublich. Ich kenne viele Frauen, aber ich habe noch keine getroffen, die eine Shannendy sein könnte. Sie sind die erste – die Tochter von Massimo Calese –, wo soll das hinführen. Was meinen Sie?«

»Lassen wir uns überraschen ...«

Ihre Worte irritierten ihn. Spielte sie auf das an, was in der FBI-Wohnung zwischen ihnen geschehen war? Oder drohte sie ihm?

Er bog von der Park Avenue in die Einbahnstraße ab und hielt vor der Garageneinfahrt des eleganten älteren Bürobaus. Lautlos öffnete sich das Tor. Die indirekte Beleuchtung und die blauen Fliesen an den Wänden gaben der Garage etwas von einem Schwimmbad, aus dem man das Wasser abgelassen hatte.

Chris parkte den Wagen auf Platz 19. »Ich muß ein paar wichtige Telefonanrufe machen.«

»Wo sind wir hier?«

»Ich habe meine Kanzlei in dem Haus.«

»Sie meinen eine andere FBI-Wohnung?«

»Nein – Ehrenwort.«

»Das heißt, Sie müssen erst ein neues Versteck für mich suchen.«

»Gewissermaßen ja.«

Er hatte die Hand noch auf dem Schaltknüppel, und Tara legte ihre darüber. »Bitte geben Sie mir das Geld für ein Taxi und lassen Sie mich laufen.«

Die Berührung elektrisierte ihn. Der Versuch, die Erregung zu unterdrücken, bewirkte das Gegenteil. Taras Hand auf seiner genügte, und er stand in Flammen. Aller Vernunft zum Trotz – er wollte sie haben, er mußte sie haben.

»Was bieten Sie mir, wenn ich Sie laufen lasse? Ein freiwilliges Schäferstündchen?«

Tara zog die Hand zurück. Sein brutaler Zynismus widerte sie an. »Hier oder woanders, mein Vater wird mich finden.«

»Schon möglich – aber was gewinnen Sie dabei? Ihr Vater ist ein Krimineller. An seinen Händen klebt Blut. Machen Sie keinen Fehler. Wenn Sie auf die richtige Seite wollen, müssen Sie sich an mich halten. Nur ich kann Ihnen den Weg ebnen – niemand sonst. Denken Sie darüber nach.«

Tara stand im Vorzimmer von Chris Shannendys Kanzlei und blickte auf die nächtliche Park Avenue hinunter.

Sie war sicher, ihr Vater saß jetzt im Stadtbüro, um sich seine Männer versammelt, und beriet den nächsten Schritt zu ihrer Befreiung, nachdem es soeben fehlgeschlagen war. Ihr Vater war kein Mann, der aufgab, das wußte sie. Er würde alles riskieren, um sie zu befreien. Er liebte sie. Er liebte in ihr nicht nur die Tochter, er hatte auch seine ganze Liebe zu ihrer Mutter auf sie übertragen. Und ihre Mutter hatte er mehr geliebt als sein Leben.

Sie sah ihre blutüberströmte Mutter vor sich, sie sah die explodierende *Flamingo* und die Mädchen in den weißen Kleidern, die durch die Luft geschleudert wurden. Aber damit war der Film der Schrecken nicht zu Ende. In den Szenen, die folgten, war sie nicht mehr Zuschauerin, sondern selbst betroffen: die grauenhafte Stunde im Loft von Ben Lansky, die Todesängste bei der Entführung in Mexiko, die dumpfe Panik während der endlosen Tage und Nächte der Haft ... Dein Vater wird dich befreien, sagte eine Stimme in ihr und eine andere erwiderte: Was gewinnst du dabei? Wenn du dich jetzt auf seine Seite stellst, gibt es kein Zurück mehr. Dann bist du dein Leben lang eine Calese – die Tochter von Massimo Calese, einem Kriminellen, einem Mann, der Menschenleben auf dem Gewissen hat.

Dies war der letzte Moment auszusteigen.

Ihr Vater hatte sein Leben gelebt.

Sie wollte ihr Leben haben.

Sie verließ das Vorzimmer und klopfte an die Tür, in der Chris Shannendy verschwunden war. Er saß am Schreibtisch, hatte die Jacke ausgezogen und die Krawatte gelockert. Er war dabei, Notizen zu machen. Überrascht hob er den Kopf. »Was ist?«

Tara durchquerte zögernd den großen Raum. Sie hatte ein kaltes funktionelles Büro erwartet, nicht einen Raum von warmer Eleganz. Sie nahm keine Einzelheiten wahr, nur die Mahagonitäfelung und die dunklen Rottöne der Vorhänge und der Polstergruppe.

Wenn er zu mir steht, dachte sie, bin ich gerettet.

»Was ist?« fragte er ein zweites Mal und legte den Füller weg.

Tara trat an den Schreibtisch, der so breit war wie gewöhnlich zwei Schreibtische. »Ich möchte die Aussage gegen meinen Vater schriftlich machen, und zwar jetzt ... hier ... sofort.«

»Setzen Sie sich.« Er deutete auf einen Stuhl. »Ich wußte, Sie treffen schließlich die richtige Entscheidung. Sie sind also bereit beim Hearing auszusagen ...«

»Nicht beim Hearing – ich möchte meine Aussage schriftlich niederlegen.«

»Ich verstehe. Trotzdem, das ändert nichts daran, daß Sie beim Hearing in den Zeugenstand müssen. Sie stehen dort unter

Eid. Eine schriftliche Aussage könnte unter Druck entstanden sein. Der Sinn des Hearing ist, daß Sie Ihre Aussage persönlich machen und beeiden.«

Tara überlegte. »Wird mein Vater bei dem Hearing anwesend sein?«

Chris Shannendy kannte Tara inzwischen so gut, daß er richtig reagierte. »Haben Sie Angst vor Ihrem Vater?« fragte er.

»Nein«, sagte sie hastig, um sich nicht wieder von Gefühlen und Zweifeln beirren zu lassen.

Danach herrschte Schweigen. Chris schraubte den Füller zu. Jetzt hatte er nur noch ein Problem: er mußte ihr beibringen, daß sie die nächsten vier Tage bis zum Hearing im Präsidium verbringen würde, in Untersuchungshaft. Das war Lou Mellers Rat gewesen. Lou Meller hatte von Anfang an für diese Schutzhaft im Präsidium plädiert, der Überfall auf die FBI-Wohnung gab ihm nachträglich recht. Chris Shannendy hatte mit ihm abgemacht, daß er es übernehmen sollte, Tara im Präsidium »einzuquartieren«. Chris würde ihm Tara in der nächsten halben Stunde übergeben. Mit dieser Entscheidung hatte er sich vor allen unvernünftigen Anwandlungen schützen wollen; doch jetzt wurde er wieder schwankend. Auf jeden Fall hatte er keine Eile mehr, sie loszuwerden.

Chris Shannendy erhob sich. Er zog die Krawatte fest und fuhr in seine Jacke. »Jetzt trinken wir einen Schluck«, verkündete er aufgeräumt. Er öffnete die Seitentür des Bücherschranks, wo eine Bar eingebaut war. »Was halten Sie von einem Glas Champagner?«

»Warum nicht?«

Champagner hatte er immer im Eisschrank, allerdings war er mehr für die Rendezvous mit Marilyn Mauvers bestimmt als für seine Klienten.

»Das ist ein langer Abend geworden«, sagte er, als er mit Tara, die neben ihm stand, anstieß, »und er ist noch nicht zu Ende.«

Tara, immer noch in einem Zustand innerer Anspannung, trank den Champagner gedankenlos und fragte: »Haben Sie eine Unterkunft für mich gefunden?«

»Ja. Aber das hat Zeit.«

»Wieder eine FBI-Wohnung mit Typen wie Hefner und Finch?«

Es wäre ihm lieber gewesen, sie hätte nicht gefragt, jetzt mußte er antworten. »Sie kommen ins Präsidium, in Untersuchungshaft.«

»Nein.« Es war ein Laut des Entsetzens.

»Es geschieht zu Ihrer Sicherheit.«

»Nein, das dürfen Sie mir nicht antun.«

»Es ist der einzige Ort, wohin der Arm Ihres Vaters nicht reicht.«

»Mein Vater holt mich auch dort heraus.«

»Das dürfte schwer sein. Es sei denn, er hat Leute vom FBI auf der Gehaltsliste.«

Die Vorstellung, daß er sie ins Präsidium bringen wollte, machte sie kopflos. Sie überlegte nicht mehr, was sie sagte. »Das hat er auch, zum Beispiel Lou Meller.«

Chris Shannendy holte Luft. Eben hatte er mit Lou Meller telefoniert; eben noch hatte Lou Meller ihm die Komödie des treuen Dieners vorgespielt ...

»Nicht ins Präsidium«, hörte er Tara sagen, »tun Sie mir das nicht an, bitte.« Sie fühlte sich von Chris Shannendy verraten. Eine Untersuchungshaft im Präsidium setzte sie gleich mit einem Prozeß wegen Lansky. Sie würde ihre Jugend also in einer Zelle verbringen, lebendig begraben.

»Sie haben mir das Versprechen gegeben, den Fall Lansky niederzuschlagen. Ich bin unschuldig.« Ein Schluchzen erstickte ihre Stimme.

Der Ausbruch kam so schnell, daß Chris nicht folgen konnte. Eben noch hatte er ein Mädchen vor sich gehabt, das furchtlos war und stark – jetzt wurde sie vor seinen Augen zu einem hilflosen Kind, das hemmungslos weinte und am ganzen Körper zitterte.

»Lassen Sie mich laufen«, stieß sie hervor. »Sie werden nie mehr von mir hören, aber lassen Sie mich laufen.« Sie machte eine unkontrollierte Bewegung, und ihr Champagner ergoß sich über die Hose von Chris Shannendy.

Tränenüberströmt starrte sie ihn an; im nächsten Augenblick sank sie auf die Knie und wischte den verschütteten Champagner von seiner Hose.

Chris Shannendy stand reglos. Ihre Stellung und ihre Berührung wirkte auf ihn wie ein obszönes Ritual. Wäre sie eine raffinierte Frau gewesen, hätte er sich gesagt, das Ganze war ein absichtliches Manöver.

»Tara«, er nahm sie unter den Armen und zog sie sanft in die Höhe. »Beruhigen Sie sich doch.« Sie lehnte sich an ihn, immer noch in Tränen, immer noch außer sich. Er führte sie zum Sofa und redete begütigend auf sie ein. »Ich bin Ihr Freund, glauben Sie mir, ich werde Ihnen helfen ...«

Das Weinen wurde stärker. »Niemand kann mir helfen, auch Sie nicht, niemand.« Sie sank vornüber und wäre vom Sofa gerutscht, wenn er sie nicht aufgefangen hätte. Er hob sie auf, legte auch ihre Beine hoch und bettete ihren Kopf auf seinen Schoß. »Ruhig, ganz ruhig«, redete er leise auf sie ein. »Vergiß das Präsidium, wir finden einen anderen Weg.«

Während er ihr weiter gut zuredete, formte sich in seinem Kopf ein Plan. Er dachte an Lou Meller. Der»treue« Lou Meller war der richtige Mann. Bei ihm würde er Tara einquartieren. Damit band er ihm die Hände Massimo gegenüber. Damit hatte Lou Meller keine Chance mehr zu üblen Tricks, jedenfalls nicht in den nächsten vier Tagen.

Allmählich versiegten Taras Tränen. Sie hatte einfach keine Kraft mehr. Sie fühlte sich leer und tot – aber wenigstens war sie nicht ganz verlassen. Jemand war bei ihr. Jemand hielt sie. Eine leise Stimme sprach zu ihr. Ein Körper gab ihr Wärme, eine Hand streichelte sie.

Chris sah auf sie hinunter und fragte sich: Wie kommt sie eigentlich hierher, in meine Kanzlei? Und wie komme ich dazu, sie zu trösten? Etwas Irrationales war hier am Werk, etwas Schicksalhaftes. Sie war ein Ereignis, mit dem er nicht gerechnet hatte. Sie riß ihn zu Handlungen hin, die sein nüchterner Verstand als selbstmörderisch bezeichnete.

Er hatte keine Wahl. Das Begehren war stärker als die Vernunft. »Du machst mich rasend«, murmelte er und begann sie zu küssen.

Die anderen hatten Massimos Büro verlassen, nur Ugo Fillipi war geblieben. Bis auf die Lampe am Schreibtisch waren alle Lichter gelöscht. Die Glastüren zum Dachgarten standen offen. Hinter der Glaskuppel war der rötliche Schein des New Yorker Nachthimmels sichtbar. Schwarz und scharf zeichneten sich die Palmen davor ab. Die indirekte Beleuchtung des Pools strahlte nach oben und ließ da und dort ein Blatt, einen Zweig, eine Orchidee hervortreten.

Die Rotweingläser waren leer; Massimo hatte vergessen nachzuschenken. Die beiden Männer schwiegen. Sie mußten nicht reden, um zu wissen, was im anderen vorging. Sie waren Feinde gewesen und waren es immer noch. Daß sie hier spät am Abend in Massimos Büro zusammensaßen, bedeutete nicht, daß sie die Vergangenheit begraben und Frieden geschlossen hatten.

Was also führte sie zusammen?

Sie nannten es ihren Pakt gegen Unbekannt. Sie hatten sich zusammengetan, um einen Gegner zu bekämpfen, der sie beide bedrohte. Noch wußten sie nicht, wer dieser Gegner eigentlich war. Sie wußten nur, daß es ihn gab.

Den Pakt hatten Massimo Calese und Ugo Fillipi vor zwei Tagen geschlossen. Als Massimo sich am Dienstag nach Long Island fahren ließ, hatte er nicht geahnt, daß die Unterredung mit Ugo Fillipi zu diesem Ergebnis führen würde. Er war nicht in friedlicher Absicht zu den Fillipis aufgebrochen. Er hatte Ugo in Verdacht, Tara entführt zu haben, und er war entschlossen gewesen, Ugo zu zwingen, sie freizulassen, wenn nicht im Guten, dann im Bösen.

Und dann war alles anders gekommen. Die Hoffnung, Tara zu finden, hatte sich nicht erfüllt. Aber es war Massimo gelungen, Ugo Fillipi davon zu überzeugen, daß er mit dem Tod von Ugos Vater, Mauro Fillipi, nichts zu tun hatte und daß ihn auch keine Schuld an der *Flamingo*-Katastrophe traf.

Die Unterredung hatte auf der verglasten Veranda stattgefunden mit dem Blick auf den Long Island Sound. Draußen waren Segelboote vorbeigezogen und manchmal ein Ausflugsdampfer.

Während der zwei Stunden hatte es drei Phasen gegeben; in jeder Phase hatte Massimo ein anderes Gesicht von Ugo Fillipi kennengelernt.

In der ersten Phase hatte Ugo sich als der italienische Nobile gegeben, als Mann mit vollendeten Umgangsformen, der mit keinem Wort, mit keiner Geste verrät, was er wirklich denkt und fühlt. Er hatte Massimo zum Bittsteller degradiert, den man gnädig anhört, mit dem man aber kein Gespräch führt. Hin und wieder eine Höflichkeitsfloskel, gleichgültig hingeworfen, mit einem Unterton der Ungeduld, wie um Massimo zu verstehen zu geben, daß die Zeit bemessen sei.

Dazu war für Massimo die Kluft der Sprache gekommen. Durch Ugo Fillipi gezwungen italienisch zu reden, hatte er sich wie ein ungehobelter Bauer gefühlt, wie ein Analphabet, der für jede Sache nur ein Wort wußte und das nicht einmal richtig aussprechen konnte.

Es war Massimo zumute gewesen, als rede er gegen eine Wand. Am Ende hatte er damit gerechnet, von Ugo mit einer schönklingenden Phrase verabschiedet zu werden.

Zu seiner großen Überraschung und Erleichterung hatte er sich getäuscht. Von einer Sekunde zur anderen, als wäre er ein Schauspieler, der aus einer Rolle in die andere schlüpft, hatte Ugo Fillipi sein Benehmen gewechselt. Sein Ton war plötzlich herzlich geworden: »Massimo, Sie und ich, wir sind Feinde, und wir sind es schon so lange, daß wir es wahrscheinlich immer bleiben werden – dennoch, ich glaube Ihnen.« Und nach einer langen Pause: »Wenn es im Leben nach den Gesetzen der Logik zuginge, müßten alle drei Ereignisse, die Ermordung meines Vaters, die Explosion der *Flamingo* und die Entführung Ihrer Tochter Tara den gleichen Täter haben. Es müßte jemand sein, der an unserer Feindschaft interessiert ist, jemand, der will, daß die Familien Calese und Fillipi sich gegenseitig zugrunde richten. Doch das Leben funktioniert nicht nach logischen Gesetzen. Irgendwas geht schief, irgendwas geht immer schief. Sie sind das beste Beispiel dafür, Massimo. Ich bin vor sechs Jahren nach Sunset Hill gekommen, um Sie zu töten – aber Sie leben. Und wenn wir jetzt den wahren Täter suchen wollten, würden wir alt werden und grau darüber. Logik können wir uns nicht leisten. Dazu fehlt uns einfach die Zeit.«

»Ich habe die Zeit«, hatte Massimo erwidert. »Und wenn wir uns zusammentun, haben wir doppelt soviel, das sollte genügen, den Täter zu finden.«

Ugo Fillipi hatte abgewinkt. »Massimo, Sie belügen sich. Sie haben keine Zeit. Am Montag findet das Hearing gegen Sie statt. Es wundert Sie, daß ich davon weiß? Nun, so ist es nun mal. Bevor Sie zu mir kamen, ging mich das nichts an. Jetzt ist das anders. Ich weiß auch, daß Sie entschlossen sind, hinzugehen. Das wäre ein Fehler. Jeder Mafia-Prozeß in New York hat mit einem Hearing begonnen; dem Hearing folgte ein Prozeß, und der Prozeß zog sich über Jahre hin. Wenn Sie einmal in der Mühle sind, kommen Sie nicht mehr heraus.«

»Man kann mir nichts nachweisen.«

»Sagen Sie das nicht. Es gibt nur eine Möglichkeit, daß man Ihnen nichts nachweist, nämlich die, daß es nicht zu diesem Hearing kommt. Ein Hearing kann in letzter Minute platzen. Es steht nirgends geschrieben, daß es der Vorgeladene sein muß, der fehlt. Dort, wo ich das Glück habe zu leben, im schönen Sizilien, geschieht es immer wieder, daß der General Attorney plötzlich ausfällt. Zugegeben, New York ist nicht Palermo, aber die Wege der Vorsehung sind überall auf Erden gleich geheimnisvoll, es könnte durchaus sein, daß dem General Attorney von New York etwas zustößt, was meinen Sie, Massimo?« Und als Massimo stotterte: »Sie wollen doch nicht etwa ...«, hatte Ugo Fillipi den Kopf geschüttelt. »Habe ich Sie erschreckt, Massimo? Mein Gott, was seid ihr für zaghafte Männer geworden, ihr Italo-Amerikaner. Warum tragt ihr überhaupt noch eure stolzen italienischen Namen, wenn ihr vor jedem mutigen Gedanken zittert.«

Damit war die zweite Phase des Gesprächs beendet gewesen, und Ugo Fillipi hatte sich ein drittes Mal verwandelt. Jetzt in einen sachlichen Partner, der mit Massimo über Taras Entführung diskutierte und die möglichen Wege und Mittel, sie zu finden und zu befreien.

Das war am Dienstag gewesen.

Am Mittwoch hatte Ugo Fillipi Massimo in seinem Büro aufgesucht und ihn gefragt, ob er über vier zuverlässige Männer verfüge, die jederzeit einsatzbereit wären.

Heute am Donnerstag, hatte Ugo Fillipi am frühen Nachmittag Massimo angerufen und ihm die Adresse einer Wohnung in der 22. Straße angegeben. »Auf dem Türschild steht Nogales. Schikken Sie Ihre Männer heute abend zwischen acht und neun Uhr dorthin. Sie sollen nicht läuten, sie sollen nur zweimal klopfen. Das ist wichtig. Die Wohnung ist ein FBI-Unterschlupf. Meinen Informationen zufolge, hält man Ihre Tochter dort gefangen.«

Der Anruf hatte Massimo fast umgeworfen.

Tara in einer FBI-Wohnung.

Seit er von Taras Verschwinden wußte, hatte er alle Möglichkeiten in Betracht gezogen, aber daran hatte er nie gedacht.

Wenn es so war, dann mußte Lou Meller die Hände im Spiel haben. Lou Meller gehörte zu den wenigen Menschen, die gewußt hatten, daß Tara lebte. Er selber hatte es ihm gesagt.

Lou Meller hatte ihm versprochen zu helfen.

Hatte er sich die ganze Zeit über in Lou Meller getäuscht? Diese Frage hatte ihn nicht mehr losgelassen; sie hatte selbst seine Sorge um Tara in den Hintergrund gedrängt.

Kurz nach acht Uhr abends war Ugo Fillipi in Massimos Büro gekommen, gemeinsam hatten sie die Zeit des Wartens verbracht. Massimo war froh gewesen, nicht allein sein zu müssen. Durch Ugo fühlte er sich in die alten Zeiten zurückversetzt, in die Jahre der Prohibition, wo es viele solche Abende des Wartens gegeben hatte, die er mit einem Partner verbrachte, schweigend, nervös.

Endlich waren die Männer zurückgekommen – aber ohne Tara. Ihre Umhängetasche hatten sie mitgebracht. Sie hatten in der FBI-Wohnung nur die Wachen angetroffen, nicht die Gefangene.

Wo Tara sich jetzt aufhielt, war aus den Wachen nicht herauszubringen gewesen. Offenbar wußten sie es selber nicht.

Eines stand fest. Tara muß erst kurz vorher aus der FBI-Wohnung weggebracht worden sein. Massimos Männer hatten in der Dusche ein feuchtes Badetuch gefunden, und der Spiegel war noch beschlagen gewesen. Sie waren zu spät gekommen.

Man hatte Tara an einen anderen Ort gebracht.

Wo war sie jetzt?

Auf Massimos Schreibtisch lag Taras Umhängetasche und daneben die Dinge, die Massimos Männer in der FBI-Wohnung gefunden hatten: ein spanisches Wörterbuch, eine Sonnenbrille, Sonnencreme, Schokolade, total deformiert, weil sie irgendwann geschmolzen und wieder hart geworden war; ein Stadtplan von Mexico City, eine Kitschkrawatte – ein Indianerhäuptling auf grellrosa Grund; ein weißes Herrentaschentuch mit den eingestickten Initialen LM.

Ugo Fillipi war in melancholischer Stimmung. Er dachte an seine zwei Töchter; sie waren zwölf und vierzehn. Würde ihnen eines Tages etwas Ähnliches zustoßen wie Tara? Der Gedanke genügte, um ihn wieder mobil zu machen.

»Wir werden Tara finden«, sagte er zu Massimo. »Wir hatten sie eigentlich schon. Weit kann sie nicht sein. Sie ist in New York.«

Massimo atmete schwer; in seiner Brust saß eine eiserne Klammer, und diese eiserne Klammer umschloß sein Herz. Er hatte Herztabletten geschluckt, aber die Klammer lockerte sich nicht.

Seit zehn Minuten versuchte er, Lou Meller anzurufen, aber es war immer besetzt. Jetzt nahm er den Hörer wieder von der Gabel und wählte die Nummer. Diesmal klappte es. Lou Meller meldete sich.

»Ich bin's, Massimo.« Er reichte Ugo Fillipi das kleine Mithörgerät über den Schreibtisch; Ugo steckte es ins Ohr. Dann zog er das Schreibzeug zu sich, um sich Notizen zu machen.

Massimo Calese hatte vorgehabt, das Gespräch sachlich zu führen, doch als er jetzt Lou Meller fragen hörte: »Was gibt's, bist du noch immer im Büro?« vergaß er den Vorsatz und fragte direkt: »Wo ist Tara? Wo habt ihr sie hingebracht? Keine Ausflüchte. Du weißt es.«

»Tara ... ich verstehe nicht«, Lou Meller versuchte, Zeit zu gewinnen.

»Bis heute abend war sie in einer FBI-Wohnung in der 22. Straße untergebracht – wo ist sie jetzt?«

Lou Meller erkannte an Massimos Ton, daß Ausflüchte nichts nützten. Er war auf diese Wendung der Dinge vorbereitet und hatte eine Story parat für Massimo, aber er hatte nicht damit gerechnet, daß er sie so früh brauchen würde. Es war die Story von dem Mord an Ben Lansky, bei dem alle Indizien gegen Tara sprachen. »Ein übereifriger Lieutenant vom Morddezernat hat die Sache in die Finger gekriegt. Er hat die Verhaftung in Mexiko inszeniert. Jetzt ist sie im Präsidium. Der General Attorney hat das verlangt. Sie ist jetzt in regulärer Untersuchungshaft.«

Ugo Fillipi schob Massimo einen Zettel zu. Darauf stand: Kaution!

Massimo nahm den Hörer in die andere Hand. »Ich stelle Kaution für Tara. Sie bleibt mir keine Stunde länger in Haft.«

»Heute ist es zu spät.«

»Wenn du dich einschaltest, geht es auch jetzt noch.«

»Du kennst Lieutenant Tushing nicht. Er ist ein Pedant. Komm morgen früh mit deinem Anwalt zu mir, dann besprechen wir die Sache.«

»Was heißt morgen früh?«

»Sagen wir um zehn.«

Nachdem Massimo aufgelegt hatte, ging sein Blick zu Ugo. Er war fassungslos. »Tara hat einen Mann umgebracht.«

»Eine tolle Story hat Lou Meller uns da aufgetischt. Rufen Sie Meller noch mal an, fragen Sie ihn, wer den Fall bearbeitet im Präsidium.«

»Er sagte doch Lieutenant Tushing.«

»Fragen Sie trotzdem, und verlangen Sie die Telefonnummer von Tushing.«

Massimo telefonierte noch einmal. Ugo schrieb mit und steckte den Zettel ein. »Wir lassen einen Versuchsballon steigen. Ein anonymer Anruf im Präsidium bei Lieutenant Tushing. Das heizt ihnen ein. Eine Nachricht an Chris Shannendy. Ein hübsches kleines Ultimatum. Wir geben ihm zwölf Stunden Zeit. Entweder ist Tara morgen mittag frei oder wir sehen uns gezwungen, für den General Attorney eine Überraschung vorzubereiten.«

»Ein Ultimatum?« Massimo war mit den Gedanken immer noch bei Meller.

»Ja, ein Ultimatum. Das ist besser als eine Kaution!«

Massimo begann zu begreifen, was Ugo im Sinn hatte. »Ein Ultimatum ...« Die Idee schien ihm nicht ganz realistisch. »Chris Shannendy ist sicher einer der bestbewachten Männer New Yorks.«

»Das dachte ich auch, aber meine Recherchen haben ergeben, daß es nicht so ist. Keine Bodyguards, kein kugelsicheres Auto, nicht einmal ein bewaffneter Chauffeur. Eigentlich ein Wunder, daß er noch lebt. Während der Prozesse im Giftmüllskandal habe ich fest damit gerechnet, daß etwas passiert. Aber nichts geschah. Die betroffenen Familien hatten nur eine Sorge, ihr Geld in Sicherheit zu bringen. Daß es so etwas wie Ehre gibt, habt ihr vergessen in Amerika. Ihr laßt euch von diesem Shannendy einschüchtern. Ich verstehe nicht, daß keiner von euch den Mut hatte, diesem Mann entgegenzutreten. So schwierig wäre das gar nicht. Einfacher als bei den Kennedys. Ich lasse Chris Shannendy seit zwei Jahren beschatten und bin umfassend informiert. Ich weiß, wo er sich die Haare schneiden läßt, wo er die Hemden kauft, wie oft er mit Marilyn Mauvers schläft. Er ist ein Mann mit festen Gewohnheiten.«

»Wissen Sie eigentlich, daß Ihr Vater Mauro, Milton Shannendy und ich einmal Partner waren? Nur kurze Zeit, nur bis Milton Shannendy die erste Million beisammen hatte, dann stieg er aus.«

»Tatsächlich, das ist mir neu. Ich weiß nur, daß Sie und mein Vater einmal Partner waren.« Ugo Fillipi wurde nachdenklich. »Vielleicht ist das der Schlüssel ...«, murmelte er und verstummte wieder. Für einen Moment hatte er so etwas wie ein inneres Gesicht – konnte es sein? Der Gedanke war so ungeheuerlich, daß Ugo ihn für eine Ausgeburt seiner überreizten Phantasie hielt. »Es wird Zeit für mich«, sagte er und die beiden Männer gaben sich die Hand. An der Tür wandte Ugo Fillipi sich noch einmal um. »Grübeln Sie nicht weiter. Tara lebt. Das ist die Hauptsache.«

Als Massimo allein war, nahm er Taras Umhängetasche vom Tisch und räumte die Sachen hinein. Bei der bunten Krawatte zögerte er. Tara mußte in übermütiger Stimmung gewesen sein, als sie dieses Ding kaufte. Und jetzt saß sie in Untersuchungshaft. Seine Tochter in einer Gefängniszelle. Seine Tochter unter Mordverdacht. Irgendwie fühlte er sich schuldig an allem. Er hätte sie besser beschützen müssen.

New York

Freitag, 19. September 1986

Marilyn Mauvers lief halbnackt zwischen Schrank und Spiegel hin und her und probierte Kleider an. Sie hatte eben erst begonnen, aber schon herrschte im Schlafzimmer ein wildes Durcheinander. Sie hängte nichts zurück, sie warf alles aufs Bett und die zwei goldfarbenen Puffs.

Hinter den Tüllvorhängen stand bleigrau die Dämmerung eines kalten Regentags; seit Mittag goß es in Strömen, und laut Wetterbericht war noch kein Ende abzusehen.

Bis zum Rendezvous mit Chris um acht Uhr waren es noch zwei Stunden. Ihr war bange davor; sie fühlte sich hin- und hergerissen zwischen ihrer Vorfreude und der Furcht, Chris könnte in letzter Minute absagen.

Sechs Wochen waren verstrichen seit dem Bruch mit Chris. Was hatte sie nicht alles getan, um ihn zu versöhnen. Briefe, kleine Geschenke, Telefonanrufe. Sie hatte ihn geradezu bombardiert mit Anrufen, nicht nur im Büro, auch zu Hause, obwohl er ihr das verboten hatte.

In ruhigen Momenten, wenn sie fähig war, die Situation klar zu beurteilen, hatte sie sich gesagt, lauf ihm nicht nach. Wenn er eine andere hat, nützt das nichts, und wenn er keine hat, kommt er von selber zurück zu dir.

Nachts, wenn sie allein in dem großen Bett lag, hatte sie sich gefragt: Was verliere ich eigentlich? Einen Mann, der einmal in der Woche auf eine Stunde vorbeikommt, um mit mir zu schlafen – bin ich so anspruchslos geworden? Was ist denn das für eine Liebe. Soll er doch zu einer Hure gehen.

Sie ging in die Küche und machte sich einen Dry Martini. Sie schwenkte das Glas mit Noilly Prat aus, füllte es dann mit Gordon Gin. Auf die Olive verzichtete sie.

Auf dem Weg zurück ins Schlafzimmer hörte sie das Telefon summen. Sie erschrak. Wenn Chris jetzt anrief, sagte er hundertprozentig ab. Ihr Herz begann zu hämmern. Sie stellte den Martini weg.

Wo war das Telefon? Sie hatte die Angewohnheit, mit dem Apparat von Zimmer zu Zimmer zu wandern. Sie fand ihn auf einem der goldfarbenen Puffs unter einer schwarzen Corsage.

Es war tatsächlich Chris. »Hallo, wie geht's«, meldete er sich.

Sie zwang sich zu einem »Großartig«, und wartete auf die Ausrede, die er ihr auftischen würde.

»Mir ist eingefallen, daß du im Moment ohne Auto bist. Oder hast du einen Leihwagen?«

»Nein ...« Worauf wollte er hinaus?

»Bei dem Regen bekommst du doch kein Taxi.«

Sie ließ ihn nicht ausreden und sagte schnell: »Das schaff ich schon.«

»Hör mir zu, ich habe mir gedacht, ich gebe dir meinen Wagen. Ich habe um sechs noch einen Termin im Waldorf. Ich stelle den Mercedes vors Haus und geh' die paar Schritte zu Fuß. Und nachher habe ich einen Wagen vom Hotel.«

Sie war so gerührt, daß sie keine Worte fand.

»Bist du noch da?« fragte er.

»Ja.«

»Ich dachte schon, wir sind unterbrochen. Den Autoschlüssel werfe ich in deinen Briefkasten, o.k.«

»Chris, ich ...«

»Noch etwas. Das Garagentor ist frisch eingestellt. Erfahrungsgemäß streikt es dann. Wenn du Probleme hast, stell den Wagen einfach vors Fenster des Hausmeisters. Der kümmert sich dann darum. Also bis später – und zieh nichts Teures an, es wäre schade – ich werde dir die Kleider vom Leib reißen.«

Sie wollte etwas erwidern, aber Chris hatte schon aufgelegt.

Marilyn blieb neben dem goldfarbenen Puff knien. Sie fühlte sich auf wunderbare Weise kraftlos.

Chris.

Er hatte nicht abgesagt.

Er stellt mir seinen Mercedes vors Haus.

Sie lächelte, als sie an seine letzten Worte dachte: Ich werde dir die Kleider vom Leib reißen.

Rechts von ihr stand der verspiegelte Paravent. Dreimal ihr Bild, dreimal ihr Lächeln. Sie war bereits sorgfältig geschminkt, ihre Haut war mit Parfum getränkt, natürlich mit *Giorgio*, weil es teuer war und weil es duftete wie die Rosen, die im Paradies blühten. Sie rutschte auf den Knien vor den mittleren Spiegel. Unter dem durchsichtigen Spitzenhemdchen, das an zwei dünnen Trägern hing und kaum die Scham bedeckte, bewegten sie ihre Brüste. Es war ein teures Hemdchen, ein Liliane Rubechini Modell aus Florenz. Sie hatte zweihundert Dollar dafür bezahlt. Langsam hob sie es hoch, entblößte ihre Brüste, und dann zerriß sie es mit einem Ruck. Lachend warf sie die Reste durch die Luft.

Noch eine halbe Stunde bis acht Uhr.

»Zieh nichts Teures an«, hatte Chris gesagt. Lächerlich. Sie fühlte sich als Diva. Jeder Millimeter ihrer Haut war eine Kostbarkeit. Sie brauchte kein Kleid, sie brauchte nur da und dort einen schwarzen Kontrast auf ihrem goldenen Körper.

Sie wählte die schönsten Stücke aus ihrer Dessous-Kollektion: ein trägerloser BH, der ein Rosenmuster auf die Brust zeichnete; ein hauchdünnes plissiertes Höschen; die schwarzen Strümpfe aus reiner Seide, die eine Handbreit über dem Knie endeten. Die Strumpfbänder, die dazu gehörten, hatten ein altmodisches handgesticktes Rosenmuster. In der Mitte der Rosette saßen kleine Perlen. Sie ging heute ohne Kleid zu Chris. Sie würde, so wie sie war, in den Trenchcoat schlüpfen. Sie hatte einen neuen, ein Modell von Moschino. Sie hatte es gleich nach der Modenschau bei Bloomingdales gekauft; zusammen mit dem Herrenhut aus grauem Filz mit hellem Band, den das Mannequin getragen hatte.

Mantel und Hut hingen an der Garderobe im Flur. Sie band den Gürtel sehr eng. Das Haar mußte verschwinden. Sie steckte es mit Kämmen nach oben, setzte den Hut auf und zog ihn fest in die Stirn. Zuletzt schlug sie den Mantelkragen hoch.

Sie nahm keine Handtasche mit, und sie steckte den Führerschein nicht ein. Sie brauchte nur die Autoschlüssel und die lagen im Briefkasten.

Sie ließ alle Lichter in der Wohnung brennen.

Der Mercedes von Chris stand direkt vor der Haustür.

Der Regen war noch stärker geworden. Es schüttete wie aus Kannen. Die Scheibenwischer schafften es kaum. Überall am Straßenrand standen Leute und versuchten, ein Taxi zu ergattern. Die Straße war ein einziges Glitzern und Funkeln. Jede Leuchtreklame hatte ein schimmerndes Spiegelbild, jedes Wagendach ein Muster bunter Reflexe. Sie stellte das Radio an und fand eine Sendung mit alten Musical Hits. »One day I'll find you, moonlight behind you«, sang Fred Astaire mit seiner trockenen Stimme.

Sie würde pünktlich sein. Die Uhr im Armaturenbrett zeigte acht Uhr, als sie von der Park Avenue abbog. Die Einbahnstraße war schwach beleuchtet. Marilyn Mauvers schaltete das Fernlicht ein. In einer Entfernung von etwa fünfzig Metern sah sie einen Mann mit einem Chow-Chow. Der Mann drehte sich kurz um und ging weiter. Die Fenster der Hausmeisterwohnung waren beleuchtet. In der Küche hantierte eine dicke Frau am Herd; sie trug einen geblümten Hausmantel und hatte den Kopf voller Lockenwickler.

Marilyn holte links aus und fuhr langsam auf die Lichtbarriere zu. Der Fred-Astaire-Song war zu Ende, und der Ansager machte die Überleitung zur nächsten Nummer. »Wir bleiben beim Mond, weil er so schön ist ...« Marilyn erkannte das Lied aus *Hair* nach den ersten Takten, noch bevor die Sängerin einsetzte.

»When the moon is in the seventh house ...«

Marilyn dachte an Solly Smuts, sie hatte ihn bei der Filmpremiere von *Hair* kennengelernt. Er war so schrecklich gestorben. Das schwere *Hohner Majestic* Akkordeon mit den Verzierungen aus Perlmutt, das er so liebte, hatte ihn wohl in die Tiefe gezogen. In den Zeitungen hatten sie geschrieben, daß er eine Polonaise anführte, als die *Flamingo* explodierte.

Armer Solly, oder sollte sie sagen, glücklicher Solly?

Das Garagentor öffnete sich, und der Wagen rollte abwärts.

»And Jupiter allies with Mars ...«

Marilyn drehte das Radio lauter.

»Then peace will guide the planet and love will steer the stars ...«

Sie hatte noch immer das Fernlicht eingeschaltet. Die aufgeblendeten Scheinwerfer warfen eine Flut von Helligkeit in die schwach beleuchtete Garage mit den gekachelten Wänden. Marilyn achtete nicht auf den silbergrauen Cadillac, der links im Dunkel einer Koje parkte; sie blickte nur den Scheinwerfern nach, deren Lichtkegel ein wäßriges Glitzern über die blauen Mauern huschen ließ.

»This is the coming of the age of Aquarius ...«

In dem Moment, als der Chor einsetzte, fielen die ersten Schüsse. Marilyn bekam einen betäubenden Schlag gegen das Ohr. Bevor sie begriff, daß es eine Kugel war, und bevor sie begriff, daß der süßliche Geschmack in ihrem Mund Blut war, traf sie eine zweite Kugel in den Hals und eine dritte in die Schulter. Sie ließ das Steuer los. Ihr rechter Fuß drückte das Gaspedal durch, und der Wagen schoß auf einen Pfeiler zu.

»Harmony and understanding«, sang die ekstatische Frauenstimme.

Der Hausmeister hörte die Schüsse im Foyer. Er hatte dort die Topfpflanzen gewässert und trug eben seine Geräte in den Lift, um sie wieder in den Keller zu bringen, da setzte das Feuer der Maschinenpistole ein. Der Liftschacht verstärkte das Geräusch. Das Haus hallte wider von den metallischen Detonationen der Einschläge.

Das nächste war ein wuchtiger Stoß, der den Boden erzittern ließ. Stille. Dann heulte ein Motor auf; mit kreischenden Reifen schoß ein Wagen aus der Garage.

Es war Freitag. Es war acht Uhr abends. Es war die Zeit, wo Senator Shannendy nochmals ins Büro kam. Der Hausmeister glaubte zu wissen, was passiert war.

Die Situation, die er in der Garage vorfand, bestätigte seinen Verdacht. Da stand der Mercedes von Chris Shannendy. Er hatte einen Pfeiler gerammt. Die Türe und das Fenster beim Fahrersitz waren von Schüssen durchlöchert.

Was sollte er bloß machen? Die Sicherheitsbeamten, die untertags das Gebäude bewachten, waren nicht mehr da. Lieutenant Karasek fiel ihm ein. Chris Shannendy hatte dem Hausmeister die Nummer von Lieutenant Karasek gegeben für Notfälle.

Sollte er vorher einen Blick in den zerschossenen Wagen tun? Der Mut dazu fehlte ihm. Er lief in seine Wohnung und rief den Lieutenant an.

Josef Karasek gehörte zu den jungen ehrgeizigen Beamten, die Chris Shannendy um sich geschart hatte, seit er General Attorney von New York war. Josef Karasek stammte aus einer tschechischen Einwandererfamilie, in der alle Männer, die schwindelfrei waren, den Beruf eines Ironworkers ausgeübt hatten. Das sind die Männer, die das Stahlskelett der Wolkenkratzer in die Höhe ziehen.

Nun, Josef Karasek war nur ein schlechtbezahlter Beamter, aber den Drang nach oben hatte auch er. Das verband ihn mit Chris Shannendy. Bei den Ermittlungen im Giftmüllskandal hatte er sich durch seine Intuition, seinen Mut und seine Ausdauer die Beförderung zum Lieutenant verdient. Mit Hilfe der *Flamingo*-Katastrophe hoffte er, das nächste Treppchen in seiner Karriere zu erklimmen.

Die Brutalität des Verbrechens signalisierte einen neuen Stil; in der bisherigen Geschichte der New Yorker Mafia hatte es keinen vergleichbaren Gewaltakt gegeben. Die Kämpfe waren zwischen den Männern ausgetragen worden; der familiäre Bereich hatte als absolutes Tabu gegolten.

Auch für die Polizei. Es existierte das ungeschriebene Gesetz, daß sie sich nicht in Familienfehden einmischte. Mit Taras Gefangennahme hatte Chris Shannendy dieses Gesetz aufs gröbste verletzt. Von seiten der älteren Semester im Präsidium waren eindringliche Warnungen laut geworden vor diesem Schritt; man hatte Racheakte der Mafia prophezeit. Karasek, ganz im Bann von Chris Shannendys Persönlichkeit, hatte diese Warnung als Schwarzmalerei abgetan. Seit dem Überfall auf die FBI-Wohnung war seine Sicherheit ins Wanken geraten. Da Taras Befreiung beim ersten Anlauf mißglückt war, mußte man mit weiteren Schritten rechnen ... Im Präsidium gab es bereits Stimmen, die forderten, das Hearing abzublasen oder zumindest an einem geheimen Ort abzuhalten.

Der Anruf des Hausmeisters erreichte Josef Karasek kurz nach acht Uhr. Er hatte sich gerade einen Becher Kaffee aus dem Automaten geholt und wollte eine kleine Pause machen. Den ersten überstürzten Worten des Hausmeisters entnahm er nur, daß es sich um eine Schießerei handelte, und er reagierte nicht sonderlich interessiert. Das änderte sich schlagartig, als er hörte, daß die Schießerei in der Tiefgarage des Shannendy Bürohauses stattgefunden hatte und daß Chris Shannendys Mercedes als Zielscheibe gedient hatte.

Drei Tage vor dem Hearing.

Für Josef Karasek gab es keinen Zweifel, wer den Anschlag gegen Chris Shannendy inszeniert hatte.

Es konnte nur Massimo Calese sein.

Ohne General Attorney kein Hearing.

Die New Yorker Mafia machte sich die Methoden der sizilianischen Mafia zu eigen.

Nach dem Anruf des Hausmeisters fuhr Josef Karasek sofort los, mit Blaulicht und Sirene. Unterwegs forderte er über Funk eine Ambulanz und einen Streifenwagen.

Chris Shannendy hatte sich nur wenig verspätet. Unmittelbar, nachdem der Hausmeister das Präsidium verständigt hatte, hatte er dagestanden und war wie ein Gespenst angestarrt worden. »Mister Shannendy, Sie ... Ihr Wagen ... es ist etwas Schreckliches passiert ...« Aus den wirren Reden des Hausmeisters konnte Chris Shannendy nur soviel entnehmen, daß mit seinem Wagen etwas los war. Hatte Marilyn einen Unfall gebaut? Er fühlte Zorn in sich aufsteigen.

Der Hausmeister, der neben ihm herlief, wiederholte immer wieder: »Ich dachte, es hätte Sie erwischt ...« Chris Shannendy beschleunigte seine Schritte. Da stand der Mercedes. Tatsächlich. Marilyn hatte einen Betonpfeiler gerammt. Die ganze Haube war verbeult.

Chris öffnete die Tür beim Fahrersitz.

Innen lag Marilyn. Ihr Kopf war seitlich zurückgefallen. Der helle Trenchcoat hatte sich geöffnet und gab die Beine frei. Man sah die durchsichtigen schwarzen Strümpfe, die eine Handbreit über dem Knie von einem Strumpfband gehalten wurden. Man sah die nackten Schenkel. Sie trug nichts unter dem Mantel.

Der Herrenhut saß verrutscht auf dem Kopf. Unter dem blonden Haar sickerte das Blut hervor, ein dunkles Rinnsal.

Der Einschuß am Hals war verdeckt durch den zerfetzten Mantelkragen. Die Blutflecken auf dem hellen Stoff des Trenchcoats wuchsen zusehends.

Die große leblose Puppe dort – Marilyn.

Es war absurd.

Die schwarzen Strümpfe, das Stück nackter Schenkel, der verrutschte Herrenhut, das zerschossene Ohr, aus dem Blut floß.

Er stand immer noch vor der offenen Wagentür, als Karasek mit seinem Wagen in die Garage fuhr. Dem Lieutenant erging es ähnlich wie zuvor dem Hausmeister. Er traute seinen Augen nicht, als er Chris Shannendy sah. Für einen Moment brach sein slawisches Temperament durch. Er warf die Arme hoch und rief: »Mann, Shannendy, ich sah Sie schon im Leichenschauhaus ... Der Hausmeister hat mir eine Schauergeschichte aufgetischt ...« Er verstummte, als er die leblose Frau im Innern des Wagens sah. Marilyn Mauvers. Er wußte von dem Verhältnis zwischen Chris Shannendy und dem ehemaligen Callgirl. Aber wie kam sie hierher? Und in diesem Aufzug?

»Saßen Sie auch im Auto?« fragte er Chris Shannendy.

»Nein«, war die einsilbige Antwort. Karasek wartete auf eine Erklärung, doch Chris Shannendy blieb stumm.

Auf der Straße hielt der Streifenwagen; fast gleichzeitig traf die Ambulanz ein. Der Hausmeister lotste die Fahrzeuge in die Tiefgarage. Es wurde laut. Um den Mercedes bildete sich ein Halbkreis von Männern. Alle starrten auf die halbentblößte Frau, die blutend auf dem Fahrersitz lag. Nur die Gegenwart von Chris Shannendy hinderte sie daran, dreckige Witze zu reißen.

Zwei Sanitäter trugen eine Bahre herbei. Der eine packte die Füße von Marilyn, der andere faßte die Revers des Trenchcoats. Ein schwarzer Pumps fiel zu Boden, der graue Herrenhut, dann lag sie auf der Bahre.

Chris Shannendy ertrug es plötzlich nicht mehr. Er drehte durch. »Wo ist der Arzt?« fuhr er die Sanitäter an. »Sie braucht sofort eine Bluttransfusion.« Die zwei Sanitäter wechselten einen Blick. Sah dieser Mann nicht, daß hier keine Bluttransfusion mehr half?

Ein junger Mann in weißem Mantel trat vor. »Ich bin der Arzt.«

»Sie muß sofort ins Krankenhaus. Man muß sie operieren. Man muß sie retten.«

Der junge Arzt kniete sich wortlos neben die Bahre.

»Tun Sie doch etwas«, herrschte Chris Shannendy ihn an.

Der junge Arzt legte die Hand über Marilyns Stirn und drückte ihr die Augen zu. »Es ist zu spät.«

Chris Shannendy preßte die Lippen aufeinander und senkte den Kopf. Es dauerte eine Weile, bis er bereit war, die Worte des Arztes zu akzeptieren.

Marilyn war tot.

Ihr rechter Arm hing schlaff zu Boden. Chris Shannendy hob ihn auf und legte ihn über den Körper. Dann zog er die graue Decke über ihre entblößten Beine.

Die Sanitäter hoben die Bahre auf und trugen sie weg. Als sie die Bahre in den Ambulanzwagen schoben, fiel der zweite schwarze Pumps zu Boden.

Mittlerweile waren auch die Leute von der Spurensicherung eingetroffen. Sie fotografierten, sie nahmen Fingerabdrücke, sie untersuchten eine Reifenspur am Boden. Der Ballistiker studierte die Einschläge in der Karosserie.

Die Ambulanz stand noch immer da; der junge Arzt hatte ein Formular aus dem Wagen geholt und wollte von Chris Shannendy Angaben zu der Person der Toten. »Ist sie Ihre Frau?«

»Nein«, und plötzlich schroff: »Was geht Sie das an?«

»Ich brauche den Namen für den Totenschein.«

Chris nahm dem Arzt das Formular aus der Hand. Er benützte den Kühler des Ambulanzwagens als Unterlage und schrieb in die Namensspalte UNBEKANNT. Dann drückte er dem Arzt das Formular in die Hand. »Sobald die Polizei herausfindet, wer die Frau ist, wird man Sie verständigen.«

Chris Shannendy blickte dem Ambulanzwagen nach, der in der Ausfahrt verschwand. Eigentlich hätte er es sein sollen, der in diesem Wagen lag. Der Anschlag hatte ihm gegolten.

Die Kreise werden enger, dachte er.

Zuerst der Überfall auf die FBI-Wohnung.

Und jetzt das. Wo würden sie ihm das nächstemal auflauern?

Lieutenant Karasek stand mit dem Hausmeister zusammen. »Wo waren Sie, als es passierte?«

»Ich war im Foyer. Ich hatte den Pflanzen Wasser gegeben und räumte meine Geräte in den Lift, um sie in den Keller zu bringen. Plötzlich ging es los. Maschinenpistolen ...«

»Sie haben vorher nichts Verdächtiges gehört?«

»Im Foyer hört man nur die Park Avenue.«

»Und nachher?«

»Nachher war alles vorbei. Ich sah das zerschossene Auto und dachte, jetzt hat es Mister Shannendy erwischt.«

Chris hatte sich zu den beiden gesellt und sagte: »Glück muß man haben.«

Josef Karasek nickte. »Sie haben verdammt viel Glück gehabt, ein bißchen weniger, und Sie lägen jetzt in der Gerichtsmedizin. Ein ziemlich unbequemes Nachtlager.«

Chris Shannendy lachte. Er hatte sich gefangen. Sein Kopf funktionierte wieder. Er nahm Karasek beiseite. »Das Wichtigste ist im Moment, daß die Öffentlichkeit nichts erfährt. Was hier passiert ist, muß streng geheim behandelt werden.«

Er sprach nur aus, was auch Karasek vorgeschlagen hätte.

»Im Moment haben wir Vorsprung«, fuhr Chris Shannendy fort. »Massimo Calese glaubt, er hat mich erledigt. Gut so. Also, es darf nichts heraus, nichts.«

»Wie lange wollen Sie die Nachrichtensperre durchhalten?« fragte Karasek.

»Bis Sonntag. Abends geben wir ein Bulletin heraus. Es sollte sehr allgemein gehalten sein. Ein Anschlag auf das Leben von General Attorney Shannendy, und so weiter ... Sie verstehen. Keine Details. Den genauen Wortlaut sprechen wir noch durch.«

Josef Karasek verstand. Der Name von Marilyn Mauvers durfte nicht auftauchen.

Einen Moment lang herrschte Schweigen. Die nächste Frage stellte Chris Shannendy. »Haben Sie hier noch zu tun?«

»Eigentlich nicht.«

»Ich komme mit Ihnen ins Präsidium – ich muß noch einen Haftbefehl ausstellen.«

»Massimo Calese?«

»Ja – und Sie werden ihn verhaften, noch heute.«

New York

Sonntag, 21. September 1986

Tara lag angezogen auf dem Bett. Sie wartete, sie lauschte. Um irgend etwas zu tun, beobachtete sie die grüne Digitalschrift am unteren Rand des Radios. *September* 86, *Sunday*, 21, 21.20 stand dort. Die dritte 21 kam und kam nicht. Die Zeit war stehengeblieben.

Chris Shannendy hatte ihr das Untersuchungsgefängnis erlassen und sie »privat« untergebracht, in einem »Zimmer mit Fenster und Bad«, wie er es ihr angepriesen hatte. Das Fenster ließ sich öffnen, aber es lag im siebten Stock und eignete sich nicht als Fluchtweg. Die Tür war verschlossen und bewacht.

Sie war eine Gefangene. Insgesamt hatte Chris Shannendy sieben Wachen zu ihrem »Schutz« aufgeboten. Einer in der Wohnung, je zwei in einem Wagen vor dem Haus und vor der Garage, je einer beim Lift.

Sie fand diesen Belagerungszustand lächerlich. Sie wußte, daß ihr Vater sie hier herausholen würde, selbst wenn dreimal soviel Wachtposten aufgestellt wären. Seit sie hier war, wartete sie auf den Moment, wo die Männer ihres Vaters in die Wohnung eindringen würden, um sie zu befreien.

Der Raum, in dem sie ihre »private Schutzhaft« verbrachte, war ein Schlauch, der vollgestopft war mit Möbeln: ein Doppelbett mit klobiger Holzumrandung, ein dreiteiliger Schrank, in dessen Mitteltür ein ovaler Spiegel eingelassen war, eine Kommode, auf der, sortiert und gebündelt, alte Jahrgänge einer Anglerzeitschrift gestapelt waren.

Das graugelbe Streifenmuster der Tapete machte den Raum noch enger; der Boden war bedeckt mit einem senffarbenen Spannteppich; der Vorhang aus grobem Netzgewebe war steif von Staub und Schmutz.

Da – endlich sprang die Uhr auf 21.21.

Tara erhob sich und ging zum Fenster. Unten lag die Third Avenue. Der Verkehr floß ruhig. Unter den geparkten Wagen stand der dunkelblaue Ford, in dem die FBI-Wachen saßen. Wie brachten diese Männer die Zeit herum? Lasen sie? Spielten sie Karten? Wußten sie überhaupt, wen sie bewachten?

Bald war sie drei Tage hier. *Friday, September* 19, 00.40 hatte die Digitalschrift des Radios gezeigt, als sie diesen Raum betreten hatte. Das war das Ende der langen Nacht von Donnerstag auf Freitag gewesen, der langen Nacht mit Chris Shannendy. Die Erinnerung daran war ein Splitterwerk, und sie selbst war das Kaleidoskop, in dem diese Splitter herumfielen. Sie ergaben kein schönes Muster, sie paßten nicht zusammen.

Sie traute sich selbst nicht mehr. Was sie dachte, war ihr fremd. Was sie fühlte, war ihr unheimlich.

Nichts ergab mehr einen Sinn.

Auch der Ort, an dem sie sich befand, ergab keinen Sinn. Die Wohnung gehörte Lou Meller.

Chris Shannendy nannte ihn Major Meller. Als er den Namen das erstemal fallen ließ, hatte Tara nicht darauf geachtet. Erst durch seine nächste Bemerkung war sie stutzig geworden. »Sie kennen Major Meller, er ist ein Freund Ihres Vaters, das heißt, Ihr Vater hält ihn für einen Freund. In Wirklichkeit hat er Ihren Vater seit Jahren im Auftrag des FBI beschattet. Major Meller hat eine Wohnung in der Third Avenue. Dorthin bringe ich Sie. Dort sucht Ihr Vater Sie nicht. Und falls er doch auf die Idee kommen sollte, wird er kein Glück haben, ich werde das Haus und die Wohnung rund um die Uhr bewachen lassen. Das sind Sie mir wert.«

Das war in der Nacht von Donnerstag auf Freitag gewesen, während der Fahrt von Chris Shannendys Büro hierher in die Third Avenue.

Im Büro von Chris Shannendy waren sie einfach nur ein Paar gewesen, ein Mann und eine Frau, die sich liebten; sobald sie das Büro verlassen hatten, waren sie wieder zu Fremden geworden, der General Attorney Chris Shannendy und Tara Calese, seine Gefangene.

Zum zweitenmal in dieser Nacht hatte sie von Chris Shannendy die Worte gehört: »Vergessen Sie, was eben geschehen ist ...«

Was für ein Mensch war dieser Chris Shannendy eigentlich? Wieder und wieder stellte sie sich diese Frage.

Sie machte Licht. Auf dem Tisch stand eine Flasche Mineralwasser und ein Glas. Sie trank ein paar Schlucke. Über der Kommode hingen Familienfotos der Mellers. Das Hochzeitsbild zeigte Lou Meller in der Uniform eines Navy Officer. Ein knorriger Mann mit dem ehrlichsten Gesicht der Welt; neben ihm ein junges blondes Ding, das ihn verliebt anhimmelte. Auf einem anderen Bild war Lou Meller in Zivil und hatte auf jedem Arm ein kleines Kind. Dann eine Familienszene beim Baden, Sohn und Tochter bereits halbwüchsig; schließlich die Familie vor dem Farmhaus.

Von der Straße her klang das Geräusch eines scharf bremsenden Wagens herauf. Tara lief zum Fenster. Die Wachen lösten sich ab. Die Männer, deren Dienst zu Ende war, wechselten noch ein paar Worte mit den neuen Posten. Tara konnte die Gesichter nicht erkennen. Einer sprach in ein Funkgerät.

Sie dachte daran, daß die Männer, die das erste FBI-Versteck ausgehoben hatten, als Streifenpolizisten gekleidet gewesen waren. Würde ihr Vater diesmal mit dem gleichen Trick arbeiten? Egal wie er es machte, nur herausholen sollte er sie.

Lou Meller hörte über Funk die Ablösung der Wachen mit. Sie rissen blöde Witze und alberten wie Schuljungen.

»Hören Sie uns da oben?« sprach ihn jetzt einer an.

»Ja, was gibt's?«

»Einen schönen Gruß an Major Meller. Sein Täubchen steht am Fenster. Er soll aufpassen, daß es nicht davonfliegt.« Allgemeines Lachen.

Meller drückte den Ton weg. Schlagfertigkeit war nicht seine Stärke. »Haben Sie sonst noch einen guten Rat für Major Meller?«

»Das nicht – nur einen Freiwilligen könnten wir ihm anbieten. Falls der Major ein Stündchen schlafen will, haben wir hier einen, der behauptet, er hätte das Diplom als Täubchenbewacher.«

Lou Meller hätte nicht sagen können, was ihn mehr anwiderte, seine eigene schlechte Laune oder die gute Laune der Männer da unten. Er gab sich einen Ruck. »Major Meller bedauert, er hat keinen Bedarf an Freiwilligen. Alles was er braucht, ist Nachschub von Zigaretten. Ein Päckchen Camel, wenn's geht.«

»O. k., dem Major kann geholfen werden. Ein Spezialkurier setzt sich sofort mit dem Nachschub in Bewegung.«

Lou Meller stand auf und stopfte das Hemd in die Hose. »Major Meller«, murmelte er. Die Männer mochten ihn. Gut, daß sie zu simpel waren, um zu sehen, was hier eigentlich vorging. Sie glaubten, der Belagerungszustand galt dem Mädchen. Gut so. In Wirklichkeit war es anders. Es gab zwei Gefangene hier oben, Tara Calese und Major Meller.

Mit einem einzigen Zug hatte Chris Shannendy ihn matt gesetzt. »Das ist Ihr letzter Auftrag, Major«, hatte Chris gesagt. »Sobald das Hearing am Montag vorbei ist, sind Sie ein freier Mann.«

Chris Shannendy traute ihm nicht mehr.

Chris Shannendy gab ihm einen Tritt.

Ob die Tonbänder ihn retten konnten?

Vor der Willkür von Chris Shannendy – ja.

Vor dem Arm der Mafia – nein.

Es klingelte an der Wohnungstür. Für den kurzen Moment, in dem er öffnete und die Zigaretten entgegennahm, straffte er sich und wurde der Major Meller, wie die Männer ihn kannten, wortkarg, knorrig, der Inbegriff des Navy-Helden. Er riß die Zigarettenpackung auf und zündete sich eine an. Sie schmeckte ihm nicht, nach ein paar Zügen drückte er sie wieder aus. Er hatte zuviel geraucht in den letzten Tagen, fast ununterbrochen, die Zunge war belegt, der Gaumen ausgetrocknet.

Der Geruch von kaltem Rauch und Essen hing in der Wohnung. Er hatte wieder mal vergessen, den Abzug über dem Herd einzuschalten, bevor er die Steaks briet. Major Meller als Koch. Er, der so oft in Sunset Hill Gast am Tisch der Caleses war – er stand jetzt zweimal am Tag in der Küche und machte Essen für sich und Tara.

Sie aßen in der kleinen unaufgeräumten Küche. Der Fernseher auf dem Eisschrank lief mit abgestelltem Ton, und sie machten Konversation. Die Themen waren das Wetter, Mellers Farm in Arizona und seine Kochkünste. Taras Benehmen war ruhig und wohlerzogen, nur daß jedes ihrer Worte, jeder Blick, jede Geste ihm sagten: Ich verachte dich.

Seine Versuche, sich vor ihr zu rechtfertigen, hatte sie jeweils im Keim erstickt; kaum wollte er zu einer Erklärung ansetzen, war sie ihm ins Wort gefallen: »Was Sie getan haben, ist eine Sache zwischen Ihnen und meinem Vater. Gehen Sie zu ihm. Rechtfertigen Sie sich vor ihm, wenn Sie können, aber Sie wissen so gut wie ich, das ist unmöglich. Also ersparen Sie mir Ihre Lügen.«

Tara Calese. Als er sie das erstemal gesehen hatte, war sie zehn oder elf gewesen. In einem rotweißen Jockey-Dress war sie über die Terrasse von Sunset Hill gekommen, eine kleine Reitgerte in der Hand, ein Mädchen, das nichts anderes als Pferde im Kopf hatte und für die Männer, wie ihr Vater und Major Meller, die Billard spielten und fischen gingen, alte Opas waren.

Bei dem gefährlichen Spiel, das er mit Massimo trieb, hatte er an alle erdenklichen Faktoren gedacht, die eines Tages zu seiner Entdeckung führen könnten – nur mit Tara hatte er nie gerechnet.

Meller war nicht der Mann, der sich leicht geschlagen gab. Noch war die Partie nicht zu Ende. Er stand unter der Tür des Raums, wo er schlief und arbeitete. Das Bett wurde nur einmal in der Woche gemacht, wenn die Putzfrau kam; den Couchtisch bedeckten volle Aschenbecher, leere Bierdosen und zerfledderte Zeitungen. In der Nische neben der Tür zum Büro stand der alte Kassenschrank. Dort lagerten die Tonbänder von den Gesprächen mit den Informanten. Er hatte genau Buch geführt, mit Datum und Anlaß, so daß er den gewünschten Fall mit einem Handgriff herausfischen konnte.

Ähnlich verhielt es sich mit den Mikrobändern, die er im Laufe der Jahre von den Gesprächen mit Milton Shannendy und Chris Shannendy gemacht hatte. Aus Sorge, er könnte versehentlich etwas löschen, hatte er für jedes Treffen ein neues Mikroband verwendet.

Jedes Band ist pures Gold, hatte er sich gesagt, wenn er sie – mit Datum und Codewort versehen – dem sicheren Dunkel des Kassenschranks anvertraut hatte. Eines Tages würden die Shannendys sehr viel Geld hinlegen müssen, um ihre eigenen Stimmen zum Schweigen zu bringen.

Meller hatte auf diese Bänder gebaut, wie auf eine Lebensversicherung. Je länger er wartete, sie einzulösen, so hatte er gedacht, um so größer würde die Summe sein, die man ihm eines Tages auszahlte. Warum hockte er eigentlich seit zwei Tagen am Arbeitstisch und machte sich die Mühe, die vielen Mikrobänder auf normale Bänder zu überspielen und dann im zweiten Arbeitsgang eine konzentrierte Fassung der entscheidenden Gesprächsteile herzustellen?

Wollte er noch einmal das Gefühl zynischer Überlegenheit auskosten, das er in den Stunden empfunden hatte, als die Bänder entstanden?

Machte er Bilanz?

War es Selbstquälerei? Oder nur der Wunsch, Ordnung zu machen? So oder so, es war sinnlos, es war zu spät. Die Bänder hatten keinen Wert mehr.

Gedankenlos zündete er sich eine Zigarette an, setzte sich vor die Tonbandanlage und verfiel ins Brüten. Nie zuvor hatte er seine Arbeit für die Shannendys moralisch bewertet. Die Shannendys waren die Auftraggeber gewesen und er der Macher. Beim stundenlangen Abhören und Schneiden der Bänder hatte er die Geschehnisse von Sunset Hill und vom Yankee Yacht Club noch einmal gerafft erlebt.

Und plötzlich wirkte der alte Navy-Spruch, daß ein Soldat das tut, was man ihm befiehlt, nicht mehr. Er fühlte sich schuldig, er hatte ehrlos gehandelt. Aber die Zeiten, in denen Officers sich aus verlorener Ehre eine Kugel in den Kopf jagten, waren vorbei. Wenn die Shannendys mit ihrer Schuld leben konnten, warum, verdammt noch mal, sollte er sich verrückt machen.

Lou Meller kehrte zu einer nüchternen Betrachtungsweise der Lage zurück. Nach der *Flamingo* war ihm die Sache über den Kopf gewachsen. Der mißlungene Anschlag hatte eine Kettenreaktion ausgelöst: Chris Shannendys Forderung, daß Massimo fallen müßte, die Entführung von Tara Calese, das überstürzt anberaumte Hearing. Und dann, völlig unerwartet, die Gegenschläge von Massimo. Der Überfall auf die FBI-Wohnung und einen Tag später das Attentat auf Chris Shannendy.

Das Tempo und die Brutalität der beiden Mafia-Anschläge gab Lou Meller zu denken. Wenn ein Mann wie Massimo Calese zu solchen Methoden griff, konnte das zweierlei bedeuten: Es war ihm gelungen, das Shannendy-Meller-System anzuzapfen, und er war genau informiert, oder die Entführung von Tara hatte ihn so in Rage versetzt, daß er Amok lief.

Im Präsidium gab es Stimmen, die Ugo Fillipi als Anstifter der beiden Aktionen vermuteten. Eine absurde Theorie. Massimo Calese und Ugo Fillipi waren Todfeinde. Außerdem gab es keine Beweise dafür, daß sich Ugo Fillipi in New York aufhielt.

Wie auch immer, der Instinkt sagte Lou Meller, die Serie der Gewalttaten war noch nicht zu Ende. Es würde weitergehen. Die Frage war nur, wann und wo.

Folgerichtig, hier, in der Third Avenue.

Vielleicht waren sie schon im Haus.

Vielleicht warteten sie in der Wohnung nebenan.

Vielleicht zerriß im nächsten Moment eine Bombe die Wand hinter dem Bett dort.

Wieviel Zeit habe ich noch, fragte er sich, und Fluchtpläne schwirrten ihm durch den Kopf.

Warum packe ich nicht meine Sachen und tauche unter. Diese Wohnung ist eine Falle. Ganz New York ist eine Falle. Wenn ich die Bänder der Shannendys bei mir habe, brauche ich mir keine Geldsorgen zu machen. Alle sechs Monate schicke ich Milton Shannendy ein Stückchen Band und kassiere 50 000 Dollar.

Ein Leben auf der Flucht?

Ein Leben als Erpresser?

Er, Major Meller, der ein Leben lang stolz darauf war, auf der richtigen Seite zu stehen?

Plötzlich bewegten sich seine Gedanken mit dem sicheren Schritt eines Menschen, der weiß, was er zu tun hat.

Die Tonbänder. Er würde die Tonbänder löschen, jetzt, in dieser Stunde. Das war er sich selber schuldig. Wenn es ihm bestimmt war zu fallen, dann als ein Mann, der immer das Richtige getan hatte.

Beim Zusammenschneiden auf die wesentlichen Passagen war das Material geschrumpft und hatte auf zwei Bändern Platz. Eines davon steckte noch im Apparat; es handelte sich um das Gespräch mit Chris Shannendy vom 27. Juli 1986 auf der Motorjacht *Rising Star*. Er wollte es noch einmal hören, bevor er es löschte.

Das Band lief ohne Ton an; erst als das Zählwerk die Ziffern 527 zeigte, stellte er auf Wiedergabe:

»Das Fest interessiert mich nicht ...« Die Stimme von Chris Shannendy klang jungenhaft, unbekümmert. »... mich interessiert nur die Yacht der Familie Fillipi. Sind Sie sicher, daß die Fillipis auf der Yacht heimfahren? Sie müssen auf dem Schiff sein, wenn die Bombe explodiert. Ein kaputtes Schiff allein genügt mir nicht.«

Die Stimme hatte die Frische eines Sommertages an der Atlantikküste. Und der Mann hatte die Skrupellosigkeit eines Kindes, das die ganze Welt für einen Spielzeugladen hält, der seinem Daddy gehört.

Lou Meller drehte den Ton lauter. Er wollte die Stimme von Chris mit der Kraft hören, die sie damals im Innern der Yacht gehabt hatte: »Der 4. September ist ein Donnerstag, das ist ausgezeichnet, dann haben es die Samstagszeitungen. Ich sehe schon die Schlagzeilen: *Mafia-Massaker, Mafiafamilie explodiert mit der eigenen Yacht*. Das wird die Öffentlichkeit aufrütteln. Wir brauchen gute Bilder. Haben Sie daran gedacht?« Ein Räuspern, und dann hörte Meller seine eigene Stimme, leicht belegt. Die Worte kamen zögernd, fast mundfaul: »Bei dem Verlobungsfest sind auf jeden Fall Fotografen.« Und wieder Chris Shannendy: »Schon, aber die Yacht darf nicht zu weit weg sein, wenn sie in die Luft fliegt, Sie verstehen. Ich war von Anfang an für Fernzündung. Nur mit Fernzündung kann man den Ort bestimmen, an dem es passiert.«

Lou Meller drehte die Lautstärke noch etwas auf. Jetzt bekam auch seine Stimme etwas Entschiedenes. »Wenn Sie meine Meinung interessiert, wir sollten das Ganze abblasen, das Risiko ist zu groß.« Ein zorniges Lachen. »Abblasen – Sie sind verrückt.«

*

Tara saß auf dem Bett. Sie hatte die Tür zum Bad geöffnet. Der Entlüftungsschacht übertrug die Geräusche aus der Wohnung. Sie hörte, wenn Meller in der Küche Wasser laufen ließ, sie hörte, wenn er leere Bierdosen in den Mülleimer warf.

Da – eine Männerstimme, gleich nebenan. Sie sprang auf und lief zur Tür. Die Stimme wurde lauter, kam näher. Die Befreier.

Endlich waren sie da.

Tara schlug mit der Faust gegen die Tür und rief laut: »Hierher. Ich bin hier.«

Draußen wurde es still.

Tara trommelte mit beiden Fäusten gegen die Tür. »Ich bin hier. Holt mich heraus.«

Warum zögerten sie? Was war los? Sie geriet außer sich und schlug wild gegen die Tür. »Hier bin ich! Hier!«

Schritte kamen näher, der Schlüssel drehte sich und Meller stand vor ihr. »Was ist los? Was haben Sie?«

Sie stieß Meller zur Seite und rannte aus dem Zimmer. »Hallo, hier bin ich. Hallo ...« Sie lief durch den Flur und riß jede Tür auf. Die Küche, der Wohnraum, das Büro, leer, nirgends ein Mensch.

Sie drehte durch. Sie stürzte sich auf Meller und packte ihn an den Armen. »Wo sind sie? Hier waren Männer. Ich habe sie eben noch gehört. Wo sind sie jetzt?«

Meller begriff. »Was Sie gehört haben, war ein Tonband.«

»Sie lügen.« In Taras Augen kam ein Ausdruck irrer Wut. »Die haben sich von Ihnen einschüchtern und wegschicken lassen? O nein, das darf nicht sein.« Sie ließ Meller los, machte schwankend einen halben Schritt. Es sah aus, als würde sie das Gleichgewicht verlieren. Dann plötzlich, ging sie mit geballten Fäusten auf die Wand los und schlug darauf ein. »Warum kommen sie nicht! Warum holen sie mich nicht heraus hier! Haben sie Angst vor den paar Wachen?«

Der Schmerz in ihren Fingergelenken brachte sie zur Besinnung. Sie ließ die Arme sinken, drehte sich langsam um und blieb mit geschlossenen Augen an die Wand gelehnt stehen.

Meller wußte, im Moment hatte es keinen Sinn mit ihr zu reden; er mußte ihr etwas Zeit lassen. Er ging in die Küche. Auf dem Tisch stand noch das schmutzige Geschirr vom Abendessen. Er räumte es zusammen und stellte es in die Spüle. Während das heiße Wasser einlief, rief er in den Flur: »Sie haben die Nachspeise stehen lassen. Der Apfelkuchen ist eine Spezialität meiner Frau. Er wird Ihnen schmecken.«

Taras Wut war verraucht; sie fühlte sich ausgepumpt, den Tränen nahe. Durch die offene Küchentür sah sie Meller hantieren. Sogar bei der Hausarbeit rauchte er. Jetzt legte er die Zigarette am Herd ab und krempelte die Ärmel des blauen Hemdes bis zum Ellbogen auf. Während er das Geschirr zusammenstellte, machte er hin und wieder einen Zug an der Zigarette.

Am Ende des Flurs lag ihr Zimmer. Auch dort stand die Tür offen. Sie wünschte, sie hätte so viel Stolz aufgebracht, in ihr Zimmer zurückzukehren, doch sie zog es vor, in die Küche zu gehen und Meller zu helfen.

Als sie fertig waren, sagte Meller: »Immer noch keine Lust auf Apfelkuchen? Es ist mein letztes Angebot, sonst verdrücke ich alles selber.«

»Machen wir halbe-halbe«, schlug Tara vor.

»Das ist ein Wort.« Er öffnete den Kühlschrank. »Eine Cola?«

»Lieber ein Glas Milch.«

Während Meller die Milchpackung aufschnitt, fiel ihm ein, daß er heute noch keine Nachrichten gesehen hatte. »Machen Sie mal den Fernseher an«, bat er Tara.

Der kleine Portable hatte eine schlechte Bildqualität, grobkörnig und rotstichig. Der Nachrichtensprecher war bereits bei den letzten Meldungen angelangt: »Im Dockerstreik haben sich die Fronten verhärtet. Die Gewerkschaft beharrt auf einer Lohnerhöhung von sieben Prozent ...«

Lou Meller stellte Tara das Glas Milch hin und zündete sich eine neue Zigarette an.

Auf dem Bildschirm wurde das Foto eines Mannes eingeblendet, und der Sprecher kommentierte: »Wie die New Yorker Staatsanwaltschaft erst heute bekannt gab, erfolgte am Freitagabend die Verhaftung eines der New Yorker Mafia-Bosse. Sein Name ist Massimo Calese. Er steht unter dem Verdacht, verantwortlich zu sein für das fehlgeschlagene Attentat, das am Freitagabend auf Senator Chris Shannendy in der Tiefgarage seiner Kanzlei verübt wurde.« Das Foto von Massimo Calese verschwand, und ein anderes wurde eingeblendet. Es zeigte einen Mercedes mit durchlöcherter Wagentür und verbeulter Kühlerhaube. »Aus Sicherheitsgründen wurde der Anschlag bisher geheimgehalten. Senator Shannendy, der dem Anschlag durch einen glücklichen Zufall entging, äußerte die Vermutung, die Gewalttat stünde in direktem Zusammenhang mit dem Hearing von Massimo Calese, das für morgen angesetzt ist.«

Das letzte Foto zeigte Chris Shannendy mit zerzaustem Blondschopf und jungenhaftem Lächeln. »Die nächsten Nachrichten bringen wir um 24 Uhr. Wir wünschen Ihnen weiterhin einen schönen Abend.«

Tara hatte sich gesetzt. Sie stützte die Arme auf den Tisch und legte das Gesicht in die Hände. So verharrte sie. Eine Minute verstrich, eine zweite.

Lou Meller beobachtete sie gebannt. Sie wirkte wie versteinert. Alles Leben schien aus ihr gewichen. Gegen seinen Willen rührte ihn diese stumme, reglose Gestalt.

Ein tiefer Atemzug ging durch Tara, fast ein Stöhnen, dann hob sie den Kopf und sagte: »Auch wenn er ein Verbrecher ist – er ist mein Vater.« Ihr Blick ging zu Meller. »Sie kennen ihn seit vielen Jahren. Warum wurde er so? Ich glaube nicht, daß er immer so war. Er war nicht immer ein Verbrecher. Was hat ihn dazu gemacht? Sie wissen es, sagen Sie es mir.«

Meller wich ihrem Blick aus und starrte zu Boden. Langsam, aber unaufhaltsam kamen Worte von Taras Lippen. »Wann hat es begonnen ... Wann wurde mein Vater ein Krimineller ... Wann wurde er zum Mörder ... Sagen Sie es mir ... Schonen Sie mich nicht ... Hat es mit dem Mord an Mauro Fillipi begonnen ... oder schon früher ... Ich muß es wissen, ich habe ein Recht darauf. Ich bin seine Tochter ... Eines Tages werde ich Söhne haben, und ich werde an ihnen Züge meines Vaters entdecken ... Verstehen Sie, ich muß wissen, was für ein Mensch mein Vater ist ... Niemand kennt ihn so gut wie Sie ... Warum hat er all diese schrecklichen Dinge getan ... Was hat ihn dazu getrieben ... Ich verstehe das alles nicht ... Warum ist er der Mann geworden, der er heute ist, ein Mörder, ein Krimineller ... Warum? Geben Sie mir Antwort, bitte ... Sie kennen die Antwort ...«

Tara redete weiter und weiter, immer die gleichen Fragen. Manchmal sank ihre Stimme zu einem Flüstern ab. Sie verstummte nur, um Atem zu holen.

Es war keine Anklage gegen ihren Vater und keine Anklage gegen Meller. In ihrem Blick, der Meller immer wieder suchte, war nichts mehr von der eisigen Verachtung, die sie ihm bis dahin entgegengebracht hatte.

Er legte die Hand auf ihre Schulter. »Kommen Sie, es ist spät. Sie haben morgen einen anstrengenden Tag vor sich. Das Hearing kann viele Stunden dauern.«

Tara stand auf und machte einen Schritt auf Meller zu. Eine jähe Veränderung ging mit ihr vor. Die Sicherheit fiel von ihr ab, sie wirkte hilflos und verzweifelt.

Sie blickte Meller direkt in die Augen. »Ich gehe nicht zu diesem Hearing.«

Meller kannte sie inzwischen gut genug, um zu wissen, das war keine leere Drohung. Sollte er sie an Lansky erinnern und damit zur Vernunft bringen? Oder war es besser, diesen Trumpf aufzusparen?

»Nach dem Hearing sind Sie frei«, sagte er vorsichtig, »denken Sie daran.«

»Niemand kann mich zwingen, gegen meinen Vater auszusagen. Was soll ich überhaupt sagen ... ich weiß nichts. Sie wissen viel besser Bescheid über meinen Vater. Sie haben ihn seit Jahren beschattet. Warum treten Sie nicht als Zeuge auf ... Ist das gegen die Spielregeln des FBI ...« Sie brach ab und blieb eine Weile stumm. Dann trat sie dicht vor Meller und griff hilfesuchend nach seiner Hand. »Ich muß zu meinem Vater ... Ich muß mit ihm sprechen ... Bitte, bringen Sie mich zu ihm, bitte ... Es ist mir egal, ob er schuldig ist ... Ich bin seine Tochter ... Ich liebe ihn ... Er braucht mich ... Vielleicht kann ich ihm helfen ...«

Meller umschloß ihre Hand und sagte mit Wärme: »Die Nachricht von seiner Verhaftung hat Sie verstört, das ist verständlich ... Glauben Sie mir, so eine Verhaftung ist nicht das Ende der Welt ... Sie müssen jetzt schlafen, Sie brauchen morgen beim Hearing einen klaren Kopf und gute Nerven ... Kommen Sie ...« Er wollte den Arm um sie legen, doch Tara trat schnell zur Seite und entzog sich der Berührung. Schweigend ging sie in ihr Zimmer zurück.

Meller blieb an der Tür stehen. Es drängte ihn, Tara die Wahrheit zu sagen: Ihr Vater ist kein Mörder, er hat Mauro Fillipi nicht umgebracht und er hat die *Flamingo* nicht in die Luft gesprengt. Eine sentimentale Anwandlung, die er rasch wieder unter Kontrolle hatte. Wahrheiten dieser Art waren Dynamit. Man mußte sie fest unter Verschluß halten, sonst flog man damit selbst in die Luft.

Tara bedeutete eine Aufgabe, die Chris Shannendy ihm gestellt hatte. Er sollte sie bis zum Hearing bewachen. Genau das würde er tun und sonst nichts. »Morgen nach dem Hearing sind Sie frei ... Daran sollten Sie denken vor dem Einschlafen. Sie sind jung ... Sie werden diese Dinge bald vergessen haben ... In der Jugend vergißt man leicht ... Vor Ihnen liegt noch das ganze Leben ...« Die Worte kamen ihm heuchlerisch vor, und er verstummte.

Tara hatte den Kleiderschrank geöffnet. Sie nahm einen Bügel heraus, an dem ein schwarzes Kleid hing. »Gehört das Ihrer Frau?«

Meller war erleichtert über diese Wendung zum Sachlichen. Er kam ins Zimmer und trat neben Tara vor den Schrank. Seine Frau war so lange nicht mehr in New York gewesen, daß er die Kleider, die hier hingen, vergessen hatte. Es waren nicht viele, ein Hellblaues für den Sommer, ein graues Gabardinekostüm, ein Wintermantel. Und dann eben dieses schwarze Kleid. Es war aus Georgette, hatte einen weiten Rock und ein enganliegendes Oberteil mit schmalen Ärmeln und einem spitzen, ziemlich tiefen Ausschnitt.

»Ich brauche was für das Hearing«, hörte er Tara sagen. »Seit zehn Tagen bin ich in diesen Jeans und in dem weißen Hemd. Alles ist verdreckt. Und das schulterfreie Ding geht auch nicht. Wenn Sie einverstanden sind, würde ich gerne das schwarze Kleid anziehen, ich habe es schon probiert, die Größe stimmt ungefähr.«

Tara stand vor dem ovalen Spiegel. Sie hielt das Kleid vor sich hin und raffte es in der Mitte zusammen.

Meller nickte. »O.k.« Die Vorstellung, daß Tara in diesem Kleid beim Hearing erscheinen würde, berührte ihn seltsam.

Erinnerungen und Bilder, die er tief in sich verschlossen hatte, stiegen auf. Zunächst undeutlich wie Nebelgebilde. Doch dann formte sich ein Bild von scharfgezeichneter Deutlichkeit. Vor dem hellen Hintergrund eines Sommertags stand eine Gruppe schwarzgekleideter Menschen. Die Männer hatten schwarze Zylinder in der Hand, die Frauen waren schwarz verschleiert. Sie standen um ein frisches Grab. Man hatte eben den Sarg von Diana Calese in die Erde gesenkt. Der Pfarrer sprengte mit einem Palmwedel geweihtes Wasser in die Grube und murmelte ein Gebet. Dann griff er zur Schaufel und warf Erde auf den Sarg. Die Reihe der Angehörigen wurde von der alten Mariannina Calese angeführt. Ihr folgte die 14jährige Tara. Sie hatte weiße Rosen in der Hand. Sie kniete sich vor dem Grab auf die Erde und beugte sich nach vorne. Sie sah aus, als würde sie der toten Mutter einen letzten Gruß zuflüstern, dann erst ließ sie die weißen Rosen eine nach der anderen fallen.

Meller hatte mit seiner Frau etwas abseits gestanden. Sie hatte das schwarze Kleid getragen, das Tara jetzt vor sich hinhielt.

In jener Stunde auf dem Friedhof von Terrytown hatte Lou Meller sich geschworen kehrtzumachen. Doch der Schwur war nur eine Gefühlsanwandlung gewesen, mit der er seine Schuldgefühle beschwichtigt hatte.

Kehrtmachen? Jetzt war es zu spät.

Oder doch nicht?

Noch waren da die Bänder, und noch waren sie nicht gelöscht.

Sein Blick ging zu Tara. Sie sollte wissen, daß ihr Vater kein Verbrecher war, kein Mörder. Er würde ihr die Bänder vorspielen, bevor er sie löschte.

Er fühlte, er mußte sofort handeln, bevor sein korruptes FBI-Ego wieder die Oberhand gewann.

»Hängen Sie das schwarze Kleid zurück«, sagte er zu Tara. »Ich muß mit Ihnen noch etwas besprechen wegen des Hearings. Kommen Sie mit, wir machen das besser bei mir.«

Tara sah ihn überrascht an. »Ja.«

»Kommen Sie ...«

Er ging voran und Tara folgte ihm schweigend. Was war los mit ihm? Seine Stimme, seine Bewegungen waren anders als sonst. Er hatte etwas von einem Schlafwandler. Sein Schritt war leichter, der ganze Mann schien an Gewicht verloren zu haben.

Er wartete auf sie an der Tür seines Zimmers und schloß sie hinter ihr. Er löschte das Licht beim Bett, so daß nur noch die helle Lampe auf dem Arbeitstisch, dort, wo die Tonbandanlage stand, brannte.

Mit dem Feuerzeug in der Hand wies Meller auf die Couch. »Setzen Sie sich. Bevor wir sprechen, möchte ich Ihnen zwei Tonbänder vorspielen.«

Er zündete sich eine Zigarette an und setzte sich vor den langen Arbeitstisch. Die Lampe beleuchtete nur seine Hände, das Gesicht blieb im Halbdunkel. In der Stille bekam das kleinste Geräusch eine geheimnisvolle Dramatik. Das leise Summen des Apparats, das Surren beim Zurückspielen eines Bands.

Lou Meller wandte den Kopf. »Die erste Aufnahme, die ich Ihnen vorspiele, wurde vor sechs Jahren gemacht. Meine Stimme kennen Sie, der andere Mann ist Milton Shannendy, der Vater von Chris Shannendy.«

New York

Montag, 22. September 1986

Mit dem Tennisschläger in der Hand betrat Chris Shannendy das Gerichtsgebäude von Downtown Manhattan. Seine Laune hätte nicht besser sein können; sie glich dem wolkenlosen Himmel über New York.

Er hatte seinen Trainingspartner – einen Schweden, der früher mal mit Björn Borg gearbeitet hatte – 6:4, 6:4, 6:1 geschlagen, und es gab für ihn keinen Zweifel, daß er auch aus dem Hearing, das für zehn Uhr angesetzt war, als Sieger hervorgehen würde. Es konnte gar nicht anders sein. Heute war sein Tag.

Auf dem Korridor vor dem Gerichtssaal im zweiten Stock, wo die Verhandlung stattfinden würde, warteten bereits die Reporter. Seit sie am Sonntag abend in den Zehn-Uhr-Nachrichten des Fernsehens von dem Anschlag auf Chris Shannendy gehört hatten, rotierten sie. Drei Fragen standen im Vordergrund: War Chris Shannendy verletzt? Hatte außer ihm noch jemand im Wagen gesessen? Und wenn, wer?

Chris Shannendy hatte nicht den Lift genommen. Er kam die Treppe herauf, ein großer Junge, der immer zwei Stufen auf einmal nahm. Sein Erscheinen wirkte elektrisierend auf die Wartenden. Die ganze Meute stürzte sich auf ihn. Die Fotografen blitzten ihm ins Gesicht, und die Journalisten bombardierten ihn mit Fragen.

Chris Shannendy lachte unbekümmert in die Kameras und schwenkte siegessicher den Tennisschläger.

Allen hatte sich das Bild des durchlöcherten Mercedes eingeprägt – und nun stand der Mann, dem diese Kugeln gegolten hatten, unverletzt und strahlend vor ihnen. Auch diejenigen, die in ihm nicht den zukünftigen Präsidenten von Amerika sahen, waren beeindruckt von seiner persönlichen Furchtlosigkeit. Kein anderer hätte sich nach dem Anschlag ohne Bodyguard aus dem Haus gewagt. Sein Benehmen stand in krassem Widerspruch zu den vielen Polizisten und Sicherheitsbeamten, die man für dieses Hearing aufgeboten hatte.

Die Mikrofone der Reporter streckten sich ihm entgegen. »Mister Shannendy, Sie haben bisher persönliche Sicherheitsmaßnahmen abgelehnt. Wird sich das in Zukunft ändern?«

»Wie Sie sehen, habe ich keine Leibwächter bei mir und dabei bleibt es. Ich vertraue meinem guten Stern.«

Mit einer entschiedenen Handbewegung wehrte Chris Shannendy weitere Fragen ab, bahnte sich den Weg und verschwand in der Tür, die zu den Beratungsräumen führte. Auch dort wimmelte es von Sicherheitsbeamten. Lieutenant Karasek begrüßte Chris Shannendy. »Sie kommen spät, ich habe mir schon Sorgen gemacht.«

Chris Shannendy lachte. »Sie wissen doch, ich bin kugelfest.« Er legte den Tennisschläger weg. »Gab es Probleme beim Transport von Massimo Calese?«

»Alles friedlich. Er sitzt schon seit zehn Minuten im Gerichtssaal. Er hat keinen Anwalt bei sich, nur zwei seltsame Typen namens Gomez und Yearout.«

»Die können ihm auch nicht helfen.«

»Und seine ganze Familie ist aufmarschiert.«

»Sind eben Italiener.«

»Die Fillipis sind ebenfalls geschlossen da.«

»Wunderbar, zwei feindliche Lager, das heizt die Stimmung an.«

Lieutenant Karasek zuckte mit den Achseln. »Nach Feindschaft sieht es nicht aus. Die beiden Clans hocken friedlich zusammen. Sie füllen die drei Bankreihen hinter Massimo Calese wie der Chor einer griechischen Tragödie.«

Chris strich sich das Haar aus der Stirn. »Und Meller?«

»Ist auch eingetroffen. Er wartet beim Pförtner am Hintereingang.«

Chris Shannendy hatte Tara Calese seit der Nacht, als er sie zu Major Meller brachte, nicht mehr gesehen. Er hatte geglaubt, diese Pause würde genügen, sie aus seinem Denken und Fühlen weitgehend zu verbannen. Doch das war offensichtlich nicht so, warum sonst hätte er es vermieden, ihren Namen auszusprechen. »Sobald der Gerichtssaal geschlossen wird, schicken Sie zwei Ihrer Leute hinunter und lassen Major Meller und die Zeugin hierherbringen. Sie sollen hier warten, nicht auf dem Gang.«

»O. k.«

»Wenn irgend etwas ist, Sie finden mich bei Richter de Kooning.«

Richter de Kooning, der den Vorsitz beim Hearing führen würde, saß in dem muffigen, fensterlosen Richterzimmer und blätterte in den Akten. Die Protokolle der Zeugenaussagen waren in kurzer Zeit zu einem Berg angewachsen. Jeden Tellerwäscher des Yankee Yacht Clubs hatte man befragt, jeden Bootsbesitzer und natürlich jeden der Gäste des großen Calese-Fillipi-Verlobungsfestes.

Richter de Kooning war ein mittelgroßer, zäher Mann mit den runden Schultern und dem ausgemergelten Gesicht eines Langstreckenläufers. Tatsächlich rannte er jeden Tag stur seine zehn

Meilen im Central Park, gleichgültig wie das Wetter war, und machte Jahr für Jahr beim New Yorker Marathon mit.

De Kooning klappte die Akten zu und nahm die Brille ab.

»Wenn nur ein Bruchteil dieser Zeugen hier aufmarschiert, dauert dieses Hearing zwei Tage.«

Chris Shannendy schaute auf seine Armbanduhr. »Ich kann Sie beruhigen, in einer Stunde ist alles vorbei.«

»Heißt das, Sie rechnen mit einem vorzeitigen Abbruch der Verhandlung?«

»Nein, das nicht. Ich habe nur gelernt aus früheren Mafia-Hearings. Massimo Calese wird keine Chance haben, sich hinter Paragraph fünf zu verschanzen und auf jede Frage, die ich ihm stelle, höflich zu erklären, daß er die Antwort verweigert.«

De Kooning rieb sich den Nasenrücken. »Ich habe in den Unterlagen keinen stichhaltigen Anhaltspunkt finden können, daß Massimo Calese schuldig ist. Von einer Bombe bleibt irgend etwas übrig. Eine Bombe löst sich nicht in Luft auf. Aber die Taucher haben nichts gefunden. Die technischen Sachverständigen sind einstimmig zu dem Resultat gekommen, daß es eine Gasexplosion gewesen sein muß – also ein unglücklicher Zufall ...«

»Sie wissen so gut wie ich, daß Sachverständige käuflich sind.«

De Kooning zog ein weißes Taschentuch heraus und begann die Brille zu putzen. »Übrigens, der Anwalt von Massimo Calese hat vor einer halben Stunde die Kaution von einer Viertel Million hinterlegt.«

Chris Shannendy nickte geistesabwesend. »Wenn Sie einverstanden sind, möchte ich die Verhandlung mit einer Zeugenaussage beginnen. Es wird die einzige Zeugenaussage sein bei diesem Hearing. Danach wird es keinen Zweifel mehr geben, daß Massimo Calese die Schuld an der *Flamingo*-Katastrophe trifft.«

Für gewöhnlich reagierte de Kooning scharf, wenn ein General Attorney vor der Verhandlung einen Angeklagten schuldig sprach, doch von Chris Shannendy ging an diesem Morgen eine so mitreißende Überzeugungskraft aus, daß er den Protest hinunterschluckte. Ein Mann, der den Kampf mit der New Yorker Unterwelt aufnahm, mußte wahrscheinlich so sein wie Chris Shannendy, ein zivilisierter Kopfjäger, aber eben doch ein Kopfjäger, ein Fanatiker, ein Mann ohne Nerven, beseelt von einem Mut, der an Wahnsinn grenzte.

De Kooning stand auf. Während ihm der Gerichtsdiener den schwarzen Talar umlegte, sagte er zu Chris Shannendy: »Ich frage Sie jetzt nicht, wer Ihr Kronzeuge ist. Ich spare mir die Überraschung auf. Ich hoffe nur, Ihr Kronzeuge ist schon im Haus. Ich eröffne die Verhandlung pünktlich in zwei Minuten.« Chris Shannendy deutete eine Verbeugung an. Mit steifem Nacken und gespielter Feierlichkeit sagte er: »Euer Ehren, ich bin bereit.«

In dem Gerichtssaal roch es nach Staub und Bohnerwachs. Das einzige Fenster an der Schmalseite gab nur wenig Licht, und auch die Deckenlampen machten den Raum nicht wirklich hell. Die schwarze Holztäfelung der Wände hatte Risse; die Farben der amerikanischen Flagge hinter dem Richtertisch waren verschossen. In Momenten der Stille hörte man das Summen einer Fliege.

Chris Shannendy stand zwischen dem Richtertisch und der Bank, auf der Massimo Calese saß. Das Tempo, mit dem er die Verhandlung vorantrieb, war atemberaubend. Die Formalitäten der Eröffnung, die sich sonst eine Viertelstunde hinziehen, hatte er in wenigen Minuten durchgepaukt. Nun gab er einen knappen Abriß der Ereignisse, die in diesem Hearing ihre Klärung erfahren sollten.

Massimo Calese hörte mit gesenktem Kopf zu. Er trug den Khakianzug und das offene Hemd, in dem Lieutenant Karasek ihn am Freitag verhaftet hatte. Er war im Restaurant *Fifth One* gewesen; Massimo Calese hatte die beiden Privatdetektive Gomez und Yearout zum Essen eingeladen. Sie waren noch bei der Vorspeise, da hatten drei Sicherheitsbeamte den Tisch umringt. Lieutenant Karasek hatte Massimo Calese den Haftbefehl vorgelegt. Dann hatten sie ihm Handschellen angelegt und ihn abgeführt.

Massimo Calese hatte keinen Anwalt bei sich. Er hatte diese Entscheidung in letzter Minute getroffen. Für die Dinge, die er zu sagen hatte, brauchte er keinen Anwalt. Er ging nicht unvorbereitet in dieses Hearing. Gomez und Yearout hatten gute Arbeit geleistet. Er wußte, daß Tara die letzten Tage in der Wohnung von Major Meller verbracht hatte. Die Vermutung lag nahe, daß Chris Shannendy im Sinn hatte, Tara als Zeugin aufzurufen. Eventuell auch Major Meller.

Gomez und Yearout waren der Überzeugung, daß Major Meller unter der Maske der Freundschaft immer ein Verräter gewesen war. Massimo weigerte sich hartnäckig, das zu glauben; nach seiner Version waren Lou Meller die Dinge eines Tages über den Kopf gewachsen, und jetzt stand er unter Druck.

So oder so, Massimo Calese war entschlossen, sich zu wehren. Er sagte sich, der Kampf ist noch nicht zu Ende, der Kampf hat gerade erst begonnen.

Chris Shannendy war zu seinem Tisch zurückgekehrt und nahm etwas aus den Akten. Es war das Plakat der *New York Times*, das am Wochenende nach der *Flamingo*-Katastrophe an allen Zeitungskiosken Amerikas aushing. Er faltete es auseinander und hielt es dem Publikum hin: Zwei junge Mädchen lächelten in die Kamera. Über dem Bild stand in dicken Lettern *Victims of Fate*.

»Sie alle kennen dieses Plakat«, begann Chris Shannendy. »Es zeigt Tiziana Fillipi und Tara Calese auf dem Verlobungsfest, das so tragisch enden sollte.« Chris Shannendy ließ das Plakat sinken. »Jeden von uns hat dieses Unglück erschüttert.« Sein Blick ging zu Massimo und dann wieder ins Publikum. »Habe ich Unglück gesagt? War es das? Oder war es die perfekte Inszenierung eines Unglücks, also ein Racheakt von Massimo Calese an den Fillipis? Vieles sprach dafür, fast alles.« Wieder streifte sein Blick Massimo. »Nur eines sprach dagegen, die Tatsache, daß auch Tara Calese unter den Toten war. So grenzenlos der Haß von Massimo Calese gegen die Fillipis auch sein mochte, daß er einen Racheakt inszenierte, bei dem er das Leben seiner Tochter in Gefahr brachte, hielt man für ausgeschlossen. Also doch ein Unglück?«

Chris Shannendy faltete das Plakat wieder zusammen und reichte es seinem Assistenten. »Nun gab es da einen Punkt, der mich nachdenklich machte, es fehlte die Leiche von Tara Calese. Die Taucher, die den Yachthafen Meter für Meter absuchten, fanden nichts und auch im gesunkenen Schiffswrack war nichts. Die Sachverständigen erklärten es so: Tara Calese hatte sich im Moment der Explosion im Salon oberhalb des Maschinenraums der Yacht aufgehalten, ihr Körper wurde zerrissen, und was übrig war, vernichtete das Feuer.«

Chris machte ein paar Schritte und blieb direkt vor Massimo Calese stehn. »An die Möglichkeit, daß Tara Calese während der Explosion nicht auf der Flamingo war, dachten die Sachverständigen nicht.« Er stützte sich auf die Bank von Massimo Calese und fixierte ihn. »Und Sie, Mister Calese, rieben sich die Hände. Ihr Plan hatte funktioniert. Es war Ihnen gelungen, der Öffentlichkeit zu suggerieren, Ihre Tochter Tara wäre ums Leben gekommen. Fein ausgedacht – der Tod Ihrer Tochter war Ihr Alibi.«

Chris Shannendy richtete sich auf und sprach zum Publikum. »Meine Damen und Herren, nicht umsonst heißt es, daß die Italiener die besten Väter sind, die es gibt. Massimo Calese macht darin keine Ausnahme. Er sorgte dafür, daß seine Tochter zur Zeit der Explosion nicht auf der Flamingo war. Die Leiche von Tara Calese, nach der die Taucher den Yachthafen absuchten, gab es gar nicht.«

Chris Shannendy machte eine Pause und registrierte mit Genugtuung, daß alle im Saal plötzlich den Atem anhielten.

»Tara Calese lebt«, sagte er in die Stille hinein, und bevor das Publikum überhaupt begriff, wandte er sich an Richter de Kooning. »Euer Ehren, mit Eurer Erlaubnis rufe ich die Zeugin Tara Calese auf.«

Tara Calese lebt.

Die drei Worte genügten, um im Gerichtssaal einen Tumult auszulösen. Die Reporter erhoben sich und blickten erwartungsvoll zur Tür. Auch Massimo stand auf. Der Schweiß brach ihm aus; erzog ein Taschentuch heraus und fuhr sich über die Stirn.

Richter de Kooning hatte Mühe, die Ruhe wieder herzustellen. Energisch klopfte er mit dem Hammer auf den Tisch.

Die Tür im Hintergrund hatte sich geöffnet. Zuerst kam Major Meller herein, dann folgte Tara Calese.

Blitzlichter flammten auf.

Major Meller setzte sich in die letzte Bankreihe, Tara Calese kam ohne Hast nach vorne. Der ungewohnte Ort schien sie zu verwirren. Sie trug den Kopf hoch; ihr Blick aus den dunklen, leicht verschatteten Augen war auf einen fernen Punkt, irgendwo außerhalb dieses düsteren Gerichtssaals gerichtet.

Chris Shannendy war an seinen Tisch getreten und tat so, als suchte er etwas in den Akten. Erst als sie an ihm vorbeikam, hob er den Kopf und begrüßte sie mit einem stummen Nicken. Das schwarze Kleid mit dem anliegenden Oberteil, der schmalen Taille und dem tiefen V-Ausschnitt betonte ihre Größe und ihren feingliedrigen Körper. Für den Bruchteil einer Sekunde heftete sie die Augen auf sein Gesicht, aufmerksam, aber ohne Erinnern. Sie registrierte ihn einfach, ohne durch Miene oder Geste ein Gefühl zu verraten.

Der Gerichtsdiener führte sie zum Zeugenstand. Er war ein rundlicher Mann in einem schwarzen abgewetzten Anzug. Bevor er mit der Vereidigung beginnen konnte, erhob sich Massimo Calese. »Einspruch«, rief er laut. Mit einer beschwörenden Geste wandte er sich an Richter de Kooning. »Euer Ehren, ich protestiere gegen diese Vereidigung. Meine Tochter ist nicht freiwillig hier. Diese Vereidigung ist eine Farce. Eurer Ehren, Sie ...«

»Einspruch abgelehnt«, schnitt ihm Richter de Kooning das Wort ab. »Nehmen Sie wieder Platz, Mister Calese. Sie stören die Verhandlung.«

De Kooning gab dem Gerichtsdiener das Zeichen, die Vereidigung vorzunehmen. Tara legte die Hand auf die Bibel, und der Gerichtsdiener sprach ihr die Eidesformel vor. »Schwören Sie vor Gott dem Allmächtigen, die Wahrheit zu sagen und nichts als die Wahrheit ...«

Tara hob die rechte Hand. »Ich schwöre.«

Chris Shannendy hatte Tara während der Vereidigung beobachtet und sich gefragt, wie sie auf das Publikum wirkte. Als sie den Gerichtssaal betrat, hatte das schwarze Kleid ihn zunächst irritiert. Sie war ihm fremd darin erschienen, allzu italienisch, allzu tragisch – und allzu stolz. Jetzt revidierte er seinen Eindruck. Ihre Jugend, ihre Schönheit und ihr spektakulärer Auftritt ergaben eine Kombination, die faszinierte.

Irgendwie betrachtete er sie als sein Geschöpf, so als hätte er sie tatsächlich von den Toten auferstehen lassen. Chris Shannendy war zufrieden: Dort stand eine Frau, das fühlte man, die gekommen war, um die Wahrheit zu sagen.

In der wohleinstudierten Haltung des General Attorney, der innerlich die erste Frage formulierte, trat er zum Zeugenstand. »Sie können sich jetzt setzen.« Sein Blick war freundlich, die Stimme unpersönlich. Er wartete, bis sie sich gesetzt hatte, und sagte dann: »Wie Sie wissen, ist es der Zweck dieses Hearings, die Wahrheit über die *Flamingo*-Katastrophe herauszufinden.«

»Mr. Shannendy«, rief Massimo Calese dazwischen. »Richten Sie Ihre Fragen an mich.«

Im Gerichtssaal entstand Unruhe, und Richter de Kooning wies Massimo Calese scharf zurecht. »Ich verwarne Sie ein letztes Mal.«

Massimo ließ sich nicht einschüchtern. »Euer Ehren, was hier vorgeht, ist gegen das Gesetz. Meine Tochter ist nicht freiwillig hier.«

Richter de Kooning schob die weiten Ärmel der Robe zurück, was für Eingeweihte ein Zeichen der Unsicherheit war. »Mister Calese, ich hatte keineswegs den Eindruck, daß man Ihre Tochter gegen ihren Willen hierherbrachte und daß man sie zwingen mußte, in den Zeugenstand zu treten. In diesem Fall hätte sie sich sicher geweigert, den Eid zu leisten.«

Richter de Kooning wechselte einen Blick mit Chris Shannendy. »Mr. Shannendy, fahren Sie fort.«

Massimo war mit dem Vorsatz in das Hearing gegangen, was auch geschehen mochte, die Beherrschung zu bewahren und sich nicht zu unüberlegten Worten oder Handlungen hinreißen zu lassen. Doch damit war es jetzt vorbei. Wild entschlossen stieg er über die Bank und strebte zum Zeugenstand. Den Gerichtsdiener, der ihn aufhalten wollte, stieß er zur Seite, und im nächsten Moment war er bei Tara. Mit beiden Händen umklammerte er die Brüstung des Zeugenstandes. Seine Worte kamen stockend, als hätte er Mühe zu atmen. »Tara, sag mir nur eines, bist du freiwillig hier – oder hat man dich gezwungen. Wenn man dich unter Druck gesetzt hat, fürchte nichts, man kann dir nichts tun.«

Zwei Sicherheitsbeamte packten Massimo Calese und zerrten ihn zu seiner Bank zurück. Er wandte sich um und rief nach hinten, wo Meller saß: »Major Meller, Sie wissen, daß ich die Wahrheit spreche. Stehen Sie auf, und sagen Sie Richter de Kooning, daß meine Tochter nicht freiwillig hier ist. So reden Sie schon, wovor haben Sie Angst ...«

Tara war aufgesprungen. »Vater ...« Sie wollte den Zeugenstand verlassen, doch Chris Shannendy trat ihr in den Weg. Er umschloß ihren Arm und murmelte: »Mach keinen Fehler, oder du bereust es.«

Die Berührung wirkte lähmend auf Tara. Sie wischte die Hand von ihrem Arm, als wäre es ein Ungeziefer, und wich zurück.

Im Saal herrschte immer noch Unruhe. Richter de Kooning griff nicht ein; wie ein guter Schiedsrichter, der eine dramatische Entwicklung nicht unterbricht, ließ er weiterspielen. Er wartete auf eine Reaktion von Tara, doch nichts geschah. Sie ließ die Augen durch den Gerichtssaal wandern, als gelte es diesen Raum und die Menschen, die sich hier versammelt hatten, festzuhalten.

Chris Shannendy hatte die allgemeine Unruhe benützt und war zu Richter de Kooning gegangen. »Tun Sie mir einen Gefallen«, bat er ihn halblaut. »Richten Sie an die Zeugin die Frage, ob sie freiwillig hier ist oder nicht. Damit werden wir Mister Calese den Mund stopfen.«

Es dauerte noch eine Weile, bis im Saal wieder Ruhe herrschte. Der Verweis, den Massimo Calese wegen seines ungebührlichen Benehmens einstecken mußte, fiel überraschend milde aus. Dann räusperte sich Richter de Kooning und wandte sich an Tara. »Bevor der Staatsanwalt fortfährt, möchte ich der Zeugin Calese eine Frage stellen. Antworten Sie nur mit Ja oder Nein. Sind Sie freiwillig hier?«

Alle Augen richteten sich auf Tara. Nur Massimo starrte zu Boden. Er kannte die Antwort im voraus. Es würde ein Ja sein. Seine Tochter, dort im Zeugenstand würde gegen ihren Vater aussagen. Was hatte dieser Shannendy mit ihr gemacht? Womit hatte er sie unter Druck gesetzt? Oder hatte die Entführung genügt und die Haft? Das mußte es sein. Der Terror hatte ihren Widerstand gebrochen. Nur um wieder frei zu sein, hatte sie sich bereit erklärt, gegen ihn auszusagen.

Man wartete immer noch auf Taras Antwort. »Haben Sie meine Frage verstanden?« ließ Richter de Kooning sich vernehmen. »Sind Sie freiwillig hier? Ja oder Nein?«

Diesmal kam Taras Antwort ohne Zögern. Ihre Stimme war leise, aber deutlich genug, daß man sie bis in die letzte Reihe hören konnte. »Ich bin freiwillig hier.«

Massimo schüttelte stumm den Kopf. Mit dem geneigten Kopf und den breiten Schultern glich er einem gereizten Stier, der im nächsten Moment auf den Gegner losgehen wird. Nur undeutlich drangen Stimmen und Geräusche zu ihm. »Wir sind hier zusammengekommen, um die Wahrheit zu finden.« Wer hatte diese Worte gesagt, Richter de Kooning oder Staatsanwalt Shannendy? Er lehnte sich zurück. Links von ihm saß Gomez, rechts Yearout. Der Richtertisch, der Zeugenstand – Tara. Das schwarze Kleid. Warum trug sie ein schwarzes Kleid. Vor genau zwei Wochen, in Norman Reeds Apartment, hatte er sie zuletzt gesehen. Damals war sie noch ein Mädchen gewesen. Und jetzt?

Was war mit ihr geschehen in diesen zwei Wochen? Was hatte sie so schnell erwachsen werden lassen? War das wirklich seine Tochter – diese Schönheit da vorne? Oder hatte sie aufgehört, seine Tochter zu sein, und war eine Fremde geworden?

Massimo Calese folgte dem Verhör nur mit halbem Ohr. Was gingen ihn diese abgesprochenen Fragen und Antworten an.

»Sie wußten, daß Ihr Vater gegen die Verlobung seines Enkels Rico Calese mit Tiziana Fillipi war?«

»Ja.«

»Warum stimmte er schließlich doch zu?«

»Er hat nicht zugestimmt. Wir konnten ihn nur überreden, auf das Fest zu gehen, meine Großmutter und ich.«

»Wie kommt es, daß Sie bei der Polonaise nicht mit den anderen jungen Leuten auf die Flamingo gingen?«

»Ich hatte das Fest kurz zuvor verlassen und war zum Flughafen von New Port gefahren, um Norman Reed abzuholen.«

»Wo waren Sie genau, als die Flamingo explodierte?«

»Ich stand mit Norman Reed am Molenkopf.«

»Berichten Sie, was dann geschah.«

»Ich bin weggelaufen.«

Ein ungläubiges Lächeln huschte über Chris Shannendys Gesicht. »Sie sind einfach weggelaufen. Warum?«

»Ich weiß nicht. Ich habe nicht mehr denken können. Ich wollte nur weg.«

»Und weiter?«

»Ich fuhr mit Norman Reed nach New York und bat ihn, bei ihm wohnen zu dürfen.«

»Warum wollten Sie nicht bei Ihrer Familie sein?«

»Ich weiß nicht. Es war der Schock.«

»Und dann haben Sie sich einen falschen Paß besorgt auf den Namen Tara Fisher. Stimmt das?«

»Ja.«

»Warum haben Sie das getan?«

»Ich wollte Amerika verlassen.«

»Wer hatte sich das ausgedacht mit dem Paß und mit der Flucht? Ihr Vater? Er wollte, daß Sie verschwinden, nicht wahr?«

»Nein, es war meine eigene Idee.«

»Ich erinnere Sie daran, daß Sie unter Eid stehen. Also, beantworten Sie meine Fragen wahrheitsgetreu. Hatte Ihr Vater den Plan, die Flamingo in die Luft zu sprengen?«

»Nein.«

»Wollen Sie damit sagen, Sie wußten nichts davon?«

»Ich will damit sagen, daß mein Vater nie den Plan hatte, die Flamingo in die Luft zu sprengen.«

Ein Raunen ging durch den Gerichtssaal. Diese Wendung des Verhörs hatte niemand erwartet. Am wenigsten Massimo Calese. Er blickte zu Gomez und Yearout, unsicher, ob er richtig gehört hatte. Gomez nickte ihm aufmunternd zu. »Sieht aus, als würde das Blatt sich wenden«, murmelte er.

Chris Shannendy nahm die kleine Panne nicht tragisch. Er glaubte, daß es die Gefühle waren, die Tara einen Streich spielten. Er reagierte souverän. »Ich glaube, ich kann mich gut in Sie versetzen. Es ist nicht leicht in aller Öffentlichkeit zuzugeben, daß der eigene Vater ein Verbrecher ist. Wenn ich könnte, würde ich Ihnen die Antwort erlassen – aber ich brauche Ihre Hilfe, um der Welt beweisen zu können, wer dieses gemeine Verbrechen begangen hat.«

Tara blieb stumm. Sie war blaß geworden. Zum erstenmal, seit sie den Gerichtsaal betreten hatte, schien sie um Fassung zu ringen.

Chris Shannendy kam ihr noch einen Schritt entgegen. »Wenn Ihnen nicht gut ist, machen wir eine Pause und setzen das Hearing am Nachmittag unter Ausschluß der Öffentlichkeit fort.«

Tara sah ihm direkt in die Augen. Was ging im Kopf dieses Mannes eigentlich vor, fragte sie sich. Er mußte den wahren Sachverhalt vergessen haben. Oder gab es für ihn immer nur die Wahrheit, die ihm paßte. Er hatte die *Flamingo* in die Luft sprengen lassen, und da stand er und verlangte von ihr, Worte auszusprechen, die ihren Vater zum Schuldigen machten.

Sie stand unter Eid.

Er selbst hatte sie gerade noch einmal daran erinnert.

»Können wir fortfahren?« fragte er sie.

»Ja.«

»Gut. Wenn Ihre Gefühle Sie hindern sollten, meine Fragen wahrheitsgemäß zu beantworten, denken Sie an eins: Die Wahrheit ist das Höchste im Leben. Die Wahrheit steht über den Gefühlen. Sie würden es ein Leben lang bereuen, wenn Sie hier und heute nicht die Wahrheit sagten.«

Er machte eine Pause und fuhr dann fort:

»Wir waren bei der Frage stehengeblieben, ob Sie vom Plan Ihres Vaters wußten, die Flamingo in die Luft zu sprengen. Sie haben diese Frage mit einem Nein beantwortet. Ich frage nun ganz direkt: Hat Ihr Vater es getan, ja oder nein?«

»Nein.«

Chris Shannendy fiel es allmählich schwer, geduldig zu bleiben.

»Mit Leugnen nützen Sie Ihrem Vater nicht. Ich muß Sie nochmals daran erinnern, Sie stehen unter Eid.«

»Ich sage die Wahrheit. Mein Vater ist unschuldig.«

»Können Sie diese Behauptung beweisen?«

»Ja, das kann ich.«

»Interessant. Ich höre ...« Er wandte ihr den Rücken zu und machte eine Geste zum Publikum. »Sie sind sicher alle genauso gespannt wie ich.«

Als er sich wieder umdrehte, hatte Tara den Zeugenstand verlassen und stand vor dem Richtertisch. Sie hatte ein Tonband in der Hand und legte es vor de Kooning. »Dieses Tonband beweist die Unschuld meines Vaters. Ich bitte Sie, es abzuspielen.«

Richter de Kooning nahm das Tonband. Seine detektivischen Instinkte waren nicht sehr stark, aber jetzt erwachten sie. »Was enthält das Tonband?« fragte er zögernd.

»Die Stimme des Mannes, der den Auftrag gab, die Flamingo in die Luft zu sprengen.« Ihr Blick ging zu dem Tisch des General Attorney. »Der Mann ist anwesend. Sie werden seine Stimme sofort erkennen.«

Richter de Kooning musterte Tara. Tonbänder waren umstrittenes Beweismaterial – und doch, er glaubte ihr. Halblaut gab er dem Gerichtsdiener die Anweisung, ein Tonbandgerät herbeizuschaffen. Dann forderte er Tara auf, sich in den Zeugenstand zurückzubegeben und verkündete: »Auf Wunsch der Zeugin Tara Calese werden wir uns ein Tonband anhören. Wie die Zeugin sagt, ist das Tonband der Beweis für die Unschuld ihres Vaters Massimo Calese.«

Bis zu diesem Moment hatte Chris Shannendy die Zügel in den Händen gehabt, nun drohten sie ihm zu entgleiten. Er versuchte es mit einem Einspruch gegen das Anhören des Tonbandes, doch Richter de Kooning lehnte mit einem »Nicht stattgegeben« ab.

Chris Shannendy biß sich auf die Lippen. Nicht daß er dem Tonband eine entscheidende Bedeutung beimaß, er fragte sich lediglich, wie es dem Calese Clan gelungen war, Tara ein Tonband zuzuspielen. Entweder durch einen bestochenen Sicherheitsbeamten, oder Meller hatte mitgeholfen. Der Inhalt bereitete ihm keine Kopfzerbrechen. Was immer es war, es mußte sich um eine Fälschung handeln. Die Wahrheit der *Flamingo*-Katastrophe kannte schließlich nur einer, und das war er selber. Dieses Bewußtsein erfüllte ihn mit einem Gefühl absoluter Überlegenheit. Der Mitwisser Meller zählte nicht. Ein Mann wie Meller war zum Gehorchen geboren – nicht um die Wahrheit ans Licht zu bringen.

Der Gerichtsdiener hatte ein Tonbandgerät auf den Richtertisch gelegt. Er schloß die Kabel an und legte das Band ein.

Der Hammer von Richter de Kooning schlug energisch auf den Richtertisch. »Ruhe, ich bitte um absolute Ruhe.«

Während der ganzen Verhandlung hatte Tara nichts gefühlt. Sie hatte funktioniert wie ein Roboter; jetzt plötzlich fiel diese kalte Ruhe von ihr ab, und ihr Herz begann zu hämmern.

Chris Shannendy stand beim Richtertisch mit dem Gesicht zum Publikum; Massimo Calese saß mit gesenktem Kopf in seiner Bank und kritzelte Männchen. Meller saß nicht mehr in der letzten Reihe. In dem Moment, als Tara dem Richter das Tonband übergab, hatte er den Gerichtssaal verlassen.

Das Tonband lief. Zuerst kam die Stimme von Major Meller: »Gespräch mit Chris Shannendy am 27. Juli 1986 auf der Motoryacht Rising Star.« Rauschen, und dann die Stimme von Chris Shannendy: »Mich interessiert nur die Yacht der Familie Fillipi. Sind Sie sicher, Major, daß die Fillipis auf der Yacht heimfahren? Sie müssen auf dem Schiff sein, wenn die Bombe explodiert. Ein kaputtes Schiff allein genügt mir nicht ...«

Chris Shannendy stand mit dem Gesicht zum Publikum, und ganz bewußt verharrte er so. Jede Geste hätte man als Unsicherheit ausgelegt. Das durfte nicht geschehen, sonst war er verloren.

»Der 4. September ist ein Donnerstag«, sprach die Stimme von Chris Shannendy weiter, »das ist ausgezeichnet, dann haben es die Samstagszeitungen. Ich sehe schon die Schlagzeilen: *Mafia-Massaker, Mafiafamilie explodiert mit der eigenen Yacht.* Das wird die Öffentlichkeit aufrütteln. Wir brauchen gute Bilder. Haben Sie daran gedacht, Major ...«

Chris Shannendy bewahrte seine Kaltblütigkeit. In die Stille hinein applaudierte er und rief: »Das war genug schlechtes Kriminaltheater. Wie lange sollen wir uns das noch anhören.« Er wandte sich an den Richter. »Euer Ehren, Sie wissen so gut wie ich, daß man mit der heutigen Technik jede Stimme herstellen kann ...«

»Darüber werden Sachverständige zu befinden haben«, antwortete Richter de Kooning. »Ich bitte um Ruhe, das geht auch Sie an, Mr. Shannendy.«

Mit einem spöttischen Lächeln um die Lippen setzte Chris Shannendy sich an seinen Tisch. Er wußte, dies konnte das Ende seiner Karriere sein. Er hatte Meller unterschätzt.

Das Tonband lief wieder: »5. September 1986«, sagte Lou Mellers Stimme, »die Kanzlei von Senator Shannendy.« Dann die Stimme von Chris Shannendy. »Nehmen wir an, Massimo Calese wird irgendwann in der nächsten Woche auf dem Weg ins Büro niedergeschossen. Nehmen wir weiter an, unmittelbar darauf erfolgt die Verhaftung von Carlo und Ugo Fillipi. Dann wird die gesamte Presse die drei Ereignisse Flamingo, Massimos Ermordung und die Verhaftung der Fillipis logisch kombinieren. Hier ist ein Familienkrieg zwischen den Calseses und den Fillipis im Gange.«

Das Tonband schnappte aus, und Stille trat ein. Es dauerte Sekunden, bis die Anwesenden begriffen, was sie da eben gehört hatten. Sie waren fassungslos, sie warteten auf eine Reaktion von Chris Shannendy. Warum schwieg er? Blaß, mit versteinerten Zügen saß er an seinem Tisch. Wie ging es weiter? Würde Richter de Kooning Chris Shannendy ins Kreuzverhör nehmen?

Die Stille dehnte sich. Nichts geschah. Und dann plötzlich ein Stuhlrücken. Zur großen Verblüffung aller erhob sich Richter de Kooning und erklärte das Hearing für geschlossen. »Nolle prosequi« tönte seine Stimme durch den Saal. Damit war das Verfahren niedergeschlagen.

Nach diesen Worten brach ein Tumult los. Der Saal verwandelte sich in einen Hexenkessel. Chris Shannendy, der wußte, was für ihn auf dem Spiel stand, sammelte die wichtigsten Journalisten um sich. Er versicherte ihnen, das Tonband wäre eine Fälschung, und kündigte an, er würde gegen den Entscheid von Richter de Kooning Einspruch erheben und auf einem zweiten Hearing bestehen.

De Kooning hatte sich erhoben. Er nahm das Tonband an sich und verließ den Gerichtssaal. Der Gerichtsdiener folgte ihm mit den Akten.

Tara saß noch immer im Zeugenstand. Sie fühlte sich müde und leer. Ihr Mund war ausgetrocknet. Sie hatte nicht die Kraft aufzustehen.

Ein Reporter trat zu ihr. »Chris Shannendy sagt, es wird ein zweites Hearing geben. Werden Sie im Zeugenstand erscheinen?«

Tara schüttelte den Kopf. »Ich glaube nicht, daß es zu einem zweiten Hearing kommen wird. Es wird dem General Attorny nicht gelingen, die Echtheit der Tonbänder anzufechten. In meinem Besitz sind die ursprünglichen Mikrobänder, die Major Meller von allen Gesprächen aufgenommen hat.«

Der Reporter starrte sie mit offenem Mund an. Bevor er eine zweite Frage stellen konnte, schob ihn jemand zur Seite. Es war Massimo Calese.

»Tara«, sagte er nur, »komm, wir gehen.«

Er legte den Arm um sie und führte sie aus dem Saal. Auf dem Flur mußten sie durch ein Spalier von Fotografen. Irgendwann erloschen die Blitzlichter, und anstatt klickender Kameras waren vertraute italienische Laute um Tara. Mariannina umarmte sie. Aus ihren Kleidern stieg ein Duft von Rosen und Zitronenmelisse – der vertraute Duft von Sunset Hill.

War es dieser Duft, waren es die vielen Umarmungen, weshalb Tara sich schwindlig fühlte. Sie wußte nicht, wie sie in das Auto kam. Es war der dunkelgrüne Rolls-Royce mit den alten Lederpolstern, und auch dort roch es nach Sunset Hill.

Massimo war wie immer vorne beim Fahrer eingestiegen. Tara saß mit ihrer Großmutter im Fond.

Sie fühlte sich immer noch leer und müde. Am liebsten hätte sie die Augen geschlossen und sie erst wieder aufgemacht, wenn sie in Sunset Hill war.

Hat ihr Vater etwas gesagt?

»Was ist?« fragte Tara.

Massimo blickte über die Sitzlehne. »Hat Meller dir das Tonband freiwillig gegeben? Ich kann mir das nicht vorstellen.«

»Meller ...«, murmelte sie. »Wo ist Meller? Er ist in Gefahr. Chris Shannendy wird ihn fertigmachen.«

»Vergiß Meller. Der wird untertauchen. Aber wie hast du das angestellt, daß er das Tonband herausrückte?«

»Laß Tara jetzt in Ruhe«, mischte sich die Großmutter ein. »Das hat doch bis später Zeit.« Sie rückte näher zu Tara und legte den Arm mütterlich um sie. »Du mußt müde sein«, sagte sie leise, »mach die Augen zu und versuch, ein wenig zu ruhen. Schlafen ist besser als denken. Wenn ich dich wecke, sind wir zu Hause.«

Tara legte den Kopf auf die Schulter der Großmutter und schloß die Augen.

Zuhause.

Früher einmal war es ein ganz selbstverständliches Wort gewesen – Zu hause –, jetzt hatte es einen seltsamen Klang. Wahrscheinlich hatte die Großmutter recht. Schlafen war besser als denken.

Sie mußte tatsächlich eingeschlafen sein, denn als sie die Augen wieder aufschlug, waren sie bereits auf der Landstraße, die nach Sunset Hill führte.

Sie richtete sich auf und strich das Haar aus der Stirn.

Die Großmutter suchte etwas in ihrer Handtasche, zog schließlich einen Brief heraus und gab ihn Tara. »Für dich. Ist heute früh angekommen. Mit Kurier.«

Als Tara nicht reagierte und den Brief ungeöffnet ließ, fragte die Großmutter. »Willst du den Brief nicht aufmachen?«

»Später.«

Die Großmutter sah Tara von der Seite an. »Wer ist eigentlich dieser Luiz Martinez? Er hat jeden Tag angerufen. Er wollte unbedingt wissen, wo du bist. Wer ist dieser Mann? Du hast mir nie von ihm erzählt.«

»Er ist Maler, und er hat eine Hazienda in Mexico. Die Hazienda heißt Los Mochis ...«

»Und warum machst du seinen Brief nicht auf?«

Tara mußte lächeln über die Ungeduld der Großmutter. »Der Brief hat Zeit.«

Sie konnte im Moment nicht an die Zukunft denken.

Sie mußte erst das Vergangene vergessen.